ALTIN
KİTAPLAR

Kitabın Orijinal Adı

PLAGUE SHIP

Yayın Hakları

Baskı

1. BASIM / NİSAN 2011
AKDENİZ YAYINCILIK TİC. AŞ
Göztepe Mah. Kazım Karabekir Cad.
No: 32 Mahmutbey - Bağcılar / İstanbul

ISBN 978 - 975 - 21 - 1331 - 2

ALTIN KİTAPLAR YAYINEVİ
Göztepe Mah. Kazım Karabekir Cad.
No: 32 Mahmutbey - Bağcılar / İstanbul
Tel.: 0.212.446 38 88 pbx
Faks: 0.212.446 38 90

http://www.altinkitaplar.com.tr
info@altinkitaplar.com.tr

ALTIN KİTAPLAR

CLIVE CUSSLER

ve Jack Du Brul

KIYAMET GEMİSİ

TÜRKÇESİ
TANER YENİDOĞAN

ALTIN KİTAPLAR

Yazarın Yayınevimizden Çıkan Kitapları

KÖR DALIŞ
GİRDAP
BUZDAĞI
ENKAZ
BATIK
ŞEYTAN DENİZİ
KISKAÇ
SAHRADA AYAK SESLERİ
MAVİ VURGUN
ŞOK DALGASI
KÜKREYEN DENİZ
YILAN
ATLANTİS BULUNDU
MAVİ ALTIN
BUZ ATEŞİ
VALHALLA'NIN YÜKSELİŞİ
DENİZ AVCILARI
BEYAZ ÖLÜM
ALTIN BUDA
TRUVA HAZİNESİ
KAYIP KENT
KUTSAL TAŞ
CENGİZ HAN'IN HAZİNESİ
İSKELET SAHİLİ
KILAVUZ
KUTUP KAYMASI
KARANLIK TAKİP
KUSURSUZ PLAN
SABOTAJCI
SPARTA ALTINLARI

"Kimilerine göre insanlık tarihinin en büyük servet transferi, vebanın Avrupa'yı kasıp kavurarak, nüfusunun üçte birini yok etmesiyle gerçekleşmiştir. Sadece sahiplerine değil, çalışanlarına da daha iyi bir yaşam standardı sağlamak adına araziler birleştirilmiştir. Tek başına bu olay Rönesans'a giden yolun taşlarını döşemiş ve sonunda Avrupa'nın dünyaya hâkim olmasının önünü açmıştır."

Ölümüne Çoğalıyoruz: Aşırı Nüfus Uygarlığı Nasıl Yok Edecek adlı kitaptan (Doktor Lydell Cooper, Raptor Yayınevi, 1977).

GİRİŞ

BARENTS DENİZİ
NORVEÇ'İN KUZEYİ
29 NİSAN 1943

Ufuk çizgisinin üzerinde asılı duran solgun dolunayın ışıkları, buz gibi okyanus sularında göz kamaştırıcı yansımalar oluşturuyordu. Kışın hâlâ hüküm sürdüğü yılın bu bahar öncesi günlerinde henüz yüzünü göstermemiş olan güneş, gezegen kendi eğik ekseni etrafında dönüp dururken, gökyüzünün denizle buluştuğu kavsin ardında, belirsiz bir ışıldama şeklinde gizlenmekteydi. Tamamen gözükmesi için bir ay daha gerekmekteydi ve bir kez gözüktü mü sonbahar gelene kadar da gözden kaybolmayacaktı. Bu, Kuzey Kutup Dairesi'nin garip gece-gündüz döngüsüydü.

En kuzeydeki enlemler arasında kalan Barents Denizi'nin, aslında yılın büyük bir bölümünde donmuş halde olması gerekiyordu. Ancak bu deniz, Golfstrim akıntısının tropik denizlerden taşıdığı ılık sularla kutsanmıştı adeta. Bu güçlü akıntı İskoçya'yı ve Norveç'in kuzey bölgelerini yaşanılır kılmakta, Barents Denizi'ni en sert kış koşullarında bile donmaktan kurtararak, sularında gemilerin seyretmesini mümkün hale getirmekteydi. Bu nedenle bu rota, Amerika'nın aralıksız çalışan fabrikalarından yola çıkan savaş malzemelerini, saldırı altındaki Sovyetler Birliği'ne ulaştıran gemilerin ilk tercihiydi.

Manş Denizi veya Cebelitarık Boğazı gibi benzer sularda olduğu gibi burada da bir tıkanma noktası oluşuyor ve *Kriegsmarine*'e[1] ait denizaltı filoları ve kıyılarda üslenmiş hızlı savaş gemileri *Schnellboot*'lar[2] için uygun tuzak alanları haline geliyordu.

U-botların[3] konumları rasgele değil, usta bir satranç oyuncusunun öngörüsüyle planlanmaktaydı. Denizaltı saldırılarının yerini belirlemek üzere, Kuzey Atlantik sularında ilerleyen her geminin gücüne, hızına ve varış limanına ait en küçük istihbarat bilgileri bile toplanmaktaydı.

Norveç ve Danimarka'daki üslerden havalanan devriye uçakları denizi karış karış tarayarak ticaret filolarının yerini filo karargâhına bildiriyor ve böylelikle U-botların avlarını en doğru noktada karşılamasını sağlıyorlardı. Savaşın ilk yıllarında denizaltılar denizlerin neredeyse tek hâkimi olmanın keyfini sürerek, milyonlarca tonluk kargoyu insafsızca denizlerin dibine göndermişlerdi. Yoğun kruvazör ve destroyer desteğine rağmen Müttefik Kuvvetler'in tek yapabildiği, her yüz gemiden birinin batırıldığı gerçeğine dayanarak bu şanssız geminin hangisi olacağı üzerine kumar oynamaktan ibaretti. Üzerlerine böyle soğukkanlılıkla bahis oynanan ticari gemiler de en az ön saflarda çarpışan birlikler kadar kayıplar vermişlerdi.

Bu gece söz konusu durum değişmek üzereydi.

Yirmi üç metre boyu ve otuz dört metre kanat açıklığıyla dört motorlu Focke-Wulf Fw 200 *Kondor* heybetli bir uçaktı. Savaştan önce Lufthansa için yolcu taşıma amaçlı olarak geliştirilen uçak, ardından askeri nakliye ve uzun menzilli keşif platformu olarak görev yapmaya başladı. Dört bin kilometrenin üzerindeki menziliyle *Kondor*, uzun süre havada kalarak Müttefik nakliyelerini kıyıdan çok uzaklarda avlamaya başlamıştı.

1941 yılı boyunca kanatlarının altında iki yüz üç yüz kiloluk bombalar taşıyarak saldırı uçuşları yapan *Kondor*, ciddi kayıplar sonrasında ar-

---

(1) Alman donanması.

(2) Alman torpidoları.

(3) U-bot: Alman denizaltısı.

tık sadece keşif uçağı olarak kullanılmaya başlanmıştı. Bu devriye görevleri sırasında Müttefik uçaksavarlarının menzilinin çok üzerindeki irtifalarda uçmaktaydı.

Uçağın pilotu Franz Lichtermann, uçsuz bucaksız denizler üstünde saatlerce keşif uçuşu yapmaktan usanmıştı. Donmuş bir hiçliğin binlerce metre üzerinde uçarak bir başkasının vurarak batıracağı Müttefik gemilerini aramak yerine bir savaş uçağı filosunda ve gerçek bir savaşın içinde olmayı özlemişti. Üsteyken askeri disipline düşkün olan ve emrindekilerden de aynısını bekleyen Lichtermann, zamanın adeta lastik gibi sündüğü devriye uçuşlarında beş kişilik mürettebatla az da olsa senlibenli oluyordu.

Kafasını parlayan aya doğru çevirdi ve, "Bu işimize yarayabilir," dedi dahili haberleşmeden.

"Ya da yansıması bir konvoyun dalgalarını gizleyebilir," diye karşılık verdi yardımcı pilotu Max Ebelhardt, alışıldık kötümserliğiyle.

"Aşağıda birilerinin olduğundan emin miyiz?" Soruyu soran, mürettebatın en genç üyesi Ernst Kessler'di. Kessler uçağın arka topçusuydu ve uçağın gövdesi boyunca bir bölümünü kaplayan göbek yuvasında ters ve sıkışık bir halde oturuyordu. Pleksiglas koruyucu kalkanın ardından ve MG-15 makineli tüfek namlusunun üzerinden gördüğü ise sadece *Kondor*'un az önce üzerinden geçtiği alanlardı.

"Filo komutanı, devriye görevinden dönen bir U-botun, iki gün önce Faroe Adaları'nın kuzeyinde en az iki yüz gemi gördüğü konusunda beni ikna etti," dedi Lichtermann mürettebatına seslenerek. "Gemiler kuzeye doğru yol alıyormuş. Bu durumda buralarda bir yerlerde olmaları gerekir."

"Bana daha çok tüm torpillerini boşa harcayan bir U-bot komutanının bir şeyler rapor etmek istemesi gibi geldi," diyerek homurdandı Ebelhardt ve soğumuş yapay kahvesinden[1] aldığı yudumdan sonra suratını buruşturdu.

---

(1) Almanların savaş sırasında nohut tanelerini veya meşe palamutlarını kavurarak yaptıkları kahve (ersatz coffee).

"Ben önce yerlerini bulup sonra da batırmak isterdim onları," dedi Ernst Kessler. Henüz on sekizinde olan bu kibar delikanlı askere alınana kadar doktor olma tutkusundan hiç kopmamıştı. Bavyeralı fakir bir aileden gelmesi nedeniyle yükseköğrenim şansı hiç yoktu ama bu onu, izinli olduğu zamanlar tıbbi yayınları ve kitapları karıştırmaktan hiç alıkoymamıştı.

"Bu Alman savaşçılarına uygun bir tavır değil," diyerek onu hafifçe uyardı Lichtermann. Şimdiye kadar hiç düşman saldırısına uğramamış olmalarına şükrediyordu. Kessler'in makineli tüfeğiyle ateş açabilecek cesareti olduğundan kuşkuluydu ama mürettebatı arasında sadece o, uçağın kıçına dönük halde saatlerce oturduğu halde midesi bulanmadan görevini sürdürebilmişti.

Doğu Cephesi'nde ölen onca askeri ve Moskova'nın kaçınılmaz düşüşünü sadece geciktirebilecek olan uçak ve tankların Ruslara sevkıyatını düşündü öfkeyle. Lichtermann birkaç gemiyi de kendisi batırsa çok mutlu olacaktı.

Can sıkıcı bir saati daha konvoyu tespit edebilmek için gözlerini gecenin karanlığına dikerek geçirdiler. Ebelhardt, Lichtermann'ın omzuna dokunarak uçuş kayıt defterini gösterdi. Aslında resmi seyir subayı göbek yuvasının ön kısmında oturan ön topçuydu ama uçuş sürelerini ve rotalarını Ebelhardt hesaplamıştı. Şimdi de dönüş yaparak deniz üzerinde yeni bir şeridi taramaları gerektiğini söylüyordu.

Lichtermann, gözünü ufuk çizgisinden hiç ayırmadan dümeni sola doğru çevirerek yumuşak bir dönüş gerçekleştirirken, ay adeta gökyüzünde salınıyor gibi gözüküyordu.

Ernst Kessler tüm uçuş ekibinin en keskin gözlüsü olmakla övünürdü. Çocukken ailesinin çiftliğinde bulduğu hayvan leşlerini, anatomilerini incelemek amacıyla keserek, gördüklerini kitaplardaki bilgilerle karşılaştırırdı. Keskin gözleri ve hiç titremeyen elleriyle mükemmel bir doktor olacağına inanıyordu. Öte yandan sezgileri ise, bir düşman konvoyunu bulma konusunda çok ustaydı.

Uçağın arkasına dönük vaziyette oturan biri olarak konvoyu fark eden kişinin o olmaması gerekirdi ama görmüştü işte. Uçak yan yatmışken gözüne doğal olmayan bir parıltı çarpmıştı. Ayın yansıması olamayacak kadar anlık ve beyaz bir ışıktı.

"Kaptan," diye bağırdı Kessler dahili haberleşmeden. "Sancak tarafında, yaklaşık üç yüz derecede."

"Ne gördün?" Lichtermann'ın sesi ilkel bir içgüdüyle tizleşmişti.

"Emin değilim efendim. Bir şey. Bir tür ışıldama."

Lichtermann ve Ebelhardt genç Kessler'in karanlıklar içinde işaret ettiği yere doğru baktılar ancak gözüken bir şey yoktu.

"Emin misin?" diye sordu pilot.

"Evet efendim," diye cevap verirken sesine ek bir güven katmak için kendini zorladı Kessler. "Döndüğümüz sırada oldu. Açı değişti ve kesinlikle bir şey gördüm."

"Konvoyu mu?" diye sertçe sordu Ebelhardt.

"Emin değilim," dedi Ernst.

"Josef, telsizi aç," diyen Lichtermann, ön topçuyu tali görevine yöneltti. Pilot radyal BMW motorlara biraz daha güç verdi ve uçağı bir kez daha yana yatırdı. Pervaneler havayı yırtarken uçağın uğultusu biraz daha tizleşmişti.

Ebelhardt gözlerine yapıştırdığı dürbünle karanlık denizi taramaya başladı. Saatte üç yüz yirmi kilometre hızla olası temas noktasına doğru yaklaşırken her an konvoyu görmesi muhtemeldi. Ancak saniyeleri dakikalar izledi ve hiçbir şey ortaya çıkmadı. Dürbünü indirerek, "Dalgaydı herhalde," dedi. Dahili haberleşmeyi kullanmadığından son söylediklerini sadece Lichtermann duyabildi.

"Hemen vazgeçme," dedi Lichtermann. "Kessler karanlıkta lanet bir kedi gibi iyi görüyor."

Müttefik Kuvvetler, gemilerin yüzeyden fark edilmelerini engellemek üzere son derece şaşırtıcı kamuflaj desenleri uygulama konusunda çok başarılıydılar. Ancak bir konvoyu gece görülmekten alıkoyacak çok az şey vardı. Gemilerin arkasında oluşan dalgalar karanlık sularda bembeyaz ışıklar saçıyordu.

Vay canına, diye mırıldanan Ebelhardt eliyle cama doğu işaret etti.

Önce gözüken, normalde siyah olması gereken sularda ufak bir parça grilikti. Biraz sonra, yaklaştıkça grilik netleşti ve karatahtadaki beyaz tebeşir izleri gibi belirgin paralel beyaz çizgiler haline geldi. Bütün hızlarıyla doğuya doğru giden bir donanmaya ait gemilerin arkalarında bıraktığı izlerdi bunlar. Bulundukları irtifadan gemiler, sürü halinde güçlükle ilerleyen filler gibi gözüküyordu.

Kondor, ayın parlak ışığı, ağır yollu şilep ve tankerlerle konvoyun iki yanında gözcülük yaparak ilerleyen destroyerlerin ince dümen sularını ayırt etmelerini mümkün kılacak kadar yaklaştı. Konvoyu izlerlerken, bir destroyer iki bacasından dumanlar salarak konvoyun sağ tarafında hızlanmaya başladı. Destroyer konvoyun başına geldiğinde yavaşlayarak yük gemilerinin geçmesini bekleyecekti. Müttefikler buna "Kızılderili koşusu"(1) adını takmıştı. Gemiler geçip destroyer konvoyun arkasında kaldığında, tekrar hızlanır ve öne geçerdi. Bu böyle hiç durmadan sürer giderdi. Bu şekilde konvoylar daha az sayıda savaş gemisiyle korunmuş oluyordu.

"Aşağıda iki yüz gemi olmalı," diye bir tahminde bulundu Ebelhardt.

"Kızılları aylarca savaşta tutmaya yetecek kadar," diyen pilot aynı fikirde olduğunu bildirdi. "Josef, telsizde durum nedir?"

"Sadece parazit."

Kuzey Kutup Dairesi'nin bu kadar kuzeyinde parazit olağan bir problemdi. Meteorların yüklü parçacıkları Dünya'nın manyetik alanıyla etkileşerek kutuplarda yere doğru çekilirler ve telsiz haberleşmesini bozarlardı.

---

(1) Takım sporlarının antrenmanında sporcular sıra halinde koşarken en arkadaki oyuncu hızlanarak en öne geçer. Bu kez en arkadaki diğer oyuncu hızlanarak öne geçer. Koşu bu şekilde sürdürülür. Amerika Birleşik Devletleri'nde bu antrenman tekniğine Kızılderili koşusu denir.

"Pozisyonumuzu işaretleyelim," dedi Lichtermann. "Üsse yaklaştığımızda raporumuzu telsizle bildiririz. Hey Ernst, iyi iş. Sen olmasaydın dönüp gidecek ve konvoyu kaçıracaktık."

"Sağ olun efendim." Genç askerin sesindeki gurur gayet belirgindi.

"Konvoyun büyüklüğünün sayı olarak iyice tespit edilmesini ve yaklaşık hızlarını istiyorum."

"Çok yaklaşıp destroyerlerin ateş açmasına sebep olmayalım," diyerek uyarıda bulundu Ebelhardt. Savaşa ilk elden tanık olmuştu ve Londra'daki bir uçaksavarın hediyesi olan kalçasındaki şarapnel yüzünden şimdi ikinci pilot olarak uçmaktaydı. Lichtermann'ın gözlerindeki bakışı ve sesindeki heyecanı fark etmişti. "Ve *CAM*'ları[1] da unutmayalım."

"Bana güven," dedi pilot kibirli bir cesaret gösterisiyle ve koca uçağı üç bin metre aşağıda ağır ağır ilerleyen filoya doğru yaklaştırdı. "Çok yaklaşmayacağım. Zaten bize uçak fırlatabilecekleri kadar karaya yakın değiller."

CAM'lar Müttefikler'in Alman keşif uçuşlarına karşı geliştirdiği bir sistemdi. Yük gemisinin pruvasına uzun bir ray monte ediyor ve bir roket yardımıyla Hawker Sea Hurricane savaş uçaklarını havalandırarak hantal *Kondor*'lara ve hatta yüzeye çıkmış U-botlara saldırabiliyorlardı. *CAM*'ların zayıf yönü fırlatılan uçakların tekrar ana gemiye iniş yapamamasıydı. Hurricane uçakları normal iniş yapabilmek için ya Büyük Britanya'ya ya da başka bir dost ülke toprağına yakın olmalıydılar. Yoksa uçak suya çakılıyordu ve pilotu oradan kurtarmak gerekiyordu.

Altlarında seyreden filo en yakın Müttefik bölgesine en az bin mil uzaktaydı ve parlak ay ışığına rağmen gecenin karanlığında suya düşen bir uçağın pilotunu kurtarmak imkânsızdı. Bu gece hiçbir Hurricane uçağı fırlatılmayacaktı. Destroyerlerin ya da gökyüzüne yöneltecekleri uçaksavar atışının menzilinde olmadığı sürece, *Kondor*'un aşağıdaki kalabalık Müttefik ticaret filosundan korkacak bir şeyi olamazdı.

---

(1) Catapult Aircraft Merchantmen: Uçak Fırlatma Gemisi

İki destroyerin güvertesinde aniden yanıp sönen ışıklar belirdiğinde, Ernst Kessler aşağıdaki gemi sıralarını saymaktaydı. "Kaptan!" diye bağırdı. "Konvoydan ateş açıyorlar!"

Lichtermann kanatlarının altındaki destroyerleri güçlükle seçebilmişti. "Sakin ol oğlum," dedi. "Onlar sinyal lambası. Gemiler telsizleri kapalı yol alıyorlar. O ışıklar onların haberleşme yöntemi."

"Ha, özür dilerim efendim."

"Önemli değil. Sen şu sayım işini en doğru şekilde yapmaya bak."

Kondor filonun üzerinde avare bir şekilde daireler çiziyor ve kuzey kanadına doğru yaklaşıyordu ki üst silah platformunda görevli Dietz haykırdı. "Geliyor!"

Lichtermann'ın adamın neden bahsettiği hakkında en ufak bir fikri yoktu ve bu yüzden harekete geçmekte bir an gecikti. 7.7 mm'lik makineli tüfek mermileri, dikey dengeleyicinin alt kısmından başlayarak *Kondor*'u tüm gövdesi boyunca taradı. Dietz, eli tetiğe bile gidemeden öldü. Mermiler kokpiti de delip geçerek, kulak tırmalayan patırtılar arasında metal yüzeylerden oraya buraya sekerken kulaklarına bir yandan da uçağın gövdesindeki deliklerden esen rüzgârın uğultusu geliyordu. Lichtermann yardımcı pilotundan gelen hırıltıları duydu. Dönüp baktığında Ebelhardt'ın ceketinin kanlar içinde kaldığını gördü.

Lichtermann dümeni sıkıca tutup sertçe ittirerek birdenbire ortaya çıkan Müttefik uçağından uzaklaşmak için dalışa geçti.

Yaptığı manevra yanlıştı.

Sadece birkaç hafta önce denize indirilen *Empire MacAlpine* konvoya son anda katılmıştı. Tahıl taşımak üzere inşa edilen sekiz bin tonluk gemi beş ay boyunca Burntisland Tersanesi'nde elden geçirilerek, üstyapısı, 140 metrelik bir uçak pisti ve dört adet Fairley Swordfish torpido bombardıman uçağını alacak büyüklükte bir hangarı olan küçük bir hava üssü haline getirilmişti. Bu işlemler sonrasında hâlâ dönüşüm öncesi kadar tahıl taşıyabilecek durumdaydı. Donanma komutanlığı *CAM*'ları hep daha emniyetli bir seçenek ortaya çıkana kadar geçici bir tedbir olarak görmüşlerdi. Aynı şekilde *MacAlpine* gibi, MAC'lar(1) da ancak İngilizler, Birleşik Devletler'den birkaç tane Essex Class uçak gemisi sağlayana kadar kullanılacaktı.

Kondor konvoyun üzerinde dolanırken, iki adet Swordfish, MacAlpine 'den havalanmış, filodan oldukça uzaklaşıp, kendilerinden çok daha büyük ve hızlı olan *Kondor*'u gafil avlamak üzere kuzguni gökyüzünde yükselmişlerdi. Lichtermann ve adamları kendilerini neyin beklediğinden habersizdi. Fairley'ler en yüksek hızı ancak *Kondor*'unkinin yarısına ulaşabilen çift kanatlı uçaklardı. Radyal motorun kaportasının üzerine monte edilmiş bir Vickers makineli tüfeği ile kokpitin arkasına yerleştirilmiş oynar eksenli Lewis makineli tüfeği taşımaktaydılar.

İkinci Swordfish, Focke-Wulf'un dokuz yüz metre aşağısında, karanlıkta neredeyse görünmez bir halde bekliyordu. *Kondor* ilk saldırıdan kaçıp dalış yaptığında, hızını kesecek her şeyden arınmış bir halde bekleyen ikinci torpido bombardıman uçağının atış menziline yakalandı. Vickers'tan çıkan mermiler *Kondor*'un ön kısmına yağmaya başlamıştı. Aynı anda ikinci topçu, arka kokpit açıklığında eğilmiş, Lewis makineli tüfeğini uçağın sol kanadına bağlı bir çift BMW motoruna çevirmekteydi.

Ernst Kessler'in etrafındaki alüminyum gövdede açılan bozuk para büyüklüğündeki delikler, kızıl daireler halinde parlıyordu. Dietz'in çığlığı ile uçağın altını yalayan yaylım ateşi arasında sadece birkaç saniye vardı. Genç adamı korkudan felç etmeye yetecek kadar uzun bir süre değildi bu. Görevini biliyordu. Fw, daha yavaş uçan Swordfish'i geçip hızla alçalmaya devam ederken, uçağın sert dalışına henüz uyum sağlayamayan midesini bastırmak için kuvvetlice yutkunduktan sonra MG-15'in tetiğine asıldı. İzli mermiler gökyüzünü kaplamıştı ve 7.92 mm'lik silahıyla yangına su tutan bir itfaiye eri gibi nişan almaktaydı. Karanlıkta küçük alev püskürmeleri görebiliyordu. Bu, Fairley'in radyal motorunun çevresinden püskü-

---

(1) Merchant Aircraft Carriers: Uçak Nakliye Gemisi

ren egzozdu ve o da kendi uçağı İngiliz uçağı tarafından sürekli taranmasına rağmen o noktaya nişan aldı.

İzli mermilerin ışıklı çizgileri akkorlaşmış çemberde buluştu ve birden Müttefik uçağının burnu sanki patlayan havai fişeklerin ortasında kalmış gibi göründü. Kıvılcım ve alevler Swordfish'i içine almıştı. Uçağın gövdesi saldırının şiddetinden parçalanmaya başlamıştı. Pervane parçalanıp koptu ve radyal motor parça tesirli bir el bombası gibi patladı. Parlayan yakıt ve kızgın yağ, korunmasız durumdaki pilot ve topçunun üzerine akmaya başladı. Swordfish'in *Kondor*'unkini izleyen kontrollü dalışı artık kontrolsüz bir düşüşe dönüşmüştü.

Fairley, kanadı üzerine yıkıldı ve bir göktaşı gibi yanarak giderek daha hızlı bir şekilde dönerek düşmeye başladı. Lichtermann *Kondor*'u yatay pozisyona getirdi. Kessler alevler içindeki hurda yığınının düşmeye devam ettiğini gördü. Aniden gördüğü şeyin şekli değişti. Kanatlar koparak Swordfish'in gövdesinden ayrıldı. Ölümcül yara alan uçakta aerodinamik adına ne kaldıysa, artık o da gitmişti. Swordfish bir taş gibi düştü ve denizin acımasız sularına gömülürken alevler son bir kez göz kırparak yok oldu.

Ernst yukarıya, sol kanadın on beş metrelik arka kenarına baktığında daha önce telaştan hissetmediği korku bu kez tam anlamıyla benliğine hâkim oldu. Her iki dokuz silindirli motordan da duman çıkıyordu ve ateşlemelerin düzensiz olduğunu açıkça duyabiliyordu.

"Kaptan," diye bağırdı mikrofonuna.

"Kes sesini Kessler," diye tersledi Lichtermann. "Telsizci buraya gel ve bana yardım et. Ebelhardt öldü."

"Kaptan sol motorlar." Kessler ısrar etti.

"Biliyorum lanet olası, biliyorum. Sus dedim."

İlk saldıran Swordfish iyice arkada kalmıştı ve büyük ihtimalle çoktan konvoya katılmak üzere geri dönmüştü. Kessler'e de pervane rüzgârında uçuşan dumana bakmaktan başka yapacak bir şey kalmamıştı. Lichtermann alevlerin kaybolacağı umuduyla gövdeye yakın olan motoru susturdu. Motoru yeniden çalıştırmadan önce bir süre bekledi. Motor öksürerek çalıştı ve motor kapağından yine alevler çıkmaya başladı. Çıkan alevler motor yuvasının alüminyum yüzeyini hızla siyaha boyadı.

Gövdeye yakın motorun sağladığı küçük itişe güvenen Lichtermann dıştaki motoru susturmayı denedi. Sonra yeniden marşa bastığında motor belli belirsiz bir duman çıkararak hemen çalıştı. Bunun üzerine içten içe yanmakta olan gövdeye yakın motoru, yangının yakıt hatlarına yayılabileceği korkusuyla hemen susturdu. Sonra, olabildiğince uzun süre idare etmesi için, çalışmakta olan dıştaki motoru yavaşlattı. İki tane düzgün çalışan ve bir yarım güçle çalışan motorla üsse dönebilirlerdi.

Gergin dakikalar ağır ağır ilerledi. Genç Kessler pilota ne durumda olduklarını sormamak için zor tutuyordu kendini. Lithermann'ın ilk fırsatta ona açıklama yapacağına inanıyordu. Yeni bir sesle, tam arkasından gelen ıslık gibi bir fışkırma sesiyle zıplayınca kafasını iç dikmeye vurdu. Bulunduğu yeri koruyan pleksiglas tavan birden damlacıklarla kaplandı.

Bir anda Lichtermann'ın kalan yakıtı ve Narvik'teki üslerine olan uzaklığı hesaplamış olabileceğini akıl etti. Uçağı mümkün olduğunca hafifletmek için fazla yakıtı boşaltıyordu. Yakıt boşaltma borusu, göbek makinelisi yuvasındaki yerinin tam arkasındaydı.

"Orada ne durumdasın Kessler?" diye sordu Lichtermann, yakıt akışını durdurduktan sonra.

"Ee... iyiyim efendim," diye kekeledi Kessler. "Bu uçaklar nereden çıktı böyle?"

"Tekini bile görmedim," diye itiraf etti pilot.

"Çift kanatlıydılar. En azından benim vurduğum öyleydi."

"Swordfish olmalı," dedi Lichtermann. Anlaşılan Müttefikler yeni bir numara keşfetmişler. O uçaklar CAM'dan atılmadı, yoksa kanatları roket destekli motorlara dayanamaz ve parçalanırdı. İngilizlerin yeni bir uçak gemisi olmalı.

"Ama hiç havalanan uçak görmedik."

"Biz onları görmeden önce bizi görüp havalanmış olmalılar."

"Bu bilgiyi üsse telsizle bildirebilir miyiz?"

"Josef şu anda buna çalışıyor. Telsiz hâlâ parazitten başka bir şey çekmiyor. Yarım saat içinde sahilde olacağız. O zaman daha iyi çeker."

"Ne yapmamı istersiniz efendim?"

"Yerinde kal ve başka Swordfish'ler için gözünü dört aç. Hızımız yüz yetmiş kilometrenin altında ve her an bir tanesi gizlice yaklaşabilir bize.

"Üsteğmen Ebelhardt ve Onbaşı Dietz ne olacak efendim?"

"Baban papaz falan diye duymuştum galiba."

"Dedem efendim. Köyümüzdeki Luteryan kilisesinde."

"Bir sonraki mektubunda ona yaz ve dua etmesini iste. Ebelhardt ve Dietz, ikisi de öldüler."

Bunun üzerine başka bir konuşma olmadı. Kessler, bir düşman uçağı bulmayı umarak ama bir yandan da bulmamak için dua ederek karanlıklara doğru bakmaya devam etti. Nasıl olup da iki insanı öldürdüğünü düşünmemeye çalıştı. Savaştaydılar ve onlar *Kondor*'a pusu kurmuşlardı. Öyleyse tüm hücrelerine kadar işleyen o tüyler ürpertici suçluluk duygusunu hissetmemesi gerekirdi. Elleri titrememeli ve karnında düğümler oluşmamalıydı. Keşke Lichtermann dedesinden hiç bahsetmeseydi, diye düşündü. Sert mizaçlı papazın ne diyeceğini tahmin edebiliyordu. Hükümetten ve başlattıkları bu aptalca savaştan nefret ediyordu. O savaş şimdi de en küçük torununu bir katile çevirmişti.

Kessler bir daha asla dedesinin gözlerine bakamayacağını biliyordu.

"Sahili görebiliyorum," dedi Lichtermann kırk dakika sonra. "Narvik'e hâlâ ulaşabiliriz."

Norveç'in kuzey sahilleri üzerinden hızla geçtiklerinde, *Kondor*, dokuz yüz metreye kadar alçalmıştı. Köpüklü dalgaların biçimsiz kayalık ve adaları dövdüğü çorak, çirkin bir yeryüzü parçasıydı gözüken. Sakinlerinin geçimini denizden zar zor kazanmaya çalıştığı, sarp kayalara ve girintilere tutunmuş birkaç balıkçı köyü vardı sadece.

Ernst Kessler'in morali biraz olsun düzeldi. Karanın üzerinde uçmak bir şekilde kendisini daha emniyette hissettiriyordu. Aşağıdaki kayalık alana çakılırlarsa kurtulma şansı olacağından değil ama yine de karada ölmek ve böylece cesedinin bulunup adam gibi bir törenle toprağa verilmesi, o vurulup düşen İngiliz pilot gibi denizlerin bilinmezliğinde ölmekten çok daha iyi geliyordu ona.

Kader o anda son kartını oynamaya karar vermişti. Kocaman keşif uçağını yarım güçle çalışarak dengede tutan sol kanat üzerindeki dış motor hiçbir belirti göstermeden öylesine ani şekilde susmuştu ki pervane, denge sağlayan bir döner disk olmaktan çıkmış, birdenbire müthiş bir hava direnci oluşturan parlak metalden yapılmış sabit bir heykele dönüşmüştü.

Kokpitte Lichtermann, uçağın helezon hareketini engellemek üzere sert bir şekilde kumanda koluna asıldı. Sağ kanattaki itme ve soldaki direnç uçağın havada kalmasını neredeyse imkânsız hale getirmişti. Uçak burnunu sola çevirip dalışa geçmek istiyordu.

Kessler tüfek kaidesine doğru şiddetle savruldu ve fişeklik bir kırbaç gibi yüzünde şakladı. O kadar sert bir darbeydi ki bu, bir an görüşü bulanıklaştı ve burnundan kan gelmeye başladı. Eğer kafasını eğip kendini korumasa bu kez parlak pirinç kuşak tam kafasına çarpacaktı. Güçlükle fişekliği ara duvara sabitledi.

Lichtermann birkaç saniye uçağı sabit tutmayı başardı ancak bunun umutsuz bir mücadele olduğunu biliyordu. *Kondor* dengesini tamamen kaybetmişti. Eğer bir yere inmeyi umut ediyorsa bunu ancak itme gücüyle hava direncini eşitleyerek gerçekleştirebilirdi. Uzanıp sağdaki motorları susturan düğmeye bastı. Motorlar hemen durdu. Sol tarafındaki sabit pervane direnç oluşturmayı sürdürüyordu ama uçak artık iri bir planöre dönüştüğünden, Lichterman bunu dengeleyebiliyordu.

"Kessler, buraya gel ve bağlan." Lichtermann dahili haberleşmeden seslendi. "Çakılacağız."

Uçak tepesinde küçük bir buzul olan fiyordun yanı başında yükselen bir dağın üzerinden hızla geçti. Buzul sivri dişli kayaların yanında göz kamaştırıcı bir beyazlığa sahipti.

Emniyet kemerini çözmüş ve top yuvasından sürünerek çıkmak üzere eğilmişken Ernst'in gözüne çok aşağılarda bir şey çarptı. Fiyordun yarığının dibinde buzulun üzerinde kısmen inşa edilmiş bir yapı vardı. Ya da buzulun gömmeye başladığı çok eski bir şeydi bu. Bu kadar uzaktan ve bir anlık bakışla boyutlarını algılaması zordu ama sanki bir tür Viking ambarı gibi büyük gözüküyordu.

"Kaptan," diye bağırdı Kessler. "Arkamızda. Şu fiyordun içinde... Bir bina var. Sanırım buzun üstüne inebiliriz."

Lichtermann hiçbir şey görmemişti ama Kessler arkaya dönük oturuyordu ve fiyordu rahatça görebilirdi. *Kondor*'un önünde gözüken bölge buzların oyduğu bıçak gibi keskin küçük tepelerden oluşan engebeli bir araziydi. Uçağın iniş takımları yere değdiği anda parçalanırdı ve kayalar uçağın gövdesini kâğıt gibi biçerdi.

"Emin misin?" diye geriye seslendi.

"Evet efendim. Buzulun ucundaydı. Ay ışığında görebildim. Kesinlikle orada bir bina var."

Motorlar olmadan Lichtermann'ın iniş için tek deneme şansı vardı. Önündeki alana inerse kendisinin ve iki adamının hiçbir kurtulma şansı olmayacağından emindi. Buzula inmek de pek mantıklı değildi ama her şeye rağmen az da olsa kurtulma şansları vardı.

Uçağın ataletiyle mücadele ederek dümeni kuvvetlice ittirdi. Uçağı döndürmek kanatlardaki kaldırma kuvvetinin azalmasına sebep oldu. Uçağı tekrar düz duruma getirdiğinde altimetre iki kat hızla geriye doğru dönmeye başlamıştı. Lichtermann'ın yapabileceği bir şey yoktu. Fizik kuralları işliyordu.

Heybetli uçak gökyüzünü yararak kuzeye yöneldi. Buzulu görmesini engelleyen dağ, Lichtermann'ın önünde beliriverdi. İçinden parlak ay ışığına şükretti. Çünkü başka türlü dağın eteğindeki el değmemiş buzuldan oluşmuş bir buçuk kilometrelik alanı göremezdi. Kessler'in sözünü ettiği binayı göremedi ama zaten çok da önemi yoktu bunun. Tüm dikkatini buza vermişti.

Buzul kütlesi, dağın yanındaki bir yarıktan neredeyse dik bir buz duvarı olarak aşağı doğru uzanıyordu. O kadar kalındı ki cılız ışığın altında bile masmavi gözüküyordu. Uzun fiyort boyunca birkaç küçük buzdağı göze çarpıyordu.

Kondor hızla alçalıyordu. Lichtermann buzulla aynı hizaya gelmek için son bir manevra yaptı ve irtifasını korumaya çalıştı.

Dağın zirvesinden daha aşağıda uçuyorlardı şimdi. Buzulun şekillendirdiği kaya kanat ucuna bir kol boyu mesafeden daha yakındı. Üç yüz metreden düz gözüken buz yüzeyi, yaklaştıkça daha engebeli, sanki küçük dalgalar bir anda üzerinde donup kalmış gibi gözüküyordu. Lichtermann iniş takımlarını açmadı. Tekerlerden biri koparsa uçak takla atar ve paramparça olurdu.

"Sıkı dur," dedi. Boğazı o kadar kurumuştu ki karga gibi çatallı bir ses çıkmıştı ağzından.

Ernst yerinden kalkıp telsizcinin koltuğuna geçerek emniyet kemerini bağlamıştı. Josef, Lichtermann'la birlikte kokpitteydi. Telsizin göstergeleri bembeyaz bir ışık saçıyordu. Hiç pencere olmadığından uçağın içi kapkaranlıktı. Pilotun kısa uyarısını duyar duymaz Kessler iki büklüm oldu ve eğitimde öğretildiği gibi ellerini ensesinde birleştirip dizlerini dirseklerinin arasına aldı.

Dudaklarından dualar dökülmeye başladı.

Kondor buzula belli bir açıyla dokunup, üç dört metre yükselerek tekrar daha sert bir şekilde indi. Metalin buza temasından çıkan ses, tünelin içinden hızla geçen bir trenin sesi gibiydi. Kessler kemere rağmen şiddetle savrulduğunu hissetti ancak cenin pozisyonunu bozmaya cesaret edemedi. Uçak kulak tırmalayıcı bir ses çıkararak bir yere öylesine sert şekilde çarptı ki telsiz notları bulundukları raflardan fırlayıp havada uçuşmaya başladı. Kanat buza çarptı ve uçak kendi etrafında dönmeye başladı. Aynı anda uçaktan kopan parçalar etrafa saçılıyordu.

Uçağın içinde yalnız başına olup dışarıda neler olduğunu bilmemek mi, yoksa kokpitte pilotun yanında durup *Kondor*'un parçalandığını görmek mi daha iyiydi bilemiyordu.

Kessler'in büzüştüğü yerin altında bir yırtılma oldu ve uçağın gövdesinden içeri doğru buz gibi bir hava akın etti. Ön topçu yerini koruyan pleksiglas koparak kabinin içine fırladı.

Buzuldan kopan buz parçaları uçağın içine yağmaya devam ediyor ve sanki uçak bir türlü yavaşlamıyor gibiydi.

Birden o ana kadarki en yüksek ses duyuldu ve yırtılan metalin patlamayı andıran sesini, yüksek oktanlı uçak yakıtının keskin kokusu takip etti. Kessler ne olduğunu biliyordu. Kanatlardan biri buza saplanıp kopmuştu. Lichtermann benzinin çoğunu boşalttıysa da kalan miktar yine de ciddi bir yangın tehlikesi oluşturuyordu.

Uçak hem kendi salınımının hem de hafif eğimin etkisiyle buz üzerinde kızak gibi kaymaya devam ediyordu. Sonunda yavaşlamaya başladı. Sol kanadının kopması uçağı gidiş yönüyle dik açı yapacak şekilde döndürmüştü. Giderek gövdesinin daha büyük bir kısmı buzla temas ettikçe sürtünme kuvveti yerçekimine üstün gelmeye başladı.

Kessler derin bir nefes aldı. *Kondor*'un artık her an durabileceğini anlamıştı. Kaptan Lichtermann başarmıştı. Tam acil durum pozisyonunu bırakacaktı ki sağ kanat buza çarparak kökünden koptu. Gövde kopan kanadın üzerine yuvarlanarak tepetaklak bir halde durdu. Bu şiddetli sarsıntı Kessler'i neredeyse kemerinden fırlatıp atacaktı. Boynu ciddi şekilde zedelenmişti ve acıyı ayak parmaklarına dek hissetti.

Genç havacı artık alüminyumun buz yüzeyle temasından çıkan sesin kesildiğini fark edene kadar bir süre daha o şekilde kemerlerine asılı durumda kaldı. *Kondor* durmuştu. Kusmamak için kendini zor tutarak kemerlerini çözdü ve yere çömeldi. Ayaklarının altında yumuşak bir şey hissetti. Karanlıkta yana kaydı, aşağıya doğru uzandı ve hemen elini geri çekti. Bir cesede dokunmuştu ve ellerine ne olduğunu hemen anladığı ılık ve yapışkan bir sıvı bulaşmıştı. Kan.

"Kaptan Lichtermann?" diye seslendi. "Josef?"

Cevap olarak, uçağın her tarafından içeri esmekte olan soğuk rüzgârın uğultusunu duydu.

Kessler telsizin altındaki dolabı karıştırdı ve bir el feneri buldu. Onun çıplak ışığı, daha ilk saldırı anında ölen Max Ebelhardt'ın cesedini aydınlattı. Josef ve Lichtermann'a seslenerek fenerin ışığını ters dönmüş kokpitte gezdirdi. İkisi de koltuklarındaydı ve kolları, kemerlerine bağlı vücutlarının yanında bir bez bebeğinki gibi serbestçe sallanıyordu.

İkisi de hareketsizdi. Hatta sürünerek yanlarına gidip pilotun omzuna dokunmasına rağmen en ufak bir hareketlenme olmadı. Lichtermann'ın kafası geriye düşmüş, mavi gözlerini hiç kırpmıyordu. Yüzü, kafatasından akan kanla koyu kırmızıya boyanmıştı. Kessler yanağına dokundu. Hâlâ ılıktı fakat cildi esnekliğini yitirmişti. Macun gibiydi. Fenerin ışığını telsizci/topçuya doğru çevirdi. Josef Vogel de ölmüştü. Kafasını bölme duvarına çarpmıştı. Metale bulaşan kanı görebiliyordu. Lichtermann'ın da uçak ters döndüğünde boynu kırılmış olmalıydı.

Benzinin keskin kokusu Kessler'i bir anda kendine getirdi ve doğruca uçağın arkasına yöneldi. Ana çıkış kapısı oradaydı. Pervazı çarpmanın etkisiyle ezilmişti. Omzuyla metale sertçe vurarak açmak zorunda kaldı kapıyı. *Kondor*'dan dışarı fırladı ve buzun üstüne düştü. Gövdeden ve kanattan kopan parçalar buzul üzerinde geniş bir alana yayılmıştı. Uçağın buzun üzerinde açtığı derin izleri de görebiliyordu.

Yangın tehlikesi ne kadar yakındı ya da uçağa ne zaman geri dönmesi emniyetli olurdu kestiremedi. Bildiği tek şey, buzulu yalayarak esen rüzgârın altında açık havada uzun süre dayanamayacağıydı.

Tek umudu çakılmadan önce gördüğü esrarengiz binayı bulmaktı. *Kondor*'un yanmayacağından emin olana kadar orada bekleyip sonra uçağa dönebilirdi. Telsizin bozulmadığını umuyordu. Eğer çalışmıyorsa o zaman uçağın kuyruk kısmına koydukları şişme botu kullanacaktı. Bir köye ulaşması günler alabilirdi ama kıyı şeridini izleyerek bunu başarabilirdi.

Bir plana sahip olmak son bir saatte yaşadığı dehşeti unutturmuştu. Sağ kalmaya odaklanmalıydı. Kaybettiği arkadaşlarını düşünmeye, Narvik'e sağ salim vardığında başlayabilirdi. Hiçbiriyle özel bir yakınlığı yoktu. Araştırmalarını onlarla eğlenmeye tercih etmişti. Yine de ekip arkadaşlarıydı hepsi.

Kafası zonkluyordu ve boynu öyle tutulmuştu ki hiçbir tarafa hareket ettiremiyordu. Dar fiyordun büyük bir kısmını gizleyen dağı kerteriz alıp buzul üzerinde güçlükle ilerlemeye başladı. Buzun üzerinde mesafeyi kestirmek çok zordu ve bir iki kilometre olarak düşündüğü uzaklığın bunun katbekat üstünde olduğunu anladı. Şiddetli bir sağanak yağmur başladı ve bu da her şeyin üstüne tuz biber ekti. Ceketinin üzerindeki su donarak, her adımında çatırdayan parçalar halinde yere dökülüyordu.

Uçağa geri dönüp şansını denemeyi düşünmeye başlamışken kısmen buzun üzerinde yükselen yapının silueti uzakta belirdi. Yaklaşıp ayrıntıları daha net seçmeye başladığında yaşadığı ürpertinin sebebi soğuktan daha fazlasıydı. Gördüğü şeyin bir binayla uzaktan yakından ilgisi yoktu.

Kocaman bir geminin pruvasının altında duruyordu şimdi. Ahşaptan yapılmış, bakır kaplamaları olan ve tepesinde kule gibi yükselen gemi buzun içinde hapsolmuştu. Buzulların ne kadar yavaş hareket ettiğini bildiğinden böyle bir geminin bu kadar derin bir biçimde buza gömülmesi için binlerce yıl gerektiğini tahmin etti. Daha önce gördüğü hiçbir şeye benzemiyordu. Kafasından bu düşünce geçtiği anda bunun doğru olmadığını fark etti. Bu geminin resimlerini görmüştü daha önce.

Daha çocukken dedesinin ona okuduğu İncil'de görmüştü resimleri. Kessler her zaman Eski Ahit'teki hikâyeleri Yeni Ahit'teki vaazlara tercih etmişti. O yüzden geminin boyutlarını bile hatırlıyordu – üç yüz arşın uzunluğunda, elli arşın genişliğinde ve otuz arşın yüksekliğindeydi.

"... ve Nuh hayvanları çiftler halinde bu gemiye bindirdi."

1. BÖLÜM

BANDAR ABBAS, İRAN

Yorgun görünümlü şilep, Bandar Abbas'ın yoğun limanı açıklarında İranlı güvenlik görevlilerinin dikkatini çekecek kadar uzun süre demirli kalmıştı. Yakındaki bir donanma üssünden hareket eden silahlı bir devriye botu masmavi sığ sularda hızla ilerleyerek yüz elli metreden uzun olan gemiye doğru yaklaştı.

Geminin adı *Norego*'ydu ve eğer sancak direğindeki bayrağa bakılırsa Panama bandıralıydı. Görünüşe göre ömrünü genel yük gemisi olarak geçirdikten sonra konteyner görevine verilmişti. Üçü başta, ikisi kıçta olmak üzere güvertesinden uzanan 5 adet kargo vinci dalsız ağaçlar gibi gözüküyordu. Onların etrafında da kaptan köprüsünün pencerelerine kadar yükselen parlak renklere boyanmış konteynerler dizilmişti. Çok sayıdaki konteynere karşın gemi, suyun oldukça üstünde, azami yük çizgisinin altındaki en az beş metrelik kırmızı boyayı gözler önüne serecek şekilde duruyordu. Gövdesi boydan boya maviydi ancak epeydir yüzeyine bir kat boya bile sürülmemiş gibi görünüyordu. Üst kısmı da uyumsuz bir yeşil tonda boyanmıştı. İki bacası da isten o kadar kararmıştı ki asıl renkleri belli olmuyordu. Bacalardan çıkan bir öbek duman geminin üzerinde tabaka halinde asılı kalmıştı.

Metal payandalarla oluşturulmuş bir iskele, geminin kıçından sarkıtılmış, üzerlerinde yağa bulanmış iş elbiseleri olan adamlar şilebin dümen yatağı üzerinde çalışıyorlardı.

Devriye teknesi yaklaştığında, süratli botun kaptanlığını üstlenen asteğmen megafonu ağzına götürerek, "Merhaba *Norego*," diye Farsça seslendi. "Geminize çıkacağımızı bildiriyoruz." Muhammed Ghami aynı sözleri İngilizce olarak da tekrarladı.

Az sonra ter lekeleri içinde bir üniforma giymiş oldukça kilolu bir adam iskele başında belirdi. Astına başıyla işaret verdi ve geminin merdiveni alçalmaya başladı.

Birbirlerine yaklaştıklarında, Ghami adamın omuzlarındaki kaptan apoletlerini gördü ve üzülerek bu düzeyde bir insanın kendini nasıl böylesine bıraktığını merak etti. *Norego*'nun kaptanının kocaman göbeği kemerinden bir karış sarkıyordu. Beyaz şapkasının altından yer yer grileşmiş yağlı siyah saçları gözüküyordu ve yüzü de iki günlük uzamış sakallarla kaplıydı. Geminin sahiplerinin bunun gibi bir adamı nereden bulduklarını merak etti.

Adamlarından biri devriye botunun 50 kalibrelik makinelisinin başında dururken bir diğerine sert gövdeli şişme botu çıkış iskelesine bağlamasını işaret etti. Diğer bir gemici yakın mesafede omzunda bir AK-47 asılı vaziyette duruyordu. Ghami silahının kılıf kapağının açık olup olmadığını kontrol ettikten sonra yardımcısıyla birlikte gemiye çıkan merdivenlere atladı. Tırmanırken kaptanın saçlarını yatırdığını ve pis gömleğini düzelttiğini gördü. Boşuna çabalıyordu.

Güverteye eriştiğinde Ghami geminin sacının yer yer kalktığını ve on beş yirmi yıldır boyanmamış olduğunu fark etti.

Pas, nakliye konteynerleri dışında her şeyin yüzeyini kaplamıştı. Onlar da muhtemelen tayfaların ihmalinden zarar görecek kadar uzun süre güvertede değillerdi. Küpeşte demirlerindeki boşluklar zincirlerle doldurulmuştu. Üst güverte o kadar paslanmıştı ki neredeyse yıkılıverecekmiş gibi duruyordu.

Tiksintisini gizleyerek kaptana sert bir selam verdi. Kaptan kocaman göbeğini kaşıyıp şapkasının kenarına dokunarak belli belirsiz bir karşılık verdi.

"Kaptan, ben İran donanmasından Asteğmen Muhammed Ghami. Bu da deniz er Khatahani."

"*Norego*'ya hoş geldiniz asteğmen," dedi şilebin kaptanı. "Ben Kaptan Ernesto Esteban."

Adamın İspanyol aksanı o kadar baskındı ki Ghami anlamak için her kelimesini kafasında yeniden düşünüyordu. Esteban, İranlı denizciden dört beş santimetre uzundu, ama fazla kiloları omuzlarını düşürmüş, sırtını da kamburlaştırmış olduğundan neredeyse aynı boyda gözüküyorlardı. Koyu renk gözleri sulanmıştı. Ghami'nin elini sıkmak üzereyken güldüğünde sarı ve çarpık dişleri ortaya çıktı. Nefesi de ekşi peynir gibi kokuyordu.

"Dümen donanımınızda nasıl bir sorun var?"

Esteban İspanyolca küfrederek, "Yatak sarmış. Bu bir ayda dördüncü kez oluyor. Cimri patronlar tersanede onarmama izin vermediler, bu yüzden adamlarım halletmek zorunda kaldı. Bu gece yola çıkmamız lazım, en geç yarın sabah," dedi.

"Yükünüz ve teslim yeriniz?"

Kaptan nakliye konteynerlerinin birine eliyle vurdu. "Boş kutular. Tam *Norego*'ya uygun yükler."

"Anlamadım," dedi Ghami.

"Dubai'den Hong-Kong'a boş konteynerler taşıyoruz. Dolu konteynerler gemiyle taşınır, boşaltılır ve rıhtıma yığılır. Biz de onları yeniden doldurulacakları Hong-Kong'a geri taşırız." Geminin karinasının neden suyun o kadar üzerinde olduğu şimdi anlaşılıyordu. Boş konteynerler olsa olsa birkaç ton çekerdi. "Peki, buraya geri gelirken ne taşıyorsunuz?"

"Anca masraflarımızı karşılayacak şeyler," dedi Esteban acınaklı bir şekilde. "Kimse bu gemiyi boş kutulardan daha değerli bir şey için sigorta etmez."

"Mürettebat beyanınızı, konşimentoyu ve geminin evraklarını görmem gerekiyor."

"Bir sorun mu var?"

"Buna evraklarınızı gördükten sonra karar vereceğim," diyerek karşısındaki sevimsiz adamı yola getirecek tehditkâr bir ifade kullandı Ghami. "Tekneniz İran karasularının içine kadar girmiş durumda ve bu da bana gerek gördüğümde bu tekneyi karış karış arama hakkı veriyor."

"No problema sinyor," dedi Esteban aşırı nazik bir yumuşaklıkla. Sırıtışı daha çok yüzünü buruşturur gibiydi. "Şu sıcaktan kaçıp ofisime girelim mi?"

Bandar Abbas, Basra Körfezi'nin dar giriş noktasındaki Hürmüz Boğazı'nın en kavisli yerinde konuşlanmıştı. Yaz aylarında, gün içinde sıcaklık nadiren elli derecenin altına düşerdi ve hemen hemen hiç rüzgâr olmazdı. Ayaklarının altındaki metal zeminde rahatlıkla yumurta pişirilebilirdi.

"Yolu gösterin o zaman," dedi Ghami, elini köprü üstüne doğru uzatarak.

Norego'nun içi de dışı kadar köhneydi. Yerdeki muşamba döşeme ufalanmıştı ve çıplak sac duvarlarda yer yer soluk boya öbekleri vardı. Tavana monte edilmiş floresan lambalardan vınlama sesleri geliyordu. Birçoğu gelişigüzel aralıklarla yanıp sönerek dar koridorda koyu gölgeler oluşturuyordu.

Esteban, Ghami ve Khatahani'yi korkulukları sallanan dar bir güverte yolundan geçirerek daha kısa bir koridora çıkarttı. Ofisinin kapısını açarak içeriye buyur etti. Ofisin sonundaki açık kapıdan kaptanın kamarası gözüküyordu. Toplanmamış bir yataktan lekeli çarşaflar sarkıyordu. Odada ayrıca duvara monte edilmiş bir şifoniyer ve onun da üzerinde boydan boya çatlamış bir ayna vardı.

Dikdörtgen şeklindeki ofisin tek lombozunun camı tuzdan o kadar aşınmıştı ki içeriye ancak loş bir ışık sızabiliyordu. Duvarlar siyah kadife üzerine cafcaflı renklerle boyanmış üzgün bakışlı palyaço resimleriyle bezenmişti. Diğer bir kapı Tahran'ın kenar mahallelerindeki benzerlerinden bile daha pis görünümlü bir tuvalete açılıyordu. Odada içilen sayısız sigaradan kalan zift kokusu her şeyin üzerine sinmişe benziyordu. Kendini bildiğinden beri sigara tiryakisi olan İranlı deniz subayı Ghami bile genzinde hissettiği bu kokudan tiksinmişti.

Esteban masa lambasının kordonunun ucundaki çıplak telleri masanın yanındaki prize soktu. Masa lambası prizden çıkan kıvılcımlar eşliğinde göz kırparak yandı. Esteban tuhaf bir iniltiyle kendini koltuğuna bıraktı. İki müfettişe masanın önündeki sandalyelere oturmalarını işaret etti. Ghami oturmadan önce gördüğü hamamböceği ölüsünü, cebinden çıkarttığı bir kalemle yere ittirdi.

Masasını karıştıran kaptan bulduğu içki şişesini, iki Müslüman'a bir bakış attıktan sonra İspanyolca bir şeyler mırıldanarak çekmeceye geri koydu. "İşte belgeler," diyerek bir dosyayı uzattı. "Dediğim gibi, Dubai'den Hong-Kong'a sadece boş konteyner taşıyoruz." Bir başka dosyayı masanın üstüne koyarak, "Mürettebata ait evraklar. Bana sorarsanız bir gemi dolusu nankör. İstediğinizi atın içeri. Bence hiç mahzuru yok. Bunlar da *Norego*'nun evrakları," dedi.

Ghami gemi personelinin isimlerini parmağını evrakın üzerinde gezdirerek ve milliyetlerine dikkat ederek okudu. Her birinin kimliklerini ikişer kez kontrol etti.

Gemi mürettebatı Çinli, Meksikalı ve Karayip Adaları'ndan gelenlerden oluşuyordu. Dümeni tamir edenlerin görüntüsüyle uyumlu bir listeydi. Kaptanın kendisi de Meksika, Guadalahara'dandı. On bir yıldır Trans-Ocean Shipping and Freight şirketinde çalışıyordu, son altı yıldır da *Norego*'nun kaptanıydı. Esteban'ın sadece kırk iki yaşında olduğunu görünce şaşırdı Ghami. Adam altmışına yakın gösteriyordu.

Kuşku uyandıracak hiçbir şey yoktu ama Ghami yine de bir şeyi atlamak istemiyordu.

"Burada sekiz yüz yetmiş konteyner taşıdığınız yazıyor.

"Aşağı yukarı."

"Ambara mı istiflediniz?"

"Güverteye yüklenmemiş olanları evet."

"Bakın kaptan, sizi hor görmek istemem ama bunun gibi bir gemi etkin bir şekilde konteyner taşımaya uygun tasarlanmamış. Ambarlarınızda kaçak mallar için uygun yerler olabileceğinden şüpheleniyorum. Tamamını denetlemek istiyorum."

"Dümen donanımım tamir edilene kadar elimdeki en bol şey zaman asteğmen," dedi kendinden emin bir şekilde. "İsterseniz tüm gemiyi arayabilirsiniz. Gizleyecek hiçbir şeyim yok."

Ofisin kapısı aniden sonuna kadar açıldı ve tahta terlikli bir Çinli tayfa içeri dalarak kaptana heyecanlı ve telaşlı bir şekilde Kanton dilinde bir şeyler söyledi. Esteban küfrederek masasından fırladı. Onun bu telaşlı hareketi nedeniyle ayağa kalkan Ghami'nin eli kılıfına doğru gitti. Esteban onu görmezden gelerek, elli kilo fazlası olan iri vücudunun mümkün kıldığı ölçüde bir çeviklikle odanın diğer ucuna doğru koşturdu. Tam tuvaletin kapısına yetişmişti ki tesisattan gırtlaktan çıkarcasına gurultulu bir su sesi duyuldu. Tuvaletin kapısını çarparak kapattı. Hemen ardından gayzer gibi fışkırarak tavana çarpan suyun sesi duyuldu. Yeni ve daha keskin bir koku küçük odayı tamamen kapladı.

"Bunun için kusura bakmayın," dedi Esteban. "Seng bizim foseptik sistemiyle uğraşıyor. Pek başarılı olduğunu söyleyemem doğrusu."

"Eğer bir şey saklıyorlarsa bile, bulmak istediğimden emin değilim," dedi er Khatahani komutanına fısıltıyla.

"Haklısın," dedi Ghami cevap olarak. "Bu körfezde bu dangalağa ya da onun külüstür mavnasına güvenecek tek bir kaçakçı bulamazsın."

Kaçakçılığı eski, geçerli ve asil bir gelenek olarak gören Ghami espri yapmıyordu. Esteban'a dönerek, "Kaptan, anladığım kadarıyla geminizi tamir etmekle meşgulsünüz. Evraklarınız da düzgün görünüyor. O yüzden sizi daha fazla meşgul etmeyelim."

"Emin misiniz?" diye sordu Esteban, tek kaşını kaldırarak. "Size bir gemi turu yaptırabilirim."

"Gerek yok," dedi Ghami, ayağa kalkarken.

"Nasıl isterseniz." Esteban önlerine düşerek onları ofisten çıkarttı ve loş koridorlardan geçerek tekrar güverteye vardılar. Öğleden sonra güneşinin göz kamaştırıcı ışıkları, özellikle geminin karanlık dehlizlerinden sonra neredeyse can yakıyordu. *Norego*'nun arkasındaki puslu ufkun oluşturduğu fonda, tankları ham petrol dolu üç yüz elli metrelik bir süper tanker kuzeye doğru yol alıyordu.

Ghami borda iskelesinde Esteban'ın elini sıkarak, "Eğer dümendeki sorunu yarına kadar halledemezseniz Bandar Abbas liman yetkililerine haber verin. O zaman teknenizi gemilerin yolundan uzaklaştırıp limana çekmeleri gerekebilir," dedi.

"Bu domuzu yakında adam ederiz," dedi Esteban. "Yorgun olabilir ama yaşlı *Norego* hâlâ hayat dolu."

Ghami adama kuşku dolu bir bakış attı. Khatahani'yle birlikte merdivenlerden indi ve adamlarını selamlayarak bota bindi. Halatı çözer çözmez hızlanan bot, tuzlu karanlık sularda temiz beyaz bir iz bırakarak hızla yorgun şilepten uzaklaştı.

Esteban korkuluklara dayanarak belki bir dönüp bakan olur diye İran teknesine el salladı, ama gözüken oydu ki İranlılar, *Norego*'dan olabildiğince çabuk uzaklaşmak istercesine hızla yol alıyorlardı. Kaptan kocaman göbeğini kaşıyarak devriye botunun uzaklarda gözden kayboluşunu izledi. Artık bir nokta haline gelmişti ki üst güvertede ikinci bir adam belirdi. Bir tutam kestane rengi saçı, üstü tamamen açılmış kafasının kenarlarına dökülen bu adam Esteban'dan daha yaşlıydı. Dikkatli kahverengi gözleri ve kaygısız bir havası vardı. İyi korunmuş formuna rağmen hafifçe göbeklenmişti.

"Ofisindeki mikrofonun yenilenmesi gerekiyor," dedi lafa doğrudan girerek. "Hepinizin sesi helyum gazı çekmiş çizgi film kahramanları gibi geliyordu."

Kaptan dişlerinin arkasına koyduğu gazlı bezleri çıkarmak için bir süre uğraştı. Bir anda yanaklarının tombul hali yok oldu. Ardından kahverengi lensleri çıkararak yeniden şaşırtıcı derecede mavi gözlerine kavuştu. Şapkasını ve altındaki yağlı peruğu da çıkarınca dönüşüm tamamlandı, yaşlı ve talihsiz deniz kurdu, yerini sert hatlı yakışıklı bir adama bıraktı. Doğal sarışındı ve saçlarını alabros kestirmişti. Sakallar takma değildi ve tıraş olmak için sabırsızlanıyordu, ama buna daha zaman vardı. İran karasularından çıkana kadar yeniden MV *Norego*'nun kaptanı Ernesto Esteban'ı oynaması gerekebilirdi. "Alvin, Simon ve Theodore,[1] işte biz buyuz," dedi Juan Rodriguez Cabrillo sırıtarak.

"Panik düğmesine bastığını duydum."

Ofisteki masanın altında Cabrillo'nun çeşitli durumlarda kullanabileceği gizli kumanda tuşları vardı. Bir tanesi Eddie Seng'i harekete geçirerek, talihsiz bir mühendis rolü yaptırıyordu.

Aynı anda da çalışmayan tuvaletin altındaki borulara gizlenmiş bir pompayı çalıştırarak klozetin volkan gibi püskürmesini sağlıyordu. Mide bulandırıcı bir koku için suya ayrıca bazı kimyasallar da eklenmişti.

"Asteğmen Ghami, Sherlock Holmes'çuluk oynayıp etrafa bakmak istedi," dedi Cabrillo, Max Hanley'e. Max, Juan'ın başkanı olduğu şirketin başkan yardımcısıydı.

"Sence geri gelirler mi?"

"Sabaha hâlâ buradaysak bundan emin olabilirsin."

"O zaman burada olmamak için ne gerekiyorsa yapmalıyız," diye karşılık verdi Hanley. Gözlerinde kurnazca bir ifade vardı.

İki adam üst güverteye çıktılar. Önde Juan, içi paspaslar, süpürge ve temizlik malzemeleriyle dolu olan ve daha önce hiç kullanılmadığı anlaşılan bir malzeme odasına girdiler. Derin bir eviyenin kulplarıyla sanki bir

---

(1) Amerikalı piyanist şarkıcı Ross Bagdasarian tarafından yaratılan ve karakterleri üç çizgili sincap olan animasyon müzik grubunun üyeleri.

kasanın şifresini açıyormuş gibi oynamaya başladı. Belirgin bir tık sesi duyuldu ve arka duvar, her tarafı halı döşeli bir koridoru ortaya çıkaracak şekilde birdenbire açılıverdi. Koyu renk maun kaplı duvarlar, sıcak ışıklar yayan avizelerle dolu tavan, fonksiyonel sac duvarlar ve ucuz muşamba döşemelerin yerini almıştı.

İran donanmasını kandırmak için kılık değiştiren Cabrillo gibi *Norego* da göründüğünden çok farklıydı. İşin doğrusu adı *Norego* bile değildi. Baş ve kıçtaki yazılardaki mıknatıslı harflerle oynayarak aslında *Oregon* olan ismi *Norego*'ya çevrilmişti.

Orijinal olarak kereste taşımak üzere imal edilen gemi Kanada ve Amerikan kerestelerini Japon ve diğer Asya pazarlarına naklederek yirmi yıl Pasifik'te mekik dokumuştu. On bir bin tonluk şilep sahiplerine çok iyi hizmet etmişti, ancak zamanın yarattığı yıkımdan kaçamamıştı. Tüm yaşlı gemiler gibi o da işe yarar ömrünü tüketmek üzereydi.

Gövdesi paslanmaya, motorları yeni oldukları zamanki kadar verimli çalışmamaya başlamıştı. Sahipleri deniz ticaret dergilerinde ilanlar vererek hurda fiyatına satışa çıkarmışlardı. Bir zamanlar şirketin gurur duydukları amiral gemisinin şimdi ton başına birkaç dolardan fazla etmeyeceğini biliyorlardı.

Juan Cabrillo şirketi kurmak için harekete geçtiğinde böyle bir gemiye ihtiyacı vardı. Doğru gemi için dünyanın bütün limanlarını dolaştı. Kütük taşıyıcısının fotoğraflarını gördüğünde aradığı şilebi bulduğunu anlamıştı. Üç gemi hurdacısıyla çekişmek zorunda kalsa da sonunda yeni bir gemiye ödemesi gerekenin çok altında bir fiyata elde etmişti gemiyi. Onu geminin yük taşıma kapasitesi hiç ilgilendirmiyordu. Kimsenin bilmediği bir gemi olduğu için istemişti onu.

Oregon, altı aya yakın bir süre Vladivostok'ta bir tersanede tarihte görülen en radikal değişime uğradı. Dış görünümü değiştirilmeden geminin içinde ne varsa çıkartıldı. Eski dizel motorları son teknoloji enerji istasyonlarıyla değiştirildi. Manyetohidrodinamik (MHD) denilen yeni bir yöntemle süper soğutulmuş mıknatıslı motorlar deniz suyunda doğal olarak var olan elektronları ayırarak neredeyse sınırsız elektrik enerjisi üretiyorlardı. Bu güç, suyu müthiş bir basınçla bir çift vektörel tepkili pürüzsüz tahrik borusundan püskürten dört adet su darbeli jete aktarılıyordu. Bu teknoloji daha çok yeniydi ve MHD ile çalışan *Emerald Dolphin* adlı yolcu gemisindeki yangından sonra yeniden laboratuvar ve maket boyutlarına indirgenmişti.

Hızı çok arttığından gövdenin de buna uyum sağlayacak şekilde güçlendirilmesi gerekmekteydi. Dengeleyici salmalar eklenmiş, baş kısmı gösterişsiz bir buz kırıcı haline getirilmişti. Askeri ölçekte radar ve sonardan düzinelerce kapalı devre televizyona kadar, birçok karmaşık elektronik uygulama için geminin her tarafına yüzlerce kilometre kablolama yapılmıştı. Bir Sun Microsystems süper bilgisayar, sistemde olan biten her şeyi izliyordu.

Sonra sıra silahlara geldi. İki torpil yatağı, M1A1 Abrams muharip tankının hedefleme sistemini kullanan 120 mm'lik bir top. Üç adet General Electric 20 mm mitralyöz topu, satıhtan satıha gemi savar füzeleri için dikey fırlatıcılar ve koruma amaçlı birçok 30 kalibre makineli tüfek gemiye konmuştu. Tüm silahlar I. Dünya Savaşı'ndaki Alman K-botlarında olduğu gibi, gayet akıllıca bir şekilde açılır kapanır gövde plakalarının altına saklanmıştı. 30 kalibrelik makineli tüfekler, güverteye sabitlenen paslı petrol varillerinin içine gizlenmişti. Operasyon odasındaki bir düğmeye basıldığında varilin kapağı açılıyor ve ortaya çıkan tüfek geminin içinde emniyetli bir yerde bulunan nışancı tarafından kullanılıyordu.

Cabrillo'nun başka sürprizleri de vardı. En kıçtaki ambarı dört kişilik Robinson R44 helikopterini alacak bir hangara çevrilmiş ve helikopteri güverteye yükseltecek hidrolik bir mekanizma konmuştu. Su hattındaki kapıların ardına Zodyak benzeri birçok küçük tekne ve SEAL(1) saldırı botları konmuştu. Karinasının altında, iki masif pano, ay havuzu denilen

(1) Amerikan donanmasının deniz, hava ve kara birliklerinden oluşan özel operasyon birliği. S: SEa; A: Air; L: Land.

yeraltı mağarası gibi bir alana açılıyordu. Buradan mini denizaltı araçları gizlice denize indirilebiliyordu.

Mürettebatın konforu için de hiçbir masraftan kaçınılmamıştı. Koridor ve kabinlerin görüntüsü beş yıldızlı otelleri aratmıyordu. *Oregon*, cordon-bleu[1] eğitimi almış aşçılardan oluşan şef kadrosuyla, muhtemelen denizlerdeki en iyi mutfağa sahip gemi olmakla övünebilirdi. Gerektiğinde geminin tamamen yüklü görüntüsü verebilmesi için özel olarak tasarlanmış olan gövde altındaki safra tanklarından birisi, en kaliteli mermerlerle döşenerek, aynı zamanda olimpik ölçekte bir yüzme havuzu olarak da hizmet vermesi sağlanmıştı.

Tüm bu değişiklikleri yapan işçiler, bunları Rus donanması adına yeni bir gizli casus filosunun bir parçası için yaptıklarını düşünmüşlerdi. Cabrillo'ya bu hilede, tamir havuzunun bulunduğu yerdeki üssün, uzun süredir tanıdığı ve rüşvete son derece eğilimli komutanı da yardımcı olmuştu.

Şirketin kuruluşu ve daha sonra *Oregon*'un dönüşümü için gereken para, Cayman Adaları'ndaki bir banka hesabından gelmişti. Bu hesabın eski sahibi, Cabrillo'nun eski işvereni CIA adına işini bitirdiği bir kiralık katildi. Teknik olarak paranın CIA'in örtülü ödeneğine girmesi gerekiyordu, ancak ilk amiri Langston Overholt'un zımni onayıyla Juan, parayı şirketin kuruluşu için kullandı.

Saddam Hüseyin Kuveyt'i işgal edip Langley'deki[2] herkesi habersiz yakaladığında Juan, CIA'den ayrılma konusunda karar verme noktasındaydı. CIA o kadar uzun süre Soğuk Savaş mücadelesi yapmıştı ki Berlin Duvarı çöküp Sovyetler Birliği dağıldığında, Juan'ın bunun ardından ortaya çıkacağını tahmin ettiği bölgesel çatışmalar konusunda hazırlıksız yakalanmıştı. Örgütün kurumsal kültürü yaklaşan tehlikeyi sezemeyecek kadar kemikleşmişti. Pakistan ilk nükleer bombasını test ettiğinde CIA bunu ha-

(1) 1895 yılında Paris'te açılan dünyaca ünlü mutfak, pastacılık ve gastronomi alanlarında eğitim veren okul.

(2) CIA'in merkezinin bulunduğu yer.

ber yayınlarından öğrenmişti. Cabrillo, CIA'in esnek olmayan yapısının, yıllarca iki süper gücün güdümündeki dünyanın yeniden şekillenişini görmesine engel olduğunu fark etmişti.

Overholt hiçbir zaman Juan'a kendi yarı askeri kurumu olan şirketi kurması için yasal bir onay vermemişti, ama o da oyunun yeni kurallarla oynanmaya başlandığını anlamıştı. Kâğıt üzerinde Cabrillo ve ekibi paralı askerlerdi ve operasyonlarının mali kaynağının izini Birleşik Devletler'e kadar sürmek mümkün olmasa da Juan, bu işe girişmek için ilk izni verenin kim olduğunu hiç unutmamıştı. Kısacası, *Oregon*'un İran sahillerinden birkaç kilometre açıkta aslında olmadığı bir gemi gibi durması Overholt'un sayesindeydi.

Cabrillo ve Hanley geminin iç kısımlarındaki konferans odasına doğru ilerlediler. Radarın yaklaşan devriye botunu tespit edip kendisini Ernesto Esteban'ı oynamak zorunda bıraktığı sırada başkanlık ettiği toplantı hâlâ sürüyordu. Eddie Seng, düz ekran bir televizyonun önünde elinde bir lazer kalemle ayaktaydı. İranlıların önünde oynadığı talihsiz tesisatçıdan çok farklı olarak o da Cabrillo gibi bir CIA kıdemlisiydi. En ince detayına kadar plan yapma ve uygulama konusundaki müthiş yeteneğinden dolayı Eddie, şirketin kara operasyonları direktörüydü. Hiçbir ayrıntı onun dikkatinden kaçacak kadar küçük olamazdı. Bu yoğun konsantrasyonu sayesinde kariyerinin büyük bir bölümünü gizli ajan olarak geçirdiği Çin'de dünyanın en acımasız gizli polis örgütünü atlatmayı başarmıştı.

Büyük toplantı masasının etrafında Doktor Julia Huxley dışında, şirketin tüm diğer üst düzey yöneticileri yer almaktaydı. Julia, *Oregon*'un başhekimiydi ve karaya çıkacağı zamanlar dışında toplantılara nadiren katılırdı.

"Demek İranlıları ağız kokunla kaçırttın?" diye sordu Linda Ross, Juan yanına oturduğunda.

"Ya, özür dilerim." Cabrillo, İranlılar gemiye çıkmadan önce yediği Limburger peynirinin kokusunu gidermek üzere cebinde naneşekeri aramaya başladı. "Sanırım kötü İngilizcem kaçırttı onları," dedi sürekli kullandığı artık kalıplaşmış aksanıyla.

Linda şirketin yeni atanan operasyonlardan sorumlu başkan yardımcısıydı. Bakır sarısı saçları, gözlerinin üzerinden sürekli uzaklaştırmaya çalıştığı kâkülleriyle ve yanaklarına ve burnuna yayılmış çilleriyle Linda, bir masal perisi gibiydi. Bir kız çocuğununki gibi tiz sesli olması elinde değildi. Ancak konuşmaya başladığında ekibin her üyesi dikkat kesilirdi. Destek sınıfı bir gemide istihbarat subayıydı ve genelkurmay başkanının kadrosuna geçtikten sonra ordudan ayrılmıştı.

Onların karşısında *Oregon*'u en iyi kullanan kişi olan Eric Stoney ve suç ortağı Mark Murphy oturuyordu. Murphy geminin her yanına gizlenmiş büyük bir silahlı teçhizattan sorumluydu.

Masada daha ötede baş haberleşme subayı Hali Kasım ve iri cüsseli bir eski SEAL komandosu olan ve eski Özel Birlikler personeli olup, Max'in "av köpekleri" diye isim taktığı tüm harekât elemanlarından sorumlu olan Franklin Lincoln oturuyorlardı.

"Döndün mü başkan?" diye soran, sesi konferans telefonundan gelen Langston Overholt'tu. Langley'den güvenli bir hattan arıyordu.

Şirketin kurucusu olarak Juan, başkan unvanına sahipti ve sadece yaşlıca bir baş kamarot olan Maurice ona kaptan diye hitap ederdi.

"Sadece yerel görevlilerin çok huysuzlanmamasını sağlıyorum," diye cevap verdi Cabrillo.

"Kuşkulandıklarını gösteren bir belirti yok değil mi?"

"Hayır Lang. Bandar Abbas Donanma Üssü'ne birkaç kilometre yaklaşmış olsak bile İranlılar bu bölgede hareketli deniz trafiğine alışkınlar. Bir gemiye baktılar, bir bana baktılar ve bir tehdit oluşturamayacağımıza hükmettiler."

"Bu işi başarmak için çok dar bir zaman aralığı var," diye uyarıda bulundu Overholt. "Ancak, erteleyelim dersen anlayışla karşılarım."

"Lang, biz buradayız, roket torpilleri da burada ve Rusya'yla silah ticareti sınırlandırma görüşmeleri iki hafta içinde başlıyor. Ya şimdi, ya hiçbir zaman."

Nükleer maddelerin yayılması dünyanın güvenliğini tehdit eden en büyük tehlike olmayı sürdürürken, silah sistemlerinin, istikrarlı olmaktan çok uzak yönetimlere satılması Washington'un en büyük kaygılarından biri olmaya devam ediyordu. Rusya ve Çin, füze sistemlerinin, savaş uçaklarının, tankların satışından kazandıkları dolarları yığmakla meşgullerdi. Bunlara, yakınlarda Tahran'a sattıkları beş adet Kilo sınıfı denizaltı da dahildi."Rusların İran'a VA-111 *Shkval* torpili sağladıkları konusunda kanıt istiyorsan," diye devam etti sözlerine Juan, "bu gece giriyoruz içeri."

Shkval, belki de bugüne kadar üretilmiş en karmaşık teknolojiye sahip roketti. Suyu, süper kavitasyon kabarcıklarından oluşan bir hava kozası içinden geçerek yararak, iki yüz deniz milinin üzerinde bir hız yapabiliyordu. Beş millik bir menzile sahipti. Yüksek hızı nedeniyle manevra olanağının fazla olmadığı bildirilen bu silah, zor durumdaki bir denizaltının düşmanını yok etmek için başvurabileceği son çareydi.

"İranlılar, Rusların yardımı olmadan *Shkval*'ın kendi versiyonlarını geliştirdiklerini iddia ediyorlar," dedi Max Hanley. "Eğer iddia ettiklerinin aksine teknolojiyi Ruslardan aldıklarını kanıtlayabilirsek, gelecekte silah ticaretinin sınırlandırılması konusunda tepelerine binecek durumda olabiliriz."

"Ya da yakalanırsanız kabak bizim başımıza patlar," dedi Overholt huzursuz bir şekilde. "Hâlâ bunun iyi bir fikir olduğundan emin değilim."

"Sakin ol Langston." Cabrillo, ellerini ensesinde birleştirdi ve bu arada bulduğu bir parça peruk yapıştırıcısını saçlarından ayıklayarak devam etti. "Bugüne kadar senin için kaç işi hiçbir sorun olmadan tamamladık? İranlılar kendilerini neyin vurduğunu anlamayacaklar bile ve onların denizaltı yuvalarına girdiğimizi ortaya çıkardıklarında biz Körfez'den bin kilometre uzakta olacağız. Ne olduğunu anladıklarında ise ilk bakacakları yer dümen dişlisi bozuk, külüstür bir Panama bandıralı gemi değil, bu sularda ileri geri hareket ederek kaçakçıları gözetleyen Amerikan donanmasına ait gemiler olacaktır."

"Bu durumda Bay Overholt," diye söze girdi Eddie odanın ön kısmından. "İranlıların Amerikan müdahalesi şeklindeki suçlamalarını asılsız kılmak için deniz kuvvetlerimize ait gemileri Bandar Abbas'ın çok uzağına çekecek misiniz?"

"Limanın yüz mil açığına kadar tek bir Amerikan gemisi yok," diyerek güvence verdi Overholt. "Beşinci Filo amirallerinin kuşkulanmasını önlemek biraz uğraştırdı ama işin o kısmını hallettik."

Cabrillo genzini temizleyerek söze girdi. "Yapalım bu işi. On iki saat içinde size Rusları yola getirecek kanıtları sunacağız. Hepimiz risklerin farkındayız, ama bu iş, cebi dolu her mollaya silah satmadan önce Kremlin'i yeniden düşünmeye zorlayacaksa yapmamız lazım."

"Biliyorum. Haklısın," diyerek içini çekti Overholt. "Juan, o zaman çok dikkatli olun, tamam mı?" diye sordu.

"Bundan emin olabilirsin dostum."

"Hatta kalmama gerek var mı?" diye sordu kıdemli CIA görevlisi.

"İş bitince parayı nereye yatıracağını biliyorsun," diye cevap verdi Juan. "Operasyonla ilgili ayrıntıları duymak istemiyorsan bence kapatabilirsin telefonunu."

"Tamamdır," diyerek telefonunu kapattı Overholt.

Juan odadakilere dönerek, "Evet, yeteri kadar üzerinde durduk bu işin. Başlamadan önce halledilmesi gereken herhangi bir son dakika ayrıntısı kaldı mı?" diye sordu.

"Güvertedeki konteynerler," dedi Max. "Onları gece mi sökeceğiz, yoksa siz donanma üssünden dönüp yola çıktığımız zaman mı yapacağız? Bu arada boya ve diğer kamuflaj tedbirleri ne olacak?"

Güvertede yığılı konteynerler, mürettebatın geminin gerçek kimliğini gizlemek için kullandığı başka bir vitrin malzemesiydi. Gerektiğinde katlanıp ambarların birinde saklanarak geminin görüntüsü değiştirilebiliyordu. Gövdeyi kaplayan mavi boya ve güvertedeki yeşil kaplama çevre dostu bir uygulamaydı ve yangın musluklarından püskürtülen sularla yıkanıp akıtılabiliyordu. Gövdenin boyasının altında, eski sahiplerince defalarca uygulanmış görüntüsü veren, birbirine uymayan bir sürü farklı renkli boya öbeği vardı. Bu, aslında radara yakalanmayan uçakların kullandığına çok benzeyen, radar dalgalarını emen bir bileşendi.

Geminin ana özelliklerini ortaya çıkaran noktalara fazladan metal tabakalar yerleştirilerek şekli daha da bozulmuştu. Baştaki kıvrak görünüm sağlayan kaplamalar sökülecekti. Şu anda üzerinde tüten çift baca da sökülecek ve yerlerine oval bir baca dikilecekti. Bu baca aynı zamanda mürettebat kabinlerinin arasına yerleştirilmiş radar yuvasını da koruyucu bir kalkan görevi üstlenecekti. Bunlara ek olarak safra tankları tamamen doldurularak gemi iyice yüklüymüş havası yaratılacaktı.

Bunların tümü, mürettebatın tamamının dört saatini alacaktı, ama bitirdiklerinde *Norego* tamamen ortadan kalkacak ve yerini alan *Oregon*, kaderin garip bir tecellisi olarak ilk ruhsat yerinden dolayı sancağında İran bayrağı dalgalanarak Basra Körfezi'nin içlerine doğru masum bir şekilde seyredecekti.

Juan cevap vermeden önce risk ve kazançları düşünerek bir süre oyalandı. "Eric, bu gece ayın durumu ne?"

"Sadece yarımay," diye cevap verdi geminin tek seyir subayı ve gayriresmi hava tahmincisi. "Ve meteoroloji raporlarına göre gece yarısından sonra bulutlanma olacak."

"O zaman her şeyi gece yarısına kadar olduğu gibi bırakalım," dedi Cabrillo adamlarına. "Biz saat sabaha karşı iki olmadan önce dönmek zorundayız. Dönüşüm çalışması iki saat önceden başlayacak, ama bir şeyler ters giderse her şeyi çabucak eski haline getirebiliriz. Başka bir şey?"

Birkaç kişi başını salladı ve kâğıt hışırtıları arasında herkes kalkmaya hazırlandı.

"Ay havuzunda saat 23.00'te son donanım kontrolü için toplanıyoruz. Miniyi en geç 23.45'te suya indireceğiz. Gecikirsek gelgit dalgalarıyla başımız derde girer."

Cabrillo dikkatlerini çekmek üzere ayağa kalktı. "Tüm bölüm başkanlarının ve özellikle Kara Operasyonları'nın..." –Eddie Seng ve Franklin Lincoln'e gözünü dikerek– "... herhangi bir hata olmamasına çok dikkat etmeleri gerekir. İyi bir plan yaptık. Buna bağlı kaldığımız sürece her şey yolunda gidecektir. Dünyanın bu bölgesi, paralı askerler bir çift torpil çalarken yakalanmasa da zaten yeteri kadar karışık bir yer."

Linc muzip bir şekilde söylendi. "Hepinizin bildiği gibi ben dükkân hırsızı arkadaşlarımdan kaçmak için Detroit'ten uzaklaşmıştım."

"Yağmurdan kaçarken..." Eddie sırıttı.

"... İran polisine tutulmak."

2. BÖLÜM

Yıllarca CIA için çalışmış olmak, Juan'a çok az uykuyla uzun bir süre çalışabilme yetisi kazandırmıştı. Şirketi kurup *Oregon*'u satın aldıktan sonra denizcilere özgü, komutla uykuya geçme becerisini kazanmıştı. Yönetim toplantısından sonra lüks döşenmiş bir süit olan ve denizde seyreden bir gemiden çok Manhattan'daki bir apartman dairesine yakışacak olan kamarasına çekilerek Kaptan Esteban kostümlerinden kurtuldu ve kendini yatağa attı. Karaya ayak bastıktan sonra karşılaşacakları tehlikelerin büyüklüğü, onu uykuya dalmadan önce bir dakikadan az bir süre uyanık tuttu.

Çalar saate gerek kalmadan, ay havuzunda olması gerekenden bir saat önce uyandı.

Deliksiz uyumuştu.

Banyoya girdi, maun tabureye oturarak protez bacağını çıkardı ve duşa girdi. *Oregon*'un sahip olduğu elektrik bolluğunda, su ısıtma sistemi sayesinde duşun musluğun çevrilmesiyle, suyun buharlar çıkararak akması arasında sadece saniyeler vardı. Neredeyse kaynar olan suyun altında duran Cabrillo, başını eğerek suyun vücuduna masaj yapmasını sağladı. Vücudunda bir düzine hayata yetecek kadar çok yara izi vardı ve her birine sebep olan olayları dün gibi hatırlıyordu. Ampüte bacağının hissiz yumrusu en az aklına gelenlerden biriydi.

Birçok insan için kolunu ya da bacağını kaybetmek, hayatındaki en belirleyici olaylardan biridir. Uzun aylar süren rehabilitasyon dönemi boyunca, Juan için de böyleydi. Ancak daha sonra bu konuyu bir an bile aklına getirmedi. Bedenini, protezi kabullenmek, zihnini de bu durumu yok saymak üzere eğitti. Bir keresinde tedavisi sırasında Doktor Huxley'e dediği gibi: "Sakatlanmış olabilirim ama özürlü biri olmama asla izin vermeyeceğim."

Gün boyunca kullandığı protez gerçek bir insan bacağı gibi tasarlanmıştı. Kendi cildine uygun ten renkli bir kauçukla kaplı, parmakları ve hatta tırnakları olan ve sol ayağındakine benzer şekilde kıllarla kaplı bir ayağı vardı. Kurulandıktan ve artık kaşındırmaya başlayan sakalını da tıraş ettikten sonra çok farklı bir protez almak üzere dolaba yöneldi.

Oregon üzerinde Sihir Dükkânı denilen ve ödüllü Hollywood efektleri ustası Kevin Nixon'ın denetiminde olan bir bölüm vardı. Nixon gizlice çalışarak Juan'ın savaş bacağı adını taktığı protezi geliştirmişti. Doğal görünümlü olan diğerinin aksine bu, *Terminatör* filmlerinden kalmış gibiydi. Titanyum ve karbon elyafından yapılmış olan savaş bacağı sürüm 3.0, gerçek bir silah deposuydu. 38'lik bir Kel-Tek tabanca, mükemmel dengeli bir fırlatma bıçağıyla birlikte baldır kısmına gizlenmişti. Bacakta ayrıca bir boğma teli, tek atımlı topuktan ateşlenen 50 kalibrelik bir tabanca ve Cabrillo'nun ihtiyaç duyabileceği her tür alet için bir saklama bölümü.

Diz yumrusunun üzerine yerleştirmek ve mukavemet kayışlarını bağlamak bile tek başına Juan'ı zihinsel olarak göreve hazır hale getirmeye yetiyordu.

Şirketi kurmasının iki sebebi vardı. Birincisi elbette para kazanan bir girişim olmasıydı. İşin doğrusu, rüyasında görse inanmayacağı kadar çok para kazandırıyordu. Her üye katıldıklarından bu yana kazandıklarıyla çok rahat bir emeklilik hayatı yaşayabilirdi.

Cabrillo ise, istese küçük bir Karayip adası satın alabilirdi. Fakat kendi güvenlik güçlerini oluşturmaktaki ikinci neden, asıl onu, normal birinin çoktan silahlarını kaldırıp atacağı zamandan çok daha sonrasında bile bu işe sımsıkı sarılmasını sağlamıştı. Böyle bir grup için ihtiyaç o kadar büyüktü ki vicdanı bırakmaya izin vermiyordu.

Oregon grubu sadece geçen yıl, kaçak Çinli göçmenleri taşıyan gemileri hedef alarak, yolcularını köle olarak uzaktaki bir altın madeninde çalıştıran bir korsanlık şebekesini çökertmişti. Ayrıca Birleşik Devletler üzerine zehir yüklü bir kasırgayı yönlendirmek isteyen bir teröristin de planını bozmuşlardı.

Öyle görünüyordu ki bir iş biter bitmez şirketin eşsiz yeteneklerini gerektiren ve ilkine denk en az iki iş ortaya çıkıyordu. Kötülük yeryüzünde kol geziyordu ve dünyanın büyük güçlerinin eli kolu onları büyük yapan etik değerler yüzünden bağlı kalıyordu. Cabrillo'nun kendi etik pusulası doğrultusunda çalışsalar da o ve ekibi, yeniden seçilmeyi her şeyin önünde tutan politikacıların kendilerini engellemesine hiçbir zaman izin vermediler.

Juan giyinirken kapı çalındı ve baş kamarot sessizce içeri girdi.

"Kahvaltı kaptan," dedi Maurice kasvetli İngiliz aksanıyla.

Kamarot, Kraliyet Donanmasının gediklilerindendi ve yaşı nedeniyle emekliliğe sevk edilmişti. Bembeyaz gür saçları ve baston yutmuş gibi dimdik duruşuyla bu incecik adam, en zor koşullarda bile sakinliğini yitirmezdi. Cabrillo'nun kendisi de bir ölçüde giyim kuşamına düşkünse de, Maurice'in hava nasıl olursa olsun giydiği koyu renk takım elbisesi ve tek bir buruşuğu olmayan bembeyaz gömleklerinin yanında lafı bile edilmezdi. Gemiye ayak bastığından beri hiç kimse Maurice'in terlediğini veya soğuktan ürperdiğini görmemişti.

"Masamın üstüne bırakıver," dedi Juan yatak odasından ofisine geçerken. Oda kaliteli ahşapla döşenmişti. Süslemeli maun tavanlar ve onlarla uyumlu, içi yıllardır biriktirdiği ilginç şeylerle dolu büfeler göz alıyordu. Duvarlardan birinin ortasında *Oregon*'u fırtınalı bir havada dalgalarla boğuşurken gösteren dramatik bir tablo vardı.

Maurice gümüş servis tepsisini çalışma masasının üzerine bırakırken bu uygunsuzluk karşısında kaşlarını çattı. Oysa başkanın kamarasında mükemmel bir yemek masası vardı. Kapların üzerindeki kapakları kaldırır kaldırmaz odayı omlet, tütsülenmiş balık ve iyi kavrulmuş kahve kokusu sardı.

"Söyle bakalım, Bay Stoney'in Brezilyalı kızla olan internet aşkında son durum nedir?" diye sordu Juan ve yumurtasından büyük bir lokma aldı. Maurice tüm gemideki dedikoduların kavşak noktasıydı ve Eric Stoney'in siber maceraları en sevdiği konuların başında geliyordu.

"Bay Stoney, söz konusu hanımla en başta düşündüğünden çok daha fazla ortak noktaları olduğuna inanıyor," dedi Maurice, komplo havasında fısıltılı bir ses tonuyla.

Juan, dinlerken arkasındaki antika kasayı açıyordu. "Bu genelde hiç de fena bir şey değildir ki..."

"Cinsiyetlerinden bahsediyorum kaptan. O, hanımın gerçekte bir erkek olmasından şüpheleniyor. Bay Murphy bana kadından ya da adamdan gelen fotoğrafları gösterdi ve bazı anatomik ayrıntıları gizlemek için fotoşoplandığını kanıtladı."

Cabrillo kendi kendine güldü. "Zavallı Eric. Adamın sohbet odasında bile şansı yok."

Üzerinde çoktan kapanmış olan bir güneybatı demiryolu şirketinin adı ve logosu işlenmiş ağır kapıyı yavaşça açtı. *Oregon*'daki silahların neredeyse tümü ses geçirmez atış poligonuna bitişik silahlıkta duruyordu, fakat Juan silahlarını ofisinde bulundurmayı tercih ediyordu. Otomatik tabanca, suikast silahları ve tabancalardan oluşan cephaneliğe ilaveten Juan, birçok ülkenin paralarından oluşan desteler, dört ulusal darphanede basılmış yüz binlerce dolar değerinde altın para ve birkaç kese de kesilmemiş elmas saklıyordu. Diğerlerinden ayrı bir yerde tuttuğu kırk karatlık çok özel bir de elmas vardı. Zimbabve'nin yeni seçilen başkanı, siyasi tutukluluktan kurtarılması sırasında şirketin çabalarına karşılık hediye etmişti bu çok değerli taşı.

"Doktor Huxley, bu kişinin yüzünü erkek ve kadın normlarıyla karşılaştırarak Bay Murphy'nin kuşkularını haklı çıkarmışa benziyor." Maurice anlatmaya devam ederken Cabrillo, yanına alacağı tek silah olan yarı otomatik bir tabancayı kontrol etti. Ekibin kalanından farklı olarak o, tepeden tırnağa silahlı olarak gitmeyecekti.

Kahvenin kalanını gürültülü bir şekilde içti ve omletinden bir lokma daha aldı. Adrenalin damarlarında dolaşmaya başlayıp, karnında kasılmalara yol açınca yağlı tütsülenmiş balıklara dokunmadı.

"Peki, Eric ne yapacak şimdi?"

"Görünen o ki durum öyle ya da böyle açıklığa kavuşuncaya kadar Rio de Janeiro tatilini erteleyecek. Bay Murphy, özel dedektif tutmayı düşünüyor."

Cabrillo dalga geçerek, "Bence bu internet işini tamamen bırakıp, kadınlarla alışıldık yöntemlerle yüz yüze, barda içki üstüne içki içerek görüşmeli."

"Herkes duysun! Birkaç kokteylin sosyalleşmeyi artırıcı etkisi bu kadar da abartılmaz ki..." Maurice bir omzunda servis tepsisi, diğer kolunda temiz keten bir peçete, Cabrillo'nun masasını topladı. "Döndüğünüzde sizi tekrar görmeyi umuyorum."

Bu, kamarotun "iyi şanslar" demeye en yakın söylemiydi.

"Önce ben seni görmezsem tabii." Bu da Juan'ın alışıldık cevabıydı.

Kamaradan birlikte çıktılar, Maurice mutfağa gitmek üzere sağa, Juan da sola doğru yürüdü.

Üç güverte aşağıya inmek üzere asansöre bindi. Asansörün kapıları, sıra sıra projektörlerin aydınlattığı deniz kokan, yeraltı mağarası gibi bir salona açıldı. Bir gezer tepe vinci, *Oregon*'un iki denizaltı aracından, Nomad 1000 adlı daha büyük olanını kaldırmıştı. Küt burunlu mini denizaltı, kaptanla ve yardımcı kaptanla beraber altı kişiyi alabiliyordu. Zırhlı ksenon lambası ve bir adet çeliği parçalayacak güçte uzaktan kumanda kol, üç adet baş lombozun civarına kümelenmişti. Nomad, yukarıdaki kızakta asılı halde tutulan küçük kardeşi Discovery 1000'e göre on kez daha dayanıklı olarak, üç yüz metre derinliğe dayanacak şekilde tasarlanmıştı. Tabanında, dalgıçların araç su altındayken suya girebilmeleri için tasarlanmış bir dalış bölmesi vardı.

Tayfalar güverte ızgarasını çekince *Oregon*'un omurgası boyunca ilerleyen açık ağızlı bir kanal ortaya çıkıverdi. Dış kapaklar hâlâ kapalıydı fakat pompalar yüzme havuzu boyutlarındaki açıklığı suyla doldurarak dalış operasyonuna hazır hale getiriyorlardı.

Linc, Eddie ve Max mayolarının üzerine ıslak tip dalış kıyafetlerini giymeye başlamışlardı. Hepsi için dalış malzemeleri şimdiden denizaltıya yerleştirilmişti. Linda Ross elleri çaprazlama olarak göğsünde, neşe içinde Max'i izliyordu. İki dönem Vietnam'da hızlı devriye gemisi kaptanlığı yapmıştı ve artık o eski havalı görüntüsünden eser kalmamıştı. Dalış kıyafetini göbeğinden yukarı çekmek için oldukça çaba harcıyordu. Normalde kara operasyonlarına katılmazdı, ancak içlerindeki en iyi gemi mühendisi oydu ve herkes onun tecrübesinin işe yarayacağından emindi.

"Haydi eski kurt," dedi Juan sırıtarak ve Max'in göbeğine avucunun içiyle hafifçe vurdu. "Birkaç sene önce bu kadar zorlandığını hatırlamıyorum."

"Sorun yıllarda değil," diye inledi. "Hamur işlerinde."

Cabrillo bankın üstüne oturarak, diğerlerinden farklı olarak kuru tip dalış kıyafetini elbisesinin üzerine geçirdi. "Linda dalış öncesi kontroller tamam mı?"

"Gitmeye hazırız."

"Ya kızak?"

"Bağlandı." Max, onun yerine sahiplenici bir gururla yanıtladı. Kızağı o tasarlamıştı ve *Oregon*'un atölyelerinde imalatını denetlemişti.

Juan haberleşme kulaklıklarını görevli mühendisten aldı ve Harekât Merkezi'ni aradı. "Hali, başkan konuşuyor. Oradan durum nasıl gözüküyor?"

"Radarda Körfez'e girip çıkan normal tanker trafiği var. Bandar Abbas'ın ana rıhtımına iki saat önce yanaşan bir konteyner tankeri ve buna ilave olarak bir avuç Arap ve Akdeniz tipi yelkenli bot var."

"Donanma üssünden gelen bir şey yok mu?"

"Sessizler. Tüm frekansları taradım ve gemiler arasındaki normal laf kalabalığı dışında fazla bir şey yok."

"Yabancı dilini iyice ilerletiyorsundur umarım." İkisi arasındaki bir şakalaşmaydı bu. Lübnanlı bir ailenin çocuğu olan Hali Kasım tek kelime bile Arapça bilmiyordu.

"Özür dilerim patron, bilgisayarın tercüme algoritmasını kullanıyorum."

"Eric, Murphy, siz ikiniz hazır mısınız?"

Cabrillo karaya bir ekip çıkaracağı zaman, geminin seyir ve silah sistemlerini Stoney ve Murphy'den daha iyi idare edecek iki kişi bulamazdı.

"Evet efendim." İkisi birden aynı anda cevap verdi. Murphy ekledi. "Kenetlendik ve yüklendik, bu göreve kilitlendik."

Juan'dan bir inilti çıktı. Murphy'nin son hobisi sahne şairliğiydi[1] ve arkadaşlarının tüm itirazlarına rağmen kendisini bir tür sert sokak ağzı ustası olarak görüyordu. "Nomad'a emniyetle giriş yaptıktan sonra haberleşme kontrolü için beklemede kal."

"Anlaşıldı," diye cevapladı Hali.

Linc ve Eddie, silah ve aletlerin olduğu sugeçirmez çantaları alarak mini denizaltının tepesine tırmandılar. Minik kapağın ağzından içeri girerek gözden kayboldular. Max ve Cabrillo da peşlerinden içeri girdiler. Juan içeri girmeden önce şans getireceğine inanarak kalın çelik gövdeye hafif bir şaplak attı. Kıyıya yolculuk bir saate yakın sürecekti. Bu nedenle ekibin yarısını iki büklüm vaziyette iki kişilik dalış bölmesinde tutmaktansa, hepsi aracın yan taraflarındaki koltuklara yerleştiler. Dalış donanımlarını yolculuk sırasında kuşanacaklardı.

Linda Ross, Juan ve Max'in arasından geçerek, düğme, gösterge ve bilgisayar ekranlarıyla çevrili alçak kaptan koltuğuna yerleşti. Panellerden yayılan ışıklar yüzünü ürkütücü yeşile boyamıştı.

"Sesim geliyor mu *Oregon*?" Kulaklıkları dağınık saçlarının üzerinden kafasına yerleştirerek sordu.

---

(1) Birçok ülkede yapılan bir tür komedi etkinliği. Amatör şairler sahneye çıkarak hünerlerini sergileyip izleyicileri etkilemeye çalışırlar. "Poetry Slam."

"Mükemmel." Saniyenin onda biri döngüye sahip, 132 bitlik şifrelemeli haberleşme sistemi kullanıyorlardı. Böyle bir sisteme müdahale edip şifreyi kırma ihtimali sıfırdı.

Aracın arkasındakiler de kontrollerini tamamladılar. Kullandıkları dalış başlıkları hem kendi aralarında hem de Nomad ile *Oregon* arasındaki haberleşmeyi sağlayan ses ötesi alıcı-vericilerle donatılmıştı.

"Tamam. Kapakları açabilirsiniz." Linda komut verdi.

Ay havuzunun ışıkları su altından görünmemek için karartıldı ve omurga alt kapakları yavaş yavaş açılırken denizaltıyı indiren mekanizma da çalışmaya başladı. Denizaltı aniden kıpırdadı ve alçalmaya başladı. Suyun üzerinde yarı yüzer konuma geçmeden önce ılık körfez suları lombozlara vurmaya başlamıştı.

Tutucu kollar açıldı ve Nomad serbest kalarak suyun hareketleriyle uyumlu olarak çalkalanmaya başladı.

Linda safra pompalarını çalıştırdı ve denizaltıyı *Oregon*'un tabanından aşağıya indirmek üzere tanklara yavaşça su almaya başladı. Bunu daha önce binlerce kez yapmış olmasına karşın hareketleri dikkatli ve kontrollüydü. Omurganın tabanından kurtulduklarından emin olana kadar aracın tepesine monte edilmiş lazerli hedef ölçeri ve derinlik ölçeri izlemeyi sürdürdü.

Gövdeden altı metre daha derine indiklerinde, "Nomad serbest," diye bildirdi.

"Kapaklar kapanıyor Oregon, anlaşıldı, tamam."

Linda deniz tabanı bir iki metre yakınlaşana kadar on iki metre daha alçaldı ve rotayı Bandar Abbas'a çevirdi. Hürmüz Boğazı'nın akustik curcunasında Nomad'ın fısıltıyı andıran sesinin ayırt edilmesi imkânsıza yakındı ama Linda yine de hızı neredeyse sürünme seviyesinde tutup, pervanelerin çıkaracağı sesin, bölgedeki sonar operatörleri tarafından duyulamayacak düzeyde kalmasını sağladı.

Sular o kadar sığdı ki gözle fark edilme olasılığına karşılık, aracın dış ışıkları karartıldı. Işık Algılama ve Mesafe Tayin Sistemi olarak bilinen

LIDAR'a[1] güvenmek zorundaydı. Sistem bir dizi lazer yansımasına dayanarak önlerindeki deniz yüzeyinin haritasını çıkarıyordu. Çevrelerine ait üçboyutlu bilgisayar görüntülerinin yardımıyla onları üsse kadar götürebilirdi. LIDAR bir gazoz şişesi kadar küçük nesneleri tespit edebiliyordu.

"Kokpitten pilotunuz konuşuyor," dedi Linda. "Üç buçuk deniz mili hızla ve eksi on beş metre irtifada seyrediyoruz. Hedefe tahmini varış süremiz altmış iki dakika. Bu süre zarfında izin verilen elektronik cihazları kullanabilirsiniz ve lütfen görevlimizden sık uçan müşteri programımız hakkında bilgi almayı unutmayın."

"Hey pilot, benim fıstıklarım bayatlamış." Bunu söyleyen Linc'ti.

"Evet. Ben de battaniye ve yastık istiyorum." Bu Eddie'ydi.

Max de söze karışarak, "Bunlarla ilgilenirken bir duble viski hiç de fena olmazdı," dedi.

Yarım saat boyunca süren bu şakalaşmaları duyan biri bu grubun, İran'ın en iyi korunan donanma üssüne sızma görevine gittiklerini asla tahmin edemezdi. Tehlikenin farkında olmadıklarından değildi. Sadece bu tehlikenin sinirlerini yıpratmasına izin vermeyecek kadar profesyoneldiler.

Ancak tüm bu atışmalar son yarım saat içinde sona erdi. Karaya çıkacak ekip dalış donanımlarını kuşandı ve her biri, diğerinin donanımını defalarca kontrol etti. Hazır olduklarında Juan ve Linc, telefon kulübesi büyüklüğündeki hava cebine geçtiler. Klostrofobik odanın tavanında kokpitten veya hava cebinin içinden kumanda edilebilen bir kapak vardı. Bu zırhlı kapağın açılması için her iki tarafındaki basıncın eşitlenmesi gerekiyordu. Zaman kazanmak için Juan, deniz suyunu içeri alan kontrol düğmesine bastı. Kan gibi ılık su, yavaşça içeriye dolmaya başlayarak, Juan'ın kuru tip elbisesine basınç yapmaya başladı. Juan içine giydiği elbisenin buruşmaması için, kırışıklıkları düzeltmek zorunda kaldı. Her ikisi de çenelerini oynatarak iç kulaklarındaki basıncı eşitledi.

---

(1) Light Detection and Ranging

Su seviyesi boyunlarına yaklaşmıştı ki Cabrillo yeniden düğmeye bastı. Son dakikaya kadar başlıklarını takmaları için bir sebep yoktu.

"Orada ne durumdasınız?" Linda'nın başlıktan gelen sesi, tiz ve uzaktı.

"Neden hep ben bu şeyin içinde ekibin en irisiyle birlikte kalıyorum?" Juan teatral bir edayla sızlandı.

"Çünkü Max'in göbeği Linc'le birlikte oraya sığamayacakları kadar büyük ve orada olsa Eddie de böcek gibi ezilirdi," dedi Ross.

"Hey bana bakın, derin nefes almadığıma dua edin." Linc bariton sesiyle şakaya katıldı.

"Başkan, LIDAR denizaltı yuvasının kapısını tespit etti. Yaklaşık elli metre uzaktayız."

"Tamam Linda. Bizi kuru havuz girişinin sağ tarafında dipte tut."

"Anlaşıldı."

Bir süre sonra Linda'nın kumlu deniz tabanına oturtmasıyla birlikte, Nomad hafifçe sarsıldı. "Hayati olmayan tüm cihazları kapatıyorum. Hazır olunca harekete geçebilirsiniz."

"Ne dersin koca adam?" Cabrillo Lincoln'e sordu.

"Hadi bitirelim şu işi."

Juan başlığı kafasına geçirdi, hava girişini engelleyen mekanizmanın iyice kilitlendiğini ve tanktan yeteri kadar hava gelip gelmediğini kontrol etti. İçeri su alan vanayı yeniden açmadan önce Cabrillo, Linc'in dalış için verdiği "tamam" işaretini bekledi. Su hızla bölmenin tavanına kadar yükseldi. Işıkları söndürdü ve tavan kapağını açmak üzere bir başka düğmeye bastı.

Tavan yukarıya doğru açılırken, içeriye hapsolmuş bir miktar hava dışarı kaçtı. Loş ışıkta kabarcıklar gümüş beyazı gözüküyordu ama çevrelerindeki rıhtımı döven dalgalar yüzünden, fark edilemezlerdi.

Juan kendini kapaktan dışarı atarak aracın üst tarafında durakladı. Işıklar olmayınca su katran gibi simsiyahtı. Cabrillo Güney Kaliforniya'da büyümüştü ve deniz oldum olası çekmişti onu. Daha yeniyetme döneminde serbest dalıştan tüplü dalışa, dalga sörfünden rüzgâr sörfüne kadar ne kadar deniz sporu varsa öğrenmişti. Denizde bir fok balığı kadar rahattı ve bir o kadar da iyi yüzüyordu. Karanlık, nerede dalarsa dalsın hissettiği huzuru derinleştiriyordu sadece.

Hemen ardından Lincoln de Nomad'dan çıktı. Juan kapağı kapadı ve birlikte Eddie ve Max'i beklemeye başladılar. Hepsi denizaltıdan çıkınca Cabrillo, eli ile ışığın yukarıdan gözükmesini engelleyerek sualtı fenerini denedi.

İran denizaltı yuvası inşaatı, denizden doğu yönünde çöle doğru yüz seksen metre uzunluğunda ve otuz metre genişliğinde bir çukur kazılarak başlamıştı. Bunun üzerine tahminen iki buçuk metre kalınlığında ve bombardımana dayanıklı, takviyeli betondan bir kaplama geçirilmişti. Yapı, Amerikalıların komşu Irak'ı işgalinden önce yapılmıştı ve İranlılar artık Amerika'nın sığınak delen bombalarıyla burayı tek vuruşla yerle bir edebileceğinin farkında olmalıydılar. Kuru havuzun kuzeyine ve güneyine doğru donanma üssünün rıhtımları uzanıyordu. İdari binalar, tamir atölyeleri ve barakalar karanın üç kilometre içine kadar yayılıyordu.

Yuvanın denize bakan kısmında hidrolik olarak dışa doğru açılan iki dev kapak vardı. Kapı altları ile beton dolgular arasındaki boşluk su girmesini önlemek için hava yastıklarıyla yalıtılmıştı. Patlayıcı kullanmadan ya da saatlerce asetilen kaynağıyla kesmeden kapakları açmak mümkün değildi.

Cabrillo paletlerini çırparak kapaklardan uzaklaştı ve karanlık sularda ekibini yönlendirdi. Arada bir fenerini, üssü denizin şiddetinden koruyan midye kaplı duvarlara tutarak yakıp söndürdü. On beş metre sonra fenerin ışığı aradığı şeyin üzerine vurmuştu. Kuru havuzun sularını boşaltmaya yarayan pompaya bağlı yüz yirmi santim genişliğinde bir menfez vardı duvarın üzerinde. Işığı dikkatlice perdeleyerek menfezin ağzındaki betona gömülü metal ızgarayı inceledi. Kanala denizden girilmesini engelliyordu. Çelik hafifçe paslanmıştı ve beton da sağlamlığını korumuştu.

Bir dakika boyunca süren dikkatli incelemesi sonunda altışar adet metal çubuğun alt ve üst ucundaki telleri fark etti. İzinsiz müdahaleleri önlemenin yollarından biri de bu tür noktalara hareket dedektörleri yerleştirmekti. Ancak Basra Körfezi'ndeki sayısız meraklı balık sayesinde bu alarmlar herhalde hiç susmak bilmezdi. En kolay yol metal üzerinden elektrik vermekti. Eğer bir şekilde devre kesilirse muhafızlar hemen birinin ızgarayı çıkardığından haberdar olurdu.

Juan telleri şirketin en iyi sızma uzmanı olan Linc'e gösterdi. Lincoln çoğunlukla parmak uçlarıyla hissederek üç çelik boruya, timsah ağızlı kıskaç ve yeteri kadar uzun kablo kullanarak köprüleme yaptı ve elektriğin kesintisiz akmasını sağladı. Sonra dalış torbasından iki tüp çıkardı. Tüplerden birinin kapağını açıp macunumsu bir maddeyi boruların etrafına sıktı. Peşinden diğer tüpten de aynı miktar macunu sıkarak ilkinin üzerine uyguladı.

Ayrıyken etkisiz olan iki bileşen, bir araya geldiklerinde son derece aşındırıcı bir asit oluşturuyorlardı. Bir dakika geçmeden macun topaklarının altındaki metal aşınıp incelivermişti. Linc ızgarayı kolayca yerinden çıkardı. Gevşek kablolar sayesinde devre kapalı kalmıştı ve geçmeye devam eden akım alarmın çalmasını engellemişti. Hâlâ etkin olan uçlara dokunmamaya dikkat ederek kopan demir çubukları kumun üzerine bıraktı. Kabloları iyice açarak, Max, Eddie ve Juan'ın ardından dikkatle borunun içine süzüldü.

Artık görünme ihtimalleri ortadan kalktığından, Juan fenerin ışığını iyice açtı. Fenerin beyaz hareler oluşturarak vuran ışığının altında ilerledikçe, kanalın kavisli duvarları daralıyor gibiydi.

Aniden önünde bir gölge belirdi. Mızrak gibi bir şey önünden geçerken bir an hiçbir şey göremeden yüzdü. Kaybolup gitmeden önce görebildiği sırt yüzgeçleri ve kılıcımsı kuyruğundan, bunun yavru bir köpekbalığı olduğunu fark etti.

"İyi ki bununla birkaç yıl sonra değil de şimdi karşılaştık," dedi Eddie. Cabrillo'ya sıkışık boruda yeniden ilerlemeye başlamadan önce kalp atışlarının normale dönmesi için birkaç saniye gerekti. Umduğundan daha tedirgindi ve bu hiç de iyiye alamet değildi.

İçinde oldukları kanal, havuz boşken kapalı durumda olan bir pompaya açılıyordu. Ancak iki gündür izledikleri kadarıyla, İranlılar içinde Kilo sınıfı denizaltı olduğundan, havuzun suyunu boşaltmak için hiçbir girişimde bulunmamışlardı.

Dört adam kelebek vananın ortasından geçerek havuzu boşaltabilecek dev pompanın içine geldiler. Merkeze cıvatalanmış olan pervane kanatları parlak bronz alaşımdan yapılmıştı.

Juan, kanatların cıvatayla tutturulmuş olmasına karşı hazırlıklıydı. Kaynak ihtimaline karşı da küçük bir asetilen kaynağı getirmişti. Bacağındaki ceplerin birinden uygun boyda bir anahtar çıkararak cıvatalara yöneldi. Açının uygunsuzluğu ve vidaların hava tabancasıyla sıkıştırılmış olması yüzünden on iki vidayı gevşetmek tüm gücünü tüketti. Hele bir tanesi o kadar uğraştırdı ki bir ara kapalı gözlerinin önünde renkler uçuşmaya başladı. Conta sonunda serbest kaldığında, anahtar birden boşa çıktı ve Cabrillo'nun eli pervanenin pala gibi kanadına çarparak kesildi. Fenerin ışığında kan zerreleri suda asılı kaldı.

"Köpekbalığını geri çağırmaya mı uğraşıyorsun?" diye takıldı Max.

"Senin koca kıçın onunla benim aramda olduğu sürece ben emniyetteyim."

"Koca değil, iyi takviye edilmiş."

Juan cıvatalarla işini bitirerek, her biri otuz santimetre uzunluğunda olan kanatları tek tek çıkardı. Bunu yaparken oksijen tankını sırtından indirmiş ve pompanın ortasında yere yatmıştı. Diğer tarafa geçip arkadaşlarının kendisine katılmalarını ve tanklarını yerine takmalarını bekledi.

Boru doksan derece kıvrılmadan önce üç dört metre daha devam etti. Işığı kapatan Cabrillo, gözlerinin karanlığa alışması için bir süre bekledi ve dirseğin ardından soluk, dalgalı bir ışık halesinin yansıdığını gördü. Dikkatle yüzerek yaklaştı ve kıvrıma gelince hızla bir göz atmak için kafasını uzattı. Kuru havuza varmışlardı. Işık, yüksek tavana monte edilmiş armatürlerden geliyordu. Aydınlatmanın, teknisyenlerin çalışamayacakları ama nöbetçilerin devriye görevi yapabilmelerine yetecek düzeyde olduğunu fark etti. Tahmin ettikleri gibi halletmeleri gereken sadece bir avuç adam vardı.

Cabrillo borudan dışarı yüzdü ve hızla dalarak beton zeminin üzerinde durdu. Peşinden de Max, Linc ve Eddie geldiler. Yakınında nöbetçi olma ihtimali az olan yüksek kapılara doğru hareketlendiler. Juan dalış bilgisayarından derinliği kontrol ederek, ekibini üç metrede bir, bir dakika boyunca bekletti. Bu, kanlarında oluşan az miktardaki azot kabarcığının çözülmesi için gereken süreydi.

Avının peşinden gitmek üzere nehirden çıkan bir timsahın sabrıyla dördü birden yüzeye yaklaştılar ve gümüş yansımalı yüzeyin hemen altında durarak çevreyi incelemek üzere başlıklarına küçük periskopları taktılar. Uzaktaki bir yıldızın ışığını bile büyüterek gün ışığı kadar güçlendirecek kapasitedeki objektiflerinin kapsama alanını, kuru havuzun her köşesini taramak üzere hafifçe küçültmek zorunda kaldılar.

Kuru havuz iki gemiyi yan yana alacak kadar genişti. Denizaltı yuvasının her kenarı binanın neredeyse her tarafını kuşatan yükseltilmiş beton iskelelerle çepeçevre sarılmıştı. Bunların üzerinde karmakarışık bir durumda, alet edevat, motor yağı varilleri, brandalara sarılı yükleme makineleri, küçük elektrikli golf arabaları ve üç adet de forklift duruyordu. Uzakta, en arka tarafta binanın tüm genişliği boyunca devam eden bir yükseltilmiş platform vardı. Bunun bir kısmı ofis ya da izleme odası amaçlı olarak camla çevrilmişti ve onun da altında kapalı depolama alanları vardı.

Ayrıca bir de kapalı havuzun her köşesine erişebilecek durumda, raylar üzerinde bir gezer tepe vinci vardı.

Rıhtımın bir tarafına kalın halatlarla bağlanmış halde Kilo sınıfı hücum denizaltısının uğursuz kara gövdesi seçiliyordu. İki bin iki yüz tonluk dev, bir zamanlar Sovyetler'in en korkulan savaş araçları arasındaydı.

O güne kadar yapılmış en sessiz avcı denizaltısı olan Kilo, bataryalarından sağladığı güçle yol aldığında en yüksek teknolojiye sahip pasif sonar sistemli gemilerin burnunun dibinden bile habersizce geçip gidebiliyordu. Altı adet torpil yuvası vardı ve hiç yüzeye çıkmadan bir buçuk ay görev yapabiliyordu.

İran'ın Basra Körfezi'ndeki ticaret gemilerini batırma sicili göz önüne alındığında, Kilo'ların varlığı kışkırtıcı bir nitelik kazanıyordu. ABD ve müttefikleri, Rusya'nın İran donanmasına bu denizaltıları satmaması için akla gelebilecek her türlü diplomatik yola başvurdular ancak iki tarafı da caydıramadılar. Normal durumda bu yetmiş metrelik denizaltılar Umman Körfezi'ndeki Şahbahar'da konuşlanırlardı ve Basra Körfezi'nde gizlenmezlerdi. Overholt'tan gelen istihbarata göre bu söz konusu Kilo yeni geliştirilmiş roket torpillerle donatılmıştı.

Eğer şirket, Rusların yasadışı olarak böylesine bir teknolojiyi Tahran'a sattığını kanıtlayabilirse, İran'ın ölesiye istediği bu denizaltılarla ilgili olarak hazırlık yaptığı yeni satış anlaşmalarının önü kesilebilirdi.

Sessizlik içinde geçen beş dakikalık bir gözetleme süresi sonunda, "Evet, ne görüyorsunuz?" diye sordu Juan.

"Ben altı tane saydım," diye karşılık verdi Line.

"Aynen," dedi Eddie.

"Max?"

"Şu solda, gemiye yüklenmek üzere bekleyen nevresim takımları yığını gibi gözüken şeyin pireleri uçuşan bir nöbetçi olmadığına emin misiniz?"

Hepsi birden Max'in tarif ettiği bölgeyi yeniden kontrol ederek, bir insan şekli seçmeye çalıştılar. Gölge sandıkları şey aniden kımıldanıp, bir an etrafına bakınıp, koltuk altını kaşıdıktan sonra yeniden yatınca üçü birden nefeslerini tuttu.

"Çok iyi görmüşsün dostum," dedi Juan. "Bir daha sana raporları okurken gözlük tak diye takılmayacağım. Şimdi, üstteki gözetleme platformunda dört nöbetçi, personel çıkış kapısında iki tane ve bir de uyuyan güzelimiz var. Linc, Eddie, ikinci kattakiler sizin. Max sen adamın bir süre daha kestirmesini sağla, ben de kapıdaki iki kişiyle ilgileneyim." Cabrillo saatini kontrol etti. Saat birdi. Nöbet değişiminin şafaktan önce olması uzak ihtimaldi. "Kararlaştırdığımız gibi saat üçte gemide olmak için bir saat içinde Nomad'a dönmemiz gerekiyor. Biraz hızlanalım, ne dersiniz?"

Suyun altına dalıp kuru havuz boyunca dipten yüzdüler. Max uyuyan nöbetçinin yakınında durdu ve beton iskelenin hemen altında Kilo'nun gövdesinin oluşturduğu karanlık bölgede beklemeye koyuldu. Eddie ve Linc rıhtımın sol tarafı boyunca yüzerek, ikinci kata çıkan metal katlanır merdivenin dibine kadar geldiler. Juan bu sırada, iki bezgin nöbetçinin kilitli kapıları seyrettiği, iyi aydınlatılmış giriş holünden en az yüz metre uzakta, istiflenmiş kasaların arkasından sudan çıktı.

Sessizce dalış takımlarını ve kuru dalış elbisesini çıkarttı. Elbisenin altına, kravatından muharebe şeritlerine kadar her şeyiyle kusursuz bir Suriye donanma yüzbaşısı üniforması giymişti. Uyumsuz tek şey ayaklarındaki kauçuk dalış botlarıydı, ancak bu konuda yapabileceği bir şey yoktu. Tabanca kemerini kuşandı ve sarı saçlarını örtmek üzere kafasına bir kep geçirdi.

Adamlarının yerlerini alması için bir dakika daha bekledi ve konteynerlerin arasından sıyrılarak kararlı adımlarla nöbetçilere doğru yürümeye başladı.

İlk altı metreyi iki nöbetçi de fark etmeden geçti. Adamlardan biri aniden dikildi ve bir an şaşkınlıkla bakakaldı. Sonra birden arkadaşıyla ortak kullandıkları masanın yanında yerde duran AK-47'sini hatırladı. Juan yürümeye devam ederken, adam yerden silahı alıp göğsüne doğru nişan alıp tutmaya başlamıştı. Arkadaşı da doğrulup kayışı ellerine dolanmış olan silahını kavrarken, ilk nöbetçi uyarı anlamına gelebilecek bir şeyler homurdandı.

"Bu tavrın anlamı nedir?" diye sordu Juan, tonlamasına kadar mükemmel bir Arapçayla. Ben Suriye donanmasından Yüzbaşı Hanzi Hurani, üs komutanınız Amiral Ramazani'nin konuğuyum."

İki nöbetçi birden şaşkınlıkla ona bakarken bir tanesi kırık dökük bir Arapçayla sordu. "Kimim dedin?"

"Yüzbaşı Hurani." Cabrillo ters bir şekilde cevap verdi. "Peygamber aşkına, geçen hafta bu binaya kırk kere girip çıktım. Burada yeni mucize silahınızın, Haçlıları sularımızdan kesin olarak atacak olan torpillerin denemelerini izlemek için bulunduğumu tabii ki biliyorsunuz."

Juan ana dili Farsça olan adamın, bu konuşmanın ancak üç beş kelimesini anlayabildiğinden emindi ama önemli olan kelimeler değil tavırdı. Onları gecenin bu saatine rağmen buraya ait olduğuna inandırması gerekiyordu. Masanın üzerindeki kurumuş yemek artıkları, buruşturulmuş gazete kâğıtları ve ağzına kadar dolu kül tablasının yakınında bir adet telsiz duruyordu. Eğer merkeze haber verirlerse oyun sona erecekti.

"Denizaltıyı gezerken zamanın nasıl geçtiğini fark etmemişim." Juan yüzünde hafif mahcup bir gülümsemeyle devam etti. "Aslında öyle olmadı. Kaptanın kamarasında Amerikan emperyalistlerine ilk darbeyi vurmayı hayal ederken uyuya kalmışım."

Nöbetçinin gözlerinde ihtiyatlı bir kuşku vardı hâlâ ama başka bir ordudan da olsa bir üst rütbelinin kendilerininkine benzer fantezilere kapılması onu biraz olsun gevşetti. Arkadaşına Cabrillo'nun sözlerini tercüme etti.

Pek etkilenmişe benzemeyen arkadaşı, AK silahının namlusuyla işaret ederek birinci nöbetçiye bağırdı. Arapça konuşabilen nöbetçi Juan'dan kimlik göstermesini istedi.

Juan cüzdanını çıkararak daha kıdemli olan nöbetçiye uzattı. Nöbetçi kimliği incelerken, Juan cebinden bir paket sigara çıkardı ve yaktı. Adamların içtiği yerel sigaradan çok daha kaliteli bir marka olan Dunhill'in sıra dışı yassı paketini hemen fark ettiklerini gördü. Nöbetçi cüzdan elinde telsize doğru uzanırken Juan adama sigara ikram etti.

Adamın duraksadığını görünce paketi biraz daha yaklaştırdı.

Nöbetçilerin genç olanı, "Ana güvenlik birimine haber vermem gerekiyor," dedi.

"Elbette," dedi Juan, ağzından dumanlar savurarak. "Benim burada yetkili bir subay olduğumu bilmediğiniz için size bağırıp çağırırlarken, şöyle adam gibi bir sigara iyi gelir diye düşünüyorum."

İki adam da utana sıkıla birer sigara aldı. Juan çakmağını yakarak onlara uzattı. İlk nefeslerini alır almaz, hızlı etkili uyuşturucu katkılı sigara doğrudan sinir sistemlerini vurdu ve birbirleriyle göz göze gelmeleriyle yere yıkılmaları bir oldu.

Cabrillo sigarasını yere atıp topuğuyla ezdi. "Genellikle çocuklar," dedi nöbetçilerin hâlâ tüten Dunhill'lerini alıp tüm kanıtları pantolonunun cebine tıkıştırırken, "bunlar sizi öldürür. Bu defalık sadece birkaç saat sızacaksınız. Yine de üstleriniz bu ihmalkârlığınızı ortaya çıkardığında yerinizde olmak istemezdim." Şirket, operasyonlarını olabildiğince ölüme yol açmadan yürütmeye çalışıyordu. Daha görevin planlama aşamasından beri Cabrillo, sırf Ruslar ileri teknoloji ürünü silahları yasadışı olarak satıyor diye, işlerini yapan nöbetçilerin ölmemesi için gerekli önlemleri aldı.

Bu demek değildi ki Juan'ın ya da ekibin geri kalanının elleri kana bulanmamıştı. Fakat mecbur kalmadıkça öldürmemeye çalışıyorlardı.

Juan tam geri dönerken dışarıya çıkan metal kapı hızla açıldı ve iki askerin refakatinde laboratuvar önlüklü bir teknisyen içeri daldı. Yerde bilinçsiz yatan nöbetçileri ve Juan'ın alışılmadık üniformasını gördüler. Nöbetçilerden biri silahını kaldırdı ve bağırarak tehdidi haber verdi. Diğeri ilkine bir şeyler söyledi ve Cabrillo çeviriye gerek olmadan adamın geriye dönüp hızla uzaklaşmasından, "Ben yardım getirmeye gidiyorum," dediğini anladı.

Bir dakika içinde üç bin asker ve destek personeli vahşi savaşçılar gibi kuru havuza inecekti.

3. BÖLÜM

İkinci nöbetçi kapıya doğru koştururken, birinci nöbetçinin silahından yakut renkli bir kıvılcımın belirmesiyle aynı anda, sessiz bir mermi kanlar içinde kalan elinden AK-47'yi söküp almıştı bile.

Juan hiç duraksamadı. Linc ya da Eddie yukarıdaki platformdan adamı etkisiz hale getirmişti. Cabrillo, afallamış teknisyeni, şarjörü tetik mekanizmasının arkasında olan susturuculu bir Type 95 saldırı tüfeğiyle etkisiz hale getirdiklerini anlamıştı. Hızlandı ve kaçmakta olan nöbetçinin peşine düştü. Yenik düşmeyi asla kabul etmeyen yapısının verdiği güçle her adımında daha da hızlanarak koşmayı sürdürdü. Nöbetçi donanma üssünün içlerinde kaybolmak üzereydi. Eğer haki üniforması olmasa Juan onu loş ışıkta kaybedecekti. Sekiz adımda nöbetçinin iki saniyelik avantajını neredeyse sıfıra indirdi ve üç adım sonra İranlının üzerine atlayarak, profesyonel bir Amerikan futbolu oyuncusu gibi adamı dizlerinden yakalayıp yere indirdi.

Sert, pürüzlü asfaltın üzerine düşerlerken Juan, nöbetçinin vücudu sayesinde yaralanmaktan kurtuldu ama adam onun kadar şanslı değildi. Stabilize yolun üzerindeki iri çakıltaşlarına sinir bozucu bir çatırtıyla kafasını çarpmıştı ve yırtılan yanağının altından etleri görünüyordu.

Cabrillo hemen etrafına baktı. Yakınlarda birkaç karanlık depo vardı. Daha uzakta bazı pencereleri aydınlık, dört katlı ofis binası gözüküyordu ama kimsenin kendisini fark ettiğini sanmıyordu. Yerde bilinçsiz halde yatan nöbetçinin bileklerini plastik kelepçeyle bağladı ve adamı sırtlayarak denizaltı yuvasına doğru koşmaya başladı.

Cabrillo içeri girip kapıyı kapayınca Eddie'nin de teknisyeni kelepçeleyip ağzına tıkaç koyduğunu gördü. Teknisyeni giriş holündeki emniyetli bölgeye, daha önce uyuttuğu iki adamın yanına doğru sürüklüyordu. Juan da kendi yükünü onların yanına bıraktı.

"Bu, hayatımdan iki ayı aldı," diyerek nefes nefese konuştu.

"Fark edilmiş olma şansın var mı?" diye sordu Seng.

"Bağırmaya başlayan bir alarm duyarsan cevabını aldın demektir. Yukarıdakilerle ilgili bir sorun var mı?"

"Biri silahına davrandı. Linc vurulan adamın kanamasını durdurdu, iki saat içinde hastaneye yetiştirirlerse kurtulur. Yüzümüzde maske vardı ve ben planladığımız gibi Çince konuştum: Eğer bu adamlar silahtan anlıyorsa Çin malı Type 95'i de tanıyacaklardır."

"Kullandığımız Çek malı mühimmat da kafalarını iyice karıştıracaktır."

Max Hanley yüzünde alaycı bir gülümsemeyle o tarafa doğru geldi. "Bu işi olduğundan daha da zorlaştırmak zorunda kaldın değil mi?"

"Hadi ama Max, riski büyütmezsek alıştığımız yüksek ücretleri alamayız değil mi?"

"Gelecek sefer payımın bir kısmından vazgeçeceğim."

"Bu adamla ilgili bir sorunumuz var mı?"

"Yarından önce uyanmaz. Şimdi iznin olursa, gidip şu torpilleri bulalım."

Yükseltilmiş platformun altındaki iki büyük odanın ilkinde, Rus malı konvansiyonel TEST-71 torpillerinin tutulduğunu buldular. *Oregon*'da da bunların aynısından vardı. Kilidini Linc'in ateş ederek açtığı ikinci odada aradıkları şeyi, İran'ın en yeni ve en ölümcül silahını buldular. Oda, çalışma tezgâhları, ölçüm bilgisayarları ve çeşitli elektronik cihazlarla doluydu. Odanın ortasında, morgdaki kadavralar gibi gözüken üzerleri örtülü iki adet cisim duruyordu. Max, gidip üzerlerindeki örtüyü çekip aldı. Hareketli sehpanın üzerinde yatan cisim, ilk bakışta pervanesi olmayan bir TEST-71 torpiline benziyordu. Yetmiş beş santimetrelik sualtı füzesini, özellikle radikal bir biçimde şekil verilmiş burnunu incelemeye başladı. Bu özelliği torpilin etrafında hava kabarcıkları yaratıyor ve suda neredeyse hiç sürtünme olmadan gitmesini sağlıyordu.

"Ne düşünüyorsun?" diye sordu Juan, yardımcısına yaklaşarak.

"Resimlerini gördüğüm Rusların *Shkval*'ının aynısı," dedi mühendis. "Bunun gibi bir şeyde form fonksiyondan sonra gelir. Demek istediğim, süper kavitasyon etkisi yaratacak ancak bir iki tasarım vardır, ama bu Rusların balığıyla bire bir aynı."

"İranlılara yardım ediyorlar yani?"

"Kuşkusuz." Max doğruldu. "Asıl kanıt roket motorunun tasarımında, fakat bahse varım ki adamları iş üzerinde yakaladık."

"Tamam, güzel. Sen ve Eddie ne kadar bilgi toparlayabilirseniz alın." Eddie çoktan bir bilgisayarın başına geçmiş, bir korsan sürücü takıp sistemde ne var ne yok çekmeye başlamıştı. Linc, herhangi bir şey bulabilmek için kayıt defterlerini ve dosyaları inceliyordu. Cabrillo, Franklin Lincoln'e dönerek, "Hazır mısın koca adam?" dedi.

"Elbette." Max, tam odadan çıkarken kolundan tutarak durdurdu. "Bir mi, iki mi?"

Juan torpillere şöyle bir baktı. "Geldiğimize değsin, ikisini de alalım."

"Büyük ihtimalle ateşlemeye hazır ve yakıtlarının da dolu olabileceğini biliyorsun değil mi?"

Cabrillo sırıtarak, "O halde dikkatli taşıyacağız," diye karşılık verdi.

Linc üst platformda ana kapıyı açacak bir mekanizma ararken, Juan duvara kaynaklanmış bir merdivenden çıkarak dar bir iskeleden geçip tepe vincinin operatör kabinine girdi. Denizde geçen uzun yıllardan sonra her türlü vince aşina olan Juan, makineyi çalıştırıp aleti havuzun başına doğru, bina boyunca yürütmeye başladı. Araç geriye doğru kayarken aklına zalimce bir fikir geldi ve vincin dev kanca takımını aşağıya doğru indirmeye başladı. Bir tona yakın ağırlığı ve hızın da etkisiyle koca kanca ağır ağır sallanmaya başladı. Vincin kancası Cabrillo tarafından İran'ın en yeni Kilo sınıfı denizaltısının gözetleme kulesindeki dalış kanatlarına doğru yönlendirildi.

Kancanın kanadı koparacak kadar salınımı yoktu ama hassas kumanda paneline verdiği hasar, denizaltının kuru havuzda birkaç ay daha kalmasını gerektirecek cinstendi.

Juan vinci doğru pozisyona getirdiğinde Eddie ve Max, üç tonluk torpillerin birini, tekerlekli sehpa üzerinde laboratuvardan açıklık alana çıkarmışlardı. Kancayı indirdi ve onlar da düşünceli İranlıların yerinde bıraktığı askı kayışlarını kancaya bağladılar. Sağlam bir şekilde bağlandığında Max, Cabrillo'ya eliyle işaret etti. Eddie de dalış takımlarını almaya gitti.

Cabrillo, torpidoyu sehpadan havalandırdı ve vinci Kilo'nun uzağında tutmaya dikkat ederek, yeniden suyun üzerine doğru yürüttü. Kapıya altı metre kala torpili suya indirdi. Dibi bulduklarını anlamak için çelik kablonun gevşemesini bekledi.

Hat bombe yapmaya başlayınca kumanda kollarını bıraktı. Eddie iskele boyunca tankını, başlığını ve regülatörünü taşıyarak ilerledi. Sonra takımlarını donandı ve havuza atladı. Juan Eddie'den çıkan hava kabarcıklarının yüzeye ulaştığı noktaya bakarak bekledi ve bir dakika sonra Eddie'nin tamam işareti yapan başparmağı bulanık sudan dışarı uzandı.

Juan kancayı kurtarıp yukarı çekti ve vinci Max'in ikinci torpidoyu hazırladığı havuzun başına yönlendirdi. Vinç raylar üzerinde ilerlerken Juan, üst gözetleme alanındaki Linc'i gördü. Bilgisayarın üzerine eğilmiş, en dıştaki kapakların kumandası üzerinde çalışıyordu. Doğru kombinasyonu bulmuş olmalıydı, çünkü sadece Hanley'in üstündeki dışında tüm ışıklar birer birer sönmeye başlamıştı. Cabrillo geriye doğru baktı. Uzakta masif kapaklardan biri dışarıya doğru açılıyordu. Bu, Linda'nın denizaltı aracını yuvaya sokması için sinyal yerine geçecekti. LIDAR sistemi yerde yatan torpili algılayacaktı ve ikincisi için Juan'ın komutunu bekleyecekti.

İkinci torpil vincin altında salınmaya başladığında Max, Linc'e katıldı ve ikisi diğer dalış ekipmanlarını, bu arada Juan'ın dalış donanımı ve kuru tip elbisesini de alarak kuru havuzun kenarına gittiler. Juan torpili suya bırakmak üzere yönlendirdiğinde gitmek için hazırdılar.

Torpil suyun altında kaybolup, kablolar yeniden gevşeyince Juan, vincin motorunu susturdu, küçük kontrol panelinin altına uzanıp bir tutam kabloyu çıkan kıvılcımlar arasında çekip kopardı.

İranlılar hırsızlığı nasıl olsa fark edeceklerdi. O yüzden havuz donanımına verebileceği kadar fazla zarar verip yeniden çalışmaya başlamasını olabildiğince geciktirmek için elinden geleni yapıyordu. Linc kapakları ve aydınlatmayı kontrol eden bilgisayarı etkisiz hale getirmek için ufak patlayıcılar yerleştirdi ve bunu bir hareket dedektörüne bağladı. Soruşturma ekibinin kafasını biraz daha karıştırmak için de Çin malı patlayıcı ve tetikleyici kullandı.

Atladığı bir ayrıntıyı hatırlayan Juan, kılıfından çıkardığı tabancayı suya doğru fırlattı ve silah şapırtıyla suya gömüldü. Bu bir QSZ-92'ydi. Çin Halk Kurtuluş Ordusu'na ait en yeni standart tabancalardan biriydi. İranlıların, bu işi kimin yaptığını anlamak amacıyla bütün havuzun dibini tarayacaklarını ve silahı bulacaklarını biliyordu. Buldukları kanıtlarla ne yapacaklarını bilmiyordu ama kafalarını bulandırmak eğlenceli olacaktı.

Vincin merdivenlerinden inerek zaman kaybetmek yerine Juan, binayı boydan boya geçen kiriş üzerinden koşarak vincin kablo makarasına kadar geldi. Ellerini dikkatle saç örgüsü kabloya kenetleyerek aşağıya doğru inmeye başladı. Ellerini sırayla kullanarak kabloya tutuna tutuna inerek, suya üç metre yaklaştığında kendisini aşağı bıraktı.

Max orada Juan'ın donanımıyla bekliyordu. Tankı omuzlarından geçirmesine ve başlığı takmasına yardım etti.

"Linda, duyuyor musun?" diye sordu Juan, suda ayaklarını oynatarak. Başlıktaki haberleşme sistemi, Linc'in kolunun altında duran dalış kıyafetiyle çalıştığından, suya daldığında kullanma imkânı olmayacaktı.

"Evet başkan. Bu arada iyi dalıştı. Çıkan suya göre benden 9.2 puan."

"Ters çifte yarım burgu ve çivileme," dedi soğuk bir ifadeyle. "Biz sırayla hava cebine giriyoruz. Senin kurtarma operasyonun için iki tane balık var."

"Anlaşıldı."

Linda ile Nomad sürünerek ilerlerken altlarındaki suyun girdap oluşturduğunu hissettiler.

Dalış maskesi takmadığından, Linc tarafından hava cebine doğru yönlendirilen Cabrillo içeri ilk giren kişi oldu. Peşinden Linc iri gövdesini kapaktan içeri soktu ve başının üzerindeki kapağı kapatmak için uzandı. Uyarıcı ışık yeşile dönünce su boşaltma vanalarını açtı.

Su çenesinin hizasına gelir gelmez, Cabrillo kafasındaki başlığı çıkardı. İçerideki soğuk ve taze hava özellikle kuru havuzun kimyasallarla kirlenmiş atmosferinden sonra çok ferahlatıcıydı. Sıkışık ortama rağmen Linc'i incitmeden bölmeden çıkmayı başaran Cabrillo, az sonra kokpitte Linda'nın yanındaydı.

"Gemiye hoş geldin." Yüzünde arsız bir gülümsemeyle sordu. "Nasıl gitti?"

"Çocuk oyuncağı," diye kayıtsız bir şekilde cevaplayarak ıslak Suriye donanması üniformasıyla, kendini yatar koltuğa bıraktı. Aralarındaki bilgisayar ekranından mini denizaltının altında olup bitenler görülüyordu.

Nomad'ın altındaki düşük ışıkta çalışabilen kameradan Linda, ilk torpilin üzerinden biraz yana kaymış olduklarını fark etti. Yaptığı küçük bir manevrayla, Max'in araca monte etmiş olduğu kavrayıcı kolları üç tonluk torpilin tam üzerine getirdi. Bir düğmeye bastı ve tungsten alaşımlı çelik pençeler torpili kavrayarak Nomad'ın karnına sıkıca tutturdular.

Juan safra tanklarından birini boşaltarak, yeniden su içinde sabit kalmalarını sağladı. Linda dudağının kenarını ısırarak, yönlendirici iticileri çalıştırdı ve Nomad'ı hafifçe yana çevirdi.

Araç sallanıp torpidoyu geçince içinden küfretti. "Gelgit yaklaşıyor," diye açıkladı ve denizaltıyı geri yüzdürerek yeniden torpilin üzerine getirdi.

Hava cebi kontrol paneli üzerindeki ışık kırmızıdan yeşile döndü. Eddie ve Max de gelmişti.

Nomad bir kez daha torpilin üzerinde akıntıyla birlikte savruldu. Linda kuru havuzda girdaplar oluşturan dalgalarla baş edebilmek için gücü biraz daha artırdı. Anaforlar ve çarpışan akıntılar mini denizaltıyı beşik gibi sallıyordu. Juan gerek duyarsa Linda'nın yardım isteyeceğinden emindi. Üçüncü denemede denizaltıyı torpidonun tam üzerine getirdi. Pençeleri onun yuvarlak çeperleri üzerine kapattı ve biraz daha safra saldı.

Linda kendinden memnun bir halde gülümsedi. "Üç uğurlu sayımdır."

Juan uzaktan kontrollü kolu uzattı ve onun marifetli parmaklarıyla torpilleri taşıdıkları askıları yakalayarak ikisini de Nomad'ın başaltındaki gözlere yerleştirdi. Yapay kol yerine döner dönmez, Linda kumanda kolunu sertçe çekerek Nomad'ı kuru havuz içinde döndürdü. LIDAR sistemi sayesinde, Nomad'ı kısmen açık kapakların arasından geçirerek limanın açık sularına çıkardı.

Juan bataryaları kontrol etti, sudaki hızlarını ve deniz tabanına göre hızlarını kontrol etti. Tüm bu rakamları bilgisayara girerek menzillerini belirlemeye çalıştı. Bu arada ekibi, arkada ıslak elbiselerini çıkarıp, daha önceden hazırladıkları temiz kıyafetleri giyiyordu.

Tahmin ettiklerinden daha kuvvetli gelen gelgitin de etkisiyle, *Oregon*'a vardıklarında bir saatlik yedek güçleri kalacaktı. Rahatsız edici bir durumdu ve Juan bunu biraz daha rahatsız edici hale getirmeyi planlıyordu. İran'ın tepkisiyle ilgili olarak içinde kötü bir his vardı ve *Oregon*'u Hürmüz Boğazı'ndan olabildiğince uzaklaştırmak istiyordu.

"Nomad'dan *Oregon*'a." Telsize konuştu.

"Sesinizi duymak ne güzel başkan." Hali Kasım cevap verdi. "Her şey yolunda değil mi?"

"Bebeğin elinden şekerini almak gibiydi," dedi Cabrillo. "Dönüşüm nasıl gidiyor?"

"Saat gibi. Baştaki ek plakalar gitti, baca eski haline döndü. Konteynerleri de hızla katlıyoruz."

"Güzel. Hali, yarım saat içinde yol almanızı istiyorum, fakat hızı üç deniz miline ayarla." Nomad dört deniz mili hızla gidiyordu. "Randevumuzu kıyıdan biraz daha uzağa çektik."

"Bu bizi nakliye gemilerinin rotasına çok yaklaştırır," diye uyardı Hali. "Sizi almak için duramayız."

"Biliyorum. Gemiye dönüşümüzü hareket halindeyken yapacağız." Nomad'ı ay havuzunda yüzeye çıkarmak tek başına yeteri kadar tehlikeliydi, bunu bir de *Oregon* yol alırken yapmak, Cabrillo'nun kesinlikle gerekli olmadıkça göze almayacağı bir riskti.

"Bundan emin misin gerçekten?" diye sordu Max, kokpite doğru uzanarak.

Juan eski arkadaşının gözlerinin içine baktı. "Sağ ayak bileğim sızlıyor." Bu, başkanın içine bir şey doğduğunda aralarında kullandıkları bir şifreydi. NUMA'nın(1) verdiği bir görevi kabul etmeden önce benzer bir şey hissetmişti ve görev sırasında sağ bacağını dizinin altından itibaren kaybetmişti. Zaman geçtikçe, her ikisi de Juan'ın içgüdülerine güvenmeye başladılar.

"Patron sensin," dedi Max başıyla onaylayarak.

İran sahillerinden yavaşça uzaklaşmakta olan *Oregon*'a yetişmek, fazladan iki saatlerini aldı. Nomad geminin koyu gövdesinin altında, omurganın on iki metre aşağısına geldi. Ay havuzunun kapakları tamamen açılmış, gövdeye paralel vaziyette duruyordu. Kırmızı uyarı ışıkları geminin

---

(1) Ulusal Sualtı ve Okyanuslar Ajansı (National Underwater and Marine Agency)

içinden suya vuruyordu. Nomad'dan bakıldığında adeta cehennemin kapısına yaklaşıyor gibiydiler. Linda denizaltıyı yavaşlatarak, *Oregon*'un düşük hızıyla eşitledi ve aracı açıklığın tam altında ortaladı.

Normal bir sudan çıkarma operasyonunda dalgıçlar suya girerek, Nomad'ı gemideki vincin halatlarına bağlayarak rahatça yukarı çekilmesini sağlarlardı. Üç deniz mili gibi düşük bir hızda bile, ay havuzunda dalgıçların emniyetli dalışını engelleyen kuvvetli akıntılar oluşuyordu.

Hız istediği seviyeye gelince, Linda safra pompasını çalıştırdı ve suyu yavaşça boşaltarak Nomad'ın neredeyse milim milim yükselmesini sağladı.

"Ortamı germek istediğimden değil ama," diye seslendi Hali haberleşme bağlantısından, "dört dakikaya kadar dönüş noktasına geleceğiz. Hürmüz Boğazı'ndaki gemi rotaları o kadar sıkı denetlenir ki en ufak sapma hoş görülmez."

"Evet, bu gerçekten hiç germedi," diyerek, gözlerini ekrandan ayırmadan cevap verdi Lidya.

Biraz daha safra bıraktı. Kumanda çubuğu ve gaz kolu üzerindeki parmakları bir tüy kadar hafifti. Açıklık giderek büyürken, küçük düzeltmeler yapıyordu.

"Çok iyi gidiyorsun," diye seslendi Juan, yardımcı pilot koltuğundan.

Mesafe karış karış azaldı ve sonunda Nomad, geminin tam altına geldi. Artık teknoloji harikası motorun sessiz vızıltısını ve tahrik borularından geçen suyun sesini duyabiliyorlardı.

Linda Nomad'ı biraz daha yavaşlatarak, havuzun arka kısmına doğru kaymasını sağladı. Aracın arka kanatları ve pervaneleri, açıklığa otuz santimetre uzaklıktaydı. "Haydi bakalım," dedi ve bir depo dolusu metal bilyeden oluşan kalan yarım tonluk safrayı da boşalttı.

Nomad yukarı doğru fırladı ve yüzeye çıktı. *Oregon*'un üç deniz millik hızından dolayı kaynayan bir kazan gibi çalkalansa da, havuzdaki su Nomad'a göreceli olarak hareketsizdi. Mini denizaltı ileriye doğru hızlandı. Kendi uzunluğunun ancak iki katı olan havuzu kat etmek üzereyken,

Linda acil durum geri iticilerini çalıştırdı. Tedbir olarak şişme bir tampon havuzun yan duvarları boyunca suya indirildi. Denizaltının dokunuşu o kadar hafif oldu ki tampon neredeyse hiç ezilmedi.

Nomad'ın tepesinde kaldırma askılarını araca bağlayan teknisyenlerin ayak sesleri duyuldu. Altlarında havuzun kapakları kapanmaya başlamıştı. Linda rahatlamış bir halde nefesini bırakarak, krampı önlemek için bileklerini ovalamaya başladı.

Juan omzuna yavaşça bir iki kez vurdu. Zorlandığı gözlerinden okunuyordu. "Ben daha iyisini yapamazdım."

"Teşekkürler," dedi yorgun bir sesle. Kulağını uzatıp sanki uzaktan gelen bir sesi duymaya çalışır gibi yaptı. "Galiba küvetim beni çağırıyor."

"Git hadi," dedi Juan. Koltuğundan kalktı, koyu renk deri üzerinde bir su birikintisi kaldı. "Fazlasıyla hak ettin."

Nomad kızağa çekilip, dış kapağı açıldığında, ekip tepe kapağının altında bekliyordu. Kaymayan döşemeye sular akıtmaya devam etmesine rağmen, Juan önce ekibinin çıkması için onlara yol verdi. Bir teknisyen istemesini beklemeden bir kulaklık uzattı kendisine. "Eric, orada mısın?"

"Evet başkan," dedi Eric Hârekat Merkezi'ndeki yerinden.

"Kapaklar kapanır kapanmaz bizi on sekiz deniz miline çıkar. Boğazdan çıkmamız ne kadar sürer?"

"Aşağı yukarı iki buçuk saat ve buluşma yerine varmamız da bir on beş saat daha sürer."

Cabrillo, Eddie'nin bilgisayardan ele geçirdiği tüm bilgileri ve torpidoları bir an önce gemiden uzaklaştırmak istiyordu ama Los Angeles Sınıfı hızlı saldırı denizaltısı, *Tallahassee* ile buluşma zamanını, casus uyduların ve yakınlardaki bir geminin transferi fark etmesi ihtimaline karşılık, çok titizlikle ayarlamak zorunda kalmışlardı. "Tamam, teşekkürler. Hali'ye Bandar Abbas kaynaklı askeri konuşmalara karşı kulağını iyice açmasını söyle. Bir şey duyarsa beni uyandırın."

"Anlaşıldı patron."

Max roket torpillerin Nomad'ın altından çıkarılışına nezaret ediyordu. Kendisi de zincirli bir makarayı motorlu el arabalarının üzerine doğru alçaltıyordu. Eddie bilgilerle dolu bilgisayar sürücüsünü sugeçirmez bir kutuya koymuştu bile.

Juan silahlardan birine avucunun içiyle bir şaplak indirdi. "Tanesi beş milyon, artı bilgisayardan yürüttüğümüz bilgiler için bir milyon daha. Bir günlük iş için hiç fena değil."

"Overholt'u arayıp bu bebeklerden iki tane ele geçirdiğimizi haber versen iyi olur. Sonra faturayı görünce kalp krizi geçirmesin."

"Önce bir duş," dedi Juan. "Sonra ararım onu. Sen de pes ediyor musun?"

Max saatine baktı. "Neredeyse dört buçuk. En iyisi ben kalıp kalan işlerle ilgilenip gemiyi yeniden düzene sokayım. Belki gün doğarken kahvaltı keyfi yaparım."

"Keyfine bak. İyi geceler."

POSH sözcüğü Hindistan'daki İngiliz yönetimi sırasında ortaya çıkmıştı. Yolcular Bombay ya da Delhi'deki kraliyet görevlerine gidip gelirken, Hindistan yönü için iskele tarafında, İngiltere'ye dönüşte de sancak tarafından bilet isterler, böylelikle kamaraları hep geminin gölgeli tarafında olurdu. Bilet acenteleri de bunu kısaltma haline getirmişlerdi. "Gidiş İskele, Dönüş Sancak" şeklindeki bu kısaltmadaki kelimelerin baş harfleri İngilizce olarak okunduğunda POSH(1) olarak telaffuz ediliyordu. Böylece İngilizceye yeni bir kelime kazandırılmıştı.

Cabrillo'nun kamarası iskele tarafındaydı ama geminin açısı, güneş ışınlarının lombozundan içeriye girmesine sebep olduğundan, odanın içi, çalışan klimaya rağmen cehennem gibi sıcaktı. Ter içinde sırılsıklam uyandı. Bir an kendisini uyandıran şeyin ne olduğunu uyku sersemliği içinde anlayamadı. Sonra telefonun ikinci kez çalan zilini duydu.

---

(1) Port Out, Starboard Home

Buruşmuş çarşafların arasından kollarını kurtarırken, yatağın karşısındaki duvarda asılı büyük saate baktı. Daha sekiz bile değildi ama güneş şimdiden yakmaya başlamıştı.

Ahizeyi kulağına götürdü. "Cabrillo."

"Başkan, ben Hali. Yolun sonuna geldik."

Juan duyduğunu hazmetmeye çalışırken kafadan bazı hesaplar yaptı. *Oregon* şimdiye kadar Boğaz'ı geçmiştir ama Umman Körfezi'nde çok yol almış olamazdı. Hâlâ İran'ın askeri etki alanındaydılar.

Bir yandan bacaklarını yataktan sarkıtıp, bir eliyle kafasını sıvazlarken sordu. "Neler oluyor?"

"Beş dakika önce Bandar Abbas kaynaklı yoğun bir konuşma trafiği oldu ama sonra tamamen kesildi."

Juan bunu bekliyordu. Ne olup bittiğini anlamak üs komutanının biraz zamanını alacaktı. Sonra cesaretini topladığında da hırsızlığı Tahran'daki amirlerine bildirecekti. Onlar da üsse derhal telsiz ve güvenli olmayan telefon hatlarını kullanmayı durdurmasını ve özel tahsis edilmiş kara hatlarına geçmelerini emredeceklerdi.

Birinci Körfez Savaşı'nda, Amerika dinleme konusunda yetenekleri hakkında tüm dünyaya elini açık etmişti. Uydu ve yer dinleme istasyonlarını kullanarak NSA,[1] her telefon konuşmasını, her telsiz yayınını, her faks mesajını ve diğer her çeşit haberleşmeyi, fütursuzca duymuş, dinlemiş ya da okumuştu. Amerikan ordusu bu şekilde Saddam Hüseyin'in kumanda ve kontrol tesislerini tam isabetle vurabilmişti. Birleşik Devletler'in bu ezici teknolojik üstünlüğünü tehdit olarak gören uluslar –yani, İran, Suriye, Libya ve Kuzey Kore– milyonlarca dolar harcayarak, fiziksel olarak bağlanılmadıkça girilmesi ve dinlenmesi imkânsız olan kara hatları ağı kurmuşlardır.

Oregon'un dinlemesine takılan ve panik içinde yapılan o ilk konuşmalardan sonra İranlılar, bu sisteme geçerek Cabrillo'nun değerli istihbarat kaynağını kesmiş oldular.

---

(1) Ulusal Güvenlik Teşkilatı

"Ne duydun?" Juan sordu.

"Kuru havuza bir tecavüz gerçekleştiğini, kontrol odasına hasar veren küçük bir patlama olduğunu ve iki balinanın çalındığını bildirdiler."

"Bu, torpillere taktıkları kod isim," dedi Juan. "Sanırım Farsçası *hud*."

"Bilgisayar da öyle söyledi. Daha sonra Savunma Bakanlığı'nın emriyle 'peygamberin sesi' gibi bir şeye geçmeleri istendi."

"Bu onların askeri haberleşme sistemleri olmalı." Juan telsiz telefonu kulağı ile omzu arasına yerleştirerek serbest kalan elleriyle giyinmeye çalıştı. "Başka bir şey var mı?"

"Ne yazık ki... başkan. Hepsi bu kadar."

Cabrillo kendini İranlıların yerine koydu ve bundan sonra ne yapabileceklerini düşündü. "Bandar Abbas'ı kapatacaklar ve limandaki her gemiyi bir daha arayacaklar. Donanma yüksek alarm seviyesine geçecek ve muhtemelen Umman Körfezi boyunca sahilden kırk elli mil açıkta ne kadar gemi varsa durdurmaya çalışacaklardır."

"Biz hâlâ o yarıçap içindeyiz," dedi Hali.

"Dümenciye bizi buradan derhal uzaklaştırmasını söyle. İki dakika içinde Harekât Merkezi'nde olacağım. Kıdemli personeli topla." Juan'ın üst düzey adamları birkaç saat öncesine kadar çalışıyor olsalar da, tamamen İran'ın vuruş alanının dışına çıkana kadar görevde olmalarını istiyordu.

Juan *Oregon*'u tasarladığında, Harekât Merkezi'ne olağanüstü bir önem verilmişti. Geminin beyniydi orası. Motorlar ile silah sistemlerinden, yangın söndürme fıskiyeleri ile haberleşmeye kadar her şeyin kontrol edilebildiği sinir sistemiydi. *Oregon*'un dış yüzeyi ne kadar çürümüşse bu oda da o kadar yüksek teknolojiliydi. Ön duvarı boydan boya kaplayan dev düz ekran, geminin sayısız kamerasından, mini denizaltılardan, insansız hava araçlarından (ROV) ve Robinson R44 helikopterden gelen düzinelerce görüntüyü aynı anda gösterebiliyordu. Sonar ve radar görüntülerini de ekrana yansıtabiliyordu.

Dümen ve silah istasyonları düz panelin hemen arkasındaydı. Hali'nin haberleşme konsolu, Max Hanley'in mühendislik istasyonu ve ana sonarın ikiboyutlu ekranı odayı çevreliyordu. Harekât Merkezi'nin ortasında Mark Murphy ve Eric Stoney'in "Kaptan Kirk Koltuğu" olarak adlandırdıkları koltuk vardı. Cabrillo, kumanda pozisyonundan gemideki her şeyi kontrol edebiliyor ve gerek duyduğunda her istasyonun kontrolünü devralabiliyordu.

Alçak tavanı ve düzinelerce bilgisayar ekranından gelen yansımalarla Harekât Merkezi, NASA görev kontrol merkezinin elle tutulur uğultusuna sahipti.

Juan içeri girdiğinde, bitkin haldeki Max Hanley de Mark Murphy gibi yerini almıştı bile. Murphy, ekibin askeri ya da istihbarat geçmişi olmayan tek üyesiydi ve bu durum açıkça anlaşılıyordu. Uzun boylu ve hantaldı, dağınık siyahımsı uzun saçları vardı ve sürekli uzatmaya çalıştığı sakalları ancak cansız bir keçi sakalı görüntüsünden öteye geçememişti. Gemideki herkesinkinden yüksek bir IQ'ya sahipti ve daha yirmili yaşlarındayken MIT'de[1] doktorasını yapmıştı. Buradan başlıca savunma sanayii firmalarından birine geçerek sistem geliştirme uzmanı olarak çalışmış ve Eric Stoney'le orada tanışmıştı. Eric, o sırada donanmada satın almacı olarak çalışırken istifa edip şirkete katılmayı planlamaktaydı. İki ay boyunca, ikisi Arleigh Burke sınıfı destroyerleri için, hâlâ gizli tutulan uzun menzilli bir top projesi üstünde çalışmışlardı. Eric, Murphy'yi ve Cabrillo'yu, Murphy'nin şirkete katılması konusunda ikna etmişti.

Juan, Murphy'nin *Oregon*'un silah sistemleri hakkındaki yeterliliği konusunda hiçbir eksiğini bulamamıştı. Sadece bir gün, genç Bay Murphy' nin, simsiyah giyinmeyi ve geminin gövdesindeki midyeleri bile silkeleyecek yükseklikte bir sesle punk müzik dinlemeyi bırakmasını umut ediyor-

---

(1) ABD'nin ve dünyanın en iyi teknik üniversitelerinden biri, bazı kaynaklara göre en iyisi kabul edilen okul.

du. Bu sabah karşısına üzerine bir çift kıpkırmızı dudak işlenmiş bir tişörtle çıkmıştı. Arkasında da DEHŞET KAYALIĞI RESİM SERGİSİ yazıyordu. Çalışma masasının üzeri boş enerji içeceği kutularıyla doluydu. Gözlerindeki cam gibi ifadeye bakarak Juan, Murphy'nin ana gıdasının kafein olduğunu söyleyebilirdi.

Juan kafasını sallayarak koltuğuna oturdu ve yanı başındaki bilgisayar monitörünü düzeltti. Bir anda masasının üzerinde dumanı tüten bir fincan kahve belirdi. Maurice o kadar sessizce yaklaşmıştı ki Juan geldiğini duymamıştı. "Bu gidişle sana bir çan takmak zorunda kalacağım."

"Çok kalıplaşmış bir deyimle kaptan, ölü bedenimi çiğnemeniz lazım."

"Ya da cesedini, her neyse." Gülümsedi Juan. "Teşekkürler."

"Afiyet olsun efendim."

Kahvesini içerken önündeki ekranı incelemeye başladı. Özellikle çevrelerindeki denize ait radar görüntülerine dikkat etti. İran sahilleri hâlâ ekranın tepesinde, radarın en uç sınırında gözüküyordu. Sayısız gemi Basra Körfezi'ne girip çıkıyordu. Noktaların iriliğinden çoğunun tanker olduğu anlaşılıyordu ve trafik, günün en kalabalık saatindeki Atlanta'yı aratmıyordu. İyice uzakta, güneyde büyük bir gemi ve etrafında kümelenmiş diğer gemiler gözüküyordu. Bunun bölgede görevli bir Amerikan uçak gemisi olduğunu tahmin etti.

Hız ve rotalarını, aynı zamanda geminin altındaki su derinliğini kontrol etti. Dip, yüz yirmi metre ölçülüyordu. Bir İran denizaltısı rahatlıkla gizlenebilirdi. Ancak Amerikalıların bu kadar yakın olması nedeniyle, eğer bir şekilde hırsızlıkla bağlantıları ortaya çıkarsa, helikopter veya uçak saldırısından endişe ediyordu. Kamera görüntülerine hızla bir göz attı ve *Oregon*'un olması gerektiği gibi, tek bacalı ve güvertesi konteynerlerden arınmış bir halde gözüktüğünü fark etti. Adı eski haline getirilmişti ama direğinde hâlâ Panama bandırasının çekili olduğunu gördü. Öngörülü bir tedbirdi bu, çünkü İranlılar, *Oregon*'un normalde taşıdığı gibi İran bandıralı bir gemiye çıkmak için izin almak zorunluluğunu hissetmezlerdi. Kargo vinçlerinden birinin üzerindeki kameradan, az önce geçmiş olmaları gereken bir tankerin yaklaşık bir mil arkalarından geldiği görülüyordu. Kuzey yönünde yarım mil gerilerinde dümen sularında seyreden bir de konteyner gemisi vardı.

"Hali, sonarda bir şey var mı?"

"Menzilimizdeki sekiz geminin gürültüsünden başka bir şey yok. Onları da bilgisayar inceledi zaten. Bizim gibi yük gemilerinden başka bir şey yok ortalıkta." Sanki bir şey daha diyecekmiş gibi duraksadı.

Juan kaşlarını çattığını fark etti. "Ne kadar küçük olursa olsun söyle bana."

"Bandar Abbas'tan gelen telsiz haberleşmelerinden sonra, Şahbahar' daki donanma üssünden kaynaklanan bir yayın tufanı oldu."

"O zamandan beri bir şey yok mu?"

Hali kafasını salladı. "Sadece o zaman."

Juan bu bilginin ne işine yarayacağını kestiremedi ve şimdilik bir kenara koydu. "Uçak ya da helikopterlerden ne haber?"

"Güneyimizdeki uçak gemisinden havalanan bir ASW[1] uçağı bir saat önce gözüktü ekranda, ama kuzeydeki dostlarımızdan bir ses yok."

Cabrillo biraz rahatladı ve bu işten paçayı kurtarabileceklerini düşünmeye başladı.

Tam kafasından bunlar geçerken Hali bağırdı. "Sonar teması! Mevki doksan beş derece, altı bin beş yüz metre. Suda torpil. Kahretsin, baş kapakları açık, yuvaları dolu halde bize saldırmak için bekliyormuş."

Torpille aralarında dört milden fazla uzaklık vardı. Bu yüzden Juan, *Oregon*'u tehlikeden kurtarmak için gerekenden çok zamanı olduğunu biliyordu. Sesi sakindi. "Takip et Hali. Tepki vermeden önce nereye gittiğinden emin olalım."

"Sonar teması!" Kasım yeniden haykırdı. "Suda ikinci torpil, aynı mevki ve aynı menzilde. Bilgisayardan hedef tayini yapacağım. İlk ba-

---

(1) Anti Denizaltı Savaşı – Anti Submarine Warfare

lık konteyner gemisine doğru ilerliyor. Adının *Saga* olduğunu saptadım ve bizden yirmi dakika önce Bandar Abbas'tan ayrılmış."

Taktik durum giderek kötüleşiyordu.

"Uçak gemisi savaş filosundan uyarı alıyoruz, atışları duymuşlar ve uçak havalandırıyorlar," dedi Hali.

"İşler arapsaçına dönecek burada," dedi Max umutsuzca.

"Al benden de o kadar," diye mırıldandı Juan.

"Yok artık!" Hali bağırdı. "Yeni temas. Üçüncü torpili ateşlediler. Yaylım ateş gibi, bize, *Saga*'ya ve arkamızdaki tankere, bir Petromax Oil ULCC, adı da *Aggie Johnston.*"

Sadece *Oregon*'u hedef alan tek torpido olsa Cabrillo hallederdi. Hatta gemisini ikinci ile hedefin arasına sokarak iki tanesiyle bile baş edebilirdi, ama denizde üç adet balıkla seçenekleri çok fazla değildi. Ya *Saga* ya da *Aggie Johnson* vurulacaktı. İki yüz bin ton ham petrol yüküyle, böyle bir şeyin olmasına izin vermesi mümkün değildi.

"Bir tane daha fırlattılar," dedi Hali, sesinde inanamadığını gösteren bir tonla. "Suda dört balık oldu şimdi. *Saga* ile ilki arasındaki mesafe üç buçuk mil. Bu son balık diğerlerinden çok daha yavaş ilerliyor."

"Diğerleri ıskalarsa diye oyalanıyor," dedi Max. "... ki o gidip bitirsin işi."

Eğer üç torpilden biri ıskalar ya da patlamazsa, bu yedek atış hedeflenen gemiyi vurmak üzere onun yerini alacaktı. Cabrillo bu taktiği biliyordu ve buna karşı bir savunması da yoktu. Şimdi Umman Denizi'ne canlı olarak ulaşacak kadar şanslı olup olmadıklarını düşünmeye başladı.

4. BÖLÜM

GOLDEN DAWN
HİNT OKYANUSU

Saldırgan Jannike Dahl'ın ağzını ve burnunu mengene gibi sıkıştırmış, nefes alamasını engelliyordu. Adamla mücadele etmek için yaptığı her hareket sonrasında durum daha da kötüleşiyordu. Baskıya rağmen biraz kıpırdanıp anca bayılmasını önlemeye yetecek kadar bir nefes alabildi. Önce bir tarafa sonra diğer tarafa dönmeye çabaladı ama yüzündeki elden kurtulamadı.

Neredeyse bilincini yitirmek üzereydi ve hiçbir şey yapamıyordu. Boğulmak gibiydi bu, hayal edebileceği en dehşet verici ölüm şekliydi. Tek farkı ölümün, kendisini yutan soğuk sulardan değil, bir yabancının ellerinden gelmesiydi.

Jannike son bir kez daha debelendi, kurtulmak için umutsuz bir çırpınışta daha bulundu.

Nefes nefese uyanıp başını kaldırmaya çalıştı ama üzerini örten nevresim ve battaniye onu tekrar yatağa çekti. Burnundan saf oksijen almasını sağlayan plastik hortum boğazının etrafında dolanmıştı ve astım kriziyle birlikte nefesinin iyice kesilmesine sebep oluyordu. Uykusunda her astım krizine yakalandığında gördüğü kâbusun etkisiyle buz kesen Janni, başucundaki komodine uzanarak astım spreyini alırken geminin revirinde olduğunu hayal meyal hatırlamaya başladı. Ventolin adlı spreyi ağzına dayayıp birkaç doz püskürttü ve sıvıyla dolu ciğerlerinin izin verdiği ölçüde derin derin nefes aldı.

İlaç kapalı nefes borusunu açtıkça, Janni daha fazla ilaç teneffüs etti ve krizin en kötü etkileri yavaş yavaş azalmaya yüz tuttu. Kâbusun etkisiyle deli gibi çarpan kalbi ve o telaşla burun deliğinin birinden çıkardığı plastik oksijen hortumu durumunun daha da düzelmesini engelliyordu. Hortumu yeniden düzeltti ve etkisi hemen kendini gösterdi. Yatağın üzerindeki ekrana baktığında kanındaki oksijen düzeyinin hızla yükselmekte olduğunu gördü. Nevresimlerini düzeltti ve eğimli yatağın içine iyice gömüldü.

Revirdeki üçüncü günüydü. Sonu gelmeyen saatler boyunca yalnızlığının ve sıkıntıdan aklını kaçıracak gibi oluşunun üçüncü günüydü. Ciğerlerinin böyle hastalıklı oluşuna lanet ediyordu. Arkadaşları sürekli uğruyordu ama hiçbirisinin kalmak istemediğinin farkındaydı. Bu yüzden onları suçladığı da yoktu zaten. Balık gibi havayı içine çekişini ve spreyi emişini izlemenin zevkli bir tarafı yoktu. Revirdeki tek hemşireye çarşaflarını değiştirmesini söyleyecek gücü kendinde bulamamıştı. Kim bilir vücudu nasıl kokuyordu?

Yatağın etrafındaki perde birdenbire açılıverdi. Doktor Passman o kadar sessiz yürüyordu ki Janni adamın bakım odasına ne zaman girdiğini fark etmemişti. İngiltere'den gelmiş, altmışlarında bir emekli kalp cerrahıydı. Boşandıktan sonra, mesleğini yapmayı da bırakmış ve hem daha huzurlu bir hayat yaşamak hem de eski karısını daha önce kazandığı paranın yarısından mahrum etmek için Golden Cruise Lines şirketinde gemi doktoru olarak işe başlamıştı.

"Çığlık attığını duydum," dedi, hastasından çok monitörlere bakarak. "İyi misin?"

"Sadece yeni bir kriz daha." Janni zorla gülümsedi. "Üç gündür gelenlerin aynısı." Sonra canlı İskandinav aksanıyla ekledi. "Daha önceki kadar kötü değildi. Sanırım geçiyor."

"Bırak buna ben karar vereyim," dedi sonunda yüzüne bakarak. Gözlerinden endişe okunuyordu. "Cildin mosmor olmuş. Benim kızımda da kronik astım var ama senin gibi değil durumu."

"Ben alıştım artık," diyerek omuzlarını silkti Jannike. "İlk krize beş yaşındayken yakalanmıştım, yani hayatımın dörtte üçünde bununla uğraştım."

"Ben de onu soracaktım. Ailende başka kimsede var mı bu hastalık?"

"Hiç kardeşim yok, annemde de, babamda da yok ama bir kere annem söylemişti, onun annesinde daha küçük bir kızken varmış."

Passman başını salladı. "Ailelerden geçme özelliği var. Denizde, toz topraktan uzakta olmanın işe yarayacağını düşünmüştüm."

"Ben de öyle olacağını ummuştum," dedi Janni. "Yolcu gemisinde garsonluk işini kabul etmemin sebeplerinden biri de buydu. Bir de tabii, rıhtıma gidip gelen balıkçı teknelerini seyretmekten başka yapılacak bir şey olmayan küçük sıkıcı kasabadan kaçma arzusuydu."

"Aileni özlemişsindir."

"İki yıl önce kaybettim onları." Gözleri bir an için buğulandı. "Trafik kazası."

"Çok üzüldüm. Rengin yerine gelmeye başladı," dedi Passman konuyu değiştirmeye çalışarak. "Soluk alıp verişin de düzeliyor gibi."

"Bu artık kalkabileceğim anlamına mı geliyor?"

"Ne yazık ki hayır canım. Oksijen doygunluk düzeyin hâlâ görmek istediğimin altında."

"Galiba bugün mürettebat için eğlence düzenlenmiş olması sizin için önemli değil," dedi hayal kırıklığı içinde. Duvardaki saate göre partiye birkaç saat kalmıştı. Bu akşamki dans, *Golden Dawn* iki hafta önce Filipinlerden hareket ettiğinden beri, geminin genç mürettebatı için ilk kaynaşma fırsatı olacaktı. Çoğu son derece çekici olan Norveçli garson ve hizmetçiler ile izinli personel için, yolculuğun en önemli olayı olacaktı. Janni bazı genç yolcuların da katılacağını biliyordu. Bu, herkesin bir hafta boyunca konuştuğu tek şeydi.

"Hayır değil," dedi doktor.

Revirin kapısı açıldı ve içeri Janni'nin *Golden Dawn*'daki en iyi arkadaşları, Elsa ve Karin parfüm kokuları içinde girdiler. İkisi de Janni'den birkaç yaş küçüktü. Münihliydiler ve üç yıldır yolcu gemilerinde çalışıyorlardı. Elsa pasta şefiydi ve Karin de Jannike'yle aynı restoran vardiyasında çalışıyordu. Tepeden tırnağa süslenmişlerdi. Karin, iri göğüslerini ortaya çıkaran fitilli askıları olan siyah bir elbise giymişti. Elsa'nın üzerinde de tek parça bir elbise vardı ve uçuşan kumaşın altında hiçbir çizgi izi olmadığına bakılırsa içine de bir şey giymemişti. İkisi de aşırı makyajlıydı ve kıkırdayıp duruyorlardı.

"Kendini nasıl hissediyorsun?" diye sordu Elsa, Passman'ı umursamadan yatağın kenarına ilişerek.

"Kıskanç."

"Partiye katılacak kadar iyileşmedin mi?" Karin, sanki Jannike'nin astımı doktorun suçuymuş gibi adama kötü kötü baktı.

Janni alnına dökülmüş terli saçlarını eliyle geriye savurarak, "Öyle bile olsa, sizin gibi giyinme şansım yok ki..." dedi.

"Sence Michael beğenecek mi?" Karin ayaklarının ucunda bir balerin gibi döndü.

"Deli olacak," diye karşılık verdi Elsa arkadaşına. "Geleceğinden emin misin?" diyen Janni, göğsünü sıkıştıran ağrıya rağmen dedikoduya katıldı. Michael servis yaptıkları masada oturan yolculardan biriydi, mavi gözlü, sarı saçlı ve sürekli egzersiz yaptığı belli olan vücuduyla hoş bir Kaliforniyalıydı. Kadın mürettebat onun gemideki en yakışıklı erkek olduğu konusunda görüş birliğine varmış gibiydi. Janni, Karin ve Michael'ın birkaç kere iyice samimi olduklarını da biliyordu.

Karin elbisesini düzelterek, "Bana geleceğim dediği için artık eminim," dedi.

Passman lafa girerek sordu. "Onun bir responsivist oluşu seni rahatsız etmiyor mu?"

“Doktora bir bakış atarak, “Ben dört erkek ve üç kız kardeşle birlikte büyüdüm. Çocuk sahibi olmamanın çok da kötü bir fikir olduğunu sanmıyorum,” dedi.

“Responsivizm çocuk yapmamaktan daha öte bir şey,” diye ısrar etti doktor.

Karin gemiyi gezi için kiralayan grubun neye inandığını bilmemeyi bir hakaret olarak kabul etti. “Evet, ayrıca üçüncü dünya ülkesi kadınlarına bir seçenek sunarak aile planlaması yoluyla insanlığa yardım etmek ve dünyamızın çok kalabalık yerlerindeki yükü azaltmaya çalışmaktır. Doktor Lydell Cooper bin dokuz yüz yetmişlerde, bu hareketi başlattığında dünya nüfusu üç milyardı. Bugün bunun iki katı ve artış hızı yavaşlamıyor. Yüz bin yıldır yeryüzünde yaşamış olan tüm insanların yüzde onu kadar insan yaşıyor şu anda.”

“Ben de geminin her yerine astıkları bilgi levhalarını okudum,” dedi doktor yutmadığını belli ederek. “Fakat responsivizmin toplumsal bilinçliliğin biraz ötesine geçtiğini düşünmüyor musun? Bir kadının katılması için tüplerini bağlatması gerekiyor. Bu bana daha çok, şey... bir tarikat gibi geldi.”

“Michael da insanların kendisine sürekli aynı şeyi söylediğinden bahsediyor.”

Gençliğin getirdiği inatçılıkla Karin, kapıldığı adamın inançlarını koruma gereğini hissediyordu. “Konu hakkında her şeyi bilmemek, inandığı şeyi inkâr etmeyi gerektirmez.”

“Tabii ama görüyorsun ki...” Passman yavaşça sesini kıstı. Biliyordu ki ne kadar tez öne sürerse sürsün, yirmili yaşlarında ve hormonları tam gaz çalışan bir genç kızı ikna etme şansı çok azdı. “Aslında, muhtemelen görmüyorsun. Bence artık Jannike’nin dinlenmesi gerekiyor. Partiden sonra ona her şeyi anlatırsınız.” Janni’nin yanından ayrıldı.

“Sen iyi olacaksın değil mi tatlı bebeğim?” Elsa Janni’nin zayıf omuzlarına dokunarak sordu.

"Beni merak etme. Siz güzelce eğlenmenize bakın ama yarın bana her türlü ayrıntıyı anlatacaksınız."

"İyi kızlar yaptıklarını anlatmaz," dedi Karin ve sırıttı.

"Bu durumda ikinizin de iyi kız olmasını beklemiyorum."

İki Alman birlikte çıktılar fakat Karin bir saniye sonra geri geldi. Yatağın başına eğildi. "Haberin olsun, galiba bu kez yapacağım."

Janni ne demek istediğini anlamıştı. Michael'ın arkadaşı için geçici bir heves olmadığını ve birkaç kere öpüşmenin dışında, Michael'ın ona uzun uzun inançlarını anlattığını biliyordu.

"Karin, bu çok önemli bir karar. Onu o kadar iyi tanımıyorsun."

"Hiçbir zaman çocuk sahibi olmayı istememiştim zaten. O halde tüplerimi şimdi ya da birkaç yıl sonra bağlatmamın ne farkı var ki?"

"Seni buna ikna etmesine izin verme," dedi Janni, halsiz düşmüş bedeninin izin verdiği ölçüde kuvvetle. Karin iyi biriydi ama tanıdığı en güçlü insan da değildi.

"Beni ikna etmedi," diyerek bu fikri çabucak reddetti. "Bu zaten benim uzun zamandır düşündüğüm bir şeydi. Annem gibi otuzunda tükenmek istemiyorum. Şimdi kırk beş yaşında ve yetmiş gösteriyor. Ben almayayım, teşekkürler," dedi ışıl ışıl bir gülümsemeyle. "Üstelik Yunanistan'a ayak basana kadar bir şey olmayacak zaten." Janni, dediklerinin etkisini artırmak için Karin'in elini tutu. "Bu tüm hayatını etkileyecek bir karar. Biraz daha düşün, olur mu?"

"Tamam," dedi Karin sanki anne babasına cevap verir gibi.

Janni arkadaşını kısa bir an kucakladı. "Güzel. Şimdi git benim için de eğlen."

"Emin olabilirsin."

Parfüm kokuları kızlar gittikten sonra uzun bir süre havada asılı kaldı.

Janni'nin yüzü derin düşüncelerle kırıştı. Gemi'nin Pire Limanı'na varması bir haftayı bulacaktı. Bu süre içinde Elsa'yla birlikte Karin'i bu fikrinden vazgeçirebileceklerini düşünerek umutlandı. Responsivist olmanın önkoşullarından biri kısırlaşmaktı. Erkekler için vasektomi, kadınlar için tüp bağlama operasyonu demekti bu. İlkelerinden biri de zaten yeterinden fazla insanın yaşadığı gezegenimize daha fazla çocuk getirmemekti. İleride geri dönüşü olmayan, dramatik, pahalı ve atılması çok zor bir ilk adımdı bu. Bu kadar genç yaşta yakışıklı bir adamı yatağa atmak için böyle bir bedel ödemesi gerekmiyordu Karin'in.

Uyuyakalmıştı ve tekrar uyandığında birkaç saat geçmiş olduğunu fark etti. Geminin motorlarının derinden gelen sesini duyabiliyordu ama Hint Okyanusu'nun çalkantılı sularının sakinleştirici sallantısını hissetmiyordu. Yalnızlıktan canı sıkılmıştı, bir an kalkıp yatağın altındaki elbiselerini giyip, balo salonuna gizlice gidip bir göz atmayı düşündü. Fakat kendinde bunu yapacak gücü bulamadı ve gözlerini yeniden kapadı.

Saldırgan eliyle boğazına sarılıp sıkmadan hemen önce bir şangırtı duydu.

Jannike aniden uyandı. Spreyine uzandığında odanın kapısı açıldı ve arkadaki ofisin parlak ışıkları odanın içine doldu.

Astım krizinin de etkisiyle gördüğü şeyin ne olduğunu pek anlayamadı. Doktor Passman odaya daldı. Üzerinde bir bornoz vardı ve ayakları çıplaktı. Bornozun önü ve yüzü kan içinde gibi görünüyordu. Jannike hızla spreyi emerek uykulu gözlerini açmaya uğraşıyordu.

Passman karga gibi rahatsız edici bir ses çıkarttı ve ağzından kan gelmeye başladı. Zar zor iki adım daha attı ama sanki diz bağları çözülmüş gibi geriye yığıldı ve vücudu bir şapırtıyla muşamba döşemeye çarptı. Janni adamın bütün vücudunu dolaşan dalgalanmalar gördü. Sanki içi sıvılaşıyor gibiydi. Birkaç saniye içinde kendi kanından oluşan yapışkan bir hendekle çevrilmişti.

Yatak örtüsünü daha sert avuçladı, nefes alamadığını fark edince spreyi içine çekmeye başladı. Derken odaya başka biri girdi. Kısa siyah elbisesiyle Karin'di. Şiddetle öksürüyor, parlak bir sprey halinde kan kusarak, hırıltılarla ve acıyla kasılıyordu. Janni, gördüğü şey karşısında dehşete kapılarak, aynı anda gelen öksürüğüyle birlikte bir çığlık attı.

Karin bir şeyler söylemeye çalıştı ama ağzından sadece sulu bir hırıltı çıktı. Solgun parmaklarıyla Jannike'ye ulaşmak istercesine kollarını yalvarırcasına uzattı. Janni, yatağın uç kısmına doğru geriye hamle yaptığı için kendisini kötü hissetti ancak ileriye gidecek iradesi yoktu. Karin'in gözünün kenarında kızıl bir gözyaşı belirdi ve çenesine doğru kalın bir iz bırakarak aktı. Göğsüne damladığında gül gibi açılarak geniş bir leke bıraktı.

Birkaç saniye önce Passman'da olduğu gibi, Karin de daha fazla ayakta kalamadı. Arkaya doğru devrilirken, düşmemek için hiçbir harekette bulunmadı. Yere çarptığında sanki derisi yok gibiydi. Karin'in vücudu dağılırken her tarafa kan sıçramaya başladı. Katatonik şoka girmeden hemen önce Jannike Dahl, delirmek üzere olduğundan emindi.

5. BÖLÜM

Juan Cabrillo, Harekât Merkezi'nin ön bölme duvarına yerleştirilmiş taktik ekranı, o kadar zamanı bile olmadığını bilmesine rağmen birkaç saniye izledi. İran Kilo sınıfı denizaltısından fırlatılan dört torpidodan üçü, yelpaze gibi açılarak hedeflerine doğru ilerlerken, bir tanesi o kadar yavaşlamıştı ki bilgisayar anca tahmini yerini gösterebiliyordu.

İlk torpido ile konteyner gemisi *Saga* arasında bir milden az bir mesafe kalmıştı. İki bin iki yüz tonluk süper tanker *Aggie Johnston*'un fazladan bir buçuk mili vardı. Üçüncü torpil *Oregon*'un üzerine kırk deniz milinden fazla bir hızla geliyordu.

Cabrillo, torpil çarptığında dışa doğru patlayarak yıkıcı kuvvetin etkisini azaltacak olan reaktif zırhı sayesinde, doğrudan isabet alsa bile *Oregon*'un, kritik sistemlerindeki olası hasar dışında zarar görmeyeceğini biliyordu. *Oregon*'un sıra dışı hızı ve üstün manevra kabiliyeti sayesinde gelen balıktan kaçabileceklerini de biliyordu, ancak o zaman kendilerini ıskalayan torpil, ikinci hedef olarak *Saga*'yı vuracak ve geminin kaderini belirleyecekti. İki ticaret gemisi ve *Oregon*'u birlikte kurtarması, hele yedek torpil arkadan gelirken, imkânsızdı.

Hali Kasım'ın diğer iki gemiye, üzerlerine gelen torpilleri haber verdiğini yarım yamalak bir şekilde duydu. İki geminin de yapabileceği bir şey yoktu oysa. *Aggie Johnston* gibi bir gemi içler acısı büyüklükte bir dönüş yarıçapına sahipti ve şu anda gittiği hızda, durması için beş mil gerekiyordu.

“Uçak gemisinden hızla ayrılan iki cisim tespit ettim,” dedi Mark Murphy silah istasyonundan. “Sanırım S-3B Viking bunlar, Mark 46 ya da Mark 56 torpidolarıyla donatılmış anti denizaltı savaş uçakları. Bu Kilo on dakika içinde oldukça kötü bir gün geçirmeye başlayacak.”

“Bizim için beş dakika geç kalmış olacak,” dedi Eric.

“Hali, peşimizdeki balığın menzili ne kadar?” diye sordu Cabrillo.

“Üç mil.”

“*Saga*’nınki?”

“Bir buçuk.”

Cabrillo sandalyesinde doğruldu. Kararını vermişti. Artık zarları atıp ne geleceğine bakma zamanıydı. “Dümenci, hızı kırk deniz miline çıkar, bizi Saga ile torpilin arasına yerleştir.”

“Hayhay.”

“Silahçı, öndeki Gatling[1] için kapakları aç ve şu balığa nişan al. Bilgisayarını ana sonar krokisine bağla. Hedef göstergesi için gözetleme direği kamerasına ihtiyacın olabilir.”

“Bir saniye,” dedi Mark.

“Bay Murphy,” dedi sertçe Juan. “Bir saniyemiz yok.”

Murphy kulak asmadı. Ana sisteme bağladığı dizüstü bilgisayarında olan bir şeye vermişti tüm dikkatini. “Hadi bebeğim, öğreneceksin, değil mi?” Heyecanla söyleniyordu.

“Ne yapıyorsun?” diye öne doğru eğilerek sordu Cabrillo.

“Whopper’a yeni bir numara öğretiyorum.”

Whopper, *Oregon*’un süper bilgisayarına Eric’le beraber verdikleri bir isimdi. Genç bir bilgisayar korsanının SAC/NORAD[2] sistemine girerek neredeyse bir nükleer savaş başlatması ile ilgili eski bir Matthew Broderick filminden aldıkları bir isimdi bu.

---

(1) Etkili bir makineli tüfek. Mitralyöz.

(2) Strategic Air Command-NORth American Aerospace Defense Command – Amerikan ve Kanada Hava Kontrol Karargâhları ortak birimi.

"Yeni numaralara ihtiyacımız yok. Silahçı, o Gatling'in hemen hazır olmasını istiyorum."

Murphy koltuğunu çevirerek odanın öteki tarafında kendi bilgisayarına gömülmüş olan Max Hanley'e baktı. "Bunun işe yarayacağını sanmıyorum."

"Denemeye devam et genç adam," demekle yetindi Max.

"Siz ikiniz neler olduğunu bana anlatacak mısınız?" Juan ikisine de sırayla bakarak sordu.

"Evet! Evet, evet, evet." Mark, koltuğundan fırlayıp, yumruğunu havaya kaldırarak sevinç çığlıkları atmaya başladı. Yerine oturmadan deli gibi klavyenin tuşlarına basmaya başladı. Parmakları bir piyanistinkiler gibi ustalıkla klavyede geziniyordu. "Logaritmalar sıralanıyor, hedeflemeler devrede. Gemi bilgisayarı bizimkilerle eşzamanlı hale getirildi. Tüm kumanda bende."

"Neyin kumandası?"

Mark yüzünde zalim bir sırıtışla baktı. "Kendimize çok zaman kazandıracağız."

Cabrillo'nun beti benzi attı ve dönüp Max'e baktı. "Hanley bir Buda heykeli kadar ifadesiz duruyordu." Ciddi olamazsınız," dedi ama yardımcısının öyle olduğunun farkındaydı. "Rusların bir kere bu şeyi *Kursk*'un yanında patlatmaya kalktığını ve içindeki yüz on sekiz kişiyi öldürdüğünü biliyorsunuz değil mi? Üstelik bu, İranlıların yaptığı bir taklit, Tanrı aşkına."

"*Saga* ve torpido arasında dokuz yüz metre var," dedi Linda Ross. Yük gemileri, Amerikan savaş grubu ve hızla yaklaşan ASW uçakları arasındaki haberleşme kargaşasında sonar istasyonunu Linda takip ediyordu. Böylece Hali Kasım telsize yoğunlaşabiliyordu.

"Sadece bir seçenek sunuyorum sana başkan," dedi Max ayrıntıya girmeden.

"Bırak şimdi başkanı maşkanı seni kurnaz piç kurusu."

Juan yeniden taktik ekranı inceledi. *Oregon*'un yaklaşan torpido ve onun hedefi arasından çıkmakta olduğunu fark etti. Eğer onu vurmak istiyorlarsa, suyun yoğunluğundan dolayı tam önünde durmaları gerekiyordu. Yerlerini aldıklarında aralarında çeyrek milden az bir mesafe kalacaktı ve torpil üzerlerine yüzeyin üç metre altından gelmeye devam edecekti.

Yükleme vincindeki kameradan Cabrillo, sakin suda torpilin bıraktığı belli belirsiz izi görebiliyordu. Kırk deniz milinden daha hızlı yaklaşıyordu.

"Silahçı, omurgaya dalmadan önce işini bitirmeliyiz."

"İzliyorum," dedi Murphy.

Eric Stoney, yan iticileri ve manyetohidrodinamiğin şiddetli tam yol geri tepmesini kullanarak *Oregon*'u yeniden pozisyona soktu ve tam torpilin yolunun üzerine getirdi.

"Ateş izni," dedi Juan

Mark birkaç tuşa bastı.

Dışarıda, *Oregon*'un yan tarafı boyunca, Gatling tabyasının zırhlı plakası sertçe açıldı ve altı namlulu silah çatırdamaya başladı. Silahın mekanizmasından aralıksız olarak otuz santimlik boş kovanlar fırlıyordu. 20 mm'lik makineli top denizi taramaya başlayınca gemiden duman ve alevler yükseldi. Hızla ilerleyen torpilin önündeki alanda, yüzlerce seyreltilmiş uranyum merminin dövdüğü deniz, çalkalanmaya başladı. Mermiler suyun yüzeyinde delikler açarken buhar çıkıyor, oluşan su fıskiyeleri havalara yükseliyordu. Rus malı TEST-71 torpili, iki yüz kiloya yakın patlayıcı yüklü olarak Gatling'in menzil hizasına çıkmak üzere tüm heybetiyle ilerliyordu. Sürekli açılan ateş sonucu yeteri kadar su, yolundan çekilince, yaylım ateşine ait dört mermi torpili tam ortasından vurdu. Savaş başlığı denizde yayılan şok dalgaları oluşturarak patladı, otuz metrelik bir su sütunu göğe doğru yükseldi ve bir noktadan sonra yerçekimine yenik düşerek patlamanın açtığı çukura gömüldü.

Geminin kalbinde ve çok iyi yalıtılmış bir yerde olmalarına rağmen, tüm mürettebat sanki tam tepelerinde gök gürlemişçesine, patlamayı duydu.

Juan anında Max'e dönerek, "Bu bize yaklaşık otuz saniye kazandırdı. Şimdi beni ikna etmelisin," dedi.

"Torpidoları kablo güdümlü. Eğer bağlarını kesebilirsek hepsi hareketsiz kalır. İranlılar bile bu sularda balıkların kontrolsüz bir halde dolaşmasına izin veremezler."

"Ne öneriyorsun?"

"Çok açık değil mi? Batıralım şu lanet Kilo'yu."

Juan bir kez daha taktik ekrana baktı. Yanıp sönen kırmızı ışıkların, yaklaşan torpillerin güzergâhı kadar iki Amerikan S-3B Viking uçağına da ait olduğunu gördü. Yedek balık *Oregon*'a doğru hızlanırken, onu vurmak üzere ilerleyen ilk silah kesişme noktası için rotasını düzeltmekteydi.

"İşe yarayacağından emin misin?" diye arkasına bakmadan sordu.

"Tabii ki hayır," dedi Max. "Bu, zaten özürlü bir Rus silahının İran kopyası. Fakat adamlarım bütün gece çalışıp bir numaralı tüpü uyarladılar ve Murphy de yazılımı çalıştırabilmişe benziyor. Bence deneyelim. Eğer anlatıldığı kadar varsa, hedeflerine ulaşamadan torpidoların üçünü de bertaraf edecektir."

"Murphy? Whopper onun her şeyini öğrendi başkan. Olabilecek en iyi şekilde kontrol edebilirim artık onu ama sonuçta bu 'nişan al ve en iyisini umut et' türü bir silah. İki yüz deniz miliyle giden bir şeyi yönetmek kolay bir iş değil."

Cabrillo birkaç saniye sonra Max ve Murphy'yi ya öpecekti ya da lanetler savuracaktı. "Dümenci, bizi baştan Kilo'nun üzerine döndür. Silahçı, birinci tüpün dış kapaklarını aç. Nişan al ve ateş."

Eric Stoney gemiyi döndürüp Murphy'nin atışı için burnunu dalgalara gömerken, *Oregon*'un baş kısmından köpükler yükseldi.

"Stoney, sancak tarafına iki derece daha," diyen Mark'ın bu talimatıyla Eric iticileri çalıştırdı ve gemiyi, Kilo'nun kendilerine torpilleri fırlattığı yerin tam hizasına getirdi. "Linda, hiç hareket etmedi değil mi?"

"Hayır. Aynı yerde durup, balık sürüsü için kablo boşaltmakla meşgul." Ross cevap verdikten sonra kafasındaki pasif sonar kulaklıklarını çıkardı.

Bu, Mark'ın ihtiyaç duyduğu son bilgiydi. Fırlatma kontrolü düğmesine bastı. Gemiyi titretecek kadar güçlü bir sıkışmış hava patlamasıyla, yenilenmiş tüp roket torpili neredeyse elli deniz mili hızla dışarı fırlattı. Bu, torpilin özel tasarlanmış burun konisinin silahın etrafında bir yüksek basınçlı hava kabarcığı oluşturması için yeteri kadar yüksek bir hızdı. Üzerine monte edilmiş bilgisayar torpilin yavaşladığını tespit eder etmez, kulakları sağır edici bir kükremeyle roketi ateşlendi ve dengeleyici kanatları açıldı.

İranlıların deyimiyle Hud ya da Balina adlı roket torpil, suyun sürtünmesini neredeyse yok eden bir süper kavitasyon kabarcık zarf içinde okyanusu yararak ilerliyordu. İşin özünde, uçuyordu ve hemen iki yüz otuz deniz miline çıktı. Arkasında bıraktığı iz kaynayan bir buhar kazanını andırıyordu.

En tepedeki kameranın görüntüsünde, denizin, *Oregon*'un burnundan başlayıp bir fay hattı gibi saniyede yüz otuz metre hızla yarıldığı izlenebiliyordu.

"O ne gidiş öyle be!" diye haykırdı içlerinden biri.

"Hedefe uzaklık?" diye sordu Juan.

"İki bin yedi yüz metre," dedi Linda. "Düzeltiyorum, iki bin dört yüz, iki bin yüz, bin dokuz yüz."

"Bay Murphy, patlatma için hazır olun," diye emir verdi Juan.

"Kilo'yu batırmak istemiyor musunuz?"

"Ve şu anda içinde bulunduğumuzdan daha büyük bir uluslararası olaya mı sebep olalım? Yok, teşekkürler. Sadece biraz kulaklarını çekip, denizaltının burnundan çıkan güdümleme kablolarını kopartacağım."

"Ne kadar yaklaşacak?"

Juan taktik ekranı kontrol ederek, torpiller ile hedef aldığı *Aggie Johnston* ve *Oregon* arasındaki mesafeyle, gemilerin kendi aralarındaki uzaklığı kestirdi. *Johnston*'un isabet alıp parçalanması için otuz saniyeden az zaman kalmıştı. Roket torpilin düz ekranı yarıp geçişine baktı. O kadar hızlıydı ki bilgisayar her saniye görüntüyü yenilemek zorunda kalıyordu. Kilo'ya vereceği hasarın, yeni bir parti torpil fırlatmasına engel olacak kadar güçlü ancak denizaltıyı batırmayacak boyutta olacağından emin olmalıydı.

"Dokuz yüz metre başkan," diye seslendi Linda. Gerçi Juan geriye sayan rakamları ekrandan da izleyebiliyordu.

Şu anda torpil ile *Johnston* arasında iki yüz metreden az bir mesafe kalmıştı. Söz konusu olan hız ve açılar karmaşıktı ama Juan bunlarla baş edebiliyordu.

"Bekle," dedi. Roketi erken patlatırsa, tüm kabloları kopartamama ihtimali vardı. Geç kalırsa, Kilo'nun elli üç mürettebatı ölecekti.

"Bekle," diye tekrarlayarak Balina'nın denizi yarışını ve süper tankerin gövdesine doğru suyun yırtılışını izledi.

Bir torpil hedefinden kırk beş metre diğeriyse iki yüz yetmiş metre uzaktaydı, ancak göreli hızları o kadar farklıydı ki her ikisi de hedeflerine aynı anda erişecekti.

"Şimdi!"

Mark torpilin gövdesindeki bilgisayara kendini imha etmesini bildiren sinyali gönderecek olan düğmeye bastı. Savaş başlığı ve kalan katı yakıt, saniyenin kesri kadar bir süre sonra patladı ve sudan havaya doğru yükselen bir gayzer oluşturdu. Aynı anda on beş metre derinliğinde ve bir o kadar da genişliği olan bir çukur açıldı denizin içinde. Sersemletici bir şok dalgası yayıldı etrafa. *Oregon*'un burnuna çarpan dalga, *Johnston*'u yandan vurdu ve koca gemiyi hafifçe iskele tarafına yatırdı.

Patlamanın, denizin üzerini dövmeye devam eden akustik darbeleri, pasif sonar sinyallerinin okunmasını imkânsız hale getirmişti. Cabrillo dikkatini gözetleme kulesindeki kameranın yolladığı Petromax süper tankerinin görüntülerine verdi. Dev gemi son derece ağır bir şekilde sallanarak tekrar dengesine kavuştu. Bir süre daha izlemeyi sürdürdü ve sonra dudaklarına bir gülümseme yerleşti. Gövdesine vuran bir torpilin yol açtığı bir patlama olmamıştı. Max'in planı tutmuştu. Kilo'nun gövdesinden sürüsünü yönlendirmek üzere çıkan kablolar kesilince silahlar anında devre dışı kalmıştı.

"Linda, bir şey duyar duymaz bana haber ver," diyerek emir verdi.

"Bilgisayar şimdi kendine geliyor. Birkaç saniyeye daha ihtiyacım var."

Hali koltuğunda dönerek, "S-3B Viking'lerden birinin pilotu neler olup bittiğini öğrenmek istiyor."

"Oyala onu," derken Juan'ın gözü hâlâ bir heykel gibi duran Linda'daydı. Sağ eliyle sonar kulaklığını sıkıca bastırırken, önündeki sonarın ikiboyutlu ekranı üzerinde ışık filizleri dalıp çıkıyordu. Sonunda Juan'a dönerek, "Hiç yüksek hızlı pervane sesi yok. Yani, kalan torpillerin üçü de öldü ve büyük ihtimalle şu anda suyun dibine doğru yollarına devam ediyorlar. Kilo'nun makine gürültüsünü ve içeriden gelen alarm seslerini duyuyorum. Bir dakika... Tamam, pompalar ve... safra basıyorlar." Afacan suratında kocaman bir gülümseme belirdi. "Başardık! Yüzeye çıkıyorlar."

Harekât Merkezi'nden sevinç çığlıkları ve alkışlar yükseldi, Max'in buldok gibi suratı bile bir sırıtışla aydınlandı.

"İyi iş millet. Özellikle sen Bay Murphy ve tabii sen de Max. Roket torpili yükleyen ve tüp üzerinde değişiklik yapan ekibe söyleyin, gelecek maaşlarında biraz fazlalık görecekler."

Her ne kadar mürettebatın her üyesi şirketin kârından değişken bir ölçeğe göre pay alıyorsa da, Cabrillo, üstün başarı gösterenleri ayrıca ödüllendirmeyi seviyordu. Bu, etrafında oluşan sadakat çemberinin nedenlerinden biriydi ama esas sebep kendisinin, altındaki insanların bugüne kadar birlikte çalıştıkları en iyi doğal lider olmasıydı.

"Şuna bakın!" Eric nefesini tuttu.

Ana ekrandaki kamera görüntüsünü, Kilo'nun saldırıya başladığı noktaya çevirmişti. Suda dev bir girdap oluşmuştu ve bunun ortasında denizden küt burunlu bir cisim yükselmeye başladı. İran denizaltısı yükseldikçe sanki bir denizaltı dağına çarpmış gibi yamulmuş olan gövde plakaları seçilmeye başlandı. Elli metre ötesinde patlayan roket torpilin etkisiyle normalde dışbükey olan burnu çukurlaşmıştı. Araç, kendi yarattığı dalgalarda sallanarak su yüzeyine çıkmaya devam etti. Sakinleştiğinde, Stoney kamerayı hasarlı gövde plakalarına yaklaştırdı. Bu arada *Oregon*'un bilgisayarı geminin hareketlerinin etkisini otomatik olarak telafi ettiğinden, denizaltının görüntüsü hiç hareket etmiyordu.

Yırtılmış metalin etrafından çıkmakta olan hava kabarcıkları fazla olmasa da Kilo'nun su almaya başladığını göstermeye yetecek kadardı. Konik kulesinin, baş ve kıç güvertesinin üzerindeki kapaklar açıldı ve adamlar hasarlı denizaltıdan dışarıya akın etmeye başladılar.

"Onlardan gelen bir şey duyuyor musun Hali?" diye sordu Juan.

"Sadece olağan yardım sinyali efendim. Pompaların hızı giren suyu boşaltmaya yetmiyor. Şahbahar'daki üsten yardım istiyorlar. Kaptan henüz gemiyi terk etme emri vermedi ama batma ihtimaline karşılık, gerekli olmayan tüm personelin güvertede toplanmasını istedi."

"Civardaki diğer gemilerden yardım istiyorlar mı?"

"Olumsuz, isteyeceklerinden kuşkuluyum."

"Aynı fikirdeyim. Sivil ticaret gemilerine ateş açmak en az elli tane uluslararası anlaşmayı çiğnemek anlamına gelir."

"Peki, bizim Bandar Abbas'ta yaptığımıza ne ad verilir?" Max sadece iğnelemek için sordu.

"Adi hırsızlık," dedi Cabrillo kabul etmeyerek. "Para cezası ve birkaç saat toplum hizmetiyle cezalandırılabilecek bir suç."

Tam o sırada Amerikan uçak gemisinden kalkan bir çift S-3B *Oregon*'a doğru manevra yaptı ve okyanus yüzeyinden en fazla otuz metre yüksekten uçarak Kilo'nun üzerinden gürleyerek geçti. Jet motorlarından çıkan hava, üniformalarını neredeyse parçalarken, denizciler kendilerini güverte zeminine fırlattılar.

"Başkan, öndeki Viking'in pilotu hâlâ sizinle konuşmak istiyor," dedi Hali. "Uçak gemisi de bulunduğumuz yerde kalmamızı resmen talep ediyor. Konuşan *George Washington*'dan Komutan Charles Martin."

"Aktar bana," dedi Juan ve üzerinde mikrofon da olan kulaklıkları kafasına geçirdi. "Juan Cabrillo konuşuyor, *Oregon*'un kaptanı. Sizin için ne yapabilirim komutan?"

"Kaptan Cabrillo, geminize bir grup subay göndererek, olan biten hakkında personelinizi sorgulamak istiyoruz. *Aggie Johnston* ve *Saga*'nın kaptanları kabul ettiler. Bir helikopter yirmi dakika içinde orada olur. Eğer helikopter pistiniz yoksa güdümlü füze kruvazörü *Port Royal* iki saat içinde size ulaşabilir."

"Saygısızlık etmek istemem Komutan Martin, ama mürettebatımdan kimse bir şey görmemiş. Ben de uyuyordum. Nöbetçi gözcünün tek gözü kör ve diğeri de iyi görmüyor."

Martin'in sesi tizleşti. "Kaptan, bu sularda görev yapan koalisyon kuvvetlerinin Basra Körfezi'ne giren ve çıkan tüm gemileri inceleme hakkı olduğunu hatırlatmama gerek yok herhalde. Ben nezaket adına ricada bulundum fakat bu bir emirdir. Bulunduğunuz yerde kalın ve geminize çıkılmasına hazır olun."

Juan, silah ve militan kaçırmak için Körfez'i otoban haline getiren potansiyel teröristleri engelleme konusunda donanmanın üzerindeki baskıyı anlıyordu. Fakat onların *Oregon*'a ayak basmasına asla izin veremezdi. Yabancı limanlardaki yozlaşmış memurların defolu bir gemiyi araması engellenebilirdi ama aynı durum Amerikan donanması için söz konusu olamazdı.

"Beklemede kalır mısınız lütfen?" diye rica etti Juan. Mikrofonu eliyle kapatarak Hali Kasım'a seslendi. "Overholt'u bul ve ona olan biteni anlat. Bu adamları alsın başımızdan. Eric, rota kerterizi yüz beş derece yap, hızımızı da on sekiz deniz miline ayarla." Elini mikrofondan çekti. "Özür dilerim, beklettim komutan. *Oregon*'a helikopter indiremeyiz, bu yüzden *Port Royal*'den bir ekip yollamanız gerekecek."

"Pekâlâ kaptan. Geliş saatimizi 23.00 olarak planlıyoruz."

"Işıkları sizin için açık bırakacağız." Ağzını yaya yaya konuşarak bunları söyledikten sonra konuşmayı bitirdi. Harekât Merkezi'ne bakarak devam etti. "İddiaya girmek isteyen var mı? En yakın tahmini yapana yirmi kâğıt."

Mürettebat neyi kastettiğini hemen anladı.

"On dakika içinde dönerler," dedi Hali.

"Beş," diye itiraz etti Linda.

"Bir süre meşgul olacaklar." Bu Murphy'den gelmişti. "En az yarım saat, bizim yol aldığımızı fark etmezler."

"Ben de Linda'ya katılıyorum," dedi Eric. "Beş dakika. Yirmiyi bölüşürüz."

Juan Max Hanley'e baktı. "Bir bahiste bulunmaya var mısın?"

Max bir süre tavandaki akustik kaplamaları inceledi ve gözlerini başkana dikerek, "Hemen şimdi," dedi.

"Vay canına!" Hali bağırdı. "Haklı çıktı. Martin bizi arıyor."

"Aktar hemen," diye emretti Cabrillo.

"Kaptan Cabrillo, bu size son uyarımız," dedi Komutan Martin. Juan adamın konuşmasından dişlerini kenetlediğini anladı. "Hemen durmazsanız, havada turlayan Viking'lerin size ateş açmalarını emredeceğim."

Cabrillo, Martin'in ciddi olduğunu biliyordu. Yine de adamla uğraşmaktan usanmıştı. "Komutan, bir İran denizaltısı ağzına kadar dolu bir süper tankere rasgele saldırdı. Sıranın bize gelmesini beklemeye hiç niyetim yok. Siz gelene kadar tecrit sahanızın dışına çıkmış olacağız ve bu konuda yapabileceğiniz fazla bir şey yok."

"Sakın..." Martin'in sesi aniden kesildi. Otuz saniye sonra yeniden hatta geldi. Juan sesinin tonundan pek bir şey çıkaramadı. Korku dolu bir hayranlık mı, korku mu, saygı mı? Üçünün belli ölçülerde karışımı mı? "Kaptan, sahayı terk etmekte özgürsünüz."

Cabrillo, Langston'un kime arattırdığını merak etti. Donanma operasyonlarının Hint Okyanusu'ndan sorumlu başkomutanı ya da kuvvet komutanlarından biri olmalıydı. Her kimse, Washington'da nüfuzu olmak iyi bir şeydi.

"Ben de bizim gibi düşüneceğinizden emindim. Teşekkürler ve iyi şanslar. Bu arada İranlıların Kilo'su su alıyor. İçine bir göz atmak isterseniz acele etmenizi öneririm. *Oregon* kapatıyor." Juan'ın çenesinin altında tombul bir el belirdi. Pantolonunun cebinden cüzdanını çıkardı ve yirmi dolarlık banknotu Max'in avucuna toka etti.

Max parayı, iyi kalite bir puroymuşçasına kokladı. "Bir bebeğin şekerini almak gibi."

"Bunun nasıl bir duygu olduğunu bilmen beni şaşırtmaz." Cabrillo ayağa kalktı. "Kahvaltıdan önce iştah açıcı bir deniz savaşı gibisi yoktur. Dümenci, buluşma noktamıza tahmini varış süremiz nedir?"

"Gece yarısından önce değil," diye cevapladı Eric.

"Tamam, kıdemli personelin nöbette olmasını istiyorum. Programınızı aranızda gerektiği gibi ayarlayın. Ben şimdi Langston'u arayıp teşekkür edeceğim ve neden iki yerine bir roket torpil teslim edeceğimizi açıklayacağım." Harekât Merkezi'nden çıkarken Max'in elindeki yirmiliği kapıverdi. "Bize şu ikinci torpile mal olduğun için. Şirkete hâlâ dört milyon dokuz yüz doksan dokuz bin dokuz yüz seksen dolar borçlusun."

6. BÖLÜM

Yüzme havuzu olarak da iş gören safra tankının kapısını açar açmaz, deniz suyunun keskin kokusu Doktor Julia Huxley'i çarpmıştı. *Oregon*'un yapısından dolayı, elli metrelik uzunluğuyla daha çok olimpik ölçülerde bir havuza benziyordu. Sadece iki kulvarı vardı ve kenarındaki dar yürüyüş yolları üzerinde kaymaz bantlar olan mat mermer taşlarla döşenmişti. Floresan ve elektrik ampullerinin karışımından oluşan aydınlatma gün ışığı etkisi yaratıyordu. Duvarlar uyumlu seramiklerle kaplıydı ve bunlar temizlik ekibinin sürekli problemi halindeydi. Safra tankı gemiyi ağırlaştırmak üzere doldurulduğunda duvarlardaki parlak mermerler kaçınılmaz olarak su yosunlarıyla kaplanıyordu.

Çok iyi bir yüzücü olmasa da dört temel stili biliyordu. Serbest, hızlı kulaç atmaktı, kurbağalama, dayanıklılık içindi, sırtüstü, vücudun garip bir şekilde hareket halinde dengede kalabilmesiydi ve kelebek ise güçlü kulaç demekti. Bir yüzücünün kollarını ve gövdesini sudan çıkararak vücudunu bir yay gibi yapıp öne atıp suda ilerlemesi müthiş bir güç gerektiriyordu. Havuzun başında durarak, kulvarında kelebek stilde hızla ilerleyen yalnız yüzücüyü seyretti. Hareketleri sanki yüzmek için doğmuş gibiydi. Uzun ve akıcı devinimlerle, en ufak enerjisini boşa harcamadan, bir yunus balığı gibi suya girip çıkıyordu. Kolları serbest kaldığında neredeyse hiç su sıçratmadan kulaç atıyordu.

Daha yakından bakınca, antrenmanı olduğundan da ağır hale getirmek için bileklerine geçirdiği sugeçirmez ağırlık bantlarını gördü. Kendi düşüncesine göre bu, egzersiz yapmayı çok aşan ve mazoşizme yaklaşan bir etkinlikti. Kaldı ki kendisi, geminin spor salonunu çok az kullanırdı ve yuvarlak hatlarındaki istenmeyen kiloları atmak için yogayı tercih ederdi.

Juan'ın bacağını kaybetmeye ne kadar iyi uyum sağladığını neredeyse unutmuştu. Bu durumun kendisini durdurmasına, hatta yavaşlatmasına bile izin vermemişti. Hayatındaki diğer her şey gibi bunu da başa çıkılması gereken bir meydan okuyuş olarak görmüştü.

Cabrillo havuzun öbür ucunda çevik bir dönüş yapıp ona doğru yüzmeye başladı. Taktığı gözlük mavi gözlerini gizlemişti ve her nefeste ağzı kocaman açılıyordu. Onu görmüş olmalıydı ve kendisine ayrılan zamanın bitmek üzere olduğunu anlamıştı, çünkü aniden hızlanarak yüzmenin son bölümünü adeta bir kısa mesafe koşusuna çevirmişti.

Geminin doktoru olarak, Hux tüm ekibin sağlık durumu hakkında bilgiye sahipti. Yüzüşüne bakarak Juan'ın şimdiki yaşının yarısında olduğuna yemin edebilirdi.

Köpükler içinde gelerek ona yaklaşırken, kenara sıçrattığı suyla, Armani gömleği ve haki pantolonunun altına giydiği Gucci ayakkabılarının ıslanmasından korkan doktoru geri kaçmaya zorlamıştı. Julia kıyafetinin üzerine, hiç eksik olmayan laboratuvar önlüğünü giymişti. Juan havuzun kenarına ellerini koyarak, Julia'nın arkasındaki rekortmenlerin saatine baktı.

"Kahretsin yaşlanıyorum," diyerek gözlüğünü ve bileklerindeki ağırlıkları çıkarttı.

"Beni kandırabilirdin." Julia kendisini tek bir hareketle havuzdan yukarı çeken Juan'a bir havlu fırlattı.

"Yarım saattir sudayım," dedi Juan, kalın havluyla vücudunu kurularken. Onun önünde küçük bir mayoyla durmaktan sıkıldıysa da, bu hiç belli olmuyordu. Zaten fiziğinden dolayı da utanılacak bir şeyi yoktu. "Beş yıl önce, on beş tur fazla yapardım."

"Beş yıl önce benim de gözlerimin kenarında kırışıklık yoktu. Bunları aş artık," dedi gözlerinin kenarındaki ince çizgileri ortaya çıkaran bir gülümsemeyle. Ancak bunlar gülmekten oluşan çizgilerdi, yaşlanma habercisi olanlardan değil.

"Ne derler, 'Gençlik çağı gençlere bırakılmayacak kadar değerlidir.'"

"Sen, sana emanet edileni iyi değerlendirmişsin gibi geliyor bana Juan Cabrillo."

Omuzlarını silkti ama reddetmedi. "Havuz kıyafetini giymediğine göre, akşam yemeğindeki mükemmel Wellington bifteğinin hakkını vermek için gelmedin buraya. Nedir o zaman?"

Yüzünde bir endişe belirdi. "Küçük bir sorunumuz var. Aslında Max' in sorunu ama hepimizi etkileyebilecek bir şey."

Julia psikoloji eğitimi almamıştı, ama tıp geçmişi ve sakinleştirici tavırlarıyla geminin fiili psikolojik danışmanı olmuştu.

Juan havluyu omuzlarına attı ve hiç eksilmeyen dikkatini Hux'a yöneltti. "Anlat bana."

"Eski karısı telefon etti bu akşam."

Juan lafını kesti. "Üç tane var onlardan. Hangisi?"

"Lisa. İki numara. Los Angeles'ta çocuklarla birlikte olan. Tüm ayrıntıları vermedi, ama eski karısı oğullarının kaçırıldığını düşünüyor."

Juan bir an tepki göstermedi. Max'in karılarının hiçbiri Max'in hayatını nasıl kazandığını bilmiyordu. Ekibin çoğu gibi, Max de küçük bir deniz nakliyat şirketinde gemici olarak çalıştığını söylemişti. Bu yüzden Cabrillo, kaçırma olayının Max'in şirkette yaptığı işle ilgili olduğunu düşünmüyordu. Yine de bu fikri tamamen göz ardı edemezdi. Yıllar boyunca güçlü düşmanlar edinmişlerdi. Sonunda sordu. "Herhangi bir fidye talebi gelmiş mi?"

"Hayır, şimdilik yok. Annesi bu işin arkasında kimin olduğunu bildiğini düşünüyormuş, ancak LAPD[1] ya da FBI bir yere varamamışlar. Çocuğunu bulmak için Max'in yardımını istiyor."

---

(1) Los Angeles Polis Teşkilatı

Juan, Max'in çocuğunun şu anda yirmi üç ya da yirmi dört yaşlarında olması gerektiğini düşündü. Kızı, ondan birkaç yaş büyük, çevre hukuku konusunda çalışan çaylak bir avukattı. Kyle Hanley, üniversitede bir yıl bile dayanamamış, o zamandan beri Los Angeles'ın karşı kültür ortamlarında vakit öldürmekteydi. Birkaç kez uyuşturucu bulundurmaktan gözaltına alınmıştı, ama Juan, rehabilitasyon merkezinde geçirdiği iki yıldan sonra temiz kaldığını sanıyordu. Juan'ın şirketi kurmasından iki yıl önce boşanmış olmalarına karşın, Max'in ikinci karısıyla birkaç kez karşılaştıklarını hatırlıyordu. Max, karısının bir zamanlar sevgi dolu, harika bir kadın olduğunu, sonra ne olduysa, maceralar yaşayan kendisi olduğu halde kocasını sadakatsizlikle suçlayan hırçın bir paranoyak haline geldiğini anlatmıştı Cabrillo'ya.

Max, çocuklarının iyi yetişmesi için elinden gelenin en iyisini yapmış, onlara mahkemenin belirlediği nafaka ve çocuk bakım ücretinin çok üzerinde maddi destek sağlamıştı. Kızları, parlak ve hırslı bir kadın haline gelirken, oğulları Kyle ise, hayatın kendisine borçlu olduğuna inanan insanlardan biri olmuş ve Max hangi yolu denerse denesin, hayatını düzene sokmak için yaptığı tüm teklifleri reddetmişti.

Juan, Max'in çocuğa yardım etmek için gereken her şeyi yapacağını biliyordu ve bu konuda neden doğrudan kendisine gelerek yardım istemediğini tahmin edebiliyordu. Eğer gelseydi, Juan şirketin tüm olanaklarını Kyle'ı kurtarmak için seferber ederdi ve Max asla böyle bir iyilik istemezdi.

"Tanrım, bazen ne kadar inatçı olabiliyor."

"O da aynısını senin için söyledi," diye karşılık verdi Hux. "Bu konuda sana gelmeyi düşünmedi, çünkü senin yardımını kabul etmesi için baskı yapacağından emindi. Bana çok açık bir şekilde bu konunun şirketi değil sadece kendisini ilgilendirdiğini ve tek başına halledeceğini söyledi."

Cabrillo bu tavrı bekliyordu ama yine de Hanley'in inatçılığına sinirlenmişti. "Planı neymiş?"

"Torpilleri teslim eder etmez senden *Oregon*'u uluslararası havaalanına sahip en yakın şehir olan Karaçi'ye yönlendirmeni isteyecek. Oradan bulacağı ilk uçakla Los Angeles'a uçacak. Sonrasında ne yapacağını henüz düşünmemiş."

Juan saatine baktı. İki saat içinde randevu noktasına varacaklardı. İşlerini bitirir bitirmez Karaçi'ye yirmi saat içinde varabilirlerdi. Şirketin *Gulf-Stream* jeti, bir sonraki görev için hazır edilmek üzere Monaco'da bekliyordu. Uçağı Pakistan'ın en büyük şehrine zamanında getirtebilirdi ama ticari uçuşun daha hızlı olacağını biliyordu. Gerçi bu, silah ve diğer yasak bazı şeyleri geride bırakması anlamına gelirdi ama Los Angeles'ta ihtiyaçları olan her şeyi bulabilecekleri yeteri kadar insan vardı. O yüzden bunu çok dert etmedi.

Kafasında olası soruları sıraladı ama Max'le doğrudan konuşana kadar düşünmemeye karar verdi.

Geminin ana bilgisayarı havuz alanındaki ışıkları birkaç kez yakıp söndürdü. Juan aleti havuzda bir sonraki kullanıcının randevu saatine göre ayarlamıştı. Böylece yüzmeyi zamanında bırakabiliyordu. Bornozu ve tokyolarını giydi. Hux da onunla beraber havuzdan çıktı. Sugeçirmez kapağın iyice kapandığından emin olana kadar bekledi. "Bu akşam onunla konuşup düşüncesinin yanlışlığını anlamasını sağlayacağım."

"Bu yüzden konuyu sana açtım. Max yalnız gidemez." Juan'ın en iyi arkadaşına yardım edeceği konusunda hiç kuşku yoktu ama Julia'nın rahatladığı her halinden belli oluyordu.

"Sağ ol Hux. Bir gün, Max'in dik başlılığı başına bir dert açacak ama o gün bugün değil."

Bir buçuk saat sonra, Juan Cabrillo, duşunu yaptıktan sonra Harekât Merkezi'ne girdi. Stoney ve Murphy, dümen ve silah kontrol kısımlarındaki koltuklarında oturuyorlardı. Hali haberleşme istasyonundaydı ve Linda Ross da sonarın başındaydı. Bandar Abbas'tan kaçarken içinde bulundukları gergin havadan eser kalmamıştı. *Oregon*'daki roket torpili teslim etmek görece kolay bir işti. Birkaç dakika sonra Max içeri girdiğinde, içerideki hava aniden soğumuş gibi oldu. Kimseye tek kelime etmeden doğruca mühendislik konsoluna gitti.

Juan koltuğundan kalkıp yanına yaklaştı.

"Duymak istemiyorum," dedi Hanley, kafasını bilgisayar monitöründen kaldırmadan.

"İşimiz biter bitmez Pakistan'a doğru bir rota belirleyeceğiz. Bize uçak biletleri alması için birini ayarlarım. Sabah ikimiz oturup ne yapacağımıza karar veririz."

"Bu senin savaşın değil," dedi Max.

"Sana öyle geliyor. Birisi senin ailenden birini kaçırmış. Bana göre bu, annemin ya da babamın kaçırılmasıyla aynı şey. Öyle bir durumda en azından bana yardım etmeni beklerdim. Bu yüzden senin yanında olmamamı bekleme benden."

Max bir şey demeden önce bir an duraksadı. "Teşekkürler Juan."

"Lafını bile etme." Kumanda koltuğuna geri döndü, konu halledilmişti. "Linda, bir şey var mı?"

"Olumsuz, ama hâlâ yirmi dakikamız var."

"Tamam, Max sende her şey hazır mı?"

"Torpil güvertede askıda ve bir teknisyen vinç kumandasının başında bekliyor."

"Hali, radarda ya da haberleşme kanalında bir şey var mı?"

"Hayır efendim. Hint Okyanusu'nda bulabileceğiniz en kör noktadayız. Sekiz saattir ne bir gemi gördüm ne de herhangi birinin sesini duydum."

Buluşma yeri olarak, yük gemisi ve tankerler tarafından fark edilmemek için ticari gemi rotalarından çok uzakta ve balıkçı teknelerinin rahatsız etmemesi için de zengin deniz yaşamı olan yerlerin uzağında bir alan seçilmişti. Operasyon saati de, yukarıdan birilerinin görmesi riskine karşı, uydu kapsama alanındaki bir boşluğa denk getirilmişti.

Linda'nın sesi duyuluncaya kadar on beş dakika daha geçti. "Temas. Neredeyse tam altımızda, yüz yirmi metre aşağıda makine sesleri duyuyorum. Safra tankını boşaltıyorlar." Sesi temizleyerek bilgisayara taşıdı ve daha önce Overholt'un vermiş olduğu kayıtla karşılaştırdı. "Teyit edildi. Yüzeye doğru yükselen, *Tallahassee*."

"Çok iyi," dedi Juan. "Dümenci tüm dikkatini topla. O denizaltıya hasar verirsen satın almak zorunda kalırsın."

Los Angeles sınıfı denizaltı derinliklerden yukarıya doğru yükselirken birkaç dakika daha geçti. O kadar yavaş çıkıyordu ki birkaç kilometre uzakta kimse bir şey duyamazdı. Eric Stoney, denizaltının *Oregon*'un gövdesinin altına vurmayacağından emin olmak için, bilgisayar görüntüsünü ikiye bölmüş, bir tarafta sonar dönüşlerini izlerken diğer yandan *Oregon*'un GPS koordinatlarını kontrol ediyordu. *Tallahasse*'deki mürettebatın görevi denizaltıyı *Oregon*'a göre sabit konumda tutmaktı. Gerekli herhangi bir düzeltmeyi yapmak Eric'in göreviydi. "Kırk beş metre," dedi Linda. "Yükselişi yavaşlıyor. Yavaşlıyor. Otuz metrede dengeliyor."

"İskele hizasında yüz seksen metre açıkta," dedi Eric.

"Kırk metre uzağımızda yüzeye çıkacakları şekilde biraz kaydır bizi lütfen Bay Stoney."

Eric baş ve kıç iticileri çalıştırarak on bir bin tonluk geminin suda yanal olarak hareket ederek tam istediği noktaya gelmesini sağladı. Ardından dinamik konumlandırma programını çalıştırarak, bilgisayarın gemiyi sabit konumda tutmasını sağladı.

"Gelmeye başladı yeniden. Dakikada üç metre."

"Çok iyi sonar. İdare sende."

"İdare bende." Linda tekrar etti. Juan yerinden kalktı ve Harekât Merkezi'nin arka tarafındaki asansöre doğru yürüdü. Hemen arkasından Max de ona yetişti. Birlikte asansörle *Oregon*'un köprüsüne çıktılar. Kapı açılır açılmaz bunaltıcı hava kendisini hissettirdi.

Köhne köprü kapkaranlıktı ama ikisi de gemiyi o kadar iyi tanıyordu ki ana güverteye çıkan kıç merdivenlerini bulmak için ışığa ihtiyaçları yoktu. Dışarıda, yıldızlar, henüz kendisini göstermemiş olan ayın yokluğundan istifade pırıl pırıl parlıyorlardı.

İskele küpeştesinin ötesinde yüz metrelik denizaltının yüzeye iyice yaklaşmasıyla birlikte karanlık sular hareketlenmeye başlamıştı. Önce gözetleme kulesi gözüktü, ardından suda büyürcesine ön güvertesi ve uzun kıç güvertesi belirdi. En sonunda da bıçak gibi kuyruk dümeni gözüktü. Sudan son derece yavaş bir şekilde ve dengede çıktığından neredeyse hiç dalga oluşturmadı. Sudan tamamen çıkmadan, tehditkâr sessizliğiyle yüzeyde suyun tadını çıkaran bir deniz canavarı gibiydi. Juan el telsizini dudaklarına götürerek, "Bay Stoney, su alıp beş metre aşağı indirin bizi. Güvertelerimizin biraz daha yakın hizalanmasını istiyorum."

Eric, emri aldığını bildirip, pompaları çalıştırdı. Biraz sonra *Oregon* yavaş yavaş suyun içine gömülmeye başlamıştı.

"Güverte personeli, şu usturmaçaları yan taraflara koymaya başlayın." Juan'ın emriyle birlikte güvertede bir hareketlilik başladı ve adamlar kalın lastik tamponları suyun üzerine doğru indirdiler. Aldatma amaçlı kullandıkları kamyon lastiklerinin aksine bunlar zarar görmeden, çok yüksek basınçlara dayanabilen modern yastıklardı.

Tallahassee'nin sadece güvertesinin bir kısmı, kulenin ön tarafı yukarı doğru yükseldi ve emniyet ışıklarının cılız kızıllığı dışarı vurdu. Burası denizaltının taşıyabileceği yirmi dört adet Mk 48 ADCAP torpiline ait yükleme iskelesiydi. Bu göreve gelirken, şu anda *Oregon*'un güvertesinde bekleyen İran torpilini alabilmek için her zamanki ADCAP yükünün yarısını almıştı. Ele geçirilen bilgisayar bilgilerinin bulunduğu kasalar da İran torpilinde gizlenmişti.

Cabrillo el telsizinin mandalına yeniden bastı. "Evet dümenci, iticileri kullanarak bizi yaklaştır, yüzde yirmi beş güç."

"Yirmi beş, hayhay."

Oregon bekleyen denizaltıya doğru, oluşturduğu dalgalar denizaltıya varmadan yok olacak şekilde suyu ittirerek, çok yavaş bir şekilde yaklaşıyordu. *Tallahassee*'nin gözetleme kulesinde, birçok subay gece görüş dürbünleriyle gemiyi izliyordu.

"Yavaşlayın Bay Stoney," Juan uzmanlaşmış gözleriyle mesafe ve hızı kestirerek emretti. Gemiler birbirine yedi metreden daha yakındı. "Çok iyi. Şimdi ters yöne yüzde on."

Eric'in, denizaltıya üç metre mesafe kala gemiyi durdurmak için yüzde on güçle çalıştırdığı iskele tarafındaki iticiler suyu köpürttü.

"Burada tut bizi lütfen," dedi Juan, güvenli hattı kullanarak.

"Ustalıklı bir gemi idaresi." Bu ses *Tallahassee*'nin gözetleme kulesinden yükseliyordu.

"Teşekkürler," diye karşılık verdi Juan. "Paketi almak için hazır mısınız?"

Denizaltı kaptanı, "Bana iki paket olduğu söylenmişti," diye bağırdı.

"Planlarda ufak bir değişiklik oldu. Umman Denizi'nde bir kargaşa olunca mecbur kaldık."

"Nasıl çalıştı?"

"İnanmayacaksınız ama hatasız."

"Çok iyi. Biz hazırız. Güvenli uydu aralığımız dört dakika kırk saniye sonra kapanacak."

Juan vincin kontrolleri başında bekleyen teknisyene döndü. Vinç her an devrilecek gibi durmasına rağmen, yetmiş ton taşıyacak güçteydi. Halatların boşluğu alındı ve roket torpili taşıyan askılar güverteden havalandı. Hemen yanında duran adamlar ipleri kontrol ederek silahın korkuluklardan uzak durmasını sağlamaya çalışıyorlardı. Uzun vinç kolu ekseni etrafında dönerek beklemekte olan denizaltının üzerine geldi. Tam altında denizciler torpili almak üzere bekliyorlardı.

Denizcilerden biri evrensel el hareketleriyle vincin hareketlerini yönlendiriyor ve parmağını çevirerek silahın alçalması için biraz daha kablo bırakmasını işaret ediyordu. Aracın yükleyicisine sabitleyerek iplerini çözdüler. Tayfa başı eliyle işaret ederek, torpilin alındığını, vinci geri çekebileceklerini belirtti. Torpil gövdenin içinde kaybolur kaybolmaz büyük kapı kapanmaya başladı.

"Vinci sabitleyin." Juan, Eric Stoney'e seslenmeden önce yukarıdaki adamlara emretti. "Dümenci, bizi uzaklaştır, yüzde yirmi güç ve safrayı boşalt. Gemiyi yüksek hız için hazırla ve bizi Karaçi'ye en çabuk ulaştıracak rotayı tespit et."

"Monaco'ya gideceğimizi sanıyordum." Mark Murphy'ydi bu. Riviera'ya komşu bu zengin prenslikte birkaç hafta geçirmeyi umduğu, sesinden anlaşılıyordu. Maurice, Juan'a Murphy'nin Sihir Dükkânı'ndan bir smokin bile sipariş ettiğini ve Monaco'da James Bond taklidi yapacağını söyledi.

"Merak etme," diye güvence verdi Juan. "Sen gideceksin. Max ile benim başka planlarımız var."

Hali Kasım'ın sesi hattı böldü. "Radar teması başkan. Yüz mil uzağımızda, doğu yönünde radar menziline girdi."

"Takip et ve beni bilgilendir." Juan ellerini ağzının iki yanına getirerek *Oregon*'dan giderek uzaklaşmakta olan *Tallahassee*'nin kaptanına doğru bağırdı. "Radarda bir sinyal aldık. Doğumuzda ve oldukça uzakta ama yine de isterseniz Houdini[1] hareketinizi yapıp kaybolun."

"Anlaşıldı. Teşekkürler." Kaptan el salladı. "Yaklaşırken gördük onu. Pasif sonara ulaşan seslerden terk edilmiş olabileceği izlenimini edindik ve alıcılarımıza ne radar ne de bir telsiz sinyali ulaştı. Otomatik bir yardım sinyali bile yoktu. Bilinen nedenlerle biz araştıramadık ama siz denemek isteyebilirsiniz. Eğer terk edilmişse, bu oldukça kabarık bir kurtarma ücreti anlamına gelir."

"Olabilir," dedi Juan etkilenerek. *Oregon* yoluna devam ederken, bir ganimet ekibini gemiye çıkartıp, onu Karaçi'ye götürmelerini sağlayabilirdi. "Büyüklüğü hakkında bir fikriniz var mı?"

(1) 20. yüzyılın başlarında çok meşhur olan bir illüzyonist.

"Gövdesine çarpan dalgaların sesinden, sonar teknisyenim sizinkiyle aynı boyda, yüz yetmiş metre ya da o civarda bir boyu olduğunu tahmin etti."

"Tüyo için teşekkürler kaptan. Bir kontrol etmekte fayda var gibi görünüyor."

"İyi şanslar *Oregon*." Bununla birlikte kuledeki son adam da kapaktan içeri girerek gözden kayboldu. Hemen ardından, denizaltının safra tankı girişlerinin etrafında, içeri dolan suyun dışarı attığı havanın oluşturduğu bir püskürme görüldü. Reaktörün gücü yedi kanatlı uskura aktarılınca, denizaltının arkasındaki sular bir anda köpürmeye başladı. Kuyruk plakaları sakin okyanus sularına gömülürken, pruvalarını aşan bir dalga oluştu. Koca gemi hızla batarak, sanki hiç var olmamış gibi kendi krallığına doğru gözden kayboldu. Ardında bıraktığı belli belirsiz dalgalanma da suyun yüzeyinde sönüp gitti.

"Geçimini sağlamak için berbat bir yol." Max kaşlarını çattı. Tam olarak klostrofobik olmasa da kapalı ortamlar pek ona göre değildi.

"Linc SEAL zamanlarında, bir iki kez hızlı hücum denizaltılarında görev yapmış. Söylediğine göre kaldığı birçok beş yıldızlı otelden iyilermiş."

"Linc pintidir. Gittiği yerleri gördüm. Saatlik ödeme yapılabilir, temiz çarşaf ekstradır türü batakhanelerdir."

Oregon doğuya doğru hızlandıkça rüzgâr esmeye başladı. Birkaç dakika sonra manyetohidrodinamik gemiyi öyle hızlandıracaktı ki güvertede durmak bir tayfunla karşılaşmak gibi olacaktı. Güverte görevlileri vinç kolunu sabitlemişlerdi ve tekerlekli sehpayı da torpil odasına geri götürmüşlerdi.

"Ne dersin Max?"

"Neye ne derim?"

"İlerideki terk edilmiş gemi. Durup bir göz atalım mı yoksa hızla Karaçi'ye mi devam edelim?"

Max, rahatça piposunu yakabilmek için Cabrillo'yu merdiven boşluğuna yönlendirdi. "Kyle önceki günden beri kayıp. Eski karım kimlerle birlikte olduğunu –hoşlanmadığı bir grup arkadaş– bildiğini düşünüyor ki bu beni, durumun onun iddia ettiği kadar ciddi olmadığına inandırıyor. Pakistan'a ulaştıktan sonra Los Angeles'a varmamız en az yirmi dört saat sürecek. O yüzden bir hayalet gemiyi araştırmak için kaybedilecek bir saatin pek önemi yok."

"Emin misin?" Max'in piposundan havalanan küller yüzüne doğru gelince, gözlerini kırpıştırarak sormuştu bu soruyu Juan. "Özür dilerim." Max, piposunun yanına hafifçe vurdu. "Tabii tabii, bir sorun olmaz."

"Eric, beni duyuyor musun?" Juan el telsizinden sordu.

"Buradayım."

"Yeni rota. Bizi uygun olan en süratli şekilde şu gemiye götür. Gomez'i bul ve Robinson'u hazırlamasını söyle." George "Gomez" Adams, film yıldızları kadar yakışıklı bir helikopter pilotuydu. Takma adını, cazibesini, Güney Amerikalı bir uyuşturucu baronunun, *Adams Ailesi* dizisindeki Carolyn Jones'a çok benzeyen karısı üzerinde deneyince almıştı. "Ona pozisyonumuzu alır almaz, UAV'yi[1] fırlatma kızağında görmek istediğimi söyle. Gerekirse sen uçurursun."

Hayatını kurtarmak için bile olsa Eric gerçek bir uçağı kullanamazdı ama o kadar çok uçuş simülatörüyle oynamıştı ki *Oregon*'un uzaktan kumandalı araçlarını rahatlıkla yönetebilirdi.

Cabrillo sordu. "Tahmini varış süremiz nedir?"

"İki saatin biraz üzerinde."

"İki saat içinde varırsak kendini ikramiye listesine yaz."

---

(1) İnsansız Hava Aracı, Unmanned Aerial Vehicle

7. BÖLÜM

Gökyüzünü boydan boya kaplayan yıldızların ışığı altında, bir düğün pastası gibi gözüküyordu. Kat kat yükselen mimarisiyle, form ile fonksiyonun nefis bir karışımıydı. Yine de insansız uçağın yolladığı görüntüleri izleyen Harekât Merkezi personelinin gözünde aynı zamanda bir hayalet gemi gibi de gözüküyordu.

Hiçbir lomboz deliğinden ışık gelmiyordu, güvertesinde en ufak bir hareketlilik yoktu. Hatta radar vericisinden bile en ufak bir sinyal ulaşmıyordu.

Uzun beyaz gövdesine çarpan dalgalar sanki değiştirilemez bir buzdağını dövüyor gibiydiler. Uçağın kızılötesi kameralarının yolladığı termal görüntüler motor ve bacalarının soğuk olduğunu gösteriyordu. Hint Okyanusu'nun bu bölgelerinde hava sıcaklığı otuz derecenin üzerinde bile olsa, aletin donanımı vücut sıcaklığını algılayacak kadar hassastı. Ancak böyle bir ölçüm yoktu.

"Burada ne olmuş böyle?" Linda bir cevap alamayacağını bile bile sordu.

"Gomez, güvertenin üzerinde uçur," diye emir verdi Juan.

George Adams Harekât Merkezi'nin arka tarafındaki çalışma yerinde oturmuştu, arkaya taradığı briyantinli saçları, bilgisayarının soluk neon ışığında parlıyordu. Kalem gibi ince bıyıklarıyla oynayarak kumanda kolunu ileri doğru oynattı. Aslında güçlü bir kamera eklenmiş ve anteni biraz daha uzatılmış uzaktan kumandalı bir model uçaktan başka bir şey olmayan UAV, komutlarına uyarak, hızla yol alan *Oregon*'un otuz mil doğusunda ölü gibi yatan geminin derinliklerine doğru dalışa geçiyordu.

Ekip, küçük uçak havada bir yay çizip geminin sancak küpeştesi boyunca uçarak, kamerasıyla güverteyi tarayışını heyecanla bekliyordu. Birkaç saniye odada hiç ses çıkmadı, herkes gördüğü şeyi hazmetmekle meşguldü. Sessizliği ilk bozan Cabrillo oldu.

"Medikal derhal Harekât Merkezi'ne. Hux, sana ihtiyacımız var, hemen!"

"Bunlar, düşündüğüm şeyler mi?" Eric Stoney fısıltıyla sordu.

"Aynen evlat," diye cevap verdi Max. "Güvertesi cesetlerle dolu."

Güvertenin her yanına, son saniyelerini acılar içinde geçirdikleri belli olan yüze yakın insanın cesedi yayılmıştı. Giysileri rüzgârda kıpırdanıyordu. Adams yüzme havuzunun etrafındaki açık güverteye yaklaştı. Burada partideki herkes adeta olduğu yere çöküvermiş gibi görünüyordu. Bütün alan, yere düşen tabak ve bardak parçalarıyla dolmuştu. UAV'yi gece elbisesi giymiş genç bir kadına doğru yönlendirerek yavaşlattı ve odağını sabitledi. Kendi kanından oluşmuş bir havuzda yatıyordu. Oradaki herkesin aynı durumda olduğu anlaşılıyordu.

"Geminin adını fark eden oldu mu?" diye sordu Mark Murphy.

"*Golden Dawn*," dedi Juan. Tüm kurtarma ve ödül paraları düşüncesi uçup gitmişti kafasından.

Mark, herkes bu korkunç tablo karşısında kıpırdayamaz haldeyken, bilgisayarına gömülmüş bir halde gemi hakkında bilgi toplamaya çalışıyordu. Julia Huxley, üzerinde pijamasının altı ve bol bir tişörtle Harekât Merkezi'ne daldı. Ayakları çıplak ve saçları darmadağındı. Elinde, özel kamarasında bulundurduğu bir doktor çantası vardı. Nefes nefese sordu, "Acil durum nedir?"

Kimse cevap vermeyince, herkesin dikkatini verdiği ekrana çevirdi bakışlarını. Güvertedeki felaketin ekrana yansıyan görüntüsü yıllarını bu mesleğe vermiş bir doktor için bile fazlasıyla sarsıcıydı. Birdenbire bembeyaz oldu, fark ettirmeden kafasını sallayarak kendine gelmeye çalıştı. Ekrana yaklaşarak, gördüğü şeyin ne olduğunu anlamaya çalıştı. Düşük ışık ve UAV'nin dengesiz hareketleri, ayrıntıları fark edebilmesini güçleştiriyordu.

"Travma gibi gözükmüyor," dedi. "Bana kalırsa, çok hızlı etki eden, kanamaya yol açan bir virüsün saldırısına uğramışlar."

"Doğal mı?" diye sordu Max.

"Doğadaki hiçbir şey bu şiddette vurmaz."

"Yardım çağrısı yollayacak zamanları bile olmamış," dedi Juan, Hux'ın değerlendirmesini destekleyerek.

Julia ona dönerek, "Oraya gitmem gerekiyor. Numuneler almalıyım. Revirde biyolojik tehlikelere dayanıklı kıyafetler var ve güvertede bir arındırma istasyonu kurabiliriz."

"Unut bunu," dedi Juan. "Hiçbir şekilde seni o geminin yakınlarına göndererek virüs kapmana neden olmaya niyetim yok." Julia tartışmaya hazırlandı ama Juan daha lafını bitirmemişti. "Şişme Zodyak'ı gemiye bağlayıp üzerinde arındırma yapacağız, daha sonra da batıracağız. Eric UAV'yi George'tan devral. Gomez hangara in ve helikopteri hazır hale getir. Mark, git Eddie'yi kaldır, kendinize silahlıktan birer tabanca alın ve bizimle hangarda buluşun. Julia senin yardıma ihtiyacın var mı?"

"Bana yardım edecek bir görevli bulurum."

"Tamam. Fazladan bir iki tane biyo-güvenlik kıyafeti al yanına, belki sağ kalmış birilerine rastlarız. Cabrillo ayağa kalmıştı. "Yirmi dakika içinde havalanmış olmak istiyorum."

Oregon, Juan'ın verdiği sürenin bitmesine bir dakika kala felakete uğramış *Golden Dawn*'a ulaşmıştı. Robinson'un ağırlık sınırı yüzünden ekipmanı ve tüm ekibi yolcu gemisine indirmek için iki sefer yapmak gerekecekti. Eric gemiyi pilotsuz uçakla araştırarak, iniş yapmaları için en uygun yerin köprünün üstü olduğuna karar verdi. Gemide, üzerinde cesetlerin olmadığı en geniş alan orasıydı. Her ne kadar helikopter *Dawn*'ın üzerine konmayacak olsa da, George Adams da diğerleri gibi yeniden solumalı biyo-güvenlik kıyafetlerinden edinmişti. Öte yandan güvertede, Julia'nın iki adamı, konsantre ağartıcı içeren bir tanktan beslenecek olan bir hortumu hazır hale getiriyordu. Geri döndüğünde helikopteri, iniş yapmadan önce dezenfekte edeceklerdi.

Juan hiçbir şeyi şansa bırakmıyordu. Şişme Zodyak'ı, geminin SEAL saldırı botuyla çekecek olan tayfalar için de aynı tedbirler geçerliydi. Çünkü *Golden Dawn*'daki yolcu ve mürettebatının sonunu getiren şey her ne ise, doğal değildi. Uluslararası terörizm ve toplu kıyım boyutunda bir cinayet olayıyla karşı karşıya olduklarından emindi. Sadece virüsü değil bundan sorumlu olan kişileri de düşünmeye başlamıştı.

Ellerini uzattı ve Julia, kocaman eldivenlerle elbisesinin kolunun birleştiği yeri yapışkan bantla kapattı. Sonra da arkadaki fermuarı gümüş renkli bantla emniyetli hale getirdi. Tankından hava akımı düzgün çalışıyordu ve karbon temizleyiciler aktive olmuştu. Elbiseyi çıkarması için üç saati vardı.

"Yavaş ve dikkatle hareket edin." Julia bir yandan çalışırken diğer yandan entegre haberleşme sistemi üzerinden açıklamada bulunuyordu. "Her hareketinizi önceden planlayın. Koşmaktan kaçının. Bu kıyafetler hayatınız demek. Eğer patojen havadan bulaşıyorsa küçücük bir yırtık bile buna maruz kalmanıza yol açar."

"Elbisem yırtılırsa ne yapmam gerekiyor?" Bunu sorarken Max'in sesi titriyordu. Murphy birkaç kara operasyonuna katılmıştı ama *Dawn*'a gitmekten rahatsız olduğu açıkça belli oluyordu. Cabrillo onun kendileriyle gelip geminin bilgisayarına girmesini ve son birkaç hafta geminin nerelere uğradığını öğrenmesini istiyordu.

"Hepinizin kıyafetleri üzerinde fazladan bant bırakacağım. Bir yırtılma olduğunda hemen üzerini bantlayın ve bana haber verin. Elbiselerde pozitif basınç var, dolayısıyla hızlı davranırsanız zarar görmezsiniz. Bulunduğunuz yerden ayrılmayın, çünkü elbiseyi kesen her ne ise onu incelemem gerekir."

Daha sonra Eddie'yle ilgilendi ve kauçuk dokumanın her santimetre karesini inceleyerek dikişlerin üzerini kapattı. Eddie, Mark ve Cabrillo'nun belinde tabanca kemerleri vardı. Koruyucu eldivenlerle tetiğe basmak zordu ama Juan'ın onları gemiye silahsız göndermeye hiç niyeti yoktu.

"Ne zaman isterseniz havalanabiliriz başkan." George, Robinson'un açık kokpit kapısından sesleniyordu. Küçük ve çevik helikopterin arka koltuğunda bir ekipman yığını duruyordu.

Juan yakındaki teknisyene bağırmaya çalıştı ama koruyucu elbisenin içinden duyuramadı. İleri atıldı ve hangar asansörünü çalıştıran düğmeye bastı. Tepedeki arka güverte kapakları açıldı ve asansör dört adet hidrolik silindir üzerinde yükseldi. Julia binince helikopterin arka kapısını kapattı ve yardımcı pilot koltuğuna geçti.

Eddie ve Murphy, helikopteri çalıştırması için George'a yer açmak için geri çekildiler. Birkaç dakika motorları ısıttıktan sonra tepe rotorunu çalıştırmak üzere vitesi ayarladı. Robinson, pervanesi hız kazanıp yukarı rahatça kalkmalarını sağlayacak güce kavuşana dek biraz sıçrayıp yalpaladı. Helikopteri dimdik yukarı kaldırıp *Oregon*'un üzerinden uzaklaştırdıktan sonra dengeli bir şekilde uçmaya başladılar. İki geminin arasında bir millik bir mesafe vardı. Juan aşağıda, SEAL botunun dümen suyunu ve arkasında hoplaya zıplaya giden küçük Zodyak'ı tespit etti. *Golden Dawn*'ın su hattının hemen üzerinde, ikmal yapmak için kullanılan kocaman yükleme kapıları gözüküyordu. Zodyak'ı oraya bağlayabilir ve ağartıcı duş için dönebilirlerdi.

Cabrillo yaklaşırlarken *Dawn*'ın çok güzel bir silueti olduğunu düşündü. Kendi gemisinden biraz kısaydı ama yolcu kamara ve süitlerinin bulunduğu yedi güvertesiyle çok daha yüksekti. Pruvasının kadınsı kıvrımları vardı ve klasik şampanya kadehlerine benzer bir karinaya sahipti. Yüzme havuzunun arka kısmına düşen tek bacası, sanki suda hızla yola alıyormuş izlenimi vermek istercesine arkaya yatık olarak yerleştirilmişti. Robinson

Dawn'ın kıçı üzerindeyken, Juan bacanın yanına işlenmiş olan, altın paralardan oluşan Golden Cruise Lines logosunu fark etti.

Adams, Robinson'u, anten ve radar çanaklarından uzak tutmaya çalışarak, kaptan köşkünün üzerinde turlamaya başladı. Her tarafını saran elbise pilotluk yeteneklerini azaltmaya yetmemişti. Helikopteri güverteye yarım metre mesafeye kadar alçalttı ve sanki iple bağlıymış gibi sabit bir şekilde o pozisyonda tuttu.

"İyi şanslar," dedi Adams ve Juan kapıyı açıp içgüdüsel olarak başını eğerek ileri atladı.

Julia kendi kapısını açtı ve tıbbi cihazlarla dolu kutuyu Juan'a verdi. Rotorun rüzgârı elbisesini dalgalandırıyordu. Juan her birini güverteye dizdi ve helikopterden atlayan Julia'yı tuttu. Kapıyı kapattı ve aracın yanına bir şaplak attı. Adams anında havalanarak Murphy ve Eddie'yi almak üzere uzaklaştı.

Robinson uzaklaşıp telsizin sesi duyulur hale gelir gelmez Julia seslendi. "Hemen revire inmek istiyorum."

"Hayır. Burada durup George'un geri gelmesini bekleyeceğiz. Sen etrafa bakarken Eddie'nin sürekli olarak yanında olmasını istiyorum."

Julia Juan'a hak verdi. Kadın olduğu için korumacı davranmıyordu. Bunun sebebi binlerce kilometrelik alandaki tek doktor oluşuydu. Burada herhangi birine bir şey olacak olsa kendisinden başka onu tedavi edebilecek kimse yoktu. Helikopter on dakikadan az bir zaman sonra geri döndü. Altı, ağartıcı püskürtüldüğü için hâlâ ıslaktı. Juan ve Julia merdivene doğru hareketlenerek alçalması için George'a yer açtılar. Eddie ve Mark aynı anda atladılar ve Gomez hemen havalandı. Bu kez Robinson baştan aşağı yıkanacak ve gemiye çıkan ekibin başına bir şey gelme ihtimaline karşı güvertede bekleyecekti.

"Nasıl gidiyor Mark?" diye sordu Juan.

"Biraz ürktüm. Laboratuvarda oluşan kazaların ortaya çıkardığı zombilerle ilgili bilgisayar oyunlarını oynadığıma pişman olmak üzereyim."

"Seninle biraz güvertede durayım mı?"

"Gerek yok, iyiyim." Ses tonu aslında bu teklife sıcak baktığını açığa çıkarıyordu ama gururu üstün gelmişti. Eric Stoney ve ekibin geri kalanı, Harekât Merkezi'nde tüm bu konuşmaları duyuyorlardı. Bu yüzden herhangi bir zayıflık belirtisi göstermesine imkân yoktu.

"Aferin. *Dawn* nereden geldi demiştin?"

"Filipinler," dedi Murphy. "Seyahat şirketinin veritabanından, geminin Manila'dan Atina'ya bir kişisel gelişim grubunu götürdüğünü öğrendim."

"Seyir defterini ve bilgisayarını kontrol et. Bak bakalım bir yerlerde durmuş mu? Durmuşsa nerede? Ayrıca seyahat sırasında herhangi bir anormallik olmuş mu, ona da bak. Hepsi orada olmalı. Julia, sen nereye gideceğini ve ne arayacağını biliyorsun. Eddie hep yanında kal ve numune toplarken gerek duyarsa ona yardımcı ol."

"Siz ne tarafa gideceksiniz?" dedi Eddie Seng.

"Üç saatlik havamız var, o yüzden gemiyi olabildiğince incelemek istiyorum." Yanında getirdiği el fenerini açtı ve arka cebindeki yedek pilleri yokladı.

Cabrillo önlerinde yürüyerek merdivenlerden aşağı indi ve köprü kanadı üzerine geldi. Denizden yirmi beş metre yüksekteki dar üst güvertenin diğer ucunda, kılavuz kaptanın gemiyi yanaştırması için kullanacağı kontrol mekanizmaları vardı. Köprüye açılan kapı kapalıydı. Juan kapıyı çekerek açtı ve ileri teknolojiyle donatılmış odaya girdi. Gücün kesik olduğu ve acil durum ışıklarının da tükendiği ortamda kaptan köşkü neredeyse kapkaranlıktı. Camlardan vuran ayın ve yıldızların ışığı, her şeyi bulanık bir gölge haline getiriyordu.

Juan feneri etrafa tuttu. Hemen ilk cesedi buldu. Julia da fenerini tutarak ışığı artırdı ve Juan'ın yanına gitti. Mark elinde siperliğine kaldırdığı bir kamera tutuyordu. Cesedin üzerinde gemi subayı üniforması vardı. Beyaz pantolon, omuzlarında koyu renkli apoletler olan beyaz bir gömlek giymişti. Kafası öbür tarafa çevriliydi ama fenerlerin zayıf ışığında bile ensesindeki rahatsız edici beyazlık belli oluyordu. Julia yanına eğildi ve adamı yavaşça çevirdi. Yüzü kanla kaplıydı ve vücudu da kan gölü içinde yüzüyordu. Doktor Huxley hızla muayene ederken her bulgusunda kendi kendine mırıldanıyordu.

O çalışırken, Murphy de yedek elektrik sistemini bulmaya uğraşıyordu. Bir anda ışıkların çoğu yandı ve bilgisayar ekranları aydınlanmaya başladı. Köprüde üç ceset daha vardı; ikisi üniformalı erkek ve bir kokteyl kıyafetli kadın. Cabrillo kadının subayın konuğu olduğunu ve o patojen, yolcu ve mürettebat arasında hızla yayılırken, kaptan köprüsünü gezdirdiğini tahmin etti. Diğer iki denizci de ayakta onları izliyor olmalıydı.

"Evet Hux?" dedi Cabrillo.

"Bir tür gazlı saldırı olması muhtemel ama güvertede bu kadar kurban varken düşüncem, yeni bir tür kanamalı humma olduğu yönünde. Ama bugüne kadar görülmemiş ölçüde kuvvetli bir şey."

"Süper Ebola virüsü gibi mi?" diye sordu Eddie.

"Daha hızlı ve daha öldürücü. Bu her neyse yüzde yüz ölüm oranına sahip. Üç alt türün en kötüsü olan Zaire Ebolası'nda bu oran yüzde doksan civarında. Kanın rengi siyah değil. Bu da beni sindirim yollarını etkilemediği sonucuna götürüyor. Sıçrama izlerine bakarak, öksürerek kan püskürttüğünü söyleyebilirim. Kadın da öyle. Yine de burada başka şeyler de devreye girmiş." Subayın kolunu yavaşça kaldırdı. Bir dokunaç gibi lastiğimsiydi. "Kemikler neredeyse çözünecek kadar dekalsifiye olmuş. Sanırım parmağımla kafatasını içeri bastırabilirim."

"Gerek yok," dedi Juan, Julia dediğini yapmadan önce. "Neyle karşı karşıya olduğumuz hakkında bir fikrin var mı?"

Ayağa kalktı ve eldivenlerini bir dezenfektanla temizledi. "Her ne ise, laboratuvarda geliştirilmiş bir virüs."

"Emin misin?"

"Kesinlikle. Bir virüsün doğal olmayan şekilde bu kadar hızlı öldürmesinin başka bir sebebi olamaz. Diğer tüm canlı organizmalar gibi virüsler de sık sık üremeye çalışırlar. Yerleştiği canlıyı bu kadar çabuk öldüren bir şey bir başka vücuda geçecek zamanı asla bulamaz. Gerçek dünyada böyle bir salgın başladığı hızla sona ererdi. Ebola'nın bile kurbanlarını öldürmesi birkaç hafta sürer ki bu da aile üyeleri ve komşuların da hastalığa yakalanmasına yeter. Doğal ayıklama bu virüsü çoktan yeryüzünden silmiş olurdu." Gözlerinin içine bakarak, diyeceklerinde ciddi olduğunun anlaşılmasını sağladı. "Birisi bunu laboratuvarda geliştirmiş ve gemide serbest bırakmış."

Juan, virüsün saldırısına maruz kalan insanlar için derin bir üzüntü duyarken, buna sebep olanlara karşı da içinde büyük bir öfke uyandı. Sesine yansıyan bu öfkeyle Julia'ya seslendi. "Bunları yakalamak için gereken her şeyi bul Hux."

"Başüstüne efendim." Juan'ın ses tonu, Julia'yı *Oregon* ekibi içinde hemen hemen hiç görülmemiş bir şekilde emir kabulü yapmaya zorlamıştı.

Juan geriye döndü ve geminin içine açılan bir koridordan arka tarafa doğru yürümeye başladı.

Neyse ki koridorlar boştu ve girip baktığı kameralarda da kimse yoktu. Köprüdeki kadının giyiminden ve UAV'nin yolladığı görüntülerden, büyük bir partinin devam ettiğini tahmin etti. Bu yüzden de çoğu kamara boştu. Subay kamaralarını taradıktan sonra bir başka kapıyı açarak, deniz yolculuğu sektörünün verdiği isimle, geminin otel bölümüne geçti. Diğer bazı modern yolcu gemileri kadar zengin değilse de, *Golden Dawn* kendi adına, cilalı pirinç dekorasyonu, uzun tüylü pembe mavi halılarıyla hiç de fena gözükmüyordu. Kendi nefesinden başka ses duymadan ilerleyerek, avluya açılan bir balkona geldi. Aşağıdaki mermer zemine kadar dört kat iniyordu. Işıklar olmadan yüksek duvarlı avlu, soluk bir mağara gibi gözüküyordu. Fenerin ışığı aşağıdaki butiklerin vitrinlerine çarparak, Juan'da hareket eden bir şeyler gördüğü izlenimi uyandırıyordu.

Tedirginliğini atmak için derin bir nefes aldı. Avlunun her tarafında cesetler vardı. Hepsi acı içinde öldüklerini belli eder bir şekilde uzanmıştı yere. Bazıları merdivenlerde, adeta kendilerini bekleyen ölümün kollarına bırakmışçasına yatarken, diğerleri oldukları yere yığılıvermiş gibiydiler. Avluyu çepeçevre saran geniş merdivenlerden inerken altı kişilik bir orkestra gözüne çarptı. Smokinler içerisindeki müzisyenlerin beşi enstrümanlarının üzerine kapaklanmış, içlerinden biri uzaklaşmaya çalışmıştı. Virüse yenik düşene kadar arkadaşlarından üç metre uzaklaşabilmişti.

Ölülere bakarak yüzlerce hikâye anlatılabilirdi; birbirlerine sarılarak ölen bir kadın ve erkek, ölmeden hemen önce elindeki tepsideki içkileri barın yanındaki servis masasına koyacak zamanı bulabilmiş bir kadın garson, şu anda orada olmasa da yerde pahalı makinesi duran bir fotoğrafçıdan fotoğraflarını çekmesini istemek üzere birbirlerine yanaşan bir grup genç kadın. Güverteler arasında çalışan cam asansörün içini göremedi, çünkü camları kanla kaplıydı.

Juan devam etti. Koruyucu elbisesi ve soluduğu geri kazanılmış hava onu çevrenin etkilerinden koruyordu ama duyduğu dehşeti perdeleyecek hiçbir şey yoktu. Bu boyutta bir toplu katliam görmemişti ve eğer biri feneri diğeri de tabancasını tutmasaydı elleri zangır zangır titriyor olurdu.

Durumu öğrenmekten çok, insan sesi duymak için haberleşme ağından seslendi. "Herkes ne durumda?"

"Eddie ve ben geminin revirine doğru gidiyoruz," diye cevap verdi Julia. Haberleşme, geminin çelik konstrüksiyonunun sebep olduğu parazit nedeniyle bozuluyordu.

"Ben de mühendislik bölümlerine giriyorum. Yarım saat içinde benden bir haber alamazsanız Eddie'yi beni bulmaya yollayın."

"Anlaşıldı."

"Murphy?"

"Sadece yedek güçle, bu bilgisayar benim telefonla nete bağlanan ilk bilgisayarımdan daha yavaş," dedi Mark. "İhtiyacım olan bilgiyi almak biraz zaman alacak."

"Çalışmaya devam et. *Oregon*, duyuyor musun?"

"Olumlu," diye yanıtladı bir ses onu. Parazitten kim olduğu anlaşılmıyordu ama Cabrillo onun Max Hanley olduğunu düşündü. Juan bugüne kadar telsiz cihazlarının modelini iyileştirmeyi hiç düşünmemişti. Nadiren yaptığı bir ihmalkârlığın bedelini ödüyordu şu anda.

"Ekranlarda bir şey var mı?"

"Tek başımızayız Juan."

"Biri ortaya çıkarsa bana hemen haber ver."

"Tamamdır."

Juan'ın önüne gelen kapının üzerinde SADECE PERSONEL yazıyordu ve elektrikle çalışan bir kilidi vardı. Ancak elektrikler kesik olduğundan bu sistem çalışmıyordu ve Juan içeri doğru iterek kapıyı açtı. Bir koridordan aşağı inmeye başladı. Ahşap panelli ve şık aydınlatmalı yolcu bölümlerinin aksine burası beyaz boyalı duvarları, kaydırmaz yer karoları ve tavanda floresan lambaları olan bir geçitti. Duvarlar boyunca renk kodlamalarına göre boyanmış borular geçiyordu. Kamarot ve donatım görevlilerinin odalarını ve personel için ayrılmış olan büyük yemek salonunu geçti. Masaların üzerine yatmış ya da yerlere yuvarlanmış vaziyette yarım düzine kurban da burada buldu. Bunlar da diğerleri gibi çok miktarda kan öksürmüşlerdi. Son anları büyük acılar içinde geçmiş olmalıydı.

Geminin bir zamanlar pırıl pırıl olan mutfağından geçti. Şu anda bir mezbaha gibi görünüyordu. Ardından her biri beton mikserleri kadar büyük yirmi çamaşır makinesi olan sanayi tipi bir çamaşırhaneden geçti. Yolcu gemilerinde belli etnik grupların baskın olduğunu biliyordu, bu yüzden çamaşırhane ekibinin Çinli olduğunu görmek onu şaşırtmadı. Irkçı bir klişe gibi görülebilirdi ama şu anda geçerli bir durumdu. Devam etti ve sonunda üzerinde MÜHENDİSLİK/YETKİSİZ GİRİLMEZ yazan büyük bir kapıya geldi. Kapının ardında bir giriş holü ve ikinci bir ses geçirmez ambar kapağı vardı. Onu da geçip üç basamak aşağıya indi ve ana makine dairesinin jeneratör odasına girdiler. Fenerinin ışığında yan yana duran iki jeneratör ve bilgisayar kontrol bankoları gözüktü. Arkadaki büyük bir sürgülü kapıdan makine dairesine geçiliyordu. Mağaramsı boşluğu her biri kamyon büyüklüğünde iki devasa motor dolduruyordu. Motor bloklarının bir tanesine dokundu. Soğuktu. Motorların oda sıcaklığına kadar soğumaları için *Golden Dawn* en az on iki saattir güçten yoksun olmalıydı. Tepede, motorların egzoz boruları basınç odası ve baca yolundan geçerek geminin tepesindeki bacaya kadar uzanmaktaydı.

Daha önce bulunduğu yüzlerce makine dairesinden farklı olarak burada o makinelerde var olan, elle tutulur gücü, kuvvet duygusunu ve dayanıklılığı hissedememişti. Burada bir mahzenin soğukluğundan başka hiçbir şey hissedemedi. Max burada olsaydı, onun mühendislik gururunun, makinelere bir kez olsun hayat vermek için dizel motorları çalıştırmak isteyeceğinden emindi.

Telsizini deneyerek, önce Hux'ı, sonra Max'i ve nihayet *Oregon*'u aradı ama duyabildiği tek şey parazit oldu. Temposunu artırarak el fenerini makinelerin üzerinde dolaştırdı ve sıra dışı bir şeyler aramaya başladı. Bir tane daha sugeçirmez kapıdan geçti ve geminin pis su arıtma tesisine geldi. Devam etti. Daha ileride, bir sıra daha çalışmayan jeneratör ve *Dawn*'ın tuz giderme üniteleri vardı. Ters ozmoz denilen bir yöntemle deniz suyunu alıyor, suyun neredeyse yüzde yüzünü ayrıştırarak, güvenle içilecek hale getiriyordu. Bu makine tek başına, gemi mutfağına, çamaşırhaneye ve gemideki her banyoya su sağlıyordu. Ölümcül virüsü yaymak için uygun olan aklına ilk gelen iki yerden birincisi burasıydı. İkincisini –geminin havalandırma üniteleri– aramaya sonra devam edecekti.

Cabrillo yakındaki tamir setinden bir anahtar alarak muayene kapaklarını söktü ve tuz gidericinin içine baktı. Tüm bunlar on dakikasını aldı. Kurcalama ve bakım izine rastlayamadı. Somunlar sıkı ve gres yağı, koruyucu eldivenlerin üzerinden bile kumlu hissediliyordu. Bir tüp zehir gibi yabancı bir maddenin sisteme katıldığını gösteren hiçbir şey yoktu.

Aniden bir patlama oldu. Makine dairesinin arka taraflarında bir yeri sarstı ve geminin daha diplerinden geliyormuş gibi hissedildi. Ses kesilmesine rağmen yeni bir patlama gemiyi sarstı. Cabrillo ayağa kalktı ve ekibini telsizle uyarmaya çalışırken üçüncü bir patlama oldu.

Bir saniye önce tuz gidericinin yanında ayaktayken, bir sonrakinde odanın öbür tarafında sırtı ara bölme duvarına savrulmaktan dolayı acılar içinde yerde yatıyordu. Bir sonraki patlama gemiyi sarstığında güverteye düşmüştü. Patlama bulunduğu yerden oldukça ilerideydi ama bir şok dalgası makine dairesini yalamış, onu da yere yapıştırmıştı. Ayağa kalkıp üç metre öteye fırlayan el fenerine ulaşmaya çalıştı. Tam parmakları fenere ulaşmışken, içgüdüsel bir hareketle arkaya döndü. Arkasında bir hareket olmuştu. Elektriksiz ortamda da geminin yerçekimi gücüyle çalışan sürgülü sugeçirmez kapıları hatasız bir şekilde çalışıyordu. Kalın metal kapaklar tavandan aşağıya doğru açılan ambar ağızlarını kapatmak üzere alçalıyordu. Yeni bir ses başkanı sarstı ve tam zamanında dönerek güvertenin altından, makine dairesinin sintine bölümlerine geçiş sağlayan ızgaralardan doğru yükselen bembeyaz bir su sütunu gördü.

Dördüncü bir patlama *Golden Dawn*'ı salladı ve tüm gemi çatırtılarla sarsıldı.

Aşağıya doğru kapanmaya devam eden sugeçirmez kapıya doğru koşarken Juan, yolcuları zehirleyenler ile bu patlayıcıları gemiye yerleştirenlerin aynı kişiler olduklarından emindi. Delilleri yok etmek için yapmışlardı bunu. Bunda dikkate değer bir şey vardı ama şu an buna kafa yoracak zaman değildi.

İlk kapının altından, kapanmasına bir metre kala eğilerek geçtiğinde, aşağıdan yükselen sular ayak bileklerine kadar gelmişti. Koruyucu elbisenin engellemesi yüzünden istediği kadar hızlı koşamıyordu. Yine de bir sonraki odayı ve pis su arıtma odasını, yükselmekte olan suları sıçratarak elinden geldiğince hızlı koşarak geçti. Hırıltılarla alıp verdiği nefesi elbisenin filtrelerini zorluyordu.

Bir sonraki kapının kapanmasına ancak bir saniye kalmıştı. Juan ileriye doğru hızla atıldı ve balıklama atlayarak suyun içinde kaymaya başladı. Köpüklü sular siperliğinin üzerine kadar çıkmıştı. Başlığı, kapanmakta olan kapının altına çarptı. Olabildiğince yere yapışarak kapının altına doğru kıvrıldı ve elbisesini yırtmamaya dikkat ederek yılan gibi sürünerek ilerlemeye çalıştı. Artık kapının basıncını hissedebiliyordu. Göğsünü ve bacaklarının üst kısmını hızla kapının altından kurtardı. Dönmeye çalıştı ama sağlam kapı inmeye devam ediyordu. Umutsuzca bir kumar oynayarak tek bacağını kaldırıp bir ayağını kapı ile pervaz arasına takoz gibi yerleştirdi.

Cabrillo'nun takma bacağı, en az bir ton ağırlığındaki kapının alçalmasını bir an için engelleyebildi sadece. Ancak bu ona, diğer ayağını kapının altından çekip çıkarmaya yetecek kadar zaman kazandırdı. Ezilen protez kapının altında sıkışmış bir halde kalarak kapının altından akan suların kontrolsüzce makine dairesine dolmasına sebep oldu. Juan da sıkışıp kalmıştı. Ne kadar uğraşırsa uğraşsın takma bacağını kurtaramıyordu.

Cabrillo, lanetli bir geminin makine dairesinde sıkışıp kalmıştı ve tüm çabalarına karşın telsizden duyduğu tek şey, parazit sesiydi.

8. BÖLÜM

Max Hanley'in, Hali'nin çılgınlar gibi bağırarak *Golden Dawn*'ın art arda patlamalarla sarsıldığını kendisine söylemesine ihtiyacı yoktu. *Oregon*'un ana monitöründen geminin yanından peş peşe fışkıran su kütlelerini görebiliyordu. Sanki bir torpido gemisinin saldırısına uğramış gibi gözüküyordu ama Max bunun imkânsız olduğunu biliyordu. Radar görüntüleri temizdi ve öyle bir şey olsa sonar mutlaka tespit ederdi.

Duman dağılınca, Eric düşük ışıkta çalışabilen kamerayı hasarlı bölgeye odaklayıp görüntüyü yakınlaştırdı. Delik, bir insanın içinden geçebileceği kadar büyüktü. Deniz suyu gedikten içeri anormal bir hızla doluyordu. Aynı şekilde açılan dört delikten o kadar çok kompartımana su doluyordu ki geminin kurtulması çok zordu. Özellikle pompaları çalıştırmak için gerekli elektrik yokken bu imkânsızdı. Geminin bir saate kalmadan tamamen batacağını tahmin etti.

Haberleşme konsoluna geçti. "George, hemen kıçını kaldırıp minik kuşa atla ve *Dawn*'a git. Bir dizi büyük patlama oldu orada. Bizimkilerin başı dertte."

"Anlaşıldı," diye anında cevap verdi Gomez. "Oraya iniş yapacak mıyım?"

"Olumsuz. Üzerinde turlayarak beklemede kal ve talimatları bekle." Max kanalı değiştirdi. "*Oregon*'dan Cabrillo'ya. Haydi Juan." Harekât Merkezi parazitle doldu. Hali alıcıya ince ayar yaparak başkanın sinyalini yakalamak için umutsuzca uğraştı ama başaramadı. "Julia, orada mısın? Eddie?"

"Ben buradayım," diyen bir ses kolonlardan yankılandı. Mark Murphy' nin sesiydi bu. Hâlâ *Golden Dawn*'ın kaptan köşkündeydi ve nispeten daha iyi çekiyordu telsizi. "Ne oldu öyle? Patlama gibi geldi bana."

"Öyleydi," diye cevapladı Max. "Birileri gemiyi batırmaya çalışıyor ve buradan anlayabildiğim kadarıyla başarmak üzereler."

"Ben bilgileri ancak indirmeye başladım."

"Çabuk yükle evlat. Gomez sizi almak için yolda. Oradan olabildiğince çabuk sıvışmaya bakın."

"Juan ve diğerlerinden ne haber?" diye sordu Murphy.

"Telsizden ulaşamadın mı onlara?"

"Hayır. Juan'la bağlantım yirmi dakika önce makine dairesine girdiğinde kesildi."

Hanley küfretmemek için kendini zor tuttu. Bir gemide olunabilecek en kötü yerlerden birinde yakalanmıştı patlamaya. "Eddie ve Hux ne durumdalar?"

"Ondan birkaç dakika sonra da onların bağlantısı kesildi. Sana bir şey diyeyim mi Max; bu elbiselerin içindeki telsizleri döner dönmez hemen değiştiriyoruz."

"Bunu zamanı geldiğinde düşünürüz," dedi Max. Aslında o da tam aynı şeyi düşünüyordu. Ekrandaki görüntüyü bir süre inceledi ve *Dawn*'ın hızla suya gömüldüğünü fark etti. En alttaki lombozlar sudan sadece bir metre yukarıdaydılar ve gemi sancak tarafına doğru hafifçe yan yatmıştı. Murphy'yi içeridekileri aramaya yollarsa, silah uzmanının geminin içinde mahsur kalma ihtimali yüksekti. Gemi şu anda oldukça dengeli bir şekilde batıyordu ama bir anda alabora olabilirdi. Diğerlerinin kendi kendilerine kurtulacaklarına güvenmek zorundaydı.

"Mark," diye seslendi. "Hemen helikoptere atla. Geminin üzerinde dolaşarak aşağıyı gözetle ve üst güverteye çıkmalarını bekle."

"Anlaşıldı ama bu iş pek hoşuma gitmedi."

"Benim de evlat, benim de."

* * *

Geminin planlarına şöyle bir göz gezdiren Eddie Seng, hiç şaşırmadan Julia'yı doğruca geminin, ana güvertenin oldukça altında, DD katındaki revirine götürdü. Onun yardımıyla Julia, yolda karşılaştıkları cesetlerden kan ve doku örnekleri aldı.

"Tıp eğitimi almamış birine göre oldukça iyi dayanıyorsun bu manzaraya," dedi Hux Eddie'ye. Bir yandan da kurbanların ilki üzerinde çalışıyordu.

"Çinli sorgucuların, istedikleri bilgileri aldıktan sonra tutsakları ne halde bıraktıklarını çok gördüm," dedi Eddie duygusuz bir ses tonuyla. "O gördüklerimden sonra beni etkileyecek pek bir şey çıkacağını sanmıyorum."

Julia, Seng'in Çin'de CIA adına gizli görevli olarak yaptığı operasyonları biliyordu. Hayal edebileceğinden çok daha dehşet verici şeyler görmüş olduğundan şüphesi yoktu.

Tahmin ettiği gibi dispansere giden yol, ölmeden önce yardım isteyebilecekleri bir yere yönelebilecek zamanı bulabilmiş insanların cesetleriyle doluydu. Burada da numuneler aldı. Buradakilerin, fizyolojilerindeki bir şeyden dolayı, patojenin diğerlerine tanımadığı birkaç dakika fazla yaşama şansına sahip olduğunu düşündü. Bu, salgının sebebini ortaya çıkarabilmesi için önemli bir ipucu olabilirdi, zira sağ kalan kimseyi bulabileceğini sanmıyordu.

Revire geldiklerinde kapının açık olduğunu gördüler. Eşikte yatan smokinli bir adamın üzerinden atlayan Julia, penceresiz bir giriş holüne adım attı. El fenerinin ışığında bir çift masa ve birkaç dolap gördü. Duvarlarda, turistik yerlere ait posterler ve gemide enfeksiyondan korunmanın en önemli adımının elleri yıkamak olduğunu anlatan bir tabela asılıydı. Bir diğer levhadan Doktor Howard Passman'ın Leeds Üniversitesi'nden mezun olduğu anlaşılıyordu.

Julia ışığını bitişik muayene kamarasında gezdirdi. İçeriği boştu. Ofisin diğer ucundaki kapıdan aslında perdelerle çevrilmiş birkaç yataktan oluşan hasta odalarına geçiliyordu. Burada da yerde iki kurban daha vardı, dar siyah elbiseli bir kadın ve bornozlu orta yaşlı bir adam. Diğerleri gibi bunlar da kendi kanlarıyla kaplıydı.

"Bu doktor olabilir mi?" diye sordu Eddie.

"Bence öyle. Muhtemelen kamarasında virüsün etkisine girdi ve bütün hızıyla buraya geldi."

"Yeteri kadar hızlı hareket edememiş."

"Bu virüsle kimse edememiş." Julia başını eğerek sordu. "Duydun mu?"

"Bu elbiselerin içinde kendi nefesim dışında hiçbir şey duymuyorum."

"Pompa ya da ona benzer bir şey gibi geldi bana." Bir yatağın etrafını çeviren perdelerden birini açtı. Örtü ve çarşaflar tertemiz ve düzgündü.

Bir sonrakine gitti. Yatağın yanında yerde solunum problemi çekenlerin kullandıklarına benzeyen akülü bir oksijen makinesi vardı. Temiz plastik hortumlar örtünün altına doğru kıvrılmıştı. Julia ışığı yatağa tuttu. Örtüyü kafasına kadar çekmiş biri vardı içinde.

Birden öne atıldı. "Canlı biri var."

Huxley örtüyü kaldırdı. Burun deliklerinden içeri giren hava hortumlarıyla genç bir kadın uyuyor görünüyordu. Siyah saçları yastığa yayılmış, solgun güzel yüzünü çevreliyordu. İnce kemikli, uzun kollara sahip, narin omuzları olan bir kadın. Tişörtünün üzerinden köprücükkemikleri seçiliyordu. Hareketsiz bir şekilde yatsa da çok kötü şeyler yaşadığı anlaşılıyordu.

Gözlerini kırpıştırarak açtı ve karşısında uzay elbiseleri içinde iki yaratık görünce çığlık atmaya başladı.

"Tamam, tamam," dedi Julia. "Ben doktorum. Seni kurtarmaya geldik."

Julia'nın boğuk sesi kızı sakinleştirmeye yetmedi. Korkuyla kocaman açılan gözleriyle, örtüyü üzerine çekerek yatağın arkalığına sırtını dayadı.

"Benim adım Julia, bu da Eddie. Seni buradan çıkaracağız. Adın nedir?"

"Kim... kimsiniz siz?" diye kekeledi genç kadın.

"Ben başka bir gemiden gelen bir doktorum. Neler olduğunu biliyor musunuz?"

"Dün akşam bir parti vardı."

Kadın daha fazla konuşamayınca Julia şokta olduğuna hükmetti. Seng'e döndü. "Bir tane koruyucu elbise çıkar. Elbiseye girmeden onu oksijen desteğinden ayıramayız."

"Neden ki?" diye sordu Eddie, koruyucu elbisenin plastik ambalajını açarken.

"Sanırım yaşamasının nedeni bu. Virüs havadan bulaşıyor olmalı. Ortamdaki havayı değil revirin o-iki sisteminden gelen oksijeni soluyordu, o kesilince de bu seyyar olanı kullanmaya başladı." Julia kıza yeniden baktı. Yirmili yaşların başında olmalıydı. Ya ailesiyle seyahat ediyordu ya da mürettebattan biriydi. "Adını söyler misin tatlım?"

"Jannike, Jannike Dahl. Arkadaşlarım bana Janni der."

"Ben de sana Janni diyebilir miyim?" diye sordu Julia. Sonra yatağın kenarına oturdu ve Janni yüzünü görebilsin diye feneri kendi siperliğine doğru tuttu. Jannike başıyla onayladı. "Güzel. Benim adım Julia."

"Amerikalı mısınız?"

Julia cevap vermek üzere ağzını açmadan, derinden gelen bas bir ses odayı doldurdu. "Neydi bu?"

Eddie, bunun bir patlama olduğunu söyleyemeden ikinci bir patlama geminin içinde yankılandı. Jannike yeniden çığlıklar atarak örtüyü başına çekti.

"Gitmemiz lazım," dedi Eddie. "Hemen!"

Gemiyi sarsan iki patlama daha oldu. Bir tanesi bulundukları bölmeye yakındı ve Seng'i yere fırlattı. Julia gövdesini siper ederek Jannike'yi korumaya çalıştı. Tavandan düşen bir aksesuvarın içindeki floresan lambalar gürültüyle patladı.

Eddie ayağa kalktı. "Kızın yanında kal." Odadan dışarı koşturdu.

"Merak etme Janni, seni çıkaracağız," dedi Julia ve tekrar örtüyü aşağı çekti. Gözlerinden yaşlar boşanan Jannike'nin altdudağı titriyordu.

"Neler oluyor?"

"Arkadaşım kontrol etmeye gitti. Bunu giymen lazım," diyerek koruyucu elbiseyi uzattı. "Yine de çok dikkatli olmalıyız tamam mı?"

"Ben hasta mıyım?"

"Sanmıyorum." Julia bazı testler yapmadan bunu bilemezdi ama korku içindeki kıza bunu asla söyleyemezdi.

"Astımım var," dedi Janni. "Bu yüzden burada, revirdeydim. Doktorun kontrol edemediği çok kötü bir krizdi."

"Geçti mi peki?

"Galiba. Spreyimi en son..." Sesi giderek alçaldı.

"Ama oksijeni sürekli kullandın?"

"Doktor Passman'a ve arkadaşıma olanları görünce bunun belki de soludukları bir şey yüzünden olabileceğini düşündüm. O yüzden oksijeni kullanmaya devam ettim."

"Sen cesur ve akıllı bir kızsın. Sanırım böyle yaparak kendi hayatını kurtardın."

Kendisi için doğru bir şey yaptığını bilmek Jannike'nin özgüvenini az da olsa yükseltti ve gemiden sağ çıkabileceği konusunda biraz olsun ümitlendi.

Eddie koşar adım geri döndü. "Patlama yirmi metre ilerideki giriş koridorunu harabeye çevirmiş. Geldiğimiz yoldan geri dönemeyiz."

"Başka yol yok mu?"

"Umalım da olsun. Geminin alt kısımlarının suyla dolduğunu duyabiliyorum."

Sıkışan kapının altından sular sel gibi akıyordu ve eğer koruyucu elbisesi ve hava kaynağı olmasaydı çoktan boğulmuştu Cabrillo. Protez bacağını kurtarmak için bir süre savaştıktan sonra kendini, hızla makine dairesine dolan suların üzerine, sırtüstü yere bıraktı. Şimdiden yarım metre bulan su yüksekliği her saniye artmaya devam ediyordu.

Juan'ın tek tesellisi, diğerlerinin kendisi gibi geminin iç kısımlarında kapana kısılmaması ve nispeten daha kolay bir şekilde gemiden kurtulabilecek olmalarıydı. İncelemeleri sırasında mühendislik bölümlerinde hiç cesede rastlamamış olmasından dolayı geminin otomatik ayarda çalıştığına hükmetti. Kaptan köşkünde iki kişi vardı ve makine dairesindeki durumu kontrol etmek üzere kimse bulunmuyordu. Bulaşacağı kimse olmadan virüsün ne kadar canlı kalabileceğini düşündü. Sadece Hux bunu bilebilirdi ama çok yeni bir virüs söz konusu olduğundan o da ancak bir tahmin yürütebilirdi.

Havalandırma çok önceden sustuğundan toz ve mikroplar yere inmiş olmalıydı. Yeteri kadar zaman geçmiş miydi? Cabrillo öyle olmasını umdu, çünkü burada yükselen suyun tehdidi altında durup bunları düşünürken, aslında sadece olacakları geciktiriyordu.

Güçlükle sağ kolunu elbisenin kolundan kurtarıp göğsünün üzerinden sağ bacağına doğru kaydırdı. Pantolonunun paçasını sıkıca kavrayıp yukarıya doğru sıyırarak protez bacağının üzerine kadar çekti. Böylece takma bacağın bağlantı kayışlarına ulaşabildi. Alışık bir şekilde kayışları çözdü ve bir tıs sesiyle bacak üstteki yumrudan ayrıldı. Bacağı çıkarır çıkarmaz kapının altında kalan elbisesine rağmen, aniden serbest kaldığını hissetti

Şimdi işin zor kısmına gelmişti. Elini omzuna götürerek elbisenin içindeki hava akımını artırdı ve hemen dikiş yerlerinin şiştiğini hissetti. Yanında her zaman üç şeyi mutlaka taşırdı. Nadiren bir puro yaksa da, bir adet çakmak, düğme büyüklüğünde bir pusula ve cep çakısı. Ancak cenin pozisyonunu alarak, bir yandan da deli gibi akan sularla boğuşarak pantolonunun alt kısmına uzanabildi. Bıçak, ustura gibi keskindi ve koruyucu elbiseyi keserken hiç zorlanmadı. Kesilen yere hava akın etti ve bir süre suyun içeri girmesini önlediyse de sonuç olarak elbisenin içi suyla dolmaya başladı. Juan hızla çalışarak, sel sularına yenik düşmeden kumaşın kalan kısmını da kesti. Yan yatmış vaziyette ve yüzüne şiddetle vuran sular yüzünden kafasını çevirip yukarı kaldırmak zorunda kaldı. Elini hiç çekmediğinden kestiği noktayı kaybetmedi.

Bulunduğu pozisyonda kesmeye devam etmesi mümkün değildi. Bu yüzden derin bir nefes alıp yeniden sırtüstü yattı ve bıçağı bacağının etrafında çevirerek sıkışmış elbiseyi kesmeye devam etti. Ciğerleri havasızlıktan patlamak üzere olduğu halde bunu umursamayarak insanüstü bir gayretle devam etti. Kendini kurtarmayı denedi ama kumaş yırtılmayı reddetti. Bir kez daha denedi ama başaramadı. Artık nefes alması gerekiyordu.

Kafasını yukarı kaldırarak başlıktaki suyu boşaltmak istedi fakat basınç çok fazla olduğundan su boşalmadı.

Cabrillo'nun ciğerleri kasılmaya başladı ve ağzından birkaç damla hava kabarcığı çıktı. Öksürüğünü tutmak gibiydi ve göğsündeki acı beynine oksijen gitmediğini fazlasıyla hatırlatıyordu. Başı dönmeye başlamıştı. Şiddetle elbiseye asıldı ve hafifçe söküldüğünü hissetti ama işe yaramadı. Juan sakin olmaya çalıştı ama artık hayatta kalma içgüdüsü her türlü mantığı bastırmıştı. Yine de eğildi ve kalan son enerjisiyle yeniden, ama bu kez kendini kaybetmiş bir halde bütün gücüyle çakıyı elbiseye soktu.

Birdenbire arkaya yuvarlandı. Ya tamamen kesmişti elbisenin paçasını ya da elbise parçalanmıştı. Dönerek dizlerinin üzerinde durdu ve yattığı yerden doğruldu. Suyun, elbisenin boşluklarından aktığını hissetti. Bulaşıcı bir şeye maruz kalmaktan korkarak, sadece zihnine düşen gölgeleri kovmaya yetecek kadar, çok küçük bir miktar hava çekti içine. Ayağa kalkarak elbisenin içindeki suyun tamamen dışarı akmasını sağladı. Kapının altından oluk oluk akan suda tek ayağıyla dengede duramıyordu. Yakındaki bir tezgâhın yanına kadar seke seke gitti ve sırtını masaya dayayarak elbisesinin paçasına atabildiği en sıkı düğümü attı. Hava akımını tekrar devreye aldı. Kesikten biraz kaçak olacağını tahmin ediyordu ama elbisenin içindeki artı basınç sayesinde içeri bir şeyin girebileceğini sanmıyordu. Sonuç olarak önemsiz bir süre maruz kalmıştı ve bunun da büyük bir kısmı suyun altında geçmişti. Risk altında olmadığı konusunda kendini ikna etti.

Bu güven, batmakta olan bir gemide hiçbir çıkış yolu ve haberleşme imkânı olmadan kapalı kaldığını hatırlayınca yeniden kayboldu.

Karanlıkta el yordamıyla yolunu bulmaya çalışarak yeraltı mağarası gibi yerde ilerledi. Takma bacağı olmadan acemice ve zorlukla hareket ediyordu. Yine de daha önce gördüğü bir tezgâha erişebildi. Çekmeceleri açmaya başlayarak orada olmasını umut ettiği bir şeyi aramaya başladı.

El feneri, kaybettiği fener kadar kuvvetli ışık vermiyordu ama psikolojisini düzeltmeye yetecek kadar aydınlatıyordu ortalığı. En azından artık kör değildi. Makine dairesinde diz boyu suyun engellemesine rağmen zıplayarak ilerledi. Çifte dizel motoru geçerek diğer uçtaki sugeçirmez kapıya ulaştı. Bu sıkıca kapanmıştı. Elle açmasını sağlayacak bir mekanizma aradı ama bulamadı. İçinde uyanmaya başlayan panik duygusu ile kıran kırana mücadele edip kafasından attı. Patlamaların yol açtığı hasarı bilmeden *Golden Dawn*'ın daha ne kadar suyun üzerinde kalacağını kestirmesi imkânsızdı. Şu andaki gibi dengeli bir şekilde kalırsa, makine dairesinin dolması birkaç saat sürerdi. O zamana kadar da ya kendisi bir kaçış yolu düşünürdü ya da Eddie ve diğerleri onu kurtarmanın bir yolunu bulurlardı.

Aklından bu düşünceler geçerken, bitmek bilmeyen bir uğultu bütün gövdede yankılandı. Direncinin ötesinde zorlanan metal bölmeler yırtılıyordu. Geminin öne doğru yattığını hissetti. Makine dairesindeki sular kocaman bir dalga halinde bir duvardan öbürüne doğru hareketlendi. Feneri suya tuttuğunda, fokurdayarak geminin ön tarafından giren su miktarının ikiye katlandığını fark etti. Kapının altından gelen deniz suyu, öfkeli bir gayzer gibi fıskiyeler oluşturuyordu. Sanki okyanus bu son kurbanının işini bir an önce bitirmek ister gibiydi.

Saatler yerine dakikaları kaldığını hissetti Cabrillo.

Işığını, içinde hapsolduğu yerin her tarafına tutarak başka bir kaçış yolu aradı. Çılgınca bir fikir filizlendi beyninde ve ışığı motorların üzerinden yükselen kocaman baca çıkışına ve sonra yavaşça yukarıya doğru tuttu. "İşte!"

Julia, Jannike Dahl'a döndü ve olabildiğince rahatlatıcı bir ses tonuyla, "Janni, tatlım, seni buradan çıkarmamız gerek ama Eddie ve benim giydiğimiz koruyucu elbiselerden giymelisin," dedi.

"Gemi batıyor, değil mi?"

"Evet. Gitmemiz lazım."

Julia, elbisenin akülü havalandırmasını ve temizleyicilerini çalıştırdı ve arkasındaki fermuarı kapattı. Janni'ye bu elbiseyi, kendisinin değil, eğer ona bir şey bulaştıysa, *Oregon* ekibinin güvenliği için giymesi gerektiğini söylemedi. Janni, burnundaki hortumlardan hava geldiğini sürekli kontrol ederek, incecik bacaklarıyla içine girdiği elbiseyi omuzlarına kadar çekti. Julia, uzun saçlarını başlığın içine sokmasına yardım etti. Uzun süredir yıkanmadığı belli oluyordu. Janni'nin astım krizi onu uzunca bir süredir revire mahkûm etmişti.

"Burnundan derin bir nefes al ve tutabildiğin kadar tut," diye talimat verdi Julia.

Janni göğsünü şişirerek saf oksijeni içine çekti. Julia kanülü Janni'nin kulaklarından çıkardı ve plastik hortumları bir kenara koydu. Elbisenin iki ucundan tutup fermuarı yukarı kadar çekti. Tüm dikişleri yapışkan bantla kapatması bir dakika daha sürdü.

Hux, Eddie'yi takdir etmekten kendini alamadı. Durumun aciliyetine rağmen en ufak bir telaş belirtisi göstermiyordu. Kızın katatonik şokun sınırında olduğunu ve bir çocuk gibi davranılması gerektiğini biliyordu. Julia, başına gelenler göz önüne alındığında, kızın durumunun iyi sayılabileceğini düşündü.

Eddie, kısa keşif gezisinden dönerken, Janni'nin bölmesinin dışında yatan iki kurbanın cesetlerinin üzerini çarşafla örtmüştü. Julia yolu gösterirken, kız hâlâ yerdeki üstü örtülü şekillere bakıyordu. Üçünün geldiği koridorda, yerdeki çok sayıda ceset konusunda yapacak bir şey yoktu. Julia, Janni'nin elini daha şiddetli sıktığını fark etti. Kızın yürümeyi sürdürebilmesini takdir etmekten kendini alamadı. Hux'ın diğer elinde numune çantası vardı.

"Bu yol kapalı," dedi Eddie, geldikleri yönü işaret ederek. "Janni, ana güverteye çıkan başka bir yol var mı?"

"Sadece bu koridor var." Cesetlere bakmamak için doğrudan Eddie'nin yüzüne bakıyordu. "Fakat yolun sonunda bir metal kapı var. Mürettebatın aşağıdaki bir şey üzerinde çalışmak için kullandıklarını duydum. Belki dışarı çıkış da vardır."

"Mükemmel," dedi Eddie. "Tali bir giriş kapısı olmalı."

El fenerinin ışığında ilerleyerek aşağı tarafta, çıplak bir metal duvarda büyük oval bir ambar kapağı gördüler. Eddie kapıyı açtı ve içeri göz attı. Bir sıra boruyla karşılaştı ve bir an düşündü. "Burası ana yüzme havuzunun pompa odası. Havuzun suyu filtreden geçmek üzere buraya geliyor, sonra yukarı basılıyor."

Gemi ansızın gövdesi ikiye ayrılıyormuş gibi çatırdadı ve yalpaladı. Jannike az kalsın yere düşüyordu. Julia kızın kolundan tutarken Eddie'yle göz göze geldiler. Zamanları azalıyordu.

Eddie açık kapıdan geçerek dışarı giden başka bir yol aradı. Yerde metal korkuluklarla çevrili ikinci bir kapı vardı. Yere çömelerek sürgülerini çekti ve direnen menteşelere rağmen kapıyı açtı. Karanlığa doğru inen bir merdiven belirdi. Koruyucu elbise yüzünden güçlükle hareket ederek dar geçitten aşağı inmeye başladı. İçinde elektronik paneller olan başka bir makine odasına gelmişti. Burası geminin elektrik dağıtım merkeziydi ve normal bir zamanda akımdan dolayı içeride vınlamadan başka bir şey duyulmuyor olurdu. Şu anda sessizlik hâkimdi odaya. Açık bir kapı bir başka karanlık koridora çıkıyordu.

"Aşağı gelin," diye bağırdı ve merdivenin başına gelerek, Janni'ye son birkaç basamakta yardım etti.

Hemen peşinden Julia geldi ve Eddie onları odadan dışarı çıkarttı. Jannike'ye sordu. "Buranın neresi olduğunu biliyor musun?"

"Emin değilim," dedi. "Geminin birçok bölümü otel personeline kapalıdır. Zaten ben de uzun zamandır gemide değilim."

"Önemli değil," dedi Eddie, kızın yardım edememekten ötürü üzüldüğünü fark ederek.

Dawn baş taraftan suya gömüldüğü için, Eddie geminin kıçına yöneldi. Bacaklarındaki hafifçe zorlanma yukarı doğru yürüdüğünün göstergesiydi. Açı fazla değildi ama bölmeler su aldıkça dikleşeceğini biliyordu.

Elbiseden dolayı arkasından esen rüzgârı hissedemedi. Ayağının altındaki güverte ızgaraları titreşince, durup geri baktı. Bir metre yüksekliğinde bir su kütlesi koridordan üzerlerine doğru geliyordu. Uyarmasına fırsat kalmadan yeşil bir kütle hepsine birden çaptı. Şiddetli girdabın etkisiyle dalganın üzerinde çaresizce savrulmaya başladılar. Taşkının etkisi azaldığında kendilerini birbirlerine dolanmış halde güvertede yerde buldular. Sular etraflarından akıp gitti.

İlk ayağa kalkan Eddie oldu ve Janni'nin ayağa kalkmasına yardım etti. "İyi misin?"

"Galiba."

"Doktor, sen iyi misin?"

"Biraz sarsıldım o kadar. Ne oldu böyle?"

"Bölme duvarlarından biri daha fazla dayanamayıp baştan gelen suya geçit verdi sanıyorum. Hâlâ zamanımız var."

Bileklerine kadar yükselen suyun içinde bata çıka ilerlemeye devam ettiler. Eddie geçtikleri her kapının üzerindeki yazıyı kontrol etti. Belki birinde merdiven işareti görebilirlerdi ama henüz şans onlara gülmemişti. Bu kısımda kuru depolar ve yedek parça depoları vardı. Tavandaki bir kirişe bağlı vinç, personelin buradaki malları asansöre taşımalarını sağlıyordu. Merdivenleri bulamazlarsa, buranın bir başka seçenek olabileceğini düşündü. Asansör boşluğundan tırmanabileceğinden hiç şüphesi yoktu, Hux da başarabilirdi ama Janni'nin bunu yapacak gücü kaldığından emin değildi. Elbise olmasa, onu sırtına alıp tırmanabilirdi. Yine de düşünülebilirdi.

Sağındaki bir kapıyı neredeyse fark etmeden geçmek üzereydi ki durdu ve fenerini kapıya doğrulttu. SU ARAÇLARI DEPOSU.

"Yaşasın!"

"Ne oldu?"

"Buradan çıkış biletimiz," dedi Eddie ve kapıyı iterek açtı.

"Fenerin ışığında parlayan jet skiler ve iki kişilik küçük botlar gördü. Özel tasarlanmış kızaklar üzerinde sıralanmışlardı. Tavanda, botların yukarı alınabilmesi için açılmış büyük bir delik ve ona doğru yükselen bir merdiven vardı. Önde Eddie, üçü birden merdiveni tırmanmaya başladı.

Burası yolcuların, gemi demir attığı zaman su araçları kiraladığı yerdi. Bir duvar boyunca kayıt bankosu vardı ve her tarafta güvenlik uyarılarıyla dolu posterler asılıydı. Zemin kaymayan bir halıyla döşenmişti ve garaj kapısı büyüklüğünde bir kapı dışarı açılıyordu. Hidrolik bir rampa, kapı boyunca katlanmış olarak duruyordu. Kapı açılına, inen rampa küçük bir iskele haline geliyordu.

Eddie çelik kapıya fenerin altıyla vurdu. Tiz bir yankılanma beklerken, tok bir ses çıktı kapıdan. Daha yukarıyı denediğinde beklediği sesi duydu. "Gemi bu kapının tepesinden altmış santim aşağıya kadar suya batmış," dedi. "Kapıyı açar açmaz içeriye su dolacak."

"Dışarı çıkabilecek miyiz?" diye sordu Janni nefes nefese.

"Hiç sorun olmayacak," dedi Eddie gülümseyerek. "Dışarısı ile içerinin basıncı eşitlendiğinde yüzerek çıkabileceğiz. İşin güzel tarafı, bu elbiseler bizi suyun üzerinde tutacak."

"Ben aşağıya inip, geldiğimiz kapıyı kapatacağım," dedi Julia. Eddie'nin planının işe yaraması için bulundukları bölme ile geminin diğer tarafının temasının kesilmesi gerektiğini anlamıştı. Yoksa basınçlar eşitlenmeksizin, su sürekli akmaya devam edecekti.

"Sağ ol," dedi Eddie. Jannike'yi kapıdan uzaklaştırıp, bir korkuluğa dayanmasını sağladı. Böylelikle içerisi suyla dolarken tutunabilecekti.

Kapı elektrikli bir vinçle çalışıyordu ama elektrik kesildiğinde müdahale etmek üzere mekanik bir kol da mevcuttu. Hux geri dönüp Jannike'nin tutunmasına yardım ederken Eddie eğilerek kapının kolunu tuttu ve bastırarak bir santim aralanmasını sağladı. Bunu yapar yapmaz sular içeri hızla akmaya başladı. Kapının yan tarafında durmasına rağmen kola bastırdıkça suyun ayaklarından yukarılara doğru yükseldiğini hissediyordu.

Deniz suları, kapı ile zemin arasındaki boşluktan gürüldeyerek akıyordu artık.

Eddie kapıyı, yüksekliğinin dörtte biri kadar aralayabilmişti ki kol sıkıştı. Tüm gücüyle bastırdı ama sonuç alamadı. Kapıya bakınca ne olduğunu anladı. Çarpan suların kuvveti kapının tekerleklerini yürüdükleri raydan çıkartmıştı. Bakmaya devam ettikçe hasarın büyüdüğünü ve kapının bel vermeye başladığını fark etti.

Janni ve Julia'ya bağırdı ama suyun gürültüsünden sesini duyuramadı. O sırada kapı tamamen serbest kaldı ve bir kâğıt parçası gibi odanın öbür tarafına savruldu. Önünde engel kalmayan okyanus yeşil bir duvar halinde odanın içine doğru akmaya başladı.

Julia ve Janni suyun darbe etkisinden uzaktaydılar ancak içerisi o kadar hızlı bir şekilde suyla doldu ki bu kez içeriden gelen dalga çarptı onlara. Hux olmasaydı, Jannike Dahl girdabın içinde kaybolabilirdi.

Şok dalgaları suyun içinde yayılarak, içinde tehlikeli bir biçimde oraya buraya savrulan bir jet ski de olan öteberiyi taşımaya başladı. Dalgalanma sona erdiğinde tutunduğu direği bırakabilen Eddie, tavana doğru yükselmeye başladı. Kendi etrafında dönerek, ters duran bir kedi gibi elleri ve dizleriyle tavana dokundu. Feneri hâlâ elindeydi. Hava akımını kontrol ederek basıncı düşürdü. Bu şekilde özgül ağırlığını azaltıp tavandan kurtularak suyun içinde yüzmeye başlayabildi.

Işığı etrafta gezdirerek Julia ile genç kızın yerini buldu. Bir korkuluğa asılı vaziyette ve ayakları tavana doğru, elbiselerinin pantolon kısmı havayla balon gibi şişmiş bir halde duruyorlardı. Onlara doğru süründü ve Hux'ın bacağına hafifçe dokunarak ellerini bırakmasını işaret etti. Bunu yapan Julia hemen yükselmeye başladı. Eddie aynı işlemi Janni için de yaptı ve ikisinin de hava akımlarını kıstı. Açık kapıya doğru sürünmeye başladı ama Julia'nın direndiğini fark etti. Omzuna dokunan Julia, vizörünü onunkine bastırdı.

"Numune kabını kaybettim," diye bağırdı. Sesini, titreşimi aktaran plastik sayesinde duyabildi Eddie. "Bulmamız lazım."

"Zaman yok," diye cevapladı Eddie.

"Eddie, bu doku numunelerine ihtiyacımız var."

Cevap vermek yerine elini tutup kapıya doğru ilerledi.

Bot garajını istila eden sular yüzünden *Golden Dawn*'ın ağırlık merkezi kaydı ve gemi iyice yan yatmaya başladı. Gövdesindeki baskı iyice artmıştı ve omurgasının derinliklerindeki çelik aksam yırtılmaya başlamıştı. Geminin okyanusta yankılanan bu ölüm çığlığı, balinaların şarkısı ya da bir ağıt gibi dokunaklıydı.

Julia ve Eddie, Jannike'yi kapıdan geçirdiler. Gemiden kurtulur kurtulmaz, Eddie elbisesine hava bastı ve yukarı yükselmeye başladı.

Hemen yakınlarındaki *Oregon* ışıl ışıldı. Projektörlerin karanlığı delen ışıkları *Dawn*'ın gövdesine vuruyor ve su hattında geziniyordu. Garaja yakın bir yere bağlanmış olan şişme Zodyak hemen yanlarında beliriverdi. Halatı iyice gerilmiş ve baş kısmı bağlı olduğu geminin çekmesiyle birlikte suya gömülmüştü. Eddie botun gemiye bağlandığı yeri bularak ipi çözerken *Oregon*'dan yayılan arama ışıkları üzerlerinden geçti, ardından geri geldi ve hepsini ışığa boğdu. Julia ve Jannike çılgınca el sallamaya başladılar. Işık, fark edildiklerini onaylarcasına yanıp sönmeye başladı.

Robinson, geminin uzak tarafından yaklaşmaya başladı. George Adams, iyi olduklarından emin olana kadar üzerlerinde durdu ve sonra daha fazla rotor rüzgârına maruz bırakmamak için uzaklaştı.

Eddie şişme bota kendini atarak Julia ile Janni'yi de yukarı çekti. Saniyeler içinde motoru çalıştırdı ve bot *Oregon*'a doğru yol almaya başladı. *Oregon*'un ortasındaki bot garajının lombarında, koruyucu giysiler içindeki ekip, ellerindeki yoğunlaştırılmış solüsyon şişeleriyle gelenlerin elbiselerini dezenfekte etmek üzere bekliyorlardı.

Eddie gemiye yaklaşırken motoru boşa aldı. Suda uzun süre kalmaktan kısa devre yapan telsizler yüzünden görevlilerle haberleşemiyordu ama herkes zaten ne yapacağını biliyordu. Zodyak'a iki tane tahta fırçası attılar. Ardından da güçlü solüsyonu püskürten vanaları açtılar. Eddie ve Julia dezenfektan jetinde, önce Jannike'yi sonra birbirlerinin giysilerini, arındırılmamış bir santimetre kare bırakmadan iyice fırçaladılar. İşleri bittiğinde Zodyak'ın tabanı on beş santimetre yüksekliğinde ağartıcı gölüyle dolmuştu. Julia artık üzerlerine tutunabilecek her türlü virüsü öldürdüklerinden emin olunca yapışkan bantları çıkardı ve fermuarını çözerek kendisini klostrofobik elbiseden kurtardı. Ilık nemli hava bugüne kadar içine çektiği en taze hava gibi geldi ona. "Şükürler olsun Tanrım. Bu ne güzel bir duygu."

"Aynen öyle," dedi Eddie, bir yandan elbisesini çıkarıp bota fırlatırken.

Hâlâ elbisesi içinde olan Jannike'yi teflon kaplı iskeleye çıkardılar. Julia onunla ilgilenmeye başladı. Onu hemen revire götürüp, hastalık kapıp kapmadığını anlamak üzere karantina koğuşunda bazı testler yapması gerekiyordu. Ancak ondan sonra Janni'nin mürettebatla temasına izin verebilirdi.

Max Hanley, tam Eddie Zodyak'ı batırmaya hazırlanırken geldi. Yüzünden, işlerin herkes için Julia ve Eddie kadar iyi gitmediği anlaşılıyordu. "Ne oldu?"

"Mark Robinson'da ve durumu iyi, ama başkanla temasımız kesildi."

"Kahretsin. Ben geri gidiyorum. Mühendislik bölümünde bir yerlerde olmalı."

"Kendi gözlerinle gör," diyerek batmakta olan yolcu gemisini gösterdi Max. Omurgası ikiye ayrılmış, gövdesini basan suların hacmi dörde katlanmıştı. "Hiç zaman kalmadı artık."

"Max, o başkan, Tanrı aşkına!"

"Bunu bilmiyor muyum sanıyorsun?" Hanley'in duygularına zor hâkim olduğu belli oluyordu. Karşılarında, bir su çalkantısı içinde, *Golden Dawn* son anlarını yaşıyordu. Ana güverte boyunca gövdesinde uzanan lombozlar tamamen suya gömülmüştü ve omurgası bölünmüş olan geminin ana gövdesi, başı ve kıçından daha derine batmıştı. İki adam geminin batışını sessizce izlediler.

Gövdesinde sıkışan hava patlamalar şeklinde dışarı atılıyordu. Camlar patlıyor, kapılar basıncın şiddetiyle menteşelerinden fırlıyordu. Deniz suları, korkuluklarını aşıp, köpüklü sular püskürterek üst güverteye tırmanmaya başlamıştı. Bulundukları yerden, *Golden Dawn* kaynayan sularla çevriliymiş gibi gözüküyordu.

Okyanus geminin köprüsüne eriştiğinde kalın ve sağlam camı patlattı. Gemiden kurtulan çeşitli eşyalar serbestçe güvertede yüzmeye başlamıştı. Güverte şezlonglarının yanında bir de ters dönmüş cankurtaran botu gözüküyordu.

Geminin tamamı suya gömülüp, sadece haberleşme direkleri ve bacası kaldığında Max gözlerini ovuşturdu. Deniz gemiyi yuttukça yüzeyden hava püskürmeye devam ediyordu. Eric Stoney Harekât Merkezi'nde, silah istasyonundan arama ışıklarını kontrol ediyordu. Geminin en güçlü projektörünü *Dawn*'ın altın işlemeli bacası üzerinde tutmayı sürdürüyordu. Robinson tepede uçarken, deniz kaynar bir kaplıca gibi fokurduyordu.

Bacanın sadece yarım metrelik kısmı suyun üzerinde kaldığında Max, Juan'ın adını fısıldadı ve istavroz çıkardı. Ansızın bacadan basınçlı bir hava püskürdü ve sarı bir nesneyi bir top güllesi gibi fırlattı. Sarı nesne altı metre yükseldi ve uçmaya çalışan bir kuş gibi havada çırpınmaya başladı.

"Vay canına..." Gördüğü şeye inanamıyordu. Sarı nesne, kullandıkları koruyucu elbiselerden biriydi ve çırpınmaya benzeyen şey, Cabrillo'nun havada dönüp duran kolları ve bacaklarıydı. Fırlama açısı onu bacadan uzağa, korkulukların üzerinden aşırıp denize uçurmuştu. Çarpmanın etkisiyle sersemlemiş olmalıydı, çünkü suya düşünce yeniden gemiden uzaklaşmak üzere yüzmeye başlaması biraz zaman almıştı. Eric arama ışığıyla onu izlemeye başladığında Juan, ters dönmüş cankurtaran botuna doğru yüzüyordu. Kendisini botun üstüne çekti, dizlerinin üzerinde *Oregon*'a doğru dönerek teatral bir selam verdi.

Eric de onu geminin düdüğünü öttürerek selamladı.

9. BÖLÜM

Doktor Huxley yaptığı işe o denli yoğunlaşmıştı ki Mark Murphy ve Eric Stoney'in revire bitişik laboratuvara girdiklerini duymadı. Kafası mikroskobunun sunduğu küçük dünyayla meşguldü. Ancak Murphy'nin genzini temizlemesiyle kafasını mikroskoptan kaldırdı. Rahatsız edilmekten dolayı kaşları biraz çatılmıştı ki adamların yüzündeki gülümseme bu rahatsızlığını gideriverdi.

Arkalarında, hastası, gemideki herkesten teması kesilmiş bir halde, karantinada yatıyordu. Soluduğu hava teknoloji şaheseri saflaştırıcılara pompalanıp, bin derece sıcaklıktaki fırından geçirilerek atmosfere bırakılıyordu. Juan, hâlâ üzerinde olan koruyucu elbiselerle, Janni'nin yanındaki koltuğa çöküvermişti. Julia, onun suyla kısa teması sırasında gemideki insanları öldüren patojeni kapmadığından emin olana kadar, kendisine taşıyıcı gözüyle bakacaktı. Ondan aldığı bulaşıcı olma ihtimali yüksek numuneleri yerleştirdiği mikroskop da karantina koğuşundaydı. O örnekleri ancak koruyucu elbise giyerek ya da bilgisayar görüntüleri aracılığıyla inceleyebilirdi.

"Ne oldu?" diye sordu Julia.

"Programı çalıştırdık," dedi Murphy nefes nefese. Julia gibi o da koruyucu giysileri çıkarıp, altındaki terli kıyafetiyle işe koyulmuştu. Uzamış saçları kafasında yağlı ve kirli bir öbek gibi duruyordu. "Başkan ya da kızın mikrop kapmalarına imkân yok."

Julia bu kez kızgınlığını saklamadı. "Neden bahsediyorsunuz siz?"

O ve Eric, Jannike Dahl'ı ilk kez fark ettiler. "Vay be!" dedi Stoney, siyah saçları solgun oval yüzünü çevrelemiş bir halde yatan genç kıza bakarak. "Ne yavru ama."

"Hiç heveslenme Stoney'cik," dedi Murphy. "Onun kurtarıcıları arasındayım. O yüzden ilk çıkma teklifini yapma hakkı benim."

"Sen köprüyü bile terk etmedin bir kere." dedi Stoney. "Benim de en az senin kadar hakkım var."

"Beyler," dedi Julia sertçe. "Lütfen antrenmansız libidolarınızı kapıda bırakın ve bana tam olarak burada ne aradığınızı söyleyin."

"Ha, özür dilerim doktor," dedi Murphy mahcup bir halde ama Janni'ye son bir bakış atmayı ihmal etmedi. "Eric ve ben senaryoyu programa girdik ve şu anda biliyoruz ki ikisinin de mikrop kapma ihtimali yok. Başkanın sonuçlarını yirmi dakika önce öğrendik, fakat kızınkiler yeni çıktı."

"Size bunun bilimle, hatta özel olarak biyolojiyle ilgili bir olay olduğunu ve çıktısı matematiksel safsata olan bir yazılımla ilgisi olmadığını hatırlatmama gerek var mı?"

İkisi de incinmiş gözüküyorlardı. Eric sözü aldı. "Fakat öncelikle siz, bütün bilimlerin aslında matematik olduğunu bilmelisiniz. Biyoloji aslında organik kimyanın bir uygulamasından başka bir şey değil. Kimya da atomları oluşturan güçlü ve zayıf kuvvetleri kullanan uygulamalı fiziktir. Fizik ise matematiğin gerçek dünyada somutlaşmış halidir."

O kadar içtenlikle konuşuyordu ki Julia genç hastasının ondan korkmasına gerek olmadığını düşündü. Eric çirkin sayılmazdı ama o kadar asosyaldi ki kızla tek kelime konuşacak cesareti bulabileceğinden emin değildi. Ve Mark Murphy'nin saçı sakalına karışmış halinin arkasında gerçek bir bilgisayar delisi yatıyordu.

"Topladığınız numunelerin herhangi birinde virüs izine veya bir toksine rastladınız mı?" diye sordu Murphy.

"Hayır," dedi Hux.

"Ve bulamayacaksınız da, çünkü ikisi de mikrop kapmadı. Bir gemi dolusu insanı paniğe yol açmadan öldürmenin tek yolu, gıda zehirlenmesidir. Çünkü başka türlü yollarla bazıları diğerlerinden daha çabuk ölebilirdi." Elini havaya kaldırıp, parmaklarıyla sırayla sayarak devam etti. "Havadan yayılan bir patojen herkesi aynı anda vuramazdı, çünkü bazıları o sırada açık havada, güvertede olacaklardı. Suya zehir katmak daha da düşük ihtimal, çünkü herkes aynı anda su içmeyecekti, tabii eğer sabah herkes dişlerini fırçalamadan önce, ilk iş olarak bunu yapmazsanız."

Eric lafa girdi. "Daha zayıf bağışıklık sistemi olanlar gün içinde değişik zamanlarda öleceklerdi. Oysa burada herkes balo elbiselerini giyinmişti."

"Aynı durum, zehir korkuluk ya da kapı kolları gibi yüzeylere sürüldüğünde de geçerli olurdu," diye ekledi Murphy. "Katiller herkesi avlayacaklarından emin olamazdı."

"Yani siz yedikleri şeylerdi diyorsunuz?" diye sordu Julia. Mantıklarında bir açık bulamamıştı.

"Öyle olmak zorunda. Juan gemiye çıktığından beri hiçbir şey yemedi ve iddiaya girerim ki o da bu gece hiçbir şey yememiştir." Murphy kafasıyla laboratuvarı karantina koğuşundan ayıran cam bölmeyi işaret etti.

"Her ihtimale karşı," dedi Eric, "makine dairesinde havadan bulaşan toksin kalmış olabileceğini de dikkate alıp bazı parametrelerle oynadık. Hava mikroba doymuş bile olsa, Juan elbisesini kestiğinde içeri dolan su virüs yükünü milyonda birden yüz milyarda bir düzeyine indirmiş olurdu."

Murphy kollarını göğsünde çapraz yaparak, "Ayrıca, başkan maruz kaldığından beri beş saat geçti. Eddie'den öğrendiğime göre, hastan sana, arkadaşlarının ölmeden birkaç saat önce kendisini ziyaret ettiklerini söylemiş. Juan ve fıstık emniyetteler."

Julia zaten Juan hakkında benzer bir sonuca ulaşmıştı ama bu ikisinin Jannike konusunda haklı olduklarından emin değildi. Teşhis için inatçı bir araştırma ve neyle karşı karşıya olduğunuzdan emin olana kadar test sonuçlarını defalarca kontrol etmek gerekliydi. Janni'nin kanında, omurilik sıvısında, tükürüğünde ya da idrarında virüs olmaması, onun böbreklerinde, karaciğerinde ya da henüz test etmediği diğer bir organında da olmadığı anlamına gelmezdi. Bir yerde gizlenip Janni'nin bağışıklık sistemini alt ederek, bir sonraki potansiyel kurbanına, *Oregon* mürettebatına saldırabilirdi.

"Kusura bakmayın çocuklar. Juan konusunda haklı olabilirsiniz ama ben yüzde yüz emin olana kadar Jannike karantina koğuşundan çıkamaz."

"Doktor olan sensin doktor, ama bu zaman kaybı olur. Onun bir şeyi yok."

"Kaybedilen zaman benimki olacak Mark." Geriye dönüp tekerlekli laboratuvar taburesini seramik zemin üzerinde kaydırarak karşı duvardaki dahili haberleşme cihazının düğmesine bastı. "Juan, beni duyabiliyor musun?"

Juan, koltuğunda doğruldu. Vücudunda ölümcül bir virüsün varlığına kafayı takmaktansa uyumayı tercih etmişti. Kalktı ve Julia'ya başparmağını yukarı çevirerek evrensel bir onaylama işareti yaptıktan sonra Murphy ve Stoney'e el salladı. Koruyucu elbisesini bu kadar uzun süre çalışır vaziyette tutmasını sağlayan yedek pilleri toplamaya başladı. "Temiz çıktın," dedi Julia. "Arındırma duşu için sızdırmaz hücreye geçebilirsin. Elbiseni koğuşta bırak ve devam et. Ben elbisenin icabına bakarım sonra."

Sızdırmaz hücrenin devreye alınması ile Juan'ın güçlü bir dezenfektan ve anti virüs karışımıyla duş yaparak emniyetli bir şekilde laboratuvara adım atması on beş dakika sürdü.

"Of, bu ne koku böyle," diyerek yüzünü ekşitti Julia.

"Bu lanet elbiselerin içinde benim kadar kal bakalım sen nasıl kokacaksın?"

Julia hazırlıklı davranıp, Juan'ın takma bacaklarından birisini kamarasından getirtmişti. Juan protezi alarak hemen sağ dizinin altına yerleştirdi. Birkaç alıştırma hareketi yaptıktan sonra pantolonunun paçasını indirdi. "İşte," dedi ayağa kalkarak. "Uzun bir duş ve iyi bir şişe viskinin iyileştiremeyeceği bir şey yoktur." Laboratuvarın girişinde duran Eric ve Mark'a döndü. "Siz ne buldunuz Murphy?" Makine dairesindeki sel sırasında telsizinin bozulduğu andan beri başkan, olan bitenden habersiz bir durumda kalmıştı.

"Son yolculuğuna ait olanlar da dahil olmak üzere geminin bilgisayarındaki bilginin yüzde otuzunu elde ettim." Elini kaldırıp, Cabrillo'nun bir sonraki sorusunu engelledi. "Henüz bu bilgilerin üzerinden geçmedim. Eric ile ben, sen ve şu içerideki bir içim suya virüs bulaşıp bulaşmadığını belirlemekle meşguldük."

Juan, kendisinin ve misafirlerinin öncelikli konu olmadığını düşünmekle birlikte, Eric'in dediklerini başıyla onayladı. "O kayıtların üzerinden geçmek ikinizin görevi. O geminin yolculuğunun başından beri olan biten her şeyi bilmek istiyorum. Ne kadar önemsiz gözükürlerse gözüksünler, umurumda değil. Hastamızla konuştuğunu gördüm. Durumu nasıl?"

"Yorgun ve korkmuş," diye cevapladı Juan. "İnsanlara ne olduğu hakkında hiçbir fikri yok ve ben de üzerine gitmek istemedim. Psikolojik durumu çok hassas. Bana bu durumla ilişkili olabilecek bir şey söyledi. Gemiyi responsivistler adlı bir grup kiralamış."

"Neymiş bu responsivistler?" Bunu soran Max Hanley'di. Züccaciyeci dükkânındaki bir fil gibi dalmıştı laboratuvara. Kimse cevap vermeden doğruca Juan'ın yanına gidip elini sıktı. "Gemideki söylentiye göre karantina koğuşundan çıkmışsın. Nasılsın?"

Bilginin gemide bu kadar hızla yayılması –saatine baktı– hele sabah dört otuz gibi erken bir saatte bunun olabilmesi Juan'ı her zamanki gibi şaşırtmıştı. "Yaşadığıma memnum," dedi sıcak bir şekilde.

"Acayip bir şeydi doğrusu," dedi Max, yüzünde alaycı bir gülümsemeyle. "Hayatımda böyle bir şey görmedim. Ucuz bir şampanya şişesinin mantarı gibi fırladın o bacadan."

"Hemen hemen tepesine kadar tırmanmayı başardım," dedi Juan. "Fakat sonra sıkıştım kaldım. Hiçbir yere kıpırdayamaz haldeyken su yükselmeye başladı. Giysiyi söndürmek yerine şişirmeye başladım ve sonunda bacanın çeperini tamamen kapladım. Makine dairesine dolan suyun sıkıştırdığı hava gerisini halletti."

"Sıkı bir yolculuğa benziyordu."

"Ne kadar yükseldim bu arada?"

"En azından beş metre ve gemiden de beş metre uzağa düştün." Max yeniden ilk sorusuna döndü. "Responsivistlerle ilgili bir şey söylüyordun."

"Evet, Bayan Dahl bana geminin o grup tarafından kiralandığını söyledi. Filipinlerden Atina'ya kadar."

"Pire aslında," diye Eric anında düzeltti. "Atina içeride kalır. Liman Pire şehrindedir."

Murphy, omzuna bir şaplak indirdi. "Gerçekten hepimizin bunu bilmediğini mi düşünüyorsun?"

Julia elinde olmadan güldü. Bu iki sözde âşığın Janni'yle çok şansları olmadığından iyice emindi artık.

"Eski karımla yeniden konuştum," dedi Max. "Bu iş gerçekten de bir kaçırma olayı değilmiş. Beni harekete geçirmek için öyle söylemiş. Kyle her zaman birilerinin etkisi altına girmeye hazır bir çocuktur. Lisedeyken yanlış arkadaşlar edindi ve işin boyutu, uyuşturucudan yakayı elevermesine kadar geldi. Rehabilitasyon merkezindeki danışmanı bana, Kyle'ın uyuşturucu sorunu olmadığını, kendine saygı sorunu yaşadığını söyledi. Her neyse, sonuçta bir gösteri sırasında bu grupla tanışmış ve kendisine responsivist demeye başlamış. Hatta işi bitirmek için bir ürologa bile gitmiş ve şu anda Yunanistan'daymış. Anlaşılan Mora Yarımadası'nda bir tesisleri varmış."

"Vasektomi mi yaptırmış?" diye sordu Julia. "Daha yirmi bir yirmi iki yaşlarında. Ailesi olmadan otuz yaşından genç birine bunu yapacak pek fazla doktor yoktur."

"Kyle yirmi üç yaşında ve bunların bütün gün vasektomi ve tüp bağlama yapan kendi doktorları var."

"Jannike bahsetmeden önce responsivistleri duymamıştım," dedi Juan.

"Ben de pek bilmiyorum doğrusu," diye atıldı Max de "Lisa'nın bana anlattığı kadar."

"Biraz daha fazla Hollywood dedikodusu okumalısınız beyler," dedi Julia. "Hiç Donna Sky'dan bahsedildiğini duydunuz mu?"

"Aktris olan mı?" diye sordu Mark.

"Gelmiş geçmiş en yüksek ücreti alan aktris aslında. Bir responsivist ve film dünyasındaki pek çok kişi de öyle. Hollywood'da en yeni moda bu şimdi."

"Bu bir mezhep mi, tarikat mı nedir?"

"Kimse tam olarak bilmiyor. En azından dışarıdakiler bilmiyor," diye cevap verdi Julia. "Yetmişlerde, bir genetikçi olan Lydell Cooper tarafından başlatılmış. Cooper, sıtma ve çiçek hastalığıyla mücadelede önemli katkılar sağlamış ve ucuz ilaçlar geliştirmiş. Bazıları onun yüz milyonlarca insanı kurtardığını söyleyerek, çalışmalarını övüyorlar.

O ise olaya böyle bakmıyordu. En azından bir süre sonra, dünyadaki nüfus patlamasını gördüğünde böyle bakmamaya başladı. Hastalıkların kökünü kurutarak, insan nüfusunu doğal yoldan kontrol eden etmenleri ortadan kaldırıyordu. İnsanların daha çok çocuğu olmuyordu, ama olan çocuklarının daha fazlası yaşıyordu ve onların da daha çok çocuğu hayatta kalmayı başarıyordu. Hastalıklar olmadan insanlığın soyunun tükeneceğini, çünkü sayımızın aşırı ölçüde artacağını söylemeye başladı.

Konu ile ilgili bir de kitap yazdı ve aile planlaması için küresel ölçekte mücadeleye başladı. Kendisi gibi düşünenlerden bir grup kurdu ve adına sorumluluk alanlar anlamına gelen, responsivistler[1] dedi. Çok geçmeden hareket, responsivizm adını aldı ve politikacıların, yıldız sporcuların, aktör ve aktrislerin ilgi odağı haline geldi. Cooper yaklaşık on sene önce öldü, fakat hareket bir karıkocanın önderliğinde gelişti. Şimdi isimleri gelmiyor aklıma."

"Bu grup ne yapıyor şu anda?" diye sordu Juan.

"Tüm dünyada aile planlaması merkezleri işletiyorlar. Ücretsiz prezervatif, kürtaj ve kısırlaştırma ameliyatları sağlıyorlar. Tahmin edebileceğiniz gibi Katolik Kilisesi ve politik yelpazenin sağında yer alan herkesle uzun soluklu bir mücadele içindeler."

Juan çevresindekilere bakarak sordu. "Şimdiki soru, bu responsivistler ne yaptı da birileri üyeleriyle dolu bir gemiyi yok etti?"

Kimse bu sorunun cevabını bilmiyordu.

---

(1) Sorumluluk kelimesinin İngilizcedeki karşılığı olan "responsible" sözcüğünden türetilmiştir.

10. BÖLÜM

Beverly Hills malikânesinin bakımlı çimenleri üzerinde yükselen kar beyazı bir tente tepede uçan paparazzi helikopterlerinin görüşünü engelliyordu. Tente, bitişiğindeki olimpik ölçülerdeki yüzme havuzunun iki katı büyüklüğünde bir alanı kaplıyordu. Los Angeles kasaba şerifine ait Bel JetRanger havada göründüğünde kiralık iki helikopter kuyruk numaralarının okunmasına fırsat vermeden hemen uzaklaştılar. Yoksa yasak bölgede uçmaktan dolayı başları derde girebilirdi. Fotoğrafçıların rüşvet tekliflerine ve uzun, ısrarlı konuşmalarına karşın pilotların tutuklanmaya hiç niyetleri yoktu.

Büyük çadırın altındaki şımartılmış konuklar, mahremiyetlerinin bu şekilde ihlal edilmesine alışıklardı ve yukarıda olup bitenle çok az ilgilendiler. Hava araçlarının gürültüsü geçince konuşmalar yeniden normale döndü. Çadırın bir ucundaki ahşap platform üzerindeki orkestra yeniden çalmaya başladı. Bu arada her Hollywood partisinin müdavimi olan renkli yıldız adayları daracık bikinileriyle havuzun etrafında koşup zıplamaya devam ettiler.

Ev büyük bir bahçe üzerine oturtulmuş, sıradan bir Amerikan evinin iki katı büyüklüğünde bağımsız bir konukevini içeren, yaklaşık beş bin metrekare kapalı alanı olan bir Akdeniz villası taklidiydi. Bodrumdaki kapalı garaj yirmi araba alabilecek büyüklükteydi. Yeni sahiplerinin istediği gibi bir yer yapabilmek için, iki milyon dolarlık evler el değiştirerek yerle bir edilmiş ve ekipler üç yıl boyunca neredeyse günde yirmi dört saat çalışarak bu etrafı duvarlarla çevrili malikâneyi tamamlamışlardı. Zenginliğin şatafatlı dışavurumuna alışkın olan bu şehirde bile malikâne, insanların konuşma konusu olmuştu.

Sahipleri Thomas ve Heidi Severance çiftiydi. Thom Severance birkaç yıl bir stüdyoda yöneticilik yapmış olsa da, ikisi de aktör ya da film endüstrisinin önemli isimlerinden değildi. Responsivizmin kurucusu Doktor Lydell Cooper'ın bağışçısı ve vasisiydiler. Şimdi de büyüyen kurumu yönetiyorlardı. Evin yapımı için gereken para, dünyanın her tarafındaki bağışçılardan ve özellikle sürekli artan sayıda responsivizme akın eden Hollywood seçkinlerinden toplanmıştı.

Thom Severance, Doktor Cooper'ın *Ölümüne Çoğalıyoruz* adlı başarılı kitabının önemini ilk kavrayan insanlar arasındaydı. Bu yüzden kitabın mesajını yaymak için yazarını arayıp buldu. Doğal olarak Thom, Cooper'ın kızı Heidi'yi kafa dengi bulmuştu. İki aylık bir flört döneminden sonra evlendiler ve bitmek bilmeyen enerjileriyle responsivizmin bugün dünya çapında bir olay haline gelmesini sağladılar. Cooper'ın arzusuna uyarak, o öldükten sonra işlerin başına geçerek, onun bıraktığı yerden devam ettiler. Karizmaları özellikle eğlence sektöründeki insanları etkiledi ve Oscar ödüllü aktris Donna Sky'ın, responsivizmin uygulayıcısı olduğunu tüm dünyaya duyurmasından sonra grubun tanınırlığı hızla arttı. Thom Severance, cerrahi müdahalelerle pekiştirilmiş buyurgan bir ifadeye sahip yüz hatları ve bir seksen boyuyla gösterişli bir adamdı. Elli üç yaşındaydı ve kum sarısı saçları henüz seyrekleşmemiş, gözlerindeki karşı konulmaz cazibede en ufak bir azalma olmamıştı. Krem rengi keten ceket, bedenine göre biraz geniş kesilmişti ama bu durum, sporla şekillenmiş vücudunu gizlemek yerine onu daha da kaslı göstermişti. Güldüğü zaman, ki bunu sıklıkla yapardı, beyaz dişleri, teninin kalıcı bronzluğuyla tezat oluşturarak parlıyordu.

Heidi yanında duruyordu. Ondan birkaç yaş daha genç olmasına rağmen otuzlarının sonunda gibi duruyordu. Mükemmel boyanmış sarı saçları, ışık saçan mavi gözleri ve bir profesyonel atleti andıran vücuduyla tam bir Kaliforniya kızıydı. Zarif boynu en göz alıcı yeriydi ve yakası açık giysiler ile kusursuz kesim elmas taşlı kolyelerle bu durumu iyice belirgin hale getiriyordu.

Tek tek her ikisi de çekici insanlardı. Birlikteyken öylesine dikkat çekici oluyorlardı ki her gittikleri yerde ilginin odağı olmaları şaşırtıcı değildi. Burada da responsivist eylemin yeni merkezinin büyük açılışında da farklı bir durum yoktu.

"Tebrikler Thom," dedi ünlü bir yönetmen ve Heidi'nin yanına sokularak samimi bir şekilde yanağından öptü. "Sen de Heidi. İkiniz de kendinizle gurur duymalısınız. Doktor Cooper da duyardı eminim." İsmi çok saygılı bir şekilde telaffuz etmişti. "Gelecek nesiller bu binayı aşırı nüfus dalgasının sonunda geri püskürtüldüğü yer olarak görecekler."

"Dünya için bir umut ışığı olacak," diye karşılık verdi Heidi Severance. "Babamın dediği gibi, mücadeleye başlamak işin en zor kısmı. Fakat bilgi yayılmaya başlayıp insanlar neyin tehlikede olduğunu fark ettiklerinde bizimki sorumluluk sahibi bir yaşam biçimi olarak görülecek."

"*Generations* dergisinde okudum. Sierra Leone'deki kliniğimizin çevresinde doğum oranlarındaki düşüşten bahsediyordu," diye devam etti yönetmen. *Generations*, grubun altı ayda bir yayımladığı dergiydi.

Severance başıyla onaylayarak, "Hıristiyan ve Müslüman misyonerlerin ticaret yaptığı ve yalanlarıyla insanları kandırdıkları yerlerden uzaklarda, umduğumuzdan iyi sonuçlar aldık. Köylüler artık istenmeyen doğumları önlemelerinin kendilerine kilisenin dağıttığı ilanlardan ve basmakalıp söyleminden daha iyi bir yaşam standardı sunduğunun farkına varıyorlar."

"Makalede paralel evrenden gelen müdahalelerle hayatımızın nasıl etkilendiğini ve bunlarla nasıl mücadele edileceği hakkındaki açıklamalarımızdan bahsetmemiş."

Bu kez Thom kafasını salladı. "Bizim evrenimize paralel evrendeki dünya dışı yaşam gerçeği henüz kitlelerin anlayabileceği bir kavram değil. Destekleyici felsefemiz biraz geriden gelecek. Şimdilik sadece doğum oranını düşürmekle yetineceğiz."

Yönetmen bunu onaylar bir şekilde uzun bardağını kaldırarak çifti selamladı ve Severance'lara tebriklerini sunmak üzere bekleyen diğer davetlilere fırsat vermek üzere yanlarından uzaklaştı.

"İyi bir adam," diye fısıldadı Heidi kocasının kulağına.

"Son filmi iki yüz milyon hasılat yaptı ama son on iki ayda katkısı yüzde beş azaldı."

"Tamara'yla konuşurum." Tamara direktörün yeni ve çok genç karısıydı. Heidi onun hamisiydi.

Thom ceketinin cebinde titreşmekte olan telefona uzanırken, karısını dinlemiyor gibiydi. Telefonu açarak adını söyledi ve bir dakika süreyle ifadesi değişmeden dinledi. "Teşekkür ederim," dedi sonunda ve telefonu kapatarak cebine koydu. Heidi'ye baktı. Gülümsemesi ve ışıldayan gözleri boynundaki on bir karatlık elmastan daha parlaktı. "Arayan Kovac'tı," dedi Thom kimsenin duyamayacağı bir sesle. "Bir şilep, Hint Okyanusu'nda bir gemi enkazı gördüğünü bildirmiş."

"Aman Tanrım!"

"Bir cankurtaran sandalındaki yazılardan kesin kimliği belirlenmiş. *Golden Dawn*."

Heidi Severance'ın eli boynuna giderken cildi de kızarmıştı.

"Kurtulan olmamış."

Gülümsemesi bütün yüzüne yayıldı ve coşkuyla konuştu. "Bu harika, gerçekten harika."

Thom sırtından büyük bir yük kalkmış gibi gözüküyordu. "Birkaç hafta daha kaldı sevgilim. Ondan sonra babanla birlikte uğruna çaba harcadığımız her şey gerçekleşecek. Dünya yeniden doğacak ve bu kez canına okumayacağız."

"Hayalimizde yeniden doğacak," diye ekledi Heidi ve kocasının elini tuttu. Çoğu organizasyonlarının üyesi olan ve yolcu gemisiyle birlikte sulara gömülen yedi yüz seksen üç erkek, kadın ve çocuğu düşünmüyordu bile. Gelecek olan ölümlerin sadece çok küçük bir parçasıydı gemide ölenler.

11. BÖLÜM

Golden Dawn'ın batışını bildirmelerinin üzerinden on iki saat geçmiş olmasına rağmen Cabrillo ve ekibi henüz uygun bir plan oluşturmamışlardı. Ancak amaçları belliydi. Bu işi sonuna kadar takip edip sırrını çözeceklerinden emindiler. Bu arada yetkililere gemiye çıktıklarından hiç bahsetmemişlerdi.

Şirket tamamen kâr amacı güden bir girişimdi ama Juan Cabrillo'nun ahlaki pusulası onları yönlendiriyordu. Bazı işler vardı ki ne kadar para teklif edilirse edilsin kabul etmeleri mümkün değildi. Aynı şekilde doğruyu yapmak için bazı fırsatlar çıktığında para düşünülmeden gereken yapılmalıydı. Geçmişte de birçok kez yaptığı gibi, sonunda ödeme yapılmayacak durumlar söz konusu olduğunda personele görev bitene kadar *Oregon*'dan ayrılabileceklerini söyledi. Doğru olanı yapmak adına, gerek duyduğunda kendisi tehlikeye atılabilirdi ama böyle bir şeyi ekibinden isteyemezdi.

Ancak daha önceki benzer birkaç durumda da olduğu gibi gemideki adam ve kadınların hiçbiri bu teklifi kabul etmedi. Cabrillo için ölüme bile gitmeye razıydılar. *Oregon*'un teknolojik mucizeleri karşısında sahip olduğu gurur, ekibine hissettiği duygular yanında sönük kalıyordu.

Paralı asker olabilirlerdi ama hepsi, bugüne kadar birlikte çalıştığı en kaliteli insanlardı. Yıllar boyunca bir servet yapmış olmalarına rağmen, hükümet için çalıştıkları dönemle aynı sebeplerle, her biri kendilerini yeniden defalarca tehlikeye atma konusunda konuşulmamış bir söz birliği içindeydi. Dünya her geçen gün daha tehlikeli bir yer haline geldiği için yapmışlardı bunu ve başka kimse buna karşı koymasa bile onlar yapacaktı.

Gemi, Yemen ile Afrika ülkesi Cibuti arasında uzanan Babülmendep Boğazı ya da diğer adıyla Gözyaşı Kapısı'ndan geçerek tam yol kuzeye doğru gidiyordu. Artık Kızıldeniz'de seyrediyorlardı. Cabrillo, Süveyş Kanalı trafiğini düzenleyen ve kendisine birçok iyilik borcu olan Atlas Denizcilik Hizmetleri şirketiyle görüşerek ertesi sabah Süveyş Kanalı'nı kuzeye doğru geçecek olan tek konvoyda yer almalarını sağlamıştı.

Süveyş ile Bur Sait şehirleri arasındaki yüz altmış üç kilometrelik kanalı on bir saatte aşacaklardı ama bir kez kanaldan çıktıktan sonra önlerinde sadece bir günlük yolları kalacaktı.

Süveyş Kanalı'na giren ve çıkan gemi kalabalığı Kızıldeniz'in gemi trafik güzergâhını tamamen doldurmuş durumdaydı. Bu yüzden Juan, geçen gemilerin dikkatini çekmemek için, aslında alt güvertedeki Harekât Merkezi'nden kumanda edilen geminin kaptan köprüsüne birini oturtmuştu.

Kendisi de köprüye gelerek sabah gemiye çıkacak olan kılavuz kaptan için hazırlıkları kontrol etmeye başladı. Afrika üzerinde batı yönünde bir kum fırtınası tüm hızıyla hüküm sürüyordu. Kızıl kahverengi bulutların ardından batmakta olan güneşin ışıkları, köprüyü gerçekdışı bir kızıllığa boyamıştı. Sıcaklık otuz dereceye yakındı ve güneş ufuk çizgisinin altında kaybolduğunda da fazla düşmeyecekti.

"Ne manzara," dedi Doktor Huxley, kaptan köşkünün arkasındaki harita odasının gizli kapısından çıkarken. Uzaktaki fırtınaya bakarken yüzüne yansıyan kızıllıkta bir Kızılderili gibi gözüküyordu. Işığın yumuşak tonları altında yüzündeki yorgunluk izleri belirsizleşmişti.

"Hastamız nasıl?" diye sordu Cabrillo, bir yandan da köşesi kıvrılmış bir haritayı eski bir masanın üzerinde açmaya çalışarak.

"İyi gözüküyor," dedi Julia. "Eğer sabah da hiçbir belirti gözlemezsem karantina koğuşundan çıkmasına izin vereceğim. Sen nasılsın?"

"Sıcak bir duş ve yatakta geçireceğim birkaç saatten sonra hiçbir şeyim kalmaz." Kırışmış haritayı düzeltmek için mengeneyi kullandı. Eski görünümlü masaya monte edilmiş olan mengeneler, geminin külüstür görünümüne katkı olsun diye kasten kırılmıştı. İş geminin gerçek kimliğini saklama konusuna gelince, hiçbir ayrıntı Juan için gereksiz ya da ufak sayılmazdı. "Kızın yaşadıklarıyla ilgili yeni bir şeyler öğrenebildin mi?"

"Linda şu ana kadar toparladığımız tüm bilgileri bir rapor haline getiriyor. Sadece benim notlarımı değil, Mark ve Eric'in bir araya getirebildiklerini de kullanıyor. Bana yarım saat içinde hazır olacağını söyledi."

Juan saatin kaç olduğuna dikkat etmeksizin öylesine saatine baktı. "Birkaç saat daha pek bir şey beklemiyordum."

"Murphy ve Stoney hiç olmadıkları kadar istekli çalışıyorlar."

"Dur tahmin edeyim. Bayan Dahl'ı hafiyelik yetenekleriyle etkilemeye çalışacaklar."

Julia başıyla onayladı. "Onlara Nafile Hafiyeler demekten kendimi alamıyorum."

Juan espriye gülerek karşılık verdi. "Birçok açıdan doğru bir benzetme."

Julia, burnu küçük bir kız çocuğununki gibi kırışarak güldü. "Beğeneceğini tahmin etmiştim."

Bölme duvarına asılı tarihi görünümlü bir dahili haberleşme cihazı, astımlı bir papağan gibi sesler çıkararak cızırdadı. "Başkan, ben Linda."

Juan KONUŞ düğmesine bastı. "Dinliyorum Linda."

"Toplantı odasında hazır durumdayım. Eric ve Murphy de buradalar. Max, Julia ve sizi bekliyoruz."

"Hux burada benimle," dedi Cabrillo. "Son gördüğümde Max kamarasında eski karısıyla tartışıyordu yine."

"Onu getirmesi için Eric'i yolluyorum. Ben istediğin zaman hazırım."

"Bir dakikaya kadar oradayım," dedi Juan. Sonra Julia Huxley'e döndü. "Sen devam et, ben de arkandan geliyorum."

Julia, küçük ellerini önlüğünün ceplerine sokarak Harekât Merkezi'ne en hızlı şekilde gidebileceği asansöre doğru yöneldi.

Juan köprünün yanına çıktı. Rüzgâr ince keten gömleğini dalgalandırdı. Havayı içine çektiğinde genzinde uzaktaki çölün tadını hissetti. Çocukluğundan beri denizlere tutkun olmasına rağmen, çöller de onu benzer şekilde büyülüyordu. Okyanuslar gibi çöller de üzerinde kimseyi barındırmayan ve insanları umursamayan karakterde yerlerdi. Yine de çağlar boyunca insanlar zengin olma ve keşfetme güdüsüyle ikisini de boydan boya aşmışlardı. Kendisini bir başka zaman ve yerde yaşayan, uçsuz bucaksız Büyük Sahra'da ya da Arabistan Çölü'nde deve kervanlarına önderlik eden biri olarak hayal edebiliyordu. Onu çeken şey, bir sonraki dalga ya da kum tepesinin ardında kendisini bekleyen gizemlerdi.

Golden Dawn'daki ölümlerle ilgili araştırmalarının ne sonuç vereceğini kestiremiyordu. Fakat yüzlerce insanın hayatına son veren böylesine bir katliamı cezasız bırakamayacağını biliyordu. Ekibi bu işin arka planındaki olayları çözmelerini sağlayacak her türlü malzemeyi toplamakla meşguldü. Bir süre sonra bir planları olacaktı. Stratejileri hazır olduğunda onu askeri bir disiplinle uygulayacaklardı. Bu en iyi yaptıkları işti. Korkulukların yanında elleri sıcak demiri kavramış halde Juan, bir süre daha duygularının kendisine hâkim olmasına izin verdi. Brifing başladığında duygularını kontrol edecek, onları ileri gitmek için kullanacaktı. Şimdilik bu anlamsız ölümlere duyduğu hiddet ve giderek büyüyen öfkenin, beyninin içinde dolanmasına izin verdi. O masum insanların başına gelen bu haksızlık, içini kemiren bir kanser gibiydi ve tek tedavisi, bundan sorumlu olanların yok edilmesiydi. Onların kim olduğu hakkında en ufak bir fikri yoktu. Görüntüleri, öfkesinin alevleri arasında kaybolup gitmişti ama şirketin araştırmaları o alevleri dindirecek ve inlerine yaklaşarak o canavarları ortaya çıkaracaktı.

İşaretparmağının eklemleri çıtlamaya başlayınca Juan ellerini korkuluk demirinden çekti. Avucunda demirin izleri kalmıştı. Açıp kapayarak ellerine yeniden kan gelmesini sağladı ve derin bir nefes aldı. "Gösteri zamanı."

Konferans salonu baharatlı yiyecek kokularıyla dolmuştu. Afrika Kıtası'na bu kadar yaklaşmışken, Maurice Etiyopya yemekleri yapmayı uygun bulmuştu. Mayasız hamurdan yapılan Etiyopya ekmekleri *–injera–* üst üste dizilmişti. Onlarca sıcak ve soğuk sos tabağı ortaya konmuştu.

Mönü, tavuk, biftek ve koyun eti yahnisi, mercimek, nohut ve sarmısaklı yoğurttan oluşuyordu. Önce ekmekten bir parça koparılıyor, sonra üzerine seçilen bir yemekten biraz konuyor ve dürüm yapılan ekmek birkaç ısırık alınarak bitiriliyor, sonra bir diğer parçaya geçiliyordu. Bu işi yaparken eller, yüzler yemeğe bulanabilirdi. Juan, Maurice'in özellikle bu yemekleri seçerek, iştahıyla ünlü Linda Ross'un tıkınmasını izleyen herkesin eğlenmesini amaçladığından şüphe etmeye başladı.

Kraliyet Donanması'nın kıdemlilerinden olan Maurice, bir İngiliz geleneği olarak gemide sert içki içilmesi gerektiğine inanırdı. Buna uygun olarak, yemekte herkese amber renkli ve şekerli tadıyla baharatlı yiyeceklerin etkisini giderecek olan, Etiyopya bal şarabı *tej* servis etmeyi uygun bulmuştu.

Cabrillo'nun beyin takımı, Max Hanley, Linda Ross, Eddie Seng ve Doktor Huxley ile birlikte Stoney ve Murphy de masanın etrafında yerlerini almışlardı. Juan, Franklin Lincoln'ün aşağıda silahlıkta operasyon ekibiyle toplandığını biliyordu. Juan'ın çok iştahı yoktu, o yüzden kadehine şarap doldurdu ve tadını beğendiğini göstererek bir yudum aldı. Toplantıyı başlatmadan önce herkesin tabaklarını doldurmasını bekledi.

"Bildiğiniz gibi iki farklı ama muhtemelen birbiriyle ilişkili sorunumuz var. İlki Max'in oğlunu Yunanistan'daki responsivist tesisten kurtarmak. Uydu görüntüleri ve Mark ve Eric'in topladığı diğer bilgilerin yardımıyla Linc, av köpekleriyle taktik saldırı planları üstünde çalışıyor. Bitirdiklerinde ayrıca üstünden geçeriz. Kyle'ı kurtardıktan sonra bizim üzerimize düşen nedir?"

"Yeniden programlama gerekecek mi? Bildiğim kadarıyla bu tür durumlarda kişinin bilinçaltının yeniden programlanması olumlu sonuçlar alınmasını sağlıyor." Hux bu soruyu, responsivizmin onun üzerindeki etkisini kırmak için psikiyatrik bir uzmanın yardımına ihtiyaç duyabileceğini düşünerek sormuştu.

"Tüm belirtiler bunun gerektiğine işaret ediyor," diye cevap verdi Mark.

"Yani bunlar bir tarikat mı?" Max'in sesindeki ağırlıktan, yönünü kaybetmiş oğlunun böyle bir grupla birlikte olmasından üzgün olduğu anlaşılıyordu.

"Bütün klasik göstergelere uyuyorlar," dedi Eric. "Karizmatik bir liderleri var. Üyeleri, üye olmayan arkadaş ve akrabalarla ilişkilerini kesmeye özendiriliyor. Kurucularının öğretisi doğrultusunda bir yaşam sürmeleri bekleniyor ve gruptan ayrılmak isteyenler diğerlerince durdurulmaya çalışılıyor."

"Nasıl durduruyorlar peki?" diye sordu Juan. "Fiziksel olarak mı?"

Eric başıyla onayladı. "Gruptan kopan üyelerin evlerinden zorla alınıp, tesislerde yeniden, şey... eğitildiklerine dair bildirimler var."

"Yunanistan'daki tesisi biliyoruz," dedi Juan, cilalı masanın etrafındakilere bakarak. "Ve Kaliforniya'daki eski merkezlerini, Murphy'nin bugün bana gösterdiği yeni malikâneyle değiştirdiler. Başka neleri var?"

"Dünyanın fakir birçok üçüncü dünya ülkesinde –Sierra Leone, Togo, Arnavutluk, Haiti, Bangladeş, Kamboçya, Endonezya, Filipinler ve Çin– elliden fazla sağlık klinikleri var. Tahmin edebileceğin gibi buralarda hükümetlerden de destek alıyorlar."

"İlginç bir durum," dedi Mark, ağzı yarı yarıya yemekle doluyken. "Çinliler böyle tutkulu tarikatlardan nefret eder. Partinin kurallarına bir tehdit olarak gördükleri için Falun Gong[(1)] uygulayıcılarına hiçbir zaman göz açtırmadılar ama responsivistleri sırf bu nüfus kontrolü olayı yüzünden destekliyorlar." Murphy aşınmış bir kot gömleğin altına, üzerinde yukarıya doğru bir ok ve altında BEN APTALLA BERABERİM yazan bir tişört giymişti.

"Pekin bunların da bir tehdit olabileceğini biliyor ama responsivistlerin, hükümetin zalimce uyguladığı tek aile, tek çocuk politikasına Batılı bir meşruiyet kazandırdığını düşünerek bunu göze alıyorlar," dedi Eddie.

---

(1) Doksanlı yıllarda Çin'de hızla yayılan ve ahlaklı olmak esasına dayanan bir inanç ve uygulamalar sistemi. Hareket, Komünist Parti'nin birçok uygulamasını protesto eder hale gelince Parti tarafından kötülük tarikatı olarak nitelendirildi ve üyeleri tutuklanıp işkence gördü.

Çin'deki deneyimini bildiklerinden, kimse bu değerlendirmelerin doğruluğundan kuşku duymadı.

"Kyle'a yardım etme konusuna dönelim," dedi Juan, konuyu dağıtmamak için. "Bir yeniden programlayıcıyla temas kurduk mu?"

"Evet," dedi Linda Ross. "Teknik olarak Kyle'ı kaçırmış olacağız. O yüzden yerel polisle başımızın derde girmemesi için onu bir an önce Yunanistan sınırları dışına çıkarmalıyız. Programlayıcı bizi Roma'da bekleyecek. Tiny, *Gulf-Stream* jeti Roma uçuşu için Riviera'dan Atina Havaalanı'na getirecek. Roma'da Colosseum yakınlarında bir otelde yer ayırttık. Psikiyatrın adı Adam Jenner. Eski responsivistlerin normal yaşama uyum sağlamalarına yardım etme konusunda uzmanlaşmış ve bildiğimiz kadarıyla bu alanda dünyada bir numara."

"Kendisi de eski üye mi?" diye sordu Juan. Bu tür danışmanların bir zamanlar şu anda savaştıkları grupların etkisi altına girdiklerini biliyordu. Tıpkı eski alkoliklerin sonradan başkalarına bu konuda destek vermesi gibiydi bu durum da.

"Hayır, fakat adam bu grubun hakkından gelmeyi kendisine misyon edinmiş. Son on yılda iki yüzden fazla insanı responsivistlerin elinden kurtarmış."

"Ondan önce?"

"Los Angeles'ta özel terapistmiş. Önemli olduğundan değil ama ücreti elli bin dolar artı masraflar. Ancak tedavi sonrası Kyle'ın normal hayata döneceğini garanti ediyor."

"Etse iyi olur," diye söylendi Max.

"Birinin yeniden programlayarak hayatını kazanması için bu grubun oldukça büyük olması gerekir," dedi Eddie. "Ne kadar üyeleri var bunların?"

"Resmi web sitelerinde, dünya çapında yüz binden fazla üyeleri olduğunu iddia ediyorlar," diye cevapladı Linda. "Jenner'ın sitesi bu rakamın yüzde elli şişirilmiş olduğunu söylüyor. Her durumda, hâlâ çok önemli sayıda insandan söz ediyoruz. Hele Hollywood yıldızlarının da her gün artan sayıda bu sürüye katılması, onların her yaptığına özenen insanların katılımını da artırıyor."

"Jenner'la karşılaşma ihtimaline karşı, adama ne uyduracağım bu işle ilgili olarak?" diye sordu Juan.

"Raporumda hepsi yazıyor," dedi Linda, elindeki bir dosyayı havaya kaldırarak. "Max Los Angeles'ta yaşayan ve oğlunu kurtarmak isteyen bir emlak komisyoncusu. Biz de onun tuttuğu ve oğlunun dönüşünü ayarlayan bir özel dedektiflik şirketiyiz. Jenner'ın asistanı hikâyemiz karşısında çok tepkisizdi. Sanırım bu daha önce de karşılaştıkları bir durum."

"Tamam o zaman. Önce Kyle'ı kaçırıp doğruca havaalanına götürüyoruz. Oradan Tiny Gunderson Roma'ya uçuyor ve onu Jenner'a teslim ediyoruz." Cabrillo'nun aniden aklına geldi. "Pasaportuna el koymuşlardır. Ona yeni bir pasaport yapmamız lazım."

"Başkan, lütfen," dedi Linda sanki hakarete uğramış gibi. "Max'in eski karısı Kyle'ın bir fotoğrafını e-postayla yolladı. Üzerinde çalışıp pasaport fotoğrafı gibi görünmesini sağlayacağız ve yeni bir pasaport bastıracağız."

Juan, Linda'nın çenesindeki yemek artığını işaret etti. "Bu bir numaralı problemi hallediyor. Gelelim ikinci probleme. *Golden Dawn*'a ne oldu ve neden? Şu ana kadar neler biliyoruz?"

Linda dizüstü bilgisayarının tuşlarına dokunarak bilgileri ekrana getirdi. "*Golden Dawn* ve kardeş gemileri olan *Golden Sky* ve *Golden Sun*, Golden Cruise Lines şirketine ait. Şirket Danimarka'da kayıtlı ve seksenlerin ortalarından beri faaliyet gösteriyorlar. Herkesin yaptığı tipik Karayipler, Akdeniz ve güney denizleri turları ve özel grup ya da etkinlikler için kiralık gemi turları düzenliyorlar.

Dört ay önce dört yüz yirmi yedi kişilik responsivist grubunu Filipinlerden Yunanistan'a götürmek üzere şirketle temasa geçilmiş. Uygun tek gemi *Golden Dawn*'mış."

"Üreme eğitimi kliniği personeli olmaları için fazla yüksek bir sayı bu," dedi Juan.

"Bana da öyle geldi," diyerek ona katıldı Linda. "Kontrol ediyorum. Web sitelerinde bu yolculuk ya da bu kadar kalabalık bir grubun Filipinlerde ne yaptığı hakkında hiçbir bilgi verilmemiş."

"Tamam, araştırmaya devam et."

"Manila'dan ayın on yedisinde ayrılmışlar ve Murphy'nin kayıtlardan elde edebildiği kadarıyla herhangi bir olay raporlanmamış. Başından beri sakin bir sefermiş."

"Ta ki herkesi öldüren olaya kadar," dedi Max acı bir şekilde.

Eric, şirketin iki numarasına bakarak, "Herkes ölmemiş. UAV uçuşuna ait bilgisayar kayıtlarını dün akşam yeniden izledim ve bir adet *Golden Dawn* cankurtaran botunun yerinde olmadığını fark ettim," dedi Cabrillo'ya bakarak. "Daha önce atlamışım, özür dilerim."

Juan üzerinde durmadı.

"Geminin bilgisayarı botun biz gelmeden yaklaşık sekiz saat önce indirildiğini doğruluyor," diyerek onu onayladı Mark.

"O zaman katil ya da katiller bütün seyahat boyunca gemide miydiler?"

"Bize göre öyle gözüküyor. Stoney'le birlikte seyahat şirketinin bilgisayarlarına girip yolcu ve mürettebat listesini elde ettik ama gemi battığı sırada üzerinde kimlerin olduğunu bilmeden, şüpheliler listesi oluşturamayız." Mark, Juan'ın bir sonraki sorusunu öngörerek devam etti. "Şunu da kontrol ettik. Sefer planlandıktan sonra herhangi bir mürettebat değişikliği olmamış ve yolcu listesinde de bir son dakika değişikliği yok. Yani bu seferde yer alması gereken herkes gemideymiş."

"O zaman bu insanların hepsini hangi baş belası öldürdü?" diye sordu Max.

"Bir tahminde bulunmam gerekirse ya responsivistler bunu kendi kendilerine yaptılar derim ki aslında bir intihar tarikatı değiller ya da Japonların Aum Şinrikyo'su[1] yaptı. Bazıları Lydell Cooper'ın, responsiviz-

---

(1) Japonya'da 1985 yılında ortaya çıkan ve 1995 yılında Tokyo metrosuna düzenledikleri sarin gazı saldırısıyla meşhur olan bir tarikat.

min son aşaması olarak intihar ettiğini savlıyorlar ancak grup intiharı desteklemiyor. Onlar, 'Mademki hayata geldin, o halde senin sorumluluğun kendini öldürmek değil fikirlerini yaymaktır,' diyorlar. Diğer bir seçenek de birilerinin grubun içine sızması olabilir."

"Şüpheliler kim olabilir?"

Linda cevapladı. "Doğum kontrolü ve kürtaj konusundaki inatları yüzünden Vatikan'la yıllardır süren bir mücadele içindeler. Aynı şey birçok tutucu Hıristiyan organizasyon için de geçerli."

Cabrillo başını salladı. "Bir çılgının elinde silahla kürtaj yapan bir doktoru öldürmesini anlayabilirim. Ama bir gemi dolusu insanı öldürmek için çok iyi organize olmuş ve iyi bir parasal desteğe sahip bir örgüte ihtiyaç var. Bir avuç rahip ve rahibenin bunların arasına sızarak üyelerini öldürdükleri fikrini kabul edemem."

"Benim tahminim bir grup fanatikten yana," dedi Mark. "Responsivistlere karşı bir tarikat, belki başka bir şeyin eski üyeleri olabilirler. Yani bu grup çocuk yapmama olayı dışında bazı garip işlerle de ilgileniyor."

Juan ona aldırmadı. "Neden kendilerinden birilerini öldürsünler konusunu deşelim biraz. Fikri olan?"

"Hayır, gerçekten," diye devam etti Mark. "Bir kere bulaştıktan ve bir üçüncü dünya tuvaletinde yardım işi falan yaptıktan sonra sana responsivizmle ilgili daha büyük sırları ve bu bilginin seni nasıl kurtaracağını öğretiyorlar."

"Devam et," dedi Juan, cesaretlendirerek. Murphy biraz uçuk olabilirdi ama birinci sınıf bir zekâsı vardı.

"Hiç zar teorisinden bahsedildiğini duydunuz mu?" Bu konuyu daha önce paylaştığı Eric dışında herkes boş boş bakmaya başlamıştı. "Sicim teorisiyle birlikte evrendeki dört kuvveti bir araya getirmenin bir yolu olarak gözüküyor ki bunu Einstein başaramamıştı. Kısaca, bizim dört boyutlu evrenimizin basit bir zar olduğunu söylüyor ve uzayın daha yüksek tabakalarında başkalarının da olduğunu öne sürüyor. Bunlar bizimkine o kadar yakın ki sıfır noktası madde ve enerjileri birbirine geçebilir ve bizim evrenimizdeki çekim gücü diğerine akabilir. Bunların hepsi son bilimsel gelişmelerle ilgili."

"Sözüne inanıyorum," dedi Cabrillo.

"Her neyse, zar teorisi doksanların ortalarında teorik fizikçiler arasında giderek popüler olmaya başlayınca Lydell Cooper da bunu sahiplenenler arasına katıldı. Gerçi o bir adım daha öteye götürdü ya. Evrenler arasında sadece kuantum parçacıkları seyahat etmiyordu. Ona göre başka bir zardan gelen bir zekâ, burada, bizim boyutumuzda insanları etkiliyordu. Bu zekâ, diyordu Cooper, fark edemeyeceğimiz bir şekilde günden güne hayatımızı şekillendirmeye başladı. Tüm acılarımızın kaynağıydı. Ölmeden az önce Cooper, bu etkiyi azaltmayı, dünya dışı bu güçlerden kendimizi korumamızı sağlayan teknikleri öğretmeye başlamış."

"Ve insanlar bu saçmalığa inandı ha?" diye sordu Max, oğlu hakkında iyice karamsarlığa kapılarak.

"Ya, evet. Bir an için onların açısından bak olaya. Şanssız olması, depresyonda olması ya da sadece aptal olması, inanan kişinin suçu değil. Onun hayatı, uzayın bir başka boyutundaki zarlar tarafından berbat ediliyor. Terfi edememesi, hayalindeki kızla çıkamaması hep o dünya dışı etki yüzünden. Seni kendi yetersizliğin değil kozmik güç engelliyor. Buna inanırsan kendi hayatınla ilgili bir sorumluluk yüklenmene de gerek kalmıyor tabii. Zaten biliyoruz ki artık kimse kendi hayatının sorumluluğunu yüklenmiyor. Responsivizm sana yanlış seçimlerin için hazır bahaneler sunuyor."

"İnsanların aşırı kilolu oldukları için hazır yemek zincirlerini dava ettiklerini düşününce çekimin sebebi anlaşılıyor," dedi Juan. "Fakat bunun birinin bir gemi dolusu insanı öldürmesiyle ne ilgisi var anlayamıyorum."

Mark biraz şaşkın bir şekilde, "Uzun uzadıya düşünmedim ama ya doğruysa, yani..." diyerek hararetli bir sesle devam etti. "... ya başka bir zardan gelen dünya dışı yaratık savaşırken bizimkinde sıkışıp kaldıysa ve biz de arada yakalandıysak? Piyonlar falan gibi yani."

Cabrillo gözlerini kapatarak inledi. Mark'ın uçukluğu yine birinci sınıf zekâsını bastırıyordu. "Bunu bir görüş olarak kabul edeceğim ama biz yine de dünya içi düşmanlara odaklanalım."

Mark, Eric'in kulağına eğilerek, "Dün biz konuşurken daha doğru geliyordu kulağa değil mi?" dedi.

"Çünkü yirmi saattir uyumamıştık ve otuzar enerji içeceği içmiştik."

Eddie Seng ağzına bir parça ekmek atarak, "Acaba bu grup tarikattan çıkmak istedikleri için liderleri tarafından ibret olsun diye öldürülmüş olabilir mi? Eric daha önce adam kaçırmanın bu gruba uzak bir şey olmadığından bahsetmişti. Ya bir adım ileri giderek öldürmeye de başlamışlarsa?"

Max Hanley şaşırmış bir halde Eddie'ye bakakaldı. Yüzünden, Kyle'ın güvenliği hakkında duyduğu endişenin izleri okunuyordu.

"Bu mümkün," dedi Linda, Hanley'in apaçık üzüntüsünü fark etmeden önce. "Özür dilerim Max, fakat bunu göz ardı edemeyiz. Hem senin oğlun daha yeni katıldı onlara. Daha şimdiden ayrılmayı düşünmez."

"Bu konuşmalara katılmak istediğinden emin misin?" diye sordu. Juan en yakın arkadaşına.

"Kahretsin, evet," diye kızgın bir halde cevap verdi Max. "Sadece, ne bileyim, acı çekiyorum ve utanıyorum aynı zamanda. Bu konuştuğumuz benim oğlum ve onu yüzüstü bırakmışım gibi hissetmekten kendimi alamıyorum. Daha iyi bir baba olabilseydim, o da bu kadar tehlikeli bir yola sapmazdı."

Bir an için kimse ne diyeceğini bilemedi. Alışılmadık şekilde sessizliği bozan Eric Stoney oldu. Teknik konularda bu kadar üstün birinin insani yönünü fark etmemek normaldi. "Max, ben sürekli şiddet olan bir evde büyüdüm. Babam bir ayyaştı ve votka alacak para bulduğu her akşam beni ve annemi döverdi. Hayal edebileceğin en kötü koşullarda yetiştim ama gördüğün gibi sonuç kötü olmadı. Ev hayatın senin sahip olduğun kişiliğin sadece bir parçasıdır. Oğlunun hayatında daha fazla yer alman bir şeyleri belki değiştirirdi belki de değiştirmezdi. Bunu öğrenmenin bir yolu yok ve kesin olarak bilmediğin bir şey hakkında işe yaramayan spekülasyonlar yapmaya da hiç gerek yok. Kyle böyle olmayı seçtiği için böyle biri oldu. Sen kızının yanında da değildin ama o başarılı bir muhasebeci oldu."

"Avukat," dedi Max, dalgın bir halde. "Ve her şeyi kendi başına başardı."

"Eğer kızının başarısı için kendine pay biçmiyorsan, oğlunun başarısızlığından da kendini hiçbir şekilde sorumlu tutamazsın."

Max bir süre bekledikten sonra, "Kaç yaşındasın sen?" diye sordu.

Stoney sorudan biraz sıkılmış görünüyordu. "Yirmi yedi," dedi.

"Evlat, yaşının çok üzerindesin. Teşekkürler."

Eric sırıttı.

Juan, Stoney'e dudakları okunacak şekilde ama sessizce *çok iyi* dedi ve toplantıyı kaldığı yerden sürdürdü. "Eddie'nin teorisini kontrol etmenin bir yolu var mı?"

"Responsivistlerin bilgisayar sistemlerine girebiliriz," dedi Mark. "Bir şeyler çıkabilir ama üyelerini iyiler ve yaramazlar diye iki gruba ayırmış olacaklarını da hiç sanmıyorum."

"Yine de dene bakalım," dedi Juan. "Yolcu listesini yaptıkları her şeyle karşılaştırın. Bir etmen bu insanların seçilmesini sağladı. Eğer tarikattan ayrılmayı düşünmüyorlarsa, başka bir şey olmalı." Linda'ya dönerek, "Neden bu kadar çok insanın Filipinlerde olduğunu öğrenmek istiyorum. Bu sorunun cevabı sağlam bir ipucu olabilir."

Juan, ayağa kalkarak toplantının bittiğini ilan etti. "Süveyş Kanalı'na yarın sabah 5.00'te giriyoruz. Personelinize gemiye kılavuz kaptan geleceğini bildirin. O yüzden tam kılık değiştirme durumuna geçeceğiz. Max bacaya isli duman gönderen makinenin tanklarının tamamen dolu olduğundan emin ol. Güvcrteleri de iki kere kontrol edelim de bizi eleverecek bir şeyler kalmasın ortalıkta. Akdeniz'e çıktığımızda Linc'le planlarımızı son haline getirmek için yirmi dört saatimiz kalacak. Her şeyi bitirmek için de bir on iki saatimiz daha olacak ve sonra Kyle Hanley'i kurtaracağız. Şu andan itibaren kırk sekiz saat sonra Kyle Roma'da danışmanıyla buluşacak ve biz de şu gizli dinleme işi için Riviera'ya doğru gidiyor olacağız."

Cabrillo'nun işlerin ne kadar çetrefilli hale geleceğinden haberi yoktu.

12. BÖLÜM

Juan kulaklığını biraz daha derine yerleştirdi ve boğaz mikrofonuna parmağıyla vurarak diğerlerine yerine geçtiği mesajını yolladı. Aşağıda bir sürü bağımsız binadan oluşan ve etrafı beyaz badanalı duvarlarla çevrili halde, responsivistlerin tesisi gözüküyordu. Tesisin arka tarafında taşlık bir plaj ve onun Korinthos Körfezi'ne doğru otuz metre uzanan tahta iskelesi yer alıyordu. Rüzgârla birlikte, gelgitin getirdiği denizin kokusunu alabiliyordu.

Binalar alçaktı ve yere sıkıca tutunmuş gibi bir görüntüleri vardı. Cabrillo'ya Frank Lloyd Wright'ın tarzını anımsatmıştı. Çatıların üzerindeki yuvarlak kiremitler üçüncü nesil gece görüş gözlüklerinden siyah gözükse de Cabrillo planlama brifinglerinden, onların aslında kırmızı olduğunu biliyordu. Çimenler susuzluktan kavrulmuş, kahverengi olmuştu ve yamru yumru birkaç zeytin ağacı da kuruyup gitmişti. Saat sabah üç otuzdu ve sadece stratejik noktalara yerleştirilmiş birkaç direkten ışık vuruyordu.

Dikkatini duvara verdi. Üç metre yüksekliğindeydi ve çift sıra kalın beton bloktan oluşmuştu. Her kenarda iki yüz elli metre boyunca yükseliyordu. Dünyanın bu tarafında âdet olduğu üzere, davetsiz misafirlerden korunmak için duvarın üstüne dikine cam kırıkları gömülmüştü. O gün daha önceden, Linda'yla yakındaki Korinthos kentindeki tek güvenlik şirketine giderek, kendilerini sahilde yeni ev almış Amerikalı bir çift olarak tanıtıp alarm sistemi monte ettirmek istediklerini söylemişlerdi. Dükkân sahibi, responsivistler için yaptığı işleri böbürlenerek anlatarak, sanki bunun bir kanıtıymış gibi Donna Sky'ın imzalı bir fotoğrafını göstermişti.

Juan daha yerini aldığında duvarın üzerindeki tuzak telleri ilk fark ettiği şeyler arasındaydı. Daha sonra da kameraları görmüştü. Ekibi saymayı bitirdiğinde sadece binanın dış tarafında otuz tane tespit etmişlerdi. İçeride de bir sürü kamera olduğu kesindi.

Taş döşeli araba yolunu ikiye bölen tekerlekli bir kapı vardı. Bir diğer kapı da arka tarafta iskeleyle aynı hizadaydı. Dikenli teller, tesis duvarından denize doğru uzanarak kıyıdan içeriye girişi engelliyordu.

Güvenlik tedbirleri çok aleni değilse de tesise bir yasak yer havası vermişti. Ama dışarıdan değil, diye düşündü Juan. Bu yer, dışarıdaki insanların içeri girmesinden çok içeridekilerin dışarı çıkmasını engelleyen bir görünüme sahipti.

Binaların arasındaki alanı bir kez daha gözleriyle taradı. Ana binanın önüne üç tane cip park etmişti. Isıya duyarlı kameralar ciplerin motorlarının soğuk olduğunu gösteriyordu. Ortada devriye veya köpek gözükmüyordu. Saçak altlarındaki ve aydınlatma direklerindeki kameralar sabitti. Muhtemelen binaların birinde güvenlik istasyonu vardı ve buradaki nöbetçi karşısındaki bir sürü monitörden tesisi izlemekteydi. Bu yüzden Cabrillo öncü bir birlik göndererek *Oregon*'dan Atina'ya helikopterle geldikleri andan itibaren gözetleme yaptırttı. Yolun karşısındaki zeytinlikte oturup, tesisteki kameraların kör noktalarını tespit etmek ve bu bilgiyi gemiye aktarmak için, Linc ve Eddie'ye iki saat yetmişti. İçeride yaklaşık kırk beş responsivist olduğunu tahmin etmişlerdi ama aslında içeride bu rakamın iki katını yaklaşık aynı konforda ağırlayacak kadar bina vardı.

Önceden hazırladıkları stratejileri ve kusursuzlaştırdıkları taktikleriyle ekip, günü her şeyi uygulamaya koyarak geçirmişti. Kiralık araçlar ayarlanmış, kaçış yolları belirlenmiş ve yakınlarda bir yerde George Adams'ın Robinson'u indireceği ve Kyle'ı Atina'nın Venizelos Uluslararası Havalimanı uçak hangarlarına götüreceği uygun bir yer seçilmişti.

Chuck Gunderson, şirket üst yönetimine tahsis edilmiş olan *Gulf-Stream* jeti, Roma'ya hızlı bir uçuş için hazır hale getirmişti. Tüm evraklar hazırlanmış ve onları alması için bir limuzin ayarlanmıştı.

Bir aksaklık çıkması durumunda anında devreye alabilecekleri alternatif planları da hazırdı. O kadar ince ayrıntıları göz önüne almışlardı ki *Oregon*'da Eric Stoney gelgit tablolarını inceleyerek gizli harekâtlarının başlaması için en uygun zamanı tespit etmişti.

Her ne kadar Cabrillo kaçırma operasyonunda yer alıyorsa da, kara operasyonları şefi olarak bu dört kişilik saldırıyı Eddie Seng yönetecekti ve herkesin hazır olmasını sağlamak onun sorumluluğundaydı.

"İşaretimden sonra bir dakika," dediğini duydu Juan kulaklığından. "Şimdi."

Juan vericinin düğmesine vurarak anladığını belirtti. Belinde asılı bir çift tabanca kılıfını kontrol ederek, kısa Glock 19'ları kolaylıkla çekebildiğinden emin oldu. Aslında onun favori silahı, 5.7 mm'lik mermileriyle, neredeyse tüm kurşun geçirmez yelekleri delebilen yeni Fabrique Nationale Five-SeveN tabancasıydı ama bu görevde öldürme planı yoktu. Gemi silahlığındaki personel, Glock'ların 9 mm'lik mermilerini normalin yarısı kadar doldurmuş ve kurşun çekirdek yerine balistik plastik kullanmışlardı. Yakın mesafeden öldürücü olabilen silah, beş metreden daha uzaktan ateşlendiğinde de normal bir insanı tek atışla saf dışı etmeye yeterdi.

Saniyeler ilerledi ve sanki göklerden gelen bir işaret gibi, bulutlar birdenbire yarımayı kapatarak geceyi bir anda kararttılar. Gomez Adams yerini aldığında Juan, Robinson R44'ün titreşimlerini hafiften hissetti.

"Hazır mısın?" diye yolun kenarındaki bankette yanında çömelmiş olan Mark Murphy'ye sordu.

"Üç günde iki görev." Mark içini çekti. Yüzü kamuflaj boyalarıyla kaplıydı ve uzun saçlarının üstünde siyah bir bandana vardı. "Galiba bana bir garezin var."

"Kendini bizim kalıcı savaşçı bilgisayar korsanımız olarak gör artık."

Cabrillo gömleğinin manşetine baktı. Kumaşa iliştirilmiş esnek bir bilgisayar ekranı vardı. E-kâğıdın çözünürlüğü kristal duruluğundaydı ve ekrandan responsivistlerin tesisinin üç yüz metre yükseklikten alınmış görüntüsü yansımaktaydı. Linda Ross yolun aşağısında bir minibüsün içinde UAV'ye kumanda ediyordu. Kameranın yakınlaştırmasıyla birlikte Juan, tesisi tüm çıplaklığıyla görebiliyor, daha da önemlisi ortalıkta dolaşan kimse olup olmadığından da anında haberdar oluyordu. Deneysel görüntü ekranı çok fazla ışık saçıyordu, o yüzden Juan, hafif bir parlaklık kalana kadar ekran ışığını kararttı. Aletin pilleri ve bilgisayar, avcı yeleğinin arkasına dikişle tutturulmuştu.

Juan, Eddie'nin, "Gidelim," dediğini duydu. Murphy'yi omzundan dürttü ve birlikte yolun karşı tarafına koştular. Yumuşak tabanlı botları stabilize yolda hiç ses çıkarmıyordu. Beton duvara ulaştıklarında, Juan sırtını duvara vererek ellerini kâse gibi birleştirdi ve Mark, Juan'ın avuçlarına basarak bir sıçrayışta omzuna çıktı.

Son anda durmasaydı, Mark neredeyse bir hata yaparak dengesini sağlamak için duvarın üzerine elleriyle tutunarak cam kırıklarının avuçlarını kesmesine sebep olacaktı. Bir süre başkanın dengesini bulmasını bekledi. Orada olduğunu bilmese, incecik güvenlik telini fark etmesi mümkün olmazdı. Duvar kenarından bir santim içeride, duvar boyunca onlarca küçük yalıtıcıyla desteklenerek devam ediyordu. Tahminine göre, beş kilogramdan daha küçük bir basınç teli koparıp alarmı devreye alabilirdi. İncecik telden geçen akımı ölçmek üzere kemerindeki küçük keseden bir voltmetre çıkardı. Bir çift timsah ağızlı kıskaç seçerek tele tutturdu ve aralarındaki bir metrelik kabloyu da duvardan aşağıya sallandırdı. Böylece devrenin tamamlandığından emin olarak kıskaçların arasındaki teli hafifçe ürkerek kesti. Ancak korktuğu olmadı ve herhangi bir alarm ya da siren sesi yankılanmadı tesiste.

Diğer bir keseden rulo yapılmış bir karbon fiber kumaş çıkararak duvarın üzerine serdi. Kendisini duvarın üstüne çeken Mark'ın tüm ağırlığına rağmen, sağlam dokulu kumaş, altındaki cam parçalarının ellerini kesmesini önledi. Yere atladı ve hafifçe sola doğru kaydı. Hemen peşinden duvara tırmanan Juan, sessizce yanına indi.

"Gemiye döner dönmez rejime başlıyorsun," dedi Juan ama Murphy'yi havada tutmaktan dolayı herhangi bir yorgunluk belirtisi göstermiyordu. Boğaz mikrofonunu açtı. "İçerideyiz."

Tesisin karşı tarafında, güvenlik kameralarındaki başka bir kör noktada Eddie ve Franklin Lincoln de gizlice içeri sızmaktaydılar. Her ne kadar Linc, güvenlik sistemlerini atlatma konusunda içlerindeki en usta kişi olsa da, dünyanın tüm dövüş sanatları eğitimleri bir araya gelse, Eddie'ye Linc'in yüz otuz kiloluk cüssesini taşıyacak gücü veremeyeceğinden, telleri kesme işini Eddie üstlenmişti.

"Biz de öyle. Beklemedeyiz."

Cabrillo, zemine yayılarak Murphy'yi duvardan uzaklaştırdı. Gelişigüzel görünen bir rota izleyerek, ama aslında daha önceden tespit ettikleri kamera kör noktalarından geçmek suretiyle sürünerek ilerlediler. Ana binanın bir ucunda, çatıda uydu antenler ve bir radyo verici kulesi vardı. Hedefleri orasıydı ve sürünerek ulaşmaları yedi dakikalarını aldı.

Juan gece görüş gözlüklerini çıkardı ve ellerini gözlerinin etrafına yapıştırarak yüzünü cama dayadı. Arka duvara bekleme modundaki bir bilgisayarın solgun ışığı vuruyordu. Baskın öncesi keşif çalışmasında burasının kamp direktörünün odası olduğunu anlamışlardı.

Pencerenin pervazında açılması durumunda devreye girecek bir alarm cihazını fark eder etmez cebinden çıkardığı bir aygıtı alarma tuttu ve göstergenin kızardığını gördü. Sonra aygıtı camın üzerinde gezdirerek tellerin çift camın içine tutturulma olasılığını kontrol etti. Gösterge yanmadı. Korinthos'un en iyi şirketinin sağladığı güvenlik düzeyi buysa, mesleğini değiştirerek, Yunanistan'da ev hırsızlığına başlayabileceğini düşündü.

İki küçük vantuzu üzerine yapıştırarak çok yavaş ve sessiz bir şekilde camı kesmeye başladı. Kesilen camdan sadece hafif bir tıslama sesi çıkıyordu. Az sonra vakumlu çift camın içindeki hava boşaldı. Kesiciyi Mark'a verdi ve vantuzları kullanarak kesilen dış camı yavaşça çekip aldı. Aynı işlemi iç cama da uyguladı ve işi bittiğinde camı ofisin içinde yere bıraktı.

Juan pervazın üzerinden atlayıp binaya daldı. Mark da atlayıp içeri girince Cabrillo güneşlikleri indirdi. "Ofise girdik."

"Anlaşıldı," diye karşılık verdi Eddie.

Juan bilgisayarı işaret ederek, "Gerisi sana kalmış," dedi.

Murphy el eklemlerini kütürdeterek klavyenin başına geçti ve sistemi çalıştırmadan önce monitörün ışığını kıstı. Sonra bel çantasından yıpranmış bir elektronik nesne çıkardı. Üzerinde çıkartmalar ve kurumuş bir sakız topu vardı. Bilgisayarın USB girişine taktı. Bir süre sonra ekranda gülen bir kurukafa belirdi. Görüntü kaybolunca Mark bir eliyle yazarken diğeriyle de kamyonuyla oynayan bir çocuk gibi mouse'u kullanarak hızla işe koyuldu.

Juan onu kendi başına bırakarak el feneriyle odayı incelemeye başladı. Jaluzilerde aralık olabileceğini düşünerek pencereye fazla yaklaşmamaya dikkat etti. Responsivistlerin web sitesinden, tesisin direktörünün Gil Martell isimli başka bir Kaliforniyalı olduğunu öğrenmişlerdi. Biraz kurcalayınca, Martell'in gruba katılmadan önce Beverly Hills'te lüks otomobiller sattığını ve isminin birkaç kez araba hırsızlığı çeteleri soruşturmasında geçtiğini öğrenmişlerdi. Hatta bir keresinde suçlanmış, ancak mahkeme öncesinde tanıklar Meksika'ya kaçıp kayıplara karışınca dava düşmüştü.

Odanın mobilyaları Cabrillo'nun beklediği gibi; masa, raflı dolap, iki koltuk, duvar boyunca uzanan bir kanepe ve bir sehpadan ibaretti. Ancak hepsi pahalı malzemelerdi. Sehpanın altındaki Şark halısı düz dokuma bir antik kilimdi ve bir müzayedede çok yüksek bir fiyattan satılabilirdi. Duvarları süsleyen fotoğraflarla Martell'in kendi tapınağıydı burası. Juan fotoğraflardaki kameraya gülümseyen bazı tipleri tanımıyordu ama bir kısmı da kolayca tanınabilen yüzlerdi. Donna Sky'la olan birkaç poz hemen gözüne çarptı. Bu sıradan fotoğraflarda bile kadının güzelliği çarpıcıydı. Siyah saçları, badem gözleri ve sektördeki en çıkık elmacıkkemikleriyle Hollywood asaletinin somut bir örneğiydi. Cabrillo, kadının hayatında kötü giden ne vardı da kendisini böylesine tarikata teslim etti diye düşünmeden edemedi.

Bir başka fotoğraf çekti dikkatini. Martell ve bir başka adamın bir yelkenlide çekilmiş eski bir fotoğrafıydı bu. Bir de imza vardı. "İnancını yitirme. Lydell Cooper." Fotoğraf muhtemelen Cooper, yelkenlisiyle denizde kaybolmadan kısa bir süre önce çekilmişti. Sahil Güvenlik raporlarında botun birdenbire ortaya çıkıveren bir fırtınada alabora olduğu yazıyordu. Diğer beş küçük tekne de fırtınaya yakalanmış ve üç kişi daha boğulmuştu.

Eğer Juan bu bilimadamlığından dönme peygamberi tek kelimeyle tarif etmek zorunda kalsaydı, tercihi *donuk* olurdu. Öne çıkan hiçbir özelliği yoktu. Altmışlarının ikinci yarısında, yumurta kafalı, gözlüklü, saçlarının önü tamamen açılmış bir adamdı. Gözleri ışıltısız kahverengiydi, gri bıyık ve sakalları ne görüntüsüne bir şey katmış ne de ondan bir şey eksiltmişti. Sanki emekli bir bilimadamının sakallı olması gerektiğinden mecburen bırakılmış gibiydiler. Juan, adamda binlerce insana ilham verip peşinden sürükleyecek en ufak bir karizma veya çekicilik bulamamıştı. Cooper'ın neye benzediğini bilmese, Martell'in, duvarına muhasebecisinin fotoğrafını astığını düşünebilirdi.

"Oldu!" diye bağırdı Murphy ve hemen ardından bu kadar ses çıkardığı için suçlu suçlu etrafına bakındı. "Özür dilerim. Sistemlerine girdim. Çocuk oyuncağı."

Juan hemen yanına gitti. "Kyle hangi odada bulabilir misin?"

"Her şeyi çaprazlama girmişler. C binasında, Eddie ve Linc'in tırmandığı duvara yakın olan en yeni bina. Kyle'ın oda numarası yüz on yedi fakat odada tek başına kalmıyor. Oda arkadaşının adı, bir bakalım, Jeff Ponsetto."

"İyi iş," dedi Cabrillo ve bilgiyi Eddie ve Linc'e geçti. "Bulabildiğin her şeyi indirmeye başla bilgisayardan."

Linda Ross taktik ağdan erişti. "Başkan, ekranınızı kontrol edin. Ziyaretçileriniz var."

Juan koluna baktı. Bakım işçisi tulumları giymiş iki adam tesisi kat ederek yürüyorlardı. Ellerinde tamir gereçleriyle, Murphy'yle ikisinin bulunduğu ana binaya doğru geliyorlardı. Mühendislik personeline herhangi bir acil durum çağrısı olsa mutlaka duyarlardı. Juan bu durumdan hoşlanmamıştı.

"Murphy, indirmeyi boş ver. Hemen gidelim."

Juan kapıya doğru giderken masa lambasının altına bir elektronik dinleme cihazı yerleştirdi. Hemen fark edeceklerini biliyordu ama kritik olan ilk anlarda Gil Martell'in ofisinde olup biteni iletebilecekti. Pencerenin önünde durdu ve kolundaki ekranı yeniden kontrol etti. İşçiler ön kapıya yaklaşıyordu, bu da onlara kaçacak zamanı sağlıyordu.

Yavaşça jaluziyi kaldırdı ve pencere pervazının üzerinden atladı. Farkında olmadan kılıfından çıkardığı Glock da elindeydi.

Eğilerek ve kör noktaları gösteren haritalarını izleyerek C binasına doğru ilerlediler. Her adımlarında ayaklarının altındaki kurumuş otlar çatırdıyordu. C binası da tesisteki benzerleri gibi, tek katlı, beyaz badanalı ve yuvarlak kiremit çatılıydı.

Linc ve Eddie yukarıdaki kameranın görüş alanından kaçmak için kapının yanındaki duvara sıkıca yaslanmışlardı. Güvenlik sisteminin tuş takımı sağda duruyor, tellerin tuttuğu açık kapağı yan tarafında sallanıyordu. Linc çoktan yedekleme devresini monte etmişti. Kocaman ellerine rağmen eski Donanma Özel Kuvvetler subayı, şirketin en iyi çilingiriydi ve aletlerini bir beyin cerrahının hassasiyetiyle kullanıyordu. Bir maymuncuk ve levyeyle kilidi sola kaydırdı ve kapı açılıverdi.

"On dört saniye," diye fısıldadı Eddie.

"Ustadan bir sayı daha," diyerek sırıttı Linc ve bina boyunca uzanan uzun koridora adımını attı.

Tavana monte edilmiş siperlikli floresan aksesuvarlardan yayılan yumuşak ışığın aydınlattığı koridorda, birbirinin aynısı olan onlarca kapı sıralanmıştı. Halılar resmi gri renkte ve binanın üzerine oturduğu beton zemin kadar sertti. Dördü birden ilerleyerek sollarındaki büyük mutfağa ve sağlarındaki içi bir düzine sanayi tipi çamaşır makinesi olan çamaşırhaneye göz attılar. Hiç kurutma makinesi gözüne çarpmamıştı Juan'ın. Responsivizmin ilkelerinden biri de insanların doğaya en az ölçüde müdahale etmesiydi. Bu yüzden bir binanın tepesinde gördükleri güneş panellerinin varlığı gibi kurutucuların da yokluğu inançlarına uygundu.

Yüz on yedi numaralı odayı kolaylıkla buldular. Linc tepedeki aksesuvara uzanarak kapağını açıp, içindeki floresan ampulü yuvasından çıkardı. Dördünde de gece görüş gözlükleri vardı. Juan kapının kolunu çevirdi. Girdikleri oda tipik bir yatakhaneydi. İçeride iki metal karyolalı yatak, bir çift masa ve aynı desende çekmeceli dolaplar vardı. Bitişik banyo küçük, seramik kaplı bir bölümdü. Yerde duş suları için bir tahliye borusu vardı. Gözlüklerin ürkütücü yeşilliğinde şekiller belirsizleşmiş, renkler siyahın tonlarına dönüşmüştü. Fakat yataklardaki siluetlerden insanların uyumakta olduğu apaçık belli oluyordu. Horlamalar da bunu doğruluyordu. Eddie, komando pantolonunun cebinden plastik bir kutu çıkardı. İçinde dört enjektör vardı. Şırıngalardaki uyuşturucu bir yetişkini yirmi saniye içinde etkisiz hale getirmeye yeterdi. Kyle tarikata kendi iradesiyle katıldığından, götürülmeye karşı koyacağı kesindi. Programlayıcı Adam Jenner, Linda'ya genç adamı uyutmalarını önermişti. Aksini de söylese Juan bunu yapmayı zaten planlıyordu.

Eddie iğneyi Cabrillo'ya verdi ve yataklardan birine yaklaştı. Adam yüzükoyun yatmıştı ve yüzü duvara dönüktü. Seri hareketlerle Seng, tek eliyle adamın ağzını kapattı ve diğeriyle iğneyi ensesine batırarak başparmağıyla pistona bastırdı. Odanın diğer tarafında Juan da aynı şeyi yaptı. Kurbanı gözlerini açıp, panik içinde Juan'ın koluna sarıldı. Juan debelenmesine rağmen adamı kolaylıkla zapt etti.

Juan içinden yirmiden geriye doğru saymaya başladı. Ona geldiğinde adamın tepinmesi iyice yavaşlamıştı. Üç dediğinde tamamen hareketsiz kalmıştı. El fenerini adamın yüzüne tuttu. Her ne kadar Kyle Hanley annesine benziyorsa da Juan oğlana bakınca Max'i gördü ve aradıkları kişinin o olduğundan hiç şüphesi kalmadı.

"Bulduk."

Linc önlem olarak, Kyle'ın el ve ayak bileklerine plastik kelepçeler geçirdi ve genç adamı sırtladı.

"Her şey tamam mı koca adam?" diye sordu Juan. Linc karanlıkta sırıttı. "Senin zavallı kıçını üç yıl önce Kamboçya'da on iki kilometre taşımıştım. Bu ne ki? Kuş kadar hafif."

Cabrillo e-kâğıt ekranını kontrol etti. Her şey sakin görünüyordu ama yine de Linda'yı telsizle aradı.

"Görevliler hâlâ ana binadalar. Bulunduğunuz yerin karşısındaki binada bir ışık yandı az önce ama bir dakika sekiz saniye sonra söndü."

"Tuvalet ışığı."

"Bence de öyle. Çıkabilirsiniz artık."

"Anlaşıldı." Ekibine döndü. "Artık gidebiliriz."

Koridorda yürümeye başlamışlardı ki bir zil sesi ortalığı inletti. Yangın alarmı gibi tiz ve kulaklarının zarını patlatacak kadar güçlü bir sesti. Bu gürültüde haberleşmeye imkân yoktu ama hepsi deneyimli profesyoneller olarak ne yapacaklarını biliyorlardı.

Önde giden Eddie'yi Linc ve Mark hemen arkasından izliyordu. Üçü birden hızlanarak, artık gizlenmeye gerek duymadan koridorda ilerlemeye başladılar. Bu artık kapıp kaçmaktan çok, Eddie ve Linda görevlerini tam yaptıysa birazdan patlayacak olan bir mayının bulunduğu duvara doğru bir yarış halini almıştı. Linda Ross siren seslerini duyacak kadar yakındı ve hemen George Adams'ı arayarak hızlı kurtarma için Robinson'u getirmesini söyledi. Doğruca yola inebilir ve muhafızlar ne olduğunu anlayana kadar herkesi alıp havalanabilirdi.

Juan'ın bir tarafındaki kapı açıldı ve uykulu gözlerle, pijamasının altını giymiş bir adam çıktı. Cabrillo dirseğiyle çenesine vurarak adamın boş bir çuval gibi halıya çökmesine sebep oldu. İleride bir başka adam oda kapısından kafasını uzatmıştı. Sırtındaki Kyle Hanley'in ağırlığına rağmen Linc, iki yana hamle yaparak adamı koluyla duvara yapıştırdı. Responsivistin kafası kapının metal çerçevesine çarptı, gözleri kaydı ve sırtüstü yere uzandı. Dış kapıya geldiklerinde Eddie, içgüdüsel olarak duraksadı. Juan kolundaki ekrana baktı ama Linda, Adams'la meşgul olmalıydı. Çünkü pilotsuz aracın kamerası karanlık okyanus sularından başka bir şey göstermiyordu. Linda'nın kız çocuğu gibi gelen sesini kulaklıklardan duyabiliyordu ama şiddetli alarm sirenleri ne dediğini anlamasına imkân vermiyordu. Tek algıladığı tiz ses tonuydu.

İstihbaratın yokluğunda omuzlarını silkti ve elinde Glock'uyla ön kapıyı açtı. Tüm tesisi çınlatan siren sesleri dışında her şey az önceki kadar sakin gözüküyordu. Ne koşturan muhafızlar ne de başka herhangi bir hareket vardı. Fazladan ışıklar bile devreye girmemişti.

Yatakhanedeki korkunç sesten kurtulunca Juan Linda'nın ne dediğini anlamak için elleriyle kulaklarına bastırdı.

"...ka tarafta. Muhafızlar uzakta. Gomez geliyor. Acele edin."

Gece görüş gözlüğüyle uğraşırken, yakındaki binanın köşesinde gri üniformalı üç adam belirdi. Adamların silahlı olup olmadıklarını anlamaya çalışırken saniyenin parçası kadar bir zamanı boşa harcadı. İçlerinden biri otomatik tabancasıyla ateş açtı ancak mermiler yatakhanenin duvarına isabet etti. Cabrillo kendini yere attı ve ateşe karşılık verdi. Atışı tam isabet kaydetmiş ve adamı göğsünden vurmuştu. Fakat adam yere düşeceğine sadece biraz sendelemişti.

"İçeri!" diye bağırdı ekibine ve sürünerek koridora geri döndü. Kapıyı ayağıyla kapattı. Siren sesini bastırmak için bağırdı: "Otomatikleri ve kevlar çelik yelekleri var. Plastik mermilerimiz onları yavaşlatmıyor bile."

"Savaşa çakıyla gitmeye benziyor," diye bağırdı Eddie.

Yeni bir tarama sesiyle binanın cephesi mermilerle delik deşik oldu ve tüm yapı sarsıldı.

Linc, açılmasını engellemek için kapı kolunun altına bir sandalye sıkıştırdı. Sonra duvardaki siren borusunu sökerek sesi kesti. "Daha çok topçu düellosuna mantar tabancasıyla katılmaya benziyor."

13. BÖLÜM

O hengâmede yeni bir plan yapmak için Cabrillo'ya bir saniye yetti. "Kyle'ın odasında bir pencere var. Bu binanın arkası dış duvara daha yakın."

Tabancasıyla odasından kafasını uzatan herkesi tehdit ederek koridorda önlerine düştü. Silahın görüntüsü, herkesi odasında kalmaya ikna etmeye yetiyordu. Kyle'ın oda arkadaşı, gürültüye rağmen, ilacın tesiriyle uykusunu sürdürüyordu. Juan odanın karşı duvarındaki pencereye ateş açarak plastik mermilerle camı zayıflattı. Böylece vücuduyla yüklenmesiyle camın dağılması bir oldu. Cam kırıkları onun peşinden bahçeye yayıldı. Elinde ve ensesinde ufak kesikler oluştu.

Yatakhanedeki bütün odalarda artık açılmış olan ışıklar, on beş metre ilerideki duvarı rahatlıkla seçebilmesini sağladı. Muhafızlar hâlâ binanın ön kapısını kurşun yağmuruna tutmakla meşguldüler ve henüz binanın etrafını çevirmemişlerdi. Murphy, Linc ve Eddie'nin pencereden atlayıp gelmesiyle arkasındaki cam kırıkları çatırdadı.

Juan'ın fikri onlara en fazla birkaç saniye kazandırmıştı. Eddie'nin yerleştirdiği patlayıcılar, taktik anlamda en uygun yer olduğundan değil, kameraların kör noktasına denk geldiği için, duvarın orta kısmına yakındı. Ona ulaşmak için muhafızlara mükemmel birer hedef haline gelerek, açık alanda yüz metre koşmaları gerekecekti.

"Linda, bana durum raporu yolla." Cabrillo'ya bileğindeki ufacık ekrandan öğrenebileceğinden daha fazlası gerekiyordu.

"Camın içinden geçen sen miydin?"

"Evet. Durumumuz nedir?"

"Yatakhane girişine yakın üç muhafız var ve yaklaşık bir düzinesi de tesis içinde koşuşturuyorlar. Hepsi tepeden tırnağa silahlı ve iki muhafız da bir cipin içinde. George yolda. Zaten sesini duyuyor olmalısınız."

Juan, Robinson'un rotorunun vuruşlarını duyabiliyordu. "Max'e harekete geçmesini söyle. C planına geçmek zorunda kalabiliriz."

"Juan, ben de hattayım." Max Hanley telsizden sesleniyordu. "Yola çıkıyoruz hemen. Kyle yanında mı?"

"Evet, ama buradan hemen çıkmamız lazım."

"Merak etme, destek geliyor."

"Custer geldiğinde Little Bighorn'da[(1)] da öyle demişlerdi ama sonunu biliyorsun."

Yaklaşan helikopterin sesi bir ton daha yükseldi ve araç duvarın üzerinde belirdiğinde Juan, Eddie'ye başıyla tamam dedi. Birbirleriyle konuşmalarına gerek yoktu. A planı çuvalladıktan sonra hiç duraksamadan B planına geçmişlerdi. Eddie'nin elinde patlayıcının ateşleyicisiyle dört çekerli arazi aracının bombaya yaklaşmasını bekledi ve ateşleyiciye bastı. Duvarın bir bölümü beyaz toz ve alevler içinde çöktü. Cipin içindeki muhafızlar beş metre havaya fırlayıp kontrolsüz bir şekilde yere çakıldı. ATV'si[(2)] yana devrildi ve lastikleri dönmeye devam etti. Bir mantar bulutu ve alevler gökyüzüne yükselirken, tesisin üzerine de gökten taş parçaları yağmaya başladı.

Ekip bir ölüm kalım koşusuna başladı. Üzerindeki ağırlığa rağmen Linc kolayca onlara uydu. Binanın köşesine geldiklerinde, Juan etrafı kontrol etti. İlk ateş açan muhafızlardan biri yerdeydi. Kafasına düşen bir beton parçası kafatasını yarmış, suratını kan içinde bırakmıştı. Bir diğer muhafız onunla ilgileniyor, bir başkası da sıkışmış kapıyla uğraşıyordu.

---

(1) 1876 yılında General Custer'ın ordusunun Kızılderililer tarafından yok edildiği savaş.

(2) Her arazide giden araç. "All Terrain Vehicle."

Dikkatle nişan alan Juan, Glock'ta kalan son dört mermiyi sırayla gönderdi. Gövdelerinin kurşunlardan etkilenmeyeceğini bilen ama adamları açıkça öldürmeye de niyeti olmayan Juan, kasıklarına nişan aldı. Erkekliklerine bir zarar gelmezdi ama haftalarca kasıkları şişmiş bir halde dolaşacaklardı. Acı içinde kıvranarak kendilerini yere attılar.

"Kusura bakmayın oğlanlar. Kelimenin tam manasıyla hem de," dedi Juan ve silahlarını toplamaya başladı. Yakın mesafede çok etkili olan ama uzaktan işe yaramayan mini-Uzi'ler taşıyorlardı. Birini Eddie'ye, diğerini de sırtındaki yüke rağmen Murphy'ye göre çok daha iyi nişancı olan Linc'e fırlattı.

Siyah Robinson R44 ansızın tepelerinde gürlemeye başladı. O kadar alçaktan uçuyordu ki neredeyse çatılardaki kiremitleri havalandıracaktı. George Adams helikopteri olduğu yerde döndürerek tesiste ufak çaplı bir kum fırtınası yaratmayı başardı. Kum ve çakıl tozlarının dansı muhafızları yerine mıhlarken, Juan ve adamlarını da gizlemeyi başardı. Helikopterin kulakları sağır eden gürültüsü ve etraftaki kargaşanın arasında kimse yeni bir parti silah sesinin nereden geldiğini anlama fırsatı bulamamıştı. Aniden helikopterin ön camında ve yardımcı pilotun penceresinde örümcek ağını andıran çatlaklar oluştu. Gövdesini döven mermiler etrafa metal kıvılcımları saçıyordu. George, aracın burnunu aşağı çevirip, ringdeki bir boksör gibi sağa sola oynatmaya başladı. Kurşun yağmuru sürerken helikopterin motor kapağından dumanlar yükselmeye başladı.

Juan telaş içinde frekans değiştirerek, telsize bağırdı. "Çabuk git buradan George. Git! Git! Git! Bu bir emirdir."

"Ben ayrılıyorum. Özür dilerim," diye güçlükle cevap verdi. Helikopter bir yusufçuk gibi döndü ve duvarın üzerinde yükselerek geceden daha siyah dumanlar çıkararak uzaklaştı.

"Şimdi ne olacak?" diye sordu Murphy, başkana dönerek.

Önlerinde yetmiş metre açık alan vardı ve responsivistler şimdiden toparlanıp organize olmuşlardı. Şirket ekibi sığ bir hendekte kendilerini koruyabiliyordu ama bu durum da çok süreceğe benzemiyordu. Muhafızlar arama operasyonu düzenlemişler ve fenerleri alanı taramaya başlamıştı bile.

"Neredesin Linda?" Cabrillo sordu.

"Tam sizin havaya uçurduğunuz noktada duvarın dışındayım. Bana ulaşabilir misiniz?"

"Olumsuz. Çok fazla muhafız var ve yeterli koruma yok. Buranın bir deliler sığınağından çok askeri kışla olduğuna yemin edebilirim."

"O zaman sanırım dikkatlerini dağıtma vakti geldi."

"Sıkı bir şey olsun."

Telsizden hızlanan bir motor sesi duydu ama Linda cevap vermedi.

Otuz saniye sonra tesisin ana kapısı menteşelerinden kurtuldu ve kiraladıkları minibüs geri geri içeri daldı. Arka tamponu çarpık bir şekilde sallanıyordu. Tesisi koruyan bir düzine veya daha fazla muhafız toplu halde o tarafa döndü ve menfezden yükselen gölgeleri fark etmeden duvarda açılan gediğe doğru koşmaya başladı. Linda'nın minibüsüne doğru ateş açıldı ve o daha vitesi düze almadan aracın gövdesinde kırk tane delik açılmıştı. Sonunda lastikler çakıltaşlarını fırlatarak patinaj yaptı ve araç bunaltıcı ateşten uzaklaştı.

Duvara doğru koşarlarken Juan, Linc ve Eddie'ye seslendi. "C planına geçin. Az sonra görüşürüz."

"Sen nereye gidiyorsun?" Mark nefes nefeseydi.

Cabrillo, Murphy'yi kesinlikle geminin spor salonuna sokmaları gerektiğini düşündü cevap vermeden önce. "Linda'nın lastiklerinden birini deldiler. Binanın ön tarafında cipler var. Daha bir kilometre gitmeden yakalarlar bizi. Ben onları oyalamaya gidiyorum. Böylece siz köprüye ulaşabilirsiniz."

"Bunu benim yapmam gerekiyor," dedi Eddie.

"Olumsuz. Senin sorumluluğun Max'in oğlu. İyi şanslar."

Juan, önceden duvar olan dumanlar tüten yıkıntıdan diğer tarafa döndü. ATV hâlâ yan yatmış vaziyetteydi ve egzozundan dumanlar çıkıyordu. Adamlarının yıkıntıdan tırmanarak çıktıklarını gördükten sonra aracın direksiyonunu kavradı. Gaz pedalına bastırarak direksiyonu çevirdi. Üç yüz kiloluk aracı doğrultmak için kendi kaslarından çok, dört çekerin gücünü kullanıyordu. Araç kauçuk tekerleklerinin üstünde zıpladı ve o da araca atlayarak daha yerleşmeden motoru ateşledi.

Araç, 750 cc motorunun gürlemesiyle öne atıldı. Bir grup muhafız üstü açık ciplere doğru koşmaya başladı. Bu arada duvara yakın olanlar Juan'ın ekibini takibe başlamıştı. Cabrillo gece görüş gözlüklerinin avantajına sahipti. Ancak tesisin her tarafında yeni ışıklar yanmaya başlamıştı. Direklere monte edilmiş projektörler ortalığı kör edici bir aydınlığa boğmuştu. Onun kendilerinden biri olmadığını anlamaları en fazla bir iki dakika sürerdi. Aydınlık alandan uzakta davetsiz misafirleri kovalıyormuş gibi ortalıkta biraz dolaştı. İleride kurumuş ağaçlardan birinin arkasında bir muhafız fark etti. O taraf doğru hızlandı. Gözlüklerini çıkardı ama karanlıkta kalarak yüzünü gizledi. Muhafızın hangi dili konuştuğunu bilmediğinden eliyle arkaya atlamasını işaret etti.

Muhafız hiç duraksamadan Juan'a doğru koştu ve arka koltuğa atladı. Bir eliyle Cabrillo'ya tutunup, diğeriyle makinelisini kavramıştı.

"Şanslı gününde değilsin ahbap," diye kendi kendine mırıldandı Juan ve gaz pedalına yüklendi.

"Herkesi topladım," dedi Linda kulaklıktan. "Anayoldayız."

Ciplere göz atan Juan, ilkinin takip için hazır olduğunu gördü. Sürücü ve yanında oturan muhafız dışında arka koltuklarda da iki adam daha vardı ve emniyet çubuğuna tutunmuşlardı. Adamlarının ellerinden geleni yapacağını biliyordu ama tek lastiği patlak ve saatte seksen kilometreyi geçemeyen bir minibüste ve neredeyse silahsız bir haldeydiler. Özellikle diğer cip de peşlerinde olunca kötü sonuç kaçınılmaz olacaktı.

Durumu eşitlemenin zamanı gelmişti.

Cabrillo'nun ATV'sinde arkada oturan muhafız, omzuna dokunarak yatakhanelerin arkasına doğru sürmeleri gerektiğini işaret etti. Juan onun dediğini yaparak hızlandı. Diğer muhafızların onu izlediğini hissedebiliyordu. O yüzden harekete geçip direksiyonu sertçe sağa kırmak için mümkün olan son anı bekledi. Balon lastikler yerde derin izler bıraktı ve eğer Juan ağırlığını ters tarafa vermeseydi devrilmeleri işten bile değildi.

Yeniden dört tekerlek üzerinde kaldıklarında ve duvardaki gediğe doğru yöneldiklerinde, Juan yeniden gaza asıldı. Muhafızın elindeki mini-Uzi'yi kapıp kendi beline yerleştirdi. Muhafız bir an için şaşırdı ama hemen toparlandı. Kolunu Juan'ın boynuna dolayıp nefes borusunu insafsız bir güçle ezmeye başladı.

Juan nefessiz kalmıştı, güçlü ciğerleriyle içine hava kırıntıları çekerken, bir yandan da cipi gediğe doğru hızlandırıyordu. Aralığın açıklığı iki metreden azdı. Yerde de ufalanmış beton molozları ve mıcırlar vardı. Saatte yetmiş kilometre hızla gidiyorlardı. On beş metreden az bir mesafe kalmıştı ki üzerlerine kurşun yağmaya başladı. Responsivist muhafızlar uçarak giden araçtaki iki kişinin tesise sızan gruptan olduğuna hükmetmişlerdi. ATV'ye doğru açılan yaylım ateşinin etkisiyle duvardan beton parçaları ve toz toprak saçılıyordu etrafa.

Juan yanlarından vızıldayarak geçen mermilerin sıcaklığını hissedebiliyordu. Hatta bir tanesinin takma bacağını sıyırdığını fark etti ama dikkatini delikten ayırmamak için ilgilenmedi. Muhafız, avını boğmaya kararlı bir biçimde kollarını iki kat kuvvetle sıkmaya başlayınca ciğerleri oksijensizlikten kasılmaya başlamıştı.

Hadisenize, piç kuruları! Bir kere de adam gibi nişan alın! Juan, görüşü iyice bulanıklaşıp, dünyası hızla kararırken bunları düşündü.

Haydi! Cabrillo bunun hayattaki son düşünceleri olduğunu hissediyordu.

Birden omurgasına çekiçle vurulmuşçasına güçlü bir sarsıntı hissetti. Muhafızın insafsız kavrayışı gevşemeye başladı. Başkanın üzerine hırıldayarak devrildi. Parçalanan ciğerinden gelen kan ağzından dışarı akıyordu. Responsivistlerin yaylım ateşi sonucu kendilerinden biri vurulmuştu. Juan enkaza çarpınca, muhafız aracın arkasından dışarı savruldu. Tombul lastikler gevşek zeminde kolayca yollarını buluyordu. Eğimi tırmanıp gediği aşarken, yukarıdaki duvara çarparak kopmasına engel olmak için kafasını eğmek zorunda kaldı. Diğer tarafa fırlayıp tekrar yere çarpmadan önce şokun etkisini azaltmak için içgüdüsel olarak koltuğunda yükseldi. Koca Kawasaki süspansiyonları üzerinde zıplayınca Cabrillo az daha aracın ön tarafından dışarı fırlayacaktı. Telsiz kulaklığı kulağından çıkıp kablosunun ucunda göğsünde asılı kaldı. İncinen nefes borusundan güçlükle soluk almaya çalışarak kendine gelmeye çalıştı. ATV'ye yeniden hâkim olur olmaz direksiyonu sertçe kıvırıp, sahil boyunca Korinthos'a doğru uzanan yirmi kilometrelik yolda ilerlemeye başladı.

İlk cip parçalanmış kapıdan çıktığında Juan yola çıkmıştı. Linda ve diğerleri en fazla bir kilometre ilerideydiler. Pek yeterli bir avantaj değildi. Direksiyondaki bir düğme ön tekerleri çekişten çıkararak daha da hızlanmasını sağladı. Duvarın dış tarafındaki yolda hızlanmaya başladı.

İkinci cip yan yatarak kapıdan çıkıp, lastikleri yola çıkana kadar tozu toprağa kattığında kapı yirmi metre uzaktaydı. Bunda sadece üç muhafız vardı; sürücü, bir yolcu ve arkada elinde AK-47 ile ayakta duran biri.

Juan momentum avantajını kullanıp hızlanarak cipin arkasından yaklaştı. Kendisini yukarı çekip sele üzerinde gitmeye başladı. Rüzgâr gözlerini yakıyordu. Hafifçe hızlanarak cipten sadece saatte birkaç kilometre hızlı gitmeye başladı. ATV'nin burnunu cipin arka tamponuna bindirdi.

Çarpmanın etkisiyle Cabrillo Kawasaki'den fırlayarak cipin arkasında ayakta duran adama çarptı. Adamın yüzü emniyet çubuğuna gömüldü ve ardından topukları kafasına değercesine geriye doğru kıvrıldı. Çarpma öldürmediyse bile, Juan artık adamın saf dışı kaldığından emindi. Juan kendisini doğrultarak takma bacağıyla yolcu koltuğunda oturan adamın şakağına çok sıkı bir tekme savurdu. Kapıları çıkarılmış araçta, adamın düşmesini önleyecek hiçbir şey yoktu. Aracın yanından yola düşen adam, taklalar atarak yola serildi.

Cabrillo kemerindeki mini-Uzi'nin namlusunu neye uğradıklarını şaşıran sürücünün şakağına dayadı.

"Atla ya da öl. Seçim senin."

Sürücü ikisini de yapmadı. Sertçe frene asıldı. Lastiklerinden ateş çıkan aracın arkası neredeyse havaya kalkacaktı. Juan ön cama çarparak kaputun üzerine fırladı. Oradan da öyle hızlı bir şekilde aracın önüne düştü ki öndeki ızgaralara tutunacak fırsatı olmadı.

Cabrillo gözden kaybolur kaybolmaz sürücü frenden ayağını çekip, kendilerine saldıran adamın aracın önünde çaresizce yattığını düşünerek gaza yüklendi.

14. BÖLÜM

Oregon'un burnu, İonia Denizi'nin karanlık sularında hiç zorlanmadan süzülerek ilerliyordu. Teknoloji harikası manyetohidrodinamik motorları sayesinde zorluk çekmeden bir metre kalınlığında bir buz tabakasında ilerleyebilirdi. Korinthos'un batısında, Peloponnesos Yarımadası'nın etrafını dolaşıyorlar ve pozisyon almak için doğuya doğru gidiyorlardı. Geminin etrafında fazla deniz trafiği yoktu. Radarda gözüken birkaç tekne de muhtemelen gece yiyecek için yüzeye yaklaşan kalamarlar için ağ bırakan kıyı balıkçılarıydı.

O sırada Eric Stoney iki işle meşguldü. Navigasyon istasyonundaki koltuğunda oturmuş gemiye kumanda ediyordu ama bir yandan da kendine çevirdiği Mark'ın monitörlerinden birine bakarak UAV'nin responsivistlerin tesisi üzerindeki uçuşunu idare ediyordu. Kıyıya yaklaşıp, tamamen gemiye odaklanması gerektiğinde insansız uçağın kontrolünü George Adams'a teslim edecekti. O da şu sıralarda hasarlı Robinson'u gemiye getiriyordu.

"*Oregon*, Gomez konuşuyor." Hali, helikopterle haberleşme kanalını hoparlörlere yönlendirdi. "Sizi görüyorum."

"Anlaşıldı Gomez. Hızı azaltıyoruz," dedi Max kaptan koltuğundan. "5 deniz mili lütfen Bay Stoney."

Eric, pompaları ters çalıştırıp gemiyi istenen hıza düşürünceye kadar, *Oregon*'un tahrik borusundan geçen su miktarını azaltmak için birkaç tuşa bastı. Geminin sudaki çalkantıların etkisiyle sallanmasını engellemek ve böylece Adams'ın inişini kolaylaştırmak için belli bir seyir hızı gerekliydi.

Max koltuğunda dönerek odanın arkasındaki hasar kontrol subayını görüş alanına aldı. "Yangın ekipleri hazır mı?"

"Hazır efendim," dedi anında. "Ve benim elim de su toplarının tetiğinde."

"Çok iyi. Hali, George'a söyle, o hazır olduğunda biz hazırız." Dahili haberleşmeden hangarı tuşladı. "Julia, George birkaç dakika uzakta."

Bir mermi pilotun baldırını sıyırmıştı ama Max Hanley kendisini tüm ekibi kaybetmişçesine suçlu hissediyordu. Kim ne açıklama getirirse getirsin önemi yoktu. Juan ve arkadaşları onun için kendi hayatlarını tehlikeye atmışlardı. Üstelik basit gibi görünen görev şu anda iyice kontrolden çıkmıştı. Şu ana kadar tek yaralanma George'unkiydi ama Juan taktik haberleşmeden düşmüştü ve Hali onu geri getiremiyordu. Linda bir minibüste Linc, Eddie ve Kyle'ı getiriyordu ama peşlerindeki ağır silahlarla donatılmış bir cipin yakın takipte olduğunu bildirmişlerdi.

Başkan pusuya düşürüldüğünden beri belki yüzüncü kez Max, yanlarına sadece yaralama amaçlı silahlar alma kararlarına lanet etti. Hanley bir tarikat tesisinde bu kadar silahın bulunmasının ne anlama geldiğini uzun uzadıya düşünememişti ama pek hayra alamet bir durum olmadığı da belliydi. Eski karısı aradıktan sonra okuduğu ve duyduğu hiçbir şey responsivistlerin şiddet yanlısı olduğunu göstermiyordu. Tam tersine her türlü şiddetten kaçınıyor gözüküyorlardı.

Bunun *Golden Dawn*'daki kitle katliamıyla nasıl bir bağlantısı vardı bilemiyordu. Responsivistler başka bir grupla savaş halinde miydiler? Öyleyse kimdi bunlar? Kimsenin bilmediği başka bir tarikat mı yoksa responsivistler nüfus kontrolüne inanıyor diye yüzlerce insanı öldüren başka bir grup mu? Bunların hiçbiri Max'e mantıklı gelmiyordu. Oğlunun böyle bir gruba katılması da saçma geliyordu. Bunların hiçbirinin kendi hatası olmadığına inanmayı öyle istiyordu ki... Daha alçak karakterli biri olsaydı kendini buna ikna edebilirdi ama Max, sorumluluğunun nerede başladığını biliyordu ve bundan hiç kaçmamıştı.

Şimdilik suçluluk duygusunu rafa kaldırdı ve *Oregon*'un en arka kargo kapağının üzerindeki helikopter pistini gösteren büyük ekrana odaklandı. George helikopteri kıç küpeştesine yaklaştırırken, ay ışığı altında aracın hasarı oldukça büyük gözüküyordu. Motor kapağından yükselen yoğun duman dönen kanatların etkisiyle halkalar halinde yükseliyordu.

Bu da neden kimsenin Adams'ın cesaretini sorgulamadığını açıklıyordu. Bu haldeki bir helikopteri, bir çiftliğe indirmek yerine, otuz kilometreden uzun bir mesafeyi deniz üzerinde uçarak gelmişti. Tabii eğer ilkini tercih etseydi, Yunan yetkililerinin tüm kuşkusunu üzerlerine çekeceklerdi. Bir de başkanın C planı gereği herkesin en kısa zamanda uluslararası sulardaki gemide toplanma emri vardı.

George helikopteri güverteye yavaşça indirdi. İniş takımları yere değmeden hemen önce egzozdan müthiş bir duman yükseldi. Motor durdu ve Robinson o kadar sert bir şekilde iniş yaptı ki ayak dikmelerinden biri çatladı. Max, George'un soğukkanlı bir şekilde sırayla sistemleri kapattığını ve ardından emniyet kemerini çözdüğünü gördü. Hangar asansörü aşağıya doğru inerken George doğruca kameraya bakarak gururla sırıttı.

"Biri sağ salim yuvaya geldi," diye düşündü Max. Kaldı altı kişi.

Tek lastiği patlak olan kiralık araç yalpalayarak ilerliyordu. Linda, onları Peloponnesos'tan çıkan ana arter olan Yeni Ulusal Cadde'ye doğru götürürken, dönüşlerde araçla güreşmek zorunda kalıyordu. Neyse ki dikiz aynasında arkalarından gelen bir şey gözükmüyordu. Ama bunun geçici olduğunu biliyordu. Linc, ipleri hazırlarken, Eddie de minibüsün içine eğilmiş, takipçilerini yavaşlatacak herhangi bir şey arıyordu. Linda UAV'yi yönlendirmek için dizüstünü kullanmıştı, bu yüzden o devre dışıydı. Ama arka kapıdan atabilmesi için bir tekerlekli sandalye ve küçük bir masayı kapının önüne çekmişti. Tüm silah ve cephanelerini de bir araya getirdi. Üç tabanca ve altı yedek plastik mermi şarjörleri vardı. Mermiler belki ön camı delip geçerdi ama lastiklerden top gibi sekerdi.

Yolun kenarına dizilmiş küçük köyleri hızla geçtiler. Birkaç beyaz sıvalı bina, evler, asma çardak altında sandalyeleri olan bir taverna, kazığa bağlanmış üç beş keçi gözlerinin önünden hızla akıp geçti. Sahil şeridinde yabancıların yaptığı sayfiye evlerine rağmen, yolun diğer tarafında yaşam sanki yüz yıldır hiç değişmemiş gibiydi.

Aynada bir ışık Linda'nın gözüne çarptı. Gecenin bu saatinde başka kimse olamayacağından gördüğü şeyin kendilerini izleyen ciplerden birinin farları olduğunu biliyordu.

"Bir ziyaretçimiz yaklaşıyor," dedi ve iyice parçalanan patlak lastiğe rağmen aracı dengede tutmaya çalışarak, gaz pedalına biraz daha yüklendi.

"Tam arkamıza gelmelerini sağla," diye seslenen Eddie'nin sesi patlak lastiğin hareketleriyle alçalıp yükseliyordu. Bir eli kapı kolunda, diğeri tabancadaydı. Saatte yüz otuz kilometre hız yapan cip aradaki mesafeyi göz açıp kapayıncaya kadar kapatıverdi. Arka camdan bakan Eddie, cipin arkalarına yaklaşmak yerine, yanlarına geleceğini fark etti.

"Eddie!" diye haykırdı Linda.

"Gördüm."

Cip on metre yaklaşmıştı ki arka kapıyı açtı ve tetiğe ardı ardına basarak seri bir şekilde peş peşe ateş etmeye başladı. İlk birkaç atışı, kaputu ve radyatör ızgaralarını buldu ama peşinden gelenler ön cama isabet etti. Camda ince delikler açan mermiler sürücünün yoldan çıkıp yavaşlamasına neden oldu. İlk anda takla atacak gibi gözüken araç, sürücünün son andaki müdahalesiyle toparlandı ve tekrar yola döndü.

Hemen sonra, yeniden minibüsü kovalamaya başladı.

"Linc, yat. Linda, sıkı dur." Eddie arkadaki adamın elinde bir silahla ön camın tepesine çıktığını görünce bağırdı.

Silahın takırtısı ve aracın gövdesine çarpan mermilerin çıkardığı ses aynı anda duyuldu. Minibüsün arka camı patlayarak Eddie'yi cam sağanağı altında bıraktı. Mermilerin değdiği noktalarda metal kaporta ısınarak çatlıyordu. Bir mermi kaportayı delip geçerek aracın içinde sekti ve Linda'nın koltuğunun arkasına saplandı.

Eddie, ikinci tabancasını çıkardı ve camsız pencereden uzatarak körlemesine ateş etmeye başladı. Bu arada Linc vücuduyla, hâlâ baygın olan Kyle'a siper oluyordu.

"Nasıl becerdin bilmiyorum ama..." diye seslendi Linda sürücü koltuğundan. Direksiyona abanmış, yan dikiz aynasından arkaya bakıyordu. "Ateş açan adamı göğsünden vurdun."

"Öldürdüm mü?" Eddie silaha yeni şarjör yerleştiriyordu.

"Bilemiyorum. Arkadaki adam onun silahını alıyor. Sıkı dur!"

Linda frene asıldı ve aracı cipin şeridine soktu. İki araç metal çatırtıları içinde çarpıştı. Bir an minibüsün arkası cipin tamponuna asılı halde gittiler. Sonra yeniden dört tekerinin üzerine indi. Az önce vurulan adam cipten fırlarken diğerleri de emniyet çubuğuna çarptılar.

Gaza yeniden basan Linda adamlar yeniden toparlanıncaya kadar arayı yüz metre kadar açmıştı.

"*Oregon*, ne kadar kaldı?"

Eric Stoney hemen cevap verdi. "UAV'den izliyorum sizi. On kilometre daha yolunuz var."

Linda küfretti.

"Daha da kötüsü," diye devam etti Stoney. "İlkinin ardından gelen iki cip daha var. Biri beş yüz metre geride, diğeri ondan biraz daha arkadan geliyor."

Cip onları yeniden yakaladı ama bu kez, çok yaklaşmaktansa biraz mesafe bırakarak takip etmeyi tercih etti. İçindeki silahlı muhafız minibüsün lastiklerine ateş etmeye başladı. Linda aracı sağa sola kaydırıp hedef şaşırtmaya çalıştı ama vurulmalarının an meselesi olduğunu biliyordu. "Aklına parlak bir fikir gelen var mı?"

"Korkarım bende kalmadı." dedi Eddie. Sonra birden yüzü aydınlandı. Telsiz mikrofonunu tıkladı. "Eric, UAV'yi cipe nişanla."

"Ne?"

"Uçağı diyorum. Cruise füzesi gibi kullan. Yolcu bölümünü vur. İçinde hâlâ alev almasına yetecek kadar yakıt vardır."

"O olmadan başkanı kurtaramayız ama," diye karşı çıktı Stoney.

"Son beş dakika içinde ondan bir haber aldın mı?" Soru cevapsız kaldı. "Yap o zaman!"

"Başüstüne efendim."

Cabrillo cipin önüne düşer düşmez sürücü gaza basınca, Juan'a kendini yere bastırıp üzerinden geçen tampona tutunmak için bir saniyeden az bir zaman tanımıştı. Hızlanmaya başlayan cipin altına tutunup kendisini yukarı çekti ve asfalta sürten botlarından lastik parçaları sıyrılarak zor yolculuğuna başladı.

Bir süre bu şekilde giderek nefesini topladı. Mini-Uzi'yi kaybetmişti ama Glock hâlâ belindeki kılıfta duruyordu. Sol eliyle daha da kuvvetle tutunarak sağ eliyle kulaklığı yerine yerleştirdi. Böylece Eddie ve Eric'in konuşmalarını duyabilecekti.

"Buna katılmıyorum," dedi.

"Juan," diye coşkuyla bağırdı Max. "Nasılsın?"

"Yuvarlanıp gidiyorum." Kafasını arkaya yatırarak yolu görmeye çalıştı. Gördüğü her şey baş aşağı olsa da iki aracın stop lambalarını seçebiliyordu ve bir tanesinden gelen parlamaların, ateş eden bir silahtan çıktığı apaçık ortadaydı. "Bana otuz saniye verin sizi kurtarayım."

"Zaten ancak o kadar dayanabiliriz."

"Güven bana." Cabrillo kendisini biraz daha yukarı çekti ve sürücünün göremeyeceği şekilde tamponun üzerinde gitmeye başladı. Ön ızgaralara kavrayabildiği kadar sıkı tutunup, sol eliyle çaprazlama uzanarak Glock'u kılıfından çıkardı. Sağ eliyle de kuvvet alıp kaputun üzerine çıktı.

Silahını ateşleyerek sürücüyü göğsünden iki kere zımbaladı. Adamda kevlar yelek olmasaydı plastik mermiler bu mesafeden öldürücü olabilirdi.

Yine de iki kapsülün bir katırınkine eşdeğer kinetik enerjisi, adamın ciğerindeki havayı son molekülüne kadar dışarı atmasına sebep oldu.

Cabrillo kaputun üzerinde sürünerek ilerledi ve aracın direksiyonuna tutundu. Sürücünün suratı hortlak gibi bembeyazdı ve ağzını sonuna kadar açarak nefes almaya çalışıyordu. Cabrillo arkasına bakarak nereye gittiklerine değil de nerede olduklarına dikkat ederek aracı yolun ortasında tutmaya çalıştı. Sürücünün ayağı gazdayken bu çaba pek işe yaramadı.

Başka çaresi kalmayan Cabrillo, tabancasını aracın konsolunun üzerinden aşırıp yere doğru çevirerek adamın bacağına ateş etti. Sürücü, Cabrillo ve aracın panelleri kan içinde kalmıştı. Ancak atış istenen etkiyi yaratmış, sürücü ayağını gazdan çekmişti. Giderek yavaşlayan aracın hızı otuz kilometrenin altına inice Cabrillo silahını adamın alnının çatına dayadı. "Atla."

Sürücü beceriksiz bir şekilde araçtan atladı. Düştüğü mıcırın üzerinde kanayan bacağını tutarak bir süre sürüklendikten sonra yara bere içinde ve kırık bacaklarıyla yolun ortasında kalakaldı.

Juan, sürücü koltuğuna geçti ve ilk cipin peşine düştü. Aynadan arkadan gelen birkaç ışık huzmesi daha görünce bunların responsivistlerin acil durumda devreye giren yedek birlikleri olduğunu tahmin etti. Takiplerinin bu denli ısrarlı ve azimli olması kafasında birtakım ışıklar yakıyordu ama bunu düşünmeyi daha sonraya, buradan kurtulacakları zamana bıraktı.

Minibüse ateş açan adamların, üçüncü, cip arayı kapamış olmasına rağmen Juan'ın cipinden şüphelenmeleri için bir sebep yoktu. Hızla, Yeni Ulusal Cadde'ye ve Korinthos Kanalı üstündeki köprüye çıkış rampasına yaklaştıklarını gösteren, İngilizce ve Yunanca yazılı levhanın altından geçtiler. Juan'ı düşündüren uygulama değil zamanlamaydı. Kusursuz ayarlanması gerekiyordu. Rampa sağ taraflarında görünmüştü. Üçüncü cip elli metre gerideydi ve kurşunlar öndeki minibüse yağmaya devam ediyordu.

"Linda," diye seslendi Juan. Gözü bir önündeki bir arkasındaki cipteydi. "Gidebildiğin kadar hızlı git. Lastikleri dert etme. Gazı kökle."

Minibüs arayı açmaya başlayınca, cipin sürücüsü de hızlanarak mesafeyi yeniden azalttı. Juan, cipin arkasına iyice yanaşarak polislerin tekniğini kullanarak tamponuna hafifçe dokundu. Çarpma sert değildi ve olması da gerekmiyordu. İşin sırrı öndeki aracın kendi etrafında dönmesini sağlayacak şekilde dokunmaktaydı.

Kendisini öne geçmek isteyen bir hurda araba yarışçısı gibi hisseden Juan, sürücü ilk çarpmanın etkisini atlatmışken araca yeniden dokundu. Bu kez kurtulamadı ve araç kontrolden çıkarak, yolda geniş bir yay çizdi ve iki sol tekerleği üzerinde havalanarak ardı ardına taklalar atmaya başladı. Yolu cam ve metal parçaları kaplamıştı. Juan önünde sağa sola savrulan araçtan güçlükle sıyrılabildi.

Cip tepetaklak vaziyette tek şeritli rampa girişini tamamen tıkayarak durabildi. Linda'nın arkası emniyete alınmıştı ve artık köprüye rahatlıkla ulaşabilirdi. Üçüncü cip rampaya yaklaşınca yavaşladı, sonra avını kaçırdığını fark ederek hızlanarak Korinthos'a doğu ilerleyen Cabrillo'nun peşine takıldı.

Harekât Merkezi'ndeki hiç kimse Eric Cabrillo'yu telsizle arayana kadar insansız uçağın yolladığı görüntülere inanamadı. "İkinci cipteki siz misiniz başkan?"

"Olumlu."

"Sürücülük dersi gibiydi."

"Teşekkürler. Durum nasıl gözüküyor?"

"Linda ve ekibi kurtuldu. Responsivistlerin kalesinden çıkan yeni araç yok ve şu ana kadar senin havai fişek gösterin yerel polisi uyandırmışa benzemiyor. Kanaldan geçmemize iki dakika kaldı. George şimdi hangardan geldi ve UAV'nin kontrolünü devralıyor."

"Benim şehre gidiş rotam ne durumda?"

"Son taramada bir şey gözükmedi. Linda köprüye ulaşır ulaşmaz, hava desteğinin öncelikli kapsamına gireceksiniz."

"Tamam. Yakında görüşürüz."

Tek paçası kesilmiş olarak uçuş kıyafeti içinde ve bacağında kocaman bir bandajla merkeze gelen George Adams, bir bilgisayarın başına oturarak bandajlı bacağını bükmeden ileri uzattı.

"Nasılsın?" Max, suçluluk duygusunu bastırmak istercesine olduğundan daha sert görünmeye çalışarak sormuştu bu soruyu.

"Hanımları etkileyecek bir yara izi daha. Hux sekiz dikişi yeterli buldu. Ben asıl Robinson için endişeliyim. İsviçre peynirine benzedi. Sadece pilot kabininde on bir delik var. Tamam Stoney, ben hazırım."

Eric, UAV'nin kontrollerini Adams'a devrederek, koca şilebin Korinthos Kanalı'ndan geçişine odaklanmaya başladı.

Bir kanal fikri, ilk olarak Romalılar zamanında ortaya atılmış, ancak bu dar geçit boyunca bir kanal açmak kapasitelerinin çok üzerinde bir iş olduğundan proje gerçekleşmemiş. Usta mühendis olan Romalılar, bunun yerine Yunanlıların *diolkos* dediği bir yol yapmışlar. Gemilerin yükü bir uçtan boşaltılıyor, burada hem gemi hem de yük, tekerlekli taşıyıcılara konarak geçidin öbür ucuna taşınıyormuş. Burada yeniden yüklenen gemiler yollarına devam ediyorlarmış. Ancak on dokuzuncu yüzyılın sonlarında gelişen teknolojiyle birlikte düzgün bir kanal açılarak, gemiler Peloponnesos Yarımadası etrafında yaklaşık üç yüz kilometre yolu fazladan gitmekten kurtarılmışlar. Başarısız bir Fransız girişiminden sonra bir Yunan şirketi işi devralmış ve kanalı 1893 yılında bitirmiş.

Altı kilometreden biraz daha fazla olan uzunluğu ve deniz seviyesindeki genişliği sadece yirmi dört metre olan kanal hakkında, tek bir özelliği dışında bahsedilecek fazla bir şey yoktu. Kanalı açmak için seksen dört metre yüksekliğinde sert kayalık bir yapıyı oymak gerekmişti. Uzaktan bakıldığında dev bir balta gemilerin geçmesi için kayayı oyarak bir geçit açmış gibiydi. Köprülerden birinin üzerinden geçerek kanalı aşmak ve uzakta denize açılan gemileri seyretmek çok revaçta olan bir turistik etkinlikti.

Eğer küçük bir kasaba olan Poseidonia'nın ışıkları olmasa, *Oregon*'un ana ekranından bakıldığında gemi hızla kayalıklara doğru yol alıyormuş gibi görünecekti. Kanal o kadar dardı ki uzaktan fark etmek mümkün değildi. Koyu renkli bir kayanın üzerinde daha açık renkli bir şerit gibiydi. Arada bir çakan fener ışığı kaptan köprüsünü yalayıp geçiyordu.

"Emin misin Bay Stoney?" diye sordu Max.

"Deniz yükseldiği için, köprü kanatlarının her iki tarafında birer metreden fazla mesafe kalacak. Biraz boya dökülmeyeceğini garanti edemem ama gemiyi geçireceğimden eminim."

"Tamam o zaman. Ben bunu, canlısı varken televizyondan izlemeyeceğim. Köprüye çıkıyorum."

"Sakın dışarı çıkma. Ne olur ne olmaz."

"Sana güveniyorum evlat."

Max asansörle en üst kata çıkarak yarı aydınlık kaptan köşküne geçti. Geminin kıçına bakarak, Linc'in en iyi av köpeklerinden Mike Trono ve Jerry Pulaski'nin talimatlarıyla hazırlıkları tamamlayan adamlara bir göz attı. Diğer denizciler de baştaki yerlerini almıştı.

Gemi yirmi deniz miliyle gidiyordu. Her ne kadar kanal bugünlerde daha çok eğlence tekneleri ve şehir turları için kullanılıyor olsa da zaman zaman gelen büyük gemiler halatlarla çekiliyor ve hızları birkaç deniz miliyle sınırlandırılıyordu. Max'in, Eric Stoney'in gemi kullanma yeteneklerine inancı tamdı ama yine de midesinde oluşan düğümlere engel olamıyordu. *Oregon*'u o da en az başkan kadar seviyordu ve kasten pul pul kabartılmış yüzeyine en küçük bir zarar geldiğini görmekten nefret ediyordu. Uzun dalgakıranı sancağa alıp geçtiler ve geminin her tarafında çarpışma alarmları çalmaya başladı. Neyin yaklaştığını bilen personel gerekli tedbirleri almaya başlamıştı.

Kanalın her iki ucunda sahil yollarını birbirine bağlayan köprüler vardı. Yüksek asma köprülerin tersine, bu iki şeritli yapılar deniz seviyesindeydiler. Kanala giren gemilere yol vermek üzere deniz tabanına indiriliyorlar ve gemiler de üzerlerinden geçiyordu. Gemi geçtikten sonra köprü yeniden yukarı çekiliyor ve araç trafiğine açılıyordu.

Oregon, buzları kırmak üzere tasarlanmış ve güçlendirilmiş burnuyla köprüye hızla çarparak kulak tırmalayıcı bir metalin metale sürtme sesiyle üzerine çıktı. Köprüyü parçalamak yerine, onu tutan kilitleri koparak gövdesinin altına aldı. Köprü batarken, *Oregon* müthiş bir şapırtıyla suya indi. Savurduğu sular kanalın iki duvarı arasında gidip gelerek *Oregon*'u tehlikeli bir biçimde salladı.

Max yukarı baktı. Kanalın gökyüzüne uzanan duvarları geminin ufacık gözükmesine sebep oluyordu. Uzakta, yukarıda gözüken araba ve demiryolu köprüsü, çocukluğunda oynadığı montaj setlerinin kirişleri gibi zarif ve kırılgan duruyorlardı.

Yük gemisi kanaldan geçmeyi sürdürdü. *Oregon*'un alabandadan alabandaya uzanan iticilerini büyük bir ustalıkla kullanarak, gemiyi kanalın tam ortasında tutan Eric'in hakkını vermek gerekiyordu. Köprü kanatları bir kere bile yan duvarlara sürtmemişti. Max baştan sona yürüyerek şansını denemek istedi. Aptalca ve tehlikeliydi bu yaptığı. Eric bir hata yaparsa, bu kadar yüksek hızda meydana gelecek bir çarpışma, platformu üst güverteden kopartabilirdi. Fakat Max uzanıp kayalara dokunmak istedi. Soğuk ve pürüzlüydü. Duvarların bu yüksekliği, kanalı günün büyük bir kısmında gölgede bırakıyor ve güneşe, taşları ısıtması için yeterli zaman tanımıyordu. Memnun bir halde köprüye dönerken, *Oregon* hafifçe dalgalanıp baş bordası kanal duvarına sürtmüştü. Eric yönlerini hissedilmeyecek bir miktar değiştirerek, aşırı düzeltme yapma hatasına düşmeden gemiyi tekrar merkeze getirdi.

"Linda'nın minibüsü Yeni Ulusal Cadde Köprüsü'ne gelmek üzere," diye dahiliden seslendi Gomez. "Başkanı da görebiliyorum." Hâlâ, kendisini takip eden cipten oldukça uzakta."

"Aşağı geliyorum hemen," dedi Max ve asansöre yöneldi.

* * *

Patlak lastikler sonunda köprüye beş yüz metre kala parçalandı ve kalan mesafeyi aracın jantları üzerinde gitmeye başladılar. Minibüsün arkasından kıvılcımlar çıkıyordu. Çıkan ses, yazı tahtasında tırnak sürtülmesini andırıyordu. Linda'nın daha fazla nefret ettiği bir ses yoktu. Köprünün başına geldiklerinde hangisinin kendisini daha fazla mutlu ettiğinden emin değildi; neredeyse kurtulmuş olmaları mı yoksa şu iğrenç sesin son bulması mı?

Araç durur durmaz Franklin Lincoln kapıyı hızla açtı. *Oregon*'un hızla yaklaştığını görebiliyordu. Hemen köprüden aşağıya üç tane tırmanma ipini bırakıverdi. İpler minibüsün koltuklarına ve bagaj bölmesindeki bir şase elemanına bağlanmıştı. Aşağı doğru inen ipler, ruloları çözülerek denizin üç metre üzerinde boşlukta sallanmaya başladılar.

Linda oturduğu yerden fırlayarak hemen koşumlar, başlık ve eldivenden oluşan iniş donanımını kuşandı. Bu sırada altmış metre altlarında sular, yavaşlamak için geri iticilerini çalıştıran *Oregon*'un etrafında köpürmekteydi. Dev motorlarının gücü gemiyi neredeyse anında durdurmuştu.

Linc çoktan hazırlanmış, tandem paraşütlerde kullanılan koşumlarını bağlamıştı. Eddie'nin yardımıyla hâlâ baygın olan Kyle'ı da kendisine bağladı. Sonra üçü birden kendilerini iplerde emniyete alarak aşağıdan gelecek sinyali beklemeye başladılar.

Oregon'da tayfalar yukarıdan sarkan ipleri alarak yavaşça ileriye giden geminin kıçına doğru çektiler. Bunu yaparken iplerin antenlere ve daha birçok irili ufaklı çıkıntıya takılmamasına çok dikkat ettiler. Geminin kıçına geldiklerinde Max ekibine işaret etti.

Yüksekliğe aldırmayan Linda, korkuluğa çıkarak kendisini köprüden aşağı sarkıtmaya başladı. Bir tarafında Eddie, diğer tarafında Kyle'ı taşıyan Linc vardı. Köprünün alt kirişlerine kadar ip boyunca alçalmaya devam ettiler ve birdenbire kendilerini iki santimetre kalınlığındaki naylon ipten başka tutan hiçbir şey olmadan, altmış metre aşağıdaki *Oregon*'un üzerinde sallanırken buldular.

Bir çığlık atan Linda, ipini boşalttı ve asansör gibi alçalmaya başladı. Eddie ve Linc de ona katıldılar ve üçü birden boşlukta serbest düşercesine alçalmaya başladılar. Koşumlarındaki mekanizmaların yardımıyla son anda yavaşlayarak, neredeyse üçü birden aynı anda gemiye indiler. İplerin ucu güvertedeki babaya bağlanarak düğümlendi.

Adrenalinden nefes nefese olan Linda, "Şimdi işin eğlenceli kısmı," dedi.

Olan biteni güvertedeki kapalı devre televizyon sisteminden izleyen Eric Stoney talimat beklemeden T kumanda kolunu hafifçe iterek gemiye tekrar yol verdi. İpler gerilerek minibüsü korkulukların üzerine doğru sürüklerken bir süre titreştiler. Kocaman bir kaya gibi yukarıdan düşmeye başlayan minibüs *Oregon*'un kıç bodoslamasının arkasında büyük bir şapırtıyla suya çarptı. Çarpmanın etkisiyle tavanı dümdüz oldu ve tüm camları patladı. Öndeki motorunun ağırlığıyla minibüsün arkası havaya kalktı ve yem bulmak için suya dalmış ördek gibi burun üstü suya daldı. Bir süre daha geminin dalgalarıyla sallandıktan sonra suyla dolup gözden kayboldu. Minibüsü bir süre daha sürükleyerek Ege Denizi'nin derinliklerine bırakmak üzere ipleri kesmeden yollarına devam ettiler.

Minibüs kimlik değiştirmiş bir şirket elemanı tarafından kiralanmıştı ve şirketle bir bağlantı kurulması imkânsızdı. Her ne kadar senaryo metinlerini sonuna kadar kullanıp C planına geçmek zorunda kalmış olsalar da, artık görevin başarıyla sonuçlanması için bir kişinin daha gemiye katılması yetecekti.

Cabrillo son hızla Korinthos Kanalı'na doğru ilerlerken, köyler, küçük çiftlikler bulanık bir halde yanından akıyordu adeta. Ay ışığında servi ağaçlarının konik şekli, hazır ol duruşunda bekleyen askerleri andırıyordu.

Virajları ne kadar sert alırsa alsın, cipi ne kadar zorlarsa zorlasın aracın arkası savrulmak nedir bilmiyordu. Kaçırılan üyelerinden vazgeçen adamlar, kan dökmek için onun peşinden geliyorlardı. En az onun kadar sert kullanarak, yolun iki şeridini de işgal ediyorlar, hatta zaman zaman mıcırlı kenar şeridine savrularak takiplerini sürdürüyorlardı. Rasgele birkaç kez daha ateş ettiler ama bu hızda giderken düzgün nişan alma şansları yoktu. O yüzden muhtemelen cephanelerini daha fazla boşa harcamamak için ateşi kestiler.

Juan saatte yüz otuz kilometre hızla giderken, ön camı kaldırmadığına pişman oldu. Rüzgâr çıkıp da yoldan yağmur bulutu gibi toz kaldırdığında durum daha da kötüleşti. Antik İsthmia kentinden de hızla geçti. Yunanistan'ı kaplayan diğer birçok antik şehirden farklı olarak burada höyükler, tapınaklar ya da kolonlar yerine sadece bir tabela ve küçük bir müze vardı. Juan'ın gözüne çarpan en önemli şey ise modern İsthmia kentinin iki kilometre ileride olduğunu gösteren levhaydı. *Oregon* birazdan yerini almamış olursa başı dertte demekti. Benzin göstergesi, BOŞ yazısının hemen üstünde durmaktaydı.

Kulaklıktan adının söylendiğini duydu ve sesi ayarlamak zorunda kaldı. "Ben Juan."

"Başkan, Gomez konuşuyor. Linda ve diğerleri sağ salim gemideler. UAV'den görüntünü alıyorum şu anda ve Eric gerekli hesaplamalarla meşgul. Biraz yavaşlaman gerekebilir."

"Arkamdan gelenleri görmüyorsun galiba."

"Görüyorum," dedi Gomez. "Fakat bu işin hakkını vermezsek, sinekliğin yanlış tarafındaki bir sinek haline gelebilirsin. Bilmem anlatabildim mi?"

Çok iyi anladığı gülümsemesinden okunabilirdi. "Gözümün önüne getirebiliyorum. Teşekkürler."

Yol sahile doğru alçalmaya başlamıştı. Yakıttan tasarruf etmek için debriyaja basan Juan, işi yerçekimi ve momentuma bıraktı. Tek gözü yan aynadaydı ve birkaç saniye sonra responsivistleri arkasında görünce ayağını debriyajdan çekerek motoru tekrar devreye soktu.

Motor öksürmeye başladı. Hemen devir kazandı ama yeniden tekledi. Cabrillo hurda araba yarışçılarının kullandığı bir hileye başvurarak aracı frenleyip ardından hızlanarak, depodaki benzini çalkaladı. İşe yaramış görünüyordu, çünkü motor düzgün çalışmaya başladı.

"Juan, Eric hesaplamaları bitirdi," dedi Adams. "Köprüden sekiz yüz yetmiş metre uzaktasın ki bu çok yakınsın demek. Saatte seksen kilometreye düşmezsen bunu beceremeyiz."

Peşindeki cip seksen metre gerisindeydi ve yaklaşıyordu. Yol, Juan'ın akrobasi yapmasına imkân vermeyecek kadar düzdü ve nişan alamamaları için sağa sola manevra yapmayı denediğinde motor yeniden tıksırmaya başladı. Küfretti.

"Kızışmış bir halde geliyorum. Eric'e söyle yaşlı kadını hazırlayıp beni beklesin."

Tipik bir kıyı şehri olan İsthmia'ya gelmişti. Kurumaya bırakılmış balıkçı ağlarından yayılan iyot kokusunu alabiliyordu. Binalar beyaz badanalı ve her yerde olduğu gibi kırmızı kiremitliydi. Çoğunun üzerinde yüksek teknolojili mantarlar gibi duran çanak antenler vardı. Anayol bir meydana açılıyordu. İleride, kanalın üzerindeki dar köprüyü taşıyan direkleri görebiliyordu.

"Tamam kaptan." Bu kez konuşan Eric'ti. "Şimdi yavaşlaman lazım. Tam olarak saatte elli iki kilometre hıza düşmelisin, yoksa bize çarparsın."

"Emin misin?"

"Bildiğin vektörler. Lise fiziği," diyerek, biraz alınmış gibi cevap verdi Eric. "Güven bana."

Arkasından bir silah sesi duyan Cabrillo, kurşunların nereye gittiğini anlamadı ama buna aldırmayıp Eric'i dinleyerek çaresizce hızını azalttı. Yavaşlamaya başladığında, AK-47 otomatik silahın sesi gelmeye başladı. Kurşunların cipe isabet ettiğini duyabiliyordu. Bir tanesi omzunu o kadar yakından sıyırdı ki rüzgârından gömleği dalgalandı.

Köprü elli metre ilerideydi ve responsivistler de elli metre arkasında olmalıydılar. Gereken hızda gitmek Cabrillo'nun tüm iradesini zorluyordu. Beyninin ilkel kısmı, gaza basıp buradan olabildiğince hızlı uzaklaşması için bağırıyordu.

Oregon'un burnu, dört katlı bir binanın ardından ansızın dev bir heykel gibi belirerek Juan'ın kanalı görmesini engelledi. Gözüne hiç bu kadar güzel gözükmemişti *Oregon*.

Ve birdenbire şahlanarak, kanala girerken yaptığı gibi, sac levhaları köprüye sürtünmeye başladı. Gittikçe yükseldi ve bir buz tepesine tırmanır gibi köprünün üzerine çıktı. Köprüyü çalıştıran mekanik sistem daha fazla dayanamayarak, büyük bir çatırtıyla koptu ve köprü geminin ağırlığı altında suya gömülmeye başladı. Gemi de onunla beraber kanalın içine doğru alçalmaya başladı.

Juan gemiye doğru ilerlemeyi sürdürdü. Zırhlı gövdesine çarpacakmış gibi görünüyordu. Arkasındaki takipçileri intihara niyetlendiğini düşünmeye başlamış olmalıydılar.

On beş metre kala paniğe kapılmaya başlamıştı. Zamanlamayı yanlış hesaplamışlardı. Kanaldan çıkmak üzere ilerleyen gemiye çarpacaktı. Bunu hissedebiliyordu. Arkasından bir kez daha silah sesleri gelmeye başladı. Buna cevap *Oregon*'dan açılan ateşle geldi. Kararan gövdeden yükselen namlu kıvılcımlarını görebiliyordu.

Saniyeler vardı artık. Hız, vektörler ve zamanlama. Kumar oynamış ve kaybetmişti. Tam gidonu çevirip frene basmayı düşünüyordu ki bot garajının kırmızı ikaz ışıklarıyla çevrili kocaman ağzı tam karşısında belirdi. *Oregon* mükemmel bir şekilde safra almış, Zodyak'ları ve saldırı botlarını çıkardıkları rampa ağzı yolun biraz altında kalmıştı.

Saatte elli iki kilometre hızını koruyan Juan, gemi ile yıkılan köprüden kalanları ayıran otuz santimi aşarak geminin içine kondu. Hızla frenlere abandı ve ani manevralarda botları koruyan kalın halatlı ağa çarpıp geri geldi. Cipin hava yastıkları açıldığından Juan'a hiçbir şey olmadı.

Dışarıdan gelen sert fren seslerini duydu. Lastikler yola yapışmıştı ama yeteri kadar değil. Takipçi cip tok bir ses çıkararak gövdeye çarptı. Gemi geçerken köprü plakalarında sallanmaya başladı. Metal metale sürtüyordu ve *Oregon*, cipi kanalın duvarına yapıştırarak aracı içindekilerle beraber dümdüz etti. Eric Stoney'in hafifçe yan manevrası sonucu da suyu boyladı.

Max, Cabrillo'nun yanına koşup hava yastıklarının altından çıkmasına yardım etti. "C planı ha?"

"İşe yaradı ama değil mi?" Bot garajından çıkarlarken Juan yürürken biraz zorlanıyordu. "Kyle nasıl?"

"Hux'la beraber revirde. Yatıştırıcı veriyor ona."

"Onu iyileştireceğiz."

"Biliyorum." Max durdu ve Juan'ın gözlerinin içine baktı. "Teşekkür ederim."

"Teşekküre gerek yok." Birlikte revire doğru yürümeye başladılar.

"C planı bu kadar uçuksa bana D planından bahsetmelisin."

"Tabii ki," diyerek sırıttı Juan. "Onla ilgili tek sorun, Thermopylai Savaşı'nı yeniden canlandırmak için yeteri kadar Spartalı bulamamaktı."

15. BÖLÜM

Yunan Sahil Güvenliği'ne ait bir devriye botu, güneş ufukta kendisini henüz göstermişken *Oregon*'a doğru yaklaştı. Korinthos Kanalı'ndan çıktıktan sonraki çılgınca bir yüz kilometreden sonra, böylesi bir köhne gemiye uygun bir hızda, on dört deniz milinde seyrediyorlardı. Bacasından çıkan isli duman, geminin motorunun, yakıtla beraber yağ da yaktığı izlenimini veriyordu. On iki metrelik devriye botunun kaptanının telsizden gelen sesi, suç mahallinin bu kadar uzağındaki bir külüstür yük gemisinden şüphelenmediğini gösteriyordu.

"Hayır kaptan," dedi Juan kendinden emin bir sesle. "Korinthos'un yakınından bile geçmedik. Acentemiz arayıp Mısır'a zeytinyağı taşıma işinin iptal olduğunu söylediğinde Pire'ye doğru ilerliyorduk. Şimdi İstanbul'a gidiyoruz. Ayrıca, bu yaşlı kadının tombul kalçalarının o kanala sığacağını hiç sanmam." Cabrillo edepsizce güldü. "Üstelik eğer köprüye çarpsaydık, bordamız parçalanırdı. Gördüğünüz gibi öyle bir durum yok bizde. İsterseniz gemiye çıkıp inceleyebilirsiniz."

"Gerek yok," dedi Sahil Güvenlik kaptanı. "Olay buradan yetmiş mil uzakta oldu. Haline bakılacak olursa sizin gemi o mesafeyi sekiz saatte alabilir."

"O da rüzgârı arkamızdan alırsak," dedi Juan iyice alaya alarak.

"Eğer kararsız davranan ya da baş bordaları hasarlı bir gemi görürseniz, hemen yetkililere haber verin."

"Anlaşıldı ve iyi avlar. *Atlantis* tamam." Juan devriye botuna el sallayarak, sallana sallana kaptan köşküne geri döndü ve rahat bir nefes aldı. Kordonu yerlere sürünen telsiz mikrofonunu yerine astı.

"Onları incelemeleri için gemiye çağırmak zorunda mıydın?" Eddie gemiyi yönlendiriyormuş gibi yaparak durduğu çarkın başından sordu.

"Teklifimi asla kabul etmezlerdi. Yunanlılar, Korinthos'ta olan bir şey için hemen kapının dışında bir suçlu arıyorlar. Olaya karışmış olma ihtimali olmayan bir gemiyle zaman kaybetmek istemezler."

"Peki, tüm görgü tanıklarının ifadesini bir araya getirip de bizim tariflere uyan tek gemi olduğumuz sonucunu çıkarırlarsa ne olacak?"

Juan, Eddie'nin omzuna vurarak, "Biz o zamana kadar uluslararası sularda epey yol almış olacağız. Hem onlar adı *Atlantis* olan bir gemi arayacaklar. Etraftaki gemi trafiği kesilir kesilmez baş ve kıçtaki isim plakalarının *Oregon* olarak değiştirilmesini istiyorum." Bir an durakladıktan sonra ekledi. "Birinin ayrıntıları fark edecek dikkati ve iyi bir hafızası olması ihtimaline karşı bir süre Yunanistan'dan uzak kalacağız."

"Sağduyulu bir önlem."

"İlk nöbet başlamak üzere. Neden aşağı inip hak ettiğin gibi biraz dinlenmiyorsun? Eylem sonrası raporunu öğleden sonra dörtte masamda istiyorum."

"Okuması ilginç olacak," dedi Eddie. "En kötü rüyalarımda bile girdiğimiz kadar belalı bir yerde olmamışımdır."

"Al benden de o kadar," diyerek ona katıldı Juan. "Web sitelerinde gördüklerimizden ve danışmanın Linda'ya anlattıklarından çok daha fazlası var bu işte. Bu düzeyde bir paranoya bir şey sakladıkları anlamına gelir."

"Bu durumda aşikâr olan soru şu: Ne saklıyorlar?"

"Belki şansımız yaver gider de yerleştirdiğim böceği bulamazlar."

Eddie, Juan'a kuşkulu bir bakış attı. "Güvenlik şefinin ilk yapacağı şey, bir dinleme cihazı bulmak için o yeri karış karış aramak olacaktır."

"Haklısın. Biliyorum. O zaman elektronik aygıt işe yaramazsa biz de canlı bir tane yollarız."

"Ben giderim."

"Sen pek de yolunu kaybetmiş ve hayatın anlamını arayan, bu yüzden de kafayı yemiş birinin palavralarının peşine takılacak bir kişiliğe benzemiyorsun."

"Mark Murphy?" diye tahminde bulundu Eddie.

"Her şeyiyle istediğim profile uyan biri fakat böyle bir gizli görevi üstlenebilecek donanım ve beceriye sahip değil. Eric Stoney de diğer bir aday ama aynı sorun onun için de geçerli. Hayır. Ben Linda'yı düşünüyorum. Bir kadın olması, otomatik olarak daha az şüphe uyandırır. Haber alma işinde tecrübesi de var ve defalarca gördüğümüz gibi soğukkanlılığını kaybetmemeyi de becerebiliyor."

"Bunu nasıl gerçekleştireceksin?"

Juan yorgun bir şekilde gülümsedi. "Hey biraz huzur ver. Olur mu? Bir şeyler düşüneceğim. Üçümüz akşam yemeğinden önce buluşur ve bir strateji üzerinde kafa patlatırız."

"C planına dönüşmeyecek bir şey olsun da," diye takıldı Eddie.

Cabrillo sabrı tükenmiş bir halde ellerini havaya kaldırdı. "Neden herkes bununla ilgili olarak üstüme geliyor? Plan çalıştı değil mi?"

"Rube Goldberg'in[(1)] saçma mekanizmalarının da çoğu çalışıyordu."

"Hadi oradan!" Elini salladı ve Eddie'yi gönderdi.

On saatlik deliksiz bir uyku uyumayı umduğu kamarasına gitmeden önce Harekât Merkezi'ne uğradı. Hali Kasım, masasının üzerine eğilmiş vaziyetteydi ve sanki fırtınaya uğramış gibi kâğıtlar etrafa saçılmıştı. Bir çift kulaklık normalde kıvırcık olan saçlarını yatırmıştı. Derin düşünce halindeyken suratı donuklaşan birçok kişinin aksine, Hali'nin

(1) Türkiye'de karikatürist İrfan Sayar tarafından oluşturulan Zihni Sinir projelerini andıran ve çok basit işleri dolaylı yollardan yapan karmaşık mekanizmalar icat ederek bunları çizgiye döken ünlü bir Amerikalı karikatürist.

Sami ırkına özgün yüzü, beyninin sürekli meşgul olduğunun bir belirtisi olarak dingindi.

Cabrillo'yu yanı başında fark edince irkildi. Kulaklıklarını çıkarıp, kulaklarını ovuşturdu.

"Bir şey yakalayabildin mi?" diye sordu Juan. *Oregon*'a dönüp, Doktor Huxley ve Kyle Hanley'i kontrol ettikten hemen sonra Hali Kasım'a Gil Martell'in ofisine yerleştirdiği böceği dinleme görevini vermişti.

"Bana, şu yayında olmayan bir kanala ayarlanmış televizyondaki beyaz paraziti dinleyerek bazı sesler duyan şehir efsanesini anımsattı." Kulaklıkları Juan'a uzattı.

"Kulaklıkları taktığında ılık ve biraz nemlenmiş olduklarını fark etti. Kulaklarına sadece parazit sesi geldi önce. Sonra bazı sesler duydu ama bunlara kelime demek abartılı olurdu. Daha çok, elektronik cızırtıyı oluşturan alçak tonlardı.

Kulaklıkları çıkardı. "Kaydı temizledin mi?

"Bu temizlenmiş hali. İki kere."

"Hoparlörlere ver ve en baştan çal," dedi Juan.

Birkaç tuşa dokunduktan sonra kaydı dinlemeye başladılar. Böcek, sese duyarlı olduğundan ofise biri girene kadar pasif konumda kalıyordu. "Yo, hayır, hayır. Bu gerçek olamaz." Gil Martell'in paniğe kapılmış haldeki sesi yine de Kaliforniyalı karizmasını korumayı başarabilmişti. Sonra çekmecelerin açılıp kapanma sesi geldi. Martell soyulduğunu düşünmüş olmalıydı. Oturduğu sandalye gıcırdadı. "Tamam Gil, kendine gel. Kaliforniya'da saat kaç? Ne fark eder ki?" Telefon ahizesi takırdadı ve uzun bir sessizlikten sonra Martell konuşmaya başladı. "Thom, benim, Gil Martell."

Juan, Thom'un, responsivistleri karısı Heidi'yle birlikte yöneten Thomas Severance olduğunu biliyordu.

"On beş dakika önce birileri tesisi bastı. Bir kurtarma operasyonuna benziyor. Bir üyemizi odasından kaçırdılar... Ne? Ha, Kyle Hanley... Hayır, hayır, henüz değil. Daha yeni geldi buraya... Güvenlik görevlilerim bir düzine kadar olduklarını söylüyor. Hepsi silahlıymış. Şu anda ciplerle kovalıyorlar onları. Çocuğu geri alma şansımız var yani. Haber vermek istedim sana." Martell patronunu dinlerken uzun bir ara oldu. "Bundan sonra yapacağım o olacak. Yerel makamlara o kadar para akıttık, fazla kurcalamazlar. Polislerin silah kaçakçılarını ya da El Kaide'yi veya başka bir şeyi ele geçirdiklerini falan söylerler... Tekrarlar mısın? Bağlantı çok kötü... Ha, evet. Önce benim ofisime girmişler, oradan... Bir saniye!" Martell'in itiraz eden sesi yükseldi. "Zelimir Kovac'ı göndermene gerek yok. Bunu kendimiz halledebiliriz... Böcekler? Bütün ülke onlarla kaynıyor. Ha, elektronik böcekler. Tüh be! Özür dilerim."

Cabrillo Martell'in bir şey arayarak çekmeceleri açıp kapadığını duydu. Sonra parazit sesi geldi. Martell odaya bırakılmış olabilecek herhangi bir dinleme cihazını etkisiz hale getirmek için bir sinyal bozucuyu devreye almıştı.

Hali kaydı kapattı. "Üzerinde çalışmaya devam edeceğim, ama ne elde edebilirim bilmiyorum."

"Bu parazitte elde edeceğin her şey uğraşmaya değer." Cabrillo yorgun gözlerini ovaladı.

"Biraz uyuman lazım," dedi Hali, gereksiz bir şekilde. Juan zaten ayakta uyuyordu.

"Birisi şu Zelimir Kovac'ı araştırıyor mu?"

"Google'da aradım ama bir şey çıkmadı. Eric işinin başına döndüğünde hakkında bir şeyler bulmaya çalışacak."

"Nerede ki şimdi o?"

"Revirdeki genç emanetimize kur yapıyor. Ona kahvaltısını getirdi ve Mark'ın kamarasında uykuda olmasından yararlanıyor."

Juan, Jannike Dahl'ı tamamen aklından çıkarmıştı. Bir ailesi olmadığını biliyordu, ama yaşadığı yerde onun da *Golden Dawn*'daki diğer bütün insanlarla birlikte öldüğüne inanan birileri vardı mutlaka. Ne yazık ki biraz daha acı çekmeyi sürdüreceklerdi. Olaydan kurtulduğunu duyurmayı neden geciktirdiğini bilmiyordu, ama yıllar boyunca kendisini hiç yanıltmayan altıncı hissi, kızın hayatta oluşunu bir süre daha gizli tutmasını söylüyordu ona.

Gemiye saldırıdan sorumlu olanlar, herkesi öldürerek görevi başardıklarını düşünüyorlardı. Onların bilmediği bir şeyi bilmek bir avantaj olabilirdi, ama Juan şimdilik bunun ne denli önemli olduğunu kestiremiyordu. Üstelik Janni onlarla birlikte, *Oregon*'da güvendeydi.

Kasım'ın yanından ayrıldı. "Dümenci, Herakleia'ya tahmini varış zamanımız nedir?"

"Öğleden sonra beş sularında orada oluruz."

Rotalarını Girit'in başkentine doğru değiştirmişlerdi. Chuck Gunderson, *Gulf-Stream* jetiyle orada bekleyecekti ve Max, Eddie ve Kyle'ı Roma'daki randevularına götürecekti. Juan ondan sonra genç kadını gemide tutma konusunu yeniden gözden geçirecekti. Masasına geçerek, Sihir Dükkânı'ndan Kevin Nixon'a kıza bir pasaport hazırlaması için yazılı talimat gönderdi. Ayrıca, son kararını vermeden önce Julia Huxley'e danışmayı da kafasına not etti. Janni'yi gemide tutarak, eğer Mark ve Eric'in gıda zehirlenmesi teorisi yanlışsa, Hux'ın onun fizyolojisini inceleyerek, toksinden nasıl sağ kurtulduğuna dair bir şeyler öğrenme şansı olabileceğini düşünüyordu.

On dakika sonra Cabrillo yatağına uzanmış, uzun süredir ilk kez diş gıcırdatma önleyicisine ihtiyacı olmadan deliksiz bir şekilde uyuyordu.

16. BÖLÜM

Zelimir Kovac öldürmekten zevk alıyordu. Anavatanı Yugoslavya'da içsavaş çıkıp da askere alınana kadar bu özel ilgi alanından haberdar değildi. Orduya katılmadan önce, Kovac inşaat işçisi ve amatör bir ağırsıklet boksörüydü. Fakat esas mesleğini orduya girince keşfetti. Harikulade beş yıl boyunca, o ve onun gibilerden oluşan birimi, ülkeyi boydan boya kasıp kavurarak yüzlerce Hırvat, Boşnak ve Kosovalıyı öldürmüşlerdi.

1999 yılında NATO'nun müdahalesiyle birlikte, aslında başka bir isimle doğmuş olan Kovac, insanlığa karşı suç işleyenler hakkında davalar açılacağı söylentilerini duyunca, arananlar listesinin en başında olduğundan kuşkusu olmadığından, önce Bulgaristan'a oradan da Yunanistan'a geçerek izini kaybettirmişti. Bir doksan sekizlik boyu ve güreşçiyi andıran cüssesiyle, çok geçmeden Atina'nın yeraltı dünyasında infazcı olarak kendisine bir yer edindi. Sokaktaki uyanıklığı ve acımasızlığı organize suçlar dünyasında yükselmesini sağladı. Ününü perçinleyen olay ise, eroin ticaretine burnunu sokmak isteyen bir Arnavut uyuşturucu çetesinin tamamını öldürmesi olmuştu.

Atina'daki ilk yıllarında, dil öğrenmek için İngilizce kitaplar okumaya başladı. Konularıyla ilgilendiği yoktu; tanımadığı insanların biyografilerini, ilgi duymadığı yerlerin tarihini, kurgusunu hiç önemsemediği romanları okuyup duruyordu. Tek önemsediği, kitapların dilinin İngilizce olmasıydı.

Bu durum, ikinci el kitaplar satan bir yerde gördüğü yıpranmış bir kitapla son buldu. Başlığı ilgisini çekmişti: *Ölümüne Çoğalıyoruz*, yazan Doktor Lydell Cooper. Kitabın seksle ilgili olduğunu düşünmüş ve satın almıştı.

Kitabın kapakları arasında, savaşın başından beri inandığı her şeye ait mantıklı bir açıklama bulmuştu. Gezegende çok fazla sayıda insan vardı ve eğer bir şey yapılmazsa dünyamızın sonu gelecekti. Elbette, Doktor Cooper tezlerinde herhangi bir etnik grubu diğerlerinden ayrı tutmamıştı, ama Kovac kitabı kendi ırkçı bakış açısıyla okuduğundan, yazarın, Kovac'ın uzunca bir süre katlettiği ikinci sınıf ırkları kastettiğinden emindi.

Doğal düşmanlar olmadığı sürece, nüfus artışımızın durması mümkün değildir ve DNA'larımızdaki üremeye yönelik kodlar bu konuda kendimizi durduramayacağımızı göstermektedir. Yolumuzu sadece alçakgönüllü virüsler kesebilir, ama biz her geçen gün bu tehdidi de ortadan kaldırma yolunda önemli adımlar atıyoruz.

Bu okuduklarından, sağlıklı olanların yaşaması için, insanlığın zayıfları öldürecek avcılara ihtiyacı olduğu sonucunu çıkardı. Bunun Cooper'ın anlatmak istediğiyle hiç ilgisi yoktu. Hiçbir şekilde şiddeti önermiyordu ama bu Kovac'ın umurunda değildi. İnanacağı bir dava bulmuştu artık. İnsanlığın avcılara ihtiyacı vardı ve Kovac bunun bir parçası olmak istiyordu. Responsivist hareketin Korinthos'un dışında bir tesis açtığını duyunca, bu kitapla karşılaşmasının Tanrı'nın işi olduğuna inandı.

Kovac hizmetlerini sunmak üzere tesise gittiğinde, Thomas Severance da oradaydı. İkisi saatlerce, Doktor Cooper'ın çalışmalarının ayrıntılarını ve bu çalışmaların ortaya çıkardığı organizasyonu tartıştılar. Severance, fark ettirmeden Kovac'ın responsivizmin arkasındaki gerçek felsefeyi anlamasına çalıştı ama bunu yaparken, asla Sırp'ın köşeli fikirlerini budamaya uğraşmadı.

"Bizler zalim değiliz Zelimir," demişti ona Severance. "Fakat dışarıda bizi anlamayanlar var ve onlar bizim büyük kurucumuzun mesajının yayılmasını istemiyorlar. Şu ana kadar kimse bizi incitemedi –fiziksel olarak yani– ama bunun yaklaştığını hissediyorum. Çünkü insanlar sorunun bir parçası olduklarını duymak istemiyorlar. Bu yüzden üzerimize gelecekler ve bizi koruyacak birine ihtiyacımız olacak. Senin organizasyondaki fonksiyonun bu olacak."

Böylece Zelimir infazcı rolünü sürdürebilecekti, sadece bu kez uyuşturucu baronları ve diktatörler için değil, responsivistler ve kendisi için yapacaktı bunu.

Kovac içeri girdiğinde, masasında oturan Gil Martell, geriye taranmış bronz rengi saçları ve kaplanmış bembeyaz dişleriyle oldukça gösterişliydi. Martell'in gülümsemesi donmadan önce birkaç saniye yüzünde kalabildi.

Thom Severance'la birlikte olması yararınaydı. Bu birliktelik, polis araba hırsızlığı dosyasını yeniden açmak üzereyken, Los Angeles'tan uzaklaşmasını sağlamıştı. Yolun hemen altında denize karşı büyük bir evi vardı ve Yunanistan'a inziva için gelen, kısa bir süre için responsivist olmuş istekli kadınların arasından seçebileceği sayısız yatak arkadaşına sahipti. Bir yanıyla, bu gezegende birçok baş belası insan olduğuna inanıyordu. Dünya dışı zarlarla ilgili saçmalıkların hiçbirine inanmıyordu ama o bir satıcıydı ve kendisini bu işe adamış birçok kişiden daha inanmış görünebilirdi.

Thom ve Heidi'nin esas planı olan yolcu gemisindeki bir avuç zengin insan hiç umurunda değildi.

Sadece Kovac'ın varlığı huzurunu kaçırıyordu. İriyarı Sırp tam anlamıyla bir psikopattı. Gil adamın geçmişini bilmiyordu ama doksanlı yıllarda Yugoslavya'da gerçekleştirildiğini okuduğu etnik temizlikte rol aldığını tahmin ediyordu. Kyle Hanley'in kaçırılması tam bir felaketti ama Martell bunu telafi edebileceğine inanıyordu. Kovac'ın her hareketini izleyip, en küçük ayrıntıları bile Thom ve Heidi'ye bildirmesine ihtiyacı yoktu. Ofisine böcek yerleştirilmiş olabileceğini tahmin etmeliydi. Bunu kabul ediyordu ama sinyal bozucuyu çalıştırana dek ağzından önemli bir şey kaçırmamıştı. Thom'un ürkütücü köpeğini buraya göndermesini gerektirecek kadar önemli bir hata değildi bu.

Kovac, Martell daha ağzını açamadan, parmaklarını etli dudaklarına götürerek sus işareti yaptı. Masaya yaklaşan Kovac, sinyal bozucuyu kapadı ve siyah deri ceketinin cebinden elektronik bir alet çıkardı. Sistematik bir biçimde bütün odayı taradı. Aleti, kitaplık raflarında, mobilyaların ve halının üzerinde gezdirirken gözünü bir an olsun göstergeden ayırmadı. Tatmin olmuş bir şekilde aleti cebine geri koydu.

"Demek hiçbir dinleme..."

Kovac'ın bakışlarının ağırlığı altında Gil Martell sandalyesine biraz daha gömüldü.

Kovac, masa lambasını ters çevirdi ve tabanındaki küçük dinleme cihazını söküp aldı. Bildiği bir marka değildi ama teknolojisini fark etmişti. Böceğin bu kadar küçük olması, bir kilometrelik bir alan içerisinde bir yerde, aletin yolladığı sinyali yörüngedeki uyduya aktaran bir alıcı-verici cihaz bulunduğunu gösteriyordu. Onu aramak boşunaydı.

"Yayın sona erdi," dedi mikrofona, aksanını olabildiğince gizleyerek. Sonra cihazı kalın parmakları arasında kum tanesi gibi ufalanacak şekilde ezdi. Sonunda Martell'e bakarak, "Şimdi konuşabilirsin," dedi.

"Sadece o mu varmış?"

Kovac bu manasız soruya cevap verme gereği bile duymadı. "Davetsiz misafirlerin girdiği her yeri taramalıyım." Yorucu ama gerekli bir işti bu. "Muhafızlar, girilmiş olması muhtemel yerlerin krokisini çıkardılar mı?"

"Elbette. Ancak sadece benim ofisime ve yatakhaneye girdiklerini söyleyebilirim."

Martell'in apaçık ortada olan aptallığı karşısında kafasının zonkladığını hisseden Kovac kendisini sakinleştirmeye çalıştı. Konuşmaya başladığında, İngilizcesi oldukça aksanlı, ancak düzgündü. "Tesise sızıp, bu binaya gelmek ve sonra da yatakhaneye ulaşmak için önce güvenlik duvarını aşmaları gerekir. Yol boyunca her yere böcekler bırakmış olabilirler. Çalıların arasına, ağaçların üzerine, hatta duvarların üstüne bile koymuş olabilirler."

"Ha. Böyle anlamamıştım."

Kovac ona, "Haklısın. Anlayamazsın," dercesine baktı. "Bilgisayarınızda bundan sonraki görevlerle ilgili bir şey var mıydı?"

"Hayır. Kesinlikle yok. O tür bilgilerin hepsi kasada. Thom'la konuştuktan sonra ilk yaptığım şey, onları kontrol etmek oldu."

"Bana verin hepsini," diye emretti Kovac.

Martell, Sırp'ı reddederek, Severance'ı aramayı düşündü ama Thom'un güvenlikle ilgili her konuda Kovac'a güvendiğini düşünerek, itirazlarının boşa gideceğinden emin oldu. Onlara ne kadar az müdahale ederse o kadar iyi olacaktı. Tesise zorla girilmesi, parayı alıp kaçması için bir uyarıydı belki de. Yunanistan tesisinden bir milyon dolara yakın para hortumlamıştı. Hayatının sonuna kadar yetmese bile, yeni bir şey bulana kadar fazlasıyla idare ederdi.

Masasından kalkarak koltukların bulunduğu tarafa geçti. Mobilyaları yerinden oynatıp, Şark kilimini kenara kaldırarak gizli bölmenin kapağını açarken, Kovac yardım etmek için kılını kıpırdatmadı. Yerdeki gizli bölmeye yerleştirilmiş orta büyüklükte kasayı meydana çıkardı.

"Odaya geldiğimde mobilyaların hepsi yerli yerindeydi. Hiçbir şeyin yerinden oynatılmadığına eminim. Hem bak, anahtar deliğindeki balmumu mühür de yerinde duruyor."

Kovac, burayı basanlar gibi profesyonel bir ekibin, eşyaları eski yerlerine aynen koyacağını ve fena bir fikir olmasa da balmumunun yeteri kadar zaman olduğunda kopya edilebileceğini söylemeye gerek duymadı. Zaten amaçlarının kasa olmasından endişe etmiyordu. Ellerindeki Kyle Hanley'e ait dosyaya bir göz atmış ve genç Kaliforniyalının ailesinin oğullarını kurtarmak için bir rehine kurtarma ekibi kiraladıklarından şüphelenmişti. Kuşkusuz bir de yeniden programlayıcı tutmuşlardır. Muhtemelen de Adam Jenner'ı.

Adamın adını düşünmek bile yumruklarını sıkmasına sebep olmuştu.

"İşte burada," dedi Martell ve kasadan çelik bir kutu çıkardı. Üzerinde tuşlar vardı. Tesis direktörü bir dizi tuşa bastı ve Kovac'a bilmiş bir şekilde sırıttı. "Kutunun hafızasına göre, kutu en son dört gün önce açılmış, yani ben Thom'dan son güncellemeleri aldığımda."

Bir çocuk bile USB kablosu ve dizüstü bilgisayarla çelik kasayı yeniden programlayabilirdi. Yine dilini tuttu Kovac. "Açın bakalım."

Martell şifresini tuşladı. Kutudan bip sesi geldi ve kapağı aralandı. İçinde kalın bir dosya vardı. Kovac dosyayı vermesi için elini Martell'e uzattı. Sayfalara hızlıca bir göz attı. İsimler, gemiler, durulacak limanlar, programlar ve mürettebatla ilgili bilgiler vardı. Önemini bilmeyenler için son derece masum bilgiler gibi gözükebilirdi dosyada yazanlar. Belirtilen tarihler çok uzak değildi.

"Kasayı kapatın," dedi Kovac dalgın bir halde, bir yandan da dosyayı parmağıyla takip ederek okumayı sürdürüyordu.

Martell denileni yaptı, kutuyu kasaya geri koydu ve kilidi kapadı. "Balmumunu daha sonra mühürlerim."

Kovac sertçe baktı.

"Ya da iyisi, şimdi yapayım." Martell'in ses tonu ciddiyetten uzaktı. Balmumunu masanın gözünde tutuyordu. Hep taktığı ama hiçbir zaman hak etmediği hazırlık okulu yüzüğü de mühür görevi görüyordu. Birkaç dakika sonra kilim yerine serilmiş, kanepe, koltuklar ve sehpa yerlerine konmuştu.

"Kyle Hanley'in bunlardan haberi var mı?" Kovac'ın dosyayı tutuşu, bir fanatiğin Kutsal Kitap'ı sunuşuna benziyordu.

"Hayır. Thom'a da açıkladım. Hanley buraya geleli çok olmadı. Makineleri gördü ama plandan haberi yok."

Martell'in gelişigüzel cevabı üzerine Kovac'ın yüzünde endişe çizgileri belirdi. Oda sanki birkaç derece soğumuştu. Gil kararını vermişti. Kovac gider gitmez doğruca eve gidecek, birkaç eşyasını alıp Zürih'e giden ilk uçağa atlayacaktı. Orada şifreli hesabı onu bekliyor olacaktı.

"Bazı söylentiler duymuş olması mümkün tabii."

"Ne tür söylentiler Martell?"

Gil, Kovac'ın soyadını söyleyiş tarzını hiç beğenmedi ve yutkundu. "Bazı çocuklar Deniz Enstitüsü'nden bahsediyorlar, *Golden Dawn*'da olan gibi bir şey. Büyük bir parti gibi anlatıyorlar."

Kovac'ın yüzündeki sakin ifade ilk kez kaybolmaya yüz tuttu. "O gemiye ne olduğu hakkında hiçbir fikriniz var mı?"

"Hayır. Burada hiç kimsenin haberleri izlemesine ya da internete girmesine izin vermiyorum. Ben de girmiyorum. Ne oldu, bir şeyler ters mi gitti?"

Kovac, bu sabah Kaliforniya'dan arayan Bay Severance'ın sözlerini anımsadı: *Doğru olduğuna inandığın şeyi yap.* Responsivistlerin liderinin ne demek istediğini şimdi anlamıştı. "Bay Severance size pek güvenmiyor."

"Bu ne cüret böyle? Bu tesisin başına insanların eğitiminden sorumlu olarak beni o getirdi," diyerek atıp tuttu. "Bana da en az sana güvendiği kadar güveniyor."

"Hayır Bay Martell. Durum böyle değil. Bakın, iki gün önce ben *Golden Dawn*'daydım ve bir deneye katıldım. Muhteşemdi. O gemideki herkes en korkunç kâbuslarımda bile göremeyeceğim şekillerde öldüler."

"Ne oldular?" diye bağırdı Martell. Verdiği haberden ve çok hayranlık uyandıracak bir şeymiş gibi, bir sanat eserinden ya da çocuğun uykusunun masumiyetinden bahseder gibi anlatışından midesi bulanmıştı.

"Öldüler. Hepsi öldü. Gemi suyun dibini boyladı. Virüsü salıvermeden önce köprüyü emniyete almam gerekiyordu ki kimseye haber veremesinler. Gemiye müthiş bir hızla yayıldı. Bir saatten fazla sürmedi. Genç yaşlı demeden öldüler. Vücutları hiç karşı koyamadı."

Gil Martell, sanki duyduğu şeyin korkunçluğuyla arasına girebilecekmiş gibi sandalyesinin arkasına dolandı. Telefona uzandı. "Thom'u aramalıyım. Bu doğru olamaz."

"Elbette, buyurun."

Martell'in eli ahizenin üzerinde dolandı. Eğer ararsa, Thom'un bu sapık katilin söylediği her şeyi doğrulayacağını biliyordu. Birden aklından iki şey geçti. Birincisi, bu işe fazlasıyla bulaşmış durumdaydı. Diğeri de Kovac onun bu ofisten canlı olarak çıkmasına izin vermeyecekti.

"Bay Severance operasyon hakkında tam olarak ne dedi size?"

Onu lafa tut. Martell korkudan çıldırmış halde düşünüyordu. Masanın altında, dışarıdaki ofisinde oturan sekreterini çağıran bir düğme vardı. Kovac, görgü tanıklarının önünde bir şey yapmaya kalkışamazdı.

"O, şey... o bana Filipinlerde geliştirilen bir virüsün hem erkeklerin hem de kadınların üreme kanallarında çok ciddi enfeksiyona yol açtığını ve enfeksiyon geçiren her on kişiden üçünün, suni döllenme de dahil olmak üzere hiçbir yöntemle çocuk sahibi olamayacak şekilde üreme yeteneklerini kaybettiğini söyledi. Planının, bu virüsü içindekilerin kaçacak yeri olmadığı birkaç gemide salıvermek ve herkese bulaştırmak olduğunu söyledi."

"Bu sadece hikâyenin bir kısmı," dedi Kovac.

"Doğrusu ne peki?" *Nerede bu kahrolası kadın?*

"Virüsün etkileriyle ilgili söylediğiniz her şey doğru, ama bilmediğiniz bir şey var." Kovac zafer kazanmış bir edayla gülümsedi. "Sizin anlayacağınız, virüs hiçbir belirtiye yol açmasa bile bir vücuda yerleştikten sonra dört ay süreyle bulaşıcılığını sürdürüyor. Birkaç yolcu gemisi bile virüsün tüm dünyaya yayılarak, gezegen üstündeki her kadın, erkek ve çocuğa bulaşmasına yol açabilir. Bu onda üç kısırlık oranı, enfeksiyon iyice yayıldığında her on kişiden beşinin üreyememesi anlamına gelecek. Bu birkaç bin yolcunun ve mürettebatın çocuk sahibi olmasını engellemekle ilgili bir şey değil. Bu, dünyanın yarısını durdurmak anlamına gelir."

Gil sandalyesine yığıldı. Bir şeyler söylemeye çalıştı ama ağzından hiçbir ses çıkmadı. Son üç dakika fazla gelmişti. *Golden Dawn.* O gemideki yüz kişiyi tanıyordu, belki de iki yüz. Ve şimdi de bu. Bu canavar ona, iki yıldır üç milyar insanı bile bile kısırlaştıracak bir plan üzerinde çalıştığını söylüyordu.

Yolcu gemilerindeki birkaç bin kişinin kısırlaştırılması uykularını kaçıracak bir şey değildi. Depresyona girerlerdi ama hayat devam ederdi ve fazladan da birkaç yetimhane boşalırdı.

İşin bunun çok ötesinde bir boyuta geleceğini görmesi gerekiyordu. Doktor Cooper'ın *Ölümüne Çoğalıyoruz* adlı kitabında yazdığı gibi:

> *Kimilerine göre insanlık tarihinin en büyük servet transferi, vebanın Avrupa'yı kasıp kavurarak, nüfusunun üçte birini yok etmesiyle gerçekleşmiştir. Sadece sahiplerine değil, çalışanlarına da daha iyi bir yaşam standardı sağlamak adına araziler birleştirilmiştir. Tek başına bu olay Rönesans'a giden yolun taşlarını döşemiş ve sonunda Avrupa'nın dünyaya hâkim olmasının önünü açmıştır.*

"Doktor Cooper'ın sözlerini aldık ve onları eyleme geçirdik," dedi Kovac. Sözleri, Martell'in ruhunun yerini alan derin boşlukta yankılanan dehşetin sesi gibiydi adeta.

Martell bir an masanın arkasında emniyette olduğunu düşündü, ama dev adamın gücünü hesaba katmamıştı. Masayı boş bir karton kutu gibi iten Kovac, Gil'i oturduğu sandalyeyle beraber duvara yapıştırdı. Sekreterine seslenmek üzere ağzını açmıştı ki Kovac'ın hızla âdemelmasına indirdiği bir darbe sonrası sadece boğuk bir hırıltı çıkarabildi. Nefes almak için çırpınırken gözleri yuvalarından fırladı.

Kovac etrafına baktı. Bunu intihar gibi gösterecek bir şey bulamayacağını düşünmeye başlamıştı ki duvarda asılı fotoğrafları gördü. Yüzleri hızla inceleyip, hangisini kullanabileceğine karar verdi. Martell hâlâ ciğerlerini havayla doldurmaya uğraşırken, Kovac Donna Sky'ın fotoğrafına doğru yöneldi.

Aktris ona göre çok sıskaydı ama Martell'in ona âşık olduğuna inanmak hayal gücünü çok da zorlayan bir şey değildi. Resmi duvardan söktü ve çerçevesinden çıkardı. Sonra camı masanın kenarında kırdı. Kovac, iri ellerinden biriyle Martell'i sandalyesine yapıştırırken, diğeri ile cam kırıkları arasından kamaya benzeyen en az on santimetre uzunluğunda bir tanesini seçti. Kafasını bırakıp kolunu tuttu ama fazla sıkıp morartmamaya özen gösterdi.

Cam etini bir sünger parçasıymış gibi kesmeye başladı. Koyu renkli kanı önce masanın üzerinde bir gölcük oluşturdu, oradan da yere damlamaya başladı. Gil Martell sandalyesinde debelenerek karşı koymaya çalıştı ama Sırp'ın dengi değildi. Tek yapabildiği, ofisin dışından duyulması imkânsız karga sesi gibi çığlıklar atmak oldu. Yavaşlayan hareketleri, gücünün vücudunu terk eden kanla birlikte akıp gitmesiyle daha da istemsizleşti. En sonunda tamamen kesildi.

Kovac, kanlı ayak izleri bırakmamaya dikkat ederek masayı eski yerine kaydırdı. Martell'in vücudunu kaldırarak sandalyeyi ters çevirdi ve Martell'i sandalyeye ata biner gibi oturttu. Kafasını da boğazındaki çürük, sandalyenin arkasındaki ahşap arkalığa denk gelecek şekilde yerleştirdi. Adli tıp, morarmanın, kan kaybından bayılan maktulün boynunu sandalyeye çarpması sonucu oluştuğuna hükmedecekti. Son ayrıntı olarak, Donna Sky'ın fotoğrafını, Gil Martell'in ölmeden önce gördüğü son şeyin o olduğu izlenimini uyandıracak şekilde yerleştirdi.

Kovac ofisten çıkıp kapıyı arkasından kaparken, Martell'in sekreterinin ana kapıdan binaya girdiğini gördü. Bir elinde kahve bardağı diğerinde büyükçe bir el çantası vardı. Kötü boyanmış saçları ve fazladan yirmi kilosuyla, ellilerinin sonuna yaklaşan bir kadındı.

"O, merhaba Bay Kovac," diye neşe içinde selam verdi.

Adını hatırlayamadığı kadına dönerek, "Bay Martell şu anda masasında ve tahmin edebileceğiniz gibi, dünkü olaylardan dolayı çok üzgün."

"Evet, korkunç bir şey."

"Gerçekten öyle," diyerek üzgün bir halde katıldı kadına Kovac. Cebinde telefonunun titreştiğini hissetti. "Bugün her ne için olursa olsun rahatsız edilmek istemediğini söyledi."

"Bize kimin saldırdığını bulup o zavallı çocuğu ait olduğu yere geri getirecek misiniz?"

"Bu yüzden Bay Severance beni buraya yolladı." Patricia diye düşündü, adı Patricia Ogdenburg'du. Telefonunun ekranını kontrol etti. Thom Severance güvenli bir hattan görüşmek istiyordu. Daha bu sabah konuştuklarını aklına gelince, önemli bir gelişme olmalı, diye düşündü.

Patricia başını arkaya yatırarak, gözlerinin içine baktı. "Patavatsızlığımı bağışlayın ama buradaki herkes sizden çok çekiniyor." Cevap gelmeyince eşelemeye devam etti. "Bence göründüğünüz kadar sert birisiniz, ama ben aynı zamanda çok şefkatli ve düşünceli biri olduğunuzu da düşünüyorum. Sosyal sorumluluğun ne demek olduğunu biliyorsunuz ve ben yanınızda kendimi rahat hissediyorum. Burada yaptığımız iyi şeyleri anlamayan o kadar çok cahil insan var ki... Bizi korumak üzere burada olmanızdan çok memnunum. Tanrı sizi korusun Zelimir Kovac." Gülmeye başladı. "Kızardınız. Galiba sizi utandırdım."

"Çok naziksiniz," dedi Kovac. Kadını da kendisi gibi responsivizme çeken yalnızlığı düşündü bir an.

"Eh, bir iltifat sizi böyle utandırıyorsa, demek ki haklıyım."

Ne kadar yanıldığını bir bilsen, diye düşündü Kovac ve arkasına bile bakmadan binada çıktı.

17. BÖLÜM

Otel, Colosseum'a uzak olmayan bir yerde, altı katlı tarihi bir binaydı. Tuttukları süit en üst katın neredeyse dörtte birini kaplıyordu. Ferforje demir parmaklıkları olan bir de balkonu vardı.

Max, sandalyesini süitin gösterişli kapısından içeri sokarken, Kyle hâlâ kimyasalların sersemletici etkisi altındaydı. Oğlunun çıkardığı seslerden, bir iki saat içinde uyanacağını anladı.

"Merhaba," diye seslendi biri süitin iç kısımlarından.

"Merhaba." Bu Max'ti. "Doktor Jenner?"

"Evet, ta kendisi."

Jenner, oturma odasından girişe doğru geldi. Üzerinde çok ince çizgili, siyah bir takım elbise ve beyaz ipek bir süveter vardı. Max adamın ince deri eldivenli ellerinin garip bir şekilde kıvrık durduğunu fark etti.

Max, psikiyatrın yaşını tahmin edemedi. Başını tamamen kaplayan saçlarında birkaç gri tel vardı. Güneş yanığı yüzü estetik ameliyat geçirmişe benziyordu. Gözleri ve ağzının kenarında kırışıklıkların izi kalmıştı. Belli ki cerrahi yöntemle giderilmişlerdi. Kyle'ın bilinçaltını yeniden programlamak için aldığı ücret düşünülürse dünyanın en iyi estetik cerrahlarına parası yeterdi, ama yüzünde ikinci sınıf kozmetik operasyon geçirenlerde sık rastlanan ışık görmüş tavşan gibi donup kalmış bir ifade vardı. Bu aykırı durum ne kadar önemsiz gözükse de Max'i şaşırtmıştı. Elini uzattı. "Max Hanley."

Jenner eldivenli ellerini kaldırarak, "El sıkışmazsam kusuruma bakmazsınız herhalde. Gençken bir trafik kazasında ellerim yanmıştı da," dedi.

"A, elbette, hiç sorun değil. Bu oğlumu kurtaran şirketten Eddie Seng ve bu da oğlum Kyle."

"Görüştüğümüze sevindim doktor," dedi Eddie. "Otelin adını siz Roma'ya gelene kadar söylemediğimiz için özür dileriz. Operasyon gizliliği."

"Gayet iyi anlıyorum." Jenner onları süitin üç yatak odasından birine yönlendirdi. Üzerinde hastane önlüğü olan Kyle'ı iki kişilik sayvanlı karyolaya yatırıp, ağır perdeleri çektiler.

Max, elinin tersini oğlunun çenesinde gezdirdi. Gözlerinde, sevgi, acı, çaresizlik ve suçluluk duygusu bir arada okunuyordu.

"Geri kazanacağız onu," dedi Adam Jenner. Belli ki uzun kariyerinde, birçok ailenin yüzünde Max'in şu anda sahip olduğu ifadeyi görmüştü. Oturma odasına geri dönüp, balkona çıkan çift taraflı kapıyı açtılar. Roma'nın meşhur akşam trafiğinin sesi arka planda dev bir homurtu halinde duyuluyordu. Sokağın karşısındaki binaların sıra sıra uzanan çatılarının ardında traverten taşlardan yapılmış duvarları ve kemerleriyle, şehrin en önemli simgesi gözüküyordu. Elli bin kişilik seyirci kapasitesiyle Colosseum, herhangi bir modern stadyum kadar büyüktü.

"Umarım her şey sorunsuz yürümüştür," dedi Jenner. Max'in tam olarak çıkaramadığı bir aksanın izleri vardı konuşmasında. Sanki İngilizce konuşmayan bir ailede büyümüş gibiydi.

"Aslında yürümedi," dedi Max.

"Gerçekten mi? Ne oldu?"

Gözleri de, diye düşündü Max. Bir acayiplik vardı onlarda da. Jenner'ın kaliteli gözlüklerinin ardındaki ela gözleri garip görünüyordu. Max normalde bir insanın gözlerine bakıp nasıl biri olduğunu tahmin edebilirdi. Jenner'a baktığında bir şey göremedi.

Max cevap vermeyince, "Responsivistler şimdi de silahlı muhafızları işe almışlar," dedi Eddie.

Jenner, iç çekerek yumuşak bir kanepeye yerleşti. "Hep bugünün geleceğinden korktum. Thom ve Heidi Severance son birkaç yıldır giderek daha paranoyak oldular. Silahlanmaya başlamalarının kaçınılmaz olduğunu tahmin ediyordum. Gerçekten özür dilerim. Size bu kuşkularımdan bahsetmeliydim."

Eddie, Jenner'ın endişesini gidermek istercesine bir el hareketi yaptı. "Adamlarımdan kimseye bir şey olmadı. Büyütülecek bir şey değil."

"Çok alçakgönüllüsünüz Bay Seng. Ben içinde bulunduğum için çatışma nedir bilirim."

Vietnam, diye düşündü Max, Jenner'la aşağı yukarı aynı yaşta olduklarını varsayarak. Sonunda gizem çözülmüştü. Rahatlamıştı. "Peki, bundan sonrası nasıl olacak?"

"Normal olarak, arkadaşları ve ailesiyle bir müdahale toplantısı düzenleyip, Kyle'a responsivistlerden kopması için ihtiyaç duyacağı desteğe sahip olduğunu göstermeye çalışırdık. Ancak, bu durumda ilk birkaç seans, Kyle'la yalnız görüşmeyi tercih edeceğim. Uyanıp da neler olduğunu anladığında oldukça büyük bir şok yaşayacak." Tedirgin bir gülümsemeyle devam etti. "Ve deneyimlerime göre şok, hızla öfkeye dönüşebilir."

"Kyle şiddete eğilimli değildir, eğer endişeniz buysa," diyerek adamı rahatlatmaya çalıştı. "Babasının aksine, oğlum hırçın biri değildir. Ben genelde, şokun etkisi geçene kadar hastaya sakinleştirici vermeyi sürdürürüm." Eldivenli elini, servis sehpasındaki taze çiçeklerden oluşan demetin arkasında duran siyah doktor çantasına uzattı.

"Kaç kişiye yardım ettiniz doktor?"

"Lütfen Adam deyin. İki yüzün epey üstünde."

"Hepsinde başarılı oldunuz mu?"

"Keşke evet diyebilseydim ama durum böyle değil. Beş altı kişi intihara teşebbüs etti, bundan daha fazla sayıda insan da tarikata geri döndü. İnsanlar, responsivistlerin yaptığı iyi şeyler olarak algıladıkları işler nedeniyle gruba dahil oluyorlar. Ancak bir süre içeride kaldıklarında grup giderek üzerlerindeki kontrolü artırıyor. Özellikle üyelerin sevdikleriyle olan bağını koparark yapıyor bunu. Bu bir kere gerçekleşti mi, onları artık eski gerçek hayatlarına döndürmek çok zor olabiliyor."

"İnsanlar buna nasıl izin veriyorlar?" Bunu soran Eddie'ydi. Aslında cevabı biliyordu. Çocukluğunda aynı durum Çin Mahallesi'nde de geçerliydi. Bir çeteye girmen için müthiş bir baskı vardı ve bir kez girdikten sonra da çıkmana asla izin vermezlerdi.

"Yalnızlık bir tür dış dünyadan kopma duygusudur. Responsivistler bu insanlara, kendilerinden çok daha büyük, kendilerine anlam katacak önemli bir şeyin parçası oldukları duygusunu veriyorlar. Sonuç olarak başarılarla birlikte başarısızlıklar da geliyor."

"Annesine göre Kyle, bu gruba katılalı birkaç ay olmuş. Yani durumunun o kadar kötü olmaması gerekir."

"Sürenin durumuyla bir ilgisi yok," dedi Jenner. "Zihnini zehirlemelerine ne kadar izin verdiğiyle ilgili bir şey bu. Bir keresinde sadece iki haftadır responsivist toplantılarına giden bir kadının kocası tutmuştu beni. Sonunda adamı terk etti ve şimdi de oğlunuzu kurtardığınız Yunanistan'daki tesisin direktörünün sekreterliğini yapıyor. Pattie Ogdenburg. Başarısızlıklarınızı isimleriyle hatırlayıp, başarılarınızı unutmanız ne garip."

Max ve Eddie aynı anda başlarıyla onayladılar. İkisi de benzer duyguyu defalarca yaşamışlardı.

"Merak ettiğim bir şey var," dedi Eddie sessizliği bozarak. "Donna Sky gibi başarılı bir kadın nasıl oluyor da böyle bir şeye katılabiliyor?"

"Diğer herkesle aynı sebeple. Ödüller alması, takdir edilmesi ve etrafında bir sürü insan olması diğer insanlardan daha az yalnız olduğu anlamına gelmiyor ki. Çoğunlukla, ünlü kişiler gerçeklikle bağlarını çok daha kolaylıkla koparırlar. Gerçek dünyada hayranları kuşatır onu, ama organizasyonda sadece Donna'dır artık. Yine de ünü birçok yeni üyeyi çekme konusunda çok işe yarar."

"Bunların hiçbirini asla anlayamayacağım," diye iç geçirdi Max.

"Bu yüzden beni tuttunuz zaten." Jenner, neşeli bir tonda konuşarak kasvetli havayı dağıtmaya çalıştı. "Anlamanız gerekmiyor zaten. Tüm yapmanız gereken, oğlunuza onu ne kadar çok sevdiğinizi göstermek."

"Filipinlerdeki responsivist merkezle ilgili bir şey biliyor musunuz?" diye sordu Eddie. Biraz da konuyu değiştirmeyi amaçlamıştı.

Jenner duraksadı. "Özellikle değil. Orada da aile planlaması klinikleri açtılarsa şaşırmam zaten, fakat... hayır, durun, doğru. Bir başka tesis açacaklarına dair söylentiler geldi kulağıma. Bir yerde arazi satın aldıklarını duymuştum ama henüz bir şey inşa etmediler. Ya da fazla bir şey değil en azından."

"Peki, bir yolcu gemisi kiralamak?"

"*Golden Dawn*'dan bahsediyorsunuz herhalde. Ne korkunç bir trajedi. Galiba Deniz Enstitüsü diyorlar bu yaptıklarına. Geçen bir iki yıl içinde de birkaç kez yaptılar aynı şeyi. Bütün gemiyi kiralayıp ya da kamaraların yarısını tutup, hareketi tartıştıkları toplantılar düzenliyorlar. Bir tanesine ne olup bittiğini anlamak için katılmıştım. Bana, kocasından kalan manaşı har vurup harman savuran dulları kafalamak için başvurulan bir yöntemmiş gibi gelmişti."

Jenner ayağa kalktı. "Gidip Kyle'a bakmalıyım."

O odadan çıkar çıkmaz, Max üzeri asker gibi dizilmiş içki şişeleriyle dolu büfeye gitti. Kesme camdan bir bardağa viski doldurdu ve Eddie'ye de teklif etti. Eski ajan reddetti.

"Görevde değiliz," dedi Max, içkisinden bir yudum alarak. "Alkol yasağı yok."

"Yine de almayayım. E, ne düşünüyorsun?"

"Sanırım doğru adamı bulduk. İşini bilen birine benziyor. Sence?"

"Katılıyorum. Linda, onu bulmakla iyi bir iş çıkarmış. Eminim Kyle iyi olacak."

"Yanımızda olduğun için teşekkür ederim," dedi Max, ama dediğinden çok daha fazlasını kastediyordu.

"Sen de bizim için aynısını yapardın."

Max'in cep telefonu çaldı. Cebinden çıkarıp baktı. Ekranda BAŞKAN yazıyordu.

"Sağ salim buradayız," dedi merhaba yerine.

"Bunu duyduğuma sevindim," dedi Cabrillo. "Jenner orada mı?"

"Evet. Biz de Eddie'yle onu bulduğumuz için ne kadar şanslı olduğumuzu düşünüyorduk."

"Güzel."

"*Oregon*'da işler nasıl?"

"Az önce Langston'la konuştum. Sanırım Julia'nın bana bir kolostomi torbası takması gerekecek, çünkü gemiyi Korinthos Kanalı'na soktuğum için bende yeni bir tane açtı da."

"Biraz kızgın, ha?"

"Dostum, kızgınlık tam ifade edemiyor. Dolaylı yollardan Yunanlı yetkilileri, bu işin kanalı imha etmeyi amaçlayan bir terörist eylem olmadığına inandırmaya çalışıyor. NATO'yu göreve çağırmak istemişler, inanabiliyor musun?"

Max irkildi. "Senin kahrolası C planlarınla ilgili düşüncelerimi biliyorsun."

Juan kendi kendine güldü. "Eğer ilerideki bir operasyonda C planı gerekirse, istifamı vereceğim."

"Bunu duydum ve Eddie de tanığım."

Cabrillo yeniden ciddileşti. "Kyle nasıl?"

"İlacın etkisinden yakında çıkacak. O zaman anlayacağız."

"Unutma, bir gemi dolusu insan senin ve oğlun için en iyisini diliyor."

"Oldukça zordu," diye itirafta bulundu Max. "Sandığımdan çok daha zormuş."

"O senin oğlun. Çok yakın olmasanız bile, onu hâlâ seviyorsun. Hiçbir şey bunu değiştiremez."

"Sadece çok kızgınım."

"Hayır Max, suçlusun. İkisi ayrı şeyler ve bunu aşmalısın, yoksa ona yardım edemezsin. Hayatta her şey olacağına varıyor. Bazı şeyleri değiştirebiliyoruz, bazılarını değiştiremiyoruz. Neyin hangisi olduğunu anlayacak kadar akıllı olmalısın ve buna göre davranmalısın."

"Onu yarı yolda bırakmışım gibi geliyor. Biliyor musun?"

"Dünyada günün birinde aynı şeyi hissetmeyen bir anne baba yoktur. Bu, sürecin bir parçası."

Max, Cabrillo'nun söylediklerini kavradı ve başıyla onayladı. Sonra Juan'ın bu hareketi göremeyeceğini düşünüp devam etti. "Haklısın. Sadece bu..."

"Zor. Biliyorum. Max bir operasyona hazırlanırken her ayrıntıyı düşünüyoruz, her türlü beklenmedik durumu öngörüyoruz ki kötü bir sürprizle karşılaşmayalım. Sonra ne oluyor? Hiç ummadığımız bir anda golü yemişiz. Bunu hayatın başka alanlarında da yapmaya çalıştığını düşün. İmkânsız bir şey. Sen de her iyi anne babanın yaptığını yapıyorsun. Sana ihtiyaç duyduğunda Kyle'ın yanındasın şu anda. Büyürken yanında olsaydın bunun olup olmayacağını söyleyemezsin. Şu anda burada olanla ilgilen sadece. Tamam mı?"

"Bir gün harika bir baba olacaksın."

"Benimle dalga mı geçiyorsun?" Juan bunu gülerek söylemişti. "Dünyanın ne kadar rezil bir yer olduğunu biliyorum. En azından otuz yaşına gelene kadar odasından dışarı adım atmasına izin vermezdim. O zaman da ancak etrafı çitlerle çevrili bahçeye çıkartırdım."

"Neredesiniz şu anda?"

"Aşağı yukarı güneyinizdeyiz. Yarın akşam geç saatlerde Riviera'da olacağız. Ertesi sabah silah kaçakçılarını tam gözlem altına alacağız."

"Sizinle olmalıydım."

"Kyle'la olmalısın. Hiçbir şeyi merak etme. Ne kadar gerekliyse kal orada. Tamam mı?"

"Tamam." Eddie telefonu işaret etti. "Bir dakika. Eddie konuşmak istiyor."

"Juan, Jenner'la konuştum ve bana responsivistlerin daha önce de yolcu gemileri kiraladıklarını söyledi."

"Ve?"

"Boşa kürek çekmek olabilir ama, Eric ve Mark'ın o seferleri kontrol edip, garip bir şeyler olup olmadığına bakmalarının bir zararı olmaz."

"Fena fikir değil. Başka bir şey var mı?"

"Filipinlerde yeni bir tesis inşa ettiklerine dair söylentiler duyduğunu söyledi. Eğer battığında *Dawn*'da dört yüz civarı responsivist varsa, bence o inşaat Doktor Jenner'ın bildiğinden daha çok ilerlemiş olabilir."

"İki kere iki dört eder," dedi Cabrillo.

Jenner yatak odasından çıkıp kapıyı kapadı. Fısıltıyla ama hepsinin duyabileceği bir sesle, "Kyle kendine geliyor. Sanırım en iyisi, bizi yalnız bırakmanız," dedi. Çantasına gidip, içinden çorba kâsesi büyüklüğünde silindirik bir cisim çıkardı. "Bu bir kilitleme cihazı. Süitin kapısına takacağım, böylece içeriden açılamayacak."

"Juan, gitmemiz lazım," dedi Eddie ve telefonu kapadı.

Max ayağa kalkmıştı. "Ne kadar bir süre için?"

"Bana cep telefonu numaralarınızı verin, ben sizi ararım. Muhtemelen bir ya da iki saat. Kyle'la biraz konuşacağım ve sonra yatıştırıcı vereceğim."

Max bir kapalı yatak odasına baktı, bir Jenner'a. Neyin doğru olduğunu kestiremiyordu.

"Bana güvenin Bay Hanley. Ne yaptığımı biliyorum."

"Pekâlâ." Max telefon numarasını otelin kâğıdına yazdı. Eddie'yi takip ederek süitten çıkıp, ahşap panellerle kaplı asansör koridoruna geldiler. Eddie, cilalı pirinç kapılardaki yansımasından bile, Max'in yüzündeki endişeyi okuyabiliyordu. Arkalarından, Jenner'ın güvenlik aygıtını kapıya taktığını duydular.

"Hadi gel, akşam yemeği benden."

"Galiba İtalyan yemeği havamdayım," diyerek o kadar da kötü durumda olmadığını göstermeye çalıştı.

"Üzgünüm dostum. Ya Çin yemeği ya da hiçbir şey."

18. BÖLÜM

Oregon Akdeniz'in karanlık sularında yirmi milin biraz üzerinde, gerçek kapasitesinin çok altında bir hızla ilerliyordu. Çünkü civarda seyreden onlarca gemi vardı. Geminin zevkle döşenmiş yemek salonunda en ufak bir hareket hissedilmiyordu. Manyetohidrodinamik motorlarının ve jet pompalarının derinden gelen uğultusu olmasa, Cabrillo kendisini Paris'teki gözde bulvarların birindeki beş yıldızlı bir restoranda sanabilirdi.

Juan yazlık bir spor ceket ve ona uygun yakası açık bir gömlek giymişti. Kol düğmeleri küçücük pusulalardı. Ayağında da İtalyan ayakkabılar vardı. Karşısında, siyah tişört ve kanvas pantolonuyla Linda Ross oturuyordu. Makyajsız haliyle bile cildi mum ışığında parlıyor, yanağı ve burnuna yayılmış olan çillerini öne çıkarıyordu.

Juan, şarap kadehini dibinden tutarak çevirdi ve kalitesini takdir ederek bir yudum aldı. "Maurice ve ekibi bize özel bir akşam yemeği hazırladıklarında, en azından ona uygun giyinebiliriz."

Linda, hâlâ sıcak olan bir parça ekmeğin üzerine tuzsuz tereyağından bolca sürdü. "Ben erkek kardeşlerimle büyüdüm. Ortalıkta yemek varken olabildiğince çok ve sık yemeyi öğrendim. Yoksa aç kalmam kaçınılmazdı."

"O kadar kötüydü, ha?"

"Hiç o köpekbalıklarının çılgınca beslendiği ya da bir kurt sürüsünün bir ceylanı alaşağı ettiği doğa belgesellerini izledin mi? En büyük ağabeyimin zaman zaman bize hırladığı bile olmuştur." O anlardan birini hatırlayarak güldü.

"Ailem her zaman sofra adabı konusunda ısrarcı olmuştur. Dirseklerim masanın üstünde diye çok ceza almışımdır."

"Bizim tek kuralımız, çatal bıçakların birbirimiz için değil, yiyecekler için kullanılmasıydı."

"Yarın için emin misin?" Juan yeniden iş konusuna dönmüştü. Bu harikulade atmosferde bile mesleklerinin ürkütücülüğü onları terk etmiyordu.

"Bütün gün inekledim. Bir responsivist uyanışa liderlik edemem ama onlardan biriyle konuşurken dilimi tutmaktan daha fazlasını yapabilirim. Onlar hakkında bilgilendikçe, bana giderek daha da garip gelmeye başladılar. Paralel evrenden dünya dışı bir zekânın gelip de benim hayatıma müdahale edebileceğine inanmak, aklımın alabileceği bir şey değil."

"Çeşit çeşit insan var sanırım," dedi Juan. İnsanların, başkalarına zarar vermediği sürece her şeye inanmakta serbest olduklarını düşünürdü. Yargılamak ona düşmezdi. "Onlara yaptığımız şeyden sonra güvenlik önlemlerini iyice artıracaklarını biliyorsun herhalde."

Başıyla onayladı. "Biliyorum. Beni içeri bile almayabilirler, ama bu riske değer."

Juan cevap vermek üzereydi ki dört kişi yemek salonunun çift kapılı girişinde belirdi. Julia Huxley, her zamanki gibi laboratuvar önlüğünü giymişti. Yanında da temizlenmiş bir halde Mark Murphy ve Eric Stoney vardı. İkisi de spor ceket ve kravatlıydılar ama Mark'ın gömleği ceketinin altından sarkıyordu. Eric, donanma geçmişi sayesinde nasıl davranacağını biliyordu ama bu kıyafetlerin içinde rahatsız olduğu da açıkça ortadaydı. Ya da bu huzursuzluğun sebebi gruplarındaki dördüncü kişiydi.

Julia, revir ve bu yemek salonu dışında geminin herhangi bir kısmını görmemesi için, Jannike Dahl'ın gözüne bağladıkları eşarbı çözdü. Juan, genç kadına acıyıp, bir süreliğine revirden dışarı çıkmasına izin vermişti ama gözünün bağlı olmasında ısrar etmişti. Janni, Kevin Nixon'ın Sihir

Dükkânı'ndan ödünç aldığı bir kıyafeti giymişti. Hastalığın yıprattığı, bitkin haliyle bile, genç kaptanlar Stoney ve Murphy'yi nasıl birbirine düşürdüğünü anlayabiliyordu Juan. En zor beğenenlerin bile dilini düğümleyecek kadar hoş ve zarif bir kadındı. Uzun süren hastalığın yol açtığı solgunluğu geçmiş, esmer teni ortaya çıkmıştı. Kömür karası dalgalı saçları çıplak omzuna dökülmüştü.

Masaya yaklaştıklarında içgüdüsel olarak ayağa kalktı. "Bayan Dahl, çok güzel görünüyorsunuz."

"Teşekkür ederim Kaptan Cabrillo," diyerek cevap verdi. Hâlâ yönünü bulmaya çalışıyordu odada.

"Göz bağı için özür dilerim, ama bu geminin bazı hassas kısımlarını görmemeniz gerekiyordu." Eric ve Mark'ın, Jannike'nin sandalyesini tutmak için yarıştıklarını görünce gülümsemekten kendini alamadı.

"Siz ve ekibiniz hayatımı kurtardınız kaptan. İsteklerinizi sorgulamak aklıma bile gelmez." Sesindeki ve aksanındaki etkileyici melodik hava üç adamı da büyülemişti. "Bir süreliğine de olsa yataktan kalktığım için minnettarım."

"Nasılsın?" diye sordu Linda.

"Çok daha iyiyim. Teşekkür ederim. Doktor Huxley astımımı kontrol altına aldı, bir daha hiç kriz geçirmedim."

Jannike'nin sandalyesini tutma şerefi Eric'e kalmıştı, böylece soluna oturmayı başardı. Mark, dik dik bakarak masanın etrafından dolaştı ve Linda'nın yanına oturdu.

"Ne yazık ki mutfak personeliyle bir iletişim sorunu yaşanmış." Cabrillo'nun bu sözleriyle birlikte, Maurice'in önderliğinde ellerinde tepsilerle garsonlar mutfaktan akın ettiler. *Oregon*'un baş kamarotu bu hata için Juan'ı suçluyordu. "Bir şekilde," diye Maurice'e bakarak devam etti Juan, "sizin Norveçli değil Danimarkalı olduğunuz izlenimine kapılmışlar. Ulusal yemeklerinizden yapmak istemelerine rağmen, şu anda geleneksel Danimarka yemekleri servis edilecek."

"Bu gerçekten çok ince bir jest," dedi Janni gülümseyerek. "Ve bu ikisi o kadar yakındır ki farkı anlayamam bile."

"Duydun mu Maurice?"

"Duymadım."

"Sanırım ringa balığı yiyeceğiz ki bu herhangi bir yemeğin geleneksel başlangıcı olabilir," dedi Juan. "Peşinden *fiskeboller* gelecek ki o da anladığım kadarıyla balık köftesi oluyor. Sonra patates ve kırmızılahanalı domuz filetosu rostosu var. Son olarak da seçiminize bağlı olarak, dondurma ve çikolatalı *pandekager,* yani krep veya *ris a la mande.*"

Bunu duyunca Janni'nin gülümsemesi bütün suratını kapladı. "Pirinç tatlısı bu," diye diğerlerine açıkladı. "Vişne sosuyla yapılır ve dünyada en sevdiğim şeydir. O da var demek."

"Oslo'dan mısın?" diye sordu Linda ilk yemekler servis edilirken.

"Ailemi kaybedince taşındım oraya. Çok daha kuzeyde, Honningsvad adlı küçük bir balıkçı kasabasında doğmuşum aslında."

Esmer tenini açıklıyor bu durum, diye düşündü Juan. Laponya yerlileri de Alaska'nın İnuitleri gibi ya da Grönland'ın yerlileri gibi evrim sonucu, kar ve buzlardan durmak bilmeden yansıyan güneş ışınlarından korunmak için daha koyu bir ten rengine sahip olmuşlardı. Mutlaka yerli kanına sahipti o da.

Tam bir soru soracaktı ki yemek salonunun girişinde Hali Kasım'ı gördü. Saçları öbekler halinde başının yanına yapışmıştı ve uzaktan bakınca bile gözlerinin altındaki kahverengi halkalar belli oluyordu. Yorgunluktan, etleri kemiklerinden sıyrılıp gidecekmiş gibi duruyordu. Juan ayağa kalktı. "Hepinizden özür dilerim, izninizle lütfen."

Haberleşme uzmanının yanına gitti. "Daha iyi göründüğün zamanlar olmuştu."

"Kendimi daha iyi hissettiğim de olmuştu," diyerek Juan'ın yorumuna katıldı Hali. "Bizim böceği engelleyen parazit yapıcının etkilerini giderdikten sonra hazırlayacağım raporu biter bitmez görmek istediğini söylemiştin. İşte burada." Başkana tek sayfalık çıktıyı uzattı. "Mark'ın kamarasındaki ses karıştırıcısını bile kullandım. Yapabileceğimin en iyisi bu. Özür dilerim. Parantez içindeki sayılar konuşmalar arasındaki süreyi gösteriyor."

BEN BİLMİ... (1:23) EVET... (3:57) DONNA SKY HAKKINDA... (1:17) EL EFEYİ (HARE)KETE GEÇİRİN... (0:24) ANAHTAR... (1:12) YARI(N)... (3:38) GEREKMEZ... (0:43) BİR DAK(İKA)... (6:50) HOŞÇA KAL... (1:12)

"Hepsi bu ha?" Juan hayal kırıklığını belli etmemeye çalıştı.

"Hepsi bu. Bazı anlaşılamayan kelimeler var ama bilgisayar anlamlarının doğru olma ihtimalini en fazla yüzde on olarak hesapladı. Olacak şey değil. Donna Sky'ın adına bile sadece yüzde kırk doğruluk payı verdi. Oysa doğru olduğundan kesinlikle eminim."

"Bozucuyu açtıktan sonra, telefonu kapatana kadar Martell'in Severance'la konuşması ne kadar sürdü?"

"Yirmi iki dakika altı saniye."

Cabrillo baştan sona bir daha okudu. "Dört şey gözc batıyor. Donna Sky, bir tür anahtar ve yarım kelimeler el ve efeyi. Bilgisayara göre bu son ikisinin doğru olma ihtimali nedir?"

Defalarca üzerinden geçtiği için, Hali notlarına bakmadan cevap verdi. "Yüzde altmış bir. Anahtar da yüzde doksan iki."

"El, efeyi ve anahtar yirmi dört saniye içinde kullanılan sözcükler. İlişkili olma ihtimalleri yüksek ve bunlar Donna Sky'dan bahsettikten bir dakika on yedi saniye sonra geliyor. Onunla da ilgili bir şey olduğunu düşünmek fazla zorlamak sayılmaz."

Hali, ağzı açık bir halde bakakaldı. "Bu kâğıt parçasına saatlerce baktım ama bunu fark etmedim."

"Çünkü sen duraksamalardan değil, kelimelerden anlam çıkarmaya çalışıyordun."

"Bir şey daha var." Kasım cebinden bir mikro kaset kaydedici çıkardı ve PLAY tuşuna bastı. Yine önceki gibi parazit sesi duyuldu. Sonra aniden kesildi. "Yayın sona erdi," dedi net bir ses.

"Bu da neyin nesiydi böyle?"

"Bilgisayardan geçirdim. Adamın anadili İngilizce değil. En yakın tahmini, Orta Avrupalı olabileceğiydi. Yaşını da otuz ila elli arası olarak tahmin etti."

"Tabii ya," dedi Juan. Bozucu devreye girmeden önce kaydettikleri bölük pörçük konuşmalar geldi aklına. "İddiaya girerim ki bu adam Zelimir Kovac. Hadi gel."

Masaya oturdular. Mark yaptığı kötü bir esprinin etkisini gidermeye çalışırken kekeleyip duruyordu. Juan araya girdince derin bir nefes aldı. "Eric, öğleden sonra Zelimir Kovac hakkında bir şeyler bulabildin mi?"

"Hiç, sıfıra sıfır elde var sıfır."

"Ben galiba tanıyorum bu adamı," dedi Jannike. "*Golden Dawn*'daydı ve responsivistlerin önemli isimlerinden biriydi."

"Hiçbir web sitesinde, bordroda ya da herhangi bir yerde adı geçmiyor," dedi Eric. Araştırma yeteneğine hakaret edildiğini düşünüyordu.

"Ama oradaydı, söylüyorum size," dedi Janni savunmaya geçerek. "İnsanlar onunla konuşmuyordu ama herkes onun hakkında konuşuyordu. Sanırım grubun liderine oldukça yakın biri."

Cabrillo, Kovac'ın radarlarına yakalanmamış olmasıyla ilgilenmiyordu. O talihsiz gemide olup da sonra nasıl Atina'da ortaya çıkabildiğini anlamaya çalışıyordu. Sonra, *Oregon* gemiyi bulduğunda, *Dawn*'ın cankurtaran botlarından birinin yerinde olmadığını nasıl keşfettiklerini hatırladı. "Hepsini o öldürdü."

"Ne dedin?" diye sordu Julia. Çatalı ağzına götürürken eli havada kalmıştı.

"Kovac *Golden Dawn*'daydı. Şimdi de responsivistlerin Yunanistan tesisinde. Gemiden cankurtaran botlarından biriyle kaçtı. Bunu yapmasının tek sebebi olabilirdi: Gemidekilerin öleceğini biliyordu. Yani, onları o öldürdü." Sonra Janni'ye döndü. "Onu tarif edebilir misin?"

"Çok uzun boyluydu. Neredeyse iki metre." İriyarı biri diye düşündü Juan. "Çok güçlü ve ciddi gözüküyordu. Sadece birkaç kez gördüm. Hiç gülmüyordu. İşin doğrusu biraz ürkütmüştü adam beni."

"Eric ve Mark'la beraber çalışıp onun bir resmini çıkartmaya çalışır mısın?"

"Ben çizemem ki!"

"O işi senin için yapacak bir bilgisayarımız var. Senin tek yapman gereken adamı tarif etmek, gerisini onlar halledecek."

"Yaptığının cezasını çekmesi için ne gerekiyorsa yaparım." O korkunç gecenin anıları tekrar su yüzüne çıkınca hıçkırıklara boğuldu. Eric kolunu omzuna doladı ve Janni de ona yaslandı. Bu sırada Mark Murphy'ye bakmadığı için, Juan Eric'i takdir etti.

Julia Huxley çatalını bıraktı ve peçetesini masaya koyarak ayağa kalktı. Hızla Janni'nin yanına geldi. "Bu akşamlık bu kadar heyecan yeter. Hadi seni revire geri götürelim." Sarsılmış genç kadının ayağa kalkmasına yardım etti. Mark ve Eric yardım etmek üzere ayaklandılar.

"Beyler," dedi Juan uyarıcı bir ses tonuyla. İkisi birden keyifleri kaçmış bir halde anında sandalyelerine çöküverdiler. "Her şeyin bir yeri ve zamanı var. Şu an ikisi de değil."

"Evet efendim," dedi ikisi aynı anda. Yaptığından pişman çocuklar gibiydiler. Juan'ın kafası, son dakikalarda öğrendiği bilgilerle meşgul olmasaydı, durumlarına gülebilirdi.

Yerine oturan Juan, Julia'ya döndü. "Görevin iptal oldu."

"Ne? Neden?"

"Kovac'ın orada olduğunu bile bile seni oraya savunmasız bir şekilde gönderemem."

Birden parladı Linda. "Ben kendimi koruyabilirim."

"Bu tartışmaya açık bir konu değil," dedi Juan sert bir sesle. "Eğer haklıysam, Kovac görülmemiş ölçekte bir toplu katliamcı demektir. Oraya gitmeyeceksin. Nokta. Hali kayıtlarımızı biraz daha temizledi. Martell'in Severance'la olan konuşmasında Donna Sky'ın adı, dikkat çekici bir şekilde anılıyordu. Onun kayda değer bir responsivist olduğunu biliyoruz. Planlarına erişmek için onu kullanacağız."

"Eğer inançlı bir destekçileriyse bize bir şey söylemeyecektir," dedi Linda.

"O bir aktris. Eğitimli bir ajan değil. Onunla beş dakika geçir, sana istediğin her türlü bilgiyi verecektir. Tek yapmamız gereken onu bulmak ve ona ulaşmak"

"Bir film çekimi için geçenlerde Almanya'ya gitti."

Cabrillo, Linda'nın böyle bir şeyi biliyor olmasına şaşırdı. Kaşları yukarı kalktı.

Operasyonlardan sorumlu başkan yardımcısı, çillerinin altından kızardı.

"Ne diyebilirim ki? Hollywood dedikodularına bağımlıyım."

Eric Stoney sandalyesinden öne eğildi. "Ona ulaşmak için bir fikrim var. Kevin Nixon bizimle birlikte olmaya başlamadan önce yıllarca Hollywood'da çalıştı. Eminim, birilerini tanıyan birilerini tanıyordur."

Nixon büyük stüdyolardan birinde çalışan ödül kazanmış bir efekt sanatçısıydı. Kız kardeşi 11 Eylül saldırılarında öldürülünce, o da hayatının bu perdesini kapattı. Cabrillo tarafından kapıldığı sırada, bu benzersiz yeteneklerini CIA'in hizmetine sunmaktaydı.

"İyi fikir. Eğer film setinde ona ulaşabilirse, belki de ne haltlar karıştıracaklarını öğrenebiliriz."

"Şeytanın avukatını oynuyorum belki, ama ya bir şey bilmiyorsa?"

"Dua et de biliyor olsun Linda, çünkü onların tesisine kimseyi göndermiyorum."

"Birilerini göndermek demişken, benim seninle Filipinlere gelmemi ister miydin?"

"Hayır Mark. Teklif için teşekkürler, ama Linc'i alacağım yanıma."

"Biraz gücümüzü bölmüyor musun sence patron?" diye sordu Eric.

Cabrillo karşı çıkmadı. "Tabii ki Max gerektiği kadar kalacak orada, fakat biz Monaco'ya varır varmaz Eddie Roma'dan ayrılacak. Julia'yı da sayarsak, dört kıdemli personelimiz olacak demektir. Linda, sen bir ya da iki günden fazla kalmayacaksın, Linc'le ben de üç gün içinde döneceğiz. Ayrıca gözetleme işi karmaşık bir iş değil ve çoğunlukla pasif bir görev olacak. Bu yüzden hiçbir endişem yok. Haydi, şimdi şu geleneksel Danimarka yemeğinin tadını çıkaralım."

Juan, son cümleyi Maurice'in duyabileceği kadar yüksek sesle söylemişti.

Kamarotun kaşları çatıldı.

19. BÖLÜM

Asansör lobiye yaklaşırken Eddie kapıya doğru yöneldi. Sağında da Max vardı. Kapı açılıp dışarı çıkmak üzere ayağını uzattığında, siyah takım elbiseli iki yabancı asansöre girdi.

Adamlar kendisine sürtünüp içeri girerken Eddie bu asansör adabı eksikliğinin üzerinde durmadı. Derken, bir tanesinin ceketinin içinden, omuz askılığındaki bir Beretta'ya uzanmakta olduğunu fark etti. Harekete geçmek için döndü, ama kaşlarının arasına susturuculu bir tabanca yerleştirilmişti. Max de aynı hızla etkisiz bırakıldı. Her şey iki saniyede olup bitmişti.

"Herhangi biriniz hareket ederse, ikiniz de ölürsünüz," dedi, daha iri olan adam. İngilizcesi aksanlıydı.

Kapalı alanlar Seng'in dövüş sanatları hareketlerinin çoğunu yapmasına izin vermiyordu, ama bu onun karşı koymayacağı anlamına gelmiyordu. Hafifçe gerildi ve silahlı adam her nasılsa bunu fark etti. Tabancasını Max'in karnına indirdi ve bir anda tüm nefesini kesti.

"Bu son uyarınız."

Kapılar tıslayarak kapandı ve asansör yükselmeye başladı.

Max ciğerlerini yeniden havayla doldurmaya uğraşırken, Eddie'nin kafasından bin bir düşünce geçiyordu. Yerlerinin nasıl bu kadar çabuk ve kolaylıkla bulunduğunu merak etti. Bu adamın Zelimir Kovac olduğundan şüphelendiğini belli etmeli miydi? Ayrıca, Kyle Hanley'in responsivistler için, neden onu geri almaya çalışacak kadar önemli olduğunu da merak ediyordu. Bunlar bir anlam ifade etmiyordu.

"Beni öldürmek zorunda kalacaksın," diyebildi en sonunda Max. "Oğluma tekrar dokunamayacaksın Kovac."

Max'in adını bilmesi Sırp'ı şaşırtmıştı. Ancak yüzündeki şaşkınlık ifadesini hemen sildi. Böceğin ses kayıtlarını dinledikleri sonucuna varmış olmalıydı. Hapishane kaçkını gibi görünmesine rağmen, Eddie Kovac'ın aptal biri olmadığını anladı.

"Zaten muhtemelen olacağı da bu," diye cevap verdi Kovac.

Kim olduğumuzu öğrenene kadar değil, dedi Eddie kendi kendine ve *ne kadar çok şey bildiğimizi.*

Bu onların tek pazarlık konusuydu. Pek fazla bir şey değildi ama hiç yoktan iyiydi. Kovac'ın yerinde olsaydı, responsivistlerin güvenlik duvarının ne kadar ihlal edildiğini öğrenmek isterdi. Bunun onlara ne kadar zaman kazandıracağı ise sorgulama yöntemine bağlıydı. Kazandıkları zamanla ne yapacakları da tamamen ayrı bir konuydu. O ve Max kendi başlarına kalmışlardı. Kurtarma söz konusu değildi ve otel personeline en üst kattakilerin kesinlikle rahatsız edilmemesi talimatı verilmişti.

Altıncı kata geldiklerinde Eddie, Kovac'ın kendilerini fena halde köşeye sıkıştırdığını fark etti.

Buradan canlı çıkmak istiyorlarsa ayrılmaları gerektiği ortadaydı. Max iyi zamanlarında müthiş bir savaşçı olsa da, iş kurnazlığa gelince Eddie onu başkanla bir tutabilirdi ama bir kaçış için fiziksel olarak uygun durumda değildi. Üstelik oğlunun içinde bulunduğu kritik durum, onu duygusal olarak da elverişsiz hale getiriyordu. Asansörün kapıları açıldı. Kovac ve sessiz ortağı geride kalarak, önlerine düşmeleri için Eddie ve Max'i namlularıyla yönlendirdiler. İki şirket ajanı göz göze gelerek, aynı şeyi düşündükleri ve aynı sonuca vardıkları mesajını birbirlerine ilettiler. Max'in gözlerini kısması ve belirsiz baş hareketi, Eddie'ye Max'in herkesin kendi başının çaresine bakacağını bildiğini ama oğlunu yalnız bırakamayacağı mesajını almasına yetti. Eddie, Max'in gitmesine izin verdiğini ve sonuçlarına da katlanacağını anladı.

Koridorda süitlerine doğru yürümeye başladılar. Kapıda durdular. Eddie saldırma fikrini yeniden gözden geçirdi. Kovac'ın ortağı tek darbede öldürebileceği kadar yakınındaydı ama Kovac birkaç adım uzağında duruyordu. Tutsaklara refakat etmenin kurallarını iyi bildiği anlaşılıyordu.

"Sol elini kullanarak, kapı kartını çıkar," diye talimat verdi Kovac.

Bu kez Eddie sağ elini kullanan çoğu insanın anahtarı sağ cebine koyduğunu düşündü. Sol eliyle oradan almak zor olacaktı.

Eddie hafifçe Kovac'a döndü. "Kapıda özel bir kilit var, açamayız."

"O aletleri biliyorum. Konuşmaya devam edersen sol dizkapağına kurşunu yersin."

Eddie sol elini sağ cebine daldırdı ve elektronik anahtar kartını çıkarıp kullandı. Kilidin üzerindeki ışık kırmızıdan yeşile döndü ve kolu çevirebildi.

"Geriye çekilin," dedi Kovac.

Eddie ve Max denileni yaptılar. Kovac'ın ortağı süite girdi. Birkaç saniye sonra Jenner'ın haykırışı duyuldu. "Bu ne demek oluyor?" Tetikçi onu dinlemedi ve ne istediğini tekrarladı. Yirmi saniye sonra, ortağı Kovac'a temiz bir Amerikan İngilizcesiyle seslendi. "Süit temiz. Sadece programlayıcı ve çocuk var."

Kovac, Max ve Eddie içeri girdiler. Sırp, Jenner'ın kapıya koyduğu kilit düzeneğini inceledi ve akıllıca bir hamleyle kapıyı açık bıraktı.

"Baba?" Kyle Hanley kanepeden ayağa kalktı. Son yirmi saattir damarlarında dolaşan uyuşturucudan hiç etkilenmemiş gibiydi.

"Kyle."

"Bunu bana nasıl yaparsın?" diye bağırdı Kyle.

"Seni sevdiğim için yaptım." Çaresizce cevap verdi Max. Karmaşık duygular içindeydi.

"Susun!" diye gürledi Kovac.

Jenner'ın yanına gitti. Yanında küçücük kaldığı adamın karşısında iyice büzülen Jenner'in protestosu dudaklarından uçup gitti.

Sırp yeniden konuştuğunda öfkesini zorlukla kontrol altına almıştı.

"Bay Severance sizi öldürmemem konusunda emir verdi ama bunun için bir şey demedi," diyerek tabancasının kabzasını psikiyatrın kafasına indirdi.

O anda iki şey birden oldu. Jenner, yarasından kanlar akarak yere yığıldı ve anlık dikkat dağılmasını fırsat bilen Eddie koşmaya başladı. Balkona açılan kapılar on adım mesafedeydi ve herkes ne olup bittiğini anlayana kadar yolun dörtte üçünü aşmıştı. Kovac yerdeki psikiyatrın durumundan sadistçe zevk almakla meşgulken, Max içgüdüsel bir şekilde ayağını sağa doğru atarak ikinci tetikçinin nişan almasını engelledi.

Eddie tüm hızıyla kapıya çarparken son anda omuzlarını büzdü ve pencerenin antika kesim camlarını parçalayarak dışarı çıktı. Kırık camlar vücuduna saplanmıştı. O sırada bir kurşun onu sıyırıp karşıdaki binaya isabet ederek sıvayı döktü.

Korkuluklara ulaşana kadar hızını kesmedi. Sadece bacaklarını kullanarak korkulukları aştı ve havada dönerek, yüzünü düşmekte olduğu binaya doğru çevirdi. Sayısız döküm çubuklardan iki tanesine yapıştı ve ellerinin terli olmasından da yararlanarak aşağıya doğru kaymaya başladı. Caddedeki trafikle arasında otuz metrelik bir boşluk vardı.

Ayaklarının ucu beşinci kat balkon korkuluklarına değdiğinde elleri beton zemine çarpmıştı. Bir an bile duraksamadan ellerini bırakıp geriye bir adım attı. Yeniden kaldırıma doğru serbest düşüşe geçti. Yüzünün önünden beşinci kat balkonu geçerken, ellerini uzatıp yeniden iki balkon demirine tutundu. Bu şekilde düşüşünü yavaşlatarak daha kontrollü alçalmaya başladı. Müthiş bir güç, denge ve cesaret gösterisiydi.

Dördüncü kat korkuluklarında dengede kalmaya çalışırken, bir sonraki dalış için kendisini ortalıyordu. O sırada Kovac, süitin balkonuna çıkmıştı. Önce Eddie'nin cesedini kaldırıma yapışmış halde bulmayı umarak aşağı baktı. Ancak hiçbir şey göremedi. Sonra Eddie'yi korkuluktan geriye adım atarken gördü ve ateş etmeye başladı. Aşağıya doğru kurşun yağdırıyordu.

Çubuklardan aşağıya doğru kaymaya devam eden Eddie, etrafında havayı yaran mermileri hissediyordu. Elleri yeniden betona vurdu. Ne kadar gerilirse gerilsin, bir alt katın balkonuna erişemedi. Bilekleri acı içindeydi, o yüzden kendini bıraktı, ama üç santim sonra desteği buldu. Yeniden bırakmadan önce kollarını biraz salladı. Sokak seviyesine geldiğinde elleri kırılmamışsa bunu bir mucize olarak kabul edecekti.

Kovac atış açısı bulamayınca ve daha çok da, aşağıdan Eddie'nin çılgın dublörlüğünü izleyen kalabalık tarafından fark edilmekten çekinerek tabancasını kılıfına koyup, süite geri döndü.

Bir an için, Eddie balkona atlayıp üçüncü kattaki odaya girmeyi düşündü. Ancak, Kovac'ın otele kaç adam yerleştirdiğini kestirmesi imkânsızdı. Tek kurtuluş şansı hızla ve sorunsuz olarak buradan uzaklaşmaktı. Sonra da arkadaşlarıyla buluşabilirdi.

Tekrar geriye doğru bir adım atıp, artık kurumuş olan avuç içlerindeki derisi soyularak çubuklardan kaymaya devam etti. İkinci kat balkonu, otel lobisinin yüksek tavanı nedeniyle yerden bir buçuk kat yukarıdaydı ve yaklaşık altı metre yüksekteydi. Eddie'nin sol tarafında, otel çıkışını yukarıdan düşebilecek öteberiden korumak için yapılmış sapsarı bir tente vardı. Bir ip cambazı gibi, korkuluğun üzerinde yaylanarak tenteye doğru atladı. Düşerken sırtı kumaşa gelecek şekilde vücudunu döndürdü.

Eğimli yüzeyde kayarken bacaklarının arasındaki metal çerçeveyi tutmayı başardı. Yaralanan ellerine olabildiğince az yük bindirerek tutunduğu tentenin kenarından bir perende atarak, çevik bir hareketle yere indi. Toplanan kalabalıktan övgü dolu sesler yükseldi ama olan biteni kimse anlamamıştı.

Eddie kaldırım boyunca kalabalıkların arasına dalarak koşmaya başladı. Güçlü bir motor sesi normal trafik sesini bastırarak yaklaşıyordu. Arkasına dönüp baktığında siyah bir motosikletin kaldırıma çıkıp peşinden geldiğini gördü. Yayalar panik içinde giderek hızlanan motorun önünden kaçışmaya başladılar. Aralarında beş metreden az bir mesafe kalmıştı ve kocaman Ducati giderek hızlanıyordu.

Sanki otelin yanındaki kitapçıya girecekmiş gibi koşup, kendisini tam ters yöne sola atıp park etmiş iki arabanın arasına daldı. Kazandığı momentum nedeniyle arabaların arasında duramayıp yola, tıkalı trafikte boş bir şerit bulup hızlanmaya başlayan bir Volvo kamyonun önüne fırladı. Sürücü, yola fırlayan Eddie'yi kesinlikle görmemişti ve gaza basmaya devam etti. Eddie'nin ağır lastiklerin yolundan çekilmek için en fazla bir saniyesi vardı. On tekerlekli araç üzerinden geçerken nafile bir çabayla elleriyle başını korumaya çalıştı. Motordan yayılan ısı sanki yüksek fırının açık kapısından geliyormuş gibi arkasına vurdu.

Kamyon ansızın lastikleri asfaltta simsiyah izler bırakarak fren yaptı. Eddie yeniden motosikletin sesini duydu. Park etmiş iki aracın arasından, tam Volvo'nun önünden yola çıkmış olmalıydı.

Aracın altından sıyrılarak yola çıktı. Üstü açık, çift katlı bir turist otobüsü karşı şeritteydi. Eddie aracın arka tarafında, sürücünün göremeyeceği kadar uzaktaydı. Otobüse doğru zıplayıp yolun ortasından kaçmaya çalıştı. Diğer ayağıyla hâlâ bir metre ötede duran kamyona bir tekme savurdu. Bir o araca, bir bu araca tekmeler atmaya devam ederek, otobüs yolcularının şaşkın bakışlarına aldırmadan kamyonun tepesine ulaştı. Son bir hamleyle aracın çatısına çıktı. Nefes nefese bir halde soluklanmak üzere uzanırken yüzünün birkaç santim ötesinde kızgın bir delik açıldı.

Yukarı baktı. Kovac yeniden balkona çıkmıştı ve yayaların farkına varma ihtimali pek olmadığından rahatça ateş ediyordu. Eddie ayağa kalkarak kamyonun üzerinde koşmaya başladı ve hareket etmeye başlayan otobüse atladı. Bir bank tipi koltukta oturan Japon turistlerin üstünden atlayıp koridora yuvarlandı. Koşarak otobüsün arkasına gidip yola baktı. Ducati, kamyonun arkasından çıkmış takibini sürdürüyordu.

Eddie otelden kurtulmuş olabilirdi ama henüz kaçmayı başaramamıştı. Siyah deriler içindeki motosikletli hemen otobüsün arkasındaydı, takip ettiğini gizlemeye gerek duymuyordu. Eddie, adamın başlığına monte bir telsiz cihazı olup olmadığını bilmiyordu. Bu operasyonu kendisi yönetse, tüm ekip üyelerinin sürekli haberleşme içinde olmalarını sağlardı. Bu da birilerinin az sonra motosikletli adama destek olmak üzere ortaya çıkması demek olurdu. Kyle Hanley'i kurtaran operasyon ekibi hakkında ayrıntılı bilgiye sahip olan Kovac'ın, Hanley'i geri almak için büyük bir kuvvet getirmiş olması yüksek bir olasılıktı. Otobüs dört şeritli bir yola çıkarak, Colosseum yönünde hızlanmaya başladı. Hızla akan trafikte geçtikleri araçlar, kornalarını çalıyor, sürücüler pencereden alışıldık el hareketlerini yapıyorlardı. Ducati de bir balinayı izleyen vatoz balığı gibi arkalarından gelmeye devam ediyordu.

Eddie yeniden kan gelmesi için parmaklarını esneterek bu kargaşadan kurtulmak için ne yapabileceğini düşünmeye başladı. Max'inki yanında olduğundan kendi cep telefonunu otelde bırakmıştı. Aklına çılgınca bir fikir geldi. Eğer çok az zamanı kaldığını hissetmeseydi tamamen aklından çıkaracağı bir fikirdi ama durum giderek ümitsizleşiyordu.

Otobüsün arkasındaki spiral merdivenlerden alt kata indi. Buranın yukarısı kadar kalabalık olmadığını görmek Eddie'yi rahatlattı. Yukarıdaki on beş yolcuya karşılık burada sadece birkaç yolcu vardı. Koridorda yürürken kimse Eddie'yle ilgilenmedi. Eğilmiş bir halde yürüyerek sürücüye doğru ilerledi. Ön koltukta, ezberlenmiş konuşmaları arasındaki boşluktan yararlanıp elindeki törpüyle tırnaklarını düzelten rehber kız oturuyordu. Onu görünce törpüyü bırakıp neşeyle gülümsedi. Görünüşüne aldanıp gruptan biri olduğunu sanarak Eddie'ye Japonca bir şeyler söyledi.

Kızla hiç ilgilenmedi. Sürücü, daha çok pilotlara uyacak bir şekilde beyaz gömlek giymiş, siyah kravat ve bir şapkayla kıyafetini tamamlamıştı. Eddie adamın zayıflığına şükretti. Tek bir hareketle sağ kolundan tuttuğu gibi, sürücüyü koltuğundan alıp fırlattı. Adam omzunun üstünden yuvarlanırken, Eddie eğildi. Sonra hızla doğrulup adamı ön kapının merdiven basamaklarına savurdu. Sürücü tepetaklak bir vaziyette kapıya çarpıp oracığa yığılıverdi.

Güçlü dizel motor, Eddie sürücü koltuğuna geçip gaza bastığında fazla hız kaybetmemişti. Tur rehberi çığlıklar atmaya başladı. Arkadaki yolcular da korku içinde olup biteni izlemeye başladılar. Büyük dikiz aynalarına bakan Eddie frene bastı.

Her taraftan korna sesleri yükselmeye başladı. Ducati otobüse arkadan çarpan aracı kıl payı sıyırarak otobüsün arkasından çıktı. Rehber çarpışmadan dolayı çığlık çığlığa bağırmaya başladı. Motor iki şeridin arasından belirdi bu kez ve Eddie otobüsün yarı uzunluğuna kadar ilerlemesine izin verdi. Sonra yeniden gaza basıp direksiyonu sertçe sola kırdı. Motorun gidecek hiçbir yeri yoktu. Solundaki şerit tampon tampona ilerliyordu. Otobüsün gerisinden gelseydi, yeniden arkasına geçebilirdi ama o aradaki boşluğa girmişti artık. Vitesi küçültüp gazı artırdı. 1000 cc motor kükrerken motosikletin ön tekerleği havalandı. Sürücü hava direncini azaltmak için iyice öne doğru eğildi.

Hiç şansı yoktu. Otobüs, Eddie'nin oturduğu yerin üç metre gerisinden motora çarptı. Ducati yalpalayarak sol şeritteki bir araca bindirdi. Sürücüsü motorun önünden fırlayarak kolları ve bacakları havada çırpınarak, öndeki aracın arka camına kafa üstü çarptı. Aracın camı anında patlayarak tuzla buz oldu. Eddie kaskı sayesinde yaşayabileceğini düşündü. Çarpışma arkalarında bir zincirleme reaksiyon başlattı ve dört şeridin tümüne yayıldı.

Eddie otobüsü durdurdu ve kapıları açan düğmeye bastı. Yerde bilinçsiz bir halde yatan sürücü yüzünden sadece biraz aralanabildi kapı. Son birkaç korkutucu dakika boyunca vücudunda dolanan adrenalin azalmaya yüz tuttuğunda, başkanı ve onun böyle durumlarda her seferinde nasıl espriler yaptığını düşündü. Bu Seng'in tarzı değildi.

"Özür dilerim," dedi tur rehberine ve kapıdan dışarı çıktı.

Hasarlı araçlar yolu bir kaldırımdan diğerine kadar tıkamıştı. Sürücüler araçlarından çıkmış, İtalyanlara özgü hareketlerle ortalığı ayağa kaldırıyorlardı. Kaldırıma çıkmak üzereyken bir sedan araç, kaza yapmış araç sürüsünün arasına bir tank gibi daldı. Araçları kaza yapmış iki adam kendilerini güçlükle iki yana attılar. Sürücü ve yanındaki yolcusu hava yastıklarının ardında kaybolan sedanın önü hurdaya dönmüştü ama araç yavaşlamamıştı bile.

Eddie peşinden geldiklerini anladı.

Tekrardan otobüse koştu. Kendine gelmekte olan sürücünün kulağının arkasına bir darbe indirerek onu yeniden bayılttı. Güzel rehber, Eddie'nin yeniden araca bindiğini görünce bir çığlık atıp, İtalyanca hızlı hızlı bir şeyler söylemeye başladı. O kadar hızlı konuşuyordu ki kelimeler birbirine girip uzun, sürekli bir ses halinde çıkıyordu ağzından.

Otomatik vitesi sürüş durumuna getirdi. Otobüs bazı yolcuları yerlerinden fırlatacak şekilde sarsılarak ileri atıldı.

Bir eliyle direksiyonu kavrayarak otobüsü Colosseum'un çevresinde dönen yolda tutmaya çalışırken, diğer eliyle rehberin mikrofonuna uzanarak bağırdı. "Herkes yukarı! Hemen!"

Dehşete düşmüş bir avuç turist otobüsün arkasına hücum etti. Emrine uyarak merdivenlere yığıldılar. Eddie dikiz aynasından, Fiat Bravo olduğunu tahmin ettiği kırmızı sedanın kalabalığın arasında ilerleyerek takibi sürdürdüğünü gördü. Otobüsün yanında gitmeye başlayan aracın ön koltuğunda oturanların elleri aşağıdaydı, ama arkadaki adamın elinde silah olduğunu fark etti.

Arkadaki adam, elindeki silahı camdan dışarı uzatarak otobüse ateş etmeye başladı. Kurşunların isabetiyle camlar patladı ve koltukların süngerleri konfeti gibi havada uçuşmaya başladı. Eddie aracın direksiyonunu kırarak yanındaki aracı vazgeçirmeye uğraşırken, yukarıdaki yolcuların çığlıkları iyice tizleşmeye başlamıştı.

Trafiğin durduğu şeritten kurtulmak için daha da sert dönmeye çalışırken, otobüsün merkezkaç kuvvetin etkisiyle içteki lastiklerinin üzerinde havalanmaya başladığını fark etti. Bunun üzerine direksiyonu hafifçe düzelterek otobüsün tehlikeli biçimde yalpalamasına rağmen yeniden dört tekeri üstünde gitmesini sağladı. Colosseum'un etrafındaki turlarını tamamlayıp kuzeydoğuya doğru gitmeye başladıklarında yol da düz bir hale gelmişti. Yolun iki yanında yeni ve tarihi binalar birbirine karışmıştı. İş merkezleri, kiliseler ve antik tapınaklar birbirini kovalıyordu adeta. Fiat yeniden otobüsü geçmeye çalıştı, ama Eddie direksiyonu kırarak üzerine sürdüğünde tatmin edici bir metal sesi duydu.

Saatte seksen kilometrenin üzerine çıkan Eddie, Fiat araca tahmin ettiğinden daha fazla hasar verdiğini düşündü. Çünkü araç takipten vazgeçmişe benziyordu. Tam o sırada bir makineli tüfek sesi duyuldu. Otobüsün cüssesine rağmen kaportaya vuran mermilerin ağırlığını hissedebiliyordu. Arkadaki motora ateş ederek aracı durdurmayı ve sonra da Eddie'yi rahatça vurmayı planlıyorlardı.

Eddie ileride, ancak dev bir düğün pastası olarak tarif edebileceği bir şey gördü. Çok büyük ve tamamen mermerden yapılmış bir yapıydı ve bütün çevresine hâkim bir konumdaydı. Hayal meyal bunun Victor Emmanuel II'nin anıtı olduğunu hatırladı. İtalyan devletlerini birleştirerek bugünkü modern İtalya'nın kurucusu olmuştu. Mimarinin azameti, binanın cüssesiyle iyice ortaya çıkmış, kolonları ve merdivenleriyle büyük bir liderin anıtından çok dev boyutlu bir takma dişi andırıyordu.

Yol sola dönerek at üzerindeki Victor'un bronz heykelini ortaya çıkarıyordu. Batmaya yüz tutan güneşe rağmen, turistler ve sırt çantalı gezginler hâlâ mermer basamaklarda geziniyor, seyyar satıcılardan aldıkları içeceklerini yudumluyorlardı.

Otobüsün arkasından gelen yeni bir yaylım ateşi, etraftaki turistlerin ürkek kuşlar gibi oraya buraya kaçışmasına sebep oldu.

Eddie önemli bir şeye çarpmalarının ya da bir polis barikatıyla karşılaşmalarının an meselesi olduğunu biliyordu. Uzaktan gelen siren sesleri giderek yaklaşıyordu. Bir yol levhası, kendisi için bir anlam ifade etmemekle birlikte, VIA DEI FORI IMPERIALI yönünde gittiklerini gösteriyordu. Yol Romalıların standardına uygun bir şekilde oldukça geniş ve Eddie'nin zevkine göre fazla açıktaydı. İçinde bulunduğuna benzeyen otobüslerle dolu bir otoparkın ilerisinde yol bölünüyordu.

Sola kıvrılarak dört beş katlı binalarla dolu bir sokağa saptı. Dükkânların önünde, deriden elektroniğe ve egzotik hayvanlara kadar pek çok şey sergileniyordu. Yine de yol, Eddie'nin istediğinden çok daha genişti. Trafik sıkışınca, otobüsün önünde aniden fren lambaları yanmaya başladı. Eddie kornaya basıp kaldırıma çıktı. Kaldırım bu kadar büyük bir aracın sığacağı kadar geniş değildi. Otobüs, araba alarmları ve korna sesleri arasında, parkmetreleri buğday başağı gibi biçerek ilerlemeye başladı.

Bir turistik dükkânın önündeki tezgâhların ortasına dalan otobüs, posta kartlarını ve Eddie'nin önce bir kadın sanarak dehşete kapılmasına sebep olan bir mankeni havalara savurarak ilerledi. Bir binaya sürtünmeleri sonucu otobüsün sağ aynası koptu. Bir kavşağa hızla dalınca etrafındaki araçlar sertçe fren yaptılar. Eddie otobüsü araçların arasından, bir geçidi andıran dar şeritten geçirdi. Dar sokağa giren araçlar vardı ama çıkan gözükmüyordu.

Kovac'ın adamları silahlarını doldurup otobüse yeniden ateş etmeye başladılar. Eddie'nin ayağının altındaki gaz pedalı bir anda sünger gibi yumuşadı. Eddie soldaki aynaya bakınca otobüsün arkasından dumanlar yükseldiğini gördü.

"Hadi bebeğim, elli metre daha dayan."

Motor öksürdü, bir daha öksürdü, sonra bir kez daha öksürerek can çekişmeye başladı. Eddie yeniden mikrofona uzandığında, binalar arasındaki mesafe azalmaya başlamıştı.

"Herkes kendini korusun."

Eddie motorun ölmek üzere olduğunu fark edince son on metreyi vitesi boşa alarak geçti. Arkadan gelen ve Max'in mühendis kalbini kıracak bir metal parçalanma sesiyle motorun devreden çıktığını anladı.

Otobüs kenarlarda en fazla birer karış boşluklar kalacak kadar dar ve karanlık bir yola girdi. Sağlam kalan sol ayna da parçalanıp koptu. Eddie, diğerlerinden biraz daha büyük olan bir apartman yüzünden, yolun ileride daha da daraldığını fark etti. Eddie, otobüs binaya çarpıp, sekerek karşı binaya sürtünerek tamamen sıkışmasına ramak kala frene bastı. Ani duruş yukarıdan yeni çığlık sesleri gelmesine neden oldu, ama seslerin hemen kesilmesi yaralanan kimse olmadığını gösteriyordu.

Bacaklarının altında zemine kelepçelenmiş halde büyük kırmızı bir yangın söndürücü vardı. Hemen yerinden söküp ön cama doğru savurdu. Cam sarsıldı ama kırılmadı. Geçebileceği kadar büyük bir delik açılana kadar cama vurmaya devam etti. Boşluktan atlayarak ellerini sıcak asfalta koyup dengesini buldu. Arkaya baktığında otobüsün arkasından siyah dumanlar yükseldiğini gördü. Kovac'ın adamları otobüsün üzerine çıkamazdı. Tek şansları apartmanın etrafından dolaşmaktı ama o da eğer diğer araçlar arkalarından gelerek dar yolu tıkamasaydı mümkün olabilirdi. Köşeyi döndü ve işlerinden çıkıp evlerine giden ya da akşam yemeği için dışarıda olan yaya trafiğine karışarak sakince yürümeye başladı. Bir dakika sonra, yoldan çevirdiği bir taksiye binerken acı bir fren sesi duydu. Taksi yana çekildi ve bir Fiat Bravo yoluna devam etti. İzini kaybettirmişti.

Birkaç dakika sonra, sürücüye birkaç avro vererek kendini trafiğe saplanan taksiden dışarı attı. Bir büfeden peşin ödemeli kullanıma açık bir cep telefonu alan Eddie, kalabalık bir bara girdi. Tezgâhtaki kızdan bir bira istedi ve oteli aradı. Otel hâlâ balkonlardan atlayarak aşağıya inen adamın hikâyesiyle çalkalanıyordu. Bu yüzden odasına silahlı adamların girdiğini açıklaması biraz zaman aldı. Resepsiyondaki adam *polizia*'yı arayacağına söz verdi. Eddie adama cep numarasını verdi.

On beş dakika sonra Eddie'nin birası bitmişti ki telefonu çaldı.

"Bay Kwan?" Bu, odayı tutmak için kullandığı takma addı.

"Evet."

"Otel müdürümüz polisle beraber odanıza girdi. Başında bir yarayla yerde yatan Jenner isimli bir adam bulmuşlar içeride," dedi görevli mahcup bir ses tonuyla. "Buraya gelerek bilgi vermenizi istiyorlar. Siz buna ifade vermek diyorsunuz sanırım. Olan bitenle ilgili olarak birçok soruları olacakmış."

"Elbette. Yetkililere yardım etmekten mutlu olurum. Yirmi dakika içinde oradayım."

"Teşekkürler Bay Kwan."

"Teşekkür ederim." Eddie hemen bir başka numarayı tuşladı. Cevap verilince, doğrudan konuya girdi. "Tiny, hemen ülke dışına çıkmak için bir uçuş planı hazırla. Buradan olabildiğince hızlı çıkmam gerekiyor."

Pilotun cevabını beklemeden telefonu kapadı ve yeni bir numara tuşladı. Sinyal sesini dinlerken Kovac'ın şehirde, hatta İtalya'da kalması için hiçbir sebep olmadığını düşündü, bu nedenle oyalanıp polisin kendisini yakalamasına sebep olmaya hiç niyeti yoktu.

"Alo."

"Başkan, ben Eddie. Kovac Max'i kaçırdı."

Juan'ın cevabı için bir saniye geçti. "Kyle'dan ne haber?"

"Sanırım küçük serseri de bu işin içinde."

20. BÖLÜM

"Bekle bir dakika," dedi Cabrillo. Kafasını toparlamaya çalışıyordu. Kamarasında yalnızdı. Masası uzun bir süredir el sürmediği evrakla doluydu. Harekât Merkezi'yle haberleşme düğmesine bastı.

"Buyurun başkan." Gece nöbetçisi hemen cevap vermişti.

"Max Hanley'in radyo çipinde durum nedir?"

Şirketin her elemanının bacağına cerrahi bir yöntemle yerleştirilmiş olan mikroçipler, çok zayıf bir sinyali dünyanın etrafında dolanan haberleşme uydularına ileterek yerlerini bildiriyordu. Sinir sistemi tarafından üretilen cilt altı anlık elektrik yüklemeleriyle tıpkı bir kalp pili gibi çalışan aletler Juan'ın, ekibinin her üyesinin yerini her an bilmesini sağlıyordu.

"Sinyal almıyorum. Bir dakika. İşte burada. Bilgisayara göre, vericisi on bir dakika önce oğluyla birlikte kaldığı otelden yaklaşık üç kilometre uzaktayken sinyal göndermeyi kesmiş. Eddie'ninki gayet iyi çalışıyor. Şu anda Roma'nın şehir merkezinde Colosseum'dan beş yüz metre uzakta."

"Teşekkürler." Juan dahili haberleşme aygıtını bırakıp masasındaki telefonu aldı. 1930'lardan kalma antika görünümlü ama aslında modern bir cihazdı. "Max'in vericisi devre dışı."

"Tahmin etmiştim."

"Sizi de Roma'da bu şekilde buldular. Kyle Hanley de Yunanistan'dayken çiplenmişti. Bu yüzden aynı şeyi Max'e yapmış olabileceğimizi tahmin edip Max'in vücudunu taramış olmalılar."

"Muhtemelen kaçtıkları aracın içindeyken Max'in bacağından kazıyıp aldılar aleti."

"Ancak en iyi çipler bile nerede olduğun hakkında kabaca bir fikir verebilir. GPS kadar hassas değildirler," dedi Juan.

"O yüzden Kyle'ın onlara yardım ettiğini düşünüyorum zaten. Otelde bize baskın yaptıklarında, Max'le beni doğruca süitimize çıkardılar. Kyle bana o kadar uyuşmuş gibi gelmemişti. Sanırım Girit'ten Roma'ya uçarken kendine geldi ve uyuyor numarası yaptı. Biz Doktor Jenner'la konuşurken içerideki odalardan birinde yalnızdı. Biz onu baygın sanırken, kendinde olup Kovac'ı ya da hareketten birilerini arayıp otelin adını ve oda numarasını bildirmiş olabilir."

"O zaman Kovac onu çipin sinyaliyle Roma'ya kadar izledi, devamında da Kyle tam yerlerini bildirdi."

"Mantıklı tek açıklama bu."

"Sesli düşünüyorum şu anda. Peki ya Doktor Jenner? Yerimizi responsivistlere o söylemiş de olabilir."

"Olabilir," diyerek katıldı Eddie. "Fakat onun da bir bağımlılık danışmanının uyuşturucudan nefret ettiği kadar responsivistlerden nefret ettiğini söyleyebilirim. Ayrıca Kovac'ın adama tabancasıyla nasıl vurduğunu da görmeliydin. Hayır, Jenner kesinlikle bizim tarafımızda."

"Dediğim gibi, sadece sesli düşündüm."

"Biliyorsun Juan, Kyle'ı geri almak için çok büyük bir riske girdiler. Onun düşük dereceli bir mürit olduğuna inanmıyorum."

"O zaman planladıkları şey her ne ise Kyle da bunun içinde."

"Ya da en azından tesiste bu bilgiye ulaştı," dedi Eddie.

"Onu, operasyonun güvenliğini riske atmamak için geri aldılar."

"Eğer bu düzeyde bir paranoyaya sahiplerse, Linda'yı asla o tesisin kapısından içeri sokmazlar."

"Ben o görevi çoktan iptal ettim zaten. Kovac'ın *Golden Dawn*'da olduğunu ve o ölümlerden sorumlu olduğunu öğrendik. Linda, Donna Sky'la temas kurana kadar Kevin Nixon'a bebek bakıcılığı yapacak."

Eddie yeniden konuşmadan önce ne diyeceğini bir süre düşündü. "Kaçmadan önce Kovac'la sadece bir dakika birlikte oldum ama göreceğimi gördüm. Adam Boris Karloff'a[1] benziyor, sadece daha çılgın bakışlara sahip. Aklıma bir şey geldi. Kovac, Jenner'ı öldürmemesi için Severance'ın kendisine kesin emir verdiğini söyledi. Bunun arkasında yatan mantığı anlamıyorum, ama neden Jenner'ı bırakıp Max'i kaçırdılar?"

"Kyle'ın bizimleyken konuşup konuşmadığını bilmiyorlar."

"Hayır. Demek istediğim, neden ikisini de öldürüp kurtulmadılar? Fırsatları vardı ve işleri çok daha kolay olurdu."

"Aynı nedenle. Kyle'ın konuşup konuşmadığını öğrenmek istiyorlar."

"Max'in işi zor değil mi?"

"Evet," dedi Juan sessizce. "Evet, zor."

"Ne yapmamı istiyorsun?" diye sordu Eddie, uzun bir aradan sonra. Her ikisi de Cabrillo'nun cevabının neleri kapsayabileceğini düşünüyordu.

"Monaco'da *Oregon*'la buluş. Seni dinleme işinden sorumlu yapıyorum."

"Yine de Filipinlere gidecek misin?" Eddie şaşırmıştı.

"Gitmek zorundayım," dedi Juan. Sesinde bir kabullenme vardı. "Max'i geri almak için Severance'a karşı elimizde bir koz olmalı."

"Senin oraya gitmen bir günü bulur. Bir şeyler bulman, o da eğer bulunacak bir şey varsa, kim bilir ne kadar sürer. Max'in o kadar zamanı var mı sence?"

Juan'ın söyleyecekleri hem kendini hem de Eddie'yi ikna etmek içindi. "Max hiç bahsetmediği için kimse bilmez bunu, fakat Max Vietnam'a ikinci gidişinde altı ayını savaş esiri olarak geçirdi. Tutukluluğu sırasında ona yaptıkları şeyleri aklın almaz. Pes etmeyecek. Bundan eminim."

"Juan, bu dediğin kırk yıl önceydi. Max artık genç bir adam değil."

"İşkenceye karşı koymak fiziksel direncinle ilgili bir şey değildir. Zihinsel olarak ne kadar güçlü olduğunla ilgili bir şeydir. Max'in bunu kay-

---

(1) Korku filmleriyle ünlenmiş eski bir aktör.

bettiğini mi sanıyorsun? Değişen tek şey onun o zamankinden daha da güçlü olduğudur. Ayrıca oğlunu geri almak için ne gerekiyorsa yapacaktır."

"Nasıl bıraktılar? Kurtarıldı mı?"

"Hayır. Başka bir yere nakledilirken o ve iki arkadaşı gardiyanlarına saldırmışlar. Dört Vietkong askerini çıplak elleriyle öldürmüşler ve ormanda izlerini kaybettirmişler. Sadece Max, Amerikan üssüne ulaşabilmiş. Diğerleri hâlâ kayıp listesindeler."

Juan köprü güvertesindeydi ve güneş yeni doğmuştu. Ilık Akdeniz sularının üzerinde yükselen kayalıklara tünemiş gibi duran Monaco Prensliği ve Monte Carlo'nun siluetini ortaya çıkarmaya başlamıştı. Dünya üzerinde hâlâ işlevi olan birkaç monarşiden biri olan bu küçük devlet, yedi yüz yıldır Grimaldi ailesi tarafından yönetiliyordu. Sadece Japonların Krizantem hanedanı daha uzun süre ayakta kalmıştı.

Monaco uzun zamandır dünyanın seçkinlerinin oyun alanıydı. Limanı baştan başa, çoğu otuz metrenin üzerinde, bazıları yüz metreye yakın uzunluklara sahip lüks yatlarla doluydu. Juan, Rus silah tüccarı İvan Kerikov'un ünlü yatı *Matruşka*'yı fark etti. Limanın her tarafından çok katlı apartmanlar yükseliyordu. Tepelere yakın kısımlarda da lüks villalar göze çarpıyordu. Buradaki gayrimenkullerin dünyanın en pahalıları arasında olduğunu biliyordu. Bulunduğu yerden efsanevi Monte Carlo kumarhaneleri gözükmüyordu ama oraya ait birkaç hoş anısı vardı. Çok gösterişli bir sürat teknesinin limanın içinden karadan bir mil açıkta demir atmış olan gemiye doğru gelmekte olduğunu gördü. Liman yetkililerine geminin motorlarının bozulduğu bildirilmiş ve Almanya'dan parça bekledikleri rapor edilmişti. Gemi Monaco'nun üç millik karasuları sınırının içinde olmasına rağmen *Oregon*'u dürbünle inceleyen liman müdürü, gemiye çıkmayı reddetmişti.

Sürat teknesi yaklaşık altmış deniz miliyle gelerek aradaki mesafeyi çabucak kapamıştı. Juan, geminin çıkış iskelesine yakın olan ana güverteye indi. Linc de elinde küçük seyahat çantalarıyla yanında bekliyordu.

"Şu anda ayrılmaktan memnun değilim," dedi iriyarı eski SEAL komandosu. Bu aynı şeyi ilk söyleyişi de değildi.

"Bu, Max'i geri getirmek için en iyi yol. Thom Severance'ın Kaliforniya'daki ofisini defalarca aradım ve neredeyse kim olduğumu ve ne bildiğimi anlattım ve piç kurusu geri dönmedi. Elini zorlamamız lazım ve bunun için bize bir koz gerekiyor."

"Langston Overholt yardım etmez mi?"

"Kanıt olmadan etmez. Dün akşam neredeyse bir saat konuştum onunla. Sonuç olarak, responsivistlerin çok parası var ve Washington'da nüfuzları çok fazla. Lang, Severance'ın bir şeyler planladığına dair kesin kanıt olmadan harekete geçmeyecek."

"Rezalet."

"Al benden de o kadar."

"Neden Filipinleri atlayıp doğrudan işin kaynağına gidip, Severance'la boy ölçüşmüyoruz?"

"Bunu düşünmediğimi sanma. Lang beni Severance'ın peşine düşmemem konusunda özellikle uyardı. Sen de ben de biliyoruz ki, eğer Birleşik Devletler sınırları içinde operasyon yaparken yakalanırsak bir daha gökyüzünü göremeyiz."

"O zaman biz de yakalanmayız."

Juan arkadaşına baktı. Linc son derece ciddiydi. "İş o noktaya gelirse ekibin fikrini alırım." Şirketin her bir üyesinin, Hanley'i geri almak için her şeyi göze alacaklarını, hatta bir daha Overholt'tan iş alamayacaklarını bilseler bile bundan vazgeçmeyeceklerini biliyordu. İşin doğrusu ketum bir CIA kıdemlisi olan Overholt, Thomas Severance veya karısı izlendiklerinden şüphe bile etse, bir daha iş vermemekle tehdit etmişti Juan'ı.

Özel deniz taksisi gemiye yanaştı. Çok güzel ve gösterişli olmasına rağmen, sürücüsünün yanında sönük kalıyordu bot. Genç sarışının bluzunun yakası daha aşağıda, eteği de daha yukarıda olamazdı. Helikopterleri parçalanmış halde geminin ambarındayken, liman taksisi dikkati gereksiz yere *Oregon*'a çekmeden karaya ulaşmanın en hızlı yoluydu.

"*Capitaine Cabrillo, je suis Donatella*," diye kendini tanıttı, botun boştaki motorunun gurultusunu bastırarak. Aksanı Linc'in yüzünde vahşi bir sırıtışın yayılmasına sebep oldu.

"Sadece Monaco'da..." diye fısıldadı Juan.

"Sence bu kadar zengin insanlar, kumarhanedeki bir gecenin sonunda kendilerini yatlarına çirkin bir sürücünün bırakmasını isterler mi?"

Genç kadın gemi merdivenini tutarak aracın sabit kalmasını sağladı. İki adam omuzlarında deri sırt çantalarıyla merdivenden inerek bota adım attılar ve bununla birlikte araç büyük bir dalga yemiş gibi sallandı. Donatella, her ikisini de yüzünde kocaman bir gülümsemeyle karşıladı. Krom kaplı kontrol kollarına uzanırken gözleri Linc'in üzerinde Cabrillo'ya oranla biraz daha uzun süre kaldı.

"Başkan! Durun!" Eric Stoney küpeşteden yarı beline kadar sarkmıştı.

"Ne var?"

"Bir şey buldum."

"Bekleyemez mi? Bizi Nice'teki havaalanına götürmek üzere bir helikopter bekliyor."

"Bir saniye bekleyin." Küpeşteyi tırmanıp, elinde dizüstü bilgisayarıyla merdivenden aşağı indi. Bota vardığında Donatella'yı ilk kez fark etti ama getirdiği haber kafasını o kadar meşgul ediyordu ki kıza doğru dürüst bakmadı bile.

Juan kıza işaret etti ve genç sarışın kolu ileri iterek motoru hareket ettirdi. Kıça doğru giderek, Linc'i kızla laflaması için önde yalnız bıraktı. Arkadaki bagajı ittirerek Eric'e yer açtı. Rüzgârın ve güçlü motorun sesini bastırmak için bağırmaları gerekiyordu.

"Ne buldun?" diye sordu Juan.

Eric bilgisayarını açtı. "Responsivistlerin Deniz Enstitüsü faaliyetleri sırasında gerçekleşen garip olayları inceliyordum."

"Bir şey mi buldun?"

"Bir şey mi buldum? Hem de nasıl. Hatırlıyor musunuz, yakın zamanlarda yolcu gemilerinde salgın hastalıklar olduğu bildirilmişti? Genellikle gastro-intestinal norovirüs vakalarıydı."

"Son iki yıl içinde sayılarında bir artış gözlenmişti," diye yorum yaptı Juan.

"Rastlantı değildi bunlar. Önce, seyahat şirketlerinin yolcu listelerini kontrol ediyordum." Juan'ın, Eric'e bunları nasıl elde ettiğini sormasına gerek yoktu. "Bu listeleri responsivistlerin üye listeleriyle karşılaştırdım. Bir ilişki kurmaya başlayınca dikkatimi olağandışı hastalıkların bildirildiği seyahat şirketlerine yönelttim. İşte burada tam on ikiden vurdum. Son iki yılda ortaya çıkan on yedi salgının on altısı responsivistler gemilerde seyahat ederken olmuş. On yedincisi bir norovirüs değilmiş ve geriye doğru izlendiğinde Kaliforniya'daki bir çiftlikte yetiştirilen marulda bulunan bir *E.coli* olduğu tespit edilmiş. Aynı bakteri Florida, Georgia ve Alabama'da da hastalığa yol açmış."

"Vay canına."

"Dahası var. Dikkatinizi çekerim, seyahat şirketleri ve olayın bildirildiği limanlarla ilgili anlamlı bir dağılım yok. Ancak görebileceğimiz belli bir kalıp var. İlk olayda sadece bir avuç yolcu hastalanmış ve çoğu yaşlıymış. İkincisinde kırk kişi hastalık belirtileri göstermiş. Fakat on yedinciye geldiğimizde ki bu iki ay önce *Destiny* adlı bir gemide olmuş, hemen hemen tüm yolcu ve mürettebata virüs bulaşmış. Seyahat şirketi gemiye helikopterle sağlık personeli ve gemiyi limana götürmek üzere de bir seyir ekibi getirtmiş."

Juan yumuşak deri koltukta arkasına yaslanarak, motorun titreşiminin sırtındaki tutulmuş kaslara masaj yapmasını sağladı. Kokpitte Linc sürücünün tepesinde dikilmeyi sürdürüyordu. Görünüşe göre kız, arkadaşlığından keyif alıyordu. Kahkahaları arkaya ulaşıyordu. Juan aniden tekrar öne eğildi. "Yayma yöntemlerini iyileştiriyorlar."

"Mark'la ben de aynı şeyi düşündük. Her seferinde daha iyi oluyorlar, ta ki yüzde yüze yakın bir bulaşma oranına ulaşana kadar."

"*Golden Dawn* bu şablonun neresine oturuyor?"

"Bir kere tüm gemi nüfusuna bulaştırmayı başardıktan sonra, sıra toksinin ölümcüllüğünü denemeye geliyor."

"Kendi üyeleri üzerinde mi?" Cabrillo şoktaydı.

"Öncelikle bu virüsü geliştirenler kendileri. Neden kendilerinden birinin fikir değiştirmesi riskini göze alsınlar ki?"

"Aman Tanrım! Neden?" Yapbozun bir parçası önlerindeydi ve nasıl bir araya getireceklerini bilemiyorlardı. Responsivistler yolcu gemisindeki insanları öldürerek ne kazanabilirlerdi? Bu sorulara cevap olarak aklına hiçbir şey gelmiyordu.

Terörist organizasyonlar böyle bir fırsata balıklama atlarlardı. Bunlardan birinin böyle bir silah ve sevkıyat sistemi için ödeme yapmış olabileceğini düşündü, ama responsivistlere zaten Hollywood'lu müritlerinden para yağıyordu.

Nüfus kontrolünü savunuyorlardı. Çocuklarına bırakacakları mirası Karayip seyahatlerinde harcayan on beş yirmi bin emekliyi öldürerek dünyanın aşırı nüfusuna bir çözüm bulduklarını mı sanıyorlardı? Bu kadar çıldırmışlarsa, çok daha büyük bir şeyin peşinde olabilirlerdi.

Yapboz zihninde kışkırtıcı bir şekilde beliriyordu ama tamamlanmamış olduğunu biliyordu. "Eksik bir şey var."

Sürat teknesi, iç limana girerken yavaşladı ve şık bir restoranın bitişiğindeki rıhtıma doğru yöneldi. Bir garson, akşamdan kalmış olmanın etkilerini gidermek üzere kahvaltıya gelecek kalabalığın beklentisi içinde tahta iskeleyi sahiplenmişti.

"Neyi atlamış olabiliriz?" diye sordu Eric. "Bu çılgınlar, ölümcüllüğü yüzde yüz olan bir toksini yolcu gemilerindeki insanlara bulaştırmayı planlıyorlar."

"Yüzde yüz değil. *Dawn*'da salıverselerdi Jannike'nin hayatta olmaması gerekirdi."

"İlave oksijeni soluyordu ama o," dedi Eric.

"Burnunda kanüller olsa bile geminin havalandırma sisteminin pompaladığı havayı soluyordu."

"Eğer havadan bulaşmıyorsa fark etmezdi. Suda ya da yemeklerde olabilirdi. Belki hiçbir şey içmedi ve yemedi."

"Yapma Eric, bunu düşünebilecek kadar zekisin. Herkesi aynı anda vurmaları gerekir, yoksa biri telsizle yardım isteyebilirdi. Herhangi birinin ne zaman bir yudum su içeceğini ya da bir şey yiyeceğini kontrol edemezsin. Üstelik bu senin daha önceki gıda zehirlenmesi tezini de çürütüyor."

Stoney mahcup olmuştu. "Özür dilerim. Haklısınız. Çok fazla enerji içeceği ve yetersiz uyku."

"Ya *Golden Dawn*'daki saldırı yükseltme dizisinin bir parçası değil de bir sapmaysa?"

"Ne demek istiyorsun?"

"Bilmiyorum. Sadece bir düşünce. İki ay önce o gemide yüzde yüze yaklaşmışlardı."

"*Destiny*."

"Evet. *Destiny*. Başka bir gemiye saldırmaları için bir sebep yoktu. Sistemlerinin çalıştığını zaten görmüşlerdi."

"Yani *Dawn*'daki insanlar ağızlarını kapamak için mi öldürüldüler?"

Donatella, halatı bağlamayı bitirince, Juan ayağa kalktı ve, "Bilmiyorum," dedi. "Dinle, bizi Manila'ya götürmek üzere kiralık bir jet hazır bekliyor. Langston'u arayıp bu bilgileri ona ileteceğim. Severance'ın üzerine gidemese bile yolcu gemilerine potansiyel terörist tehlike hakkında bir uyarı yayımlatabilir."

Overholt'un Cabrillo'dan aldığı bilgiyi ileteceğine şüphesi yoktu, ama bundan bir şey çıkacağından şüpheliydi. 11 Eylül'den sonraki yıllarda, açık olmayan tehdit ve ihbarlar sürekli geliyordu ve çoğu yalancı çoban gibi dikkate alınmıyordu.

"Donatella?"

"Qui, Capitaine."

"Arkadaşımı gemime geri götürür müsün lütfen? Ücretini de patronunla açtığımız hesaba ekleyebilirsin."

"Elbette efendim. Benim için bir zevk."

"Onun için de öyle, eminim," dedi Juan, Eric'e bakarak. "Üzerinde çalışmaya devam et ve yeni herhangi bir şey bulursan bana haber ver."

"Anlaşıldı patron."

Linc ve Cabrillo çantalarını alarak bottan iskeleye çıktılar. "Sana verdiği şey neydi?" diye sordu Juan.

Linc, ince deri ceketinin cebinden bir kartvizit çıkarttı. "Ne? Bu mu? Cep ve ev telefonları."

"Bu kadar şey olup biterken, sen seksi mi düşünüyorsun?"

"Başkan, şunu öğrendim ki hayat üreme ve evrimden ibarettir ve çok geçmeden bu kız Linc'i özlemeye başlayacak."

"Üreme ve evrim ha?" Juan başını salladı. "Sen de Murphy ve Stoney kadar kötüsün."

"Aradaki en büyük fark, Juan, ben randevu alıyorum, bu arkadaşlar ancak bunun hayalini kuruyorlar."

21. BÖLÜM

Max Hanley acılar içinde uyandı. Acı kalçasından ve başından dalga dalga yayılıyordu. Elektrik akımı gibi gelip kafatasının tepesinde fırtına dalgası gibi patlıyordu. İlk düşüncesi, şakaklarını ovmak ve bacağının neden zonkladığını anlamaya çalışmak oldu. Ancak bu yarı bilinçsiz halinde bile, harekete geçmeden önce bilincinin iyice yerine gelene kadar hareketsiz kalmasının doğru olacağını biliyordu. Neden böyle olduğundan emin değildi, sadece bunun önemli olduğunu biliyordu. Zaman geçti. Belki beş dakika, belki de on. Kafasındaki ritmik zonklama ve bacağında artan ve zaman içinde kalp atışlarının ritmiyle birlikte azalan ağrı dışında zamanı takip edebileceği hiçbir şey yoktu.

Kendine geldikçe bir yatakta yattığını fark etti. Çarşaf ya da yastık yoktu ve omuzlarının altındaki yatak sertti. Uyuyormuş gibi yaparak hafifçe hareket etti. Her ne kadar el ve ayak bileklerinde soğuk metalin temasını hissediyorsa da en azından iç çamaşırını üzerinde bırakma haysiyetini göstermişlerdi.

Bir anda hatırlamaya başladı. Zelimir Kovac, Eddie'nin kaçışı, burnuna ve ağzına kapatılan bezdeki ağır, iç bayıcı koku. Verdikleri ilaç baş ağrısına sebep olmuştu. Yaptıkları diğer korkunç şeyi hatırlayınca suratına tokat yemiş gibi oldu ve bir an nefesi kesildi.

Otelden hareket eden bir minibüsün içindeydi. Kovac ona emirlere uymasına yetecek kadar ilaç vermişti, tıpkı bir partiden çıkarken yardıma ihtiyacı olan bir sarhoş gibiydi. Minibüste Max, arkada yatıyordu. Diğerlerini hayal meyal hatırlıyordu. Kyle? Adam Jenner? Emin değildi.

Kovac, havaalanlarındaki metal dedektörlerine benzer bir şeyi vücudunda dolaştırıyordu. Bacağının üzerindeyken alet ötmeye başlayınca, Kovac, Max'in pantolonunu bir avcı bıçağıyla kesti. Yara izini bulması bir saniyesini aldı ve hiç düşünmeden bıçağı Max'in bacağına sapladı. Hafif uyuşmuş olmasına rağmen vücuduna kızgın bir demir saplanmış gibi olmuştu. Ağzındaki beze rağmen çığlık attı ve acı içinde çırpınmaya çalıştı ama birisi omuzlarından bastırıp vücudunu minibüsün zeminine yapıştırmıştı.

Kovac bıçağı etin içinde kıvırarak çıkardığında parmaklarını içeri sokabileceği kadar bir açıklık ortaya çıkmıştı. Kesikten oluk oluk kan geliyordu. Max acıdan kasılmış bir halde umutsuzca karşı koymaya çalışıyordu. Kovac yarayı deşmeyi sürdürdü. Eldivensiz ellerine ve gömleğinin kollarına bulaşan kanı umursamıyordu.

"Hah," dedi en sonunda ve elini çekti.

Deri altı verici, kabaca bir elektronik kol saati büyüklüğündeydi. Kovac yukarı tutarak, fal taşı gibi açılmış gözleriyle bakan Max'in de görmesini sağladı. Sırp sonra, çipi zemine bıraktı ve plastik parçaları ve ufalanmış devreler dışında bir şey kalmayıncaya kadar tabancasının kabzasıyla vericiye vurdu.

Sonra Max'in koluna bir iğne sapladı ve fısıltı halinde, "Bu ilacın etkisini göstermesini bekleyebilirdim ama o zaman işin ne zevki kalırdı ki?" dedi.

Uyanmakta olduğu şu ana kadar Max'in hatırladığı son şey olmuştu bu cümle. Nerede olduğu ve ne kadar zamandır burada tutulduğu hakkında hiçbir fikri yoktu. Hareket etmek, şakaklarını ovmak ve bacağını kontrol etmek istiyordu ama izlendiğinden emindi ve kelepçelerin de o kadar gevşek olduğunu sanmıyordu. Odada kimse yoktu. Gözleri kapalıyken bile hissedecek ya da seslerini duyacak kadar uzun bir süredir uyanıktı. Bu, duvara monte edilmiş kameralar ve yakına konmuş mikrofonlar olmadığı anlamına gelmezdi tabii ki. Kendisini kaçıranların kendine geldiğini anlamamaları için olabildiğince uzun süre beklemek ve bu sırada da uyuşturucunun vücudunu tamamen terk ettiğinden emin olmak istiyordu. Yaklaştığını bildiği şeye karşı koyabilmesi için olabildiğince diri olmalıydı.

Bir saat –ya da on dakika– geçti, emin değildi. Tüm zaman kavramını yitirmişti. Zaman kavramını kaybettirmenin ve biyolojik saati ayarlamayı engellemenin, sorgucunun en büyük kozlarından biri olduğunu biliyordu, o yüzden zamanın akışıyla ilgili tüm bilinçli farkındalıklarını kasten engelledi. Bir tutsak, gündüz mü gece mi veya öğle vakti mi gece yarısı mı diye düşünerek çıldırmanın eşiğine gelebilirdi. Max bu doğal ihtiyacı iradesiyle yok sayarak düşmanının elinden bir işkence silahını almış oluyordu.

Bu, Vietnam'da hiç sorun olmamıştı. Tutsak olarak tutuldukları eften püften kafes ve kutulara bir yerlerden az da olsa ışık sızıyordu. Sorgulama teknikleri hakkında eğitim almış olan Max, zaman kavramını kaybettirmenin ancak kendisini kaçıranlar bunu bir faktör olarak düşünürse etkili olacağını biliyordu.

Kendisi için neler planladıklarını öğrenmek için bekleyip görmesi gerekecekti.

Yakında bir yerde büyük bir kilidin açılma sesi duyuldu. Max yaklaşan sesler duymayınca, kapının oldukça kalın olması gerektiğine hükmetti. Demek ki içinde bulunduğu oda geçici olarak onu tutmak için değiştirdikleri bir yer değildi, baştan hapishane olarak tasarlanmıştı. Responsivistlerin böyle bir hücrelerinin olması ve hazır olarak bekletmeleri hayra alamet değildi. Kapı paslı metalin sürtünme sesiyle birlikte gıcırdayarak açıldı. Ya menteşeler sık sık yağlanmıyordu ya da hücre rutubetli bir yerde, belki de yeraltındaydı. Yatağa iki kişinin yaklaşmakta olduğunu duydu ve tek bir kasını bile oynatmadan bekledi.

Biri diğerine göre daha ağırdı ama ikincisi kesinlikle erkekti. Kovac ve suç ortağı?

"Şimdiye kadar kendine gelmeliydi," dedi Zelimir Kovac.

"İriyarı bir adam, o yüzden gelmeliydi, evet," diyerek ona katıldı diğer adam. Amerikan aksanına sahipti. "Ama herkes farklıdır."

Kovac Max'in yanağını hafifçe tokatladı. Max sanki teması hissetmiş, ama aldırış edemeyecek kadar baygınmış gibi yaparak miyavlamaya benzer bir ses çıkardı.

"Yirmi dört saat oldu," dedi Sırp katil. "Bir saat içinde uyanmazsa ona bir uyarıcı iğne yapacağım."

"Ve kalp krizi riskine mi gireceksin?"

Max'in tansiyonu hafifçe yükseldi. Bir sonraki kontrollerinde kesinlikle uyanık olmalıydı.

"Bay Severance yakında burada olacak. Bu adamla oğlu arasında neler konuşulduğunu bilmemiz gerekiyor. Ellerindeyken sürekli yatıştırıcı verilmiş. Kim bilir ilacın etkisi altında neler söylemiştir?"

Bilgiye acil ihtiyaçları var, diye düşündü Max. Genel kanının aksine, doğru bir sorgulama haftalar, hatta çoğu zaman aylar sürer. Hızlı bir şekilde bilgi almanın en emin yolu acı vermek, çok büyük acılar hissettirmektir. Bu durumdaki bir kurban, sorgucunun duymak istediği her şeyi söylerdi. Niyetini tutsağa belli etmemek sorgucunun göreviydi, böylece tutsak gerçeği söylemek zorunda kalırdı.

Kovac'ın ne istediğini tahmin etmek için Max'in bir saati vardı, çünkü aşağılık herife gerçeği söylemeye hiç niyeti yoktu.

Kevin Nixon film setine doğru ilerlerken midesinin bulandığını hissetti. Burada bulunmakla, ölmüş kız kardeşine verdiği sözden dönmüş oluyordu. Sadece, durum göz önüne alındığında kendisini affetmesini umabilirdi. Donna Sky'ın yeni filminin bu bölümü, iki Almanya birleştikten sonra çürümeye terk edilmiş bu depoda çekiliyordu. Bina, Kevin'a tek fark dışında *Oregon*'u anımsattı, buradaki pas gerçekti. Park yeri, yarım karavanlar, yemek vagonları, inşaat iskeleleri, kamera vinçleri ve hareketli çekim dedikleri şey için minyatür raylarla doluydu. İnsanlar ortalıkta arı gibi çalışıyorlar ve jet hızıyla hareket ediyorlardı. Çünkü film dünyasında vakit, nakit demekti. Nixon gördüklerinden, yapımcıların günde yüz elli bin dolar harcadıklarını tahmin etti.

Yüksek bütçeli bir filmin düzenli kaosuna alışıktı ama şu anda burası ona aynı zamanda son derece yabancı da geliyordu.

Silahsız bir güvenlik görevlisi kendisine doğru gelirken, stüdyodan çıkan biri seslendi. "Bu sen misin? İnanamıyorum."

Gwen Russell, güvenlik elemanının yanından koşturup Nixon'a sıkıca sarıldı ve iki yanağından öptükten sonra yüzünü kalın sakallarının arasına gömdü. Her zamanki enerjik haliyle, sarılmaya son verip Kevin'ı süzdü.

"Harika görünüyorsun."

"Sonunda yeryüzündeki hiçbir rejimin işe yaramadığını kabullendim ve iki yıl önce mide baypas ameliyatı olmaya karar verdim." Kilolarına karşı hayat boyu verdiği mücadele sırasında umutsuz gözüken bu plan işe yaramıştı. Üniversite yıllarından beri yüz kilonun altını görmemişti. Şimdi, sıkı bir vücutta taşıdığı seksen dört kilo kayda değer bir başarıydı.

Oregon'un aşçıları ameliyat sonrası perhizine uygun yemekler hazırlıyorlardı ve spora düşkün olmamasına karşın günlük rejimini ibadet gibi uyguluyordu.

"Kesinlikle işe yaramış dostum."

Etrafında döndü ve koluna girerek kendisini stüdyonun bir tarafına park etmiş karavanların bulunduğu yere götürdü.

Gwen'in saçları çingenepembesiydi, parlak renkli bisikletçi pantolonu ve kot kumaşından bir erkek gömleği giymişti. Boynunda en az on beş altın gerdanlık sallanıyordu ve küçücük kulaklarının her birinde yarımşar düzine hızma vardı. Akademi Ödülü'ne aday gösterildiğinde Nixon'ın asistanıydı. Şimdi de çok aranan bir makyaj sanatçısıydı ve bunu hak etmişti.

"Yıllar önce gözden kayboldun. Kimse nerede olduğunu ve ne yaptığını bilmiyor," dedi kelimeleri peş peşe sıralayarak. "Anlat bakalım, neler yaptın bunca zaman."

"Anlatacak pek bir şey yok gerçekten."

"Yok artık. Ortadan, ne kadar, sekiz yıl falan kayboldun ve şimdi anlatacak bir şey yok mu diyorsun? Tanrı'ya falan ulaşmadın değil mi? Bir dakika, Donna Sky'la konuşmak istediğini söyledin. Yoksa onun katıldığı gruba mı girdin? Reaksiyonerler mi neydi?"

"Responsivistler," diye düzeltti Kevin.

"Her neyse." Gwen en güzel aptal zengin kız aksanını kullanarak sordu. "Sen de onlardan mısın?"

"Hayır, ama onunla bu konu hakkında konuşmalıyım."

Makyaj karavanına gelmişlerdi. Gwen kapıyı açıp seyyar merdivenlerden tırmandı. Kozmetik malzemelerin ve karışımların kokusu odayı sarmıştı. Üzerinde her boy ve şekildeki şişe ve kavanozlarla, göz kalemleri ve bir stadyumu süpürmeye yetecek kadar makyaj fırçasının olduğu aynalı bir tezgâhın önünde altı tane sandalye sıralanmıştı. Gwen küçük bir buzdolabından iki şişe su çıkararak birini Kevin'a uzattı ve sandalyelerin birine oturdu. Yoğun ışıkta pembe saçları pamuk helvası gibi gözüküyordu.

"Hadi artık, tam Oscar'lardan hemen sonraydı –bu arada sen hak etmiştin– ve puf, bir anda yok oldun. Neler oldu?"

"Hollywood'dan uzaklaşmak zorundaydım. Daha fazla dayanamadım." Belli ki Kevin ona sinema dünyasına sırtını döndükten sonra ne yaptığını anlatmayacaktı, ama Gwen hep iyi bir dostu olmuştu ve gerçeği bilmek hakkıydı.

"Beni bilirsin," diye başladı. "Ben de herkes gibi solcuydum. Gözümü kapatıp Demokratlara oy verdim, Cumhuriyetçilerle ilgili her şeyden nefret ettim, çevreci gruplara bağışta bulundum ve hibrid arabalar kullandım. Ben de diğer herkes kadar bir Hollywood ürünüydüm."

"Sakın bana muhafazakâr olduğunu söyleme," dedi Gwen dehşet içinde. Politikaya en ufak bir ilgi duymamıştı.

"Hayır, öyle bir şey değil," dedi. "Ben olan biteni bir çerçeveye oturtmaya çalışıyorum. 11 Eylül'den sonra her şey değişti." Tarihin söylenmesi bile Gwen'in renginin atmasına yetmişti. Sanki hikâyenin nereye bağlanacağını biliyor gibiydi. "Kız kardeşim Boston'dan beni görmeye geliyordu."

"Yoksa..."

"Dünya Ticaret Merkezi'nin Kuzey Kule'sine çarpan uçak onunkiydi."

Oturduğu yerden uzanıp Kevin'ın ellerini tuttu. "Ya, çok üzüldüm, hiç haberim yoktu."

"Kimseye söylemeye dilim varmadı."

"Yani bu yüzden mi ayrıldın? Kız kardeşinin ölümünden dolayı mı?"

"Tamamen değil," dedi Kevin. "Bilmem, belki de. Bilmiyorum. Cenazesinden üç hafta sonra işe döndüm. Normal hayata alışmaya çalışıyordum yeniden. Şu tarihi dizi için makyaj yapıyordum. Yıldızın kim olduğunu söylemeyeceğim, çünkü şu anda o zaman olduğundan da büyük bir aktris oldu. Sandalyede oturuyordu ve menajeriyle saldırı hakkında konuşuyordu. Şuna benzer bir şey söyledi: 'Biliyor musun, bence o insanların başına gelen korkunç bir şey, ama bu ülke bunu hak ediyor. Yani, baksana dünyanın kalanına nasıl muamele ediyoruz. Bizden nefret etmelerine şaşmamalı.' Bu alışılmadık bir düşünce değildi. O zaman ya da şimdi. Ama sonra, ölen insanların –kardeşimin– de saldırıyı yapanlar kadar suçlu olduğunu söyledi.

Kulaklarıma inanamadım. Küçük kız kardeşim yirmi altı yaşındaydı, tıp fakültesini bitiriyordu ve bu zengin zilli, saldırıların benim kız kardeşimin hatası olduğunu söylüyordu. O anda koptum işte Gwen. Hollywood'daki insanlar gerçeklikten o kadar kopuklar ki buna daha fazla tahammül edemedim. Bu kadın, Müslümanların hassasiyetlerini rencide ederek ekranlarda yarı çıplak resmi geçit yaparak milyonlar kazanıyor ve olan bitenden benim kız kardeşimi sorumlu tutuyordu.

Birkaç ay boyunca sektördeki diğer insanları da dinledim. Aşağı yukarı aynı şeyleri hissediyorlardı. 'Amerika'nın hatası' saçmalığını daha fazla çekemedim. Bana iğrenç gelen, oradaki hiç kimsenin kendilerinin de o Amerika'nın bir parçası olduğuna inanmamasıydı."

Kevin, doğruca CIA'e giderek eşsiz yeteneklerini onların hizmetine sunmak istediğini ya da muhtemelen Langston Overholt onun adını CIA'in ilgilendiğinden bile haberi olmadan önce Juan'a fısıldadığı için, şirkette çok daha iddialı ve kazançlı bir işe önerildiğinden bahsetmedi. Cabrillo'nun korsan takımının sadık yarı askeri doğasına alışmak son derece kolay olmuştu ve Nixon hayatında ilk kez askeriyenin cazibesini fark etmişti. Hareket ve macera değildi, çünkü çoğu zaman canları sıkılıyordu. Çekici olan, arkadaşlık duygusu ve kadınlarla erkeklerin birbirlerine duydukları sadakatti. Birbirlerine diğerini tehlikeden korumak için en üst düzeyde sorumluluk veriyorlardı ve bu Kevin'ın bilmediği derinlikte bağlar oluşmasına neden oluyordu. Fakat *Oregon*'la geçen bu zaman onu gerçekte olduğundan farklı biri yapmamıştı. Yine liberal amaçlara katkıda bulunuyordu. Ne zaman postayla oy verecek olsa Demokrat oy pusulasını tercih ediyordu ve hibrid aracı Los Angeles'ta bir depoda duruyordu. Sadece bu tür şeyleri daha fazla yapabilme özgürlüğünün değerini anlamıştı.

"Vay be, özür dilerim," dedi Gwen, uzayan sessizliği bozarak. "Bu tür şeylere pek önem vermem ben."

"Ben de vermezdim, fakat şimdi..." Sesi alçaldı ve sonunda omuzlarını silkti. Onu huzursuz ettiğini hissedebiliyordu. Belki de düşündüğünden fazla değişmişti.

Karavanın kapısı aniden açıldı. Sabah programlarının konuk zinciri içinde veya bir film galasında kırmızı halıda yürürken, Donna Sky gittiği her yeri dolduran ışıklı bir insandı. Tarz, duruş ve zarafet anıtıydı adeta. Makyaj karavanına, saçları bir beyzbol şapkasının altına toplanmış, sivilcelerini gizleyen bir makyaj olmadan, öfkesi burnunda, yirmili yaşlarındaki sorunlu bir genç kız edasıyla ve yetkili biri havasında dalıverdi. Gözleri kan çanağı gibiydi ve etrafında koyu halkalar vardı. Odanın diğer yanındaki Kevin, önceki akşamki içki âleminden kalan kokuyu alabiliyordu.

"Sen de neyin nesisin ve burada ne yapıyorsun?" diyerek sertçe Nixon'ın üzerine geldi. Çok belirgin olan akşamdan kalma durumu yüzünden en büyük özelliği olan sesi de çatallı çıkıyordu. Sonra durdu, adamı süzdü ve sonunda tanıdı. "Sen Kevin Nixon'sın, değil mi? *Aile Mücevherleri*'nde benim makyajımı sen yapmıştın.

"O senin ilk büyük çıkışındı, yanlış hatırlamıyorsam," dedi Kevin ayağa kalkarak.

"Eninde sonunda olacaktı," dedi Donna kibirli bir tavırla. Kevin'ın boşalttığı sandalyeye oturdu ve omzunun üzerinden Gwen'e bakarak, "Gözlerimin altındaki şu torbaları yok edecek misin? Birkaç saat daha çekimim yok ama bu şekilde dolaşamam ortalıkta," diye devam etti.

Kevin, önceki akşam partiden partiye gezmeseydin, diyecekti ama dilini tuttu.

Gwen, Kevin'a ne düşündüğünü biliyorum der gibi baktı ve, "Elbette tatlım. Sen ne istersen," dedi.

Donna, Nixon'a, "Bu filmde mi çalışıyorsun şimdi?" diye sordu. Gwen, saçları ve göz kenarları üzerinde çalışmaya başlamıştı.

"Aslında, hayır. Sence sakıncası yoksa buraya seninle konuşmaya geldim."

Sıkıntıyla iç çekti. "Bu da nereden çıktı, ne konuşacakmışsın benimle?"

Kevin, Gwen'e baktı. Mesajı alan Gwen, "Donna, tatlım, istersen makyajını Kevin yapsın, hem böylece rahatça konuşabilirsiniz," dedi.

"Tamam."

Nixon, dudakları okunacak şekilde Gwen'e sessizce teşekkür etti. Gwen fırçayı teslim edip dışarı çıktı. Karavandan çıkıp kapıyı kapamasını bekleyen Kevin işe başlamadan önce, "Seninle Thom Severance hakkında konuşmak istiyorum," dedi.

Donna Sky bir anda gerildi. "Özür dilerim, o konu kapandı."

"Çok önemli. Ölüm kalım meselesi."

"Bu konuda konuşmak istemiyorum, tamam mı? Benimle kariyerim hakkında, sosyal hayatım hakkında konuşmak istersen, tamam. Fakat artık kimseyle responsivizm hakkında konuşmuyorum."

"Neden?"

"Konuşmuyorum işte."

Kevin son yirmi dört saat içinde sorgulama teknikleri hakkında Linda'nın tüm söylediklerini hatırlamaya çalıştı. "Bir hafta önce, responsivistlerin kiraladığı bir gemi Hint Okyanusu'nda battı."

"Biliyorum, haberlerde izledim. Bir dalga çarpmış. Bir ismi varmış öyle dalgaların."

"Katil dalga," dedi Kevin. "Öyle dalgalara katil dalga denir."

"Tamam işte. Gemiyi bir katil dalga batırmış."

Kevin, sırt çantasından çok şık bir dizüstü bilgisayar çıkarıp, Gwen'in ıvır zıvırını ittirerek tezgâhın üzerine koydu. Aradığı dosyayı bulmak birkaç saniyesini aldı.

Kayıt çok kaliteli değildi, çünkü Mark Murphy *Golden Dawn*'da çekim yaparken yeterli ışık yoktu. Yine de ölü güverte personelinin korkunç ifadelerini ve her tarafa fışkıran kanları görecek kadar netti. Yaklaşık beş dakika oynattı görüntüleri.

"Bu neydi böyle? Yeni çektiğin bir film mi?"

"Bu *Golden Dawn*'ın içinde çekildi. Gemideki her yolcu ve mürettebat öldürüldü. Kullandıkları toksin o kadar güçlüydü ki kimse telsizden yardım bile isteyemedi." Bir başka kayıt buldu. Bu, *Oregon*'un direğine monte edilmiş kameranın aldığı görüntüydü ve geminin batışını gösteriyordu. Projektörün ışığı üzerine vurdukça geminin adı açıkça görülebiliyordu.

Donna Sky'ın şaşırdığı açıkça belli oluyordu. "Bu filmleri kim çekti ve neden medyaya verilmedi?"

"Kimin çektiğini söyleyemem, ama duyurulmamasının sebebi bunun terörist bir saldırı olması ve yetkililer, bundan haberimiz olduğunu teröristlerin bilmesini istemiyorlar."

Kadını takdir etti. İyelik ekini fark etmişti. "Sen şimdi... yani sen şey için mi çalışıyorsun?"

"Bu soruya doğrudan cevap veremem, ama bu filmin bende olması yeteri kadar şey anlatıyor sanırım."

"Bunu bana neden gösteriyorsun? Ben terörizm hakkında hiçbir şey bilmiyorum ki."

"Senin adın soruşturmada sürekli öne çıktı ve kanıtlar bu eylemin responsivist hareket içindeki unsurlar tarafından yapıldığını destekliyor." Bunları olabildiğince yumuşak bir şekilde söylemişti. Ya ona inanacaktı ya da güvenliği çağırıp kendisini dışarı çıkarmalarını söyleyecekti.

Donna'nın aynadaki görüntüsü, Kevin'a bakakalmıştı. Kevin kariyeri boyunca yüzleri okuyarak değil, gizleyerek para kazanmıştı. Ne düşündüğü hakkında en küçük bir fikri yoktu. Birisi kendisine gittiğin kilisenin papazı terörist dese ne yapardı bilemiyordu.

"Sana inanmıyorum," dedi en sonunda. "Bu filmi Thom ve Heidi'yi küçük düşürmek için sen yarattın bence."

En azından kulağımdan tutup dışarı attırmadı beni, diye düşündü Kevin. "Neden böyle bir şey yapayım. Hangi niyetle sahte filmler yapıp sonra da sana göstermek için dünyanın öbür ucundan buraya geleyim peki?"

"Ne düşündüğünü nereden bileyim ben?" Donna bunları söylerken oldukça kızgın görünüyordu.

"Lütfen bunu sakin bir şekilde düşün. Eğer amacım responsivizmi küçük düşürmek olsaydı, bunları CNN'e ya da Fox'a vermez miydim?" Bir şey söylemeyince, Kevin ne düşündüğünü dürüstçe söylemesini istedi.

"Belki," diyerek geri adım attı.

"O zaman söylediklerim neden gerçek olmasın?"

"Responsivistler şiddete inanmıyor. Grup üyelerinin böyle bir şey yapma ihtimali sıfır. Muhtemelen radikal kürtaj karşıtları ya da onun gibi bir şeydir."

"Bayan Sky, inanın bana, bu işin sorumlularını bulmak için dünyadaki bilinen bütün grupları kontrol ettik. Ve ben sıradan insanlardan söz etmiyorum burada." Kevin havaya girmişti. Yalanları peş peşe sıralıyordu artık. "Grup içinde bir hizip olduğuna inanıyoruz, bu korkunç eylemlere giriştiklerinden ve yenilerini de planladıklarından şüpheleniyoruz. İkimiz de biliyoruz ki bazı insanlar inançlarını en uç noktalara götürürler. Burada da karşımıza çıkan şeyin bu olduğuna inanıyoruz; organizasyonunun içindeki aşırı uçlar. Arkadaşlarına gerçekten yardım etmek istiyorsan, bildiğin her şeyi bana anlatmalısın."

"Peki," dedi uysal bir şekilde. Gwen gelene kadar bir saate yakın bir süre konuştular. Sonraki sahneler için birçok figüranın makyajını yapması gerekiyordu. Sonunda Kevin, Donna Sky'ın responsivistlerin ne işler çevirdiğine dair en ufak bir fikri olmadığını anladı. Ayrıca onun kendi başarısına hapsolmuş mutsuz ve yalnız bir kadın olduğunu da fark etti. Responsivistlerin onu seçme sebebi de bu gerçeğe dayanıyordu. İleride bir gün kendi ayakları üzerinde durabilecek gücün kaynağını kendi içinde bulabilmesini dilemekten başka yapabileceği bir şey yoktu. Bu gerçekleşir miydi emin değildi ama yine de umut etti.

"Benimle konuştuğun için çok teşekkür ederim," dedi Kevin. Bir yandan da bilgisayarını kapatıyordu.

"Pek işine yarayacağını sanmıyorum."

"Hayır, çok yararlı oldun. Teşekkürler."

Aynada kendisine bakmaya başladı. Yeniden, seyircileri büyüleyen çekiciliğine bürünmüştü. Bir gece öncesinin yarattığı yıkım yok olmuştu. Kevin, yüzündeki masumiyet ve çekicilikten oluşan sanatsal karışımı yeniden ortaya çıkarmıştı. Ona ait tek şey gözlerindeki mutsuzluktu.

22. BÖLÜM

Cabrillo ile Franklin Lincoln'ün Filipinlere uçuşları on dört saatten biraz fazla sürdü. Başkent Manila'dan, yedi binden fazla adanın bulunduğu adalar bölgesinin ortasındaki Bohol Adası üzerindeki Tubigon'a varmaları için bir o kadar daha gerekti. Oysa aralarındaki mesafe kuş uçuşu beş yüz kilometreydi.

Bohol üzerinde karayolu ulaşımının garantisi olmadığından, yakınlardaki Cebu Adası'na uçtular ve oradan eski ama sağlam bir cip kiralayarak kendilerini Bohol Boğazı'ndan geçirecek feribotu beklemeye koyuldular. Linc paslı kenarlardan sallanan lastiklerin aslında beyaz yanaklı olduğunu söyleyerek, geminin ne kadar eski olduğuna dikkat çekti. Yükleme özellikle iskele tarafına yapılmasına rağmen gemi ciddi biçimde sancak tarafına yatmıştı. Yolculuk sırasında uyuma düşünceleri, yanlarındaki traktörde bulunan domuzların bütün gece deniz tutmasından etkilenmesi nedeniyle gerçekleşemedi. Koku ve cıyaklamaları ölüyü bile diriltebilirdi.

Boğazı geçişleri sırasında geminin motorları anlaşılmaz şekilde iki kere sustu. İlki birkaç dakika sürdü. İkincisi, öfkeyle bağırıp çağıran bir mühendisin gözetimindeki tayfaların makineleri kurcalaması boyunca bir saate yakın sürdü.

Seyahatten sağ çıkıp çıkamayacakları hakkında endişelenmek, zihnini dağıttığı için Cabrillo'ya iyi bile gelmişti. Bir süre için Max'e ne olacağını düşünmekten uzak kalmıştı. Fakat motorlar yeniden çalışmaya başlayınca, düşünceleri tekrar arkadaşı üzerinde yoğunlaşmaya başladı. Hanley'in babasının kaderin bir cilvesi olarak Filipinlerde, İkinci Dünya Savaşı'nın hemen başlarında Korregidor Adası'nı savunurken öldüğünü bir türlü aklından çıkaramıyordu.

Juan, Max'in oğlunu ve şirketi korumak için ne gerekirse yapacağını biliyordu. Saint Bernard cinsi bir köpeğe yakışacak kadar sadakat duygusuna sahipti. Max'in serbest kalmasını sağlayacak bir koza sahip olmaktan başka çareleri yoktu. Zelimir Kovac'ın kullanacağı tekniklerle ilgili olarak kendini aldatmaya niyeti yoktu. Max dayanamayıp konuşmaya başlarsa bunu hayatıyla öderdi.

Bu düşünce bir teyp bandı gibi kafasında dönüp duruyordu.

Tubigon'un ışıkları gözükmeye başladığında Cabrillo'nun telefonu çaldı. "Ben Cabrillo."

"Merhaba Juan, ben Linda."

"Bir şey var mı?"

"Severance'tan hiçbir şey gelmedi henüz, eğer kastettiğin buysa."

"Kahretsin. Evet buydu."

Responsivistlerin direktörünü on kere aramışlardı ama hiçbir sonuç alamamışlardı. Juan, sözde Max tarafından oğlunu kurtarmak üzere tutulmuş güvenlik şirketinin başı gibi konuşmuştu. Santraldaki kızla öğle paydosunda aşk romanları okuyan biri olduğunu bilecek kadar çok konuşmuştu. Her seferinde özür dileyerek, Severance'ın yerinde olmadığını söylemiş ve sesli mesaj hattına aktarmıştı. Juan önce Max'in geri dönmesi karşılığında bir ödülden söz etmiş, ancak bir tepki alamayınca bu kez tehditler savurmaya başlamıştı. Son konuşmasında, eğer Max serbest bırakılmazsa, Severance'ı, ailesinin peşine düşmekle tehdit etmişti.

Langston Overholt'un yüzünden bunun boş bir tehditten öteye geçmesi imkânsızdı, ama Severance bunu bilmiyordu. Ya da, gözüken o ki umursamıyordu.

"Başka ne var peki?" diye sordu Cabrillo.

"Kevin, Donna Sky'la konuşmuş. Kadın bir şey bilmiyor."

"Emin miymiş?"

"Bir saat konuşmuşlar," dedi Linda, peri kızını andıran sesiyle. "O sadece bir kaçıklar tarikatına ait bir aktris. Uygunsuz bir şeye dahil olmayacak kadar tanınmış biri. Paçavra magazin dergilerine göre, şu anda grubuyla Avustralya'da turnede olan sevgilisinin üzüntüsünden olsa gerek, dört ay boyunca yeni filminin çekimleri dışında bir şey yapmayacakmış. Bu arada Mark Murphy, adamın yaptığı müzik iğrenç diyor."

"O zaman, muhtemelen ben beğenirim," dedi Juan, bu son bilgileri hazmetmeye uğraşarak. "Eğer Gil Martell, Severance'la konuşurken onun adını söylemediyse, başka bir şey demiş olmalı. Hali'ye kaydın üstünden bir kez daha geçmesini söyler misin lütfen?"

"Yanılmış olabileceğini söylediğimde, bir araba dolusu laf işittim ondan. Sonra hepsini yeniden dinlemeye razı oldu."

"Ona içki istihkakını artıracağımı söyle. Başka bir şey?"

"Eddie Roma'dan döndü. Silah tüccarının yatını gayet net dinleyebiliyoruz ama şimdilik işe yarar bir şey yok."

Cabrillo bu görevi tamamen unutmuştu. "Tamam, güzel. Beni haberdar edin. Linc'le ben responsivistlerin Filipinler tesisine üç saatlik mesafedeyiz. Gelişmeleri bildiririz."

"Anlaşıldı başkan ve iyi avlar. *Oregon* tamam."

Juan telefonu kapattı.

"Donna Sky işi fiyasko mu?" diye sordu Linc, cipin karanlığında. Simsiyah giysiler içinde olan Linc, Cabrillo'nun yanında büyük bir gölge gibi oturuyordu.

"Evet. Bir şey bilmiyormuş."

"Zaten düşük bir olasılıktı. Onun gibi kadınlar, peşinde paparazziler olmadan köpeğini bile gezdiremezler."

"Linda da aynı şeyi söyledi," dedi Juan, düşünceler içinde. "Bunu tahmin etmeliydim."

"Başkan, en başından beri en küçük ihtimalin bile üzerine gidiyoruz. Huysuzluk yapmanın âlemi yok şimdi. İstihbarat doğrultusunda hareket edip ne çıkacak göreceğiz. Sonunda bir şey çıkar ya da çıkmaz, ama hepsini denemek zorundayız."

"Biliyorum," dedi Juan. "Sadece..."

"... bu kez Max'in başı dertte," dedi Linc onun cümlesine devam ederek. "Ve sen endişelisin."

Cabrillo zoraki güldü. "Durum en hafif deyimiyle böyle."

"Şimdi beni iyi dinle. Şu ana kadarki en iyi ipucumuz bu. Burada kim bilir ne kadar zamandır kalan dört yüz responsivist vardı ve şimdi hepsi ölü. Muhtemelen burada ne yaptıklarını artık söyleyemeyecekler. Bize ne gerekiyorsa bulup, Max'i ve oğlunu kurtaracağız."

Juan bu moral konuşması için minnettar olsa da kendisini daha iyi hissettirme konusunda pek işe yaramadı. Bu duygu, ancak Max *Oregon*'a ayak bastığında ve Thom Severance ve Zelimir Kovac en yakın tuvaletin kapısına çivilendiğinde gelecekti.

Feribot, yalpalayarak limana girdi ve Cabrillo'nun gördüğü en kötü gemicilik örneğini göstererek tahta kazıklara baştan çarptı. On dakika sonra, gemi bağlandı ve rampa indirildi. Linc, cipi çalıştırdı ve iskeleye çıktılar. Hemen camları açarak aracın içine sinen domuz kokusundan kurtulmaya uğraştılar.

"Şimdi tam zamanıdır," dedi Juan ve ayağını ön panelin üzerine koydu. Pantolonunun paçasını sıyırdı. Protez bacağı, ampul şeklinde, ten rengi şişkin bir plastikti. Bacağı çekip söktü ve çizmesinin bağlarını çözerek önce çizmeyi sonra da çorabını çıkardı. Protez bacağın altında minicik bir delik vardı. Cebinden küçük bir anahtar çıkararak deliğe soktu ve saat yönünün tersine çevirdi. Bu, bacağın içine yerleştirilmiş bir mekanizmayı çalıştırdı ve bacak eski tip beslenme çantaları gibi ikiye ayırıldı. Kaçakçının bacağı olarak isim taktığı protezin içinden iki tane Kel-Tek tabanca çıktı.

Ufak ölçülerine rağmen, Kel-Tek P sınıfı 38 kalibre kurşun atıyordu. Bu göreve özel olarak, *Oregon*'daki cephane sorumlusu, her tabancadaki yedi merminin içini boşaltıp cıvayla doldurmuştu. Kurşun ete isabet edip yavaşladığında, ani momentum değişikliği cıvanın patlayarak, tıpkı özel yapım bir patlayıcının tankın zırhını delip geçmesi gibi, dokuları parçalamasını sağlıyordu. Gövdenin orta kısımlarından alınacak herhangi bir isabet öldürücü oluyordu. Sekerek omuza ya da kalçaya isabet eden bir kurşun bile insanı sakat bırakabilirdi. Cabrillo, minyatür tabancalardan birini Linc'e verdi, diğerini kalçasının hemen üzerine yerleştirdi.

İki parça plastik patlayıcı ve beş dakikaya ayarlı iki ateşleyici kalem de kaçakçının bacağındaydı. Juan yıllar boyu havaalanlarında, metal protezi güvenlik alarmını çalıştırıp da paçasını sıyırarak bacağını gösterdiğinde, özür dileyen bir el hareketiyle hemen geçmesine izin verdiklerini keşfetmişti. Her ne kadar bu geçişlerinde patlayıcı koklayan köpekler kullanılmamışsa da, bu tür bir duruma karşı hazırlık olarak da yanında, kalp hastalarının kullandığı nitrogliserin haplarından bulunduruyordu.

Köyden çıkarak tepelerin arasından geçen yol yıllardır asfalt yüzü görmemişe benziyordu. Responsivistler adanın diğer tarafında yerleşmişlerdi ve o bölgeye ulaşmak bir saati buldu. Yolculuk sırasında güneş, ufukta bir taç gibi parlayarak, uzaktaki hiç bozulmamış bir yağmur ormanını ve yolu zümrüt bir tünel gibi çevreleyen daha yakındaki ormanı gözler önüne seriyordu. Geçtikleri köyler, birkaç tane derme çatma sazdan yapılmış kulübe ve oluklu levhadan yapılmış tek tük sundurmadan ibaretti. Savaş sırasındaki Japon işgali dışında, adanın bu kısmında yaşam temposu bin yıldır değişmemişti.

Hedeflerine yedi kilometre kala, Linc cipi yoldan çıkararak kabarık çalıların altına gizledi. Responsivistlerin tesiste nöbetçi tutup tutmadığını bilmiyorlardı ama gereksiz risklere girmeye niyetleri yoktu. Cabrillo ve Linc birkaç dakika daha uğraşarak cipi iyice gizlediler ve toprakta bıraktığı lastik izlerini de süpürdüler. Yerini bilmelerine rağmen, ikisi de yoldan baktıklarında aracı göremediler. Juan, kendilerine işaret bırakmak için çakıltaşlarından ufak bir yığın yaptı.

Teçhizat yüklü çantalarını omuzlarına atıp uzun bir yürüyüş için ormana girdiler. Güneş yok olmaya yüz tutarak yerini ağaçlardan oluşan kubbeden süzülen yeşil bir ışığa bırakmıştı. Bu renk Cabrillo'ya *Oregon*'un ay havuzunun, gece gövde altı ışıkları açık halini anımsattı.

İri cüssesine rağmen Lincoln, sık ağaçlık ortamdaki en küçük açıklıkların arasından avcı bir kedi ustalığıyla hiçbir şeye dokunmadan geçiyordu. Ayakları killi toprağa hafifçe dokunuyordu. O kadar sessizdi ki, fondaki böcek ve kuşların sesi ne azalıyor ne de bir tehdit hissetmişlercesine artıyordu.

Cabrillo onun izinden gidiyor, sık sık geriye bakarak, takip edilip edilmediklerini kontrol ediyordu. Havadaki yoğun nem nedeniyle, sanki her nefes alışında ciğerleri sıvıyla doluyormuş gibi oluyordu. Sırtından ter boşanıyordu ve beyzbol şapkasının bandı terden sırılsıklam olmuştu. Protezinin diziyle birleştiği yerde soğuk ve kaygan bir his oluşmuştu.

Yağmur ormanında iki saatlik bir zorlu ve sessiz yürüyüş sonunda Linc elini havaya kaldırarak yere eğildi. Cabrillo da onu izleyerek iriyarı SEAL komandosunun yanında sürünmeye başladı. Ormanın kıyısına gelmişlerdi. Önlerinde, neredeyse dik yamaçlarla ve aşınmış kayalıklarla denize ulaşan beş yüz metrelik bir otlak vardı. Güneş arkalarından vurduğu için, Cabrillo yansıma yapacağından endişelenmeden dürbünüyle çevreyi rahatça inceledi. Responsivistler, kayalıklara yakın mesafede metal bir bina inşa etmişlerdi. Bir depo kadar büyük ve yıllık metrekareye dört ton düşen yağmurla baş edebilmek için hafif eğimli bir çatısı olan bir binaydı. Hiç penceresi olmayan binaya ışık, çatıdaki opak panellerden giriyordu. Yan tarafları, paslanmayı önleyen kırmızı astar boyayla boyanmış çıplak metaldi. Ayrıca elliye yakın araç alabilecek büyüklükteki park yerine açılan tek bir kapı bulunuyordu.

Depodan yaklaşık otuz metre ileride dört sıra dikdörtgen beton plaka sıralanmıştı. Cabrillo her sırada üzeri boş kırk adet plaka saymıştı.

Linc omzuna dokundu. Yere bir dikdörtgen çizip, depoyu işaret etti. Sonra yanına bir dikdörtgen daha çizip beton alanı gösterdi. Cabrillo şimdilik takip edebiliyordu Linc'i. Linc bu kez her iki şekli içine alan büyük bir kare çizdi ve açık alanı gösterdi.

Cabrillo alanı dürbünüyle inceledi ve otlarda hafif bir değişim gözledi. Düz bir hat halinde ilerliyor, sonra doksan derecelik ani bir dönüş yapıyordu. Linc'e baktı. Donanma kıdemlisi elinin kenarını yerdeki çizginin üzerine koyarak, alanın etrafının bir zamanlar çitle çevrili olduğunu tahmin ettiğini anlatmaya çalıştı. Sonra parmaklarıyla biraz aptalca gözükecek bir şekilde gözlerinin kenarını yukarıya kaldırdı.

Cabrillo anladığını gösteren bir baş hareketi yaptı. Burası daha önce Japonlara ait bir tesisti. Muhtemelen bir esir kampıydı. Çit yıllar önce kaldırılmıştı ve beton plakalar da hücre bloklarıydı. Responsivistlerin burayı, binaları için hazır bir temel bulunduğu için mi seçtiklerini merak etti.

İkili, yapıyı dürbünü değiştokuş ederek gözleri yoruluncaya kadar iki saat daha izledi. Okyanustan esen rüzgârın dalgalandırdığı diz boyu otlar dışında çevrede hareket eden hiçbir şey yoktu.

Juan aniden küfrederek ayağa kalktı. "Tabii ya! İçeride kimse yok." Saatlerce süren sessizliğin ardından sesi garip şekilde yüksek geliyordu.

"Nasıl bu kadar emin olabiliyorsun?" diye sordu Linc kısık bir sesle.

"Dinle." Ses tonu kendine kızgın olduğunu gösteriyordu.

Linc başını eğdi. "Okyanusun kayaları döven dalgaları dışında hiçbir şey yok."

"Kesinlikle. Çatıdaki boş köşebentleri görüyor musun? Burası şu anda otuz derecenin üzerinde. Binanın içi en az elli derecedir. O köşebentlere bir zamanlar oldukça büyük klima cihazları bağlanmış. Buradan kaçarken cihazları da söküp almışlar. Çatı kirişlerine kadar suyla dolu olmadıkça bir muhafız birliği değil bir hafta, bir saat bile kalamaz içeride."

Cabrillo elini uzatarak Linc'i oturduğu yerden kaldırdı. *Oregon*'da yaptığı antrenmanlar kendini gösteriyordu. Böylesine bir ağırlığa rağmen sırtında en ufak bir zorlanma hissetmemişti.

Tespitinden son derece emin olmasına rağmen yine de binaya dikkatle yaklaştılar ve metal duvara gelene kadar da kapıdan uzak durmaya özen gösterdiler. Binanın dışı, dokunduğunda Juan'ın parmağını yakacak kadar sıcaktı.

Tabancaları ellerinde kapıya yaklaştılar. Juan çantasını yere bıraktı ve içinden kauçuk bir hortum çıkardı. Kapının koluna sarıp bir ucunu Linc'e verdi, diğer ucunu kendisi tuttu. Kapının iki yanında durdular ve Juan hortumu çekmeye başladı. Kauçuğun metale uyguladığı sürtünme sonucu kol döndü ve kapı bir çıt sesiyle açıldı. Eğer bir bubi tuzağı olsaydı bile Cabrillo'nun numarası sayesinde ikisi de patlamanın etkisinden uzakta kalırdı.

"Kilitli bile değilmiş," dedi Linc.

Juan içeri bir göz attı. "Olması için de bir sebep yokmuş. Gel bak."

Tavan pencerelerinden süzülen sedef ışığın atında depo puslu gibi gözüküyordu. Yine de geniş iç hacmin tamamen boş olduğunu görmelerine yetecek kadar ışık vardı. Beton alanın tekdüzeliğini bozabilecek hiçbir şey, hatta tek bir çatı kirişi destek kolonu bile yoktu. Küçük bir kapısı olmasaydı, Juan burayı bir uçak hangarı sanabilirdi. Zeminin her yeri griye boyanmıştı ve tek bir leke bile yoktu. İçeri adımını attığında burnuna çok hafif bir çamaşır suyu kokusu geldi.

"Merry Maids'e[1] yenik düştük gibi gözüküyor, ha?" Linc, yanı başına gelip Juan'a takıldı.

Cabrillo sessizliğini bozmadı. Severance'ı suçlayacak hiçbir şey bulamayacaklarından adı gibi emindi. Bu durumda Max'i kurtaracak bir kozları da olmayacaktı. Responsivistler bu binanın içinde olup bitene ait ne kadar iz varsa hepsini yok etmişler ya da götürmüşlerdi. Havalandırma boruları gitmişti, kablo ve tesisata ait ne varsa, hepsi taşınmıştı.

"Boşuna zaman kaybettik be," dedi bıkkınlık içinde.

Linc çömelmiş zemini inceliyordu. Ayağa kalktı. "Bu zemin çok yıpranmış. Benim tahminim, hapishanenin kalanıyla beraber Japonlar tarafından döşenmiş."

"Ne bok yemeye bu kadar büyük bir yere ihtiyaç duysunlar ki?" diye sesli bir biçimde düşündü Juan. "Dışarısı havaalanı olamayacak kadar engebeli, o halde hangar değil burası."

---

(1) Amerika'nın çok tanınmış ev temizleme şirketleri zinciri.

"Bilmiyorum. Belki de bir tür depo."

"Bir fabrika," dedi Juan. "Bahse girerim savaş esirlerini köle olarak çalıştırdılar burada. Tanrı biliyor ya, işgal ettikleri her yerde aynı şeyi yapmışlardır."

Linc, kocaman burnunun ucunu kaşıdı. "Eminim haklısın."

Juan uydu telefonunu çıkarıp *Oregon*'u aradı. Hali, böceğin yolladığı ses kayıtlarıyla meşgul olduğundan, görevli haberleşme personelinden Eric Stoney'i bağlamasını istedi.

"Ne var ne yok patron?" Eric kamarasında telefonu cevaplarken sordu.

"Bana bir iyilik yap ve Filipinlerdeki Bohol Adası'nın Japonlarca işgalini incele. Burada bir hapishane ya da fabrikaları var mıymış öğrenmek istiyorum."

"Ne, şimdi mi?"

"Janni Dahl'ın namusuna saldırı planlarını daha sonra yaparsın artık."

"Tamam. Bir dakika." Bağlantı o kadar temizdi ki, Eric'in parmaklarının klavyede çılgınca koşturduğunu duyabiliyordu. "Bir şey buldum. Adada Mart 1943'te yerel suçlular için bir hapishane açılmış. MacArthur, Ekim 1944'te geri döndüğü gün kapatılmış. 731'inci Birim denilen bir şey tarafından denetleniyormuş. Araştırmamı ister misin?"

"Hayır," dedi Juan. İçerisi elli dereceydi ve Juan ürperdi, kanı damarlarında donmuştu adeta. "Ne olduğunu biliyorum."

Telefonu kapattı. "Burası bir ölüm fabrikasıydı," dedi Linc'e. "731'inci Birim adlı bir birlik tarafından işletilmişti."

"Hiç duymamıştım."

"Şaşırmadım. Yahudi soykırımı için özür dileyen Almanların aksine, Japon hükümeti kendi savaş suçlarını, özellikle 731'inci Birim'in işlediklerini kabul etmediler."

"Ne yapmışlardı?"

"İşgal sırasında Çin'in her tarafında fabrika ve laboratuvarlar tesis ettiler ve Japonya'nın biyolojik savaş çalışmalarını yürüttüler. Bazı tahminlere göre 731'inci Birim ve benzerleri, Hitler'in toplama kamplarında öldürdüğünden daha fazla insan öldürdüler. Esirleri insanlığın bildiği her türlü virüse maruz bıraktılar. Çin'in birçok şehrinde hıyarcıklı veba, tifüs ve şarbon salgınları tasarladılar. Bazen uçaklar kullanarak, havadan hastalıklı pireler serptiler ya da bunları bombaların içine koyup attılar. Diğer bir gözde numaraları da yerel su şebekelerini ele geçirip, şehrin içme suyuna mikrop bulaştırmaktı."

"Bütün bunlar yanlarına mı kaldı?"

"Yıllarca. Diğer bir görevleri de patlayıcı ve diğer silahların insan vücudu üzerindeki etkileriydi. Bir kerede yüzlerce esiri silahla, bombayla ya da yakarak öldürüyorlardı. Daha büyük bir işkence hayal edebiliyor musun? Sana garanti ederim 731'inci Birim bunu layıkıyla yapmıştır. Bir deney hatırlıyorum; esirleri ayaklarından asıp ölmeleri ne kadar sürecek diye bekliyorlardı."

Koyu derisi altında Linc'in renginin solduğu hissediliyordu. "Ve burası onların laboratuvarlarından biri mi?" diye sordu etrafına bakınarak.

Juan başıyla evet dedi. "Ve yerel Filipinli mahkûmlar da laboratuvar fareleriydi."

"Sen de benim düşündüğümü mü düşünüyorsun?"

"Severance'ın burayı çok özel bir amaç için seçtiğini mi?"

"Kendi insanları eski bir biyolojik savaş tesisinde çalıştıktan sonra, *Golden Dawn*'da bir toksin kullanmaları rastlantı olamaz. Öylesine söylüyorum ama hepsi birden Japonlardan kalma bir hastalığı kapmış olamazlar mı?"

"Tüm ekibi aynı anda öldürmezdi," diye karşılık verdi Cabrillo. "Eric, 731'inci Birim'den söz eder etmez bu aklıma geldi. Ama hayır. Burada yarattıkları başka bir şey olmalı."

"Burada koruyucu elbise olmadan dolaşmak akıllıca mı sence?"

"Hiçbir şey olmaz," dedi Juan emin bir şekilde.

"Hadi be. Cerrahi maske ve lastik eldivenlere bile razıyım ben," diye homurdandı Linc.

"Linda'nın yoga tekniklerinden birini uygula ve gözlerinden nefes al."

El fenerleriyle ve her biri karşılıklı köşelerden başlayarak binanın her santimini incelediler. Sakız kâğıdı bile yoktu yerlerde.

"Burada bir şey yok," diye kabullendi Juan.

"Dur bakalım daha," dedi Linc. Deponun arka duvarını inceliyordu. Sonra elini metal kaplamaya dayadı. Sıcaktı ama el yakmıyordu. Tek başına bir şeyi kanıtlamazdı, çünkü güneş üzerine doğrudan gelmiyor olabilirdi ama yine de umut verici bir işaretti.

"Ne buldun?"

"Aptalca bir düşünce. Gel hadi." Döndü ve adımlarını sayarak kapıya doğru yürüdü. "Doksan sekiz, doksan dokuz, yüz," dedi, karşı duvara ulaştığında. "Her adım doksan santim, demek ki binanın uzunluğu doksan metre."

"Harika," dedi Juan heyecansız bir şekilde.

"Onlar ki hiç iman etmediler."

Linc, Cabrillo'yu dışarı çıkardı ve bu kez binayı yine adımlarını sayarak dıştan adımladı. "Doksan sekiz, doksan dokuz, yüz, yüz bir."

"Farkında olmadan adımlarını kısalttın." Dedi Juan sakince.

"Binanın dışını elle," dedi Linc. Başkanın ne bulacağını biliyordu.

Juan parmaklarını hızla geri çekti. Metal kızgındı. Tek kaşı sorgularcasına yukarı kalktı.

"Bu duvarın diğer tarafındaki kolonlar yük taşıma amaçlı değil. Metal çok ince."

"Emin misin?"

"SEAL eğitimi dostum. Bize bir binanın nasıl yapıldığını öğrettiler ki nasıl havaya uçuracağımızı da iyi anlayalım. İçerideki yalancı duvar ve arkasında doksan santimlik bir boşluk var."

"Ne halta yarayacak ki?"

"Hadi bulalım."

Yeniden fırın gibi binaya girdiler. Linc, çantasından mat boyalı bir katlamalı çakı çıkardı. Açıp doğruca metal kaplamaya sapladı ve metali kâğıt gibi kesmeye başladı. Sonra bıçağa yüklenip neredeyse yere kadar kesti. Ardından bıçağı ileri geri testere gibi hareket ettirerek yukarıya doğru çaprazlama kesti. Bunu yaparken Cabrillo'nun dişlerini fena halde kamaştırdı.

"Emerson CQC-7a," dedi Linc, bıçağı gururla göstererek. Üzerinde bir çizik bile yoktu. "Birkaç yıl önce bir yerde okumuştum ama inanmamıştım. Şimdi inandım."

Yırtık metale bir tekme savurdu ve kaplamayı konserve kutusu açar gibi geriye doğru kıvırdı. Açılan yarıktan gizli odaya girdi. Fenerinin ışığını tutarak içeri baktı.

"Hiçbir şey yok. Binanın geri kalanı gibi burası da bomboş," dedi Linc, hayal kırıklığı içinde.

"Kahretsin."

Birlikte dar alanda, bina boyunca yürüdüler. Emin olmak için geçtikleri her yüzeye feneri tutup baktılar. Sıcaklık dayanılmaz boyuttaydı, sanki döküm tesisinde yüksek fırının önünde durmak gibiydi.

Bir şey dikkatini çekince, Linc fenerin ışığını yere doğru tuttu. Durdu ve parmaklarıyla boyalı zemini süpürmeye başladı. Başkana baktığında sırıtıyordu.

"Ne buldun?"

"Bu beton yeni. Tüm zemin değil, sadece bu kısım."

Juan da fark etti aynı şeyi. Üç metre uzunluğunda ve gizli bölmenin tüm genişliğini kaplayan bir alan, diğer kısımlara göre daha pürüzsüzdü ve hiç aşınma belirtisi yoktu.

"Ne düşünüyorsun?" diye sordu Juan.

"Bodruma inen bir merdiven için mükemmel bir yer. Boyutlar uyuyor."

"Hadi anlayalım bakalım."

Juan çantasını karıştırarak bir parça C-4 patlayıcı bulup çıkardı. Patlama yönünü aşağı gelecek şekilde ayarladı ve zamanlayıcıyı yerleştirdi. Linc'e bir göz atıp hazır olduğunu anlayınca ateşleyiciyi çalıştırdı.

Gizli odadan fırlayıp deponun karşı tarafına doğru koşmaya başladılar. Aşırı ısınmış havayı ciğerlerine çekiyorlar ve ayak sesleri boş alanda yankılanıyordu. Linc, Cabrillo'nun peşinden kendini kapıdan dışarı attı ve durup geriye dönmeden önce bir elli metre daha koştular.

Tok ve düşük sesli patlama çatı pencerelerini havaya uçurarak binayı beton tozu içinde bıraktı. Parçalanmış çatıdan dışarı çıkan toz bulutu, binanın yanıyor gibi görünmesine sebep olmuştu.

Toz bulutunun dağılmasını beklerken, Juan ensesinde tuhaf bir ürperti hissetti. Dönüp, ormanı dikkatle inceledi. Metal bir yüzeyden yansıyan güneş ışını yeteri kadar uyarıcıydı. Linc'i ittirip kendini yere attı. O sırada bir çift kurşun vızıldayarak, bir salise önce durdukları yerde havayı yardı. Çok iyi saklanmış tetikçiler bunun üzerine Cabrillo ve Linc'in bulunduğuna emin oldukları otopark alanını yaylım ateşine tuttular.

İki adam da umutsuz bir şekilde silahsızdı ve saklanacak bir yer bulamazlarsa birkaç saniye sonra ölmüş olacaklardı. Konuşmaya gerek duymadan, depoya doğru koşmaya başladılar. Bacakları peşlerinden sıkılan kurşunların yerden kaldırdığı toza bulanıyordu.

Patlama alanına ilk ulaşan Juan oldu. Patlayıcı betonu paramparça etmiş, yerde patlayıcı kokan bir krater açılmıştı. Fakat yeterli değildi. Beton dolgu, kullandıkları patlayıcıya göre çok kalındı. El fenerini yere tutarak geçebilecekleri bir boşluk aradı ama bulamadı.

Dilinin ucunda yenilginin acı tadını hissetti.

Binanın metal duvarı, mermi sesleriyle çatırdadı. Kel-Tek'i çektiğinin farkında olmadan hızla arkasına döndü. Kapının iki tarafında birer silahlı adam duruyordu. Üç el ateş etti. Silahın menzilinin oldukça uzağında duran adamlar kıpırdamadı bile.

Linc atlayıp yanına geldi ve bombanın açtığı kratere uzandı. Ayağı betona değer değmez, altında bir delik belirdi ve yerin altına kayarak gözden kayboldu. Dolgu ağırlığını taşıyamamıştı.

Giderek daha fazla beton ufalandı ve basamaklardan aşağıya yuvarlandı. Juan da kendini karanlık boşluğa bıraktı. Derinliklerden gelen esinti ölümün soğuk kokusunu yukarı taşıyordu.

23. BÖLÜM

Midesine inen şiddetli yumrukla Max sandalyede iki büklüm oldu. Sandalyeye bağlayan ipler olmasa kendisini yerde bulabilirdi. Zelimir Kovac tüm gücüyle vurmamıştı bile ama Max, bağırsaklarının jöleye dönüştüğünü sandı. Acıyla inleyerek, kan tükürdü.

Bu peş peşe gelen dördüncü yumruktu ve Max'in beklemediği bir anda gelmişti. Gözleri bağlı olduğundan, işkencecinin doğal ritmine göre gelecek darbeleri öngörebilirdi ama Kovac'ın bir ritmi yoktu. Yumrukları korkunç olduğu kadar da gelişigüzeldi. On dakikadır başındaydı ve henüz tek bir soru bile sormamıştı.

Bir anda gözünü bağlayan bant çekip alındı. Bu arada gür kaşlarının birazını da kopartmıştı. Yüzüne asit atılmış gibi canı yandı ve elinde olmadan ağzından bir inilti çıktı.

Gözyaşları arasında gözünü kırparak etrafına baktı. Kerpiç duvarlı ve beton zeminli boş bir odaydı. Yerde kötü şeyler akla getiren bir tahliye deliği vardı. Bir metal kapının yanında bir ucu musluğa geçirilmiş ve duvara asılmış bir kangal hortum duruyordu. Kapı açıktı ve Max, odanın dışındaki koridoru, benzer duvarları ve dökülmüş sıvayı görebiliyordu.

Max'in yanında duran Kovac'ın üzerinde kumaş pantolon ve atlet vardı. Sırp'ın teri ve Max'in kanı, atlete bulanmıştı. Üzerlerinde benzer tulumlar olan iki gardiyan duvara dayanmış bir halde ve ifadesiz suratlarla duruyordu. Kovac birine işaret etti ve adam bir tomar kâğıdı getirip verdi.

"Oğluna göre," diye başladı Kovac, "senin adın Max Hanley'miş ve ticari bir gemide mühendismişsin. Doğru mu bu?"

"Cehennem ol git," dedi Max, tehditkâr bir tonla.

Kovac, Max'in ensesindeki bir sinir demetini sıktı. Max'in her hücresi acıyla irkildi. Kovac daha şiddetli sıktı. Max kendinden geçmek üzereydi. "Bu bilgi doğru mu?"

"Evet, kahrolası," dedi Max dişlerinin arasından.

Kovac elini gevşetti ve Max'in çenesine başını sertçe döndürecek şiddette bir yumruk indirdi. "Bu, yalan söylediğin için. Bacağına gömülü deri altı bir verici vardı. Ticari gemilerde pek rastlanmaz buna."

"Kyle'ı geri almak için tuttuğum şirket..." diye geveledi Max. Yüzünün uyuşmuş bölümüne masaj yaparak kaybolan hissi geri getirmekten başka bir şey düşünemiyordu. "Bir önlem olarak bunu yerleştirdi."

Kovac, Max'in suratına bir kere daha vurdu. Bu kez bir dişi sallanmaya başlamıştı. "İyi atış ama o yara en az altı aylık."

İyi bir tahmindi. Hux bu yeni vericiyi yedi ay önce yerleştirmişti.

"Değil, yemin ederim," diye yalan söyledi Max. "Ben böyle hızlı ve çirkin bir şekilde iyileşirim. Ellerime bak."

Kovac aşağıya doğru baktı. Hanley'in eli eski yara izleriyle doluydu. Bu eller ona hiçbir şey ifade etmiyordu. Yüzü Max'inkinden birkaç santim uzakta olacak şekilde eğildi. "Ben bir cerrahtan çok daha fazla yara gördüm ve nasıl iyileştiklerini iyi bilirim. Bu implant en az altı aylık. Bana kim olduğunu ve sende neden böyle bir cihaz bulunduğunu anlat şimdi."

Max'in cevabı kafasıyla Kovac'ın burnuna şiddetli bir darbe indirmek oldu. İpler olmasa burnunu kırabilirdi ama yine de burnundan boşanan kanı görünce tatmin oldu. Sırp parmaklarıyla burnunu sıkmaya başladı.

Max'in, Kovac'ın suratında gördüğü şey saf, hayvani bir öfkeydi. Bu kafanın kendisine hayatının dayağına mal olacağından emindi ama Kovac'ın yüzündeki savaş boyası gibi kan izlerini görünce fazla ileri gittiğini anladı.

Vuruşlar peş peşe geldi. Herhangi bir şekil ya da hedef yoktu. Patlayan bir tepkiydi. Tehdit karşısında ilkel arka beynin, içgüdüsel bir tepkisiydi. Max, yüzüne, göğsüne, omuzlarına, midesine ve kasığına bitmek bilmeyecek gibi gelen darbeler alıyordu. Vuruşlar o kadar hızlıydı ki, Max birden fazla kişiden geldiğinden emindi ama sadece akı gözüken, kaymış gözlerinin görebildiği kadarıyla kendisine sadece Kovac vuruyordu.

İki dakika süren darbelerden sonra Max sandalyesine yığıldı. Gardiyanlardan biri Sırp kasabını engelleyene kadar yüzü şekilsiz bir hamura dönmüştü. Kovac ölümcül bakışını gardiyana yöneltince adam hemen geri çekildi ama bu müdahale öfkesini dindirmeye yetmişti.

Max'in bilinçsiz gövdesine küçümseyen gözlerle baktı. Göğsü harcadığı çabadan ve adrenalinden dolayı hızla inip kalkıyordu. Bileklerini salladı ve eklemlerini çıtırdatarak, üzerlerindeki kanı yerlere damlattı. Yaklaşıp Max'in sağ gözkapağını kaldırdı. Gözüken tek şey damarlı beyaz bir küreydi. Kovac gardiyanlara seslendi. "İki saat sonra gelip kontrol edin. Eğer bir dahaki sefer de konuşmazsa Korinthos'tan oğlunu getireceğiz. Bakalım oğlunun yediği darbeler karşısında ne kadar sessiz kalabilecek."

Açık kapıdan hızla çıktı. Gardiyanlar bir süre bekleyip peşinden giderek ağır kapıyı arkalarından kapadılar. Ne arkalarına baktılar ne de odadaki hareketi fark ettiler, çünkü bu tahmin edebilecekleri en son şeydi.

Neredeyse kapanan gözleriyle çıkmalarını izleyen Max, arkalarını döner dönmez harekete geçmişti. Korkunç darbeler esnasında, ipleri gevşetebilmek için sandalyesinde ileri geri hareket etmeye başlamıştı. Kovac'ın öfkesi bunu fark etmesini önlerken, gardiyanlar da darbenin şiddetiyle sarsıldığını sanmışlardı. Ama Max'in hareketleri soğukkanlı ve bilinçliydi.

Yere eğildi ve burnuna yediği darbeden sonra Kovac'ın kullanıp attığı kâğıt parçasını aldı. Bağlı olduğu sandalyeyle birlikte ayaklarını sürüyerek kapıya doğru hamle yaptı. Bunu yapmak için tek seferlik deneme fırsatı vardı, çünkü darbelere dayansa bile Kyle'ı korumak için bilmek istedikleri her şeyi söylemek zorunda kalacaktı.

Kâğıt tam doğru yere denk gelmişti. Kapıyla pervaz arasında sıkışarak kapının dilinin yuvasına girmesine engel olmuştu.

Max sandalyesinde arkaya yaslandı. Hayatında bundan kötü dövülmemişti. Vietkong'daki hapishanedeki dayaktan bile daha vahşiceydi, üstelik orada bir saatten fazla dövmüşlerdi. Ağzının içini hissetmeye çalıştı, iki dişini diliyle oynatabiliyordu. Burnunun kırılmaması ya da vücuduna aldığı şiddetli darbeler sonucu kalbinin fibrilasyona girip durmaması küçük bir mucizeydi. Biyoelektrik vericiyi almak için kestikleri yerdeki acı, vücudunun diğer yerlerine oranla hafif bir sancı sayılırdı. Göğsü morarmış bir et yığını halindeydi ve yüzünün durumunu hayal bile edemiyordu.

Zaten o kadar da hoş biri değildim öncelikle, diye düşündü ciddi bir şekilde, sonra yüzüne yayılan çarpık gülümseme nedeniyle yüzündeki kesikler yeniden kanamaya başladı.

Max toparlanmak için kendine on dakika izin verdi. Daha uzun durursa kramplardan dolayı hiç hareket edemeyecekti. Acının arasında az da olsa bir umut ışığı hissetmişti – en azından Kyle'ı bu bok çukuruna getirmemişlerdi. O Yunanistan'a geri dönmüştü. Responsivistlerin elinde de olsa görece emniyette sayılırdı. Bu düşünceyi kalbine gömdü ve içini ferahlatmaya çalıştı.

Tahminine göre ipleri gevşetmeye başlamasından itibaren altı dakika geçmişti. İpleri, bileklerini kurtaracak kadar gevşetebilmişti, böylece ellerini kullanarak vücuduna sarılı iplerden kurtuldu. Sonunda ayaklarını da çözdü ve ayağa kalktı. Sandalyeyi yakalayıp arkaya devrilmesini önledi.

"Hiç iyi değilim," diye sesli bir şekilde homurdandı ve gözlerindeki bulanıklığın geçmesini bekledi.

Ağır kapıyı olabildiğince sessiz bir şekilde açtı. Koridor boştu. Beton tavana monte edilmiş olan sanayi tipi floresan armatürlerinden yayılan çıplak ışığın oraya buraya serpiştirdiği gölgeler, yeni olduğu belli olan kerpiç duvarlara köhne bir görüntü veriyordu.

Max, kâğıt parçasını yerine geri koyarak kapının kilitlenmemesini sağladı. Sonra ağrıyan kasları dik durmasına izin vermediğinden, iki büklüm bir şekilde ve yerlere ispiyoncu kan damlaları akıtmamaya çalışarak ilerlemeye başladı.

İlk kesişme noktasında sol tarafından boğuk sesler geldiğini duydu. O yüzden sağa döndü ve sürekli olarak arkasını kontrol ederek yürümeye devam etti. İsimsiz bir kapının önünden geçti. Kulağını metale dayayarak içeriyi dinledi, ses gelmeyince devam etti.

Havanın karanlığı ve hiç pencere görmemesi nedeniyle yeraltında olduğuna hükmetti. Bir kanıtı yoktu ama tahmininde yanılmadığına emindi.

Rengi hiç değişmeyen koridorda iki köşe daha döndü ve arkasından makine sesleri gelen bir kapıya daha rastladı. Kolu denedi ve kolaylıkla açıldığını fark etti. Kapıyı aralayınca ses daha net ve gür gelmeye başladı. Odadan ışık gelmediğini anlayınca kimse olmadığını düşündü. Hızla içeri girip kapıyı kapadı. El yordamıyla bir aydınlatma düğmesi buldu.

Ark lambaları, durduğu yerin aşağısındaki mağaramsı boşluğu aydınlatmaya başladı. Tesisin güç merkezine ait kontrol odasındaydı. Yalıtılmış kalın camın arkasında yakıt ve egzoz borulari gözüken yere monte dört tane kocaman jet motoru duruyordu. Düzenek bir lokomotiften biraz daha büyüktü ve motorların sadece biri çalışmasına rağmen, oda gücün bariz etkisiyle titreşip zangırdıyordu.

Ya burası çok büyük bir yer diye düşündü Max, odaya uzman bir gözle bakarak, çünkü birkaç bin kişiye yetecek kadar enerji üretilebilirdi ya da bu kadar büyük bir enerjiyi bilinmeyen bir işte kullanacaklardı.

Bu tutarsızlığı kafasına not edip yeniden koridora çıktı.

Koridorlarda görünen bir kamera olmaması ve ortalıkta güvenlik görevlisi bulunmaması nedeniyle Kovac'ın burada kendini çok emniyette hissettiğini düşündü. O yüzden labirentten çıkış yolu ararken sürekli gizlendi.

Sonunda üzerinde MERDİVEN yazan bir kapıya geldi. Ancak kapıyı açtığında sadece aşağıya doğru inen basamaklar görebildi.

"Battı balık yan gider," diye söylendi ve tesisin derinliklerine doğru inmeye başladı.

Makas gibi zikzak yapan merdivenler, dört kat indikten sonra loş bir alanda sona erdi. Görünürdeki tek kapı merdiven boşluğuna dik olan daha da karanlık bir tünele açılıyordu. Gördüğü diğer kısımlardan faklı olarak bu tam dairesel tünel, kaba yontulmuş doğal taşlardan örülmüştü ve ancak sığabileceği genişlikteydi. Yer yer bir tünel açma makinesi ya da maden çıkarıcı benzeri bir makinenin taşlara oyulmuş izleri fark ediliyordu. Hiç ışık olmadığından tünelin uzunluğu ve ne amaçla yapıldığına dair fikri yoktu. Tek ipucu, yalıtkan fincanlar arasında tünel duvarı boyunca ilerleyen kalın bakır kablolardı. Sayıları yüze yakındı ve birbirlerinden oldukça uzağa konulmuşlardı. Mühendislik bilgisi, bunların yukarıda gördüğü jeneratörlerin elektrik yükünü kolaylıkla taşıyabileceklerini söylüyordu.

"Siz ne işe yararsınız benim güzellerim?" diye sesli düşündü ama tabii ki kimse cevap vermedi.

Telleri takip edip çıktıkları bir yere ulaşmayı düşündü ama içerideki havanın durgunluğundan, tünelin bir çıkışı olmadığını tahmin etti. Bir de yerin en az on beş metre altında olduğunu unutmamıştı.

Max merdivenleri geri çıkmaya karar verdi. Bu zorlu işi yaparken vücudu her basamakta karşı koydu kendisine. Yorgunluktan soluğu derinleştikçe bir mengene göğsünü sıkıştırır gibi olmaya başladı. Kaburgaları tamamen kırılmasa bile, kendi kendine birkaç tanesinde ince çatlaklar olduğuna dair bahse girdi.

Üst merdiven boşluğuna ulaştığında nefes nefeseydi ve acıyı biraz olsun dindirmek için dirseklerini göğsünün iki yanına bastırdı.

Kulağını kapıya dayadığında boğuk birtakım sesler duydu. Sanki birinin diğerine, "...sky iki gün sonra, o yüzden bize..." dediğini duyar gibi oldu. Kapıyı açmadan önce biraz daha bekledi. Koridorda kimse yoktu. Ayak sesleri bile duyulmuyordu. Sessizce yürüyerek yeniden bir çıkış yolu aramaya başladı. Uzun bir koridorun yarısına gelmişti ki ayak sesleri duydu. Hareketleri hızlı ve kararlıydı. Kendisini odada bırakmalarının üstünden ancak yarım saat geçmişti ama bu sesler kesinlikle kendisini yeniden ziyaret etmeye hazırlanan Kovac ve kiralık adamlarına aitti. İstese bile koşamayacağını bildiğinden, Max yapabileceği tek şey olan, koridorda sıralı metal kapılardan birinden içeri süzüldü.

Kapıyı kapadıktan sonra kilitlenmemesi için kolu açık pozisyonda tuttu ve ayak sesleri yaklaşırken üzerine bastırmaya devam etti. Adamlar geçip gittikten sonra Max arkasına dönüp odaya bakmayı akıl etti. Bir prize takılı gece lambasının ışığında altı tane karyolanın sırayla dizilmiş olduğunu gördü. Her birinde uyuyan birinin belirgin silueti seçiliyordu. Birinin uykusu çok hafif olmalıydı ki kafasını kaldırıp loşluğa doğru kısık gözlerle baktı.

"Steve?" diye seslendi.

"Evet," dedi Max. "Uyumana devam et."

Genç adam yeniden yatağa devrildi ve diğer tarafa döndü. Nefesi normale dönmüştü.

Max, kendi nefesi için aynı şeyi söyleyemezdi. Kalbi her an kaburgalarını parçalayıp çıkabilirdi. Yine de neredeyse fark ediliyor olmaktan dolayı damarlarına pompalanan adrenalinin yarattığı ağrı kesici etkiden dolayı mutluydu. Yatakhanenin kapısından koridora süzülmeden önce biraz bekledi.

Sonunda, bir saate yakın süren gezintisinden sonra, bulunduğu yerin bodrum katı olduğuna dair şüphelerini haklı çıkaran merdivenlere ulaştı. Henüz keşfetmediği odaların boyutunu da hesaba katınca, tesisin en az on bin metrekare alana sahip olduğunu tahmin etti. Hangi amaca hizmet ettiği konusunda ise hiçbir fikri yoktu. Bir başka kapıya gelene kadar iki kat çıktı. Kulağını metale dayayıp bekledi. Diğer taraftan gelen sesler duydu ama ne olduklarını çıkaramadı. Kapıyı hafifçe aralayarak dar açıklığa gözünü dayadı. Garaja benzeyen bir yere ait rampayı gördü. Metal geçme çatı altı metre ya da daha fazla uzanıyordu. Bir rampa, sanayi tipi iki garaj kapısına doğru yükseliyordu. Taş duvara gömülmüş garaj kapılarının ilerisinde kalın çelik kapılar vardı. Mekanizmaları sürgülüydü. Atom bombası dışında her şeye karşı dayanıklı gibi görünüyorlardı. Max bir radyodan gelen müzik sesi duydu. Sanki kediler bir çuvalın içinde kavga ediyor gibiydi ama Mark Murphy'nin iPod'unda kesinlikle buna benzer bir şey olmalıydı.

Kimseyi görmeyince kapıdan geçip, üzeri yağlı aletlerle dolu ahşap bir tezgâhın altına girdi. Kapı hafif bir çat sesiyle kapanınca, dehşet içinde bir avuç içi okuyucu kilit mekanizması ve üzerinde de sayısal tuş takımını fark etti. Artık hücresine dönüp, yeni bir dayak karşılığı buradan çıkma pazarlığı yapma umudu kalmamıştı.

Garajın içi loş olmasına rağmen, uzak bir köşede parlak ışıklar altında iki teknisyen bir dört çeker kamyonet üzerinde çalışıyordu. Görünüşe bakılırsa, radyatörü yerine koyuyorlar ve aracın ön tarafında kaynak yapıyorlardı. Asetilen kaynağının parlak mavi ışığını görebiliyordu. Dağlanmış metalin keskin kokusu da burnuna kadar geliyordu. İki tane büyük kamyonet ve Juan'ın Yunanistan'da responsivistlerden kaçtığına benzeyen bir sürü dört çeker cip gördü.

Max zamanın hızla akıp gittiğini hissetti ve Cabrillo'nun yanında olmasını diledi. Juan'ın durumu bir an gözden geçirip ayrıntılı bir plan hazırlama konusunda eşsiz bir yeteneği vardı. Max ise daha çok azimli ve bir soruna tüm gücüyle ve tuttuğunu bırakmayan bir inatla saldıran bir karakterdeydi.

Kovac birazdan sorgu odasına geri dönecekti, bu yüzden Max'in buradan olabildiği kadar uzaklaşması gerekiyordu.

Dikkatle hareket ederken, garaj kapılarının tek çıkış şansı olduğunu fark etti. Yalnız, radyonun sesinin, bunlardan bir tanesinin takırtılı bir şekilde açılma gürültüsünü bastıramayacağından emindi. Bu durumda tek çıkış yolu vardı.

Kaba kuvvet, diye düşündü.

Eline aldığı boru anahtarı en az kırk santim uzunluğundaydı ve beş kilo çekerdi. Bir cerrahın neşteri tutuşu gibi kaldırdı aleti. Onunla neler yapabileceğinin farkındaydı. İlk gerçek kavgasına daha bir yeniyetmeyken karışmıştı. Kafası iyi bir uyuşturucu müptelası, amcasının benzinliğini elindeki çakıyı sağa sola sallayarak soymaya kalkıştığında, şu anda elinde tuttuğu anahtara benzeyen bir aletle, hırsız özentisinin sekiz dişini döküvermişti.

Garajın içinde siper buldukça arkasına saklanarak ve sıklıkla durarak dikkatle ilerledi. İnsan gözünün açısal görüş alanındaki hareketlere duyarlı olduğunu biliyordu. Çıkardığı sesleri de radyo perdeliyordu.

Teknisyenlerden birisinin yüzünde koyu renkli kaynakçı gözlüğü vardı, o yüzden Max otuz yaşlarında, kirli saçları atkuyruğu yapılmış, kabarık sakallı, uzun boylu ve zayıf olan, diğer adama odaklandı. Aracın motoruna abanmış, bir hortum demetiyle uğraşan teknisyen Max'in arkadan yaklaştığını hissedemedi. Max elindeki anahtarı adamın kafasına indirdi.

Teknisyen, aldığı darbeyle balyoz yemiş gibi yere indi. Kafasındaki yumruyu haftalarca taşıyacaktı. Max döndü ama kaynakçı hareketi hissederek doğruldu ve çıkarmak üzere maskesine uzandı. O sırada Max öne çıkıp bir beyzbol yıldızı gibi anahtarı savurdu. Mükemmel bir zamanlamayla elinden çıkan anahtar kaynakçının maskesine çarparak suratının dağılmasını önledi ama çarpmanın şiddetiyle kendini alet çantasının üzerinde bulmasını engelleyemedi. Kaynak tabancası Max'in ayağının dibine düştü. Mavi alevin sıcaklığını çıplak ayağında hissedince geri sıçradı.

Kamyonetin arkasında çalışan üçüncü teknisyen, kargaşayı fark edince ön tarafta beliriverdi. Yerde yatan arkadaşını gören adam, Max'e doğru yöneldi.

Max, adamın şaşkınlığının yerini önce algılamaya, peşinden de öfkeye bıraktığını fark edince, kaç ya da dövüş refleksi devreye girmeden, hâlâ alevler çıkaran asetilen tabancasını yerden alıp adama doğru fırlatıverdi. Teknisyen, istemsiz bir hareketle alete uzandı.

Üç bin derecenin üzerinde sıcaklığı olan alevin insan dokusunu yakması için anlık temas yeterliydi. Teknisyen tabancayı ucu göğsüne gelecek şekilde yakalamıştı. Bir anda iş tulumunun üst tarafında kenarlarından dumanlar tüten kocaman bir delik açıldı ve derisi ve etleri cızırtıyla yanarak göğüskafesi meydana çıktı. Girdiği müthiş şokun etkisiyle tabancayı bırakana kadar kemikleri kapkara olmuştu bile.

Beyni artık kalbinin atmadığını anladığında yüzündeki ifade sabit kalmıştı. Yavaşça beton zemine yığıldı. Koku Max'in öğürmesine neden oldu. Şanssız teknisyeni öldürmeyi amaçlamamıştı ama hemen kendini topladı. Oğlunu kurtarmak zorundaydı ve ne yazık ki bu adam yoluna çıkmıştı. Boyutları kendisine en yakın olan kaynakçıydı. O yüzden hemen adamın tulumunu çıkarmaya koyuldu. Diğerlerinin ayakları çok küçük olduğundan, üçüncü teknisyenin botlarını çıkarmak zorunda kaldı. Adamın ayaklarından daha yukarı bakmamaya çalışarak yaptı bu işi.

Bir kerpetenle kamyonetlere yaklaştı ve kaputlarını açıp distribütör kapağından siyah dokunaçlar gibi uzanan kabloları kesti. Dört çekerli araçlara giderken, köşede gördüğü kahve makinesinin yanındaki şeker kutusunu aldı. Araçların elektronik aksamıyla zaman yitirmektense, Kawasaki'lerin yakıt depolarının kapağını açıp şekerleri içlerine boca etti. Beş yüz metreden fazla gitmeleri mümkün değildi.

Bir dakika sonra, bozmadığı bir tane dört çekere atlamış ve aracı çalıştırmıştı. Hemen garaj kapısını açan düğmeye bastı. Gece olmuştu ve rüzgârın savurduğu yağmur damlaları açıklıktan içeri düşüyordu. Max daha uygun koşullara sahip olamazdı. Kapıyı kapamanın bir anlamı yoktu. Kovac nasılsa gittiğini ve nereden kaçtığını anlayacaktı.

Yağmur yüzünden gözlerini kısıp, gaz kolunu çevirerek karanlığın içinde gözden kayboldu.

24. BÖLÜM

Kovac, Filipinlerdeki responsivist tesisini gözetleme görevini verdiği beş adamına özel bir talimat vermişti. Binayı inceleyen adamlara, yeraltı bölümüne girmeye kalkmadıkları sürece müdahale etmeyeceklerdi. Alanı gözledikleri geçmiş haftalarda, binayla yegâne ilgilenenler, çok eski motosikletleriyle gelen Filipinli gençler olmuştu. Onlar da kısa süre binada kalarak, yağmalanacak bir şey olup olmadığına bakmışlardı. Binadaki her şeyin sökülüp götürüldüğünü görünce, egzozlarından mavi dumanlar salarak uzaklaşmışlardı.

Bugün gelen iki kişi daha en başından muhafızları alarma geçirmişti. Patlama sesi açık alanda yankılanınca, kuşkularının yerinde olduğunu hemen anladılar.

Çöken betonun hengâmesinde Juan, Linc'in açtığı delikten aşağı yuvarlanarak, merdiven basamaklarına ayakları üstüne sağlam bir şekilde indi. Tozdan göz gözü görmeyen ortamda, Cabrillo, gözlerini açamadan basamaklardan aşağı koşmaya başladı. Bir yandan da Linc'in yolu açmış olmasını umuyordu. Kafası büyüklüğünde bir beton parçası omzuna çarparak dengesini kaybetmesine neden oldu. Son birkaç basamağı yuvarlanarak indi ve afallamış bir halde yere attı kendini. Bu arada tepesine moloz yağmaya devam ediyordu.

Güçlü bir el gömleğinin arkasından tuttu ve onu giderek çığ haline gelen moloz sağanağından uzaklaştırdı.

"Sağ ol," dedi Juan. Linc ayağa kalkmasına yardım ederken nefes nefeseydi.

Her iki adamın da yüzleri ve giysileri toza bulanmış ve tek renk haline gelmişti.

Beton dolguyu taşıyan ahşap mesnetler sonunda dayanamamış ve tonlarca beton ve tahta parçası merdivene düşmüştü. Giriş bölmesinin ağzı tamamen molozla kapanmıştı. İçeride mutlak bir karanlık vardı.

Linc, sırt çantasından bir el feneri çıkardı. Araba farı kadar kuvvetli ışığında, beton tozu bulutlarından başka bir şey göremediler.

"Sana bir şey hatırlattı mı?" diye neşesiz bir gülüşle sordu Linc.

"Biraz, o bankeri havaya uçurduğumuz Zürih'e benzedi."

"Karşılama komitemize ne diyorsun?"

"Bu kadar kolay olacağına inandığım için kendimi aptal gibi hissediyorum."

"Doğru söze ne denir?" Linc el fenerini tıkalı giriş yoluna tuttu. Bazı beton blokları en az yarım ton ağırlığında olmalıydı. "Buradan yol açarak çıkmak saatler alacak."

"Küçücük bir delik bile açsak, anında akvaryumdaki balık gibi avlarlar bizi." Juan silahın emniyetini açıp beline, kemerinin arkasına yerleştirdi. "Silahça ve muhtemelen sayıca üstünler. Bu kadar molozu aşıp kendimizi pusuya düşürmemizin âlemi yok."

"Gitmelerini beklesek?"

"İşe yaramaz. Bir mataramız ve birkaç proteinli bisküvimiz var. Orada kıyamete kadar bekleyebilirler bizi." Juan, bir yandan da uydu telefonunu kurcalıyordu.

"O zaman destek isteriz. Eddie kırk sekiz saat içinde buraya bir saldırı timi yollayabilir."

"Sinyal alamıyorum." Cabrillo pilini bitirmemek için telefonu kapattı.

"Pekâlâ, bütün önerilerimi reddettin, senin heybende ne var?"

Juan feneri alıp, yıllar önce açılmış ve aşağıya doğru inen tünele tuttu. "Bakalım bu nereye gidiyor?"

"Ya peşimizden gelirlerse?"

"Umarım bunu önceden fark edip pusu kuracak kadar zamana sahip oluruz."

"Neden burada beklemiyoruz onları?"

"Ben onların başında olsaydım, adamlarımı bu çukura sokmadan önce biraz el bombası kullanırdım. Bize ateş etmelerine gerek kalmadan kıyma haline gelirdik burada. El bombasının yetişemeyeceği bir yerde beklersek, bu kez de tünelin içinde açık hedef oluruz. Kendimize korunaklı bir yer bulmak en iyisi. Hem iyi tarafından bakacak olursak, peşimizden gelmeleri, buranın başka bir çıkışı olduğu anlamına gelir."

Linc seçeneklerini gözden geçirdi ve koluyla havayı süpürür gibi yaparak, yeraltı geçidine doğru ilerlemeyi kabul ettiğini gösterdi.

Tünelin bir duvarı, uzun bitmeyen bir taş levhadan oluşmuştu, diğer duvar, üzerinde aletlerin çalıştığını gösteren izler taşıyordu. İki adam yan yana rahatlıkla yürüyebiliyorlardı ve kafalarının üzerinde en az üç metrelik bir boşluk vardı.

"Bu işgal sırasında Japonların genişlettiği doğal bir yarık," dedi Cabrillo, kayaları inceleyerek.

"Büyük ihtimalle depremin yol açtığı bir çatlak," diyerek Juan'a katıldı Linc. "Fabrikalarını ya da her ne haltsa onu, deliğin yeryüzüne çıktığı yerde inşa etmişler." Juan taş zemindeki koyu lekeleri gösterdi. Sıçrama şeklinden kan olduğu anlaşılıyordu – çok miktarda kan.

"Kurşun yarası."

"Birden fazla kurban hem de."

Juan ışığı sevimsiz görüntüden uzaklaştırdı. Dudakları ince gergin bir çizgi haline gelmişti.

Yeraltına doğru indikçe sıcaklık azaldı ve havadaki nem artmaya başladı. Ama Cabrillo'yu ürperten, düşen sıcaklık değil burada olup biten felaketlerin düşüncesiydi.

Tünel düz değil dolambaçlı bir şekilde sarmal olarak ilerliyordu. Yirmi beş dakika sonra, üç kilometreden fazla bir yol gitmişlerdi. Yol düzleşmişti ve ilk yan haznelerine rastladılar. Girişi hafif bir göçük tarafından kapanmıştı. Tünelin tavanı çatlamış kayalarla doluydu ve her an çökebilecek gibi duruyordu. Burası da doğal bir yapıydı ve Japonlar tarafından genişletilmişti. Oda boydan boya yaklaşık on beş metreydi ve tavan yüksekliği de beş metreye yakındı. Mağara, duvarda bir zamanlar elektrik kablolarının tutturulduğu cıvatalar dışında boştu.

"İdari bölüm?" dedi Linc.

"Olabilir. Yüzeye en yakın oda."

İki tane daha küçük yan mağaradan sonra, Japonların bıraktığı eşyaların olduğu dördüncü odayı buldular. Bu bölmede bir düzine demir ranza yere vidalanmıştı. Bir duvar boyunca çürümüş sac dosya dolabı vardı. Juan çekmeceleri kontrol ederken, Linc de karyolaları inceliyordu.

"Esirlere yatak verme zahmetine gireceklerine inanabilir misin?" diye sordu Linc.

"Bu çekmecelerde hiçbir şey yok," dedi Juan Lincoln'e bakarak. "Yataklara kurbanlarını bağlamak için ihtiyaçları vardı. Kasıtlı olarak tifüs, kolera bulaştırılan veya zehirli gaza maruz bırakılan bu insanların ayakaltında dolaşmaması gerekiyordu."

Franklin sanki yanmış gibi, elini dokunduğu ranzadan hızla çekiverdi.

Buna benzeyen dört tane daha yan bölme buldular. Bazıları kırk yatak sığacak kadar büyüktü. Bir tane de ana tünel üzerinde, bel hizasında girişi olan küçük bir mağara buldular. Juan kafasını ve omuzlarını açıklıktan içeri soktu ve ardındaki mağaranın dik bir şekilde aşağı uzandığını gördü. Işığın ulaştığı son noktada mağaranın zemini, ne olduğu belli olmayan her çeşit çöple doluydu. Burası ortak çöplüktü ve öteberinin arasında insan kemikleri doluydu. Yıllar içinde iskeletler dağılmıştı, o yüzden Cabrillo kaç kişiye ait olduğunu anlayamadı. Beş yüz, düşük bir tahmin olurdu.

"Burası mezbaha gibi bir yer," dedi, açıklıktan kendini kurtarınca. "Ölüm fabrikası."

"Ve on sekiz ay boyunca çalıştırdılar."

"Sanırım yukarıdaki tesisin tek amacı, bu aşağıdaki gizli laboratuvarları desteklemekti. Bütün pis işleri burada yapıyorlardı. Mağara sistemini kullanmalarının sebebi de bir salgın olması durumunda hemen kapatarak tecrit edebilmeleriydi."

"Zalimce ve etkin." Linc'in sesinde en ufak bir takdir yoktu. "Bu Japonlar Nazilere birkaç şey öğretebilirlermiş."

"Öğrettiklerine eminim," dedi Juan. Hâlâ gördüklerinin etkisinden tam olarak kurtulamamıştı. "731'inci Birim'in kökleri 1931'e, Hitler'in iktidara gelişinden iki yıl öncesine kadar uzanıyor. Savaşın sonlarına doğru, bilgi ve teknoloji akışı tersine dönmüştü. Almanlar, Japon İmparatorluğu'na nükleer maddeler yanında kamikaze uçakları için jet ve roket motoru da sağladılar."

Linc'in cevabı dudaklarında dondu.

Uzakta olmaları ve etraflarını çeviren kayalar nedeniyle mağaranın girişindeki patlamayı duymadılar ama ikisi de şiddetli bir hava basıncı darbesini vücudunda hissetti. Hızla geçip giden bir kamyonun ani rüzgârı gibiydi. Responsivistler, enkazı aşmışlar ve işlerini bitirmek üzere peşlerinden geliyorlardı.

"Muhtemelen tünelleri iyi biliyorlardır ve bize hızla yaklaşacaklardır," dedi Cabrillo endişeyle. "Bir çıkış yolu bulmak ya da bir yer bulup kendimizi iki tabanca ve on bir mermiyle savunmak için olsa olsa yarım saat vaktimiz var."

Bir sonraki tıbbi bölmede daha çok eşya terk edilmişti. Karyolaların üzerinde ince yataklar vardı ve dolaplar kimyasal madde kavanozlarıyla doluydu. Etiketler Almancaydı. Juan az önce dediklerinin kanıtı gibi duran etiketleri Linc'e gösterdi.

Linc etiketleri inceledi ve sonra tercüme etti. "Klor. Saf alkol. Hidrojen peroksit. Kükürt dioksit. Hidroklorik asit."

Cabrillo, Linc'in Almanca bildiğini unutmuştu. "Bir fikrim var. Bana biraz sodyum bikarbonat bulsana."

"Şu anda mide ekşimesini dert etmenin zamanı değil bence." dedi Linc, kavanozları ve şişeleri incelerken.

"Lise kimya dersleri. Emniyetli öteberi hakkında pek bir şey hatırlamıyorum, ama öğretmenimiz bize kimyasal silahlar yapmayı öğretmeye bayılırdı."

"Ne hoş."

"Eski hippilerdendi. Eninde sonunda hükümet her şeyimize el koymak için geldiğinde kendimizi savunmamız gerekeceğine inanırdı," dedi Juan.

Linc garip bir bakış atarak uygun cam kaba doğru yöneldi. Cabrillo omuzlarını silkti. "Ne diyeyim? Ben Kaliforniya'da büyüdüm." Juan, Linc'e bir başka kimyasal adı söyleyerek bulmasını istedi.

"Söylesene ne yapacaksın bunlarla?" diye sordu Linc kehribar rengi bir sıvıyla dolu kavanozu uzatırken.

"Kimyasal savaş."

Pusu kurmak için görece küçük bir tıbbi bölmede karar kıldılar. Linc, bazı battaniye ve minderleri iki insana benzeyecek şekilde kıvırarak, uzaktaki bir karyolanın altına tıkıştırdı. Juan, Linc'in çantasından çıkan elektrik bandını, kimyasalları ve matarasını kullanarak bir bubi tuzağı hazırladı. Fenerin yetersiz ışığında mankenler, responsivistleri aldatmak adına istediklerinden de iyi gözüküyordu. Linc'in cep telefonunu telsiz ayarına getirip iki hareketsiz şeklin arasına koydu.

Linc ve Juan karşı tarafta ve tünelin biraz daha aşağısındaki bir odaya geçip beklemeye başladılar.

Yapmak üzere oldukları şey konusunda zorlandığında, *Golden Dawn*'daki kurbanları düşünmesi azmini bilemeye yetiyordu. Dakikalar birbirini kovalarken, Cabrillo'nun saatinin fosforlu yelkovanı sanki saatin pili bitmek üzereymiş gibi yavaş hareket ediyordu. Ancak Linc'le beraber sayısız pusu kurmuşlardı. Tamamen hareketsiz bir halde ve karanlık tünelde bir şey görememelerine rağmen gözleri açık olarak bekliyorlardı. Taş duvara dayanmışlar, başları eğik bir vaziyette en ufak sesi duymaya çalışarak kulaklarını dört açmışlardı.

Yirmi dakika sonra gelenlerin seslerini duydular. Responsivist tetikçiler tünelden aşağı hızla gelirken, Juan önce iki, sonra üç farklı ayak sesi seçebildi. Işık yoktu, o yüzden Juan kızılötesi fenerler ve gece görüş gözlükleri taşıdıklarını düşündü.

Tetikçiler, yan mağaraya gelmeden önce sanki bir pusu bekliyorlarmış gibi durdular. Juan adamları görmese de seslerinden ne yaptıklarını anlıyordu. Girişe kadar neredeyse hiç ses çıkarmadan gelmişlerdi. Arkadaşları kendilerini korumadan ilerlemiyorlardı. Taşa çarpan bir metal sesi duyuldu ve hemen arkasından bir ses yükseldi.

"Sizi görebiliyorum. Hemen teslim olursanız size bir zarar vermeyeceğiz."

Sesin sahibi kapıda durup, silahını mağaranın girişine dayayarak sabitlemeye çalışan bir muhafızdı. Silahını odanın sonundaki karaltıların üzerine doğrultmuştu.

Linc'in iri gövdesinin arkasında durarak sesini maskeleyen Juan, cep telefonunun mandalına bastı ve, "Cehenneme kadar yolunuz var," dedi.

Mağaradaki cep telefonunun sesi en yükseğe ayarlı olduğundan, Juan'ın sözleri küstah bir haykırış gibi duyulmuştu. Bir anda iki silah ateş etmeye başladı. Namlulardan çıkan kıvılcımların ışığında Juan üç kişiyi seçebildi. Bunlar sıradan amatörler değildi. İkisi mağaranın dışında dururken biri arkada kalıp, yandan saldırı ihtimaline karşılık tüneli kontrol ediyordu.

Böylesi kapalı bir ortamdaki gürültü, Cabrillo'nun bütün duyularını kör etmişti.

Silah sesleri kesilince ne yapacaklarını görmek için bekledi. Odanın içine, iki adamı defalarca öldürecek kadar kurşun sıkmışlardı. Arkadaki adam el fenerini yaktı. Üçü birden gözlüklerini çıkardılar. Yaylım ateşinden dolayı görüşleri geçici olarak devre dışı kalmıştı. Ateş eden iki adam dikkatli adımlarla eşiği geçerek odaya girdi. Bu arada diğeri kararlı bir şekilde tuzak ihtimaline karşı yerinde kaldı.

Ve Cabrillo adamı yanıltmadı.

Tuzak teli, o ve Linc'in son uykularını uyuyor göründükleri karyolanın hemen yanındaydı. Öndeki muhafız kurbanlarıyla o kadar meşguldü ki tele dikkat etmedi.

Elektrik bandı, klor ve sodyum bikarbonat şişelerine yapıştırılmıştı ve tetikçi onlara sürtününce yere düştüler. Şişeler, mataradan dökülen suyun ve Juan'ın daha önceden yere döktüğü kimyasalın üzerine düşerek kırıldılar.

Şişelerin şangırtısı üzerine Juan ve Linc ateşe başladılar. Üçüncü muhafız kırılan şişenin sesine tepki vermek istedi, ancak en ufak şansı yoktu. Bir kurşun koltuk altından girerek iç organlarını parçalamıştı. Diğer kurşun da tam nefes borusuna saplanmıştı. Yere yığıldığında silahı ve feneri tutan elleri hâlâ gevşememişti ve fenerin ışığı mağaranın girişini aydınlatmaya devam ediyordu. Işığın aydınlattığı alanda soluk yeşil bir duman bulutunun uzanmaya başlayan kolları görünüyordu.

Odanın içinde, kimyasal reaksiyon sonucu, bir hidroklorik asit ve hipokloröz asit gölü oluşmuştu. Saniyeler içinde iki adam da bir şeylerin yanlış gittiğini anladıklarında, boğazları ve ciğerleri yanmaya başlamıştı. Asit buharları ciğerlerine giden hassas yolu tahriş ederek, en hafif soluk alma işlemini bile müthiş bir işkenceye çevirmişti.

Tahriş edici maddeyi dışarı atmak için her öksürmeye çalıştıklarında vücutlarına daha fazla toksin girmesine sebep olmuşlardı. Kendilerini odadan dışarı attıklarında ikisinin vücudunda da korkunç kasılmalar başlamıştı. Ciğerlerinin derinliklerinden gelen kan ve mukusu kusmaya başladılar.

Kısacık maruz kalma süresine rağmen, derhal tıbbi müdahalede bulunulmazsa iki adam da birer yaşayan ölüydü ve gerçekten ölmeleri çok yavaş ve acılı bir şekilde olacaktı. Biri bu gerçeği kavramış olmalı ki, Cabrillo müdahale edene kadar el bombasının pimini çekmişti bile.

Karar vermek için saniyeler vardı fakat tepelerinde bu kadar dengesiz bir çatı varken yapacak tek şey vardı. Cabrillo, Linc'in kolundan tutarak koşmaya başladı. El fenerini açmak için bile zaman kaybetmemişti. Parmakları tünelin duvarını süpürerek koşmayı sürdürdü. Linc'in iri cüssesini de arkasında hissediyordu. İkisi de saniyeleri sayıyorlardı ve aynı anda kendilerini yere attıklarında el bombası patladı. Tünelin her tarafından çevrelerine şarapnel parçaları yağıyordu. Aynı anda bir ışık ve ses duvarı içinde vuran aşırı basınç dalgası, balyoz darbesi gibi etki yapmıştı. Yeniden ayağa kalktıklarında, tünelin içini yeni bir ses dalgası doldurmaya başladı. Patlamanın yerinden oynattığı taş ve kaya levhalar, tünel tabanına çarparak, bir çığ halinde üzerlerine gelmeye başladığında gürleme kulakları sağır edici bir hal almıştı. Juan fenerini yaktığında kamyon motoru büyüklüğünde bir kaya parçasının hemen önünde yere çarptığını gördü. Engelli yarış koşucusu gibi üzerinden atlayıp koşmaya başladı. Önlerinde, çatıda oluşan çatlak, kapkara bir yıldırım gibi siyah zikzaklar çizerek ilerliyordu. Arkalarında ise göçen kayaların gürültüsü iyice artarak bir kreşendo haline gelmişti.

Derken gürültü dinmeye başladı. Gürleme giderek yok olmaya yüz tuttu ve tek tük düşen taşların takırtısı da bitince, tünele yeniden sessizlik hâkim oldu. Juan sonunda yavaşladı, soluduğu hava toz yüklüydü. Işığı arkalarındaki tünele tuttu. Yerden tavana kadar molozla dolmuştu.

"İyi misin?" diye nefes nefese sordu.

Linc, bir taş parçasının çarptığı bacağının arka tarafını elledi. Parmaklarına baktığında kan yoktu.

"Evet. Sen?"

"Tüm bu toz topraktan kurtulunca daha iyi olacağım. Hadi yürü."

"İyi tarafından bak," dedi Linc, yeniden yürümeye başladıklarında. "Artık arkamızdan birilerinin geleceğinden korkmamıza gerek kalmadı."

"Her zaman içinde bir Polyana gizli olduğunu biliyordum."

Yeraltı tesisini inceleyerek iki saat daha geçirdiler. Yüz seksen esire ait ranzalar ve önceden laboratuvar olan odalar keşfettiler. Linc, buldukları bir başka ekipmanın basınç odası olduğunu fark etti.

"Muhtemelen patlama sonrası basınç düşüklüğünün etkilerini ölçmek içindir," diye yorumladı Linc.

Sonunda uzun tünelin sonuna geldiler. Ancak tünel ne bitmişti ne de daralmıştı. Sadece çatının bir kısmı çökmüştü. İkisi de bunun patlamayla olduğunu anlamıştı. Juan yığına yaklaşıp burnundan nefes aldığında, çok hafif de olsa ortamdaki patlayıcı kokusunu alabildi.

"Bu daha yeni olmuş."

"Responsivistler ayrılırken mi?"

Juan başını salladı ama henüz hayal kırıklığına kapılmış değildi. Taş yığınına tırmandı ve en tepeye gelince yüzükoyun uzanarak, tavanla taş yığınının arasındaki boşluğa fenerini tuttu. Linc'i de yanına çağırdı.

"Bu yeraltı mezarında, responsivistlerin görmemizden çekineceği hiçbir şey yok. Hepsi Japon ordusundan artakalanlar."

"O halde ne saklıyorlarsa bunun arkasında olmalı."

"Aklın yolu bir," dedi Juan. "Üstelik peşimizden gelmeleri çıkış yolumuzun da bu tarafta olduğunu gösteriyor."

"O halde ne duruyoruz?"

Son kalan sularını da gaz saldırısı için kullandıklarından, yaptıkları yorucu iş sonunda Juan'ın dili yapışkan ve şiş bir kütleye dönmüştü. Sanki pullu bir sürüngen kıvrılıp ağzının içinde uyumuş gibi geliyordu. Keskin taşları taşımaktan elleri soyulmuş ve kanamaya başlamıştı. İki büklüm durmaktan her yeri ağrıyordu. Yanı başında Linc, yorulmak bilmez bir makine gibi çalışıyordu. Sanki hiçbir şey onu durduramaz gibiydi, ama Juan Lincoln'ün de dayanıklılığının sınırları olduğunu biliyordu.

Dikkatle, arada bir yeni parçalar kopmayacağından emin olmak için tavanı yoklayarak, yığının içinden yavaş yavaş kendilerine bir yol açtılar. Yarım saatte bir görev değişikliği yaptılar. Önce Juan enkaza saldırıp, taşları Linc'in ellerine bırakıyordu, sonra Linc, taşları yerinden kaldırıp, başkana veriyordu. Linc'in iri cüssesi nedeniyle, açmak zorunda oldukları gedik, Juan'ın sığabileceğinden iki kat geniş olmak zorundaydı. Juan yeniden enkazın üzerindeydi ve büyükçe bir kayayı tutmaya çalışıyordu. Ancak ne kadar uğraşırsa uğraşsın, diğerlerinden ayırmayı başaramadı. Sanki bulunduğu yere çakılmış gibiydi. Etrafındaki daha küçük, yumruk büyüklüğünde taşları oynatarak, bir kaldıraç elde etmek için bulduğu her şeyle uğraştı ama kaya parçası kıpırdamıyordu bile.

Kayanın üzerindeki tavan, çatlak ve yarıklarla doluydu ve responsivistlerin havaya uçurduğu bölgedeki gibi dengesizdi. Madenciler bu tür tavanlara, sallanan asmalar adını takmışlardı ve her an bir parça gevşeyip düşebilirdi. Daha önce hiç klostrofobinin buz kesen etkisini hissetmemişti ama bu kez paniğin soğuk elleri zihninin derinliklerine parmaklarını uzatmaya başlamıştı.

"Sorun nedir?" Linc soluk soluğa yanına gelmişti.

Juan, çenesini konuşabilecek kadar gevşetebilmek için dilini bir süre ağzında gezdirdi. "Burada yerinden oynatamadığım bir kaya parçası var."

"Bir bakayım."

Önce Linc ayağını sıkışık alana koydu ve güçlükle yer değiştirdiler. Çizmelerini kayaya, arkasını Cabrillo'nun uzattığı bacaklarına dayadı ve tüm gücüyle yüklendi. Spor salonunda beş yüz kiloya yakın bir ağırlıkla bacak çalışıyordu. Kaya parçası onun yarısı kadardı ama çok kötü sıkışmıştı ve Linc su kaybının etkilerini hissetmeye başlamıştı. Cabrillo, kayayı ittiren Linc'in vücudundaki her kas ve tendonun üzerindeki yoğun baskıyı hissedebiliyordu. Linc'ten yükselen bir iniltiyle taş yerinden oynadı ve sıkıştığı oyuktan çürük bir diş gibi koparak yığının üstüne yuvarlandı.

"İşte bu kadar," diye bir çığlık attı Linc.

"İyi iş koca adam."

Linc ileri doğru hareket edebildi ve arkasından gelen Juan tepelerindeki boşluğun arttığını fark etti. Yığının en yüksek noktasını aşmışlardı ve şimdi diğer taraftan inişe başlamışlardı. Bir süre daha elleri ve dizlerinin üzerinde sürünerek ilerleyen Linc ve Juan, daha sonra ayağa kalkabildiler ve son kalan döküntünün üzerinden geçerek mağara zeminine yeniden ayak bastılar. Juan ışığı aştıkları yığının üzerine tuttuğunda, tepedeki açıklık inanılmayacak kadar dar gözüküyordu.

Bir süre soluklandılar. Bu arada el fenerini de pillerinden tasarruf etmek amacıyla kapadılar.

"Kokuyu alıyor musun?" diye sordu Juan.

"Eğer bir bardak buz gibi biradan bahsediyorsan, şu anda aynı sanrıyı görüyoruz demektir."

"Hayır. Deniz kokusu alıyorum." Juan ayağa kalkıp el fenerini yeniden yaktı.

Tünelin içinde yüz metre daha ilerlediklerinde, denize açılan doğal bir mağara ağzına ulaştılar. Mağara en az on beş metre yüksekliğindeydi ve genişliği de bunun en az dört katı kadar vardı. Japonlar yeraltı gölünün bu tarafına beton bir rıhtım inşa etmişlerdi. Bir zamanlar rıhtımda duran gezici vinç için döşenmiş olan ince raylar göze çarpıyordu.

"Buraya gemiler mi gelmiş?" diye hayretle sordu Linc.

"Sanmam," dedi Juan. "Feribot yanaşırken deniz yükselmişti ve bundan yedi saat önceydi. Demek ki şu anda sular çekilmiş durumda." Feneri rıhtımın duvarlarına tutunca, tepesine kadar kalın bir midye örtüsüyle kaplı olduğunu gördü. Bu da deniz yükseldiğinde iskelenin sular altında kaldığını gösteriyordu. "Galiba üssün tedarikini denizaltılar sağlamış."

Feneri söndürüp, birlikte karanlık sularda mağaranın derinliklerine bakarak gün ışığının izini aradılar. Rıhtımın karşısına gelen bir alanda hafif bir ışıltı var gibiydi. Su tam olarak mavi değildi, sadece daha az siyah gözüküyordu.

"Ne düşünüyorsun?" diye sordu Juan feneri yakarak.

"Şu anda güneş tepede. Buranın bu kadar karanlık olabilmesi için, tünelin beş yüz metre veya daha uzun olması gerekir."

Tek nefeste yüzmeleri için çok uzun olduğunu söylemedi. Bunu ikisi de biliyordu.

"Tamam. Hadi etrafa bakıp kullanabileceğimiz bir şeyler arayalım."

Ana mağaranın yalnızca bir tek yan odası vardı. İçeride, yukarıdaki ince bir çatlaktan sızan bir tatlı su kaynağı buldular. Su kayayı aşındırarak okyanusa akmadan önce küçük bir çukurda birikmişti.

"Soğuk bira değil," dedi Linc elini suda kâse gibi yaparak. "Ama hiçbir şey bu kadar ferahlatıcı gelmemişti."

Juan fenerin ışığını odanın etrafına tutarak, Linc'e suyu içmesini işaret etti. Sırayla bir duvara dayalı halde duran garip taş tabletler vardı. Juan, insan yapımı bu eserleri incelerken tüm susuzluk düşüncesi yok olmuştu. Yaklaşık bir metreden biraz uzun olan ve yarım metre genişliğindeki pişirilmiş kilden yapılmış bu tabletler, ikişer santim kalınlığındaydı. Ama onu böylesine etkileyen şey tabletler değil üzerindeki yazılardı. Pişirmeden önce yüzeye yazmak için bir çubuk ya da biz kullanılmıştı. Tabletlerin çok eski olduğu belli olduğu halde en ufak bir yıpranma belirtisi yoktu. Sanki tüm zamanlar boyunca sıcaklık kontrollü bir müzede durmuş gibiydiler.

Sonra telleri gördü. İnce hatlar bir tabletin arkasından çıkarak diğerine bağlanıyordu. Juan ışığı tabletlerin arasındaki boşluğa ve mağara duvarına tuttu. Dört antik tabletin hepsinin arkasına plastik patlayıcı blokları yerleştirilmiş ve hepsi birbirine tellerle bağlanmıştı. Teli izleyince ana tünele doğru uzadığını fark etti. Mağara tavanını çökerttikleri zaman bu düzeneğin de patlamaya ayarlandığını anlamıştı. Fakat kablo bir yerde kesilmiş olmalıydı. Patlayıcı miktarına bakılırsa, anlaşılan responsivistler tabletlerden geriye tozdan başka hiçbir şey kalmasını istememişlerdi.

"Ne buldun?" diye sordu Linc. Yüzünün kirini yıkamıştı ve boynundaki tozda suyun açtığı ince kanallar oluşmuştu.

"Çiviyazısı tabletler ve üzerlerinde de onları uzaya fırlatacak kadar SEMTEX."

Linc patlayıcıları inceledi ve omuzlarını silkti. İkisi de dokunmamaları gerektiğini iyi biliyorlardı. Patlamaları gereken zamanda patlamamaya karar vermişlerse, şu anda onları bu kararlarından vazgeçirmek için hiçbir sebep yoktu.

"Kiviyazısı mı?"

"Çiviyazısı. Belki de dünya üzerindeki en eski yazılı dil. Sümerler tarafından beş bin yıl kadar önce kullanılmış."

"Burada ne arıyorlar peki?"

"En ufak bir fikrim yok," dedi Cabrillo. Cep telefonuyla tabletlerin fotoğraflarını çekmeye hazırlandı. "Daha ileri tarihlerde çiviyazısı metinler soyut hale gelmişti. Bir sürü üçgenler ve kama bulunuyordu tabletlerde. Bu daha çok piktograf gibi."

"Yani?"

"Yani bu gördüklerimiz dilin en eski kullanım şekline ait." Çektiği fotoğrafları kontrol etti ve birkaç daha net görüntü almaya çalıştı. "Bunların tarihi beş bin beş yüz yıl veya daha eskiye gidebilir, üstelik çok iyi durumdalar. Çoğu çiviyazısı tabletler pul kadar küçük parçalar bir araya getirilerek oluşturulabilmiştir."

"Dinle dostum, bunlar çok iyi ve güzel ama şu anda bize hiçbir yararı yok. Biraz su iç ve ben de etrafı araştırmaya devam edeyim."

Cabrillo, binlerce dolarlık şaraplar içmişti ama şu anda içtiği kaynak suyunun yerini hiçbir şey tutamazdı. Peş peşe birkaç avuç dolusu su içti. Suyun vücudunda dolaşıp, kaslarını enerjiyle doldurduğunu ve zihnini bir sis gibi kuşatan yorgunluğu giderdiğini hissetti. Linc keşif turunu tamamladığında midesinden lıkır lıkır ses geliyordu. "Görünüşe bakılırsa, responsivistlerin aşk yuvasına düşmüşüz," dedi Linc. Elinde, içinde iki tane kalmış bir prezervatif kutusu, bir battaniye ve içi şarap şişeleriyle dolu bir çöp torbası tutuyordu.

"Hava tüpleri ve dalış maskesi bulmanı umuyordum."

"O kadar şanslı değiliz. Sanırım, buradan yüzerek çıkmaya çalışacağız. Umalım da en az birimiz başarabilsin."

"Ana mağaraya geri dönelim. Patlayıcılarla ilgili buluşlarım daha bitmedi."

Cabrillo çöp torbasını havayla doldurup, suda sırayla nefes alabileceklerini düşündü ama suyun torbayı yukarı kaldırıp kayalara sürterek delinmesine sebep olma ihtimali yüksekti. Ağırlık bağlayıp torbayı suyun içinde tutmaları durumunda, bu kez su direncinden dolayı hızlarını kesip mesafeyi kat etmelerini imkânsız hale getirebilirdi. Daha iyi bir yol olmalıydı.

Linc bir tane proteinli bisküvi uzattı. Birkaç dakika süreyle bunu yemekle meşgul olup, kendilerini buradan çıkaracak bir yol bulmak için beyinlerini zorladılar. Juan feneri yeniden söndürdü. Mağaranın uzak ucundan gelen cılız ışıltı, onları hem özgürlüğe çağırıyor hem de düş kırıklığına yol açıyordu. Kurtuluşa kışkırtıcı derecede yaklaşmışlardı ama son engel aşılabilir gibi gözükmüyordu. Derken birdenbire aklına saçmalık derecesinde basit bir fikir geldi. Bunu nasıl olup da daha önce düşünemediğine şaşırdı.

"Sodyum kloratın Almancasını hatırlıyor olabilir misin acaba? Böcek öldürücü olarak kullanılan zehirli bir tuzdur."

"*Natrium Chlor*. Revirde bir ya da iki kavanoz gördüğümü hatırlıyorum."

"Ateşleyici kalemlerin ikincisi de yanında değil mi?"

"Evet."

"Oksijen ocağı yapacağız. Ben gidince senden rayları törpüleyerek demir tozu elde etmeni isteyeceğim. İkisini karıştırıp ateşlediğinde demir oksit, sodyum klorür ve saf oksijen çıkacak. Tünelin yarısına kadar yüzüp onu ateşleyeceğimiz uygun bir yer arayacağım. Çıkan oksijen deniz suyunun yerini alarak bize nefes alabileceğimiz bir baloncuk oluşturacak."

"Bu da lise öğretmeninden kimya büyüleri mi?"

"Aslında bunu Max'ten öğrendim. *Oregon*'da yangın durumunda veya kimyasal tehdide karşı kullanılmak üzere bir oksijen jeneratörümüz var. Nasıl çalıştığını göstermişti bana."

Juan'a el feneri gerekecekti. Bu yüzden Linc'i elinde bir çakıyla raylardan demir tozu elde etmesi için geride bıraktı. Cabrillo'nun tünelin kısmen göçen kısmından geçerek revire gidip deniz mağarasına geri dönmesi kırk dakikayı bulmuştu. Bu süre içinde Linc, gerekenden de fazla demir tozu elde etmişti.

El fenerinin giderek zayıflayan ışığı altında çalışan Cabrillo, kimyasalları boş şarap şişelerinden birinde karıştırdı ve ağzını kalan elektrik bandıyla sararak kapattı. Bu arada Linc, ateşleyici kalemi sökerek patlayıcı gücü düşürmekle meşguldü. İşleri bittiğinde Juan ateşleyiciyi şişenin tepesine yerleştirdi ve uyduruk oksijen jeneratörünü plastik torbaya sardı.

"Rube Goldberg gurur duyardı seninle," diye takıldı Linc.

Juan rıhtımın kenarına gelerek botlarını ve pantolonunu çıkardı, gömleğini de bir kenara koydu. "Beş dakika içinde dönerim," dedikten sonra kendini hamam gibi sıcak suya bıraktı. Etrafındaki su, vücudundan kalkan tozun etkisiyle bir an için bulandı. Torbayı ve sugeçirmez feneri tutarak sakin kulaçlarla mağarayı yüzerek geçti ve çıkış ağzı olduğunu düşündükleri noktaya ulaştı. Juan torbayı yüzer halde yukarıda bırakıp, güçlü kol ve bacak darbeleriyle dibe doğru dalmaya başladı. Fenerin ışığında su turkuvaz bir renk almıştı. Tuzlu su gözlerini yaksa da, bu çocukluğundan beri alıştığı bir şey olduğundan çok önemsemedi. Suyun içinde ilk gördüğü şey keskin kayalar ve bunların üstünü kaplayan su yosunları ve midyeler oldu, ama beş metre derine indiğinde önünde ağzını açmış vaziyette bir tünel buldu. Genişliği en azından bir on beş metre vardı ve içine İkinci Dünya Savaşı'nın denizaltıları rahatça sığabilirdi. Feneri kapattığında, görüş alanının son noktalarına doğru çok zayıf bir gün ışığı yansıması görebildi.

Tekrar su yüzüne çıktı ve torbayı yakaladı. Derin nefesler almaya başladı ve ciğerlerini alabildiği kadar havayla doldurarak, olabildiğince fazla karbondioksiti de dolaşım sisteminden dışarı atmaya çalıştı. Hafif bir baş dönmesi hissetmeye başladığında kendini sudan dışarı fırlatarak ciğerlerini boşalttı ve bu kez daha derin nefes almaya başlayabildi. Ciğerlerini doldurup yeniden suya daldı. Aşağıya doğru çevirdiği fenerinin ışığını izleyerek tünele girdi. Mağara sistemini yaratan gelgit hareketleri, tünelin duvarlarını deniz yaşamından arındırmıştı. Yüzerken içinden saniyeleri sayıyordu. Bir dakika olduğunda güneş ışığının daha parlak yansıdığını fark etti. Zihnini berrak ve vücudunu gevşek tutarak tünelin içinde ilerlemeye devam etti. Bir dakika otuz saniye geçtiğinde feneri tünelin tavanına tuttu. Üç metre ileride kayanın içinde bir oyuk olduğunu gördü. Bir buçuk metre genişliğinde ve otuz santimetre derinliğindeydi.

Torbada hâlâ, suyun kaldırma kuvvetiyle tavana bastırılacak kadar hava vardı. Torbanın dışından zamanlama kalemini bularak ateşleyiciyi çalıştırdı. Geri döndü ve tünele girerken yaptığı gibi saniyeleri saymaya devam etti. Tünelin ağzına gelip yüzeye yöneldiğinde üç dakikadan az zaman geçmişti. Bir yunus gibi suyun yüzeyine çıkarak ciğerlerindeki bütün havayı gürültülü bir şekilde dışarı attı.

"İyi misin?" Linc karanlığın içinden seslendi.

"Arada bir içtiğim purolardan vazgeçmeyi düşünebilirim, ama iyiyim."

"Hemen geliyorum."

Juan, bunu der demez Linc'in suya atladığını duydu. Az sonra Cabrillo'nun yanındaydı. İkisinin botlarını omzuna asmış, elbiselerini de beline dolamıştı. "Cep telefonunu prezervatiflerin içine koydum," dedi Linc. "Pantolonunun cebinde."

"Teşekkürler. Ben onu tamamen unutmuştum."

"İşte bu yüzden, gemiye döndüğümüzde maaşıma zam yapacaksın." Bunu dedikten sonra Linc'in sesindeki alaycı ton kayboldu. "Şimdi senin bu küçük Frankenstein deneyin işe yaramazsa ve nefes alabileceğimiz bir oksijen cebi oluşmazsa yüzmeye devam edeceğiz değil mi?"

"Gidecekleri mesafe en iyi yüzücüler için bile çok uzundu. Juan'ın cevabı aslında ikisinin de idam fermanı gibiydi. "Planımız bu."

Çok küçük ve uzakta olduğundan, ateşleyicinin sesini sudayken duymaları imkânsızdı. O yüzden Juan, saatine bakarak, ayarlamış olduğu on dakikanın geçtiğinden emin olunca Linc'e hazır olup olmadığını sordu. İkisi de fazla oksijenin kendilerini sarhoş edeceğini bilerek derin ve hızlı bir şekilde nefes almaya başladılar.

Tünele doğru birlikte daldılar. Tünel nedense Cabrillo'ya uğursuz gözüktü. Kocaman ağzı ve gelgitin kendisini içeri doğru çeken akıntısıyla, sanki Cabrillo'yu olduğu gibi yutmak isteyen bir kaya gibiydi. Fenerin ışığı daha da zayıflamıştı. O yüzden ikisi birden tünelin ucunda gözüken ışımaya doğru yüzerken feneri söndürdü. Bir buçuk dakika sonra yeniden yakarak oksijen dolu cebi aramaya başladı. Tünelin tavanı şekilsiz kayalardan oluşmuştu. Kabarcığın alt kısmının tavana asılı bir cıva topu gibi gümüş renginde parlaması gerekiyordu.

Juan kabarcığı ararken yavaşladı ve bir an çıkışa doğru umutsuzca hızlanmaları mı yoksa çukur noktayı aramaya devam etmeleri mi gerektiğine karar veremedi.

Işığı çevresinde dolaştırdı ve biraz sağa kaydıklarını fark etti. Hemen sola döndü, peşinden de Linc geldi ama hâlâ kabarcığı görememişlerdi.

Yenilginin tadı da dudaklarının arasından sızmaya çalışan tuzlu su gibi acıydı. Oksijen jeneratörü çalışmamıştı ve ikisi birden ölecekti. Tünelin uzaktaki ağzına doğru hızlanmak üzereyken Linc'in elini bileğinde hissetti. Linc eliyle sol taraflarında bir noktayı işaret ediyordu. Feneri o yöne tuttuğunda ayna gibi bir yansıma belirdi. Hızla o tarafa yöneldiler ve yüzeye çıkmadan önce ciğerlerindeki havayı boşaltarak kafalarının tavana çarpmamasını sağladılar.

İkisi de oksijenin ısıveren reaksiyon yüzünden sıcak ve kötü kokulu olmasına aldırış etmediler. Juan kendisiyle müthiş gurur duyuyordu ve suratına salakça bir sırıtış yapışıp kalmıştı.

"Harika bir iş başardın başkan."

Sadece üç dakikalık bir molaya yetecek kadar oksijen vardı. Yolculuklarının ikinci aşamasına başlamadan önce ciğerlerini açgözlü bir şekilde dolduruyorlardı.

"Çıkışta arkada kalan biraları ısmarlar," dedi Juan ve son bir kez nefes alarak tünele daldı.

Bir saniye sonra Linc'in girişiyle suyun dalgalandığını hissetti. Bir dakika yüzmüşlerdi ama çıkış hâlâ yakınlaşmış gibi gözükmüyordu. Onların lehine olan gelgit hareketine rağmen ilerlemeleri yetersizdi. Yirmili yaşlarındayken Juan, dört dakikaya yakın bir süre aletsiz dalış yapabiliyordu ama o günlerin üzerinden uzun ve zorlu bir hayat geçmişti. Şu anda yapabileceği en iyi derece üç dakika on beş saniye olabilirdi. Linc'in vücudunun kendisinden daha hızlı oksijen tükettiğini de biliyordu. Her şeye rağmen ilerlemeyi sürdürerek, kristal suyun içinde kulaç atmaya devam ettiler. İki dakika otuz saniyenin sonunda tünelin ağzı iyice aydınlanmıştı ama hâlâ ulaşılması imkânsız derecede uzak gözüküyordu. Juan boğazının arkasındaki, nefes almasını söyleyen ilk çırpınışı hissetti. On beş saniye sonra ciğerleri istemsizce kasıldı ve dudaklarından birkaç hava kabarcığı kaçtı. Gitmeleri gereken yirmi metre daha vardı. İradesini zorlayarak, vücudunun ısrarlı nefes alma dürtüsüne karşı koyup, boğazını adeta düğümledi.

Beyni son hava kırıntılarını da tüketirken düşünceleri kaymaya başladı. Giderek daha fazla umutsuzluğa kapılıyordu ve hareketleri kontrolden çıkmaya başlamıştı. Sanki nasıl yüzüldüğünü hiç hatırlamıyor gibiydi, hatta kollarını ve bacaklarını nasıl kontrol edeceğini bilmez bir haldeydi. Daha önce de boğulmaya çok yaklaşmıştı ve belirtilerini fark edebiliyordu ama bu konuda yapabileceği hiçbir şey kalmamıştı. Koskoca okyanus onu çağırıyordu ama o ulaşamıyordu.

Yüzmekten vazgeçti ve tuzlu suyun ciğerlerini yaktığını hissetti.

Bunu hissettiği anda yeniden hızlanmaya başladı. Linc, Cabrillo'nun zor durumda olduğunu görmüş ve tişörtünün arkasından yakalamıştı. Eski SEAL komandosu da başkan kadar umutsuzca nefes almak istiyordu ama bacakları piston gibi çalışıyor ve sağ kolunu her ileri atışında ışığa biraz daha yaklaşıyorlardı. Juan hayatında daha kararlı bir eylem görmemişti. Linc boğulmak üzere olduğu gerçeğini tamamen görmezden geliyor ve her şeye rağmen yüzmeye devam ediyordu.

Mağaranın çıkışına doğru su aniden aydınlandı. Sadece cesaretiyle Linc onları yüzeye çıkartmayı başardı. Juan aksırık ve öksürükler içinde bir yandan nefes almaya çalışıyor, diğer yandan ciğerlerindeki suyu dışarıya kusuyordu. Birer deniz kazazedesi gibi kayalıklara tutundular. Sular etraflarında yumuşak bir şekilde oynaşıyordu. İkisi de bir süre hiç konuşamadılar. Konuşacak hale geldiklerinde de diyecek bir şeyleri yoktu. Bir saatlik zorlu bir tırmanış ve peşinden eski Japon tesisi etrafındaki iki saat süren geniş turdan sonra gizledikleri araçlarına ulaşabildiler. Cabrillo, daha uçurumun tepesine ulaşmadan, çektikleri tüm sıkıntıları arkasında bırakmıştı bile. Aklında sadece cep telefonuna kaydettiği görüntüler vardı. Nasıl veya neden olduğunu bilmiyordu ama skandalı ortaya çıkarmak için ihtiyaç duyduğu kanıt onlardı.

25. BÖLÜM

Hali Kasım, Eddie Seng'i *Oregon*'un spor salonunda buldu. Eddie, savaş sanatlarına ait *gi* denilen bol bir pantolon giymişti. Üzerinde tişört yoktu. Ardı ardına inleme sesleri içinde yaptığı vuruş ve kesme hareketlerinden oluşan karate çalışması sırasında Eddie'nin kaslı vücudu ter içinde kalmıştı. Hali'nin yüzündeki ifadeyi görünce, bir NBA oyuncusunun kafasına ulaşabilecek bir dairesel tekmeyle hareketlerine son verdi.

Bir ağırlık kaldırma setinin yanındaki tezgâhtan kaptığı bir havluyla ensesini ve gövdesini kurulayarak Hali'nin yanına gitti.

"Çuvallamışım," dedi Hali doğrudan konuya girerek. "Kevin'in Donna Sky'la görüşmesinden sonra bilgisayara yeni parametreler yükleyerek bandı yeniden analiz ettim. Gil Martell, Donna Sky demiyor, *Dawn* ve *Sky* diyor. Kontrol ettim, *Golden Dawn*'ın bir kardeş gemisi var, *Golden Sky*. Eric ve Murphy biraz kurcaladılar konuyu. Responsivistler Deniz Enstitülerinden birini orada yapıyorlarmış.

"Gemi nerede şimdi?" Eddie sordu.

"Doğu Akdeniz'de. Bu öğleden sonra İstanbul'a yanaşıyor. Sonra da Girit'e gidecek." Eddie sormadan Hali devam etti. "Juan'ı aradım ama cevap vermedi."

Başkana ulaşılamadığı ve Max'in da Zelimir Kovac'ın elinde olduğu bir durumda geminin komutası Eddie'deydi ve verilecek tüm kararların sorumluluğu onun omuzlarındaydı.

"Gemide herhangi bir hastalık bildirilmiş mi?"

"Haberlerde ve seyahat şirketinin dahili haberleşme kayıtlarında böyle bir bilgi yok." Hali, Eddie'nin siyah gözlerindeki kararsızlığı fark etti. "Eğer gerek olursa, Linda, Eric ve Mark gönüllü oldular. Hepsi hazırlanmaya başladı bile."

"Gemiye kimyasal ya da biyolojik silahlarla saldırılırsa, onlar da diğer yolcular kadar risk altında olurlar," dedi Eddie.

"Bu göz ardı edilemeyecek bir fırsat. Eğer kendi adamlarından birini ele geçirirsek, sağlayacağımız bilgiye paha biçilemez." Hali tehlikeli denklemin diğer yarısını ortaya koydu.

Risk ile başarıyı dengelemek bütün askeri kararların en zor tarafıydı. Çünkü insan hayatı sürekli olarak denklemde yer alıyordu.

"Sert tabanlı şişme botla kıyıya çıkabilirler. Jet uçakları Nice'te bekliyor. Tiny bir acil durum uçuş planı sunabilir ve bizimkiler *Golden Sky*'la aynı zamanda Türkiye'ye ulaşabilir. Responsivistlerin gemi limandayken saldırması pek olası değil. En azından gemiye sızıp ne olup bittiğine bakabiliriz."

"Tamam," diyerek kabul etti Eddie. Hali dönerken onu durdurdu. "Ama hiçbir koşulda hareket ettiğinde gemide kalmayacaklar."

"Bunu anladıklarından emin olacağım. Kimi göndermek istersin?"

"Linda ve Mark. Eric birinci sınıf bir navigasyoncu ve araştırmacı, ama Mark'ın silahlarla ilgili bilgi ve deneyimi gemide kimyasal veya biyolojik silah ararken işine yarayacaktır."

"Anlaşıldı."

"Bu arada," dedi Eddie, Hali hızla dönüp giderken ikinci kez durdurarak, "şu küçük dinleme işinde durum nedir?"

İvan Kerikov'un lüks yatı *Matruşka*, günbatımından bir saat önce, İbn-El Asım ve adamlarıyla birlikte Monte Carlo Limanı'ndan ayrılmıştı. El-Asım, gelecek vaat eden Suudi bir yatırımcıydı. El Kaide ile bağ kurmayı da düşünerek radikal İslami okullara ve bazı marjinal terörist gruplara para aktarıyordu. CIA onunla ve Rus silah tüccarlarıyla yaptığı toplantıyla özellikle ilgileniyordu. Çünkü adamı kullanarak terörizm dünyasının üst katmanlarına ulaşabilirlerdi.

Yat limandayken dişe dokunur hiçbir şey konuşulmamıştı. Çoğu öğleden sonrasını Kerikov'un getirdiği kadınlarla geçirmişti. Ama *Oregon*'daki herkes biliyordu ki, *Matruşka* limandan çıkıp Akdeniz'in sularına açıldığında, gerçek pazarlık görüşmeleri gözlerden uzak bir şekilde başlayacaktı.

Oregon, seyir ışıklarını kapatmış halde *Matruşka*'yı oldukça uzaktan izliyordu. *Matruşka*'dan bakıldığında, *Oregon*'un sadece seren direği, ufuk çizgisinin üstünden görülebiliyordu. Ruslar yirmi mil gittikten sonra süper yatın motorlarını boşa aldılar. Denizin kendilerine ait olduğundan emin olduktan sonra Kerikov ve el-Asım, yatın arka güvertesinde açık havada yenen akşam yemeğinden sonra hararetli bir şekilde görüşmeye başladılar.

Küresel Yer Belirleme Sistemi ve geminin iticilerini kullanan Eric, bilgisayarı programlayarak, *Oregon*'un akıntıyla hareket eden Matruşka'yla mesafesinin sürekli aynı kalmasını sağlamıştı. Bu arada seren direğindeki ileri karmaşık elektronik cihazlarla yatı izlemeyi de sürdürüyordu. Son teknoloji ürünü parabolik antenler, dudak okuma amaçlı yüksek çözünürlüklü kameralar ve bir camın ardındaki konuşmaların yol açtığı en küçük titreşimleri algılayabilecek kapasitedeki odaklı lazer ışınıyla gemideki her şeyi dinleyebiliyorlardı.

"Son dinlediğimde, el-Asım ve Rus yapımı SA-7 Grail füzelerinden bahsediyorlardı."

"Grail tam bir fiyasko," dedi Eddie. "Onlarla hiçbir savaş uçağımızı vuramazlar. Tabii bir yolcu uçağını hedef alırlarsa durum değişir."

"Kerikov, el-Asım'ın bu silahlarla ne yapmayı planladığını bilmek istemediğini çok açık olarak belirtti ama Suudi, yolcu uçaklarına saldıracağını ima etti."

New York Çin Mahallesi'nde doğup büyüyen Eddie, sivil havacılığı hedefleyen terörist hareketlere karşı şiddetli bir öfke duyuyordu. 11 Eylül saldırılarında tanıdığı hiç kimse ölmemişti ama yakınlarını kaybeden çok kişiyi tanıyordu.

"Başka bir şey var mı?" diye sordu Eddie.

"El-Asım nükleer silahlardan bahsetti. Kerikov, elinde olmadığını ama bulursa satabileceğini söyledi."

"Ne hoş," diyerek yüzünü ekşitti Eddie.

"Rus, Stalin'in Yumruğu adlı bir silahı satmak istediğini ama halledilmesi gereken birtakım teknik sorunlar olduğunu belirtti. El-Asım konunun peşine düşünce, Kerikov bunu konuştuklarını unutmasını istedi. Bunun üzerine Grail füzeleri hakkında konuşmaya başladılar."

"Hiç Stalin'in Yumruğu diye bir şey duymuş muydun?"

"Hayır. Mark da duymamış."

"Langston Overholt bu konuda bir şeyler bilebilir. Elimizdeki ham verileri iletirken sorarım. Zaten bu onun problemi. Juan'dan haber alır almaz ya da Thom Severance ararsa bana hemen bildir."

"Sence Max iyi midir?" diye sordu Hali.

"Severance'ın iyiliği için umarım öyledir."

Zelimir Kovac kurşuni gökyüzünde birden beliriveren helikopteri izliyordu. Gri bulutların arasında sapsarı biri nokta gibiydi. Kızgınlığı yüzünden belli olmuyordu. Kaçan Amerikalıyı yakalayamamıştı ve bu başarısızlık canını çok sıkmıştı. Hiçbir zaman bahanelerin arkasına sığınan biri olmamıştı ama şu anda, yerde biriken suları savurarak piste doğru alçalan helikopteri beklerken kafasında provasını yaptığı şey tam olarak buydu.

Pilotun dışında, Thomas Severance'ın yanında bir adam daha vardı. Kovac adama aldırmadan tüm dikkatini patronuna yöneltti. Bunu kelimeye hak ettiği anlamı yükleyerek yapıyordu. Thom Severance, Kovac'ın önem verdiği her konuda kendisinden üstündü ve Kovac'ın adama ve davasına sadakati sınır tanımıyordu. Kovac'ın kendini bu kadar suçlamasının temelinde bu adanmışlık duygusu yatıyordu. Severance'ı hayal kırıklığına uğrattığı için kendinden nefret ediyordu.

Severance helikopterin kapısını açtı, yağmurluğu ve saçları pervanenin yarattığı anaforda uçuşuyordu. Dönmeyi sürdüren pervanenin altından eğilerek yürürken bile bir şekilde mükemmel gözükmeyi başarıyordu. Kovac, Severance'ın hak etmediği, göz kamaştırıcı gülümsemesine aynı şekilde karşılık veremedi. Bakışlarını ikinci yolcuya çevirdi. Adamı tanımıştı.

Şaşkınlık yerini kızgınlığa bıraktı.

"Seni gördüğüme sevindim Zelimir." Thom helikopterin gürültüsünü bastırmak için bağırmak zorunda kalmıştı. Güvenlik şefinin yüzündeki şaşkın ifadeyi gördü ve kendi kendine güldü. "Eminim, yanımda göreceğine inandığın en son insan buydu, değil mi?"

Kovac, gözlerini Doktor Adam Jenner'dan alamadan zorlukla konuşabildi. "Evet efendim."

Severance sesini bir oktav düşürerek, söyleyeceklerinin yakınlık ve güven duygusu içermesini sağladı. "Artık her şeyi öğrenmenin zamanı geldi. Hatta geçti bile."

Jenner yaklaştı ve eldivenli eliyle Kovac'ın Roma'daki otelde tabanca kabzasıyla vurduğu yerdeki sargıya dokundu. "Size kızgın değilim Bay Kovac."

On dakika sonra hep beraber yeraltı üssünün en lüks dairesindeydiler. Thom ve karısı yaklaşan kaosu burada bekleyeceklerdi. Burada responsivistlerin en üst düzey toplam iki yüz üyesini ağırlayacak olan tesisler vardı.

Severance son geldiğinde dört oda sadece beton duvarlardan ibaretti. Dairedeki işçiliği takdir etti. Pencerelerin aslında birer düz ekran televizyon olması bir yana on beş metre yerin altında olduklarını belli eden hiçbir şey yoktu.

"Burası da en az Beverly Hills'teki evimiz kadar güzel olmuş," diyerek fikrini belirtti. Ellerini Şam ipeği duvarlar üzerinde gezdirdi. "Heidi bayılacak."

Liderinin huzurunda olmaktan dolayı sevinç içinde olan garsondan kahve servisi yapmasını isteyerek uzun arkalıklı koltuklardan birine oturdu. Arkasındaki düz ekrandan kayalık sahile vuran dalgalar gözüküyordu. Görüntüler üssün girişine çok uzak olmayan kameranın canlı yayınına aitti.

Jenner kendini yumuşak bir kanepeye bırakırken, Kovac Severance'ın huzurunda neredeyse hazır ol durumunda bekliyordu.

"Zelimir, otur lütfen."

Sırp bir sandalyeye oturdu ama hâlâ çok gergindi.

"Eski bir deyiş vardır, 'Dostlarına yakın, düşmanlarına daha da yakın ol,' der. Bilir misin?" Severance, garson kahve servisi yaparken Kovac'ın cevabını beklemeden devam etti. "Bizim en büyük düşmanlarımız, sadece fikirlerimizi tam anlamadan onlarla alay edenler değildir. Önce inanan ama sonra inançlarını kaybedenlerdir. Bize en çok onlar zarar verir, çünkü başkalarıyla paylaşmadığımız sırlarımızı bilirler. Lydell Cooper ve ben bu konuları çok konuştuk."

Responsivizmin kurucusunun adı geçince Kovac başını salladı ve Jenner'a bir bakış attı. Sanki onun ismi anılırken burada olmaya hakkı yok demek istiyordu. Psikiyatr ise ona sevgi dolu bir gülümsemeyle karşılık verdi.

"Responsivizm konusunda bir uzman yaratmaya karar vermiştik. Ailelerin, sevdiklerine söz geçiremediklerini düşündükleri zaman başvurabilecekleri bir adam olacaktı bu kişi. O ayrıca kendi başına bırakılmış kimselere de yaklaşıp niyetlerini belirleyecekti. Sonra da uygun önlemleri almamız için bize haber verecekti."

Yeniden Doktor Jenner'a baktığında, Kovac'ın gözlerinde bu kez saygı okunuyordu. "Hiç haberim yoktu."

"Esas güzel kısmını bilmiyorsun," diye devam etti Severance. "İnanılır gözükebilecek tek kişi vardı aslında."

"Kim?" diye sordu Kovac.

"Kim mi? Elbette ben evlat," dedi Jenner. "Tabii yüzümde bir estetik cerrahi, kontak lensler ve yirmi yıla yakın bir gençleşmeyle beni tanıyamadın."

Kovac, Jenner'ın yüzüne sanki ne kadar dikkat ederse yüzünün gerisindeki esrarı o kadar kolay çözebilecekmiş gibi dikkatle baktı. "Ben bilemedim..." Sesi azaldı.

"Ben Lydell Cooper, Bay Kovac."

"Ama siz ölüsünüz," diye elinde olmadan haykırdı Kovac.

"Senin geçmişine sahip biri, cesedi bulunmadıkça kimsenin gerçekte ölmüş sayılamayacağını elbette biliyordur. Hayatım boyunca yelken yaptım. Beni öldürdüğü varsayılan fırtına daha önce atlattıklarımın yanında meltem kalırdı."

"Anlayamıyorum."

Severance lafa girdi. "Lydell, yazdıklarıyla responsivizmin temelini attı, inancımızın nüvesi olan temel ilkelerimizi verdi bize."

"Ama ben bir organizatör değilim," dedi Cooper. "Burada Thom ve kızım Heidi devreye giriyor. Heidi beni gölgede bıraktı. Ben toplum önünde konuşmaktan, mitingler düzenlemekten veya günlük sıradan ayrıntılarla boğuşmaktan hoşlanmam. Böylece, onlar hareketi büyütürlerken ben farklı bir role, koruyucu olmaya soyundum. Kendimizin en büyük karalayıcısı olarak davranarak, bize zarar vermek isteyen herkesin hareketlerini yakından takip edebildim."

Kovac sonunda konuşacak gücü buldu. "Bize karşı çevirdiğiniz bütün bu insanlara siz mi danışmanlık yaptınız?"

"Öyle olması da gerekiyordu," dedi Doktor Cooper kayıtsız bir havada. "Benim yaptığım, bize karşı eleştirilerini en aza indirmekti. Yuvayı terk etmişlerdi ama çoğu durumda hiçbirisi hakkımızda bir şeyler açıklamadı."

"Roma'da olanlar hakkında ne diyeceksiniz?"

"Orada ucuz atlattık," diye itirafta bulundu Cooper. "Kyle Hanley'in babasının bir kurtarma ekibi kiralayacak olanaklara sahip olduğunu bilmiyorduk. İlk görüşme için Roma'ya geleceklerini öğrenir öğrenmez Thom'u aradım. Böylece sen hazır halde bekleyebildin. Sonra da otelin adını ve oda numarasını bildirdim ve siz de onu yeniden kaçırdınız. Oğlanın ne kadar çok şey bildiğinden ve babasına neler anlatmış olabileceğinden emin değildik."

"Bu arada o cephede işler nasıl?"

Kovac gözlerini kaçırdı. Severance'a başaramadığını itiraf etmekten daha kötüsü, bunu büyük Doktor Lydell Cooper'ın, ona felsefi olarak amaç kazandıran adamın önünde yapmaktı.

"Zelimir?"

"O elimden kurtuldu Bay Severance. Nasıl oldu bilmiyorum ama hücresinden çıkıp, binadan kaçmayı başarmış. Bir teknisyeni öldürüp, ikisini yaralamış."

"Hâlâ adada mı?"

"Dün akşam bir ATV çalmış. Fırtına şiddetliydi ve görüş mesafesi de sadece birkaç metreydi. Uçurumu fark etmemiş olmalı. Bir arama ekibi sular çekilince uçurumun dibinde aracın parçalarını buldu. Ortada ceset yok."

"Cesedini görmedikçe kimse ölü değildir." Lydell Cooper yeniden hatırlattı.

"Efendim, size saygım ve hayranlığım sonsuz," dedi Kovac. "Ama bu Hanley denilen adam dün akşam fırtına sırasında bir kaza geçirdi. Kaçtığında çok kötü durumdaydı ve o havada geceyi çıkarabilmiş olabileceğinden çok kuşkuluyum."

Biyoelektrik implanttan ve bunun ne anlama gelebileceğinden hiç söz etmedi. Kafalarında kuşku bulutları oluşturmak istemiyordu. Arama ekipleri, responsivistlere ait bir Ege adasındaki araştırmalarını sürdürüyorlardı ve kaçağı bulurlarsa doğruca Kovac'a haber vereceklerini biliyorlardı. Kovac ihtiyaç duydukları bilgiyi ondan alacak ve şöhretine daha fazla zarar gelmeden Hanley'in cesedini ortadan kaldıracaktı. Sonra ekledi. "Tabii ki aramayı sürdürüyoruz."

"Tabii ki," dedi Cooper.

Kovac tüm dikkatini Cooper'a vererek, "Efendim, son birkaç yıldır sizin için çalışmanın benim için ne kadar büyük bir ayrıcalık olduğunu anlatamam. Öğretileriniz hayatıma varlığından bile haberdar olmadığım şeyler kattı. İzin verirseniz elinizi sıkmak istiyorum," dedi.

"Teşekkür ederim Zelimir, ama ne yazık ki yapamam. Bu genç görünüşüme rağmen neredeyse seksen üç yaşındayım. Genetik araştırmalar yaptığım yıllarda DNA'larıma uygun, organ reddetmeyi engelleyen bir ilaç geliştirdim. Böylelikle, bazı girişimci kaynakların bulduğu yeni bir kalbe, akciğere, böbreklere ve bir çift göze sahip oldum. Estetik cerrahi sayesinde de olduğumdan çok daha genç gösteriyorum. Suni dizlerim, kalçam ve omurlarım var. Yüz yirmi beşin çok üzerinde bir yaşa kadar dolu dolu ve hareketli bir hayatın tadını çıkarabilmeyi umuyorum." Eldivenli ellerini havaya kaldırdı. Parmakları yüz yıllık bir ağacın dalları gibi kıvrık ve çarpıktı. "Ne yazık ki, ailemden bana geçen eklem iltihabı hastalığım var ve onun felç edici etkilerini durduramıyorum. Nazik sözlerini ve üstün hizmetini takdir etmek üzere elini sıkmaktan çok mutlu olurdum ama gerçekten yapamam."

"Anlıyorum." Kovac adamın dünya nüfusunu azaltmaya yönelik felsefesi ve kendi hayatını suni olarak uzatma çabaları arasında bir tezat göremedi.

"Ve endişelenmene gerek yok," diye ekledi Cooper. "Yunanistan'da kaldığı kısa sürede pek bir şey öğrenememiştir. Hatta babası bu bilgileri yetkililere ulaştırsa bile bir şey yapabilmeleri için çok geç artık. Babanın sorguya çekilmesi önemsiz bir ayrıntıydı. Sadece bir tedbirdi. Kendini üzmene gerek yok."

"Evet efendim," dedi Kovac otomatik olarak.

"Diğer konuya gelince," dedi Severance. "Programımızı biraz sıkıştıracağız."

"Kyle Hanley'in kaçışı yüzünden mi?"

"Kısmen. Bir de Gil Martell'in, şey, intiharı. Yunan yerel yetkililer sorun yaratmadı ama Atina'daki hükümet yaptığımız işlerle ilgilenmeye başladı. Lydell ve ben kursiyerleri hemen göndermenin yerinde olacağını düşündük. Öğrenecekleri başka şey kalmadı ve daha fazla gecikmenin bir yararı yok. Tabii, biletler için bu kadar kısa bildirimden dolayı fark ödedik." Severance alaycı bir şekilde gülerek, "Tabii ki bunu karşılayabiliriz," dedi.

"Elli ekibin hepsini gönderecek misiniz?"

"Evet. Aslında kırk dokuz. *Golden Sky*'da vericiyi son kez test etmek üzere bir ekip var zaten. Yani, elli ekip ve elli yolcu gemisi. Herkesin yerini alması üç dört günü bulacak. Gemilerin bazıları denizde bazıları da dünyanın öbür ucunda. Filipinlerde ürettiğimiz ve Lydell'ın mükemmel hale getirdiği virüsü bizimkiler taşıyacak. Testin başlaması ne kadar sürer?"

Kovac bir süre düşündü. "Sanırım bu öğleden sonra. Aküleri doldurmak ve anteni korumak üzere güç dağılımını dengelemek için diğer motorları da çalıştırmamız gerekiyor."

"*Golden Sky*'daki insanlara verdiğimiz test virüsü, basit ve hızlı bir rinovirüs. Bu yüzden alıcıya sinyal ulaşıp ulaşmadığını on iki saat içinde anlayacağız. En geç bu gece gönderdiğimiz sürece sorun yok demektir. Elbette gemideki ikinci bir ekip esas virüsümüzü yerleştiriyor."

"Bu büyük bir an beyler," dedi Lydell Cooper. "Uğruna çalıştığım her şeyin zirvesi olacak bu. Yakında, insanlığın hak ettiği şekilde parlayacağı yeni bir başlangıç, yeni bir doğuş olacak. Doğal kaynaklarımızı tüketen ve karşılığında besleyecek daha fazla boğazdan başka bir şey vermeyen yığınlar yok olacak. Dünyanın yarısının çocuk sahibi olamaması sayesinde, bir nesil sonra nüfusumuz sürdürülebilir düzeye gelecek. Artık daha fazla istek ya da ihtiyaç olmayacak. Açlığı, yoksulluğu, hatta küresel ısınmayı bile ortadan kaldıracağız.

Dünyanın her tarafındaki politikacılar, bütün bu sorunlar karşısında sadece laf üreterek kısa vadeli çözümlerle seçmenlere karşı iş yapıyor görünüyorlar. Hepsinin yalan olduğunu biliyoruz. İnsanın gazeteleri okuyup haberleri izlemesi, hiçbir şeyin değişmeyeceğini anlamasına yeter. İşin doğrusu, her şey daha da kötüye gidiyor. Toprak ve su talepleri, çatışmaları şimdiden körüklemeye başladı. Azalan petrol rezervlerini korumak için şimdiden ne kadar insan öldü?

Bize, insanlar alışkanlıklarını değiştirirse, daha az araba kullanırsa, daha küçük evler alırlarsa, farklı ampuller kullanırlarsa her şeyin düzeleceğini söylüyorlar. Palavra. Kimse konforundan taviz vermeye niyetli değil. Bu bizim en temel içgüdülerimize aykırı. Hayır, çözüm sorunun temeline inmeyen küçük fedakârlıklar yapmakta yatmıyor. Cevap oyun sahasını değiştirmektir. Daha fazla insanın daha azı için rekabet etmesi yerine, nüfusu azaltmaktır çözüm. Hepsi bunun tek çıkar yol olduğunu biliyor, ama dile getirecek cesaretleri yok. Bu yüzden dünya bir kaosa doğru yaklaşıyor. Daha önce yazdığım gibi, ölümüne çoğalıyoruz. Çoğalma içgüdüsü belki de evrendeki en güçlü istek. Bu yadsınamaz. Fakat doğanın bunu düzenleyici doğal mekanizmaları var. Güçsüzleri çekip almak üzere yırtıcı hayvanlar var, toprağı yenilemek için orman yangınları, seller ve kuraklık döngüleri var. Fakat insanlık, kocaman beyniyle, doğanın kendisini sınırlandırmak için harcadığı tüm çabaları boşa çıkardı. Bizleri avlayan az sayıda yırtıcıyı yok ettik, kalanları da hayvanat bahçelerinde kafeslere kapattık. Geriye hastalıklarla, saflarımızı seyreltecek zavallı mikroplar kalıyor. Onlara karşı da aşılar ve bağışıklık artırıcılarımız var. Hâlâ her üç çocuğumuzun ikisi birinci yaş gününü görmeden ölecekmiş gibi doğurmaya devam ediyoruz.

Sadece bir ülke çok hızlı çoğaldıklarını kabul edecek cesareti gösterdi ama onlar bile nüfus artışını yavaşlatmayı başaramadı. Çin, tek çocuk politikasıyla nüfusu yasayla kontrol etmeye çalıştı ama şu anda yirmi beş yıl öncesine göre iki yüz milyon daha fazla Çinli var. Eğer dünyadaki en otoriter rejimlerden biri bunu başaramıyorsa, hiç kimse başaramaz demektir.

İnsanlar, durup dururken değişmezler. Hele radikal bir şekilde hiç değişmezler. Bu nedenle iş bize düşüyor. Elbette biz bir avuç çılgın insan değiliz. Ben virüsümüzü fark gözetmeden herkesi öldürecek şekilde geliştirebilirdim ama asla bir anda milyarlarca insanı öldürmeyi aklıma getirmedim. O zaman çözüm neydi? Çalışmalarımın başında kullandığım orijinal kanamalı grip virüsü, kurbanlarını kısırlaştırıyordu ama yaklaşık yüzde elli ölüm oranı vardı. Tıbbi araştırmayı bıraktıktan sonra virüsü on binlerce nesil ve mutasyondan sonra ölümcüllüğünden soyutlayıp istediğim tek özelliğini bıraktım. Onu elli gemide serbest bıraktığımızda yaklaşık yüz bin kişiye bulaşacak. Büyük bir sayı gibi gözüküyor ama aslında okyanusta bir damla. Gemilerdeki yolcu ve mürettebat dünyanın her tarafından geliyorlar ve çok farklı sosyoekonomik profillere sahipler. Bir yolcu gemisinde, bir sanayi devinden güverte tayfasına kadar toplumun mikro evrenini bulmak mümkün olacak. Tamamen demokratik olmaya çalıştım. Kimse ayrı tutulmayacak. Michigan'da banliyödeki evlerine, Doğu Avrupa'daki villalarına ya da Bangladeş'teki gecekondularına döndüklerinde virüsü de kendileriyle beraber götürecekler.

Aylar boyunca hiçbir belirti göstermeden taşıyıcısında duracak ve bu arada insandan insana bulaşmayı sürdürecek. Sonra enfeksiyonun ilk belirtileri gözlenecek. Dünyadaki herkes hafif grip ve yüksek ateşe yakalanmış gibi gözükecek. Ölüm oranı yüzde birin altında olacak. Zayıf bağışıklık sistemine sahip olanlar için trajik belki ama kaçınılmaz bir bedel. Neden sonra, insanlar çocuk sahibi olamama sebeplerini araştırmaya başladıklarında, dünya nüfusunun yarısının kısır olduğu anlaşılacak.

Acı gerçekle yüz yüze gelince başkaldırılar olacak. Korku içindeki insanlar, liderlerinin sormaya cesaret edemediği sorulara cevap arayacak. Ancak bu kısa sürecek, en fazla haftalar ya da aylar alacak. Tabii dünya ekonomisinin teklemesine uyum sağlamaya çalışacağız ve sağlayacağız, çünkü insanlığın arkasındaki diğer bir itici güç, uyum sağlama yeteneğidir. Ve sonra dostlarım, bütün bu problemleri çözmüş, bütün bu hastalıkları yenmiş olarak dünyanın daha önce hiç görmediği yeni bir zenginlik çağına başlayacağız."

Zelimir Kovac yanağından aşağıya doğru inen gözyaşından hiç utanmadı ve silmek için hareket etmedi. Cooper'ı tüm yetişkin hayatı boyunca tanıyan ve konuşmasını biz kez dinleyen Thom Severance bile etkilenmişti.

26. BÖLÜM

"Oradaki iki kişi," diyerek işaret etti Linda Ross. Mark Murphy, onun gösterdiği yere baktı ve çifti anında tespit etti. *Golden Sky*'dan inen birçok yolcu, yaşlı ya da en azından orta yaşlıydı. Linda'nın gösterdiği adam ve kadın otuzlarındaydılar. Her ikisi de sekiz yaşlarında ve pembe elbiseli bir kız çocuğunun birer elinden tutmuşlardı.

Mark kadının kredi kartı büyüklüğünde gemi kimliğini kocasına verdiğini ve adamın da cüzdanına koyarak cüzdanı ön cebine yerleştirdiğini görünce, "Çocuğun elinden şekerini alır gibi," dedi.

Ayasofya, Sultanahmet Camii, Topkapı Sarayı ve Kapalıçarşı'yı gezmeye hevesli yolcuları gemiyi terk ederken, *Golden Sky*, kardeş gemi *Golden Dawn*'la ürkütücü bir benzerlik gösteriyordu. Gemiye her baktığında Mark'ın kanını donduran anıları su yüzüne çıkıyordu. Göreve talip olduğunda duygularını dikkatle gözden geçirmemişti ve gemiye çıkacağı düşüncesi onu pek heyecanlandırmamıştı,

"Otobüslere doğru gidiyorlar." Linda bir sürü kiralık otobüsün beklediği yönde yürüyen genç aileyi kafasıyla işaret etti.

"Şimdi mi yapalım, yoksa şehirde mi?"

"Bugünün işini yarına bırakma. Hadi yapalım şimdi."

Üçünün önlerine geçmesini beklediler ve peşlerinden kalabalığa karıştılar. Yavaş yürüyen kalabalığın içinde zahmetsizce ilerleyerek hedeflerinin tam önlerine gelmesini sağladılar. Genç çiftin takip edildiklerinden hiç haberleri yoktu.

"Acele et!" diye seslendi Linda. "Sanırım otobüsümüz kalkmak üzere."

Mark hızlandı ve adamın yanından geçerken sürtündü. Adam hemen eliyle cebine dokunup cüzdanın yerinde olduğundan emin oldu. Ön cebinde tutmasından ve en ufak bir kuşkuda kontrol etmesinden deneyimli bir gezgin olduğu anlaşılıyordu. Birçok durumda bu tür bir güvenlik uygulaması yeterli olabilir. Fakat planladıkları gibi, bu kez Linda adama sürtünerek geçince, adam otobüse yetişmeye çalışan Amerikalıların bir tehdit oluşturmayacağını düşünerek ikinci defa cebini kontrol etmeye gerek görmedi. Linda'nın küçücük elinin pantolonunun cebine girdiğini ve cüzdanını aldığını hissetmemişti.

Bir amatör işi bitince olay yerinden hızla uzaklaşmaya çalışırdı ama Linda ve Murphy, otobüse yetişmeye çalışan yolcularla birlikte koşturup, otobüslere doğru ilerlediler. Otobüslerden birinin yanında oyalanarak genç ailenin görevliye biniş kartlarını göstererek başka bir otobüse binmesinden sonra kalabalıktan uzaklaştılar ve yakına park ettikleri kiralık araçlarına yöneldiler.

Linda, açık olan arka kapının yanında durarak, yoldan geçenlerin aracın içini görmesini engellerken, Mark *Oregon*'dan getirdikleri özel aletlerle, plastik kaplı kimliklerden biri üzerinde çalışıyordu. Bir neşterle plastik kaplamayı ayırıp fotoğrafı kesip çıkardı. Daha sonra Linda'nın uygun boyda kesilmiş fotoğrafını onun yerine yerleştirdi ve kartı pilli bir kimlik kaplayıcıdan geçirdi. Kenarlarını düzeltip tıraşlayarak kartla işini bitirdi.

"Al bakalım, Bayan Susan Dudley," dedi, Linda'ya hâlâ sıcak olan kartı uzatırken.

"Bu işlerden anlıyor gibisin," dedi Linda.

"MIT'ye girdiğimde on beş yaşındaydım. Bu yüzden sahte kimlik hazırlama konusunda her şeyi bildiğime inansan iyi olur."

Sesinde bir hoşnutsuzluk hissetti Linda. "Çok zor olmalı," dedi.

Mark yaptığı işe ara verip yüzüne baktı. "O yerin süper ineklerle dolu olduğunu tahmin edebilirsin ama ben özel öğrenciydim. Çanta, kravat, kalem seti, ne varsa tamamı. Okul yönetimi aileme, hızlandırılmış eğitimdeki öğrencilerin geçiş sürecine yardımcı olmak üzere danışmanlar olacağı konusunda güvence vermişlerdi. Saçmalığa bak. Dünyanın en rekabetçi ortamında tek başınaydım. Özel sektöre geçince her şey daha da kötüleşti. Zaten bu yüzden Juan ve şirkete katıldım."

"Para için değil, ha?" dedi Linda dalga geçerek.

"Böbürleniyor falan değilim ama buraya geldiğimde kazancımda ciddi bir azalma oldu. Değerdi ama biliyor musun? Sizler bana eşitiniz gibi davranıyorsunuz. Silah sistemleri geliştirdiğimde, o maço generaller ortalıkta caka satarak dolanırlar, bizlere sanki böcekmişiz ya da ayakkabılarına bulaşan pisliklermişiz gibi davranırlardı. Elbette onlara verdiğimiz oyuncakları severlerdi, ama bunu yapabiliyor olmamızdan dolayı da bizden nefret ederlerdi. Yeniden liseye dönmek gibi bir şeydi. Yemekhanede, askeri personel bir avuç ünlü sporcu gibi bir arada oturur, biz de saha kenarında dolanan hayranları gibi kenarda durur fark edilmeyi beklerdik. Hastalıklı bir durumdu, gerçekten.

Oregon'da böyle bir şey yok. Hepimiz aynı ekipteyiz. Sen, Linc ve Juan, Eric ve benim, çoğu zaman teknoloji delisi gibi görünme işini abartsak da, kendimizi yabancı gibi hissetmemize neden olmuyorsunuz. Ve hayatımda ilk kez yemekhaneye girdiğimde boş masa aramak zorunda kalmıyorum." Birden çok konuşmuş olduğunu düşündü ve Linda'ya sırıtarak, "Umarım terapi ücretsizdir," dedi.

"Akşam gemide bana bir içki ısmarlarsın."

Mark önce irkildi, sonra bilmiş bir ifadeyle sırıttı. "Bir şey bulana kadar *Golden Sky*'dan inmiyoruz değil mi?"

Elini göğsüne götürerek ve çok şaşırmış gibi yaparak, "Beni Eddie'nin kesin emirlerine itaat etmemekle mi suçluyorsun?" dedi.

"Aynen."

"Şaşırdın mı?"

"Hayır."

"Hâlâ oyunda mısın?"

"İkinci sahte kimlikle uğraşıyorum, farkında mısın?"

"Aferin."

Mark her iki kartı da dizüstü bilgisayara takılı bir elektronik cihaza sokarak manyetik bantlarını yeniden kodladı. On dakika sonra *Golden Sky*'ın borda iskelesinin yanındaydılar. Yakınlarında bir forklift geniş bir ambar kapağından paletleri gemiye taşıyordu. Tepede uçuşan martılar, it dalaşı yapan savaş uçakları gibi çığlıklar içinde dönüp duruyordu.

"Her şey yolunda mı Bay Dudley?" Borda iskelesinde görevli yardımcı kamarot, odalarına çıkmak istediklerini söyleyince sordu.

"Sadece dizim," dedi Mark. "Üniversitede futbol oynarken diz bağlarımı zedelemiştim. Arada bir kendini hatırlatıyor."

"Bildiğiniz gibi gemide doktorumuz var ve sizi kontrol edebilir." Kamarot, kartları elektronik bir okuyucudan geçirdi. "Çok garip."

"Sorun mu var?"

"Hayır, şey, evet. Kartlarınızı okutunca bilgisayarım çöktü."

Tüm büyük yolcu gemilerinin güvenlik sisteminin bir parçası olarak, elektronik kimlikler, bilgisayarda kart sahibine ait her türlü bilgi ve yolculuk detaylarının yanında bir de fotoğraf olan bir dosya açar. Mark çalıntı kartı yeniden kodlayarak ekranda hiçbir şey gözükmemesini sağladı. Bu durumda kamarot ya bu iki kişinin kartlarda yazan kişiler olduklarına inanacak ya da birisi bilgisayarı onarana kadar onları bekletecekti. Müşteri hizmetlerinin bu denli önemli olduğu bu sektörde, yolcuların, küçük bir sistem hatası yüzünden huzursuz edilmesi beklenemezdi.

Kamarot, kendi kartını okuttu ve ekranda kendi resmini görünce iki kartı da Murphy'ye geri verdi. "Kamaranıza gidince, kamarotun ofisini arayıp yeni kartlarınızı vermelerini isteyebilirsiniz."

"Ararız, teşekkürler." Mark, kimlikleri alıp cebine attı. Linda'yla kol kola, Mark aksama taklidi yaparak, merdivenlerden yukarı çıktılar.

"Üniversite futbolu?" Kimsenin duymayacağı bir yere gelince sormuştu Linda bu soruyu.

Mark hafif göbekli karnına birkaç kez vurdu. "Böylece çaptan düşmüş biri oldum."

Gemiye ana avlu katından girdiler. Tavan dört kat yüksekliğinde ve tepesinde vitray bir kubbe vardı. Bir çift asansör üst katlara erişimi sağlıyordu ve her güverte pirinç korkuluklu, güvenlikli cam panellerle çevrilmişti. Asansörlerin karşısındaki pembe mermer duvarın üzerinden incecik bir su filmi akıyor ve aşağıdaki zarif fıskiyeli havuzda toplanıyordu. Bulundukları yerden, bir üst kattaki lüks mağazaların tabelaları ve kumarhaneye giden yolu aydınlatan neon ışıkları gözüküyordu. Genel görüntü zevksizliğin sınırlarında bir zenginlikti.

Daha *Oregon*'dayken planlarını gözden geçirmişlerdi ve seyahat şirketinin web sitesinden geminin planını incelemişlerdi. O yüzden şimdi konuşmalarına gerek yoktu. Fıskiyenin arkasındaki tuvaletlere doğru yürüdüler. Linda, omzundaki kullanışlı çantadan çıkardığı giysi paketini Mark'a verdi. Bir süre sonra üzerlerinde Kevin Nixon'ın Sihir Dükkânı'nda hazırlanmış, kalplerinin üzerindeki seyahat şirketinin altın işlemeli logosu bulunan iş elbiseleriyle tuvaletlerden dışarı çıktılar. Linda makyajının çoğunu temizlemişti. Mark da inatçı saçlarını seyahat şirketinin şapkasıyla zapt etmişti. Bakım ekibi üniformaları sayesinde gemide rahatça dolaşabileceklerdi.

"Ayrılırsak nerede buluşuyoruz?" diye sordu Linda yürümeye başladıklarında.

"Barbut masası?"

"Şakayı bırak şimdi."

"Kütüphane."

"Kütüphane," diye tekrarladı Linda. "Tamam, şimdi gidip Nancy Drew'cilik[1] oynayalım."

"James Bond'culuk oynasak?"

"Bu benim operasyonum, ben seçerim. Sen de yardımcım George Fayne olabilirsin."

---

(1) ABD'de çok tanınan bir dedektiflik romanı kahramanı genç dedektif kadın.

Mark Linda'yı şaşırtan bir soru sordu. "Ned Nickerson olmaz mı?" Nancy'nin sevgilisinin adıydı bu.

"Rüyanda bile göremezsin. Bir gün oturup seninle ergenlik çağı okuma alışkanlıkların hakkında konuşmamız gerek. Ya da konuşmasak daha iyi olur."

Geminin yolcularla dolu alanından kurtulmanın en iyi yolu mutfaktan geçiyordu. O yüzden en yakın merdivenlerden çıkıp ana yemek salonunu buldular. Üç yüz kişi kapasiteli salon, elektrik süpürgesiyle halıları süpüren temizlik ekibi dışında boştu.

Kararlı bir şekilde masaların arasından geçip salonun arka tarafından mutfağa girdiler. Yemek yapmakla meşgul bir şef başını kaldırıp içeri giren ikiliye baktı ama bir şey söylemeden işine devam etti. Linda etrafa göz attı. Yemek salonunun tersine, burası yemek hazırlayan personelle doluydu. Şef yardımcıları, günde yirmi dört saat süren kesip doğrama işlerini yaparken fokurdayan kazanlardan buharlar çıkıyordu.

Mutfağın arkasındaki bir kapı iyi aydınlatılmış bir koridora açılıyordu. Bir merdiven bulup aşağıya inmeye başladılar. Yolda vardiyalarına gitmek üzere yukarı çıkan garsonlarla karşılaştılar. Bir sürü insan çıktı yollarına ama sıradan birer görevli olduklarından kimse onlara dönüp bakmadı.

Mark bir duvarın dibinde katlanmış bir merdiven görerek, yeni kimliğini güçlendirmek için yanına aldı.

Limanda demirli ve yolcularının çoğu da karada olduğundan, *Golden Sky* fazla enerji kullanmıyordu. Bu yüzden mühendislik bölümleri oldukça ıssızdı. Linda ve Mark sonraki birkaç saati, her borunun, kanalın, havalandırma hatlarının üzerinde sürünerek ve sıra dışı bir şeyler arayarak geçirdiler. Juan'ın *Sky*'da geçirdiği zamanın tersine, onlarınki sorunsuz ve sistematik olmuştu ama temel olarak aynı sonuca ulaşmışlardı.

"Hiçbir şey yok," dedi Mark. Sesindeki hayal kırıklığı, bir şey bulamadığı için kendine duyduğu kızgınlığın yansımasıydı. "Burada olmaması gereken tek bir şey bile yok. Havalandırma sistemi ve su depolarına konmuş hiçbir yabancı madde yok."

Bir virüs yaymanın en etkili yolları bunlar elbette." Linda ellerine bulaşan kiri bir parça pamukla sildi. "Başka ne var burada?"

"Ortalıkta dolaşarak, her yüzeye zehir püskürtmek dışında aklıma bir şey gelmiyor. Biz burada bu kadar zaman geçirebiliyorsak, muhtemelen responsivistler de aynısını yapmışlardır." Bir varil genişliğinde kanalların tavana tutturulduğu üst tarafı işaret etti. "İki saatte, şu kısmı söker ve dağıtma sistemimi, borunun içine kurabilirim."

Linda başını iki yana salladı. "Yakalanma riski çok fazla. Daha basit ve hızlı bir şey olmalı."

"Biliyorum, biliyorum, biliyorum." Mark bir baş ağrısının filizlenmekte olduğu şakaklarını ovaladı. "Juan'ın *Golden Dawn*'dayken havalandırma sisteminin ana girişine bakmak istediğini hatırlıyorum. Buna bakmakta yarar olabilir."

"Nerededir o ana giriş?"

"Tepede. Büyük ihtimalle bacanın ön tarafındadır."

"Çok göz önünde."

"Akşama kadar bekleyebiliriz."

"O zaman yolcuların kısmına gidip üzerimizi değişelim."

Makine dairesinin labirenti andıran dar koridorlarından geçerek nihayet insanlarla dolu bir koridora geldiler. Servis personeli çeşitli üniformalar içinde yolcuların dönüşü için hazırlanıyorlardı. Mühendisler de İstanbul'dan ayrılmak için son hazırlıkları yapmak üzere makine dairesine doğru gidiyorlardı.

Çamaşırhaneye yakın bir kapı aralığında tesadüfen gözüne çarpan anlık bir görüntü Linda'yı şaşırttı. Üzerinde Linda'nınkine benzeyen bir üniforma olan otuz yaşlarında bir adam çamaşırhanenin hemen dışında duruyordu. Adam ya da onun sıradan görünüşü değildi dikkatini çeken. Mutfakta şefi gördüğünde kendisinin de yaptığı gibi, adamın kaçamak bir bakış attığını fark etmişti. Olmaması gereken bir yerde bulunan bir insana ait bakışlardı bunlar.

Hafifçe geriye döndü ama sonra omzunun üzerinden geriye gizli bir bakış attı. Linda'nın hâlâ kendisini incelediğini görünce, ters yönde koşmaya başladı.

"Hey! Dur!" diye bağırdı Linda.

Peşinden koşmaya başladı, iki adım gerisinden de Mark takip ediyordu.

"Hayır," dedi Linda sertçe. "Orada bunun gibi başkaları olup olmadığını kontrol et hemen."

Mark döndü ve ters tarafa doğru koşmaya başladı.

Kaçan adam koşuya altı metre önden başlamıştı ve bacakları Linda'nınkilerden on beş santim daha uzundu. Ancak bu avantajları ona kaçışında bir üstünlük sağlamışa benzemiyordu, çünkü Linda'nın kararlılığı adamın koşma becerisinden yüksekti. Hızla aradaki farkı kapattı. Köşeleri dönerken yavaşlamıyor, bir ceylan gibi hafifçe yaylanarak koşuyor ama avlanmakta olan bir çitanın vahşiliğini taşıyordu.

Bir kat yukarıya çıkan merdivenlerde biraz arayı açtı. Linda'nın ikişer ikişer çıkmasına karşılık o basamakları üçer üçer çıkıyordu. Çalışanların şaşkın bakışları arasında yarışı sürdürdüler. Linda, yardım için bağırabilmeyi çok istedi ama bu, gemide kaçak bir yolcu olduğunu ortaya çıkarırdı.

Adam bir kapıdan geçti ve hemen peşinden yetişen Linda çok yakın dönünce kolunu kapının kenarına sıyırdı.

Yumruğun gelişini görememişti. Tam çenesinin ortasına yapıştırmıştı adam. Eğitimli bir dövüşçü olmamasına rağmen, adamın yumruğu Linda'yı arkasındaki duvara fırlatmaya yetti. Yeniden koşmaya başlamadan önce Linda'nın başında bir saniye bekledi. Sonra Linda'yı sersemlemiş bir halde bırakarak kaçmaya devam etti.

Kendine geldiğinden iyice emin olmadan ayağa kalktı ve yeniden adamın peşine düştü. Baş dönmesinin etkisiyle sağa sola savrularak koşuyordu.

"Bir kıza vurursun ha?" diye homurdanıyordu.

Geminin ortasında neredeyse bir uçtan diğerine uzanan ana koridor olan Broadway'e çıktılar. Personelin kamaralarından görev alanlarına gitmek için kullandığı bu koridora, bazı sanatçı ruhlu çalışanlar, meşhur New York caddesi boyunca yer alan tiyatro süslemesi gibi tabelalardan yaparak aynı adı vermişlerdi.

"Açılın. Acil durum."

Linda, adamın yerlerine giden ya da koridorda çene çalan çalışanlar ordusunun içine dalarken bağırdığını duydu. Kalabalığın içinde yılan gibi kıvrılarak ilerliyor, çok kritik mesafeler katıyordu aralarına. Linda'ya ise kafatasına sığmadığını hissettiği beyni her an patlayacakmış gibi geliyordu.

Adam bir kapıdan daha kıvrıldı ve yeniden bir merdivenden tırmanmaya başladı. Linda aynı kapıdan adamdan beş saniye sonra geçti. Basamakları çıkarken tırabzanlardan güç alıp kendisini öne fırlatıyordu. Yolcu kabinlerine yaklaştıklarını düşündüğünden kendisini köşelerden adeta fırlatıyordu. Çünkü eğer akıllı bir adamsa ve gemiyi de iyi biliyorsa kendi kamarasına doğru kaçacaktı. Eğer Linda hangisi olduğunu görmeden kamarasına kapağı atarsa, adamı bir daha bulma şansı olmayacaktı.

Adam, merdivenlerin tepesindeki kapıyı açıp hızla içeri girerken, yaşlıca bir kadına çarpıp, kocasını da tekerlekli sandalyesinden düşürdü. Kendisini yaşlı çiftten kurtarana kadar çok değerli saniyeler kaybetti. Linda otomatik kapı kapanmaya fırsat bulamadan kapıdan geçti. Vahşice sırıtmaya başladı. Ana avluya bakan üst katlara doğru doğu gidiyorlardı.

Adam kafasını geriye çevirip baktığında iki adım arkasından gelen Linda'yı gördü. Adımlarını hızlandırarak, çift camlı asansörlerin etrafından dolanan süslü merdivenlere yöneldi. Avlunun en üst katında yolcular için fazla bir şey yoktu. Mağazalar bir kat aşağıdaydı ve alt katlar kesinlikle daha kalabalıktı. Linda daha önce geminin tek mücevherci dükkânının önünde güvenlik görevlileri görmüştü ve onlar tarafından durdurulma riskini göze alamazdı.

Tam merdivenlere yaklaşmışlardı ki Linda kollarını uzatarak öne atıldı. Parmaklarıyla adamın tulumunun paçalarından yakalamıştı. Bu da onun tökezlemesine yetmişti. Tüm hızlarıyla koşuyorlardı, bu nedenle adam kazandığı momentumun etkisiyle, balıklama bir şekilde cam panellerin korkuluğuna uçtu. Panel bu tür darbeler için yapılmıştı ama camı tutan kelepçelerden birinin kaynağı patladı ve cam yerinden çıktı. Dört kat aşağı düşerek müthiş bir gürültüyle patlayarak binlerce küçük parçaya ayrıldı. Galeriyi, şaşıran insanların çığlığı kapladı.

Linda adama değer değmez dengesini kaybetti ve responsivistin arkasından düşerek kaygan zeminde yüzükoyun kaymaya başladı. Adam takla atarak korkuluğun pirinç direğine tutunabildi. O sırada kendisine uzanmaya çalışan Linda'yla göz göze geldi. Linda adamın gözlerinde, bir intihar bombacısının gözlerinde düğmeye basmadan önce okunabilecek ne varsa gördü: Teslimiyet, korku, gurur ve hepsinden çok başkaldıran bir öfke.

Linda bileğine uzanamadan, adam kendini bıraktı ve boşluğa düşerken gözlerini ondan ayırmadı. On iki metre yükseklikten düşerken vücudunu düzleştirdi ve kafasını son anda yana çevirerek sırtüstü yere düştü. Islak bir çarpma sesi duyuldu ve kırılan kemiklerinin parçaları kanlı izler bırakarak elbisesinin çeşitli yerlerinden dışarı çıktı. Bu yükseklikten bile, Linda adamın kafatasının yarısının yok olduğunu görebiliyordu.

Gördüğü dehşeti hazmedecek zamanı yoktu. Hemen ayağa kalktı. Yaşlı çift hâlâ adamı sandalyesine yerleştirmekle uğraşıyordu ve olan biteni görmemişlerdi. Saksıda duran devasa bir palmiye ağacının arkasına geçerek iş elbisesini çıkardı. Bluzunun koltuk altlarındaki ıslak lekeler için yapabileceği bir şey yoktu.

Kütüphane iyice ileride geminin sinemasına yakın bir yerdeydi ama Linda kıç tarafına döndü. Geminin arkasında havuza bakan bir bar vardı ve eğer iki dakika içinde bir konyak içmezse kahvaltıda ne yediğini herkes öğrenecekti.

Bir saat sonra bir Türk ambulansı sirenleri ve ışıkları sönük olarak gemiden uzaklaşırken, hâlâ orada oturuyordu. Birkaç dakika sonra geminin düdüğü borazan gibi öttü. *Golden Sky* sonunda limanı terk ediyordu.

27. BÖLÜM

Juan gözlerini her kırptığında, sanki onları zımpara kâğıdıyla ovaladığı hissine kapılıyordu. O kadar çok kahve içmişti ki ağzı zehir gibi olmuştu. Aldığı ağrıkesicilerin baş ağrısına en ufak bir etkisi olmamıştı. Aynaya bakmasına gerek olmadan, yüzünün sanki tüm kanı çekilmiş gibi gözüktüğünü biliyordu. Elini başına götürdüğünde sanki böyle bir şey olabilirmiş gibi, saçları bile acıyordu.

Her zaman kendisini canlandıran rüzgâr, şimdi deniz taksisinin ön camını aşarak titremesine neden oluyordu. Yanında Franklin Lincoln, oldukça rahat bir halde arka koltuğa yayılmıştı. Ağzı hafif aralıktı ve horlaması arada bir motor sesini bastırıyordu. Onları kırk sekiz saat önce Monte Carlo'ya götüren esnek vücutlu sürücünün izin günü olduğundan, yerini başkası almıştı ve Linc bu yeni sürücüyle hiç ilgilenmemişti.

Juan'ı ayakta tutan tek şey öfkeydi, Linda ve Mark'ın Eddie'nin emirlerine uymayarak İstanbul'u terk etmeden önce *Golden Sky*'dan ayrılmamalarına duyduğu öfke. Bu iki kaçak yolcu şu anda responsivistlerin gemiye toksinleriyle saldırma planına ait kanıt bulmaya çalışıyordu. Onları ilk gördüğünde geminin hücresine atacak, sonra da kendilerini böylesine görevlerine adadıkları için ücretlerini artıracaktı. Bir araya getirdiği ekibiyle hep gurur duymuştu ama şimdiki kadar gurur duyduğunu hatırlamıyordu.

Yeniden Max Hanley'i düşünmeye başladı ve morali tekrar bozuldu. Thomas Severance'tan hâlâ bir cevap yoktu. Geçen her saniye cevap gelmeyeceğine, çünkü Max'in artık yaşamadığına inanmaya başlıyordu. Juan bunu yüksek sesle dile getiremiyordu ve böyle düşündüğü için bile suçluluk duyuyordu ama kötümser olmaktan da kendisini alamıyordu.

İvan Kerikov'un süper yatı *Matruşka* liman içine geri döndüğünde, *Oregon* kıyının iki kilometre açığında demir atmış olarak bekliyordu. Gemisini incelediğinde Juan bazen, geminin iyi zamanlarında ne kadar güzel olduğunu hayal ederdi. Çok iyi orantılara sahipti ve baş ve kıçındaki belli belirsiz çalımı ve direklerinin ahşabı ona zengin bir hava veriyordu. Onu yepyeni boyası ve güvertesi tertemiz bir halde yıllarca kereste taşıdığı Kuzeybatı Pasifik sularında hayal edebiliyordu.

Fakat şu anda ona yaklaşırlarken, tüm gördüğü pasla kaplı gövdesi, yamalı boyası ve vinçlerinden bir örümceğin kopuk bacakları gibi sallanan kablolarıydı. Terk edilmiş bir hayalet gemi gibi gözüküyordu ve üzerindeki hiçbir şey, hatta orta yerindeki mataforaya bağlı cankurtaran botunun pervaneleri bile parlamıyordu.

Gösterişli taksi, borda merdivenlerine baştan yaklaştı. Denizin sakinliği ve sürücünün ustalığı sayesinde usturmaça koymaya gerek bile kalmadan merdivenlerin hemen yanında durdular.

Juan ayağıyla Linc'in ayak bileğine dokundu ve koca adam homurdanarak uyandı. "Rüyamın yarım kalan yerine dönmem için dua et," dedi ve ağzını kocaman açarak esnedi. "Angelina Jolie'yle aramızda ilginç şeyler olmak üzereydi."

Juan, kalkması için Linc'e elini uzattı. "Yorgunluktan ölmek üzereyim. Bir daha uçkurumu düşünebileceğimden bile emin değilim."

Çantalarını sırtlayıp, kendilerini getiren genç kadına teşekkür ettiler ve borda merdivenine adımlarını attılar. Merdivenin tepesine geldiklerinde Juan, kendini Everest'i fethetmiş gibi hissediyordu.

Doktor Huxley onları karşılamak üzere, Eddie Seng ve Eric Stoney'le birlikte bekliyordu. Juan'a gözleri sevinçle parlayarak bakıyordu ve neredeyse zıp zıp zıplayacaktı. Eddie ve Stoney de gülüyordu. Bir an için

Max'ten haber aldıklarını düşündü, ama öyle olsa Manila'dan döndüğünde havaalanından aradığı zaman söylerlerdi.

Juan güverteye adımını atar atmaz Doktor Huxley, boynuna sarılarak, "Juan Rodriguez Cabrillo, sen çılgın bir dâhisin," dedi.

"Karşı çıkmak haddime değil, ama bu seferki marifetim neymiş bakalım?"

"Eric, İngiltere'de bir üniversitenin çiviyazısıyla ilgili çevrimiçi bir veritabanı buldu. Senin telefonundan e-postayla gönderdiğin fotoğraflardaki yazıları tercüme edebildi."

Cabrillo Manila Havaalanı'na ulaşır ulaşmaz onları yollamıştı.

"Tercümeyi bilgisayar yaptı aslında." Eric, alçakgönüllü bir şekilde düzeltti. "Ben tek kelime eski Sanskritçe konuşamam."

"Sonuç olarak bir virüsmüş," diye araya girdi Julia. "Çıkarabildiğim kadarıyla grip virüsü influenzanın bir türü. Ancak, bilimin bugüne kadar hiç görmediği bir tür. Ebola ve Marburg gibi kanamaya yol açan bir bileşeni var. Şimdi işin en güzel tarafına geliyoruz. Jannike Dahl'ın doğal bağışıklığa sahip olduğunu düşünüyorum, çünkü gemi onun yaşadığı yere çok yakın bir yerde karaya oturmuş. Galiba o, geminin ilk mürettebatından birinin soyundan geliyor."

Juan konuşmaları güçlükle takip edebiliyordu. "Sen neden bahsediyorsun? Gemi? Ne gemisi?"

"Nuh'un gemisi tabii ki."

Cabrillo, bir tepki veremeden Julia'ya bakakaldı. Sonra maçın bitmesi için yalvaran bir boksör gibi ellerini havaya kaldırdı. "Bana her şeyi en başından başlayarak anlatmalısın, fakat önce bir duşa, içkiye ve yiyecek bir şeylere ihtiyacım var. Hangi sırayla oldukları hiç önemli değil. Bana yirmi dakika ver, sonra konferans odasında buluşalım. Maurice'e, portakal suyu, yarım greyfurt, Benedict usulü yumurta, kızarmış ekmek ve bir de şu tarhun otlu patateslerinden istediğimi söyle." Neredeyse akşam olmuştu ama vücudu kahvaltı istediğini söylüyordu. Tam giderken Julia'ya döndü. "Nuh'un gemisi ha?"

Julia, bir sırrını paylaşmak için sabırsızlanan bir küçük kız edasıyla kafasını salladı.

"Bunu duymak istiyorum kesinlikle."

Yarım saat sonra, kahvaltısını bitirmiş ve midesindeki ekşimenin yerini doygun bir sıcaklık almıştı. Artık Julia'yı dinleyebilecek kadar enerji topladığını düşünüyordu.

Önce, çeviriyi yapan o olduğu için Eric'e baktı. "Evet, seni dinliyorum. En baştan anlat," dedi.

"Sizi, resimlerin netleştirilmesi ya da çiviyazısına ait çevrimiçi veritabanı bulma ayrıntılarıyla sıkmayacağım. Sonuç olarak ikisini de yaptım. Öğrenebildiğim kadarıyla sizin bulduğunuz yazıtlar oldukça eski."

Cabrillo aynı şeyleri düşündüğünü hatırladı. Stoney'e devam etmesini işaret etti.

"Problemi bilgisayara aktardım. Akla yatkın bir şeyler ortaya çıkması için programlarda ufak tefek değişiklikler yapmak zorunda kaldım. Bu da beş saatimi aldı. Algoritmalar oldukça karmaşıktı ve bulanık mantığın kurallarını uç noktaya kadar zorladım. Bilgisayar bir kere nüansları öğrenmeye başlayınca iş biraz daha kolaylaştı. Zamanla üzerinden birkaç kez geçip, orasını burasını yeniden ayarladıktan sonra tüm hikâyeyi ortaya çıkardı."

"Nuh'un gemisinin hikâyesi?"

"Bunu bilmiyor olabilirsiniz ama *Gılgamış Destanı* on dokuzuncu yüzyılda amatör bir İngiliz tarafından çiviyazısından tercüme edilmiştir. Bu destana göre İbrani metinlerinde anlatılanlardan bin yıl önce dünyada bir tufan gerçekleşmiş. Dünyadaki birçok uygarlık kendi tarihlerini anlatmak için tufan efsanelerine başvurmuştur. Antropologlara göre tarih boyunca insanlar, kıyılarda, nehir ve göl kenarlarında uygarlıklar kurduğu için, sürekli bir tehdit olan sel ve su baskınları, krallar tarafından dersler çıkarılacak masal ve hikâyelerde, insanları hizaya getirmek için kullanılmıştır." Eric, metal çerçeve gözlüklerini düzelterek devam etti. "Kendi adıma tsunamilerin bu tür birçok hikâyenin ortaya çıkış sebebi olduğunu söyleyebilirim. Yazılı bir dil olmadan, hikâyelerin sözlü olarak ve yeni eklemelerle aktarıldığı dönemlerde, örneğin bir iki nesil boyunca anlatıla anlatıla, bir köyü yutan dev dalgalar, bütün dünyanın sular altında kaldığı bir olay haline gelebilir. Aslında..."

Cabrillo Eric'i durdurdu. "Dersi sonraya sakla ve ne bulduğunu anlatmaya devam et."

"Ha, tabii. Özür dilerim. Hikâye bir selle başlıyor ama ani bir su baskını ya da şiddetli yağmur sonucu değil. Tabletleri yazanlar deniz suyunun nasıl yükseldiğini anlatmışlar. Günde otuz santim yükseldiğini tahmin ediyorum. Komşu köylerde yaşayanlar daha yüksek yerlere çıkmışlar ama bizimkiler bu yükselişin durmayacağına inanmışlar ve hayatta kalmalarının tek yolunun bir gemi inşa etmek olduğuna karar vermişler. Bunun İncil'de yazıldığı kadar büyük olmasının imkânı yok. Çünkü o zamanlar öyle bir teknoloji yoktu."

"Öyleyse burada bahsettiğimiz şey Nuh ve onun gemisi değil."

"Hayır, yine de benzerlikler çarpıcı. Bu yüzden bu olaydan sonra hayatta kalanların anlattıkları şeyler, *Gılgamış* ve İncil'deki hikâyelerin temelini oluşturmuş olabilir."

"Bir zaman aralığı verebiliyor musun?"

"Milattan önce beş bin beş yüz."

"Fazla kesin bir rakama benziyor."

"Çünkü bu tabletlerde anlatılana tıpatıp uyan bir sel felaketinin fiziksel kanıtları var. Bugün İstanbul Boğazı olarak bildiğimiz yerdeki toprak set çökerek, o zamana kadar Akdeniz'den beş yüz metre alçak bir içdeniz olan bölgeye suların akın etmesine sebep olmuş. Şimdi buraya Karadeniz deniyor. Sualtı insansız araçları kullanan deniz arkeologları, çok eskiden deniz kıyısı olan yerlerde yaşam olduğuna dair bulgular ortaya çıkarmışlar. Çöküntünün dolması bir yıldan fazla sürmüş. İstanbul Boğazı'nda oluşan dev çağlayanın yanında Niagara'nın şırıl şırıl akan bir dere gibi kalacağını söylüyorlar."

Cabrillo hayrete düşmüştü. "Hiç bilmiyordum."

"Bunlar son birkaç yılda doğrulanmış. Bir zamanlar bu olayın İncil'de anlatılan büyük tufanın kaynağı olabileceği hakkında çok fikir ileri sürülmüş, ama hem bilim insanları hem de teologlar bunun doğru olmadığı konusunda hemfikir olmuşlar."

"Öyle anlaşılıyor ki bu bulduğumuz şeyden sonra tartışma yeniden alevlenecek. Ama bir dakika," dedi Juan. Bir anda bir şey dikkatini çekmişti. "Bu tabletler çiviyazısıyla yazılmış. Bu yazı Mezopotamya ve Samaria'da ortaya çıkmadı mı? Karadeniz'le ne ilgisi var?"

"Dediğim gibi bu en eski yazı biçimlerinden biri ve büyük bir olasılıkla Karadeniz bölgesinden göç eden kavimlerce güneye taşınmış ve orada yaşayanlar tarafından kullanılmış. Bana güvenin başkan. Bu tabletler antik çağlarla ilgili tüm inanışları kökünden değiştirecek."

"Sana inanıyorum. Devam et."

"Tamam, işte bu kıyı köyünde yaşayanlar suyun yükselişinin asla durmayacağına inanmışlar. Dediğim gibi, suyun dolması ve Akdeniz'le aynı hizaya gelmesi bir yıl sürmüştü. Bu nedenle bu sonuca nasıl varabildiklerini anlamak mümkün. Ayrıca çok sayıda hastalıkla boğuştukları da anlatılıyor."

Doktor Huxley araya girdi. "Bugünkü mülteci topluluklarında gördüklerimizle benzer şeyler olmalı. Dizanteri, tifüs ve kolera türü hastalıklar."

Eric hikâyesine kaldığı yerden devam etti. "Toplu göçe katılmayı reddeden bu insanlar, köylerindeki bütün evleri yıkarak parçalarını, köyde yaşayan dört yüz kişinin tamamını alacak büyüklükte bir gemi yapmakta kullanmışlar. Boyutlarını vermemişler ama ahşap gövdenin ziftle kalafatlandığını ve sonra bakırla kaplandığını anlatmışlar.

İşte bu, bakır çağının başlangıcıydı. Bu bölgenin bakır madeni açısından zengin bir yer olması gerekiyordu. Böylece bu büyüklükteki bir geminin tüm gövdesini kaplayacak kadar bakır bulabilmiş olsunlar. Gemiye, inek, domuz, koyun ve keçi gibi çiftlik hayvanları ile tavuk ve bir ay yetecek kadar yem almışlar."

"Bütün bunları alabilecek bir geminin bence yaklaşık doksan metre boyunda olması gerekir."

"Bilgisayar da aynı fikirde zaten. Doksan yedi metre uzunluk ve on üç metre genişlik hesap etti. Muhtemelen üç güvertesi vardı. En altta hayvanlar, ortada erzak ve en üstte de köylüler."

"Peki, neyle yol alıyordu?"

"Yelkenlerle."

Cabrillo elini kaldırdı. "Yelken bu konuştuğumuz zamandan iki bin yıl sonra ortaya çıktı."

Eric, toplantı masası üzerindeki dizüstü bilgisayarını Juan'a yaklaştırıp bir ekran açtı. "İşte bire bir tercümesi: 'Güverteye saplanmış iki ana direk arasına, rüzgârı yakalamak için hayvan derileri gerildi.'" Juan'a baktı. "Bana yelken gibi geldi."

"Vay canına. Devam et."

"Sular sonunda gemiyi yüzdürecek yüksekliğe ulaştı ve yolculukları da böylece başlamış oldu. Bu biraz çelişkili, çünkü yolculuklarına sular dengelenmeden hemen önce başlamış olmalı, yoksa Karadeniz'e ulaşamazlardı. Her neyse, denizde bir aydan çok daha uzun bir süre kalmışlar. Karaya çıkmak istedikleri yerlerde ya içme suyu bulamamışlar ya da oralarda yaşayanlar gemiye saldırmış. Beş kameri ay, sayısız fırtına ve kaybedilen yirmiye yakın yolcudan sonra gemi sonunda karaya oturmuş ve tüm çabalarına karşın kurtaramamışlar."

"Nerede?"

"Bölgeyi, 'kayalar ve buzlardan oluşan bir dünya' olarak tarif etmişler."

Julia öne eğilerek Juan'ın bakışlarını yakalamaya çalıştı. "Bu noktada Eric ve ben tümdengelimli bir mantık yürüttük."

"Tamam. Neresi?"

"Kuzey Norveç."

"Neden Norveç?"

Eric cevap verdi. "Bu tabletleri, Japonların 731'inci Birim'inin biyolojik silahları geliştirdiği tesiste buldunuz. Japonlar kitle katliamları için kimyasal silahları tercih eden müttefiklerinden faklı olarak bu tür araştırmalara çok istekliydiler."

"Nazileri mi kastediyorsun?"

"Başka kim onlara bu tabletleri vermiş olabilir?"

Juan gözlerini ovuşturdu. "Bir dakika. Atladığım bir şey var galiba. Neden 731'nci Birim eski çağlara ait bir gemiyle ilgili yazıtları istesin ki?"

"Hastalık," dedi Julia. "Karaya çıktıktan sonra gemide başlayan salgın. Bu tableti yazan kişi hastalığı da ayrıntılarıyla anlatmış. Söyleyebileceğim kadarıyla bulaşıcılık açısından gribe eşdeğer, hava yoluyla bulaşan, kanamalı ateşli bir hastalık. Kendi kendine yok olmadan önce nüfuslarının yarısını öldürmüş. İlginç olan ise, sağ kalanların sadece küçük bir kısmının, bir daha çocuk sahibi olabilmeleri. Çok azı oranın yerli halkıyla çiftleşerek çocuk sahibi olmuş ama virüs bu insanların çoğunu kısır bırakmış."

"Eğer Japonlar Çin anakarasını pasif hale getirmek için bir yöntem arayışı içine girdilerse," dedi Eric, "böyle bir hastalıkla kesinlikle ilgilenmişlerdir. Julia'yla benim tahminim, Almanların Japonlara, tabletlerle beraber, teknede ele geçirdikleri mumyalaşmış cesetleri de vermiş olduğu yönünde."

"Hah, şimdi anladım. Eğer Japonlara bu tabletleri Almanlar verdiyse, siz de Almanların 1940'tan başlayarak Norveç'i işgal ettiğini düşünerek, bunları Norveç'te bulmuş olmaları gerektiğini tahmin ediyorsunuz."

"Evet. Kaya ve buzlar ülkesi, İzlanda veya Grönland'ın bazı kısımlarını tarif ediyor olabilir, fakat Almanlar bu yerleri hiç işgal etmediler. Finlandiya Rusların eline geçti ve İsveç savaş boyunca tarafsız kaldı. Bizim tahminimiz Norveç, muhtemelen kuzey sahillerindeki fiyortlar. Bu bölge hem tamamen keşfedilmemiş, hem de nüfus yoğunluğu çok düşük."

"Bir dakika Julia. Sen bana güvertede, Jannike'nin bu hastalığa karşı bağışıklığı olduğunu söylemiştin?"

"Ne kadar düşünürsem düşüneyim, neden *Golden Dawn*'daki herkes ölürken onun hastalığa yakalanmadığı konusunda kesin bir cevap bulamadım. Tabletlerde anlatılan hastalık havadan bulaşıyor ve eğer responsivistlerin geliştirdiği yeni virüsün temeli bu hastalığa dayanıyorsa, bu durumda o da oksijen desteğine rağmen, diğer herkes gibi bulaşıcı virüs dolu aynı havayı solumuş olmalı.

Ancak, eğer Jannike'nin atalarından biri bu hastalığı geçirip sağ kaldıysa, o zaman onun DNA'larında bu hastalığın antikorunun kodlanmış olma ihtimali hayli yüksek. Onun Norveç'in kuzeyindeki küçük bir köyden gelmiş olması da bizim tezlerimizi destekliyor."

"Bunu test edebilir misin?

"Eğer virüsün bir numunesi olsaydı, elbette ederdim."

Cabrillo esnemesini bastırmaya çalıştı. "Özür dilerim. Uyumam lazım. Sanırım bulmacanın bir parçasını hâlâ atlıyoruz. Almanların tekneyi bulduğunu ve tabletleri tercüme ettiğini varsayalım. Bu korkunç hastalığı öğrendiler ama bu onların ilgisini çekmedi. Fakat Japon dostları ilgileniyordu, o yüzden Japonya'ya, daha doğrusu Filipinlerde 731'inci Birim'in deneyler yapmakta olduğu bir adaya gönderdiler. Virüsü kusursuz hale getirip getirmediklerini bilmiyoruz, ama başaramadıklarını varsayabiliriz, çünkü tarih kitaplarında böyle bir hastalıktan hiç bahsedilmiyor."

Julia ve Eric başlarıyla onayladılar.

"Responsivistlerin bu işe el attığı sonucuna nasıl ulaştık? Japonlar altmış yıl önce beceremediyse, Severance ve çetesi nasıl başardı peki?"

"Biz de aynı şeyi düşündük," dedi Eric. "Fakat liderleri Lydell Cooper'ın önde gelen bir hastalık araştırmacısı olması dışında bir ipucuna ulaşamadık. Japonların savaş sırasında kullandığı tesisi kullanmışlar, bu yüzden virüs hakkındaki araştırmalardan haberdar olduklarını varsayıyoruz. Sadece nasıl yaptıklarını bilmiyoruz."

"Bir sonraki soru da, neden?" dedi Juan. "Virüsü ya da onun bir türevini *Golden Dawn*'daki herkesi öldürmek için kullandılar. Şimdi bununla ne yapmayı planlıyorlar acaba?" Eric'in cevap vermesini beklemeden devam etti. "Aşırı nüfusu dünyanın başındaki en büyük dert olarak gördüklerini biliyoruz. İnsanlığı ya da büyük bir kısmını yok edebilecek bir virüsü serbest bırakmak, dünyayı bir daha hiç toparlanamayacağı bir kaosun ortasına atar. Bu bir kıyamet silahı olur."

"Ya umursamıyorlarsa?" dedi Eric. "Yani demek istediğim, ya gerçekten uygarlığın çökmesini istiyorlarsa? Bunlar hakkında araştırma yaptım. Rasyonel insanlar değiller. Literatürlerinde karanlık çağlara dönmekten hiç söz etmiyorlar ama yine de bunu amaçlıyor olabilirler. Belki de sanayileşmenin sona erip, insanlığın tarım toplumuna dönmesini istiyorlardır."

"Neden yolcu gemilerine saldırıyorlar?" diye sordu Juan. "Neden virüsü yeryüzündeki her büyük şehirde salıvermiyorlar ve işi bitirmiyorlar?"

Eric cevap vermek üzere ayağa kalktı ve sonra ağzını kapattı. Verecek bir cevabı yoktu. Juan ellerini masaya dayayarak ayağa kalktı. "Bakın arkadaşlar. Bütün çalışmalarınız için hepinize minnettarım ve bunun responsivistlerin son hamlesini öğrenmemize yardımcı olacağını biliyorum. Fakat kendimi hemen yatağa atmazsam, şimdi burada uyuyakalacağım. Eddie'ye bütün bu olanlarla ilgili olarak bilgi verdiniz mi?"

"Elbette," dedi Julia.

"Tamam, ona Overholt'u aramasını ve tüm hikâyeyi anlatmasını söyle. Bu noktada ne yapabilir bilmiyorum, ama CIA'in de devrede olmasını istiyorum. Mark ve Linda yakın zamanda iletişim kuracaklar mı?"

Eric lafa girdi. "Yanlarına uydu telefonu almadılar, o yüzden *Golden Sky*'ın denizden karaya telefonunu kullanmak zorundalar. Linda, bir sonraki temaslarının..." –saatine bakarak– "... üç saat içinde olacağını söyledi."

"Onlara hemen gemiden ayrılmalarını istediğimi söyle. İsterlerse bir cankurtaran botu çalsınlar ya da korkuluklardan atlayıp kaçsınlar."

"Anlaşıldı efendim."

Juan'a göre, başını yastığa koyduğu anda çalmıştı telefon.

"Cabrillo." Dili ağzına yapışmıştı ve perdenin kenarından sızan alacakaranlık, ışıldak gibi geliyordu ona.

"Başkan, ben Hali. Sanırım Harekât Merkezi'ne gelerek bunu görmeniz gerek."

"Ne oldu?" dedi Cabrillo. Telefonu kulağı ile omzu arasına koymuş ve bacaklarını yataktan dışarı sarkıtmıştı. Böylece takma bacağına ulaşabildi.

"ELF[1] bandından çağrı alıyoruz."

"Bu bizim donanmanın denizaltılarla konuştuğu aralık değil mi?"

"Artık değil. Kullandıkları iki verici birkaç sene önce söküldü. Üstelik onlar, yetmiş altı hertz üzerinden yayın yapıyorlardı. Bu ise yüz beş'ten geliyor."

"Kaynağı neresi?" Juan pantolonunu giymeye uğraşıyordu.

"Yerini tespit edecek kadar sinyal alamadık. Ayrıca, Ekstra Düşük Frekans yayınlarının doğası gereği hiç bulamayabiliriz."

"Tamam, şimdi ilgimi çekmeye başladın. Birkaç dakikaya oradayım." Juan giysilerinin kalanını hızla üzerine geçirdi, çorap giymeyi boş verip, kısa bir süre dişlerini fırçaladı. Saatine göre üç saattir uyuyordu. Oysa ona üç dakika gibi gelmişti.

Harekât Merkezi'ne girmek Cabrillo'ya her zaman enerji vermişti. Gösterişli tasarımı, bilgisayarların sessiz uğultusu ve bu odadan kontrol edilen güç, sadece *Oregon*'un devrim yaratan motorları değil, geminin bir anda devreye girebilen müthiş ateş gücü hep etkilemişti Cabrillo'yu.

Hali, elinde buharı tüten bir kahve fincanıyla bekliyordu.

Cabrillo şükranlarını mırıldanarak aldı ve hemen bir yudum içti. "İyi geldi," diyerek fincanı Hali'nin monitörünün yanına bıraktı. "Ne bulduğunu göster şimdi bana."

"Bildiğiniz gibi bilgisayar her frekans yelpazesini otomatik olarak tarıyor. ELF düzeyinde bir sinyal aldığında kaydı durdurmuş ve kelimeyi tanıyınca bana haber verdi. Buraya geldiğimde, o ana kadar gelen mesajın bu olduğunu gördüm. "Düz ekranını yatırarak Cabrillo'nun da görmesini sağladı. Ekranda tek kelime yazıyordu: *OREGON.*

---

(1) Ekstra Düşük Frekans

"Bu kadar mı?" Juan uğradığı düş kırıklığını belli etmemeye çalıştı.

"ELF dalgaları inanılmaz derecede uzundur, üç bin kilometreyi geçerler. Bu uzunlukları sayesinde dünyayı dolaşıp, okyanusların derinliklerine erişebilirler. Temel olarak bir ELF vericisi dünyayı bir anten gibi kullanır. Kötü tarafı, bir şey göndermenin çok uzun zaman almasıdır. Denizaltılar da cevap veremezler, çünkü kendi vericileri yoktur. Bu yüzden donanma kullanmaktan vazgeçti. Sözün kısası, çok verimsizdi."

"Bir denizaltı neden ELF sistemi taşıyamıyordu? Hatırlayamadım?"

"Antenin kendisi yaklaşık elli kilometre uzunluğunda. Sinyalin kendisi 8 vat olsa bile, bir denizaltının reaktörlerinin üreteceğinden daha fazla elektrik tüketir. Ama asıl sebep, antenin kurulacağı yerin çok düşük bir yer iletkenliğine sahip olması gerekir ki radyo dalgalarını yakalamasın. Dünyada ELF bandından yayın yapabileceğin çok az yer var ve denizaltılar kesinlikle bunlardan biri değil."

"Kayda geri dönecek olursak," diye devam etti Hali. "Dün akşam saat onda aynı frekansta başka bir ELF yayını olduğunu fark ettim. Gelişigüzel dizilmiş bir ve sıfırlardan oluşuyordu. Bir şifreyse çözmesi için ana bilgisayara gönderdim, ama pek umudum yok."

Hali'nin ekranında bir I harfi belirdi, altmış saniye sonra onu T harfi izledi.

"Diş çekmekten beter bir şey bu," dedi Juan. "Bizden başka kimde ELF anteni var?"

"Sadece Sovyetler. Tek kullanımları derin sulardaki denizaltılar ve çok büyük mesafeler. Kurmak için başka bir sebep de yok zaten."

"Bu durumda bizimki söküldüyse, Ruslar olmalı. Bunun bizim Kerikov'u dinlememizle bir ilgisi var mı acaba?"

"Bir dakika içinde öğreneceğiz," dedi Hali. Sonra değiştirdi. "Belki on ya da on beş dakika."

Böylece dakikada bir harfin ekranda belirmesini beklemeye başladılar. O ana kadar OREGON BENMA yazısı belirmişti. Bir sonraki harf geldiğinde, Juan bir süre ekrana baktı ve bir zafer çığlığı kopparttı. Gelen harf X'ti.

"Ne oldu?" diye sordu Hali.

"Max bu. Kurnaz piç kurusu. Bizimle ELF bandından haberleşmek için bir yol bulmuş."

Hali aniden küfretti. Ekranda bir başka pencere açarak, Gil Martell'in ofisindeki ses kaydının dökümünü getirdi. "Nasıl daha önce fark edemedim?" Kızgın bir halde kendine söylendi. Ekranında açılan sayfaya bakmaya başladı.

BEN BİLMİ... (1:23) EVET... (3:57) DONNA SKY HAKKINDA... (1:17) EL EFEYİ (HARE)KETE GEÇİRİN... (0:24) ANAHTAR... (1:12) YARI(N)... (3:38) GEREKMEZ... (0:43) BİR DAK(İKA)... (6:50) HOŞÇA KAL... (1:12)

"Neyi kaçırıyorum?" diye sordu Juan.

"Dördüncü kelime kümesi, 'el efeyi.' Doğrusu 'el efeyi' değil ELF'yi olacak. ELF'yi harekete geçirin. Responsivistlerin kendi ELF vericileri var."

"Ne halt etmeye peki?" diye sordu Juan, sonra da cevabı yine kendisi verdi. "Eğer bir yolcu gemisinde toksini salıvereceksen, bir ELF vericisi saldırıyı tüm gezegende aynı anda başlatmanı sağlar."

Cabrillo, Max'in mesajının yavaşlığından dolayı sabırsızlanmaya başlamıştı. Ancak hâlâ çok uykusuzdu ve dikkatini tamamen veremiyordu. "Hali, ben kamarama gidiyorum. Her şeyi alınca beni uyandır. Ayrıca yayının tam yerini de tespit etmeni istiyorum. Bu her şeyden öncelikli bir iş. Eric'i de al, sana yardım etsin." Sonra bilgisayara dönüp, sanki Max kendisini duyuyormuş gibi seslendi. "Bunu nasıl yaptın bilmiyorum dostum, ama sen müthiş bir adamsın."

28. BÖLÜM

Bilinen en eski numaralardan biriydi ve kusursuzca uygulanmıştı. Max, uçurumu yeraltı sığınağından çıktıktan hemen sonra keşfetmişti. ATV'den atlayıp ve gaz kolunu çevirerek aracı uçuruma doğru yönlendirmişti. Çok karanlık olduğundan ATV'nin aşağıya inişini göremedi ama Kovac'ın peşinden çıkaracağı arama ekibinin küçük aracı orada bulacağından emindi.

Sonra yeniden sığınağın girişine dönmüş ve arama ekibinin çıkışı ve tıbbi ekibin yaralı teknisyenlere müdahalesinin oluşturduğu hengâme içinde elini kolunu sallaya sallaya içeri girmişti. Deyim yerindeyse, Max'in suç işlediği yere dönmesi, Kovac'ın en son tahmin edeceği şeydi ve tesislerin içi de Max'i aramak için aklına gelecek en son yerdi.

Yeraltı tesisinde istediğinden fazla saklanacak yer vardı. Üzerinde teknisyen kıyafetleri varken kendini daha güvende hissediyordu ve bu yüzden kaçışı sırasında önünden geçerken açamadığı kapıları da açmaya başladı. Baktığı birçok oda yatakhaneye benziyordu. Çoğunda ranzalar, etrafında mahremiyet sağlayan kalın perdeler ve soyunma odası tipinde duşlar vardı. Max burada yüzlerce kişinin kalabileceğini hesap etti. Bu tesisin, Soğuk Savaş dönemindeki nükleer serpinti sığınaklarını andırdığını fark etti. Yeterli yiyecek, su, elektrik ve bir felaketten kaçanlar için kalacak konforlu yerleriyle tamamen kendi kendine yeten bir tesisti burası. Binanın yeni ve responsivistler tarafından yapılmış olması, Max'e bu felaketi onların yaratacağına inandırdı. Juan ve ekibinin *Golden Dawn*'da ortaya çıkarttıkları dehşeti düşündü ve ürperdi.

Bir şişe su ve bir kutu armut konservesi buldu. Armudu, tatlı sularını yaralı çenesinden akıtarak elleriyle yedi. Modern tıbbın, çatlak kaburgalara müdahale edilmemesi yönündeki uyarılarına kulak asmayarak, gövdesini sıkıca sardı. Plastik sargının basıncıyla acıları biraz hafifledi. İçtiği su ve yediği armut biraz olsun kuvvetini toparlamasını sağladı.

Tulumunun derin ceplerine iki şişe daha su koyup araştırmasına devam etti. Dolambaçlı koridorlarda birkaç kişiyle karşılaştı. Soran gözlerle yaralarına baktıklarında, açıklama yaparak kaçan mahkûmun saldırdığını söyledi.

Tüm responsivistlerin kıyameti beton labirentlerde atlatmayacağını anladığında kendisini tuttukları hücrenin bir alt katındaydı. Güvenlik tuşlarıyla bir adet çift kanatlı kapı gördü. Elektronik sistem sökülüyordu ve yerde küçük bir taburenin yanında aletler vardı. Sanki tamirci, unuttuğu bir şeyi almak üzere aceleyle çıkmış gibiydi.

Max hiç zaman kaybetmeden güvenlikli bölgeye geçti. Yerler kalın tüylü yeşil halılarla kaplıydı, duvarlarda alçı paneller ve lambriler göze çarpıyordu. Burnuna çarpan keskin akrilik kokusundan duvarların yeni boyandığı anlaşılıyordu. Aydınlatma yine floresan lambalarla sağlanmıştı ama armatürler daha kaliteliydi, hatta yer yer aplikler de konmuştu. Duvarlara asılmış olan sanat eserleri neşeli renklere sahipti ama kişilikten yoksundu. Nedense ona boşanma avukatlarından birinin ofisini hatırlattı. Kurumsal bir havası vardı, fakat yüksek kalitede bir kurumsallıktı bu. Yemekhane, duvarlarda gerçek pencerelerin yerini almış düz ekran monitörlerle daha çok pahalı bir restoranı andırıyordu. Ağır sandalyeler, yumuşak deriyle döşenmişti ve barın üstü masif maun kaplamaydı.

Ofislerin bulunduğu bölümün dışında, sekreterler ordusu için ayrılmış bölmelerle dolu bir alan ve Hali Kasım'ın ağzını sulandıracak bir haberleşme merkezi buldu. Merkeze girip bir telsiz ya da telefon aramaya başladı. Ancak sistem daha önce gördüğü hiçbir şeye benzemiyordu. Bu küçük odada kendini fazla açıkta hissetti ve buraya daha sonra tekrar gelmeyi planlayarak keşif gezisine devam etti.

Max'in, binanın "yönetici kanadı" olarak adlandırdığı bölümün fonksiyonel kısmından uzakta, mini barına kadar beş yıldızlı otellere öykünen yatak odaları vardı. Yatak başuçlarındaki komodinlere İncil yerine Lydell Cooper'ın *Ölümüne Çoğalıyoruz* adlı kitabı konmuştu. Konaklama düzenlemesine bağlı olarak kırk kişiyi ya da çifti ağırlayacak kadar oda vardı. Max bu odaların responsivist hareketin krem tabakasına, liderlere, yönetim kurulu üyelerine ve zengin müritlere ait olduğunu tahmin etti. Yönetici kanadının en uzak köşesinde süit odalar vardı ki bunların Thom Severance ve karısına ait olması gerekiyordu. Bunlar diğerlerine oranla son derece lüks döşenmişlerdi.

Sadece banyo, bir stüdyo daire boyutlarındaydı ve küvet bir cankurtaran gerektirecek kadar büyük gözüküyordu.

Max, geceyi Severance'ın yatağında geçirdi. Sabah uyandığında, geldiği zaman Severance'a ait olacak diş fırçasını kullandı. Hanley ağzını çalkalarken oturma odasından sesler duyduğunda şaşkınlıktan küçükdilini yutacaktı. Zelimir Kovac'ın ağır aksanını ve kusursuz diksiyonunu hemen tanıdı. Duyduğu ikinci ve daha düzgün konuşan kişinin Thom Severance olduğunu tahmin etti. Duyduğu son ses, kalbini yerinden çıkarabilirdi. Sesin sahibi programlayıcı Adam Jenner'dı.

Max, üç adamın konuşmalarını dehşet içinde dinledi. Her söyledikleri bir öncekinden daha korkunç şeyleri açığa çıkarıyordu. Jenner gerçekte Lydell Cooper'dı. Bütün bu planın arkasında Max'in elinde olmadan takdir ettiği basit bir deha vardı. Davalarına adanmışlıkları herkesin düşündüğünün çok ötesindeydi. Bu gerçek bir dindi; peygamberleriyle, şehitleriyle ve inançları uğruna her şeyi yapmaya hazır müritleriyle.

Severance'ın, Gil Martell'in intiharıyla ilgili söylediği şeylerden Max, Kovac'ın onu öldürdüğü anlamını çıkardı. Sonunda Max korkunç gerçeği öğrendi. Geliştirdikleri bir virüsü serbest bırakarak dünyanın yarısını kısırlaştırmayı planlıyorlardı.

Bu kez takdir edilecek bir şey yoktu ama Max planın ne kadar dâhiyane olduğunu da anlamıştı. Uygarlık, kurbanlarının yarısını öldürecek koordine bir biyolojik saldırıyı atlatamazdı ama amaçladıkları şeyden sağ çıkabilirdi. İnsanlık bir süre duraklayacaktı ama sonunda daha zengin olarak ortaya çıkacaktı. Eski karısı oğlunun onlara katıldığını söylediğinde, Cooper'ın hareketiyle ilgili araştırma yapmıştı. Cooper, eğer veba Avrupa'nın yarısını yok edip, zenginlik çağını başlatmasaydı, karanlık çağların asla son bulmayacağını yazmıştı.

Bunun bu kadar basit olmadığından oldukça emindi, ama yine de bugünün kesintisiz bilgi ve hızlı seyahat dünyasının nasıl tepki vereceğini merak etmekten kendini alamadı. Max, böyle bir dünyanın parçası olmak istemiyordu. Ona göre, Cooper, Severance ve Kovac'ın dünya için en iyisinin ne olduğuna karar vermeye, Charlie'nin üç meleğinden daha fazla hakları yoktu. Banyodan fırlayıp, üçünün birden işini tek başına bitirmek istedi. Kovac silahına sarılmadan beş altı adım atabileceğini tahmin ediyordu. İradesini zorlayarak kendisini sakinleştirdi. Daha iyi bir fırsat yakalayacaktı nasıl olsa. Şimdilik sadece biraz sabırlı olması yeterliydi.

Üç adam çıktıktan sonra, Max süitten dışarı süzülüp, kullanılmayan otel odalarından birinin dolabına saklandı. Burada, en azından şimdilik emniyette olduğunu düşündü. Aklı sürekli olarak Severance ve çetesinin yaratacağı cehenneme kayan Max, bir yandan da bunu nasıl önleyebileceklerine yoğunlaşmaya çalışıyordu.

Bir vericiden bahsetmişlerdi. Virüsü bir tür aktivasyon kodu göndererek koordine edeceklerdi. Max bir anda planın zayıf tarafını fark etti. Havadan yapılacak bir yayının, kısa dalga bile olsa tüm dünyayı dolaşması yüzde yüz garantili olamazdı. Atmosferik koşullardan, Güneş'teki manyetik fırtınalara varıncaya kadar mevcut birçok değişken, sinyalleri engelleyebilirdi.

Kısa dalga değil, diye düşündü.

Yeraltındaki tüneli ve kalın bakır telleri hatırladı. Bir de responsivistlerin kurduğu, fazladan güç üretebilecek kapasitedeki jeneratörler geldi aklına.

"Bir ELF anteni bu canına yandığım," diye fısıldadı. O anda Juan'ı uyarmak için ne yapacağı geldi aklına. Daha önce haberleşme odası olduğunu tahmin ettiği yere girmek için Kovac'ın deneme yayınını yapmasını bekledi. ELF vericiyi nasıl çalıştıracağını bulmak, sinir bozucu bir yirmi dakikasını aldı. Frekansa ince ayar yaptı ve mesajını yolladı.

OREGON BEN MAX VİRÜS SALDIRISI 50 YOLCU GEMİSİ
ÖLDÜRMEKTEN BETER ELF ANAHTAR NÜK FÜZE ATIN >72 SAAT

Vericinin yerini de bildirmeyi çok isterdi ama nerede oldukları hakkında en ufak bir fikri yoktu. Hali'nin sinyalin izini sürerek kaynağını bulması tek umuduydu. Özellikle nük füze demişti, çünkü burasının ele geçirilemez bir beton sığınak olduğunu biliyordu. Juan'ın burayı yok edecek bir yol bulmasını ümit etmekten başka yapacak bir şeyi yoktu.

Mini bardan aldığı gofret ve birayla birlikte yeniden saklandığı dolaba girdi. Saldırı günü yaklaşırken, Severance'ın Kovac'tan kapıdaki nöbetçileri artırmasını isteyeceği açıktı. Bu nedenle ön kapıdan kaçma ihtimali yoktu. Kendisini feda etmeye hiç niyeti olmadığından, üç gün içinde başka bir kaçış yolu bulması gerekiyordu.

Thom Severance ofisinde Lydell Cooper'la sohbet ederken odanın kapısı vuruldu. Oturduğu yerden baktı ve aceleyle az önce kullanmak zorunda kaldığı bardakları ortadan kaldırdı. Gelen Zelimir Kovac'tı. Normalde de asık suratlı olan Sırp, iyice suratsız görünüyordu. Her ne olduysa iyi bir şey olmadığını anladı.

"Sorun nedir?" diye sordu.

"Haberlerde az önce İstanbul'daki bir yolcu gemisinde birinin öldüğü duyuruldu. *Golden Sky*'daki adamlarımızdan biri, Zach Raymond'muş."

"Gemiye yerleştirdiğimiz birimi yönetiyordu değil mi?"

"Evet efendim."

"Ayrıntıları biliyor muyuz?" dedi Cooper.

"Anlaşılan, geminin avlusundaki balkondan düşmüş ve anında ölmüş."

"Kazaymış o zaman, ha?"

"Haberlerde öyle diyor, ama ben inanmıyorum. Ekip liderimizin ölmüş olması biraz zor bir tesadüf."

"Kyle Hanley'i kaçırma işinin arkasındakilerin *Golden Sky*'da adamları mı var diyorsun?" diye sordu Severance gizlemediği bir alaycılıkla. "Saçmalama. Herhangi birinin aradaki bağlantıyı kurması olanaksız."

"Dahası var. Filipinlerdeki ekipten bir haber aldım. Terk edilen virüs fabrikasına iki adamın geldiği ve Japonların yeraltı mezarlarını bulduğunu söylediler. Bir patlamanın ardından, ikisinin de yeraltında mahsur kaldıklarını bildirdiler. Fakat bence birilerinin orada olması başlı başına bir problem."

Severance elini operasyonla çukurlaştırılmış çenesinin altında yumruk yaptı. "Birileri biraz kurcaladıysa Filipinlerde bir tesisimiz olduğunu öğrenebilirler. Japonların terk ettiği tünel sistemini nereden bildiklerini anlayamadım doğrusu. Belki de biraz kurcalamaktan fazlasını yapmışlardır. Her iki durumda da fark etmez. Adamlar öldü ve biz de arkada delil olabilecek hiçbir şey bırakmadık."

"Bu hoşuma gitmedi Thom," dedi Cooper, öne doğru eğilerek. "Ortaya çıkarılması durumunda kaybedeceğimiz çok şey var ve ben rastlantılara inanmam. Söz konusu olan sadece şu Hanley bebesinin kaçırılması olsaydı bize yönelik bir tehdit olduğu fikrini göz ardı edebilirdim. Fakat şimdi iki ayrı olayla karşı karşıyayız: Filipinlere yapılan baskın ve Zach Raymond'un ölümü. Birileri peşimizde."

"Eğer öyle olsaydı, FBI Kaliforniya'daki merkezimizi şimdiye kadar çoktan basmış olurdu. Yunanistan'daki yerimize aynısını yapması için de Atina'ya baskı yapardı."

Responsivistlerin kurucusunun buna verecek bir cevabı yoktu.

"Belki de Hanley'in çocuğunu kurtarmak için tuttuğu şirkettir," diyerek fikrini belirtti Kovac. "Belki de ilk talimatları doğrultusunda güvenliğimizi araştırıp, oğlanı ve babasını kurtarmak için bir yol arıyorlardır."

Cooper bu fikrin üzerine atladı. "Bu kesinlikle çok mantıklı."

"Yani sence planımızdan haberdar değiller?" dedi Severance.

"Evet, bu mümkün," diye karşılık verdi Kovac. "Ama eğer Zach'ı sorguya çektilerse, Thom'un bahsettiği baskın şu anda planlanıyor olabilir."

"Bir önerin var mı?"

"Evet efendim. Virüsün ortaya çıkarılmadığından emin olmak için *Golden Sky*'a gitmeliyim. Eğer bulup yetkililere teslim ettilerse, o zaman insanlarda belirtiler başlayana kadar bir tedavi geliştirme konusunda büyük bir avantaj elde ederler. Ayrıca geminin tüm haberleşmesini kesmemizi öneririm. Hiçbir yolcunun interneti kullanmasına ve gemiden karaya telefon etmesine izin verilmemelidir. Böylece gemiye çıkmış olan ajanlar da üstleriyle temas kuramazlar."

"Gemi şu anda nereye gidiyor?"

"İstanbul'dan Girit'e, Herakleia'ya gidiyor. Yunan adalarından aşağıya inerken gemiye rahatlıkla yetişebilirim."

Golden Sky ve talihsiz kardeşi *Golden Dawn*'ı işleten, Golden Lines şirketinin sahibinin bir responsivist olduğunu çok az kişi biliyordu. O ve karısı gruba çocuk sahibi olamadıkları için gelmişlerdi ve Lydell Cooper'ın öğretileri sayesinde bunu kabullenmekle kalmayıp, kutlamışlardı da. Her ne kadar davaya büyük miktarlarda para yardımı yapıp, gemilerini büyük indirimlerle Deniz Enstitüleri için kullanmalarını sağladıysa da, bu denizcilik devinin, genetik olarak geliştirilen virüsün yolcu gemileriyle yayılması planını yapan çekirdek grupla bir ilgisi yoktu.

"Seyahat şirketinin başkanını arayabilirsiniz," diye devam etti Kovac. "Ona *Dawn*'ı hedef alan grubun aynı şeyi *Golden Sky* için de tezgâhladığını söyleyebilirsiniz. Benim gemiye girmeme izin versin ve virüs salıverilene kadar gemiyi denizde tutsun. Böylece, bir şey bulsalar bile kimseye haber veremezler."

"O zaman yolculuğu doğrudan sona erdirir."

"O zaman bunu bize bir iyilik olarak yapmasını söyleyin. Deniz Enstitüsü'nün bir parçası olarak o gemide elli responsivist var. Çoğunun ne olacağından hiç haberi yok, fakat kuşkulu hareketlerde bulunan kişiyi bulmak için yeterinden fazla insan demektir bu."

Severance, Cooper'a baktı. Eski araştırmacı genç görünümünü üst üste olduğu ameliyatlara borçlu olabilirdi ama gözlerindeki ateş tamamen kendisine aitti. Bu, müthiş bir kararlılığın ve bir inanca olan sarsılmaz bağlılığın ateşiydi.

"Thom," dedi Cooper. "Türümüz bir felaketin eşiğinde debeleniyor. Beslenecek çok fazla boğaz var ve doğal kaynaklar giderek artan bir hızla tükeniyor. İkimiz de biliyoruz ki, beş bin yıllık uygarlığı çöküşten kurtarmanın tek insani yolu bu yapacağımız şey. Ve uygarlık tarihinin en başından beri ilk kez kurtuluşun çaresi bulundu. Bu adil ve doğru bir şey ve başarımızı garanti altına almak için ne gerekiyorsa yapmalıyız.

Plandan sapmaktan hoşlanmıyorum ama Bay Kovac'ın haklı olduğuna inanıyorum. Bir şekilde birileri bir şeyler biliyor. Kulağa garip geldiğini biliyorum ama şu anda işi şansa bırakamayız. Bu kadar yaklaşmışken olmaz. Artık haftalar değil günlerden söz ediyoruz. Eğer *Golden Sky*'da virüsümüzü araştıran insanlar varsa, denizcilik yetkililerine nasıl salıverileceğini açıklarlar ve bütün yaptıklarımız boşa gider."

Severance başıyla onayladı. "Evet, kesinlikle haklısın. Kimsenin bize zarar veremeyeceğine inanmam biraz fazla kendini beğenmişlik oldu. Zelimir, ben seyahat şirketiyle konuşacağım. Gerekli gördüğün bütün hazırlıkları yap ve ihtiyacın olan tüm ekipman ve personeli de yanına al. Kaptanın seninle tam bir işbirliği içinde olmasını sağlayacağım. Şunu unutma ki, hiçbir koşulda o virüs gemiden dışarı çıkmayacak. Bunun için ne gerekiyorsa yapacaksın. Anlaşıldı mı?"

"Evet efendim. Ne gerekiyorsa."

"Hissedebiliyor musunuz?" Cooper'ın sorusuna karşılık iki adam da ona soran gözlerle baktı. "Bizim boyutumuza ait zarın ötesinden gelen karanlık etkilerle savaşıyoruz. Binlerce yıl boyunca insanları bir kalıba sokup biçimlendirdiler ve bugün kendi kendini imha edecek duruma getirdiler. Bu güçler insanlığı, kendisini giderme noktasına itti. Ama artık karşı koyuyor ve kaderimizi yeniden kendi ellerimize alıyoruz. Bunu hissedebiliyorum. Onların iradesine boyun eğmediğimiz ve kendi yolumuzu yeniden çizmeye başladığımız için nasıl şaşkınlık içinde olduklarını hissedebiliyorum.

Başardığımız zaman artık bizi tutamayacaklar. Yeni bir dünyada gelişmeye başlayacağız ve bize dokunamayacaklar. Birçok insanın ıstırabının sebebi olduğunu bilmediği, köleliğin görünmez boyunduruklarını kesip atıyoruz artık. Acı çektik, evet. Bizi temel güdülerimize karşı koyamaz hale getirdiler ve bakın bu bize nelere mal oldu. Savaşlar, açlık, kıtlık, yoksulluk. Sayısız nesiller boyunca süren görünmez kontrolleriydi başımıza bunların gelmesine sebep olan.

Ta ki ben mantıklı hiçbir toplumun bu şekilde yaşamayı seçmeyeceğini anlayıp, kendimizi kontrol edemediğimizi ve evrenin dışından gelen etkilere maruz kaldığımızı fark edene kadar sürdü bu durum. Düşüncelerimize egemen olmuşlar ve ne olduğunu hâlâ anlamadığım bir nedenle bizi kıyamete doğru sürüklüyorlardı. Ne olduklarını ilk anlayan ben olmuştum ve aynı şekilde düşünen sizin gibi insanlar da bize karşı tertip edilen bir düzen olmasa dünyanın böyle bir yer olmayacağını anlamaya başlamıştı.

Entrikaları neredeyse sonuçlanmak üzere. Artık toplumsal evrimimizin bir sonraki aşaması hakkında söz söyleme hakları olmayacak, çünkü onların kim olduklarını ve neler yaptıklarını herkesin anlamasını sağlayacağız. Evet beyler, ne kadar heyecanlı olduğumu size anlatamam. Büyük bir uyanış yaklaşıyor ve biz omuz omuza bunun tadını çıkaracağız."

Kovac bir türlü Doktor Cooper'ın öğretilerindeki boyutlar arası zihin kontrol fikrine ısınamamıştı. Aşırı nüfusla ilgili rakamları ve sürekli azalan kaynakları ve bunun kaçınılmaz sonuçlarını anlıyordu. O yüzden hiçbir şey söylemedi. İnsanlığı kendisinden kurtarma işinin bir parçası olmak onun için yeterliydi. Ve şimdilik, *Golden Sky*'daki olası düşmanları avlamak, herhangi bir büyük uyanıştan önemliydi onun için.

29. BÖLÜM

Juan Cabrillo, Harekât Merkezi'nde, her zamanki koltuğunda oturmuş, dikkatle Hali Kasım'ın sunumunu izliyordu. Eddie Seng odanın arkasında, Linc ve av köpekleri, Mike Trono ve Jerry Pulaski'yle birlikte bir şeylerle oyalanıyordu. Hali'nin Eric Stoney'in yardımıyla gerçekleştirdiği şey bir mucizeyle eşdeğerdeydi.

"Max sinyal göndermeye devam ederken yıllar boyunca tanışıklık geliştirdiğim birkaç amatör telsizci ile temasa geçtim ve hepsini Max'in frekansına geçirttim. GPS uydularımızı düzenleyen saatleri aktif hale getirmelerini istedim. Böylece yüzde yüz eşzamanlı hale geldik. Her karakter geldiği anda hepsinden tam saatini not etmelerini istedim. Radyo dalgaları değişik ortamlarda farklı hızlarda hareket ederler. Bu yüzden bazı hesaplamalar yapmak gerekti. Burada Eric devreye girdi. Bu uygunsuzlukları da onun hesaplamaları giderdi ve böylece kesin bir zamana karşı uzaklık tablomuz oldu. Bunun yardımıyla da sinyalin kaynağının kesin yerini üçgenleme yöntemiyle bulduk."

Bir süre klavyesinin tuşlarına dokundu ve ekranında çorak bir adanın yukarıdan görünümü belirdi. Güney ucunda barınmaya uygun olmayan bir kayalık sahil dışında etrafı uçurumlarla çevrili, gözyaşı şeklinde bir adaydı. Yüzeyi iniş çıkışlı sarp kayalarla kaplıydı ve birkaç noktadaki otlar ve sürekli esen rüzgâr nedeniyle garip şekiller almış kurumuş ağaçlar dışında hiçbir bitki örtüsü yoktu. Ekranın altındaki ölçeğe göre ada yaklaşık on üç kilometre uzunluğunda ve en geniş yerinde üç kilometre genişliğindeydi.

"Bu Eos Adası. Türkiye sahillerinden beş mil açıkta. Mandayla Körfezi'nde bulunuyor. Türkler ve Yunanlılar bu ada için yüzyıllar boyunca savaşmışlar ama bulduğumuz bilgiler ışığında sebebini anlayamadık. Jeolojik olarak ilginç bir yerde, aksi takdirde volkanik bir bölge olması gerekirken, prekambriyen anakayasının bir parçası, fakat temelde barınmak mümkün değil. Bu resim dört yıl önce kaydedilmiş."

Max'in tutulduğu yerin fotoğrafını görmek bile Juan'ın vücudunun enerjiyle dolmasına yetti. *Oregon*'a tam hızla oraya gidip, tüm silahlarıyla saldırı emri vermemek için kendini zor tuttu.

Hali ekrana Eos Adası'nın bir başka görüntüsünü getirdi. "Bu da geçen sene çekilmiş."

Adanın güney kısmına yakın bir yerde, göze batan sarı renkleriyle bir düzine buldozer kümelenmişti. Dev bir çukur kazılmış ve bir beton tesisi inşa edilmişti. Sahile bir rıhtım yapılmış ve çalışma alanına kadar yol döşenmişti.

"İşi bir İtalyan inşaat şirketi üstlenmiş ve ödeme isimsiz bir İsviçre bankası hesabından yapılmış. Tabii arkasında kimin olduğundan hiç kuşku yoktu. Türk yetkililere burada bugüne kadarki en büyük film setinin inşa edildiği söylenmiş."

Peşinden bir resim daha geldi. "Bu da aynı alanın birkaç ay sonraki hali. Gördüğünüz gibi kazılı alanın içine bu kez beton yapılar oturtmuşlar."

Eric ekledi. "Ölçek oluşturmak için büyük iş makinelerini kullanarak yaptığım hesaplamalara göre tesisin izdüşümü beş kilometrekarenin üzerinde. İnşaatın bu aşamasında üç kat olduğu anlaşılıyor."Hali kaldığı yerden anlatmaya devam etti. "İnşaat sekiz ay devam ettikten sonra düzmece film şirketi paralarının bittiğini söyleyerek projeyi durduruyor. Türklerle yapılan orijinal sözleşmenin bir maddesine göre adayı doğal haline geri getirmeleri gerekiyor. Aşağı yukarı yaptıkları da bu zaten."

Ana ekrana üçüncü görüntüyü getirdi. Büyük hafriyattan iz kalmamıştı. Hiçbir şey yapılmamış gibiydi. Çukurdan alınan her şey yerine tekrar konmuştu ve arazi doğal, taşlı görüntüsüne yeniden kavuşmuştu. Geride kalan tek şey rıhtım ve nereye ulaştığı belli olmayan stabilize yoldu.

"Bu fotoğraf Türk hükümetinin resmi çevresel etki raporundan alındı," diyerek devam etti Hali. "Bu durumda el değiştiren bir bahşişin, raporu Eos'un yeniden normale döndüğü şeklinde yazdırdığına inanmak gerekiyor."

"ELF anteni nerede?" diye sordu Juan.

"Yeraltı sığınağının içinde gömülü," diye cevapladı Eric. "Max mesajında özellikle nükleer füze kullanmamızı istemiş. Rahatlıkla bomba diyebilirdi. Daha az harf var üstelik. Yani mesaj gönderme süresini uzatma pahasına *nük füze* demiş.

Bu konuda Mark'a danışmak isterdim ama hızlı bir bilgisayar simülasyonu yaptım. Eğer beş ya da altı aydır beton döküp üzerine de moloz yığdılarsa benim tahminim, ceviz kabuğunu kırmak için iki kiloton gerektiği yönündedir."

"Hava Kuvvetleri'nin sığınak delen bombalarından biri neden olmasın?" dedi Juan.

"İşe yarayabilir, yeter ki anteni ya da güç jeneratörlerini doğrudan vuralım. Ancak bir de uygulanabilirlik açısından bakalım. O bombalardan birine erişebileceğimize inanıyor musunuz?" Eric'in alaycılıktan anlamayan bir tarafı vardı.

"İki kiloton TNT bulacağımıza inandığımdan daha fazla değil," diye sertçe cevap verdi Juan, ama anında ses tonundan dolayı pişman oldu. "Özür dilerim." Öfkesini insanlardan çıkarmamaya hep dikkat etmişti.

"Komando harekâtı tek uygun yol gibi gözüküyor," dedi Eddie ve Harekât Merkezi'nin arkasından öne doğru hareketlendi. "Karaya şuradan, adanın güney ucundan çıkabiliriz ya da uçurumdan tırmanabiliriz."

"İstatistiksel olarak başarı şansı sıfır," dedi Eric. "Olasılıklar bize sığınağın çok iyi korunduğunu ve kolaylıkla kapatılabileceğini söylüyor. Bir saldırı sinyali aldıklarında dışarıdaki tahkimatlar kapanacaktır ve sığınağın içindeki peş peşe dizili barikatlar yükseltilecektir."

"O zaman bir arka kapı bulacağız," dedi Juan. "Havalandırma sistemi için hava girişleri olmalı, aynı şekilde güç ünitelerinin egzoz çıkışları da olmalı."

"İkisinin de rıhtımın altında olduğuna inanıyorum." Eric'in işareti üzerine Hali, ilk inşaat fotoğrafını yeniden ekrana getirdi. "Yolun üzerinde çalışmanın sürdüğü yere dikkatli bakın."

Hali, resmin, bir döşeme makinesinin asfalt bir kuşağı yere yaydığı noktayı gösteren kısmını büyüttü. Makinenin ilerisinde greyderler yolu düzlüyorlardı. Biraz daha ileride, ekskavatörler derin bir hendeği molozla dolduruyordu.

"Yolu döşeyecekleri yeri kazıp havalandırma borularını yerleştiriyorlar, üzerine de asfalt döşüyorlar. Yine dediğim gibi, giriş ve menfezler çok iyi korunuyordur ve izinsiz girişe dair ilk işarette tesis kendisini dışarıya karşı kapatacaktır. Bir ekip kanallara girebilir, ama bir kez içeri girdi mi kapana kısılacaktır."

Juan, Stoney'in kötümser değerlendirmesi hakkındaki düşüncelerini almak için Eddie'ye baktı.

"Bir yanlış adım ve atış poligonundaki hedeflere döneriz. İçeri girmeyi başarsak bile, o boruları kaynak makineleriyle keserek çıkabiliriz. Tabii bizi neyin beklediğini bilmeden..." dedi Seng.

"Tamam, o zaman başka bir seçenek göster bana."

"Özür dilerim başkan, ama Eric haklı. O tesisin nasıl tasarlandığını –güvenlik sistemleri, koruma dirençleri ve diğer yüzlerce şey– bilmeden içeri giremeyiz."

"İki hafta önce, kahrolası İran donanmasından iki tane roket torpil çaldık. Max'i oradan çıkarmanın bir yolu olmalı."

"Saygısızlık etmek istemem ama," diye araya girdi Eric. Sesi hafif titrese de kararlı konuşuyordu. "Bizim önceliğimiz Max'i kurtarmaktan çok o vericiyi susturmak olmalıdır. Eğer saldırı, dünyanın her yerine dağılmış yolcu gemilerine bir ELF sinyali göndererek başlatılacaksa, bu durumda onun yok edilmesi, öncelikli amacımız olmalıdır."

Sessizlik uzun ve anlamlıydı.

"Bir önerin var mı?" diye sordu Juan, gergin bir resmiyet içinde.

"Aslında var efendim. Adı da Stalin'in Yumruğu."

"Silahın kod adı Juan'ı koltuğunda sıçrattı. "Sen bunu nereden biliyorsun?"

"İvan Kerikov ile İbn el-Asım arasındaki konuşmaların deşifre metinlerini okumuştum."

O metinler Juan'ın bilgisayarındaydı ve tamamını okumak bir yana, kabaca inceleme fırsatı bile olmamıştı. Zaten ona göre bunlar CIA'in yetkisindeydi. Kendileri de, elde ettikleri bilgiyi tetkik etmek için değil, dinleme işi için tutulmuşlardı.

"Kerikov, Stalin'in Yumruğu denilen bir şeye erişimi olduğundan bahsetmiş. Bunu duyunca biraz araştırdım. Siz bununla ilgili bir şeyler biliyor musunuz?"

"Peki, sence neden çalıştırılamadı bu silah?" Juan bu soruyu bilmiş bir şekilde sırıtarak sormuştu.

"Çocuklar, bize de açıklama yapacak mısınız?" diye seslendi Linc.

Eric'in parmakları yine klavyesinde gezindi ve ekrana bir sanatçının çizdiği ve daha önce yörüngeye çıkan hiçbir şeye benzemeyen bir uydu görüntüsü geldi. Ana gövde uzun bir silindirdi ve etrafını çeviren beş tane kapalı şarapnel tüpü vardı. Her birinin uzunluğu on metreden fazlaydı. Ruslara ait olduğunu anlamak için kimsenin orak çekiçli amblemi görmesine gerek yoktu. Çizimin kendisi tipik Sovyet tarzında, aynı zamanda hem gösterişli hem de amatörceydi.

Eric anlatmaya başladı. "Gerçek kod adı Kasım Yağmuru olmasına rağmen neredeyse her yerde Stalin'in Yumruğu takma adıyla anılıyor. Soğuk Savaş'ın en sıcak döneminde, 1989 yılında ilk kez fırlatıldı ve anında bir düzine antlaşmayı ihlal etti."

"Bunların hepsi iyi hoş da," dedi Linc homurdanarak. "Ne halta yarayacak?"

"Stalin'in Yumruğu bir OBF ya da Orbital Balistik Füze. Bizim askeriyemiz bu fikirle bir süre meşgul oldu ve Tanrı'nın Çubukları adını taktı. Teorisi inanılmaz derecede basit. Bu tüplerin içinde her biri sekiz yüz kiloluk tungsten çubuklar var. Ateşlendiğinde atmosfere giriyorlar ve hedeflendikleri yerleri vuruyorlar. Saatte otuz bin kilometrelik bir Orbital yörüngesel hızla yol aldıklarından, kütleleriyle çarpıldığında, neredeyse bir atom bombasının kinetik enerjisine sahip oluyorlar. Tek farkları, radyasyon serpintisinin olmaması ve savunma tepkisi verme süresinin de yarısı kadar kısa olması. Çünkü diğer konvansiyonel balistik füzeler gibi süzülerek inmiyor. Belki bir an için gökyüzünde yanan bir cisim görebilirsiniz, fakat hepsi bu. Uyarı yok, kaçma fırsatı yok."

"Sovyetler bunu bir ilk vuruş silahı olarak düşündüler," diye ekledi Juan. "Amaç, aynı boylam eksenindeki birçok Batılı büyük şehri vurmak ve suçu bir meteor yağmuruna atmaktı.

Ortada herhangi bir radyoaktif serpinti olmadan ve çubukların da çarpmanın etkisiyle buharlaşacağı düşünülürse, aksini iddia etmek ımkânsızlaşacaktı. Hatta çarpmadan bir süre önce atmosfere giren meteorların sahte fotoğraflarını göstermeye hazır astronomlar bile ayarladılar. Beş kentini kaybeden Batı dünyası şaşkınlık içindeyken, Sovyetler sınırları aşıp Avrupa'yı ele geçireceklerdi."

"Peki, işe yaramadığını nereden biliyorsun?" diye sordu Eric, Juan'a.

"Çünkü teşkilattaki ilk gizli görevlerimden biri, Baykonur Uzay Üssü'ne sızarak, bir Energia roketiyle uzaya fırlatılacak olan silahı etkisiz hale getirmekti. Yaptığım değişiklikten sonra yerden yollanan sinyaller, dünyanın manyetik alanı nedeniyle uyduya ulaşamıyordu. Sadece atmosferin dışından gelecek emirler karşısında harekete geçecekti."

"Neden doğruca rampadayken imha etmedin?"

"İnsanlı bir görevdi. İki kozmonot araçla giderek, solar panelleri devreye aldılar. Kuşun sabote edildiğini görevin üçüncü günü anladılar."

"Yerden gönderilecek sinyalin gücünü artıramadılar mı?" diye sordu Hali.

"Devreleri kızartabilirlerdi o zaman."

"Kendi uzay istasyonları Mir'den sinyal yollayamadılar mı?"

"Oyunun bittiğini anladılar, o yüzden kutupsal yörüngede dönmek üzere uzayda bıraktılar onu."

"Peki, sence hâlâ çalışıyor mudur?" dedi Eric.

"Uzay hurdalığından bir şeylerle çarpışmadıysa kesinlikle mükemmel bir şekilde çalışır." Cabrillo bu fikre ısınmaya başlamıştı. "Tamam, sivri zekâlılar, atom bombasının alternatifini buldunuz. Uzayın yüz kilometre derinliklerine uyduya komut gönderebileceğimiz bir verici koyma işini nasıl halledeceksiniz?"

Stoney, yine birkaç tuşa tıklayarak ekrana başka bir resim getirerek cevap verdi. "Eğer İvan Kerikov'dan kodları alabilirseniz, bunu kullanarak oraya çıkabilirim."

Juan ve diğerleri planın cüretkârlığı karşısında bir süre ağızları açık kaldılar. Sonunda kendini ilk toparlayan Cabrillo oldu. "Anlaştık Eric. Senin nakledilmen için Overholt'u arayacağım. Eddie ve Linc, o kodların Rus silah tüccarından alınması için bir plan hazırlayacaklar. Sonra limanı terk ediyoruz."

"Yine de Eos Adası'na gitmek istiyor musun?" diye sordu Eddie.

"Max'i yüzüstü bırakmayacağım."

30. BÖLÜM

Aynadaki görüntüsüne bakan Juan, kendi yüzü nerede bitip, Kevin Nixon'ın makyajı nerede başlıyor fark edemedi. Kevin'ın kendisine yol göstermesi için aynaya bantladığı büyütülmüş fotoğrafa baktı, sonra aynadaki görüntüsüne baktı. Mükemmel bir benzerlik vardı. Taktığı peruk tamamen aynı tondaydı ve şekli de bire bir uyuyordu.

"Kevin, bu sefer kendini aşmışsın," dedi Juan ve smokinin altına giydiği gömlek boyanmasın diye Kevin'in boğazına yerleştirdiği kâğıt yakayı çıkarıp attı.

"Seni Arap terörist İbn el-Asım'a benzetmek bir şey değil. Seni onun fahişelerinden birine benzetmemi isteseydin, işte o zaman bana mucizeler yaratıyor diyebilirdin."

Juan, papyonunu ustaca bağladı ve beyaz smokinini giydi. Smokin hemen hemen tüm erkeklere yakışırdı, ama el-Asım'a benzemek için karnına sardığı dolgularla bile Juan, başka bir özgüvenle taşıyordu giysiyi. Terörist finansörün Armani sevdiğini bilmenin de bir zararı olmamıştı tabii. Tam kuyruksokumunda tercih ettiği silah olan FN otomatik tabanca için düz bir kılıf vardı.

"Göbekli bir James Bond'a benzediniz." Mike Trono, Kevin'in atölyesinin öbür tarafından sesleniyordu.

Sean Connery tarzı İrlanda aksanıyla sertçe cevap verdi Juan. "Temizlik görevlileri görülmeli ama duyulmamalıdır."

Mike Trono ve Jerry Pulaski dünyaca tanınan Monte Carlo kumarhanelerinin temizlik görevlileriyle bire bir aynı olan üniformalar giymişlerdi. Modeller kısa bir öğleden sonra keşif görevinde çıkarılmıştı. Kevin ve ekibi, bir Rus generalinden, Yeni Delhi trafik polisine veya Parisli bir hayvan bakıcısına kadar yüzlerce üniforma bulunduruyordu. O yüzden standart bir tulumu istedikleri şekle sokmak birkaç dakikalarını aldı.

Mike ve Jerry tekerlekli bir ağır hizmet çöp kovası ile tekerlekli bir süpürge kovası ve üzerinde KAYGAN ZEMİN yazan bir plastik uyarı levhası taşıyorlardı.

Baş kamarot her zaman olduğu gibi sessiz ve dikkat çekmeyecek şekilde kapıda belirdi. Takımının üzerine tertemiz bir önlük giymişti. Personel arasında onun servise çıkarken önlük mü değiştirdiği yoksa zaten önlüğüne hiçbir şey dökmediği mi konusunda bir tartışma vardı. Büyük bir çoğunluk ikinci ihtimali savunuyordu. Elindeki kapalı plastik kutuyu sanki içinde canlı yılanlar varmış gibi bir yüz ifadesiyle tutuyordu.

"Tanrı aşkına Maurice," diye dalga geçti Juan. "Gerçek şey değil ki onun içindeki."

"Kaptan, onu ben hazırladım, o yüzden yeteri kadar gerçek."

"Bir bakalım."

Maurice kabı Kevin'ın makyaj tezgâhının üzerine bıraktı ve kapağı açmayı reddedip iki adım geri çekildi. Juan hafifçe araladı ve anında başını çevirdi. "Öf! Bu kadar keskin kokulu yapmak zorunda mıydın?"

"Benden sahte kusmuk yapmamı istediniz. Herhangi bir yemeği hazırlar gibi davrandım. Koku da görüntü ve dokusu kadar önemlidir."

"Jannike'ye yaptığın balık gibi kokuyor," diye takıldı Mike ve kapağı kapatarak kabı süpürge kovasına koydu. Maurice, yaramazlık yapan bir ilkokul öğrencisini azarlayan bir okul müdürü edasıyla konuştu. "Bay Trono, uzunca bir süre su ve ekmekten başka bir şey yemek isterseniz, yerine getiremeyeceğim için üzgünüm."

"Hey, o yemeği beğenmiştim ben," dedi Mike, anında geri adım atarak. *Oregon*'daki hiç kimse Maurice'in tehditlerini yabana atamazdı. "Peki, ne var içinde?"

"Esası bezelye çorbası. Tarifin devamı benim ticari sırrım."

Juan soran gözlerle baktı. "Bunu daha önce yaptın mı?"

"Gençliğimde çalıştığım bir destroyerin kaptanı olan Charles Wright'a yaptığım bir eşek şakasıydı. Bir köle gemisi kaptanı onun yanında Rahibe Teresa gibi kalırdı. Bu kendini beğenmiş adam demir gibi sağlam midesiyle övünürdü hep. Teftişlerin birinde bu karışımı gemiyi ziyaret eden amiral kullanmadan hemen önce kaptanın özel tuvaletine döktük. Kalan meslek hayatı boyunca Kaptan Kusmuk lakabı peşini bırakmadı."

Gerilen ortamı yatıştırmak adına hepsi hikâyenin gerektirdiğinden daha fazla güldüler. Her zaman, özellikle de operasyonlardan önce duygularını saklama durumunda olduklarından, bu tür bir dışa vurma şansı yakaladıklarında hemen bu fırsatın üzerine atlıyorlardı.

"Hepsi bu kadar mı kaptan?"

"Evet Maurice. Teşekkürler."

"Rica ederim." Eğilerek selam vererek odadan çıkarken, Doktor Huxley de Sihir Dükkânı'nın kapısında belirdi.

Bütün erkekler ıslık ve çığlıklarla karşıladılar. Hux, vücuduna ikinci bir deri gibi yapışık mor ipekten askısız bir elbise giymişti. Saçlarında görmeye alışık oldukları atkuyruğu, yerini lüle ve kıvrımlara bırakmıştı. Makyaj, gözlerini ve ağzını öne çıkarmış ve cildine hoş bir parlaklık katmıştı.

"Al bakalım," diyerek Juan'a incecik bir deri çantayı uzattı. Juan, çantayı açıp baktığında, özel gözlere konmuş üç tane enjektör gördü. Bir damara enjekte edildiğinde on beş saniye sonra rüyalar âlemine yolluyordu.

"Peki ya haplar?"

Bu kez sapsız el çantasından standart bir ilaç kutusu çıkarttı ve içindeki iki kapsülü çalkaladı. "Eğer el-Kasım'ın böbrek hastalığı varsa, tuvalete gidemeden hastaneye gitmek zorunda kalabilir."

"Bunların etkisini göstermesi için ne kadar zaman gerekiyor?"

"On, en fazla on beş dakika."

"Tadını hissetmez değil mi?"

Hux gözlerini devirdi. Bunun üzerinden en az üç kere geçmişlerdi şimdiye kadar. "Algılanması tamamen imkânsız." Pasaportunu da gösterdi. Çünkü Monaco vatandaşları kumarhanelere alınmıyorlardı. Girişte kimlik soruluyordu.

"Herkes telefonlarını aldı mı?" diye sordu Juan. Kulaklık ve mikrofonlarla dikkat çekmektense, cep telefonlarını telsiz ayarında kullanmayı tercih etmişlerdi. Herkes başıyla onaylayınca, "Tamam o zaman, kıyıya çıkıp bitirelim şu işi," dedi.

Paris Operası'nın mimarı Charles Garnier tarafından tasarlanan kumarhane, adeta kumara adanmış bir katedral gibiydi. Girişinde çok güzel fıskiyeli havuzlar, göze çarpan iki kule ve yaşlandırılmış bakırdan kubbesiyle Garnier'in yaratıcısı olduğu ihtişamlı III. Napoléon tarzında inşa edilmişti. Şık salon yirmi sekiz oniks sütunla donatılmıştı ve her odada bol miktarda vitray ve mermer göze çarpıyordu. Juan geldiğinde, giriş kapısının önünde üç tane Ferrari ve bir Bentley otomobil vardı. İçeriye akan müşteriler toplumun krem tabakasıydı. Erkekler, üniforma gibi smokinler içindeydi, kadınlar da gece elbiseleri içinde birer mücevher gibi parlıyordu. Kolundaki saate bakarak zamanı kontrol etti. Kerikov ve el-Asım saat ondan önce gelmezlerdi. Bu durumda yarım saat erken gelmişti. Göze batmayan bir yer bulup zaman geçirmek için yeteri kadar uzun bir süreydi. Rulet masasında el-Asım'ın kendi benzeriyle karşılaşması pek de iyi olmazdı.

Telefonu öttü.

"Başkan, Ski ve ben yerimizi aldık," diye rapor verdi Mike Trono.

"Sorun var mı?"

"Temizlikçi gibi giyindiğimizden, görünmez sayılırız."

"Neredesiniz şimdi?"

"Yükleme rıhtımındayız. Ski'nin kazara dökmüş gibi yaptığı birkaç sürahi kızartma yağını temizlemekle meşgulüz."

"Tamam, hazır olun ve sinyalimi bekleyin."

Cabrillo pasaportunu gösterdi ve giriş ücretini ödedi. Kalabalığın tamamı sağa doğru yönelerek şık oyun salonlarına akın ediyordu. Juan da topluluğu takip etti. Yukarı çıkarak bara gitti ve içmeye niyeti olmamasına rağmen etrafa uyum sağlamak açısından uygun bularak, bir martini söyledi ve karanlık bir köşeye çekildi.

Hux da az sonra aradı ve gelişini bildirdi. O da kumarhanenin esas oyun alanı olan Avrupa Salonu'nda yerini almıştı.

Juan beklerken, Eos Adası'nı Orbital Balistik Füze'yle vurmadan önce Max'i oradan nasıl kurtaracaklarını düşünmeye çalıştı. Max'i kurtaramasalar bile adanın yok edilmesi konusunda kafasında hiçbir soru işareti yoktu. Çok şey tehlikedeydi ve Max bile bunu kabul ederdi.

ELF cihazıyla Hanley'e geri mesaj gönderme şansları olmasını çok isterdi ama o sadece bir vericiydi, alıcı değildi. Kafasından onlarca fikir geçti, hepsini tek tek irdeledi ama hiçbirisini uygun bulmadı.

"Geldiler," dedi Julia, telefonundan. Yirmi dakikadır barda bekliyordu. "Chemin de fer[1] masasına doğru ilerliyorlar."

"Oturup birkaç kadeh içmelerini bekleyelim."

Oyun salonunda Julia Huxley dikkatini, rulet masası ve hedefleri üzerinde topladı. Önündeki fişler azalıp zamanla erirken, salonun diğer tarafında İbn el-Asım üçüncü içkisini yudumluyordu.

Adam Müslüman terörist grupları desteklerken, dinlerinin en iyi bilinen yasaklarından birine alkol alarak karşı çıkıyordu. Adamın gerçek bir Müslüman olduğu halde Batı toplumuna sızmak için takiye yaparak İslami kuralları hiçe sayar göründüğünü düşündü. Aslında bunu, Batılı giyim tar-

(1) Bakara benzeri Fransız iskambil oyunu.

zı ve uzun sakallarından vazgeçerek de yapabilirdi. İçki ve kadınlar ille de gerekli değildi. Bunlarla sadece hoşlandığı için ilgileniyordu.

"Bence tam zamanı Juan," dedi Julia. Kısa mesajlarını kontrol ediyor gibi yaparak telefonuna konuşmuştu.

"Tamam. Başla. Mike, Operasyon V için hazır ol."

Julia, ruletin topu altı rakamında durup da krupiye kendisininki dahil tüm kaybedenlerin fişlerini toplarken adama bahşişini verip kalan fişleri alarak masadan kalktı. Çantasından iki hapı alarak salonun diğer tarafına doğru yürümeye başladı. Sadece birkaç adam ona bakmıştı, diğer herkes kendi oyunuyla meşguldü.

Kerikov ve el-Asım'ın masasında hiç boş sandalye yoktu. Julia uygun bir an için beklemeye başladı. Rus oldukça yüksek bir oyunu kazandığında, Julia ona yaklaşıp kulağına, "Tebrikler," diye fısıldadı. Önce şaşıran adam sonra dönüp Hux'ı görünce gülümsedi. Bir başka oyuncu da büyük bir miktar kazanınca aynı şeyi yaptı ve böylece masadaki kalabalığın bir parçası haline geldi. Sonra, bu ikinci oyuncunun fişleri üzerine kendi küçük bahsini koydu. Böylece o kazanırsa, Julia da kazanacaktı.

Adam kaybedince özür diledi, fakat Julia, çok önemli değil dercesine omuzlarını silkti.

Sonra sessizce el-Asım'a işaret ederek, onunla aynı yere fişlerini koymak için iznini istedi. Adam başını sallayarak kabul etti. Julia fişlerini koymak için eğilirken dengesini sağlamak ister gibi elini adamın bardağının hemen yanına koydu. Doğrulurken bardağa çarptı ve neredeyse devrilmek üzereyken tutarak hapları içine atıverdi.

Haplar, bağımlıların deneme süresi sırasında kontrole giderken içtikleri bir ilaçtı. Vücuttaki ilacı dışarı atmalarını sağlayan homeopatik bir bileşen içeriyordu. Julia ilaçları incelemiş ve aslında işe yaramadıklarını keşfetmişti. Fakat bir yan etki olarak kullanıcıyı sıkıştırarak acilen tuvalete gitme ihtiyacı ortaya çıkarıyordu. El-Asım'a ilaç vererek onu kendi isteklerine uygun bir zamanda kumarhanenin tuvaletine göndermeyi amaçlıyorlardı.

El-Asım hiçbir şeyden şüphelenmedi. Elini oynadı ve kazandı. Julia'ya kazancını iletirken kurnazca gülümsedi.

"Mersi mösyö," dedi Julia. Bir başka oyuncuyla bir el daha oynadı. Kaybedince masadan uzaklaştı. Oyun salonundan çıkıp yüksek duvarlı giriş holüne gelince Juan'ı arayıp işin tamam olduğunu söyledi.

"Tamam, şimdi onu uzaktan izleyebileceğin bir yer bul ve tuvalete yönelince bize haber ver. Ondan sonra da marinaya git," diye talimat verdi Juan ve Avrupa Salonu'na en yakın tuvalete doğru yürümeye başladı. "Mike, sen ve Ski yerlerinizi alın."

"Yoldayız."

Tuvaletlerin yakınında, binanın servis koridorlarına açılan bir geçit vardı. Böylece konuklar, temizlik görevlileri ya da müşterilerin içkilerini tazeleyen garsonlarla karşılaşmak zorunda kalmıyorlardı. Juan geçidin yanına henüz gelmişti ki Mike, hafifçe aralanan kapıdan bir şişe sahte kusmuğu uzattı. Juan ilacın etkisini göstermesini bekleyerek, bir süre daha orada oyalandı ve tuvalete girdi.

Kumarhanenin diğer her yeri gibi, tuvaletler de mermer ve yaldızlar içindeydi. İçeri girdiğinde bir adam ellerini yıkıyordu, ama Juan daha bölmelere varmadan adam dışarı çıktı. Kendisini izleyen hiç kimse olmadığından rol yapmasına gerek kalmadan iğrenç kokan karışımı yere boşalttı ve bölmeye geri girdi.

Bir müşterinin içeri girmesi, kumarhane görevlisinin gelmesi için yeterli olmuştu. Juan Fransızca anlamamasına rağmen, görevlinin ikna edici ses tonundan hemen temizlik görevlilerini çağıracağını tahmin etti. Adamın en yakın servis kapısına giderek, kat görevlilerine haber vermek üzereyken, sanki zaten haber verilmiş gibi, kapıda iki temizlik görevlisiyle karşılaşmasını hayal edebiliyordu.

Tuvaletin kapısı yeniden açıldı ve Juan, tekerlekli temizlik aracının gıcırdayarak içeri girdiğini gördü.

"Ne haber çocuklar," diyerek bölmeden çıktı.

"Neden hep en çekici işleri biz yapıyoruz?" diye sordu Mike oldukça alaycı bir tonla.

"Çünkü siz bir zemini nasıl parlatacağınızı iyi biliyorsunuz."

Kapı bir kez daha açıldı ve bu sefer Ski, özür dileyen bir ifadeyle müşteriye yerdeki durumu işaret etti.

"Şu anda masadan kalktı," diyerek haber verdi Julia. "Tuvalete ilk gelen müşteri o olacak."

"Anlaşıldı. Sonra görüşürüz." Juan yeniden bölmeye girdi.

Kapı açılınca Ski, el-Asım'ı içeri aldı. Arap kokudan dolayı yüzünü ekşitti ama ihtiyacı tiksintisini yendi ve hızla pisuvara yöneldi.

Cabrillo sessizce arkasına geçerek işini bitirmesini bekledi. El-Asım arkasındaki hareketi fark ederek geri döndü ve kendisine tıpatıp benzeyen adamı görünce hayretten donakaldı. Ne olduğunu anlamasına fırsat vermeden, Juan şırıngayı adamın ensesine saplayıp pistonu itirdi. Adam çığlık atmaya çalışırken, Juan eliyle ağzını kapatıp bayılıncaya kadar sıkıca tuttu.

Juan ve Trono adamı büyük çöp kovasına yerleştirirken, Ski müşterileri kapıdan çevirmeye devam etti. Juan adamın ince Movado saatini kendisininkinin yerine taktı, kalın yüzüğünü de parmağına geçirdi.

"Kendine gelene kadar Kerikov'la işimi bitirmeliyim," dedi Juan, aynada bir kez daha kendisini kontrol ederken. "Onu birkaç saat boyunca bulunamayacağı bir yere bırakın ve siz de Julia'yla beraber *Oregon*'a dönün."

"Yükleme rıhtımında bir araç gereç dolabı var, bu saatte kimse kullanmaz orayı." Mike zemini eskisi gibi pırıl pırıl yaptı ve paspası kovaya geri koydu.

"Sonra görüşürüz çocuklar."

Juan, Kerikov'un oynamaya devam ettiği chemin de fer masasının yolunu tuttu.

"İyi misin dostum?" Rus, Arap'la tek ortak dilleri olan İngilizce konuşarak sordu.

"Midem biraz kötü oldu İvan. Endişelenecek bir şey yok." Cabrillo iki adamın birkaç saatlik diyaloglarının ses kayıtlarını dinlemiş ve ikisinin birbirlerine nasıl hitap ettiklerini öğrenmişti. Silah tüccarı görünüşüne ikinci kez bakmamıştı bile. Kılık değiştirme işi mükemmel olarak çalışmıştı. Kırk beş dakika daha oynamaya devam ettiler. Juan durumu kötüleşiyormuş gibi yaparak bunun oyununu da etkilediğini gösterdi. Aptalca bahisler koyarak el-Asım'ın elli bin dolar değerindeki fişlerinin yarısını kaybetti.

"İvan kusura bakma," dedi, elini midesinin üzerine koyarak. "Galiba tekneye dönsem iyi olacak."

"Bir doktor çağıralım mı?"

"O kadar ciddi olduğunu sanmıyorum. Biraz uzanmak istiyorum." Oynama sırası kendine geldiğinde krupiyeye hayır dedi ve zorlukla ayağa kalktı. "Sen oynamaya devam et lütfen."

Bu riskli bir teklifti ama el-Asım'ın kesinlikle yapacağı bir şeydi.

Kerikov bir an düşünüyor gibi gözüktü. Başlangıçtan beri otuz bin dolar kazanmıştı ve kazanan bir seri yakalamışken bırakmayı hiç sevmezdi. Diğer yandan, el-Asım'la işlerin gidişine bakılırsa, en iyi müşterilerinden biri olabilirdi.

"Bu gece yeteri kadar paralarını aldım zaten."

Fişlerini teslim edip parayı bir sonraki gelişlerinde oynamak üzere hesaplarında bıraktılar. Çok süslü giriş salonundan geçerlerken Kerikov, cep telefonundan şoförünü arayarak limuzini kapıya getirmesini istedi.

Şoför girişe yanaştı ama direksiyonda kaldı. Kerikov'un koruması ön taraftan çıkıp arka kapıyı açtı. Cabrillo'dan en az on santim uzun olan adamın güven vermeyen siyah gözleri vardı. Kerikov araca girerken etrafı kolaçan etti ve Cabrillo'ya delici bir bakış attı.

İçgüdüleri başka tarafa bakmasını söylüyordu ama eğer öyle yapsaydı, adam bir şeylerin döndüğünden kuşkulanacaktı. Juan yaşam boyu içgüdülerine aldırmamayı öğrenmişti. Gözlerini kaçırmak yerine, aynı sertlikte adamın gözlerinin içine baktı. "Bir sorun mu var?"

Korumanın bakışları yumuşadı. "Nyet."[1]

Juan arabaya girdi ve koruma kapıyı kapattı. Marinaya kadar olan yol kısaydı. Juan midesi rahatsızmış gibi yapmaya devam etti, böylece yol boyunca Rus'la konuşmak zorunda kalmadı.

Kerikov'u yatı *Matruşka*'ya götürmek üzere kendi sürat teknesi hazır bekliyordu. Araç durur durmaz, koruma dışarı fırlayarak arka kapıyı açtı.

"Bu gece kadınlara para harcamadığımız isabet olmuş," dedi Kerikov, beyaz sürat teknesinin bağlı olduğu yere doğru yürürlerken.

"Şu anda kendimi bir kadına bakacak kadar bile iyi hissetmiyorum. Aslında tekneye kadar motorla gitmeye bile istekli değilim."

Kerikov iri elini Cabrillo'nun omzuna koydu. "Kısacık hoplayacağız. Zaten liman çarşaf gibi. Bir şey olmaz merak etme."

Koruma, botun motorunu çalıştırırken, şoför de ön ve arka halatları çözüyordu. Beş dakika sonra *Matruşka*'nın geniş aynalığına yaklaştılar. Tik ağacından bir platform aşağı sarkıtılmıştı ve oradan da dev yatın ana güvertesine çıkan merdivenlere geçiliyordu.

"Sanırım doğruca kamarana gitmek istersin," diye tahminini belirtti Kerikov. Merdivenin başında bir uşak Kerikov'un bir ihtiyacı olma ihtimaline karşı hazır bekliyordu. Juan, biri köprünün arkasındaki güneşlenme güvertesinde, diğeri de geminin havuzu civarında turlayan iki koruma gördü.

Juan'ın ekibi, süper yatı çekip çevirmek için en az on sekiz kişi gerektiğini hesaplamıştı, on kadar da güvenlik görevlisi olduğunu tahmin ediyorlardı.

"Aslında," dedi Juan, "seninle ofisinde biraz konuşmak isterim."

"Çok hassas bir konu değildir umarım," diye karşılık verdi Kerikov. Kıyıya çok yakınken ne kadar kolay dinlenebileceklerini biliyordu.

"Hayır, hayır," dedi Juan hızlıca. "Sadece bu gece aklıma gelen bir şey."

---

(1) Rusçada hayır.

Kerikov öne düştü ve lüks geminin içinde yürümeye başladılar. Önce yirmi kişilik bir yemek salonundan, ardından da en az onun iki katı kapasiteli bir sinema salonundan geçtiler. Eskinin uzlaşmaz komünist ajanı, kendisini kapitalizmin tuzaklarına kaptırmış görünüyordu.

Rus'un özel ofisine geldiler ve kapıyı kapatır kapatmaz Juan, tabancasını çıkarıp Rus'un boğazına derisini yırtacak kadar kuvvetli şekilde bastırdı.

"En ufak bir ses çıkarırsan ölürsün." Juan sahte Arap aksanını bırakarak Rusça konuşmaya başlamıştı.

Hiç hareket etmeyen adamı takdir etti Juan. Belli ki, karşıtının öldürmek için gelmiş olsa, bunu çoktan yapmış olacağını bilecek kadar, benzer durumlarda eli silahlı taraf olmuştu.

"Kimsin sen?"

Juan hiçbir şey söylemedi. Bu arada Kerikov'un bileklerine plastik kelepçeleri geçiriyordu.

"Benim dilimi konuşsan bile sen CIA'densin sanıyorum. Rus Gizli Servisi FSB'den değilsin. Seni tebrik etmem lazım. İbn el-Asım'ı araştırdığımda kuşku duyulmayacak bir geçmişi vardı. İnandırıcılığı konusunda gerçekten çok çaba harcamış olmalısınız. Çok güvendiğim insanlar yasadışı olmadığına inandırdılar beni."

"Ben İbn el-Asım değilim," dedi Juan.

Kerikov'un suratında acı bir gülümseme vardı. "Belli ki değilsin."

"O şu anda kumarhanede, yükleme iskelesinde bir çöp varilinde. Bir iki saat içinde kendine gelir."

İçinde bulunduğu durumu anlamaya çalışan Kerikov'un gözleri kısıldı. Juan adamı biraz daha karanlıkta bıraktı. "Bildiğim kadarıyla sen ve İbn el-Asım Monte Carlo'daki üniversiteden birlikte epey iyi vakit geçirmiş eski oda arkadaşlarısınız. Onunla ne planladığınız beni ilgilendirmiyor. Ben eski işvereninden çaldığın bir şeyle ilgileniyorum."

"Onlardan çok şey çaldım," dedi Kerikov, arsız bir kibirle.

Juan araştırmaları sonucu, adam hakkında, şu an beynine bir kurşun sıkıp dünyayı bir pislikten kurtarmayı isteyecek kadar çok şey öğrenmişti. Tetiği çekmemek için ciddi bir çaba harcadı.

"Stalin'in Yumruğu'nun kodlarını istiyorum."

El-Asım'a kısa bir süre önce bu konudan bahsettiğini unutmamıştı Kerikov. Juan'a kim olduğunu bir daha sordu.

"İstediklerimi vermezsen senin katilinim."

"Beni dinlediniz değil mi?"

"Organizasyonum seni uzun süredir izliyor," dedi Juan. Tam olarak yalan söylemiş sayılmazdı. "Sadece Orbital Balistik Füze uydusunun kodlarıyla ilgileniyoruz. Bana istediğimi ver ve el-Asım'la istediğin anlaşmayı yapmakta özgür ol. Aksi takdirde bu akşam öleceksin."

Juan bu operasyon için Langston'dan izin alırken, CIA görevlisi hiçbir koşulda uzun dönemde el-Asım'ın ele geçirilmesi planını tehlikeye düşürecek bir şey yapmaması konusunda ısrarcı olmuştu.

Cabrillo sözüne nokta koymak istercesine silahını biraz daha bastırdı.

"O tetiği çektiğin anda güvenlik ekibim yirmi saniye içinde burada olur."

"Ruhum şehit olmaya hazır," diye cevap verdi Juan. Dini bir amacı olduğu havasını vererek oynadığı rolü iyice bulanık hale getiriyordu. "Seninki hazır mı?"

Kerikov derin bir iç çekti. "Tanrım, Soğuk Savaş günlerini nasıl da özledim. Sen Çeçen'sin değil mi?"

"Eğer hâlâ bir parça kaldıysa, vicdanını rahatlatabilirsin. Ben Çeçen değilim ve silah eski Sovyetler Birliği'nin hiçbir yerinde kullanılmayacak." Kerikov'un silahın kullanılamaz halde olduğunu düşündüğü gözlerinden okunuyordu.

"Kodlar şu resmin arkasındaki kasada saklı." Duvarda asılı nü tabloyu işaret etti.

Juan, bir bubi tuzağı ihtimaline karşı, tabancanın namlusunu çerçeveye dayayıp resmi yana kaydırdı. Kasa otuza altmış santimetre ölçülerindeydi. On rakamlı bir elektronik tuş takımı vardı. "Şifre?"

"İki-beş-bir-sıfır, bir-dokuz-bir-yedi."

Juan'ın sayıların anlamını fark etmesi biraz zamanını aldı, çünkü Avrupalılar, Amerikalıların aksine, tarih yazarken önce günü sonra ayı yazıyorlardı. "Rusların Ekim Devrimi'nin tarihi. Çok dokunaklı."

Rakamları tuşladı ve kolu çevirirken Kerikov'u kasanın tam önüne çekti. Juan bu tür kasaları biliyordu. Yanlış kod girildiğinde bir şok bombası patlıyordu. Kod geçerliydi.

Kasanın içinde değişik para birimlerine ait tomarlar, bir tabanca ve bir sürü dosya ve klasör vardı. Juan tabancayı alıp cebine koydu.

"Altlara yakın bir yerde olmalı." Kerikov bu işin bir an önce bitmesini ister gibiydi.

Juan dosyayı ararken bazı dokümanları da inceledi. Kerikov, epey büyük anlaşmalar yapmıştı. Amerikan işgalinden önce Saddam'a silah satmış, Afganistan'dan gelen afyonun, Rus silahlarının ve Afrika'nın ihtilaflı elmaslarının dahil olduğu bir ticaret üçgeninin de içinde yer almıştı.

Aşağılara doğru, üzerinde kiril alfabesiyle Kasım Yağmuru yazan dosyayı buldu. Juan, hepsi birkaç sayfa olan dokümanı inceleyerek, aradığı şeyin o sayfalarda olduğundan emin oldu. *Oregon*'un bilgisayarı dosyanın içeriğini tercüme ettiğinde Eric ve Hali'nin teknik jargonu anlayacağından emindi. Dokümanı sugeçirmez bir zarfa koydu ve Kerikov'a döndü. Onun hakkında düşündüklerini ne kadar söylemek istese de Juan kendini tuttu. "El-Asım'ı yeniden gördüğünde bu gece olanların ikiniz arasındaki işle ilgisi olmadığını söyle. Seni kovalayan geçmişinin bir sonucu olduğunu ama sorunun çözüldüğünü söyle ona. Şimdi lütfen arkanı dön ve dizlerinin üzerine çök."

Juan'ın en başında silah doğrultmasından sonra, Kerikov ilk kez korku belirtileri gösterdi. Gözlerinden okunsa da Kerikov'un sesinde korkudan eser yoktu. "İstediğini aldın."

"Seni öldürmeyeceğim," dedi Juan şırıngalardan birini çıkarırken. "Bu el-Asım'a yaptığım iğnelerle aynı. Birkaç saat kendinden geçeceksin, hepsi bu."

"İğneden nefret ederim. Kafama sert bir darbe indirmeni tercih ederim."

Juan Kerikov'un kafasına FN tabancasıyla öyle bir darbe indirdi ki biraz daha sert vursa öldürmesi işten bile değildi. Yıkılan bir bina gibi yere çöken Kerikov'a bakan Juan, "Keyfine bak," dedi ve her ihtimale karşı iğneyi bilinçsiz bir halde yatan adamın ensesine sapladı.

Kerikov'un ofisinin dış cephesi, teknenin gövdesinden taşan dışbükey bir camdan oluşuyordu. Juan, pencerelerden birini açarak yukarı doğru baktı. Üzerindeki korkuluklardan aşağı bakan kimse yoktu. Smokinini, gömleğini ve sahte göbeğini çıkarıp sadece uzun kollu siyah tişörtüyle kaldı. Sugeçirmez torbayı tişörtünün altına soktuktan ve Kerikov'un tabancasını camdan denize fırlattıktan sonra, ayakkabılarını çıkarıp kendini suya bıraktı.

Sessiz kaldığı ve yukarı bakmadığı takdirde yüzü gözükmeyeceğinden, siyah peruğu sayesinde karanlık Akdeniz sularında fark edilmesi olanaksızdı. Bu şekilde *Matruşka*'nın gövdesi boyunca yüzerek teknenin burnuna geldi ve çapa zincirine ulaştı. Tam orada suya dalarak zincirin halkalarını takip etti ve Eddie ve Franklin'in daha önceden sakladıkları dalış takımlarına ulaştı.

Draeger regülatörü, ağırlık kemerini, paletleri ve maskeyi kuşandı. Kendisi için bıraktıkları fosforlu pusuladan kerteriz aldı. *Oregon* sadece bir buçuk kilometre uzaktaydı. Gelgit etkisinin de oldukça azalmış olduğu düşünülürse yolculuğu oldukça kısa ve kolay olacaktı.

Yüzerken, içinden bunun Kerikov'a yaptığı son ziyaret olmayacağına yemin etti. Üstelik bu kez Kerikov bu kadar ucuz atlatamayacaktı.

31. BÖLÜM

Linda ve Mark için aslında bir kamaraları olmadığı gerçeğini saklamak hiç de zor olmadı. Gemideki mağazalardan giysi ve tuvalet malzemeleri almışlardı ve ihtiyaç duyduklarında spor salonuna bitişik duşları kullanabiliyorlardı. Gündüzleri nöbetleşe olarak havuz başındaki şezlonglarda uyuyorlar, geceleri de kumarhanede oluyorlardı. Uzman bir kart sayıcı olan Murphy, yanlarında getirdikleri dört yüz doları, dikkate değer bir rakama yükseltmeyi başarmıştı. İstese bir servet yapabilirdi ama gizliliklerini korumak zorundaydılar, o yüzden makul ölçülerde kazanmayı sürdürdü.

İkinci gün bütün bu durum değişiverdi.

Diğer yolcular için gemiden karaya haberleşme imkânı veren odanın kapalı olması en ağır deyimiyle sadece ufak bir uygunsuzluktu. Birkaç işadamı homurdandı, fakat yolcuların çoğu ya fark etmediler ya da bu durumu umursamadılar.

Mark ve Linda aynı fikirde değildi. Üstelik ilk etapta göze çarpmayan diğer bazı işaretler de vardı. Güvertelerde gezinen ve görünürde bakım ve onarım işi yapan tayfa sayısı artmaya başlamıştı. Ancak dikkat edince bunların zamanlarının çoğunu yolcuları izleyerek geçirdikleri fark ediliyordu. Şimdilik kimse oda anahtarlarını kontrol etmiyordu ama Linda ve Murphy bunun artık bir an meselesi olduğundan emindi. *Golden Sky*'da kaçak yolcular bulunduğu ve şirketin bunu ortaya çıkarmaya kararlı olduğuna dair bir söylentinin dolaştığı aşikârdı.

Bu bilgiden daha rahatsız edici olan şeyse burun çekmelerdi.

Gemideki ikinci günlerinin sabahında, birkaç yolcu ve mürettebatın burnunun aktığını ve kısa süreli hapşırık nöbetleri geçirdiğini gördüler. Havuz başında ve yemek salonundaki konuşmalardan, bir gece önce herkesin kendini iyi hissettiğini ve hasta olanların hepsinin gece yarısı büfesine gittiklerini ve büfede görevli aşçı ve garsonların da hasta olduğunu öğrendiler.

"Bir test olmalı bu," diyerek fikrini açıkladı Mark. Büyük salonun tenha bir köşesinde kahvaltılarını bitirmek üzerelerdi.

"Nasıl bu kadar emin olabiliyorsun?"

"İki nedenle. Gemilerdeki doğal viral salgınların çoğu sindirim sistemi rahatsızlıklarıdır. Bu ise rinovirüse benziyor. İkincisi, eğer bu ana saldırı olsaydı şimdiye kadar ölmüştük."

"Sence ne yapmalıyız?" İştahı meşhur olan Linda önündekileri sadece biraz didiklemişti.

"Kimseyle el sıkışma, korkuluk demirlerine tutunma ve bu en önemlisi, kesinlikle gözlerine dokunma. Gribin vücuda girmek için en çok tercih ettiği yerdir gözler. Yarım saatte bir ellerimizi yıkıyoruz. Eğer demin-ki kurallardan birine uymamışsak hemen yıkıyoruz. Son olarak, *Golden Dawn*'ı bitirmek için kullandıkları ölümcül virüsü nasıl salıvereceklerini buluyoruz."

"Sence gemide kalmakla ayvayı yedik mi?" diye sordu Linda peçetesiyle ağzını silip kenara koyarken.

"Hayır, çünkü ana saldırıdan önce bunu nasıl yapacaklarını bulacağız."

"Mantıklı ol. Su sistemini, hava giriş kanallarını, soğuk hava ünitelerini, hatta buz yapma makinelerini bile kontrol ettik. Şimdiye kadar bulamadıysak, bundan sonra bulma şansımız nedir ki?"

"Listemizdeki işaretlediğimiz her olası hastalık taşıyıcı kaynaktan sonra giderek artıyor," diye cevap verdi Mark. "Bir şeyi kaybettiğinde neden her seferinde en son baktığın yerde bulduğunu hiç merak ettin mi?"

"Neden?"

"Çünkü bulduğunda aramayı durdurursun. Böylece her zaman aradığın en son yerde bulursun."

"Ne demek istiyorsun?"

"Henüz bu meşhur en son yere bakmadık diyorum."

Yemek salonunun yalıtımlı duvarları bile yaklaşmakta olan helikopterin sesini engelleyememişti. Geminin aynalığında bir yüzme havuzu vardı. Suların üstü bir kapakla örtülmüş ve yolcuları uzak tutmak için etrafı kordonlarla çevrilmişti.

Helikopter bir Bell JetRanger modeldi. Her iki tarafına da POSEIDON TOURS yazısı işlenmişti. Birkaç güverte yukarıda, Mark ve Linda helikopterin pilotunu ve üç yolcusunu görebiliyorlardı.

"Bu iyiye işaret değil," dedi Linda, helikopterin gürültüsünü bastırmaya çalışan bir sesle.

"Sence bizim için mi geldiler?"

"Yolcu gemilerinde insanlar nadiren ölür. İstanbul'da müritlerinden biri ölünce Thom Severance hemen harekete geçmiş olmalı. Benim merak ettiğim şey, seyahat şirketini buna nasıl ikna ettiği. Gomez Adams'ı izleyince kolay gözüküyor, ama hareket eden gemiye helikopter indirmek tehlikeli bir iştir."

"Bu adamların cüzdanları kabarık."

Sancak direğinin üzerinden yaklaşan helikopter, yıkanan güverteden kalan suları etrafa sıçratarak alçalmaya başladı.

Pilot, hızı ve rüzgârın durumunu değerlendiririrken helikopter bir an havada asılı kaldı. Hemen sonra havuzun üzerindeki kapağa doğru alçalmaya başladı. Gücü kesmeyen pilot, aracın ayaklarının kapağa hemen hemen hiç baskı uygulamadan hafifçe dokunmasını sağladı ve üç yolcu omuzlarında naylon sırt çantalarıyla helikopterden indiler. Helikopterin ağırlığının aniden azalmasıyla, pilot gücü hemen yeniden ayarladı ve kapıları kapanır kapanmaz havalanarak gemiden uzaklaştı.

"Eddie, Zelimir Kovac'ın kötü günündeki bir Boris Karloff gibi gözüktüğünden bahsetmişti," diyerek çenesiyle işaret etti Mark.

"Ortadaki iriyarı adam mı?"

"O olmalı."

Üç adam geminin subayları tarafından karşılandı, ancak hiç kimse el sıkmaya teşebbüs etmedi. Üzerlerindeki günlük elbiseleri –kanvas pantolon, polo tişörtler ve ince anoraklar– bir şekilde askeri üniforma gibi taşımayı başarmışlardı. Linda bunun sebebinin birbirinin aynısı olan sırt çantaları olduğunu düşündü.

"O çantalarda ne vardır sence?" diye sordu Linda.

"Temiz iç çamaşırları, çoraplar, tıraş bıçağı. Ha, bir de silahlar."

Şu ana kadar göze aldıkları en büyük tehlike, *Golden Sky*'da hapishane olabilecek neresi varsa, oraya kapatılma ve karaya ayak basınca da uzun bir sorgulamaydı. Bu durum şu anda değişmişti. Kovac ve iki suç ortağı kendileri için gelmişlerdi ve yakaladıklarında ne yapacakları belliydi. Tek avantajları, Kovac'ın kaç kişi olduklarını bilmemesiydi. Ancak geminin subay ve personeli, kaçak yolcuları bulma konusunda daha kararlı bir tavır içine girerlerse, yakalanmaları an meselesi olurdu.

"Aklıma bir şey geldi," dedi Mark.

"Öyle mi? Neymiş?"

"Sence Kovac, *Golden Dawn*'da yaptıkları gibi herkesi öldüren bir virüsle saldıracak olsalar bu gemiye gelir miydi?"

"Eğer aşı olduysa gelirdi."

Öğle olduğunda gemideki yolcuların dörtte üçü soğuk algınlığına benzer belirtiler göstermeye başlamıştı. Aldıkları tüm tedbirlere rağmen Mark ve Linda da bu grubun içindeydi.

32. BÖLÜM

Kuvvetli çöl rüzgârı havaalanı üzerinde uğuldayarak eserken, yerden kaldırdığı toz bulutu gökyüzünü kaplamaya uğraşıyordu adeta. Cessna Citation jet uçağının pilotu pistin başına kadar gelip çapraz esen rüzgârı hesap ederek yolun on metre solunda pozisyon aldı.

İniş takımları mekanik bir vınlama ve çarpma sesiyle aşağı indi. Turbo jetler uçağı birkaç saniye daha havada tutmak üzere gürlemelerini sürdürdüler.

Uçağın kabininde oturmakta olan tek yolcusu hava koşulları veya tehlikeli inişle hiç ilgilenmiyordu. Nice'te bindiği tarifeli Londra uçağı ve daha sonraki Dallas uçağındaki yolculuğu boyunca tıpkı şu anda içinde bulunduğu kiralık jette olduğu gibi parmakları dizüstü bilgisayarının tuşlarında sürekli dans etmişti.

Eric, Rusların balistik füzesini ateşleme planıyla ortaya çıktığında ortada sadece bir fikrin kaba ana hatları vardı. Planın işlerlik kazanması için gereken olağanüstü sayıdaki veriyi hesaba katmamıştı. Yörüngesel hızlar, vektörler, dünyanın dönüşü, tungsten çubukların kütlesi ve yüzlerce diğer unsuru hesaplamalarında dikkate alması gerekecekti. Donanmadaki geçmişi sayesinde matematiksel işlemleri rahatlıkla yapabileceği konusunda kendisine güveniyordu. Gerçi, Murphy de yanında olsa hiç fena olmazdı. Mark'ın trigonometri ve kalkülüse olan doğal yatkınlığı işini çok kolaylaştırabilirdi. Ancak o zaman da Mark işin yönetimini üstlenmek isterdi ve başkan da haklı olarak onun bu isteğini kabul ederdi. Mark'ın bu işi Eric'ten çok daha iyi yapacağı su götürmez bir gerçekti.

Bu iş sonunda gelip, uydu ile bilgisayar arasındaki bir haberleşme uygulamasına dayanacağından, Hali Kasım akla gelecek ikinci mantıklı seçim olurdu. Tek sorun, Hali'nin böyle şenlikli uçuşlarda midesinin bulanması ve işi yapacak halde olmamasıydı.

Eric, dünyada bugüne kadar sadece bir avuç insanın yaptığı bir işe talip olmuştu. Bununla ilgili olarak heyecanlanma konusunu sonraya bırakarak, yeniden önündeki rakamlara döndü. Jannike Dahl'a bunu yapmak zorunda olduğunu, tehlikeleri de süsleyerek anlatmış ancak sebebini söylememişti. Mark *Golden Sky*'da kapana kısılmış bir haldeyken, o da genç ve güzel Norveçlinin peşine düşmüştü. Kur yapma listesindeki ilk sekiz maddeyi geçmiş ve gemiden ayrılma sebebini açıklarken denediği elini tutma girişimiyle dokuzuncuya da çok yaklaşmıştı. Tam revirden ayrılırken, kızın başını hafifçe yana eğip, dudaklarını aralayarak ne demek istediğini de bir bilebilse ne iyi olacaktı.

Bunu Doktor Huxley'e sormuş olması gerekiyordu.

Uçak piste temas etti ve pilot dümene sertçe bastırarak uçağı yeniden dengeye getirene dek iki tekeri üzerinde tehlikeli bir biçimde sallandı. Uzun bir süre pistte ilerlediler ve başka bir isimsiz özel jetin yanındaki büyük bir hangara geldiler. Hangar kapısının üzerinde uzun zamandır aktif olmayan bir havayolu şirketinin adı yazılıydı. Motorlar sustu ve pilot kokpitten çıkıp geldi.

"Özür dilerim Bay Stoney, ancak bu kum fırtınasında hangarın içine giremeyiz. Fakat endişelenmeyin. Fırtına bu akşam dinecek."

Eric en az on tane meteoroloji sitesinden bakmış ve bu soğuk hava cephesinin ne zaman yer değiştireceğini dakikası dakikasına öğrenmişti.

Dizüstü bilgisayarını kapattı ve Annapolis'teki Donanma Akademisi yıllarından beri kullandığı el çantasını aldı.

Yardımcı pilot uçağın kapısını açtı ve Eric, uçuşan kumlar arasında gözlerini kısarak güçlükle merdivenlerden inmeye başladı. Büyük hangar kapısının bir köşesine açılmış olan küçük kapının önünde duran bir adam ona el sallıyordu. Eric, on beş metrelik yolu koşarak geçti ve kendini kapıdan içeri attı. Yabancı adam hemen kapıyı kapattı. Hangarın ortasında, üzeri kanvas örtülerle kapatılmış büyük bir uçak duruyordu. Şeklini kestirmek zordu ama dünyadaki başka hiçbir şeye benzemediği kesindi.

"Lanet tozlar uçakları mahvediyor," diyerek yakındı adam. "Siz Eric Stoney olmalısınız. Ben Jack Taggart."

"Sizinle tanışmak bir onur albay." Eric büyük bir hayranlık duygusuyla konuşuyordu. "Çocukken hakkınızda çok şey okumuştum."

Taggart, havanın aşındırdığı sert bir yüze ve berrak mavi gözlere sahip, altmışlarında bir adamdı. Rafine olmayan bir yakışıklılığı vardı. Köşeli çenesi, bir günlük gri sakallarıyla ideal bir kovboy tiplemesi gibiydi. Keten bir pantolon ve uçuş üniformasının gömleğinin üzerine, sıcak havaya rağmen deri pilot montu giymişti. El sıkışması mengene gibiydi ve başındaki şapkada astronotu olduğu eski uzay seferlerinden birinin adı yazıyordu.

"Hayatının seferine hazır mısın?" diye sordu Taggart, onu hangarın bir köşesindeki ofise doğru yönlendirirken. Sesinde boğuk Batı Teksas tınısı vardı.

Eric sırıttı. "Evet efendim. Hazırım."

Ofiste iki adam vardı. Eric, birini geniş ve uzun favorilerinden hemen tanıdı. Efsanevi uçak tasarımcısı Rick Butterfield'dı adam. Diğeri uzun boylu, gür beyaz saçlarıyla aristokrat görünümlü bir adamdı. Üç parçalı şık bir takım elbise giymişti ve yeleğinin üzerinde bir Amerikan ulusal onur topluluğuna ait madalyon sarkıyordu.

"Bay Stoney," dedi elini uzatarak. "Juan'ın ekibinden birileriyle tanışma şansım pek olmuyor."

"Siz Langston Overholt musunuz?" diye sordu Eric şaşkınlıkla.

"Öyleyim evlat, öyleyim. Her ne kadar sen benimle hiçbir zaman ve muhtemelen de asla karşılaşmamış olsan da. Anlaştık mı?"

Eric başını salladı.

"Aslında hiç gelmemeliydim. Bu her şeyden önce, şirketle Bay Butterfield'ın firması arasında bir anlaşma."

"Üstelik eğer beni, FAA ve NASA'ya yaptığım onay başvurularımı iptal ettirmekle tehdit etmeseydiniz, kabul etmeyeceğim bir anlaşmaydı." Butterfield'ın tiz bir ses tonu vardı.

Overholt ona döndü. "Rick, o bir tehdit değildi. Senin uçağın henüz uçuş sertifikası almadı ve benim birkaç telefonumun birçok engeli ortadan kaldırabileceğine dair dostça bir hatırlatmaydı."

"Üzerime gelmesen iyi olur."

"Sanırım bu uçuş için almış olduğun geçici sertifika, senin için yapabileceklerimin yeterli ölçüde kanıtı olmuştur."

Butterfield'ın yüzündeki acı ifade geçmemişti ama yatışmış gözüküyordu. Eric'e dönerek, "Ne zaman yapıyoruz bu işi?" diye sordu.

"NORAD'dan aldığım izleme verilerini kullanarak yaptığım hesaplamalara göre, yarın sabah saat sekizi on dört dakika ve otuz bir nokta altı saniye geçe pozisyonumu almış olmam gerekiyor."

"Bu kadar hassasiyeti garanti edemem. Gerekli yüksekliğe çıkmak için bir saate, ateşleme için de altı dakikaya ihtiyacımız olacak."

"Artı eksi bir dakika çok büyük bir fark yaratmaz," dedi Eric, adamı rahatlatmayı umarak. "Bay Butterfield, durumun ciddiyetini anlamanızı rica edeceğim. Milyonlarca insanın geleceği ellerimizde. Biliyorum, kötü bir casus romanından alınmış bir cümle gibi oldu ama eğer başaramazsak yeryüzündeki insanlar, anlatılamayacak büyüklükte acılar çekecekler."

Dizüstü bilgisayarını açarak, havacılık ve uzay mühendisi olan adama *Golden Dawn*'da kaydedilen bazı görüntüleri izletti. Ekranda gözükenler Eric'in konuşmasını gerektirmeyecek kadar açıktı. Görüntüler sona erdiğinde kısa bir açıklama yaptı sadece. "Ölenlerin çoğu bu virüsü geliştirmekten sorumlu insanlardı. Bu cinayetlerin arkasındaki adam, onları susturmak için kendi insanlarını bu şekilde öldürdü."

Butterfield, bilgisayardan kaldırdığı bakışlarını Eric'e çevirdi. Yanık teninin altından yüzünün kül rengi olduğu fark ediliyordu. "Yanındayım evlat, hem de yüzde yüz."

"Teşekkür ederim efendim."

"Hiç ciddi bir G gücüne[1] maruz kaldın mı evlat?" diye sordu Taggart.

"Donanmadayken, uçak gemisinden havalandığımda sanırım üç ya da üç buçuk civarında bir kuvvete maruz kalmıştım efendim."

"Kolay çıkarır mısın?"

"Diğer meslektaşlarımın değil de benim burada bulunma sebebim bu efendim. Ben Amerikan Lunapark Trenleri Tutkunları üyesiyim. Tatillerimi lunapark trenlerinde geçiririm efendim ve bir kez bile midemin bulandığını hatırlamıyorum."

"Benim için yeterli. Rick?"

"Bir feragatname falan imzalamanı isteyecek değilim. Sen sağlığından ne kadar eminsen ben de bu kuşun sağlamlığından o kadar eminim."

"Şirketim bizi yılda iki kere fiziksel testten geçiriyor ve bende şu gözlüğün halledemeyeceği hiçbir sorun yok."

"O zaman anlaştık. Sabaha kadar yapmamız gereken bir sürü hazırlık çalışması var." Butterfield bileğinin içine dönük olarak taktığı büyük Rolex saatine baktı. "Ekibim yaklaşık yirmi dakika içinde burada olacak. Ağırlık ve denge hesapları için seni ve ekipmanını tartmamız gerekiyor. Bence sen uçuş zamanına kadar kendi uçağında kalabilirsin. Pilotlar şehirdeki otelde kalırlar. Benim adamlarımdan biri onları getirir."

"Bence uygun. Ha, bu arada Bay Butterfield, sizden bir ricam olacak."

---

(1) (Gravitational Force) Yerçekimi kuvveti olarak ifade edilen, aslında serbest düşmedeki ivme olan ve 9.8m/sn olarak ifade edilen bir fizik gerçeği. Uzaya çıkan astronotların ve jet uçağı pilotlarının aşırı hızlanma nedeniyle zaman zaman maruz kaldıkları uç değerler 9 g'ye kadar ulaşabilmektedir.

"Söyle."

"Uçağı görebilir miyim?"

Butterfield, bu teklifi başını sallayarak kabul etti ve sakin bir şekilde odadan çıktı. Peşinden de Eric, Taggart ve Overholt tek sıra halinde geldiler. Üzeri örtülü uçağın yanında bir kordonun ucunda bir uzaktan kumanda cihazı sallanıyordu. Bir düğmeye bastı ve vinç uçağın üzerindeki brandayı kaldırmaya başladı.

Parlak beyaz boyalı *Kanga* adındaki ana uçak, üzerindeki mavi yıldızlarla herhangi bir uçaktan farklı görünmüyordu. İkinci Dünya Savaşı'nın saygın uçağı Corsair gibi martı kanadı tipi kanatlara sahipti. Tek farkla, burada kanatlar gövdeden çıkışta yüksekti ve uca doğru alçalıyorlardı. Bu yüzden yerdeyken uçağın gövdesini taşıyan iniş takımları oldukça yüksek tutulmuştu. Tek kişilik kokpitin üzerine iki jet motoru yerleştirilmişti. Kanatların altındaki çifte kanat kirişleri arkaya doğru incelerek gidiyor ve üçgen kuyruk takımıyla birleşiyordu.

Eric'in asıl ilgisini çeken şey, daha büyük olan uçağın altındaydı. Ru, roket motorlu bir planördü. Kesintisiz kanadı, yakıtın bitmesi durumunda yukarı doğru kaldırılarak aracı planör konumuna geçiriyordu. Saatte üç bin beş yüz kilometre hız yapabilen Ru, bir yörünge altı uzay aracıydı ve özel girişim tarafından bütçelenen ilk uçak olmasa da yeryüzünden yüz yirmi kilometre yükselerek bu alandaki rekora şimdiden ulaşmıştı.

Ru, on bir bin metreye kadar *Kangu* tarafından çıkarılmıştı. Bu yükseklikte iki araç birbirinden ayrılmış ve roket motorlarının devreye girmesiyle Ru, gökyüzüne fırlayarak alt sınırı yüz kilometre olan parabolik yörüngesine oturmuştu. Daha sonra bir planör gibi süzülerek yakıt almak üzere üssüne geri dönmüştü.

Butterfield ve yatırımcılarının böyle bir yörünge altı uçuştan amaçları, macera arayan insanları uzayın sınırına götürüp, ağırlıksız ortamın verdiği özgürlük duygusunu tattırmaktı. Her ne kadar amacı macera aramak olmasa da, Eric Stoney onların ödeme yapan ilk müşterisi olacaktı. Onun amacı uçuşun zamanlamasını ayarlayarak, yörüngesinin en üst noktasına geldiğinde, Rus füze platformunun hasarlı anteninin menziline girmiş olmaktı. Juan'ın Kerikov'dan aldığı kodları kullanarak, Eric uyduyu yeniden konumlandırarak, füzelerinden biriyle Eos Adası'nı vurabilir hale getirecekti. Adanın herhangi bir yerine çarpacak olan sekiz yüz kiloluk tungsten çubukların kinetik enerjisi ELF vericiyi kullanılamaz hale getirmeye yetecekti.

"Daha çirkin bir şey gördünüz mü hiç?" diye sordu Butterfield gururla. Kompozit malzemeden yapılmış gövdeyi sevgiyle okşadı.

"Onunla uçmak nasıl bir şey?" dedi Eric.

"Bilemiyorum," dedi Butterfield göğsüne vurarak. "Kalbim izin vermiyor."

Test pilot Taggart araya girdi. "Evlat, bu şeyden sonra senin lunapark trenlerinin hiçbir heyecanı kalmayacak, bu uçuş denediğin her şeyin üzerine çıkacak."

Overholt genzini temizledi. "Beyler, Bay Butterfield'ın ekibi geldiğinde burada olmam benim açımdan pek doğru olmaz, o yüzden ben izninizi rica ediyorum." Oradaki herkesin elini yaşının ötesinde kuvvetli olan eliyle sıktı ve vedalaştı. "Bay Stoney benimle uçağıma kadar yürür müsünüz lütfen?"

"Elbette efendim."

Eric yaşlı adama ayak uydurmak için adımlarını sıklaştırmak zorunda kaldı.

"Başkana iletmeni istediğim bir mesaj var. Ulusal Güvenlik Teşkilatı'ndaki arkadaşlarımla konuştum. Onlar da ELF yayınlarını tespit etmişler. Biri sizin Bay Hanley'den sanıyorum, diğeri de ondan biraz önce. Tahmin edebileceğiniz gibi, birilerinin böyle bir verici inşa etmek için çaba harcaması ortalığı biraz karıştırdı. Buna bir de sizin ekibin farkına vardığı fakat hiçbiri kanıtlanamamış..." –Eric karşı çıkmak üzere ağzını açtı– "... biliyorum, siz Adalet Bakanlığı'nın kurallarına uymak durumunda değilsiniz, fakat eğer Severance ve arkadaşlarını yargılayacaksak, bazı hukuki koşulları da yerine getirmemiz lazım.

Yarınki küçük maceranızın gerçekleşmesi için kişisel olarak devreye girdim, bu yüzden benim bu tehdidi ciddiye aldığımdan emin olabilirsiniz. Yine de bu responsivist hareketin ne kadar canavarca şeyler yapmak üzere olduğunu ortaya çıkarmak için bana ikinci üçüncü derece deliller değil kesin gerçekler gerekiyor. Bunu anlıyor musun?"

"Kesinlikle Bay Overholt. Sizin de şunu anlamanız gerekiyor ki, şu ana kadar yaptıklarımız olmasa, siz söz konusu yargılama için tatmin edici kanıtlar bulana kadar milyonlarca insan virüsün etkilerine maruz kalacaktı." Eric bir CIA kıdemlisiyle bu şekilde konuştuğuna inanamıyordu.

Langston kendi kendine güldü. "Juan'ın seni neden işe aldığını anladım. Cesaret ve akıl. Juan'a burada işlerin, vericisi ortadan kalktıktan sonra Severance'ı ele geçirmeye yardımcı olacak şekilde yürüdüğünü bildir." Hangar kapısına geldiklerinde, rüzgârın konuşmalarını imkânsız hale getirmesi nedeniyle durdular. "Bana, Rusların uzayda başıboş bıraktığı şu İkinci Dünya Savaşı antikasını kullanmak gibi çılgınca bir fikrin kimden çıktığı söylenmedi."

"Fikir benimdi," dedi Eric. "Juan'ın sizinle konuşarak bize bir nükleer bomba bulmanızı istemek şeklindeki ilk fikrimi reddedeceğini biliyordum."

Overholt'un rengi hafifçe attı. "Çok yerinde olarak," diyebildi.

"Başka bir seçenekle ortaya çıkmalıydım. Bu sırada İvan Kerikov, Stalin'in Yumruğu'ndan bahsedince, biraz araştırma yaptım ve her şey yerli yerine oturdu."

"Uyduyu sabote edenin Cabrillo olduğunu biliyorsun değil mi?"

"Kabaca bahsetti."

"Hikâyenin tamamını anlatmadığını bilecek kadar iyi tanıyorum onu. Juan Demirperde'nin gerisinde, Baykonur Üssü'nde çalışan Yuri Markov kimliğiyle yedi ay geçirdi. O kadar uzun süre gizli ajan olarak kalmak, hele bunu Rusların o dönemde uyguladıkları çok sıkı güvenlik önlemleri altında yapmak herkesin kaldıracağı bir baskı değildi.

Geri döndüğünde, standart uygulama gereği teşkilatın psikiyatrına muayene oldu. Kısa bir süre görüştüler. Doktorun notlarını gördüm. Tek cümlelik bir tespitte bulunmuştu: 'Bugüne kadar karşılaştığım en soğukkanlı müşteri.' Daha doğru kelimelerle anlatılamazdı."

"Merakımdan soruyorum, gerçek Markov'a ne oldu. Juan onu..."

"Öldürmek mi? Yok canım. Markov'u bize Orbital Balistik Füzeler projesiyle ilgili bilgi vermesi için satın almıştık zaten. Son duyduğum, Boeing'in uzay programları bölümünde çalıştığıydı. Fakat şundan eminim: Markov'un temizlenmesini emretseydim, Juan bir an duraksamazdı. Tanıdığım en sıkı ahlaki kuralları olan insandı Cabrillo.

Cabrillo gibi biri için hedefe götüren her yol geçerlidir. Biliyorum, bugünün politik doğrularının geçerli dünyasında bu, birçok insanı çılgına çevirebilecek bir yaklaşım ama o insanlar Juan gibi insanların sağladığı özgürlük ortamında yaşıyorlar. O yükle yaşamak zorunda kalan onların vicdanları değil, Juan'ınki. Onlar sadece neye mal olduğunu bilmedikleri aldatıcı bir ahlaki üstünlük duygusunun tadını çıkarıyorlar.

Bir hayvanseveri kuduz bir tilkiyle bir kafese koysan onu öldürür. Kendisini kötü hisseder, hatta suçluluk bile duyabilir ama sence diğer hayvanseverlerin eleştirilerine kulak verir mi? Bir an bile aldırmaz. Çünkü ya ölecektir, ya öldürecektir. İşte dünyamız da bu noktaya geliyor ve insanlar şimdilik böyle bir yaklaşımı kabul etmekten ürküyorlar."

"Ne yazık ki onların değerlendirmeleri etrafımızı çeviren karanlık güçler için bir kıstas değil," dedi Eric.

Overholt elini yeniden uzattı. "İşimizi iyice zor hale getiren de bu işte. Ben savaştığımda hepimiz her şeyi siyah ve beyaz olarak algılıyorduk. Giderek, birileri bizi bunların yanında grinin de olduğuna inandırdı. Sana bir şey diyeyim mi evlat? Nereden duyarsan duy, gri diye bir şey yok." Overholt, Eric'in elini bıraktı. "Seninle tanıştığıma çok memnun oldum Bay Stoney. Yarın iyi şanslar ve yolun açık olsun."

Oregon Akdeniz'in sularında, mavi bir ipeği bıçakla keser gibi, hızla ilerliyordu. Ticari gemi rotalarından olabildiğince uzak duruyorlardı. Böylece manyetohidrodinamik motorlarını tam güçle çalıştırarak, kırmızı çizgilerin dışına çıkan akıl almaz hızlarını kimse fark etmeden yollarına devam ediyorlardı. Sadece bir kez, o da İtalya'nın çizmesinin ucunu Sicilya'dan ayıran Messina Boğazı'ndan geçerken yavaşladılar. Şans eseri hava koşulları da istedikleri gibiydi. İonia Denizi'ni geçip Ege'ye vardıklarında sular sakin ve hava rüzgârsızdı.

Juan uyanık olduğu her dakikayı Harekât Merkezi'nde koltuğuna gömülmüş bir halde ve yanı başında, sürekli tazelenen bir bardak kahveyle geçirdi. İlerideki ana ekranda sayısal bir saat sürekli olarak zamanı geriye doğru sayıyordu. On sekiz saatten biraz fazla bir zaman sonra Eos Adası yeryüzünden silinecekti.

Ve Cabrillo hemen bir şeyler düşünemezse Max Hanley de onunla beraber yok olacaktı.

Gemi eksik geliyordu ona. Eric ve Mark ön konsollarda oturup gemiye kumanda edip, savunma amaçlı olarak silah sistemlerini hazırlamalıydılar. Max Harekât Merkezi'nin arkasında, anaç bir edayla motorları gösteren monitörleri izlemeliydi. Linda da burada olup, hangi bölüm ihtiyaç duyarsa yardımlarına gitmeliydi. Eddie ve Linc de benzer duygular içinde olmalıydılar. İkisi de Harekât Merkezi'ne pek uğramazlardı ama arkadaşlarının çoğu tehlike altındayken olmak istedikleri başka bir yer yoktu.

"Hiçbir şey yok başkan," dedi Hali yüksek teknolojili odanın sancak tarafındaki görev yerinden seslenerek.

Bu, Linda ve Mark'ın mesaj vermeleri gereken zamanı üçüncü kez atlamaları oluyordu. Hali, *Golden Sky*'la temas kurmuş ve gemide bir haberleşme sorunu olmadığı konusunda ikna edilmişti. Bir yolcunun anne ve babasının ölüm haberini verecek kardeşi gibi davranarak, geminin haberleşme merkezini bile aramıştı. İlgili sekreter, mesajını rasgele seçmiş olduğu B123 numaralı kamaraya ileteceği sözünü vermişti. Yolcudan geri dönüş olmadı ama bu bir anlam ifade etmeyebilirdi.

Yolcu, ailesini çok daha önceden kaybetmiş olabilirdi ve bu aramayı kötü bir şaka olarak değerlendirebilirdi. Juan, santral görevlisini kuşkulandırmaktan korkarak, benzer hileleri kullanarak başka isimler altında gemiyi birkaç kez daha aramak fikrinden vazgeçti.

Oregon'un elindeki üstün silah gücü ve denizler üstündeki en iyi haberleşme sistemlerine sahip olmalarına rağmen beklemekten başka yapacak bir şeyleri yoktu. Eos'un yakınlarına kadar gelip, ortaya bir fırsatın çıkmasını bekleyeceklerdi. Max kendisini yakalayan adamların elinden kurtulup, onları *Oregon*'a bir mesaj gönderecek kadar uzun süre atlatmayı başarmıştı ve belki bu yaşlı kurt yakında birkaç hileyle yeniden ortaya çıkardı. Juan'ın böyle bir durumda, Max'e yardım edecek halde hazır beklemesi gerekiyordu.

Bir de Mark ve Linda'nın durumları vardı. *Golden Sky*'da ne olup bittiğine dair Juan'ın en ufak bir fikri yoktu. Bildiği kadarıyla, ikisinin kaçak yolcu olduğu anlaşılmış ve Severance tarafından virüsle doldurulan bir gemide bir yere kapatılmışlardı. Max'in virüsün öldürmekten beter ediyor demekle neyi kastettiğini hâlâ çözememişlerdi ama bunun o kadar da önemi yoktu. Vericinin işini bitiremezlerse, en iyi adamlarından ikisi virüse en önce maruz kalacak insanların arasında olacaklardı.

Juan bilgisayarına bir komut girdi ve ekrandaki geri sayım yapan saat görüntüsü kayboldu. Zamanın hızla azaldığını sürekli olarak görerek daha fazla sinirlerini bozmak istemedi. Zaten ekranda sürekli olarak duran normal bir saat, zamanlarının azaldığını yeteri kadar hatırlatıyordu.

33. BÖLÜM

"FBI, Beverly Hills'teki merkezimizi bastı," dedi Thom Severance Lydell Cooper'ın yeraltı dairesine hızla dalarak. Panikten dolayı sesi çatlak çıkıyordu.

Cooper bir kanepeye uzanmış, ayaklarını yere sallandırarak dinleniyordu. "Ne yaptı?"

"FBI, benim evimi, merkezimizi basmış. Birkaç dakika önce olmuş. Sekreterim uydu telefonundan bana ulaşmayı başardı. Ellerinde tüm mali kayıtlar ve üye listelerimiz için arama emri varmış. Beni ve Suzan'ı vergi sahtekârlığı şüphesiyle tutuklamak için de karar çıkarttırmışlar. Tanrıya şükür, Suzan kız kardeşiyle beraber Big Bear'daki yazlık evde, ama onu bulmaları an meselesi. Ne yapacağız şimdi? Peşimizdeler Lydell. Her şeyi biliyorlar."

"Sakin ol. Hiçbir şey bilmiyorlar. FBI, bizim gözümüzü korkutmak için her zamanki Gestapo taktiklerine başvuruyor. Planımızı bilseler, Kaliforniya'daki herkesi tutuklarlar ve burayı basmak üzere Türk yetkililerle görüşmeye başlarlardı."

"Fakat pamuk ipliği gibi sökülüyor her şey. Hissedebiliyorum." Severance, tüm ağırlığıyla bir koltuğa çöküp yüzünü ellerinin arasına aldı.

"Topla kendini biraz. Bu o kadar büyütülecek bir şey değil."

"Senin için konuşması kolay," diye bir çocuk gibi huysuzca cevap verdi Severance. "Hakkında tutuklama emri çıkartılan sen değilsin. Ben cezamı çekerken sen karanlık bir yerde saklanacaksın."

"Kahretsin Thom. Beni dinle. FBI'ın yapmaya çalıştığımız şey hakkında hiçbir fikri yok. Bir şeylerin peşinde olduğumuzdan kuşkulanmış olabilirler ama bunun ne olabileceğine dair hiçbir şey bilmiyorlar. Bu, 'bu adam bir şeyler saklıyor' türünden bir araştırma. Genel bir arama emri çıkartıp, kayıtlarımızda suçlayıcı bir şeyler bulabilmeyi umuyorlar. İkimiz de öyle bir şey bulamayacaklarını biliyoruz.

En başından beri kayıtlarımızın sağlam olmasına dikkat ettik. Responsivist organizasyon kâr amacı gütmüyor, bu yüzden vergi ödemiyoruz, ama tüm mali evrakımız Ulusal Vergi Dairesi'nin kurallarına uygun ve eksiksiz. Tabii, sen ve Suzan, aldığınız maaşlara ait kişisel gelir vergilerinizi ödememek gibi aptalca bir şeyler yapmadıysanız. Vergilerinizi ödediniz değil mi?"

"Elbette ödedik."

"O zaman endişelenmeyi bırak artık. Evde onları buraya yöneltecek hiçbir şey yoktur. Filipinlerde bir operasyon yürüttüğümüzü anlayabilirler ama onun bir aile kliniği olduğunu ve müşterisizlikten dolayı kapattığımızı söyleriz. Filipinler nüfusunun çoğunluğu Katolik'tir, o yüzden bu durum garip karşılanmaz."

"Fakat bu baskının zamanı, virüsü salıvermemize o kadar yakın ki, şüphelenmemek mümkün değil."

"Tesadüf."

"Tesadüflere inanmadığını sanıyordum."

"İnanmıyorum ama bu durumda eminim. FBI hiçbir şey bilmiyor Thom. Güven bana." Severance'ın yüzündeki ciddi ifade kaybolmayınca, Cooper devam etti. "Dinle beni. Yapacağımız şey şu. Hemen bir basın bildirisi yayımlayarak, bu küçük düşürücü suçlamaların derhal kaldırılmasını talep edeceksin ve FBI'ın bu hareketinin kişisel ve sosyal haklarının ihlali olduğunu ilan edeceksin. Bu bir taciz. Adalet Bakanlığı aleyhine bir kamu davası açacaksın hemen. Neden söz ettiğimi biliyorsun. Adaya personel taşıdığımız helikopter hâlâ burada. Hemen jetin beklediği İzmir'e gideceğim. Suzan'a Kaliforniya'dan ayrılmasını söyle. Onu ve kardeşini

Phoenix'te bekleyeceğim ve ikisini birden getireceğim. Virüsün etkisini iyice gösterme tarihi yaklaşana kadar sığınağa taşınmayı planlamıyorduk ama bir iki ay önce gelmek çok da sorun değil. Zaten sana ceza yazmanın, o sırada federal hükümetin ajandasında öncelikli işler arasında olmayacağını garanti ederim."

"Kısa dalga yayın ne olacak?"

"Onu yapma onurunu sana bırakıyorum." Cooper odayı boydan boya geçerek elini Severance'ın omzuna koydu. "Her şey yolunda gidecek Thom. Adamımız Kovac, *Golden Sky*'da Zach Raymond'u öldüren her kimse, onun icabına bakacak ve ondan sonra adamlarımız virüsü yaymak üzere hazır bekliyor olacaklar. Geldik artık. Bu bizim zamanımız. Böylesine gülünç bir baskının seni sinirlendirmesine izin verme, tamam mı? Ve bak, eğer evin altını üstüne getirip her şeyi alsalar da, hareketimiz en büyük başarılarından birine ulaştı bile. Onu bizden alamazlar ve bu saatten sonra bizi durduramazlar."

Severance kayınpederine baktı. Seksenlerinde olduğunu bildiğin bu orta yaşlı görünen adama bakmak bazen şaşırtıcı oluyordu. Lydell bir hısım olmanın çok ötesindeydi onun için. En başından beri Thom'un başarısının arkasındaki akıl hocası ve itici güç olmuştu. Cooper, kariyerini zirvedeyken terk etmiş ve yarattığı şeyleri dışarıdan koruyup kollayarak, onları bugünkü noktaya getirmek için kendi kimliğini fırlatıp atmıştı.

Bugüne kadar Cooper'dan bir an olsun kuşku duymamıştı. Şimdi de bir yandan başıboş düşünceler aklının bir köşesini kurcalarken, o yine de aralarındaki ilişkiye içgüdülerinden daha fazla güveniyordu. Ayağa kalkıp, elini hafifçe Cooper'ın eklem romatizması tarafından harap edilmiş eldivenli elinin üzerine koydu.

"Özür dilerim. Küçük korkularımın, hedeflerimizin önüne geçmesine izin verdim. Tutuklansam bile bunun ne önemi var? Virüs dünyanın her tarafına yayılmış olacak. Aşırı nüfus belasından kurtulmuş olacağız ve daha önce dediğin gibi, insanlık için yeni bir Altın Çağ başlayacak."

"Bu arada bizler birer kahraman olacağız. Problemlerimize en insani çözümleri bulan insanlar olarak her yere heykellerimiz dikilecek."

"Acaba bu kadar çok insanı kısırlaştırdığımız için bizden nefret edebilecekleri hiç aklına geliyor mu?"

"Bireyler tarafından nefret edileceğiz, orası kesin. Ancak insanlık bir bütün olarak böylesine köklü bir değişimin gerekli olduğunu anlayacaktır. Küresel ısınma tartışmalarıyla ilgili olarak bunu fark etmeye başladılar bile. İşler bugüne kadar gittiği gibi gidemez. Bunu yapmak için hangi hakka sahip olduğumuzu sorabilirsin." Cooper'ın gözleri parladı. "Ve ben de derim ki, duygusal değil akılcı olma hakkına sahibiz.

Haklı olmanın bize verdiği hakla yapıyoruz bunu. Başka bir seçenek yok. Hep merak ederim, acaba Jonathan Swift 1729'da yazdığı *Makul Bir Teklif* adlı eserinde gerçekten hiciv mi yapıyordu? İngiltere'nin evsiz sokak çocuklarının akınına uğradığını ve ülkenin mahvolacağını düşünmüştü. Kendilerini korumak için bu çocukları yemeleri gerektiğini ve sorunun da böylece çözüleceğini söylemişti. Seksen yıl sonra Thomas Malthus nüfus artışı üzerine o meşhur çalışmasını yayımladı. Nüfus artışını önlemek için önerisi, 'ahlaki kısıtlama', yani gönüllü cinsel perhizdi.

Bu hiçbir işe yaramazdı elbette. Yarasaydı on yıllardır kullanımda olan ucuz doğum kontrol yöntemlerine rağmen sayımız katlanarak artar mıydı? Değişimin kaçınılmaz olduğunu söyledim hep, ama insanlar değişmez. Bugüne kadar hiç değişmedik. O yüzden ben de canları cehenneme dedim. Eğer onlar üreme içgüdülerine gem vuramazlarsa, ben kendimi koruma içgüdüme boyun eğeceğim ve gelecek kuşakların yarısının icabına bakarak tüm gezegeni kurtaracağım."

Cooper'ın sesi keskin bir tıslama halini aldı. "Dürüst olmak gerekirse, bu cahiller sürüsü bizden nefret etse umurumuzda olur muydu? Kendilerini mahvettiklerini anlamaktan yoksunlarsa, onların düşüncelerinin ne önemi var ki? Sürüyü güden bir çoban gibiyiz. Koyunların ne düşündüğünü umursar mı bir çoban? O daha iyi bilir Thom. Biz daha iyi biliriz."

34. BÖLÜM

Eric Stoney'in midesi geleneksel astronot kahvaltısına dokunamayacak kadar kötü kasılıyordu. Aslında onu heyecanlandıran yörünge altı uçuş değildi. Tam tersine bu deneyimi büyük bir hevesle bekliyordu. Midesine kramplar girmesine neden olan ve ağzını dışarıdaki çöl havası gibi kupkuru yapan şey başarısızlık korkusuydu. Bunun meslek hayatı boyunca karşılaşacağı en önemli görev olduğunun ve gelecekte ne olursa olsun bunu aşacak bir şey olamayacağının farkındaydı. İnsanlığın kaderinin ona bağlı olduğu bir ölüm kalım meselesiyle karşı karşıyaydı.

Sanki bu yetmezmiş gibi, bir de Max Hanley'in Eos Adası'nda sıkışıp kaldığı gerçeği beynini kemirip duruyordu.

Mark Murphy gibi Eric de olgunlaşmaya fırsat bulamadan zekâsının getirdiği erken başarılarla tanışmıştı. Mark bununla, asiyi oynayarak, saçlarını uzatıp, gürültülü müzik dinleyip, otoriteyi ciddiye almıyormuş gibi yaparak başa çıkmıştı. Eric'in böyle bir kişiliği yoktu. O utangaç ve sosyal olarak beceriksiz kalmayı sürdürdü, o nedenle hep bir akıl hocasına ihtiyaç duyması şaşırtıcı değildi. Lise yıllarında akıl hocası, fizik öğretmeniydi, Annapolis'te garip bir şekilde sınıfına hiç düşmediği İngilizce eğitmeniydi. Ataması yapıldıktan sonra kanatları altına girecek kimseyi bulamamıştı, çünkü ordunun böyle bir yapılanması yoktu. Zaten zorunlu olarak kalması gereken beş yılı tamamladıktan sonra ayrılmaya hazır durumdaydı.

Birlikte çalıştıkları son komutan, Eric'in haberi olmadan, Hanley'le görüşmüş ve Eric'in şirkete müthiş bir katkıda bulunabileceğini söylemişti. Max kendisiyle ilk teması kurduğunda, Eric şirkete katılmayı neredeyse hemen kabul etmişti. Max'te eski öğretmenlerinden hatırladığı, serinkanlılığı, tutarlı tavırları, sonsuz bir sabır ve yeteneği işleme becerisini bulmuştu. Eric'i yavaşça hep olmak istediği insana dönüştürüyordu.

Eric'in iştahının kaçmasının ve önceki gece uykusunda sürekli uyanmasının bir diğer sebebi de buydu. Bugün elde edeceği başarı, kendisini büyüten adamdan daha fazla baba olarak gördüğü bir adamı öldürmesi anlamına gelecekti.

"İyi misin evlat?" Hangar ofislerinin arkasındaki soyunma odasında uçuş kıyafetlerini giyerlerken Jack Taggart sordu. Uzay kabini basınçlandırıldığından, kıyafetleri zeytin yeşili üniformalarından çok daha kalın değildi. "Biraz solgun görünüyorsun."

"Kafam biraz meşgul albay."

"Uçuşla ilgili olarak kuşku duyabileceğin en ufak bir şey olmadığını söyleyebilirim," dedi eski uzay mekiği astronotu kelimeleri yayarak. "Bizi oraya çıkarıp geri getireceğim. Hiç merak etme."

"En az endişelendiğim şeyin uçuşun kendisi olduğunu rahatlıkla söyleyebilirim efendim."

Odanın kapısından içeri bir teknisyenin kafası uzandı. "Beyler, acele etseniz iyi olur. Uçuş direktörü, *Kanga*'nın yirmi dakika içinde piste çıkmasını istiyor."

Taggart, dolabından başlığını aldı ve, "Hadi gidip bitirelim şu işi," dedi.

Zarif uzay aracı *Ru*'nun pilot pozisyonunun arkasında iki adet yatar koltuk vardı. Eric, sabah erken saatlerde bilgisayarını ve vericiyi bunlardan birinin üzerine bırakmıştı. Şimdi diğerine oturmuştu ve görevliler kendisini bir Formula 1 pilotu gibi bağlarlarken ellerini iki yanında tutuyordu. Üstünde ana uçağın altını görebildiği bir çift pencere vardı. Her iki yana da küçük pencereler yerleştirilmişti. Taggart, önünde oturmuş, uçuş direktörü Rick Butterfield'la konuşuyordu.

Eric başlığından sarkan kabloyu haberleşme paneli girişine taktı ve bir başka frekansa geçmeden önce Taggart'ın uçuş frekansından telsiz ayarlarını kontrol etmesini bekledi. Gerçi diğer kulağıyla pilotu hâlâ duyabiliyordu.

"Elton, John konuşuyor. Beni duyabiliyor musun? Tamam." Hali Kasım, hayranı olduğu Elton John'un adını bu uçuşun kod isimleri olarak kullanmayı seçmişti.

"John, Elton konuşuyor, seni beşte beş duyuyorum. Tamam."

"Elton, tamam mesajımla birlikte telemetreleri almaya hazır ol. Üç, iki, bir, tamam." Eric dizüstü bilgisayarında bir tuşa bastı ve Hali, *Oregon*'dan *Ru*'nun uçuşunu ve Rus uydusunu gerçek zamanlı olarak takip edebilmeye başladı. Hatta devreye aldığı bir webcam'le gemidekilere de bu görüntüleri aktardı.

"John, sinyal iyi gözüküyor. Tamam."

"Tamam, kalkışa yaklaşık on dakika var. Seni bilgilendireceğim. Tamam."

"Anlaşıldı. İyi şanslar. Tamam."

Hangarın dev kapıları sarsılarak açılırken, kocaman bir mağarayı andıran hangarı başlamakta olan günün taze kızıl ışıkları doldurdu. Ellerinde, *Kanga*'ya ittirerek aprona çıkarmaya yetecek kadar çalışan vardı. Pistin kenarındaki yıkık dökük bir seyyar ev, uçuş direktörünün kontrol merkezi olarak kullanılıyordu. Çatısı antenlerle doluydu ve iki adet de döner radar çanağı vardı.

"Arkada işler nasıl bakalım?" diye sordu Taggart ön taraftan dönerek.

Eric'in cevap vermesine fırsat kalmadan, *Kanga*'nın gövdesinin üstüne monte edilmiş olan iki turbo jet motor gürlemeye başladı. Taggart bu kez aynı soruyu telsizden yineledi, çünkü gürültüden dolayı normal bir konuşma yapmak çok zordu.

"Biraz heyecanlanmaya başladım," diye bir itirafta bulundu Eric.

"Unutma, roketin susmasına on saniye kala senin konsolundaki kırmızı ışığı yakacağım. Beş saniye kala sarıya dönecek ve roket motoru durduğunda yeşil olacak. O anda yaklaşık yüz yirmi kilometre yükseklikte olacağız, fakat motor sustuğu anda düşmeye başlayacağız. İşini hemen bitirmen gerekecek."

"Anlaşıldı."

"Hadi bakalım gidiyoruz," dedi Taggart. Kangu piste doğru ilerlemeye başlamıştı.

Düşük kanatlı ve uzun bacaklı ana uçak pistin başına geldi ve merkez çizgisini ortalamak için sertçe dönerek hiç duraklamadan hızlanmaya başladı. Motorlar tam güçle çalışıyordu. Sadece *Ru*'yu altmış kilometre yükseklikte fırlatmak üzere tasarlanmış olan *Kanga* performans açısından çok dinamik bir uçak sayılmazdı. Havalanmadan önce neredeyse pistin tamamını kullandı ve uzun, gösterişli yükselişine başlamak üzere havalandı. Eric, yan pencereden uçağın garip gölgesinin, çöl kumlarının üzerinde bir tepecikten diğerine hızla yol alışını izledi. Bir bilimkurgu filminde gibi hissetti kendini.

Uçağın gerekli yüksekliğe ulaşması bir saat sürdü. Eric tüm bu zamanı ekipmanlarını yeniden kontrol ederek geçirdi. Taggart çoğunlukla koltuğunda sessizce oturup Game Boy'da uçuş simülatörü oynayarak geçirdi zamanını.

Eric'in programına göre on dakika erken gelmişlerdi, o yüzden uçak havada bir süre tembel bir şekilde sekizler çizdi. Yukarıda, Sovyet uydusu hızla yaklaşıyordu.

Ekvatora paralel uçan diğer mekiklerden ve Uluslararası Uzay İstasyonu'ndan farklı olarak, Orbital Balistik Füze Uydusu, yeryüzünün etrafında bir kutuptan diğerine doğru yol alarak dönüyordu. Bu şekilde, on dört günde, altında dönen dünyanın her bir santimetre karesini taramış oluyordu. Şu anda Wyoming üzerindeydi ve saniyede sekiz kilometre hızla yaklaşıyordu. Mevcut yörüngesinde, Eos'un üzerine gelmesi için bir hafta daha gerekiyordu. Bu nedenle Eric'in gönderdiği sinyallerden biri onun manevra roketlerini ateşleyip yönünü değiştirmeyi amaçlıyordu. Her şey yolunda giderse, uydu tungsten çubuklardan birini ateşleyeceği menzile sekiz saatten az bir süre sonra girecekti.

"T eksi bir dakika noktasına yaklaşıyoruz." Eric kulaklığından Butterfield'ın sesini duydu. "Tüm göstergeler yeşil."

"Anlaşıldı Yer. Altmış saniye."

Eric'in panelindeki saat geriye doğru saymaya başladı. Bu sırada hız göstergesi sabit bir şekilde saatte altı yüz elli kilometreyi gösteriyordu.

"Otuz saniye... On... Beş, dört, üç, iki, bir. Ayrılma başlasın."

Ana gemideki pilot *Ru*'yu uçağın göbeğine bağlayan kelepçeyi açmak üzere bir kolu ileri itti. Uzay aracı bir süre boşlukta kalarak *Kanga*'dan uzaklaştı. Taggart sıvı yakıtlı roketi ateşledi.

Eric bir anda tüm duyularına karşı saldırıya geçildiği hissine kapıldı. Motorun gürlemesi, bir çağlayanın dibinde durmak gibiydi ve göğsünde elle tutulabilir bir hisse yol açmıştı. Yüksek ivme vücudunu dev bir el bastırırcasına koltuğa yapıştırırken, uçağın gövdesindeki titreme kol dayanaklarına sıkıca sarılmasına neden oldu. Gövdesi, sanki birisi derisini zımparalıyormuş gibi cildinin altında titriyordu. Damarlarında dolaşmaya başlayan adrenalin yüzünden ağzı kupkuru olmuştu. Güçlükle hız göstergesine odaklandı ve saniyeler içinde ses duvarına yaklaştıklarını fark etti.

G kuvveti onu hâlâ koltuğuna yapıştırmaya devam ediyordu. Taggart burnu biraz daha yukarı kaldırdığında, sarsıntı iyice artınca, Eric uçağın dayanamayıp havada parçalanacağından korkmaya başladı. Sonra ses duvarını aştılar ve sarsıntı sona erdi. Motordan kaynaklanan hafif titreşimleri hissetse de artık motorun sesi kendilerine yetişemediğinden uçağın içindeki gürültü ciddi biçimde azaldı.

Roketlerin çalışmasından bir dakika sonra otuz kilometre yüksekliğe fırlamışlardı ve Eric sonunda tüm dikkatini yeniden uçuşa verebilmeyi başarmıştı. Kalp atışları normale döndü ve uzay aracının katıksız gücünün tadını çıkarmaya başladı.

Hız göstergesi saatte üç bin iki yüz kilometreyi işaret ediyordu. Kafasını yukarı kaldırdığında, atmosferden çıkmaya başlamalarıyla birlikte gökyüzünün hızla karardığını fark etti. Sanki sihirli bir el yıldızları ortaya çıkarıvermiş gibiydi. Önceleri solgun olan yıldızlar giderek parlaklaşmaya başlamışlardı. Hiç bu kadar net bir halde görmemişti onları. Işıklarının atmosferden geçişinin yol açtığı titreme ortadan kalkmıştı. Sabit bir şekilde duruyorlardı ve sayıları çok artmıştı. Öylesine artmıştı ki, uzay karanlık bir yer olmaktan çok, ışıktan yapılmış gibi gözükmeye başlamıştı.

Elini uzatsa dokunacakmış gibi geliyordu.

Önündeki gösterge birden kıpkırmızı parlamaya başladı. Dört dakikanın bu kadar çabuk geçtiğine inanamamıştı. G kuvvetine karşı koyarak elini bilgisayarına doğru uzattı.

"On saniye," dedi, *Oregon*'un izlediği frekansta konuşarak. Hali bir şey dediyse bile roketin gürültüsünde kaynayıp gitmişti.

Altimetrede rakamlar hızla ve bulanık biçimde kayıp gitmeye devam ediyordu. Işık sarıya döndüğünde, yüz yirmi kilometreye varmışlardı ve o son beş saniyede iki kilometre daha yükselmişlerdi. Yeşil ışık yüz yirmi iki kilometre yüksekliğe ulaştıklarının habercisiydi.

Roketin motorları son kalan yakıtı da tüketip yakıt pompaları sustuğunda Eric, komutları girmeye başlamıştı. Onu koltuğuna çivileyen G kuvveti de aniden sıfırlanarak serbest kalmasını sağlamıştı. Gürültünün yerini alan sessizlikten dolayı kulakları çınlıyordu. Buna benzer anları lunapark treninde ve Tiny Gunderson'la yaptıkları birkaç gezinti uçuşunda sıklıkla yaşamıştı ama bu daha farklı bir duyguydu. Uzayın tam kıyısında ve yerçekiminin erişim sınırındaydılar.

Kokpitte Jack Taggart kanadın tamamını yükseltecek armatürleri çalıştırdı. Şu anda kanat gövdeyle belli bir açı yapıyordu. Artan uçuş direnci ve yeni konfigürasyondan kaynaklanan dinamikler uçağı olağanüstü dengeli bir duruma getirmişti. Sanki Teksas, Monahans'taki hava üssüne doğru süzülmeye başlamış gibiydiler.

"Nasıl buldun?" diye sordu Taggart.

"Bir dakika."

Taggart önce Eric'in midesinin bulandığını düşünerek dönüp arkaya baktı. Stoney bilgisayarına odaklanmıştı. Çocuk hayatının uçuşuna çıkmıştı ama hâlâ çalışıyordu. Taggart, ilk mekik görevinde hiçbir şeyle ilgilenemeyip bir saat boyunca camdan dışarı baktığını hatırlayınca, Eric'in görev aşkına hayran kaldı.

"Tekrar et Elton. Tamam."

"Kuşun üzerindeki telemetreden teyit aldığımızı söyledim. Manevra roketlerini ateşledi ve yörüngesini değiştiriyor. Hedef bilgisayarları çevrimiçi ve şu anda atış öncesi kontrolleri yürütüyor. Tebrikler, başardın!"

Eric mutluluktan bağırmakla ağlamak arasında kararsız kaldı. Sonunda, planının işe yarayacağını görmenin verdiği basit bir tatmin duygusuyla yetindi. Ruslara hakkını vermek gerekiyordu. Konu uzay programları oldu mu adamlar ne yaptıklarını biliyorlardı. NASA, gösterişli bir ustalık sergilerken, Sovyetler, basitlik ve kaba kuvveti tercih etmişler ve sonuç olarak yaptıkları şeyler kalıcı olmuştu. *Mir* uzay istasyonu yörüngede, planlananın iki katı fazla süre kalmıştı. Kaynak yetersizliği olmasaydı hâlâ orada duruyor olabilirdi. "Anlaşıldı. Tamam."

"E?" dedi Taggart.

"Çalıştı. Rus uydusunun kontrolü artık bizde."

"Onu sormuyorum. Uçuşu nasıl buldun?"

"Albay, bu bugüne kadar yaşadığım en olağanüstü deneyimdi," dedi Eric. Yeniden vücudunun ağırlığını hissetmeye başlamıştı. Midesi de tekrar normal haline dönüyordu.

"Kitaplara girmeyecek biliyorum ama seninle yükseklik rekorunu kırdık. Ticari uçuşlarımızı yüz kilometreyle sınırlandıracağız. Bu da demektir ki rekorumuz uzun bir süre geçerli olacak."

Eric kendi kendine güldü. Murphy'nin ne kadar kıskanacağını ve Jannike'nin ne kadar etkileneceğini düşündü. Bunları düşünür düşünmez, dudaklarındaki gülümseme kayboldu ve yeniden Max'in kaderi için endişelenmeye başladı.

35. BÖLÜM

Max bu yeraltı kalesinden bir çıkış yolu bulmaya çalışırken aklına tek bir çözüm yolu gelmişti. Gece geç saatte yaptığı bir denemede garaja giden merdivenlerde üç nöbetçi olduğunu keşfetmişti. Onları kandırarak çıkışa ulaşamayacağını biliyordu. Kovac yüzünü dağıtmıştı ve adamlar bunu gördükleri anda kuşkulanacaklardı.

Ön kapıdan çıkmayacağı ortadaydı. Bu durumda geriye tek yol kalıyordu; arka kapıdan kaçmak.

Yönetici kanadındaki saklandığı dolabı terk ederek jeneratör odasına doğru ilerledi. Koridorlarda rastladığı insanlara yüzünü göstermemeye çok dikkat etti. Jet motorlarının türbinleri çevirerek tüm tesise enerji sağladığı odanın yakınındaki köşeyi dönünce Kovac'ın bir nöbetçiye, burayı da koruması talimatını verdiğini gördü. Sakin ve ölçülü adımlarla ilerleyerek koridor boyunca yürümeye başladı. Yirmi yaşlarında mavi polis üniformalı, belinde copu olan gencecik bir nöbetçi, yaklaşan Max'i süzmeye başladı.

"Ne haber?" Max adamdan üç metre uzaktayken neşeli bir sesle sordu. "Ya biliyorum, yüzüm hamburger gibi. Bir grup kürtaj karşıtı fanatik geçen gün Seattle'daki yürüyüşümüzde bana saldırdı. Buraya yeni geldim. Ne müthiş bir yer böyle?"

"Buraya geçiş kartın yoksa giremezsin." Genç adam sesine otoriter bir hava katmaya çalışarak konuşuyordu fakat bir şeyden kuşkulanmış gibi bir hali de yoktu.

"Öyle mi? Bana verilen tek şey bunlar," diyerek tulumunun ceplerindeki son iki su şişesini çıkardı. "İşte."

Çocuğa uzatıp reddetme şansı vermektense, plastik şişeyi nöbetçiye doğru attı. Şişeyi beceriksizce kapan nöbetçi Max'e baktı. Aptalca sırıtan Max, elindeki şişenin kapağını açtı. Sağlığına dercesine uzattı şişeyi.

Nezaketi ve susuzluğu üstün gelen nöbetçi çocuk, yetersiz güvenlik eğitimi de buna eklenince, şişenin kapağını açıp, Max'in hareketine karşılık olarak kolunu kaldırdı. Şişeyi ağzına götürüp, kafasını arkaya yatırarak içmeye başladı. Max, bir engelli koşucu gibi atlayıp, sağ elinin sertleşen parmaklarını çocuğun boğazının altındaki yumuşak noktaya indirdi.

Hava borusu tıkanan çocuğun ağzından sular püskürdü. Öksürmeye çalıştıysa da gargara yapar gibi bir ses çıkartabildi ancak. Gözleri yuvalarından fırlarken, bir eliyle boğazını tutarak umutsuzca nefes borusunu açmaya uğraşıyordu. Max, çenesinin kenarına çok güçlü bir yumruk indirerek çocuğu yere devirdi. Artık bilinçsiz olan nöbetçi, hızlı soluk almayı bırakmış, hasarlı nefes borusundan kısık bir halde nefes alıyordu. Hayatının geri kalanı boyunca boğuk bir fısıltı halinde konuşabilecekti ama yaşayacaktı.

"Senin yerinde olsam, güvenlik görevlisi eğitimi veren okuldan paramı geri isterdim."

Max, jeneratör odasının kapısını açtı. Odada kimse yoktu ve göstergelere bakılırsa jet motorlarından sadece biri çalışıyordu. Max, güvenlik görevlisini metal masanın boşluğuna yerleştirdi ve bileklerini plastik kelepçeyle masanın bacağına bağladı. Ağzını kapatmakla zaman kaybetmedi.Hanley daha önce, motorlara zarar vermeyi ve böylece responsivistlerin sinyal göndermesini engellemeyi düşünmüştü ama bunun sadece bir zaman kaybı olacağını anlamıştı. Tesiste kendisinin bilmediği bir yerde tam dolu olarak bekleyen yedek bataryalar olduğunu biliyordu. Her durumda sinyali gönderebilirlerdi. Yedek bataryaları bulup zarar verse bile, sadece onarım süresi kadar geciktirebilirdi onları. Üstelik tesisteki varlığını da belli etmiş olacaktı. Onu karargâhlarında bulamamalarının sebebi, ya ölmüş olduğuna ya da dışarıda bir yerde saklandığına inanmalarıydı. Sığınakta bir sabotajcı olduğunu anladıkları anda onu bulana kadar tesisin her santimini aramaya başlarlardı.

Böyle bir durumda Kovac'ın kendisine nasıl acılı bir ölüm hazırlayacağını düşünmek bile istemedi.

Max, Cabrillo'nun mesajını aldığından ve Severance sinyali yollamadan çok önce vericiyi yok edecek bir eylem planladığından hiç kuşku duymuyordu. Bu nedenle sabotaj fikrini kafasından atıp tüm zamanını bir kaçış planı yapmaya ayırdı.

Dört adet motor peş peşe sıralanmıştı ve bir uçlarında hava sağlayan şişman borular, diğer taraflarında da çıkan gazları dışarı atan geniş egzoz boruları bağlıydı. Tesisten dışarı çıkan gazları soğutmak üzere, çıkış borularının birleşim yerinden sonra bir tane ısı aktarıcısı konmuştu. Hava girişi de aynı prensiple, ters yönde işlev görüyor ve güç ünitesine giren tek bir kanaldan ve her bir türbine erişen dallardan oluşuyordu. Max bu rotayı tercih ederdi, ama hava toplama kutusu yerden üç metre yüksekteydi ve iskele olmadan erişmek mümkün değildi.

"Juan için uygun olan bana da uyar," diye mırıldandı. Cabrillo'nun *Golden Dawn*'dan kaçışını düşünüyordu.

Kontrol odasının arkasında bir tezgâhın üzerinde aletler, kulak koruyucular buldu ve kapıyı açarak güç ünitesinin ana katına girdi. Kulaklarını tıkadığı için motorun sesi dayanılır boyutlardaydı. İşe girişmeden önce, göz alıcı bir kırmız renge boyanmış dolabı açtı. Onun içindekiler olmadan kaçış girişimi ölümle sonuçlanabilirdi.

Dört egzoz borusunda da çıkış kapakları vardı ve hepsi de cıvatalarla tutturulmuştu. Sekiz santimlik cıvataları tek tek sökmeye başladı. Her birini gözünün önünde tutmaya gayret ediyordu. İlk motorunu on yaşındayken sökmüştü ve o günden beri makinelere olan ilgisi azalmamıştı. O yüzden şu anda son derece hızlı ve verimli bir şekilde çalışıyordu. Tüm vidaları söküp bir tanesini yerinde bıraktı ama gevşetmeyi ihmal etmedi. Böylece, denetim kapağını onun etrafında döndürerek açabilecekti. Egzoz borusuna bağlı olan motor çalışmıyordu ama yine de boru içinde yükselen duman gözlerini yaşartmaya yetmişti.

Kontrol odasındaki yedek parça çekmecesinden bir avuç cıvata almıştı. Deliklere göre daha küçüktüler ama ilk bakışta göze çarpmazlardı. Türbin çalışmaya başladığında, basınç hepsini kapaktan dışarı mermi gibi fırlatacaktı ama bu onun problemi olmayacaktı. Aletleri kontrol odasına geri koydu ve nefes aldığından emin olmak için baygın yatan nöbetçiyi kontrol etti.

Kırmızı dolapta yangınla mücadele ekipmanı vardı. Baltalar, ısı dedektörleri ve hepsinden önemlisi hava tüpleri ve maskeler bulmuştu. Isıya dayanıklı gümüş rengi iki çift metalik elbise de unutulmamıştı. Bu da normaldi, çünkü burada çıkacak bir yangında motorları çalıştıran jet yakıtlarının alev alması durumunda müdahale ekibine hem hava, hem de ortaya çıkacak korkunç yükseklikteki sıcaklıktan koruyacak giysiler gerekecekti.

Max bunların hepsini jeneratör odasına yaptığı ilk ziyarette keşfetmişti ve kaçış planı bu keşiften doğmuştu. Kıyafetlerden birinin başlığını kesip içine girdi, peşinden ikincisini de üzerine giyince kafası dışında her yeri çifte yalıtıma kavuşmuş oldu. Çizmelerin içinde ayaklarını ancak hareket ettirebileceği kadar yer kalmıştı. İki hava tüpünü giriş kapağının yanına taşıdı. Hareketleri, eski bir bilimkurgu filmindeki bir robot gibi beceriksizceydi. Tüplerin hortumu, kıyafetlerin kalça hizasındaki vanalarla uyumluydu. Yanına daha fazla hava almak isterdi ama yaralı haliyle bundan fazlasını taşıyabileceğinden emin değildi.

Tüpleri kanalın içine yerleştirdi ve sonra da kendisi içeri girdi. Borunun içi son derece dardı ama biraz ilerleyip manifoldu geçince ihtiyacından fazla bir hacme kavuşacaktı. Sırtüstü yatarak kapağı çevirip kapalı duruma getirdi ve çıkarmış olduğu cıvatalardan birini kullanarak sabitledi.

En dıştaki elbisenin başlığını kafasına geçirip iyice kapattıktan sonra, tüpün vanasını açarak nefes almayı denedi. Bayat ve metalik bir tadı vardı. Max kanalın yüzeye gidene kadar ne kadar yol aldığını bilmediği gibi, oraya vardığında neyle karşılaşacağından da emin değildi. Ancak ilerlemeye başlamaktan başka çaresi yoktu.

Tüpleri önüne alıp ittirerek ilerlemeye başladı. Çalışan türbinin sesi beyninde yankılanmaya başlamıştı. Borunun derin karanlığını, yanındaki bir varlık gibi somut olarak hissediyordu.

Göğsündeki ağrı çok kötü değildi. Yediği dayağı hatırlatan, içten içe ama sürekli hissettiği bir ağrıydı. Geçmeyeceğini ve bir süre sonra çok acı çekeceğini biliyordu. Linc, bir gün, ona kendi aldığı SEAL eğitimlerinin bir kısmını aktarırken, acı dikkati dağıtır demişti. Sana vücudunun yaptığın işi bırak deme yöntemidir. Vücudun sana mesaj yolladı diye senin onu dinlemen gerekmez. Acıyı yok sayabilirsin.

Isı aktarıcının dilimlerine sürtünerek dört egzozun birleştiği manifoldun içine girdi. Elbisenin korumasına rağmen, sıcağın yakıcı etkisini sanki bir cam ustasının fırınının karşısındaymış gibi hissediyordu. Ana kanala girdiğinde daha da kötü olacaktı. Egzoz gazları on metre geride ortaya çıkıp, soğutucudan geçerek geliyordu ama yine de sanki motor yuvasının içinde yatıyormuş gibi geliyordu.

Egzozun itici etkisi kasırgayı andırıyordu. Elbiseler ve oksijen olmasa karbon monoksitten zehirlenmiş ve kavrulmuş olurdu. Çifte koruyucu elbiseye rağmen vücudundaki her gözenekten ter fışkırıyordu ve ayaklarına da kızgın bir ütü tutuluyormuş gibiydi.

Ana kanalın çevresi iki metreye yakındı ve hafif bir açıyla yukarıya doğru çıkıyordu. Hava tüpünün aleve dayanıklı koşumlarını sırtına geçirip eğilerek ilerleyerek ayaklarını korumaya çalıştı. Kayışları dikkatle sırtından geçirmeye çalışırken yedek tüpün üzerine koyduğu ayağı kaydı ve tüp boşta kaldı. Sıcak egzoz akımı tüpü hızla önüne katıp borunun içinde bir mermi gibi ileri fırlattı. Jet motorunun ölüm çığlıkları arasında tüpün kanalın duvarlara çarpma sesini duyabiliyordu. Max yürümeye çalıştı ama sırtındaki basınç çok fazlaydı. Attığı her adım, hava tüpü gibi boru içinde ileriye fırlatılmamak için yaptığı bir denge gösterisine dönüşmüştü. Elleri ve dizlerinin üzerine çöküp, kanalın içinde körlemesine sürünmeye başladı. Yüksek sıcaklık elleri ve dizlerinin yanarak su toplamasına neden olmuştu. Sırtındaki tüpün ağırlığıyla kaburgaları, göğsünün içinde cam kırıkları sürtünüyormuş gibi acıyordu.

Kanalın içinde ilerledikçe, boruyu çevreleyen toprak, ısının büyük bir kısmını emmeye başlamıştı. Sırtını ve bacaklarını döven egzozun kuvvetinde bir azalma olmamış, ama en azından yeni su kabarcıklarının oluşması durmuştu.

"Acıyı... yok... sayabilirsin," diye tekrarladı. Her hareketinde bir kelime söylüyordu.

Oregon Eos Adası'nın yakınlarına gelir gelmez Juan bir insansız hava aracı uçurulmasını emretti. George "Gomez" Adams Cabrillo'nun arkasındaki konsoldan UAV'ye kumanda etti. İlk nöbeti sadece başkan ve Hali tutuyorlardı. Bu nöbet, tehlikeli bir durum söz konusu olduğunda Juan'ın tercihi olurdu hep. Yerini alacakların onun kadar yeterli olmaması gibi bir neden de söz konusu değildi. Sadece böyle zamanlarda adamlarının çevresinde olmasını isterdi. Eric, Mark ve diğerleri, sanki kafasının içindeymişçesine, vereceği emirleri önceden tahmin ederek harekete geçme süresinden saniyeler eksiltirlerdi. O saniyeler ki ölüm ve yaşam arasındaki çizgiyi çizerdi.

Eddie bot garajına inmiş, Linc ve av köpekleriyle birlikte sert tabanlı şişme botu hazırlıyordu. Eos üzerinde sadece tek rıhtım vardı ve iyi korunduğunu düşünüyorlardı. Yine de adaya çıkmak için tek yolları orasıydı. UAV'nin göndereceği gerçek zamanlı çekimler, orada onları neyin beklediği konusunda bir fikir verebilirdi. Aşağıda, ay havuzunda dalış ekibi, ihtiyaç duyabileceklerini göz önüne alarak ellerindeki denizaltıların büyüğü olan Nomad 1000'i hazırlıyorlardı. Aynı zamanda on kişilik sualtı saldırı birliği için gerekecek, tüp ve diğer tüm teçhizatı da gözden geçiriyorlardı. Silah sorumluları, *Oregon*'un tüm silahlarını tek tek kontrol ederek hepsinin temizlenmiş ve şarjörlerinin dolu olduğundan emin oluyorlardı. Hasar kontrol, hazır olduklarını bildirdi. En kötüsünü düşünüp ihtiyaç durumunda hazır olarak beklemek üzere Julia da revirdeki yerini almıştı.

Gomez ve hangar ekibi, Kyle Hanley'i kurtarma operasyonundan sonra, iki, hatta üç vardiya çalışarak, küçük çevik helikopterlerini yeniden uçurmaya çalışıyorlardı. Helikopterin pilotu sonuçtan pek memnun değildi. Kontrol edilebilen parametrelerle, düzgün testler olmadan kuşun uçuşa hazır olduğu garantisini veremezdi. Tüm mekanik sistemler tek tek çalışıyordu ama bir arada çalışacaklarını kesin olarak söyleyemiyordu. Asansör, helikopteri ana güverteye çıkarttı ve bir teknisyen motoru çalıştırarak uçuşa hazır hale gelmesi için beş dakika bekletti. Fakat Adams, aracı sadece son çare olarak kullanması için Cabrillo'ya adeta yalvardı.

Juan ana ekrandaki geri sayıma baktı. Max'i bulup adadan çıkarmak için bir saat, on bir dakikaları vardı. İşin doğrusu, bundan da az zamanları vardı, çünkü Orbital Balistik Füze adaya çarptığında dev dalgalar ortaya çıkacaktı. Eric'in hesaplamalarına göre sınırlı bir alanı etkileyecek olan dalgalar, yerleşimin yoğun olmadığı Mandayla Körfezi içinde şiddetinin çoğunu yitirecek, ancak adanın otuz mil açığındaki her gemi kısa bir süre ciddi biçimde sallanacaktı.

UAV'den gelen görüntüler ana ekranda çözümlenmeye başlayıp da Eos Adası, Türkiye'nin bu bölgesine, haklı olarak Turkuvaz Sahiller denmesini sağlayan berrak suların içinde gri bir yumru gibi yükseldiğinde, *Oregon* adadan yirmi mil uzaktaydı. George insansız aracı, on üç kilometre uzunluğundaki adanın bir kilometre üzerinde motor sesinin duyulmayacağı bir yükseklikte uçuruyordu. Güneşin batı ufkuna doğru hızla kaydığı şu saatlerde, aracın fark edilmesi de neredeyse imkânsızdı. Eos'un yüzeyi çıplak kayalıklar ve tek tük görülen çam ağaçlarıyla kaplıydı. UAV'nin kamerasını responsivistlerin sığınaklarını inşa ettiği alana çevirdi, ancak görülecek bir şey yoktu. Olası giriş noktası bu yükseklikten görülemeyecek kadar iyi saklanmıştı. Orada bir şey olduğuna dair tek kanıt, küçük bir tepenin yamacında sona eren asfalt yolun varlığıydı.

"Hali, bir iki tane sabit görüntü yakalayıp büyüterek ekrana aktar," diye emretti Juan. "Bakalım yolun başında kapı ya da geçit görebilecek misin?"

"Hemen."

"Tamam George, bize bir tur attır. Plajı ve rıhtımı kontrol etmek istiyorum."

Adams, kumanda kolunu kullanarak uzaktan kumanda uçağı denizin üzerine doğru pike yaptırdı ve böylece güneşi arkasına alarak rıhtıma yeniden yaklaşmaya başladı. Plaj sadece altmış yetmiş metrelik bir şeride yayılmıştı ve yumuşak kumlar yerine suların aşındırdığı ufak taşlardan oluşuyordu. Dimdik kayalıklar, plajın iki yanını tamamen kapatarak elli altmış metre yukarıya yükseliyordu. Kayalıklar, uygun tırmanma donanımıyla üç dört saatlik zorlu bir tırmanış yapmaksızın aşılamaz gözüküyorlardı.

Rıhtım plajın tam ortasına inşa edilmişti. L şeklinde bir iskele denize doğru en az yirmi beş metre ilerliyor, böylece inşaata malzeme getiren küçük tonajlı gemilerin yanaşmasına izin verecek su derinliğine ulaşıyordu. Yükseltilmiş yol, bir zamanlar adaya akın etmiş olan ağır iş makinelerini ve beton karıştırıcıları taşıyacak kadar sağlam gözüküyordu. İskelenin yolla birleştiği yere ondüle sacdan bir bina kondurulmuştu. Düz terasın etrafını çeviren yarım duvar orada bulunan birine üç yüz altmış derece görüş imkânıyla ateş etme fırsatı veriyordu. Denizden yaklaşan herhangi bir şeyin de gözden kaçması olanaksızdı. Nöbetçi kulübesinin arkasında bir tane kamyonet vardı.

Çatıda çok güçlü dürbünleriyle iki nöbetçiyi görebildiler. Yanlarında da otomatik silahlar vardı. İki muhafız iskelede turlarken, bir başka çift de plajda nöbet tutuyordu.

Ana binayla olan haberleşmeye ait hatlar yeraltındaydı, bu yüzden nöbetçi kulübesinin sığınakla iletişimini kesmek mümkün değildi. Juan, Kovac' ın güvenliği düzenleyip, adamlara kuşkulu en ufak bir şey görmeleri durumunda sığınağa haber vermeleri talimatı vermiş olduğunu tahmin edebiliyordu. Böyle bir durumda, tesis tamamen kapanıp, dışarıdan soyutlanacaktı.

"Termal görüntülemeye geçelim."

Birden ekrandaki görüntü tamamen değişti, nöbetçilerin vücut sıcaklığı nedeniyle beliren hatları dışında neredeyse tüm detaylar kaybolmuştu. Görsel taramada fark edemedikleri iki nöbetçinin her biri, kayalıkların üzerinde birer kırmızı leke şeklinde gözüküyordu.

"Kayalıkların üzerindeki adamların yanındaki daha soluk lekeler ne olabilir?"

"Soğumuş küçük motorlar. Muhtemelen Korinthos'ta kullandıklarına benzeyen ATV'ler. Üzerine ateş edilmediği zaman, kullanması bayağı keyifli aletler."

Cabrillo daha çok yoldan yükselen sinyallerle ilgilenmekteydi. Aynen Eric'in söylediği gibi yolun üzerindeki kırmızı lekeler, güç ünitesinden kaynaklanan atık ısıya aitti. En uzman gözler bile bunu, yolun bütün gün emdiği ısıyı geri verdiği şeklinde algılayabilirdi. Soluk portakal rengi şerit tüm iskele boyunca ilerleyerek, daha sonra neredeyse rıhtımın eni kadar genişliyordu.

Tesisin ısıl radyasyonunu gizlemek için koydukları bir dağıtıcı olmalı, diye düşündü Juan.

Hava giriş manifoldlarıyla ilgili bir işaret göremedi.

Cabrillo dahili haberleşme düğmesine basarak, bot garajından aynı görüntüleri izleyen Eddie ve Linc'e seslendi. "Ne düşünüyorsunuz?"

Aslında daha cevap vermeden Eddie'nin ne diyeceğini biliyordu. "Çok kayıp verebiliriz ve başaracağımızın hiçbir garantisi yok. Yolun sona erdiği noktanın ayrıntılı fotoğraflarını çektiniz mi?"

"Hali şu anda onu yapıyor."

"Ekrana gönderiyorum."

Ekranda iyileştirilmiş görüntüler belirdi ve herkes dikkatle incelemeye başladı. Yol tepenin başladığı noktada bitiveriyordu. Orada bir yerde giriş kapılarının olması gerektiğini biliyorlardı, ama çok iyi saklanmışlardı.

"Zırhlarının kalınlığına bağlı olarak belki havaya uçurup girişi açabiliriz." Eddie pek de coşkulu olmayan bir sesle söylemişti bunları.

"Kırk elli gram C-4 mü yoksa bir Cruise füzesi mi gerekir bilemiyoruz ki."

"O zaman Nomad'ı kullanarak kıyıya yaklaşırız ve hava giriş kanallarını bulmaya çalışırız. İçeri girince tek ihtiyacımız boruyu kesmek için bir kaynak tabancası," dedi Eddie. "Keşke güneşin batmasını bekleyecek kadar vaktimiz olsaydı."

Saldırı zamanlarını Rus uydusunun hareketi belirliyordu ve bu konuda kimsenin yapabileceği bir şey yoktu. Juan geri sayıma yeniden baktı. Saat kısmı sıfırlanmış, artık ekranda sadece dakikalar kalmıştı.

"Rıhtımdaki iki nöbetçi ne yapıyor?" diye sordu George, insansız aracın kameralarını yeniden görüntü konumuna getirdikten sonra.

"İşten kaytarıp ense yapıyorlardır," dedi Juan kayıtsız bir şekilde.

"Bence suda bir şey olabilir. UAV'yi daha iyi görüntü almak için döndüreceğim."

Işık olmaksızın, Max'in tüpte ne kadar hava kaldığını bilmesi imkânsızdı. Yine de yaklaşık yirmi dakikadır sürünmekte olduğunu tahmin ediyordu. Solunumunu olabildiğince yavaşlatıp, değerli havayı olağanüstü küçük miktarlarda içine çektiğinden daha bitmesine epey zaman olduğunu düşündü. Önünde uzanan tünel, en az arkasında bıraktığı kısım kadar karanlık gözüküyordu.

On dakika daha geçti ve giderek daha zor nefes aldığını fark etti. Tüpün sonuna geliyordu. Biraz sonra kıyafetinin içine hapsolan hava kırıntılarını da soluyacak ve ondan sonra havasızlıktan ölecekti. Hayatının büyük bir kısmını denizlerde geçiren Max, hep boğularak öleceğini düşünürdü. Bir jet motorunun zehirli egzozunun girdabında boğularak öleceği hiç aklına gelmemişti.

Elleri ve ayakları üzerinde ağır aksak bir şekilde ilerlemesini sürdürdü. Dıştaki kıyafet yavaş yavaş yanarak ufalanmaya başlamıştı. Özellikle diz kısımları aşınmanın da etkisiyle iyice açılmıştı. Neyse ki kalan tek kat koruyucu elbise bile oldukça yeterli bir koruma sağlıyordu.

Kyle iyi olacak, diye düşündü. Juan onu ne olursa olsun kurtaracaktı nasıl olsa. İlk seferki fiyaskodan sonra mutlaka başka bir doktor bulup bilinçaltını yeniden programlatırdı. Başkan ilk seferinde neyin ters gittiğini bilmese bile, asla aynı hatayı iki kez yapmazdı. Jenner'ın gerçek kimliğini tahmin edemese bile, Juan'ın kendilerine ihanet eden kişinin Doktor Jenner olduğunu ortaya çıkaracağından emindi. Max hâlâ adamın Cooper olduğuna inanamıyordu.

Bir çocuğu kurtarmak için ölmek, diye düşündü. Ölmek için tek başına bundan daha önemli bir sebep düşünemiyordu. Bir gün Kyle'ın bu fedakârlığı anlamasını ve kızının, ağabeyini babasının ölümündeki payından dolayı affedebilmesini diledi.

"Acıyı... yok... sayabilirsin."

Sanki Everest'e tırmanıyormuş gibiydi. Yeteri kadar hava almak için daha derin nefes almak istiyordu, ama her seferinde kaburgaları isyan ediyordu. Zaten ne kadar derin nefes alırsa alsın veya canı ne kadar yanarsa yansın, ciğerleri asla dolmuyordu. Karanlıkta eli bir şeye çarptı. Mühendislik anlayışı anında karşı çıktı buna. Böyle bir egzoz borusu, türbinlerden tam verim almak için olabildiğince engelsiz olmak zorundaydı. Cismin etrafını yokladı ve keyifli bir kahkaha koyuverdi. Kanalın önceki kısmında elinden fırlayıp giden yedek hava tüpüydü. Egzoz kanalındaki çılgın yolculuğu, daha aerodinamik olan burnu önde olacak şekilde burada sona ermişti.

Max aceleyle neredeyse bitmiş olan tüpünün bağlantısını çıkarıp, yeni tüpün borusunu elbisesindeki uca bağladı. Hava ilk tüpteki gibi bayat ve metalikti ama bu hiç umurunda değildi

On beş dakika sonunda tünelin ucundaki o meşhur ışığı görmüştü. Kanal genişliyor ve düzleşerek ısıl görüntülemeyi zorlaştırmak için bir dağıtıcıya dönüşüyordu. Casus uçaklar da benzer bir kavramdan yararlanıyorlardı. Birilerinin girmesini engellemek için giriş ağzına ince metal bir ızgara yerleştirmişlerdi.

İki metre aşağıda dalgalı denizi görebiliyordu. Şu anda gelgitin yüksek zamanı olmalıydı, yoksa yükseldiğinde kanaldan içeri deniz suları akın ederdi. Menfezin, fırtınalı havalarda indirilen bir kapağı olduğunu tahmin etti. Başlığı zorlayarak ızgaraların arasından geçirmesi imkânsızdı. Bu yüzden sağında ve solunda ne olduğunu anlaması da mümkün değildi. Şansına güvenmekten başka çaresi yoktu.

Yana dönerek, ızgara çubuklarından birine hava tüpüyle vurdu. Ancak bu şekilde yeteri kadar güç alamıyordu, o yüzden biraz geri gidip yeniden denedi. Izgaraya vurdukça darbeyi ellerinde hissediyordu. Tuzlu havanın ve korozyonun etkisiyle zayıflamış olan demir boru beşinci vuruşta kaynak yerinden koptu. Aynı şekilde ikinci ve üçüncü çubuklara da saldırdı.

Çıkabileceği kadar bir açıklık elde ettiğine kanaat getirerek vurmayı bıraktı ve demirleri sırayla elleriyle dışa doğru büktü. Kafasını çıkarıp baktı. Dağıtıcının hemen altında dar bir platform vardı ve hemen kendi sağında da yukarı doğru bir merdiven yükseliyordu. Kafasını çevirip, sol tarafta ne olduğuna bakmak üzereyken iki çift el omuzlarından kavrayarak egzoz borusunun üzerine çekiverdi. Her şey o kadar hızlı gerçekleşti ki, bir tepki göstermesine fırsat kalmadan kendisini rıhtımın üzerine fırlatılmış olarak buldu. Tepesinde dikilen iki muhafızın omuzlarında da birer makineli tüfek sallanıyordu. Jeneratör odasında tongaya düşürdüğü çocuğun tersine, bu ikisinin suratından profesyonellik akıyordu.

"Sen ne yaptığını sanıyorsun bakalım?" Güvenlik görevlisi, ağır bir Doğu Londra şivesiyle konuşuyordu.

Max, adamın hareket eden dudaklarını görmesine rağmen, kafasındaki başlık ve kanalda uzun süredir bulunmaktan dolayı çınlayan kulakları nedeniyle ne dediğini duyamadı. Kafasındaki başlığı çıkarmak üzere ellerini hareket ettirdiği anda ikisinin birden tetikteki parmakları gerildi. Biri, başlığı çıkarıp atan arkadaşını korumak üzere iki adım geriye çekilmişti. "Sen de kimsin?" diye sordu.

"Merhaba arkadaşlar, ben Dusty Pipes.[1] Star Baca Temizleme Şirketi'nden geliyorum."

---

(1) İngilizcede aynı zamanda bir isim olan Dusty'nin sözlük anlamı kirli, tozlu demektir. Pipes ise "borular" anlamına gelmektedir.

36. BÖLÜM

"Bu Max!" Hali, nöbetçilerin taşıdığı gümüş renkli kıyafeti olan adamı görür görmez bağırdı.

Juan, etrafına bakınarak George Adams'ı aradı. "Son çare. Gidiyoruz!"

Helikopter pilotu, konsolundaki birkaç kolla oynayarak insansız aracı dairesel bir yörüngeye oturttu. Araç yeni bir komut verilinceye ya da yakıtsız kalıncaya dek bu hareketini sürdürecekti. Kamerayı doğruca rıhtıma çevirdi ve bir düğmeye basarak sürekli görüntüde kalmasını sağladı. "Hadi bakalım."

Cabrillo hızla odadan çıkarak kıç güvertesi merdivenlerine yöneldi. Uzun bacaklarına rağmen Adams, ona zor yetişiyordu. Juan'ın dudakları bir çizgi halini almıştı ama vücudu gevşek ve sakindi. Üzerinde siyah tatbikat kıyafeti vardı ve sabit ekranlı panellerden biri elbisenin koluna dikilmişti. Belindeki kılıflarda birer FN tabancası vardı ve kalçasının iki tarafında da diğer bir çift sallanıyordu. Helikopterin durumundaki belirsizlikten dolayı, başka kimseyi tehlikeye atmak istemediğinden yanına bol miktarda silah aldı. Pantolon yan ceplerinde, helikoptere önceden konmuş olan Heckler and Koch MP-5 makineli tüfeğinin dört adet dolu şarjörünü taşıyordu.

"Bunu nasıl becerdi sence?" diye sordu George.

"Hep söylüyorum, adam tilki kadar kurnaz." Juan muharebe telsizini açtı. "Haberleşme kontrol. Duyuyor musun?"

"Buradayım." Cevap veren Hali'ydi.

"Dümenci, silahçı, duyuyor musunuz?"

Dümenden ve silahlardan sorumlu iki kişi anında cevapladı.

"Silahçı, insansız uçağın kontrolünü almanı ve lazer işaretleyiciyi çalıştırmanı istiyorum. Kamerasını kullanarak hedefleri göstereceğim. Lazerlediğim anda bir-yirmi ile ateş et."

Oregon'un atış kontrol ünitesi, bir donanma kruvazörünün Aegis savaş alanı bilgisayarı kadar yüksek teknolojiye sahipti. İnsansız uçağın burnundaki lazer, hedefi işaretler, bilgisayar otomatik olarak tam GPS koordinatlarını hesaplar ve geminin 120 mm'lik topunu hedefe yönelterek istenen sayıda atış yapılmasını sağlar.

"Ada üzerinde yakın çekim gerekiyor. Dümenci kontrolü aldı."

Juan kolundaki ekranı çalıştırdı. Max'in hâlâ rıhtımda yerde yattığını görebiliyordu, ama çok geçmeden onu kamyonete koyup sığınağa götürecekleri kesindi.

Oregon'un dalgaları döverek tam yol ilerlemesi, güvertede ufak bir fırtına yaratıyordu. Juan ve George, Robinson'a doğru koşuyorlardı. Tayfalardan biri Adams'ın bineceği kapıyı açmış tutuyordu. Juan'ın kapısı sökülmüştü. İçeri girince bir an soluklandılar ve George motoru çalıştırdı. Daha biraz önce çalıştırıldığından motor sıcaktı ve George hemen rotoru döndürmeye başladı. Pervane dönmeye başlayınca kulaklığını takıp emniyet kemerini bağladı.

"Dümenci, Gomez konuşuyor. Kalkışa hazırız. Hızı azaltın hemen."

Oregon'un pompa jetleri anında durdu ve ters yöne çalışmaya başladı. Geminin burnundaki tahrik borularından fışkıran su kütlesi, gemiye ön taraftan bir torpil isabet etmiş gibi gözükmesine sebep oluyordu. Bu şekilde gemi acil durum duruşunu gerçekleştirdi. Bu boyuttaki birçok geminin böyle bir duruş için yaklaşık iki mil yol alması gerekirken, *Oregon* devrim yaratan itki sistemi sayesinde bir spor araba gibi olduğu yere çakılmıştı.

Asansör platformunun köşesine yerleştirilmiş bir elektronik anemometre, rüzgâr hızının saatte otuz iki kilometreye düştüğünü gösterince, George helikoptere gaz vererek güverteden havalandırdı.

"Havadayız," diye bildirdi telsizinden. O sırada helikopterin kızakları arka tarafın korkuluk demirlerinin üzerinden geçerek gemiden uzaklaşmaya başlamıştı bile.

Oregon'un iticileri bir kez daha ters yönde çalıştırıldı ve gemi kısa bir süre sonra en yüksek hızına ulaşmıştı. Tüm bu manevralar onlara bir dakikadan az bir zaman kaybettirmişti.

"Çok iyi," dedi Juan.

"Tekrar etmek mükemmelleştirir derler. Tabii ki, ilkinde mükemmele ulaşmanın da bir zararı olmaz."

Cabrillo sırıttı. "Ego, bundan sonra senin adın Gomez olsun."

"Başkan, silahçı konuşuyor. Bilgisayar, bir-yirminin sekiz dakika içinde menzil içinde olacağını söylüyor."

"Üçlü işaret fişeği gönder," diye emretti Juan. "Max'in geldiğimizden haberi olsun." George'a döndü. "Tahmini varışımız nedir?"

"Herhangi bir uçuş planı hazırlamadım. Bilmiyorum, belki beş dakika."

Juan önceden kolundaki muharebe saati ile Orbital Balistik Füze'nin vuracağı andan geri sayan saati eşzamanlı hale getirmişti. Max'i kurtarmak ve *Oregon*'u tehlike bölgesinden uzaklaştırmak için elli beş dakikası vardı.

"Kalk ayağa," diye bağırdı nöbetçi. Hanley doğrulmakta gecikince kalçasına bir tekme indirdi.

Max ellerini yalvarırcasına iki yana açtı. "Sakin olun çocuklar. Beni kıskıvrak yakaladınız. Bir yere gidecek halim yok. İzin verin de şu tüpten kurtulup, elbiseyi çıkarayım."

Daha önce akıl edebilseymiş, yapılacak en doğru şeyin kendisini suya bırakmak olduğunu fark etti. Üzerinde hava geçirmez bir elbise vardı ve oksijen tüpünün ağırlığıyla taş gibi suyun dibine giderdi. Bunları düşünerek denize bakarken uzakta bir şey dikkatini çekti. Batmakta olan güneşe doğru, zorlanan gözlerle baktığında hemen yanında beyaz dairesel bir şey gördü. Hemen altında bir tane daha patladı. Peşinden de bir üçüncüsü geldi.

Eğer bir avcı ormanda kaybolursa, uluslararası kabul gören yardım çağrısı, eşit aralıklarla ateşlenen üç el silah sesidir. Gördüğü fişekler zor durumdaki bir gemiden gelen imdat çağrısı değildi; Juan, *Oregon*'un onu kurtarmaya geldiğini bildiriyordu.

Umudunu hiçbir zaman kaybetmediği için o kadar fazla şaşırmamıştı ama yüzündeki mutlu ifadeyi silmesi için yine de epey uğraşması gerekti.

Max ağır hareketlerle ağır hava tüpünü üzerinden sıyırdı ve koruyucu elbiseden artakalanları da üzerinden çıkarttı. En dıştaki elbisenin ön tarafı gümüş grisi rengini korumuştu ama arka kısmı ısı ve isin etkisiyle kapkara olmuştu.

Güvenlik görevlilerinden birisi, el telsiziyle konuşuyor ve amirinden talimatlar alıyordu.

"Nigel, Bay Severance, bu herifi hemen görmek istiyor. Biz oraya vardığımızda dış kapıyı açacaklar." Max'in sırtını silahıyla dürttü. "Haydi, çabuk."

Max ayağa kalkmak için tek bacağı ve dizinin üzerinde doğrulurken yere yıkılıverdi. "Yapamam. İçeride sürünmekten bacaklarıma kramp girmiş. İkisini de hissetmiyorum." Max, rakibinin kendisine faul yaptığını göstermek isteyen bir futbolcu edasıyla dizini tutup, yüzünü ekşitti.

Nigel isimli muhafız, kurşun başının birkaç santim yakınından geçecek şekilde rıhtıma doğru bir el ateş etti. "Hadi bakalım. Eminim kramp biraz azalmıştır artık."

Max mesajı almıştı ve ayakları üzerinde doğruldu. Kıyıya doğru yürürlerken aksıyormuş gibi yapmayı sürdürüyordu. Gereğinden fazla yavaşladığını düşündükleri bir anda sırtına dipçiği yedi. Siyah Robinson helikopter ansızın burunda belirerek, avının peşindeki bir yırtıcı gibi rıhtıma doğru gürleyerek dalış yaptı. George burnunu aşağıda tutarak pervanelerin ucunun ahşap iskeleye bir metre kadar yaklaşmasını sağlamıştı. Dipçik darbesinin etkisiyle zaten yerde olan Max'e nöbetçiler de katıldı. Tepelerinde gürleyen helikopterden korunmak için dümdüz bir halde yere atmışlardı kendilerini.

Her iki kayalığın tepesindeki mevzilerinde nöbet bekleyen nöbetçiler hemen ateş etmeye başladılar. Adams helikopteri yumruklardan kaçan bir boksör gibi dans ettiriyordu. İzli mermi kullanmadıklarından atışlarını düzeltecek referans noktası bulamıyorlardı.

"Onu plaja götürmelerini beklemeliyiz. Yoksa bu çapraz ateşte isabet alacağız."

Gölgelerin giderek uzamaya başladığı bu saatlerde nöbetçileri seçmenin tek yolu silahlarının namlusundan çıkan kıvılcımlardı. Adamlar silah güçleriyle, kapışmaya iyice ağırlıklarını koymuşlardı.

Rıhtımda iki nöbetçi Max'in birer koluna girmişler, nöbetçi kulübesindeki ve plajdaki arkadaşlarının helikopteri yaklaştırmayacağına güvenerek, onu sahile doğru sürüklüyorlardı. Max adamlara karşı koymaya çalıştı ama başından geçen onca şeyden sonra çok fazla direnecek gücü kalmamıştı.

Grönland'ın üzerinden öfkeli bir iblis gibi hızla geçen Orbital Balistik Füze Uydusu, sekiz yüz kiloluk tungsten çubuklarından birini fırlatmadan önceki son sistem kontrollerinden geçiriliyordu. Dış kabuğunun içinde bir telefon direği boyutlarındaki füze dakikada bin kez dönmeye başlamıştı. Bu hareket, atmosfere girdiğinde kararlı olmasını sağlayacaktı. Bugünün koşullarına göre modası geçmiş sayılsa da yapacağı görev için fazlasıyla yeterli olan hedef belirleyici bilgisayar, uydu uygun koordinatlara doğru ilerlerken, tek bir noktaya odaklanmış halde hazır bekliyordu. Küçük bir yön değişikliği gerekliliğini tespit ettiğinde, manevra roketlerinin birinden incecik bir basınçlı gaz püskürmesi gerçekleşti. Fırlatma yuvasının kapağı bir çiçeğin taç yaprakları gibi ağır ağır açıldı ve tungsten çekirdek, hayatında ilk kez uzay boşluğuna temas etti.

Altında dönmekte olan gezegenin üzerinde yoluna devam ederken, aşağıda oynanan drama aldırmadan, her geçen saniye ateşleme noktasına biraz daha yaklaşıyordu.

"Başkan, silahçı konuşuyor." Juan taktik telsizden gelen sesi duydu. "Menzile girdik."

"Doğu kayalığına bir anti personel atışı yapın," diye emretti Cabrillo.

Denizde on mil uzakta, L44 topunun otomatik besleyicisi, cephanelikten istenen top mermisini seçip silahın yuvasına yerleştirdi. Silah *Oregon*'un burnunda gizli bir tabyaya yerleştirilmişti ve kundağı tam açıldığında yüz seksen derecelik bir atış yayına kavuşuyordu. Dış kapaklar açılmış ve namlu dışarı uzanmıştı. Geminin derinliklerindeki bir bilgisayar, insansız uçağın kayalık üzerinde işaretlediği lazeri algılamış ve hassas hedef belirleme hesaplarını tamamlamıştı bile. Namlu uygun yüksekliğe geldi ve gemi bir dalganın üzerinden aşarken silah gürledi.

Bilgisayar o kadar hassas bir hesaplama yapmıştı ki, mermi havadayken geçen sürede dünyanın dönerken alacağı yolu da hesaba katarak, ateşlemeyi mikro saniyelerce erken gerçekleştirmişti.

Namludan çıktıktan on saniye sonra merminin kovanı açılarak içindeki sertleştirilmiş metal parçacıkları, kayalığın tepesini onlarca av tüfeği ateş ediyormuşçasına dövmeye başladı. Tepeden bir toz bulutu yükseldi ve bu boğucu dumanın altında bir yerlerde iki responsivist nöbetçinin lime lime olmuş bedenleri yatıyordu.

"İyi atış," dedi Juan. "Şimdi de batıya."

Aşağıdaki iki nöbetçi, burnun tepesi parçalanınca Max'i ellerinden bıraktılar. Max anında toparlanıp koşmaya başladı ama daha birkaç adım atamadan nöbetçilerden birinin adeta uçarak bacaklarından tutmasıyla kendisini yerde buldu. Nöbetçi küfrederek kafasına sert bir dipçik darbesi indirdi. Bir anda dünyası kararan Max, bilinçli kalmak için müthiş bir irade savaşı vermeye başladı.

Yeni bir top mermisinin çarpmasıyla, plajda ikinci bir patlama sesi yankılandı. Keskin nişancıların yuvasının hemen altına isabet etmişti ve kayaların üzerinde binlerce küçük çentik açmaktan başka bir işe yaramamıştı.

"Biliyorum, biliyorum," diye seslendi silahçı. On iki saniye sonra batı tepesi de imha edilmişti.

Nöbetçiler Max'i kamyonetin arkasına attılar. Biri kafasına makineliyi dayayıp yanına otururken, Nigel de direksiyona geçti. On beş metre yol almamışlardı ki, nöbetçi kulübesi yüksek patlama gücü olan bir bombayla vuruldu. Ondüle sac bina darmadağın oldu ve bir yanardağ ağzı gibi kızıl alevler içinde havaya uçtu. Sarsıntı bir an kamyoneti yolundan çıkarır gibi oldu ama Nigel hemen kontrolü sağlayıp aracı yolda tutmayı başardı.

Plajdaki iki muhafız geri çekilme emri verildiğini düşünerek ATV'lerine atladıkları gibi kamyonetin peşine takıldılar.

George, Robinson'u döndürerek üç aracı takip etmeye başladı.

"Silahçı, öndeki kamyonetin ilerisine yola bir tane anti personel gönder ve yavaşlamalarını sağlamak için önlerine ateş etmeyi sürdür." Gemiden gelen cevap Cabrillo'nun HK silahıyla açtığı yaylım ateşinin gürültüsünde kayboldu.

Nişan aldığı ATV sürücüsü yolda zikzak çizdi ama aracı hemen toparladı. Juan usta bir atıcıydı, ama hareket eden bir helikopterden hareketli bir hedefi vurmak imkânsıza yakın bir işti. Kamyonetteki adam tek elle ateşe cevap verdi. Mermiler helikopterin çok yakınından geçince, George bir an için takibi sürdüremedi. Zırh delici merminin, seyreltilmiş uranyum çekirdeği yere değer değmez, kamyonetin otuz metre önünde yol birden yok oluverdi. Juan özellikle anti personel silah seçmişti, çünkü cephanelerindeki diğer silahlar kamyoneti paramparça edebilirdi.

Sürücü frene asıldı ve direksiyonu sertçe yana çevirdi. Bir geçide doğru giden yolda araca hâkim olmaya çalışırken lastikler savruldu.

Cabrillo fırsatı görmüştü. "George, şimdi!"

Pilot helikopteri çevirdi ve kamyonete doğru dalışa geçti. Max'i tutan nöbetçi silahını doğrultmaya hazırlandı. Max adamı tekmeleyerek dikkatini kendisine yöneltmesini sağladı. Yeni bir şarjör takacak vakti olmayan Juan, silahı arka tarafa fırlattı ve emniyet kayışlarını çözdü.

Pervanelerin rüzgârının kaldırdığı toz, Juan'ın görüşünü kısmen engelliyordu ama George hızını kamyonetin hızına düşürünce hedefini gayet net görmeye başladı.

Kamyonetin üç metre üzerine geldiklerinde, Juan hiç duraksamadan atladı. Arkadaki muhafız helikopterden uzanan karaltıyı görür görmez, kamyonetin tavanına vurarak Nigel'i uyarmaya çalıştı ve Nigel hemen direksiyonu kırdı.

Cabrillo, kamyonetin arkasına indi ve çarpmanın etkisini azaltmak üzere dizlerini kırdı. O sırada dönen aracın momentumuyla vücudu dışarıya savruldu. Nöbetçiyi tutmaya çalıştı ama başaramadı ve araçtan dışarı savrulurken son anda kamyonetin kasasına tutundu. Ayakları yolda sürüklenirken kendisini kamyonete çekmeye uğraştı. Muhafızın çirkin suratı Cabrillo'nun tepesinde belirdi. Cabrillo belindeki otomatik silaha uzanmak için sağ elini bıraktı ama yeteri kadar çabuk davranamamıştı. Tam eli silaha dokunduğunda, adamın sert tekmesini sol elinin parmak uçlarında hissetti ve elleri otomatik olarak korkuluğu bıraktı.

Cabrillo sertçe yere çarptı ve darbenin etkisini en aza indirmek için vücudunu tostoparlak yaparak yuvarlanmaya başladı. Durduğunda kamyonet tepeye ulaşmış ve yeniden hızlanmaya başlamıştı.

Bir küfür savurarak ayağa kalktı. Ensesindeki bir yumru bir an için sersemlemesine sebep olmuştu. Hemen kendine gelerek George'a işaret edip kendisini almasını istedi. Arkasından hızla ATV'lerin geldiğini gördü. İkisinde de taşlık arazide araçları kontrol edebilmek için elleri direksiyona yapışmış birer sürücü vardı.

Çok uzaktaydılar ama Cabrillo adamların otomatik silahlarla kendisine ateş açma olasılığını göze alamadı ve hemen iki adet FN silahını çıkarıp sağından yaklaşan aracın sürücüsüne ateş etmeye başladı. Ağızlarından altı saniye içinde yirmi mermi çıkan silahlardan müthiş bir ses çıkıyordu. Mermilerden sekizi muhafıza isabet etmiş, iç organlarını çorbaya çevirip, kafatasının yarısını uçurmuştu.

Cabrillo dumanı tüten silahları yere bırakıp, arkasında asılı olan AK-47'ye el attı. Üzerine yağan mermilere aldırmadan ateş etmeye devam etti. Birkaç el ateş etmişti ki seken bir kurşun kalçasını sıyırarak derin bir yarık açtı. Yeniden ateş etmeye başladı ama sanki hedefi bunu hiç umursamıyor gibiydi. Juan etrafından geçen kurşunlara aldırmadan hedefine ateş etmeyi sürdürdü. Saniyenin kesrinde gönderdiği iki mermi adamın boğazından girip, kinetik enerjisiyle kas ve tendonları parçalayarak kafasını ense kökünden koparttı. ATV, üzerindeki başsız sürücüsüyle tepeyi tırmanmayı sürdürdü. Cabrillo, araç kendi hizasına gelince bir tekmede sürücüyü koltuğundan attı. Hâlâ gaz kolunu sıkmakta olan ölü ellerin kavrayışı ortadan kalkınca araç yavaşladı ve az sonra durdu.

Cabrillo hemen araca atlayıp Max'in peşine düştü. O kadar hızlanmıştı ki tam tepeye geldiğinde araç bir süre havalandı. Kamyonet arayı beş yüz metre açmıştı. Fakat önündeki yolda patlayan yeni bir zırh delici mermi yüzünden direksiyonu kırıp yönünü değiştirince Cabrillo'ya yolunu kesme şansı verdi.

37. BÖLÜM

Mark Murphy hayatında kendisini daha kötü hissetmemişti. Burnu kıpkırmızıydı ve dokunduğu anda çok acıyordu. Hepsinden daha kötüsü seri hapşıran biri olmasıydı. Bir kez hapşırdı mı peşinden mutlaka dört beş tane daha geliyordu. Kafası patlayacak gibiydi ve her nefeste göğsünde çakıltaşlarının yuvarlanma sesi geliyordu.

Kendisini biraz olsun teselli eden tek şey, *Golden Sky*'daki herkesin hemen hemen aynı durumda olmasıydı. Linda Ross'un durumu kendisinden biraz daha iyi gözükmesine rağmen, o da gemiyi silip süpüren enfeksiyon dalgasından kurtulamamıştı. Kısa aralıklarla titreme nöbetleri geçiriyordu. Yolcuların çoğu odalarından çıkmıyordu. Mutfaktan sürekli tavuk çorbası servisi yapılıyor ve sağlık görevlileri herkese avuç avuç soğuk algınlığı ilaçları veriyorlardı.

Kütüphanede tek başlarına oturuyorlardı. Birinin gelme ihtimaline karşılık ellerine birer kitap almışlardı. Yanlarındaki sehpanın üzeri kullanılmış kâğıt mendillerle doluydu.

"Şimdi virüsü bir yolcu gemisinde salmalarının nedenini anladım."

"Neden?"

"Halimize baksana. Her şeyden önce burada fareler gibi kapana kısıldık. Herkes virüse maruz kaldı ve hastalığa yakalanana kadar da kalmaya devam edecek. İkincisi sadece bir doktor ve hemşire var. Herkes hastalığa yakalanınca baş etmeleri mümkün değil. Eğer bu teröristler bir şehre saldırsaydı, hemen karantina bölgeleri ilan edilir, hastaneler alarma geçer ve salgının yayılması önlenebilirdi."

"Doğru söylüyorsun," dedi Linda kayıtsız bir şekilde. Konuşmayı uzatamayacak kadar kötü hissediyordu kendisini.

Bir süre sonra, Murphy yine konuşmaya başladı. "Haydi, bir kez daha gözden geçirelim."

"Mark, lütfen, şimdiden yüz kere yaptık zaten. Havalandırma ya da su şebekesi değil, gıda ya da defalarca kontrol ettiğimiz başka hiçbir şey de değil. Bunu yayan mekanizmayı ortaya çıkarmak için gemiyi en ufak parçasına kadar sökecek bir mühendisler ordusu gerekiyor."

Murphy, henüz hastalığın belirtileri zihnini dağıtmadan önce bir çözüm bulamamışken, şimdi bu haldeyken bulabileceğinden pek umutlu değildi ama vazgeçmeye de niyeti yoktu.

"Hadi Linda, düşün biraz. Bu, prensip olarak yüzen bir şehir, değil mi? Bir şehrin yaşamasını sağlayan şeyler nelerdir?" Linda'nın bakışları artık bu oyunu daha fazla oynamak istemediğini gösteriyordu. O yüzden kendi sorusunu kendisi cevaplandırdı. "Gıda, su, kanalizasyon, çöp toplama ve elektrik."

"Evet, çöpleri zehirlemişlerdir."

Alayı görmezden geldi. "Ya da başka bir açıdan bakalım. Yolcu gemisi bir oteldir. Bir oteli işletmek için neye ihtiyaç vardır?"

"Aynı şeylere," dedi Linda. "Fazladan da geceleri yastığının üzerine bırakılan naneşekerlerine ihtiyaç var."

"Hiç yardımcı olmuyorsun."

"Zaten denemiyorum ki."

Mark birden sandalyesinden fırladı. "Buldun!"

"Zehirli naneşekerleri?" dedi Linda muzip bir şekilde.

"Şekerleri kim getiriyor?"

"Bir hizmetçi."

"Peki, odanda ilk iş olarak ne yapıyor?"

"Temizlik yapıyor ve yatak örtü... Aman Tanrım!"

"Şimdi hatırladım. Max'in oğlunu kurtarmak için Yunanistan'a gittiğimizde, bir sürü sanayi tipi çamaşır makineleri görmüştük ama hiç kurutma makinesi yoktu," dedi Murphy. "Eğitim çalışması yapıyorlardı. Yolculara her gün temiz çarşaf veriliyordu. Eğer bu yetmezse, hem mürettebatın hem yolcuların masalarındaki temiz peçeteler hazır bekliyordu. Ne kadar mükemmel, değil mi? Mikroplu bir peçeteyle ağzını silmek, virüsün sana enjekte edilmesi gibi bir şey. Bahse varım, çamaşır makinesine attıktan sonraki yirmi saat içinde gemideki herkes virüs yüklü çarşaflarla temas ediyordur."

Ellerini başına vurdu. "Nasıl daha önce düşünemedim? Apaçık ortadaymış."

"Sadece aklına geldikten sonra apaçık ortada olur. Tıpkı bir şeyi son baktığın yerde bulmak gibi," diyerek Mark'ın kendi sözlerini kullanarak dalga geçti Linda. Yavaşça ayağa kalktı. "Gidelim, görelim. Bakalım haklı mısın?"

Dört tekerlekli motosiklet, fazladan şok emiciler ve yaylarla bezenerek, engebeli araziye uyumlu olarak tasarlanmıştı, fakat Juan kamyonetin arkasından giderken, aracı limitlerinin üzerinde zorluyordu. Aralıksız olarak önüne düşen mermiler yüzünden sürücü sürekli yön değiştiriyor, bu da Juan'ın aradaki mesafeyi hızla kapamasını sağlıyordu.

"Başkan, ben Hali. Son kırk beş dakika. Tekrar ediyorum, darbeye kırk beş dakika kaldı."

"Seni duyuyorum," dedi Juan. Şu anda saldırı bölgesinden emniyetle uzaklaşmak için gerekli süreden çalıyorlardı. "Keşke duymasaydım. Silahçı, ateşi kesmeni istiyorum. George, kamyonetin arkasındaki adamın dikkatini dağıt. Böylece ben de yaklaşabileyim. İyice yakınlarından geç."

"Anlaşıldı."

Kendisini kamyonetin tabanına bastıran bir diz ve ensesine dayalı bir silah olan Max, etrafta ne olup bittiğini göremiyordu. Birden ensesindeki silah uzaklaştı ve adam ateş etmeye başladı. Bir an kafasını kaldıran Max, adamın havaya ateş ettiğini gördü. Robinson aniden kamyonete doğru pike yapınca adam hemen yere çöktü.

Max dikkatinin dağılmasından yararlanıp adamın kasıklarına bir dirsek attı. Vuruş, beceriksizce ve yetersizdi. Adamı yavaşlatmaya yetmedi. Silahını havaya kaldırıp yeniden tetiğe bastığında, Max bu kez koluyla silaha vurunca mermiler, kararmaya başlayan gökyüzünde hedeften uzak yerlere savruldular. Barut tozundan gözleri yanmaya başlamıştı ki Max fırsatı kaçırmadan adamın böğrüne yumruğu indirdi. Muhafız da Max'in suratına bir yumruk çaktı. Yüzünde hissettiği büyük acıyla öfkesi şiddetlenen Hanley, dizlerinin üzerinde yavaş yavaş doğrularak, yumruklarını çılgınca ve her seferinde daha etkili bir şekilde savurmaya başladı. Kamyonetin arkası, muhafızın silahını Max'e doğrultup ateş edebilmesi için çok dardı. Bu yüzden o da silahı sopa gibi kullanarak Max'e vurdu. Hanley eğildi ve bacaklarını çevirerek adamın kalçasına vurdu.

Juan kamyonetin arkasına yarım metre kadar yaklaşmıştı. Öndeki sürücünün kendisini görememesi için iyice eğilmişti. Max, Juan'ın dudaklarının oynadığını gördü. Ya hâlâ tepelerinde turlayan George'la ya da *Oregon*'daki biriyle konuşuyordu. Max yerdeki adamın üzerine profesyonel bir güreşçi gibi atladı ve adamın midesine müthiş bir yumruk indirdi. Adamın gözleri yuvalarından fırladı ve ciğerindeki havanın tamamı dışarı çıkarken yanakları patlayacak gibi şişti.

Birkaç saniye sonra, geminin ana topundan çıkan mermi kamyonetin önünde patladı ve sürücü bir kez daha aracın yönünü değiştirmek zorunda kaldı. Bu şansı kaçırmayan Juan, hemen aracın yanına yaklaştı.

"Max, dövüşü bırak da atla hemen!" Juan koltuğunda gidebildiği kadar öne gidip arkasında Max'e yer açtı. Max, sürünerek arka tarafa yaklaştı ve tamponun üzerine bastı. Bir bacağıyla ATV'nin koltuğuna basarak ağırlığını dengeledikten sonra kendisini araca attı. Sertçe düştüğü koltukta Juan'a sıkıca sarılarak dengesini korudu.

Kamyoneti kullanan İngiliz muhafız Nigel, o esnada dikiz aynasına bakmayı akıl etti ve mahkûmlarının kaçmakta olduğunu anladı. Kamyonetin direksiyonunu sertçe ATV'ye doğru kırdı ve Juan'ın frene basmasına sebep oldu. Nigel de frene bastı ve kendisinden uzaklaşmaya başlayan ATV'nin peşine düştü.

Üzerindeki iki ağır adamla hızı kesilen ATV, kamyonetten uzaklaşamıyordu. Juan arayı en fazla birkaç metre açabiliyor, ne kadar sert manevralar yaparsa yapsın, kamyonet peşini bırakmıyordu. Responsivist, ATV'ye yakın durursa kendisini hedef alan topun ateş edemeyeceğini fark etmiş olmalıydı.

"Bizimle eğleniyor," dedi Juan. Arkasına baktığında kamyonetin radyatör ızgarasının, ATV'nin arka tekerlerinden beş metre geride olduğunu gördü. "Ve bizim buna vaktimiz yok. Bu arada, seni yeniden gördüğüme sevindim, ama o suratının hali ne öyle?"

"Seni de görmek güzel," diye bağırmak zorunda kaldı Max, rüzgârın uğultusunu bastırabilmek için. "Göründüğümden çok daha kötüyüm."

"Sıkı tutun," diye uyardı Juan ve ATV'yi yolla birleşen tepenin üzerinden aşırdı. Aşağıya doğru çılgın bir süratle inmeye başladılar. Juan gidonu aniden kırıp aracı kaydırarak stabilize yola çıkarttı. Gaz koluna bastırarak yeniden hızlanmaya başladı. Kamyonet hâlâ peşlerini bırakmamıştı.

Arayı on beş metre kadar açmışlardı ve Juan yeniden *Oregon*'a atış talimatı vermeyi düşünürken, düzgün yolda çok daha hızlı giden kamyonet arayı kapatınca bu fikrinden vazgeçti.

"Silahçı, yüksek patlayıcı roketle rıhtımın ucunu vurmaya hazır ol."

"Hazır ol."

"Ne yapıyorsun?" Max endişeyle sordu.

"C planı."

ATV'nin son hızıyla olmasa da yoldan aşağı uçarcasına indiler. Cabrillo biraz hızlanma payı bırakmak istemişti. Nöbetçi kulübesinin, yanmaya devam ederek etrafa metal korları saçan yıkıntısını geçtiler. Juan rıhtıma girdi ve hız, mesafe ve zamanı müthiş bir beceriyle hesaplayarak gaz kolunu sonuna kadar açtı.

"Ateş!"

Kamyonetin sürücüsü, ATV'nin neden kendi kendisini köşeye kıstırdığını anlamaya çalışarak yavaşladı. Fakat öndeki aracın yavaşlamadığını fark edince yeniden gaza bastı.

"George," diye seslendi Juan telsizinden. "Bizi sudan almaya hazırlan."

Pilotun cevabı rüzgârda kaybolup gitti.

Juan ve Max rıhtım boyunca saatte seksen kilometre hızla ilerliyorlardı.

Max sonunda Juan'ın ne yapmak istediğini anladı ve bağırmaya başladı. "Seni çılgın orospu çocuuuuu..."

Rıhtımın ucunda tekerlekler yerden kesildi ve yaklaşık beş metre havada kaldıktan sonra suya gömüldüler. Hemen arkalarından gelen kamyonet, son anda fren yaparak kaydı ve neredeyse iki tekerleği üzerinde devrilecek gibi olduktan sonra durdu. Daha araç amortisörleri üzerinde yaylanmasını bitirmeden kapısı açıldı ve nöbetçi elinde silahıyla çıktı. İki adamı kafalarını sudan çıkarır çıkartmaz öldürmekten başka bir şey düşünemiyordu. Bir saniyeden kısa süre duyulan çok tiz bir ıslık sesi, muhafıza düşünecek zaman tanımadı.

Patlayıcı kovan kamyonete değil rıhtıma isabet etmesine rağmen, aslında fark eden hiçbir şey yoktu. Her ikisi de patlamayla birlikte havaya uçarak, küçük parçalar halinde etrafa dağıldılar.

Juan, Max'in yüzeye çıkmasına yardım etti. Ağzına dolan suyu tükürdü ve arkalarındaki yıkımı inceledi. Rıhtımın yarısı kelimenin tam anlamıyla yok olmuştu. Geriye kalan şey, parçalanmış ahşap ve tahrip olmuş kazıklardan ibaretti.

"Bu gerçekten gerekli miydi?" diye sordu Max homurdanarak.

"Sana şirketteki ilk görevimi anlatmıştım. Hatırladın mı?"

"Rus uydusuyla ilgili bir şeydi."

"Bir Orbital Balistik Füze silahı." Juan kolunu sudan çıkarıp saatine baktı. "Otuz sekiz dakika sonra bu adayı haritadan silecek ve ben o sırada buradan olabildiğince uzakta olmak istiyorum."

Robinson R44, kayalığın üstünde belirdiğinde motorundan dumanlar çıkıyordu. George'un telsizde söylemeye çalıştığı buydu herhalde, diye düşündü Juan. Adams, helikopteri ustalıkla iki adamın üzerine doğru, denizin yüzeyinde bir fıskiye oluşturarak alçalttı. Bir süre sabit durup, sonra neredeyse kızakları suya değecek kadar yeniden alçaldı. Juan uzanıp kapıyı açtı ve Max'e binmesi için yardım etti. Max'in içeri girmesiyle, ağırlık merkezi yer değiştiren helikopter tehlikeli biçimde sallandı.

Hanley'in peşinden helikoptere girmek üzereydi ki helikopterin etrafına otomatik silah mermileri yağmaya başladı.

"Durma," diye bağırdı ve helikopterin kızağına sarıldı.

George bir kere daha söylenmesine gerek kalmadan motora gaz verip rıhtımdan uzaklaşmaya başladı. Arkasında iki adam olan bir kamyonet daha gelmiş ve adamlar ellerindeki AK silahlarıyla yaylım ateşine başlamışlardı.

Kolları ve bacaklarıyla bir maymun gibi asılı vaziyette duran Juan, tüm gücüyle kızağın üzerine tırmandı. Rüzgâr yüzüne bir tokat gibi çarpıyordu ve ıslak elbiseleri buzlu sudaymışçasına üşümesine neden oluyordu ama bu konuda yapabileceği hiçbir şey yoktu. *Oregon* sadece üç dört kilometre uzaktaydı ve helikoptere çıkmak için George'u yavaşlatmak istemiyordu.

Adams helikopterin durumunu telsizle bildirmiş olmalıydı, çünkü geminin tüm ışıkları yakılmıştı ve güvertede inişe yardımcı olmak üzere çok sayıda tayfa göze çarpıyordu. Dümenci çoktan geminin burnunu Eos Adası'ndan uzağa çevirmişti ve tam yol gidiyordu.

George, aynalığın üzerine geldiğinde gerekenden fazla açıklık bıraktı. Kokpitte yanıp sönen ve sesli olarak biricik helikopterinin ölüm yatağında olduğunu bildiren uyarılara kulak asmadı. Aşırı ısınmış aktarma dişlilerinde yağın yanmakta olduğunu tahmin ediyordu. Yavaşça alçalmaya başladı.

Juan kızağı bırakıp kendisini bekleyen tayfaların ellerine doğru düştü. Onu kolayca tutup ayakları üzerinde durmasına yardımcı oldular, ardından hepsi birden o alandan uzaklaşıp Robinson'un rahatça inmesi için pisti boşalttılar.

Helikopterin kızakları yere değer değmez Juan, "Dümenci, tam yol ileri," diye talimat verdi. "Savaş birimleri yerlerine ve gemiyi çarpışma için hazırlayın."

Adams, kızakların yere değdiğini hissettiği an motoru susturdu ama olan olmuştu. Motor yuvasından ve rotor dikmesinden alevler çıkmaya başladı. Helikopterin etrafında ellerinde yangın söndürücülerle bekleyen tayfalar hemen müdahale ettiler ve Max ile Adams, adeta sağanak altında helikopterden indiler.

George emniyetli bir mesafeye kadar ilerledikten sonra arkaya dönüp baktığında yakışıklı yüzü gölgelendi. Helikopterin artık kullanılamaz halde olduğunu anlamıştı.

Juan elini omzuna koydu. "Sana pırıl pırıl bir tane alacağız."

Rüzgâr iyice hızını artırmadan içeri girdiler. *Oregon*'un dümen suyunun gerisinde, denizin içine çöreklenmiş, başına geleceklerden habersiz, çirkin ve dünyanın hiç özlemeyeceği bir kaya kütlesi halindeki Eos Adası gözüküyordu.

38. BÖLÜM

Thom Severance ne yapacağını bilemiyordu. Rıhtımdaki nöbetçiler Max Hanley'in tesisten kaçmaya çalışırken egzoz kanalında yakalandığını bildirmişler ve anlattıkları bir sürü şeyin yanında daha sonra siyah bir helikopter tarafından saldırıya uğradıklarını söylemişlerdi. Bir an için siyah helikopterleri olduğu hakkındaki dedikoduların da etkisiyle, bu saldırının arkasında Birleşmiş Milletler olduğunu sanmıştı. Sonra telsizde bölük pörçük ve karışık birtakım konuşmalar duymuştu ve en sonunda her şey sessizliğe bürünmüştü. Nöbetçi kulübesinin tepesindeki kameralar da görüntü göndermeyi kesince dışarıya bir araç yolladı.

"Kaçmışlar Bay Severance," dedi güvenlik şefi. "Hanley ve başka bir adam helikopterdeler. Nöbetçi kulübesi imha edilmiş, rıhtım da öyle. Adamlarımın çoğu kayıp."

"Başkaları da var mı orada?"

"Hemen devriye çıkartıyorum. Anladığım kadarıyla burada sadece bir kişi varmış."

"Bütün adamlarını öldüren ve rıhtımı tahrip eden bir kişi miymiş yani?" diye kuşkulu bir sesle sordu.

"Başka bir açıklamam yok."

"Tamam. Araştırmaya devam et ve sıra dışı bir şey gördüğün anda bildir."

Severance ellerini başının arkasında birleştirdi. Lydell Cooper'ın emirleri son derece kesindi. İki saat daha herhangi bir sinyal göndermeyecekti. Ya bu olanlar, daha büyük boyutlu bir saldırının keşif kolu idiyse? Ertelemek başarısızlık anlamına gelirdi. Diğer taraftan, sinyali zamanından önce yollaması, elli yolcu gemisinin tamamında çamaşır makinelerine virüs bağlantısı yapılamayacak anlamına gelirdi.

Akıl hocasını aramayı düşündü, ama bu, tek başına vermesi gereken bir karardı. Lydell, Heidi ve kız kardeşi Hannah'la yoldaydı. Virüs salıverildikten sonra geleceklerdi. Yıllarca responsivist hareketi tek başına yönetmişti, ama yine de babasının işlerini devralan bir oğlan çocuğu gibi sürekli olarak mikroskop altında izlendiğinin ve kontrolün tamamen kendisinde olmadığının farkındaydı. Verdiği kararları, Lydell'ın kendisine hiç haber vermeden veya açıklama bile yapmadan geçersiz kılabileceğini asla aklından çıkarmıyordu.

Cooper çok fazla müdahale etmediğinden, bundan fazla şikâyetçi olmamıştı. Fakat şu anda kaybedebilecekleri çok şey vardı ve kendisine ne yapacağını söyleyen birinin varlığı, kendisini emniyette hissetmesini sağlayabilirdi.

Birkaç gemi eksik olsa ne olurdu ki? Lydell'ın hesaplamalarına göre enfeksiyonu dünyaya yaymak için kırk gemi yetiyordu, fazladan on gemi, işin sigortası olacaktı. Neden bazı gemilerin hastalıktan kurtulduğunu sorarsa, yayma cihazlarında arıza çıktığını iddia edebilirdi. Eğer hepsi çalışırsa, zaten hiç kimsenin bir şeyden haberi olmazdı.

"Bu kadar," dedi ellerini bacaklarına vurarak ve ayağa kalktı.

ELF vericisinin bulunduğu odaya girdi. Üzerinde laboratuvar önlüğü olan bir teknisyen kontrol paneline eğilmiş bir şeyler yapıyordu. "Sinyali şimdi gönderebilir misin?"

"Önümüzdeki iki saat için bir şey göndermemeyi planlamıştık."

"Sana sorduğum şey bu değil." Kararını vermiş olmanın güveniyle, Severance kibirli haline geri dönmüştü.

"Bataryaları yeniden kontrol etmem birkaç dakikamı alır. Egzoz sistemi hasar gördüğünden, güç ünitesi şu anda çevrimdışı durumda."

"Hemen başla."

Adam tesisin derinliklerindeki bir arkadaşıyla dahili haberleşme üzerinden bir görüşme yaptı. Severance konuştukları anlaşılması güç teknik jargonu takip edememişti.

"Çok kısa bir zaman alacak Bay Severance."

Rus uydusunun elektronik beyni, Avrupa'nın üzerinde saatte yirmi yedi bin kilometre hızla yol alırken zamanın en küçük kesirlerini bile hesap ediyordu. Silahın yörüngesi bir salisenin yüzde biri hassasiyetle hesaplanmıştı ve uydu zaman geldiğinde, merkezi işlemci fırlatma yuvasına bir sinyal yolladı. Sıkıştırılmış gazlar, patlamayı andıran bir püskürmeyle tungsten çubuğu fırlatma yuvasından dışarı atarken, uzayın boşluğunda hiç ses duyulmadı. Atmosferin üst katmanlarındaki seyrek hava molekülleriyle ilk temas sırasında çubuk hafifçe ısındı. Aşağılara indikçe daha fazla ısı ortaya çıkmaya başladı ve giderek çubuğun tamamı önce kızıl renge boyandı, sonra sarı ve en sonunda da bembeyaz bir parlaklığa büründü.

Ortaya çıkan ısı ve onun yol açtığı sıcaklık müthiş boyutlara ulaşmıştı ama tungstenin ergime sıcaklığı olan üç bin santigrada ulaşması mümkün değildi. Yerdeki gözlemciler, onu Makedonya ve Kuzey Yunanistan üzerinde ardında ses patlamaları bırakarak yıldırım hızıyla geçerken görebilirlerdi.

Ana ekrandaki geri sayım tek haneli sayılarla devam ediyordu. Juan, Max'i kurtarmadan önce gözlerini kaçırdığı ekrana bakmaktan kendini alamıyordu şimdi. Max, darbe anından önce revire inmeyi kabul etmemişti. O yüzden Hux sağlık çantasını alıp Harekât Merkezi'ne gelmişti. *Oregon* doğuya doğru tam yol gitmesine rağmen, durgun deniz sayesinde işini rahatlıkla yapabiliyordu.

Max genelde Juan'ın gemiyi kırmızı çizginin üzerindeki hızlara çıkarmasıyla dalga geçerdi, ama bu kez neyin yaklaşmakta olduğunu bildiğinden susmayı tercih etti. Hâlâ patlamanın etki alanından minimum emniyetli uzaklığa erişememişlerdi ve eğer başkan olabildiğince uzaklaşmak ve bunun için gemiyi zorlamak gerektiğine inanıyorsa, bunu yapardı zaten.

Hali Kasım, küfrederek kulaklıklarını çıkarıp attı.

"Ne oldu?" diye sordu Juan endişeyle.

"ELF bandından sinyal alıyorum. Eos'tan geliyor. Tetikleyici kodu gönderiyorlar."

Cabrillo bembeyaz oldu.

"Merak etmeyin." Max'in sesi burnundaki tamponlardan dolayı derinden geliyordu. "Dalga boyu çok uzun olduğundan, tüm kodun ulaşması zaman alacaktır."

"Ya da ilk sinyali alır almaz virüsü salıvereceklerdir," dedi Hali.

Juan'ın avuçlarının içi terden sırılsıklam olmuştu. Bu kadar çaba harcadıktan sonra son anda başarısız olma düşüncesine katlanamıyordu. Ellerini ıslak pantolonuna sildi. Beklemekten başka yapacak bir şey yoktu.

Beklemekten nefret ederdi.

Üzerlerindeki görevli üniformalarıyla, Linda ve Mark bir kez daha, *Golden Sky*'ın alt güvertelerini dolaşmaya başladılar. Geminin çamaşırhanesinin yerini hatırlamaya çalışıyorlardı. Ortalıkta sadece birkaç tayfa gözüküyordu ve onlar da kendi dertleriyle uğraşmaktan, iki yabancı suratı fark edecek durumda değillerdi.

Kurutucuların tamburlarının vınlaması onları hedeflerine ulaştırdı. Loş odadan dalga dalga buhar yükseliyordu. İçeri girdiklerinde, Çinli çalışanlardan hiçbirisi kafasını kaldırıp gelen iki kişiye bakmadı.

Kapının hemen dibinde duran ve fark etmedikleri bir adam Linda'nın kolunu sıkıca kavradı.

"Ne işiniz var burada?" diyerek hesap sordu.

Linda kolunu çekerek kurtarmaya çalıştı. Mark adamın Zelimir Kovac'la birlikte helikopterle gelenlerden biri olduğunu fark etmişti. Bir nöbetçi bırakacaklarını bilmeliydi. Müdahale etmek üzere davranınca, adam silahını çekerek Linda'nın şakağına dayadı.

"Bir adım daha atarsan, ölür."

Çamaşırhane çalışanları olan bitenin farkındaydı ama hepsi çarşafları katlamayı, gömlekleri ütülemeyi sürdürerek işlerine devam ettiler.

"Sakin ol," dedi Mark ve birkaç adım geriledi. "Kırık elbise ütüleri için iş emrimiz var."

"Kimlik kartlarınızı gösterin bana."

Mark, tulumunun ön cebinden kimliğini çıkarıp adama uzattı. Kevin Nixon, Golden Line personel kimliklerinin gerçek tasarımını bilmiyordu ama iyi bir iş çıkartmıştı ve Mark, Kovac'ın adamının aradaki farkı anlamayacağını sanıyordu. "İşte bak, burada. Ben Mark Murphy'yim."

Kovac aniden ortaya çıktı. İri vücudu kapı boşluğunu tamamen dolduruyordu.

"Ne oluyor burada?"

"Bu ikisi, bir şeyi tamir etmek için geldiklerini iddia ediyorlar."

Sırp, anorağının içinden bir otomatik silah çıkardı. "Kaptana, buraya çamaşırhane çalışanları dışında kimsenin sokulmaması konusunda kesin emir vermiştim. Kimsiniz siz?"

"Artık her şey bitti Kovac," dedi Linda. Kızın sesi buz gibi çıkmıştı. Adının söylenmesine çok şaşırdığını fark etmişti. "Virüs hakkında her şeyi ve onu yolcu gemilerinin çamaşır makinelerini kullanarak yayacağınızı biliyoruz. Biz burada konuşurken, dünyanın her tarafındaki gemilerde adamlarınız toplanıyor ve cihazların hepsi sökülüyor. Hemen teslim olursan hapishaneden çıktığın günü görebilirsin."

"Bundan kuşkuluyum genç hanım. Kovac benim gerçek adım değil." Yugoslavya İçsavaşı sırasında bütün haber bültenlerinde tekrarlanan bir başka isim söyledi. Çatışmalar sırasında gerçekleştirildiği ortaya çıkarılan en kapsamlı kitle katliamlarından birinin sorumlusunun adını söylemişti. "Yani gördüğünüz gibi, yakalanırsam, bir daha güneş yüzü göremeyeceğimi biliyorum."

"Sen aklını mı kaçırdın?" dedi Mark. "Şu saçma davanız yüzünden ölmeye mi niyetlisin? Ben *Golden Dawn*'daydım ve virüsünüzün insanlara ne yaptığını gözlerimle gördüm. Sen delirmişsin."

"Düşündüğünüz buysa, hiçbir şey bilmiyorsunuz demektir. Aslında bana kalırsa blöf yapıyorsunuz. Şu gördüğünüz makinelerdeki virüsler *Golden Dawn*'da kullandıklarımdan farklı. Aynı virüsten üretildiler ama bu ölümcül değil. Biz canavar değiliz."

"Sekiz yüze yakın insanı öldürdüğünü kabul edip, bir de canavar olmadığını mı iddia ediyorsun?"

Kovac'ın gülümsemesi gerçekti. "Kabul. Doktor Lydell Cooper bir canavar değildir. Yaymak üzere olduğumuz virüs ağır bir gripten fazlasına yol açmıyor. Bir tek küçük yan etkisi var. Kısırlık. Birkaç ay sonra, dünya nüfusunun yarısı çocuk sahibi olmadığını fark edecek."

Linda yediklerini çıkarmak üzere olduğunu hissetti. Mark, entrikalarındaki sinsi amacı kavrayınca neredeyse yere yığılacaktı. Responsivistler her zaman gezegenin aşırı nüfustan dolayı felaketin eşiğinde olduğunu iddia ediyorlardı. Şimdi bununla ilgili olarak bir şeyler yapmaya karar vermişlerdi.

"Bunu yapamazsınız," diye haykırdı Linda.

Kovac yüzünü onunkine iyice yaklaştırarak, "Yaptık bile," dedi.

Eos Adası'nda arama yapan güvenlik görevlileri işlerini durdurup kafalarını yukarı kaldırdılar. İlk başta çok parlak bir yıldız gibi görünen şey, giderek büyüdü ve daha da parlaklaştı ve en sonunda tüm gökyüzünü kapladı. Gördükleri cismin doğruca adayı hedef aldığını anladıklarında baştaki tedirginliklerinin yerini panik almıştı. Tehlikeyle karşılaşan her insanın içgüdüsel olarak yaptığı şeyi yaparak kaçmaya başladılar. Ancak hiçbir şey fark etmeyecekti. Bundan kaçış yoktu.

Aşağıda verici odasında Thom Severance, ELF sinyallerinin tüm dünyaya, kendisine işkence gibi gelen bir yavaşlıkta gönderildiğini gösteren ekrana bakarak, bacağını sabırsızca masanın ayağına vuruyordu. Birkaç dakika içinde bitecekti. İlk virüs topluluğu vakumlu ambalajından çıkıp, çamaşır makinelerine akın ederek, çarşaflara, havlulara ve peçetelere bulaşacaktı. Her makineye, termoslardan tam gereken miktarda virüs bırakılacaktı.

Belirsiz bir gülümseme dudaklarının ucunu yukarı kaldırdı.

Tungsten füze yeraltı üssünün beş kilometre ötesinde, Eos Adası'nın tam merkezine çarptı. Akıl almaz hızı ve ağırlığı, üç yüz kilometrelik düşüşün potansiyel enerjisini, kütlesel bir patlamanın kinetik enerjisine dönüştürmüştü.

Adanın merkezi bir anda yok oldu. Kayalar moleküler ölçüde parçalara ayrılarak, gerçek anlamda hiçbir iz bırakmadan ortadan kalkmıştı. Patlamanın etkisi dalgalar halinde yayılırken, adaya yaydığı şok dalgaları yüzlerce ton molozu havaya kaldırmıştı. Kayaların büyük bir kısmı erimiş ve fokurdayan lavlara dönüşmüştü. Denize ulaştıklarında bir tıslama sesiyle katılaşıp kalıyorlardı.

Panik içinde kaçışan muhafızlar anında karbonlaşmışlar ve külleri havadaki toz ve moloz dumanına karışmıştı.

Şok dalgası tesisi vurduğunda, inşaatta kullanılan sertleştirilmiş çelikli beton, Çin porseleni gibi çatlamıştı. Bina çökmemişti, tersine temellerinden kopup yukarı fırlamıştı. Duvarlar, tavanlar ve zeminler birbirlerinin üzerine devrilerek altlarında kalan canlı cansız her şeyi dümdüz etmişlerdi. Mutlak bir yıkım olmuştu. ELF anteni olarak işlev gören kilometrelerce bakır tel topraktan kopmuş ve okyanusa doğru akan sıvı metalden oluşmuş bir dere haline gelmişti.

Yer o kadar şiddetle sarsılmıştı ki, kayalık yüzeylerden dev dilimler koparak ayrılmıştı. Darbenin merkezinden yayılan çatlaklar, adayı parçalayarak yedi küçük adacık meydana getirmişti.

Eos'ta oluşan dev bir deprem dalgası Orbital Balistik Füze'nin gittiği yönde ilerlemeye başlamıştı. Denizin altından başlayıp, sahillere yaklaştıkça büyüyen tsunamiden farklı olarak, bu dalga, dümdüz bir duvar gibi başlamıştı ve köpüklü tepesi sonsuza dek kıvrılacakmış gibi duruyordu. Tanrı'nın gazabı gibi gürleyerek, denizin üzerinde astronomik bir hızla ilerliyordu. Bu dalga bitmeyecekti. Sürtünme nedeniyle giderek boyutları küçülecek ve en sonunda bir çalkantı haline gelecekti elbette, ama o hale gelene kadar gezegendeki en yıkıcı güç olarak yolunda ilerleyecekti.

Altmış kilometre ileride *Oregon* her şeyiyle bir yarıştaydı. Tüm kapakları kapatılmıştı. İki denizaltı kızaklarına çekilip sıkıca bağlanmıştı. Hiçbir şey başıboş bırakılmamış, ortalıktaki her şey dolaplara ve çekmecelere yerleştirilmişti. Bu olayı hasarsız atlatamayacaklarını biliyorlardı ama bunun ellerinden geldiği kadar düşük olması için çalışıyorlardı.

"Çarpmaya kalan zaman?" diye sordu Juan.

"Beş dakika olarak tahmin ediyorum," dedi dümenci.

Juan tüm gemiye seslenen anons sisteminin düğmesine bastı. "Başkan konuşuyor. Herkes sıkı tutunsun. Çok şiddetli sallanacağız. Son beş dakika."

Ana direkteki kamera geriye bakacak şekilde döndürüldü ve gelen dalgayı görebilmek için gece görüş ayarına getirildi. Nüfuz edilemez ve amansız bir şekilde bütün ufuk boyunca denizin üzerini kaplamıştı. Yüzeyinde, zümrüt rengi parlak çizgiler oluşmuştu ve tepesi yeşil bir yangına benziyordu.

"Kontrol bende," dedi Juan aniden ve geminin kumandasını devraldı.

Dalgaya göre hafif bir açıyla yol aldıklarını fark etti ve dümeni biraz çevirdi. Bu badireyi ancak dalgayı tam arkadan alarak atlatabilirlerdi. Ufacık bir sapma olması durumunda yüz elli metrelik gemi, dalgaya bir burgu gibi saplanır ve pençesinden kurtulana dek içinde on kere dönerdi.

"İşte geldi!"

Hızlı bir asansörde olmaya benziyordu. Geminin kıçı o kadar hızlı havaya kalktı ki bir anda orta kısmın suyla teması kesildi. Gövdenin inleme gibi çıkan sesi dalganın vahşi kükremesinde kayboldu. Geminin burnu suyun içine daldı. Pruvanın gömülmesini önlemek isteyen Juan, hemen gücü kesti. Gemi dalganın önünde sürüklenmeye başladı. İvmenin gücüyle herkes öne doğru hareketlendi. Gemi dalgayı tırmandı ve burnu baş döndürücü bir açıyla aşağıya döndü. Juan su üzerindeki hızlarını kontrol ettiğinde dört deniz mili olduğunu gördü, oysa dibe doğru iniş hızları saatte yüz mile yakındı.

Geminin kıçı bütün güverteleri dev köpükler içinde bırakarak dalganın tepesinde patladı. Sular, boşaltma deliklerinden oluk oluk akarken, tahrik borusundan da bembeyaz bir jet halinde püskürüyordu. Yeniden düşmeye başlamadan önce, *Oregon*'un kıçının, on, on iki, sonra on beş metrelik kısmı dalganın arkasında asılı kaldı. Sonra dalganın tepesini aşıp az öncekinden çok daha büyük bir hızla geriye doğru düşmeye başladı.

Cabrillo motorlara sonuna kadar yüklenerek geminin mevcut gücünün tamamını devreye aldı. Dalganın tabanına çarptıklarında *Oregon*'un yeteri kadar gücü olmaması durumunda, geminin kıçı yüzeyi bıçak gibi keserek, suyun içinde gitmeye devam edecek ve gemi burnuna kadar suya gömülecekti.

Gemi neredeyse altmış derecelik bir açı yapmışken, aynalık, dalganın arka çukuruna çarptı ve gözden kayboldu. Deniz suları arka ambar kapaklarına kadar yükseldi. Eğer sızdırmaz kauçuk contalar olmasaydı, helikopter hangarı da sular altında kalacaktı.

"Hadi kızım," diye gemisine yalvardı Juan. Sular geminin daha fazlasını yutmak üzere yükselmeyi sürdürüyordu. "Yapabilirsin."

Burnu dalgadan çıkarken açı düzleşmeye başlamıştı ve *Oregon*'un dalışı durmuşa benziyordu. Uzun bir süre ne daldı ne de sudan daha fazla çıktı. Gemi, motorların on bir bin tonluk yükü denizin çelik ellerinden kurtarmak için aşırı yüklenmesinden dolayı sarsılmaya başlamıştı. Sonunda yavaşça, hatta en başta Juan'ın monitörlerde gördüğünün doğruluğuna inanmayacak kadar yavaş bir şekilde güverteler sudan çıkmaya başladı. Manyetohidrodinamik iticiler gemiyi aksi takdirde mezarı olacak sulardan çıkartmış, kıçtaki ambar kapakları yeniden görünmüştü.

Nihayet en arkadaki bayrak direğinde sallanan İran bandırasını görünce, Cabrillo da ıslık ve kutlama seslerine katıldı. Gücü azalttı ve kontrolü yeniden dümenciye bıraktı.

Max, Juan'ın yanına sokuldu. "Ben de ATV'yi o şekilde rıhtımdan uçurdun diye çılgın olduğunu sanmıştım. Başka bir gemi olsaydı öyle bir dalgada ters dönerdi."

"Bu başka bir gemi değil," dedi Juan ve Max'in koluna hafifçe vurdu. "Ya da ona bakarsan, bir başka mürettebat da değil."

"Teşekkür ederim," dedi Max yalnızca.

"Benim yaramaz çocukların biri eve döndü. Şimdi diğer ikisini getirme zamanı."

39. BÖLÜM

Kovac, *Golden Sky*'ın telsiz odasından Thom Severance'a ulaşamayınca bir terslik olduğunu anlamıştı. Telefonu çaldıramamıştı bile.

Kovac'ın emriyle gemide telsizler kapalı olduğundan, haber gemiye ancak uydudan yayın yapan bir haber kanalı aracılığıyla ulaştı. Güney Avrupa'da gözlenen bir ton ağırlığında olduğu tahmin edilen bir meteor, Türkiye kıyılarının yakınında bir adaya düşmüştü. Hemen bir tsunami uyarısı yapılmış, ancak sadece bir Yunan feribotu birkaç metre yüksekliğinde bir dalga gördüğünü bildirmişti ve bir tehlike oluşturmamıştı.

Bunun meteor olmadığını biliyordu. Atom bombası olmalıydı. İki mahkûmunun söylediği her şey yalan değilmiş. Amerikalı yetkililer planlarını öğrenmiş ve nükleer saldırı düzenlemişlerdi. Güney Avrupa' daki insanların gördüğü ışık, savaş başlığı taşıyan bir cruise füzesine ait olmalıydı.

Kovac televizyonun sesini kısarak sunucunun olayla ilgili spekülatif laf kalabalığını susturdu. Seçeneklerini değerlendirmeliydi. *Golden Sky*'a ajanlar gönderdilerse, onun gemide olduğunu biliyor olmalıydılar. Hayır, bu doğru bir akıl yürütme değildi. Onun gemide olma sebebi bu iki kişinin daha önceden gemide olmasından kuşkulanmasıydı. Bu durumda nerede olduğunu bilmiyorlardı. Planı basitti; bu ikisini öldürüp Girit'in başkenti Herakleia'da gemiyi terk etmek.

"Orada bekliyorlardır," diye mırıldandı.

Bu Amerikalıları kim gönderdiyse –muhtemelen CIA, ama ne fark ederdi zaten– limanda gemiyi bekleyen ajanları olacaktı. Taramalarından kaçabilir miydi acaba? Sonra bu riske değip değmeyeceğini düşündü. Gemiyi durdurup, cankurtaran botlarından biriyle kaçabilirdi. Ege'de binlerce ada vardı. Onlardan birine çıkıp bir sonraki hareketini planlayana kadar gizlenebilirdi.

Ortada yine de bir sorun vardı. Mahkûmları ne yapacaktı? Öldürmeli miydi yoksa yanında rehine olarak mı götürmeliydi? Adamı kontrol etme konusunda bir endişesi yoktu, zaten hapçı gibi bir hali vardı. Fakat kadındaki bir şey, Kovac'a bu kadının tehlikeli olabileceğini söylüyordu. En iyisi kaçmak üzereyken böyle endişelenmektense ikisini de öldürmekti.

Bu durumda geriye tek bir ayrıntı kalıyordu. Virüs.

Kapalı kutusunda iki hafta yaşayabiliyordu, o yüzden kaçtıktan sonra bir işine yaramazdı. Serbest bırakırsa gemideki bin küsur kişiye bulaşacaktı ve biraz da şansın yardımıyla evlerine döndüklerinde yaymaya devam edeceklerdi. Yine de bu ihtimale pek prim vermedi. Gemiyi karantinaya alıp, yolcuları da taşıyıcı olma durumları sona erene kadar tecrit ederlerdi.

Hiç yoktan iyidir, diye düşündü.

Sandalyesinden kalkıp köprüye doğru yürüdü. Karanlık iyice çökmüştü ve sadece konsollardan ve radar ekranından ışık vuruyordu etrafa. Nöbette iki subay ve iki dümenci vardı sadece. Yardımcısı Laird Bergman köprü güvertesine çıkmış keyifle sigarasını tüttürüyordu.

"Hemen çamaşırhaneye gidip, virüsü elle serbest bırakmanı istiyorum," dedi Kovac yardımcısına.

"Vericiye bir şey mi oldu?"

"Seni ilgilendiren bir şey yok şu anda. Hemen çamaşırhaneye inip dediğimi yap. Sonra Rolph'u bul ve birlikte buraya gelin. Gemiden ayrılıyoruz."

"Neler oluyor?"

"Beni dinlesen iyi olur. Girit'e çıkar çıkmaz tutuklanacağız. Tek yolumuz bu."

Subaylardan biri aniden bağırmaya başladı. "Nereden çıktı bu? Ne yaptığını sanıyor böyle? Hemen kaptanı çağır ve çarpışma alarmını çalıştır." Ters taraftaki köprü güvertesine koşturdu.

"Yanımda kal," dedi Kovac ve Bergman'la beraber gemi subayının arkasından koştular. Büyük bir şilep doğruca *Golden Sky*'ın üzerine doğru geliyordu. Bütün ışıklarını söndürmüş haliyle bir hayalet gemiye benziyordu, fakat en azından yirmi deniz mili hızla suları yarıyordu.

Subay köprüdeki diğer görevlilere bağırdı. "Radarda görmediniz mi onu?"

"Son baktığımda on mil uzaktaydı," dedi genç subay. "Ve sadece birkaç dakika önceydi, yemin ederim."

"Alarmı çalıştır."

Golden Sky'ın feryat eden sirenleri de bir işe yaramadı. Şilep, yolcu gemisini ikiye bölmek istercesine doğruca üzerlerine gelmeyi sürdürüyordu. Artık çarpışmanın kaçınılmaz gibi göründüğü bir anda şilebin burnu subayın daha önce hiçbir gemide görmediği bir keskinlikle döndü ve iki gemi yedi sekiz metre aralıkla yan yana geldiler. İnanılmayacak kadar müthiş bir gemi manevrası örneğiydi ve eğer subay bu kadar kızgın olmasaydı etkilenmemesi mümkün değildi. Kovac, genç Hanley'in kaçırıldığı gece Korinthos Kanalı'ndan izinsiz geçen büyük bir geminin bildirildiğini hatırladı. Hep bu iki olayın ilişkili olduğundan şüphelenmişti zaten. Şimdi de bu şilep birdenbire karşılarına çıkmıştı. Vahşi hayvanlara özgü bir içgüdüyle, kendisi için burada olduklarını anlamıştı.

İçeri girdi ve gemicilerden uzak bir köşeye gitti. O kadar çelik yığınının içinde telsiz çok iyi çekmiyordu ama yine de kendisiyle birlikte gemiye gelen üçüncü kişi olan Rolph Strong'u uyandırabildi.

"Rolph, ben Kovac. Makine dairesindeki herkesi çıkarıp kendini oraya kilitlemeni istiyorum. Kimse girmeyecek, eğer direnen olursa öldür. Anladın mı?"

Bergman'ın tersine, Strong emirleri asla sorgulamazdı. "Makine dairesini boşalt ve kimseyi içeri alma. Anlaşıldı."

Kovac, anorağının altından tabancasını çıkardı ve Bergman'a döndü. "Git altı yedi kadın bul. Yolcu ya da mürettebat olması fark etmez. Olabildiğince çabuk buraya getir hepsini. Bir de kamarama git ve kalan bütün silahlarımızı buraya getir." Bergman'ın bir açıklama istemesine fırsat vermeden ekledi. "Thom Severance öldü, plan suya düştü ve bunun sorumluları da şu yük gemisinde. Hadi fırla şimdi!"

"Tamam efendim!"

Sırp, köprünün kapılarını kilitleyip tabancasına bir susturucu taktı ve hiçbir şey hissetmeden iki denizciyi ve gemi subayını öldürdü. Boğuk ateş sesleri, geminin siren sesinde kayboldu. Bu yüzden ikinci subay, köprü güvertesinden içeri girip yerdeki cesetleri görene kadar ne olduğundan habersizdi. Soran gözlerle Kovac'a bakarken, bembeyaz gömleğinde iki kırmızı leke belirdi. Bir şeyler demeye çalışarak çenesini oynattı ve sonra o da arkadaşlarının yanına yuvarlandı.

Şilepteki ajanların, bağlanarak yolcu gemisine çıkmasından şüphelenip kontrol panelinin başına geçti. Geminin hızını ayarlamak için bir hız kadranı vardı ve dümeni idare etmek için de basit bir kumanda kolu mevcuttu. Bu koca gemiyi yönetmek balıkçı teknesini kullanmak kadar kolaydı.

Hızı maksimuma getirdi ve gemiyi paslı yük gemisinden uzaklaştırdı. *Golden Sky* daha birkaç yıllık bir gemiydi ve her ne kadar hız için değil konfor için tasarlanmış olsa da yanlarındaki döküntüden çok daha hızlı gideceğinden en ufak bir kuşkusu yoktu.

Önceleri hızla şileple aralarındaki mesafeyi açmaya başladılar, ama bu fazla uzun sürmedi. O da aynı manevrayı yaparak hızını artırdı. Kovac'ın, neredeyse dağılacak gibi duran bir pas yığınının bu kadar çevik manevra yapabilmesinden dolayı morali bozulmuştu. Hız kadranını bir kez daha kontrol ettiğinde hız kolunun bulunduğu yerin bir kademe ilerisinde ACİL DURUM GÜCÜ yazdığını gördü.

Kolu ileriye itti ve geminin biraz daha hızlandığını gördü. Şilebin giderek arkada kaldığını fark edince tatmin olmuş şekilde bir şeyler mırıldandı. Arayı iyice açarak, bir cankurtaran botu indirecek kadar zaman kazanması için bir iki saate ihtiyacı vardı.

Şilep sanki kendisiyle alay edercesine yeniden hızlanmış ve yolcu gemisinin on metre kadar arkasına yerleşmişti. Göstergelere göz atınca, şilebin otuz altı deniz mili hızla ilerlediğini fark etti. Böyle bir şilebin bu hızı sürdürmek bir yana, bu hıza çıkması bile mümkün olmamalıydı. Kovac'ın hayal kırıklığı yerini hızla öfkeye bıraktı. Tam o sırada köprünün arkasındaki koridordan otomatik silahtan çıkan kurşun sesleri ve sonrasında da tiz çığlıklar duyuldu. Hemen arkaya gidip, silahını elinde hazır tutarak, kaptan köşkünün tek giriş kapısının sürgüsünü kaldırdı. Geminin kaptanı koridorun halı döşeli zemininde kanlar içinde yerde yatıyordu. Arkadan dört gemi subayı geliyordu. Koridorda Bergman'la itişmiş olmalıydılar. Onların ardından asistanı birbirine korkuyla sarılmış yedi kadını köprüye doğru yürütüyordu.

"İçeri! Hemen!" Kovac homurdandı ve silahıyla kadınlara işaret ederek içeri geçmelerini istedi.

Gözlerinden yaşlar süzülen kadınlar, kümelenmiş halde Bergman'ın bakışları altında içeri girdiler.

"Buna bir son verin hemen," dedi en kıdemli subay.

Kovac adamı suratından vurdu ve köprünün kalın metal kapısını kapattı.

Kadınlardan birini, daha önce yemek salonunda gördüğü esmer güzeli garsonlardan birini kaptı ve dümenin olduğu tarafa gitti. Kızı, bir keskin nişancı ihtimaline karşı, kendisi ile peşlerindeki geminin arasına insan kalkanı olarak yerleştirdi. Şilebin arayı iyice kapattığını fark etti.

"Bunun adı cesaret oyunu," dedi ortaya konuşarak ve dümeni iskeleye kırdı.

Bu yüksek hızda, gemi bu komuta anında cevap verdi ve burnu sert bir şekilde sola döndü. Şilebin yan tarafına muazzam bir metalik sürtünme sesi çıkartarak çarptı. Çarpmanın tesiriyle *Golden Sky* sancak tarafına doğru yan yattı. Buna hazırlıklı olmasına rağmen Kovac bir an dengesini kaybedip sendeledi. Burun küpeştesi çarpılmıştı ve iki gemi yeniden birbirlerine sürtündüler. Bu esnada yolcu gemisinin en pahalı kamaralarının balkonları parçalanıp koptu, geminin her yerinde yolcular yerlere yuvarlandı. Birçok yolcu yaralanmıştı ama en ciddisi bir iki kırık kemikten kötü değildi.

Kovac gemiyi çarpışmanın ters istikametine çevirdi. Şilep de onunla birlikte hareket etti ancak yeni bir çarpışmaya izin vermemek için bu kez arayı biraz daha açık tuttu.

Kendisini neyin dürttüğünü bilmeden, birdenbire bu işe bir son vermek istedi. Bulunduğu yerden ayrılıp, yerdeki ölü subaylardan birini kaldırıp dışarı çıkardı. Bir eliyle kemerinden tutup, diğeriyle ensesinden kaldırarak cansız adamı sanki yürüyormuş gibi göstermeye çalıştı. Bir süre öylece durdu ve şileptekilerin bu sahneyi gördüklerinden emin olmak istedi. Sonra adamı köprü güvertesinin korkuluklarının üzerinden denize bıraktı.

Cesedin otuz metre aşağıdaki denize düşüşünü izleyemeden korkulukların arkasına gizlendi ama rakiplerinin bu manzarayı gördüğünden emindi. Kovac, masum bir adamı ölmeye bırakmayacaklarını biliyordu ve adamı kurtarmalarının en az bir saatlerine mal olacağını tahmin ediyordu. Şilebin, ölü bir adam için peşlerini bırakmak zorunda olmasındaki garip çelişki hoşuna gitti.

"Hasar raporu," diye seslendi Juan, çarpışmanın hemen ardından.

"Ekipler yönlendirildi," dedi Max anında.

Yolcu gemisini telsizden uyaramayınca, bu kez mürettebatın dikkatini çekip hoparlörlerle seslerini duyurmayı düşünmüşlerdi. Golden Line şirketinin sahibi muhtemelen Severance'ın suç ortağıydı ama mürettebatın tamamı aynı şekilde bu suça iştirak etmiş olamazdı. Eğer Zelimir Kovac'ın gemide bulunmasının gerçek amacı hakkında mürettebatı uyarabilirlerse bu duruma bir son verebilirlerdi.

Cabrillo, geminin kaptanının uzaklaşmaya çalışacağından emindi ama kasıtlı olarak gelip kendilerine çarpacaklarını hiç düşünmemişti. Hiçbir kaptan gemisine ve mürettebatına zarar verebilecek böylesi bir gösteriye kalkışmazdı.

Bunun mantıklı tek açıklaması olabilirdi. "Kovac, *Golden Sky*'ı ele geçirmiş."

Max ona baktı ve belirsiz bir şekilde başıyla onayladı. "Tek açıklaması bu olabilir. Ne yapmayı düşünüyorsun?"

"Hizasına gelip borda kancalarını fırlatacağız. Kovac'ın kaç adamı vardır bilmiyorum ama bizden on iki kişi fazlasıyla yeter diye düşünüyorum."

"Bu Kaptan Karasakal tarzını sevdim."

"Yelkenler fora!"

"Yeniden üzerimize gelirse, oldukça zarar görebilirsiniz."

"Onu engellemek de senin işin," dedi Cabrillo. Gemiye çıkış grubu oluşturmak üzere Eddie'yi arayacaktı ki Hali'nin sesi duyuldu. "Birisini köprü güvertesinden denize attılar!"

"Ne?" Max ve Juan aynı anda sordular.

"Koyu renk anoraklı adam, güverte subayı olduğunu sandığım birini denize attı!"

"Dümenci, tam yol geri." Juan dahili haberleşmeden talimat verdi. "Denize adam düştü. Bu bir tatbikat değildir. Kurtarma ekibi bot garajına. Zodyak'ı indirmeye hazır olun."

"Kalleşçe oynuyor," dedi Max.

"Biz de daha kalleşçe oynarız o zaman. Silahçı, top kameralarını derhal *Golden Sky*'ın köprüsüne çevir ve ana ekrana gönder."

Bir süre sonra görüntü ekrana geldi. Yolcu gemisi *Oregon*'dan yüksek olduğundan, en iyi açıyı ana direğin tepesindeki kamera yakalamıştı. Kamera düşük ışık ayarına geçince köprünün içini tüm çıplaklığıyla gördüler. İskele tarafındaki pencerelerin önüne kadınları dizmişlerdi. Keskin nişancının hedefi rahatça görmesini engellemek istemişlerdi. Dümende eğilmiş bir adam vardı, Kovac olmalıydı, arkasına da bir kadını sıkıştırmıştı.

"Adam aptal değil Juan. Rehinelerden birine zarar vermeden adama ateş etme riskine giremeyiz."

"Başkan, ben Mike. Kapılar açıldı ve harekete hazırız."

"Juan su üzerindeki hızlarına baktı ve maksimum emniyetli hıza düşmeleri için bir süre bekledi ve sonra Trono'ya ve kurtarma ekibine çıkmaları için emir verdi.

Zodyak, teflon kaplama rampadan kayarak sertçe denize indi. Mike hemen iskeleye kırarak geminin gidiş yönünde suya girmelerini sağladı.

"Sudayız."

Isı algılayan teçhizat yardımıyla, subayı bulmaları zor olmayacaktı. Trono, şirkete katılmadan önce paraşütlü kurtarma timindeydi ve aynı zamanda sıhhiyeci eğitimi de almıştı. *Oregon*'un durup beklemesi için bir neden yoktu.

"Dümenci, önceki hızımızın yüzde doksanına getir bizi. Dönerse, aynısını yap ama yavaşlarsa yaklaşma. Ona yetişemediğimizi düşünmesini istiyorum." Max, Juan'a soran gözlerle baktı. "Gemiye geçme ekibi oluşturmak için biraz zamana ihtiyacımız var ve adamın iyice baskı altına girip, insanları denize atmaya devam etmesini istemiyorum."

Cabrillo, kamarasında üstünü değişirken Hali aradı ve Mike'ın subayı bulduğunu ve adamın göğsünde iki kurşun yarası olduğunu bildirdiğini anlattı. Juan sakin bir şekilde, Kovac'ın bu kez canlı kurbanları denize atma ihtimaline karşı, Zodyak'ın denizde kalması talimatını verdi. İçinde büyük bir öfkenin ilk belirtileri filizleniyordu. Bir ceset için birkaç dakika kaybetmeyi fazla umursamadı. *Oregon*'un olağanüstü hız avantajıyla *Golden Sky*'ı ellerinden kaçırmaları mümkün değildi.

Öfkesi kendine yönelikti. Züccaciye dükkânına bir fil gibi daldığı için masum bir adam öldürülmüştü. Kovac'ı yakalayıp, arkadaşlarını kurtarmanın başka bir yolu olmalıydı. Daha iyi bir planla ortaya çıkmalıydı.

Telefon çalınca hırsla kaptı ve ahizeye bağırdı. "Cabrillo!"

"Böyle düşünmeyi bırak hemen," dedi Doktor Huxley.

"Sen neden bahsediyorsun?"

"Az önce olanları duydum ve eminim şu anda bu yüzden kendini suçluyorsundur. Bunu hemen durdurmanı istiyorum. Eos'un yok edildiği haberi duyulur duyulmaz Kovac kendini kapana kısılmış fare gibi hissetmeye başlamıştır. Köşeye sıkıştı ve paniğe kapıldı. O subayı da bu yüzden öldürdü. Seninle hiçbir ilgisi yok. Seninle ikimiz bunun üzerinden yüzlerce kez geçtik. Senin hatan değil, bu yüzden kendini suçlamayı bırak. Tamam mı?"

Juan derin bir iç çekti. "Ben de burada kendini suçlama ve kendinden nefret etme dalında dünya rekoru kırmak üzereydim."

"Öyle yapacağını biliyordum. O yüzden aradım."

"Teşekkürler Hux."

"Şimdi git, başkalarını da öldürmeden, işini bitir şunun. O zaman kendini daha iyi hissedeceksin."

"Doktorun emri mi?"

"Kesinlikle."

On beş dakika sonra, Juan tüm ekiple birlikte güvertedeydi. Altışar kişilik iki gruba ayırmıştı ekibi. Birine kendisi, diğerine de Eddie liderlik edecekti. Geminin durdurulmasını engellemek için Kovac'ın hem makine dairesinde hem de köprüde adamları olması gerekiyordu. Onları halletmek Eddie'nin göreviydi. Juan, Kovac'ın kendisine bırakılmasını istemişti.

İçlerine giydikleri kevlar yeleklerin üzerine vücutlarına yapışan ve böylece bir yere takılarak görevlerine engel olmayacak, siyah kıyafetler giymişlerdi. Yumuşak kauçuk tabanlı botları ve hepsinde gaz maskeleri vardı, çünkü yanlarına gaz bombaları almışlardı. *Golden Sky*'ın içinin oldukça loş olacağını tahmin ettiklerinden hepsinde birer gece görüş gözlüğü de bulunuyordu.

Gemideki sivillerin çokluğunu düşünerek Cabrillo, vuruş güçlerini yarıya indirmelerini emretmişti. Hedeflerini delip geçerek arkasındaki sivillerin ölümüne sebep olmak istemiyordu. Normalde taşıdığı FN yerine bu kez MP-5 tercih etmişti. Düşük barut miktarıyla bile daha küçük mermileri hedefine saplayabilirdi.

Bordalama kancaları tüfeğe benzeyen bir silahla atılıyordu. Uzattıkları teller son derece sağlam ve hafifti. İnceliklerinden dolayı tırmanmak zordu ve bu yüzden hepsi monofilamente tutunacak mekanik kıskaçları olan eldivenler giymişti.

"Max, duyuyor musun?" Juan boğaz mikrofonundan konuşuyordu.

"Temiz ve güçlü."

"Tamam. Hızı tam yola getir ve Mike'a söylemeyi de unutma."

İvme neredeyse anında hissedildi. Juan şiddetli rüzgâr yüzünden gözlerini kıstı. *Golden Sky* dört mil önlerindeydi ve karanlık suların üzerinde değerli bir taş gibi parlıyordu. Dümen suyu da gerçekdışı fosforumsu bir ışık yayarak arkasında uzanıyordu.

Oregon, yolcu gemisinden yirmi küsur deniz mili daha hızlı gittiğinden, aradaki farkı hemen kapatıp *Golden Sky*'a yetiştiler.

"Kovac kafayı yiyecek," dedi Eddie. "Adamın başının belası olduk. Tam kurtuldum derken yine karşısındayız."

Hali telsizden seslendi. "Başkan, bir kişiyi daha attılar. Bu kez bir kadın ve kesinlikle canlı."

"Mike'a haber ver. Silahçı, Gatling'le köprü güvertesinin olabildiğince yakınına bir salvo gönder. Kovac oraya bir kez daha ayak basarsa başına ne geleceğini anlasın."

Mitralyözün sancak tarafındaki zırhlı plaka geriye yattı ve motor altılı döner namlusunu yükseltirken silah, tabyasından kafasını uzattı. Ateş etmeye başladığında sanki bir metal testeresi önüne geleni parçalıyormuş gibi bir ses yükseldi. *Oregon*'un yan tarafından bir alev fıskiyesi yükseldi ve iki yüz seyreltilmiş uranyum mermisi gökyüzünde bir yay çizerek fırladı. Köprü güvertesinin çok yakınına düşerek, metal küpeştenin boyasını kabarttılar. Mermiler, geminin ilerisinde denizde demirden leblebiler gibi düşmeye başladı.

Golden Sky derhal saldırının geldiği yönden uzaklaşmaya çalıştı.

"Bu onun kafesini sallar." Eddie sırıtıyordu.

Max *Oregon*'u diğer gemiden otuz metre uzakta tutuyordu. Kovac yeniden üzerlerine dümen kırdığında, yan iticileri kullanarak *Oregon*'u *Golden Sky*'dan daha keskin bir şekilde döndürerek sürekli olarak aradaki mesafeyi koruyordu.

"Max hazır ol," dedi Juan. "Silahçı, işaretim üzerine yeniden ateş etmeye hazır ol, ama gemiyi vurma." Adamlarının *Oregon*'un küpeştesinde sıralanmasını bekledi. Hepsi omuzlarına borda kancalarını atacak olan silahları koymuşlardı. "Ana güverteye nişan alın. Max hadi."

Oregon yolcu gemisine yanaşarak aradaki mesafeyi birkaç saniyede yarıya indirdi.

"Ateş," diye komut verdi Juan ve mitralyöz yine takırdamaya başladı. Aynı anda kendisi ve adamları kancaları fırlattı.

On iki kanca aradaki boşluğu aşıp karşıya geçti. Her biri kendi tellerine asıldılar ve tüm hatlar gergin duruma geldi. *Oregon* daha da yanaşarak neredeyse gemiye sürtünecek hale geldi. Bu yüzden mitralyöz *Sky*'ın köprüsüne doğru yaylım ateşi sürdürürken, gemiye geçecek olan adamların yaralanma ihtimali ortadan kalkmıştı.

"Şimdi."

Juan teli sıkıca tutup küpeşteden bıraktı kendisini. Giderek artan bir hızda aralığı geçmeye başladı. *Oregon* hemen arkasında hızla yol alıyordu. Kasıtlı olarak bir sıra büyük pencerenin üzerini nişan almıştı ve mesafeyi mükemmel ayarlamıştı. Ayakları cama vurdu ve kendisini patlayan camla birlikte yemek salonunda buldu. Böylece bütün tel boyunca tırmanma zahmetinden kurtulmuştu. Kendi ekibi, eğer ayrı düşerlerse köprünün dışında buluşacaklarını biliyordu. MP-5 silahını arkasından çıkararak omzuna astı. Masaların arasında dikkatle ilerleyerek çıkış kapısına doğru yürüdü.

Giriş avlusunun asma katına çıktı. Yolcular kalabalık gruplar halinde ortalıktaydılar. Hâlâ çarpışmanın şokunu atlatamamışa benziyorlardı. Merdivenlerin altında yatan bir adamın başında iki kadın vardı. Yaşlıca bir kadın Juan'ı görünce çığlığı bastı.

Juan, yarı otomatik silahın namlusunu tehdit oluşturmayacak şekilde havaya kaldırdı. "Baylar ve bayanlar, bu gemi kaçırılmıştır," dedi. "Ben Birleşmiş Milletler rehine kurtarma ekibinin bir üyesiyim. Gördüğünüz tüm yolculara kamaralarına gitmelerini ve biz tehlikenin geçtiğini haber verene kadar da çıkmamalarını söyleyin."

Sivil giyimli ve otoriter görünümlü biri Juan'ın yanına yaklaştı. "Ben Greg Turner, ikinci yardımcı mühendisim. Size ne gibi bir yardımım dokunabilir?"

"Bana köprüye en çabuk nasıl ulaşacağımı söyleyin ve bu insanların kamaralarına girmelerini sağlayın."

"Durum ne kadar kötü?"

"Sen hiç iyi bir kaçırma olayı duydun mu?"

"Özür dilerim. Aptalca bir soruydu."

"Önemli değil."

Turner Juan'a yolu gösterdi ve kısıtlı erişim olan bölgelere girebilmesi için de bir manyetik kart verdi. Juan hızla ayrıldı adamın yanından. Üzerinde GİRİŞ YOK yazan bir kapıya geldiğinde, kartını okuyucudan geçirdi ve kapı açıldı. Arkadaşlarının girebilmesi için kapının kapanmasını yakındaki bir saksıyla engelledi. Tahminine göre bir dakika içinde burada olmaları gerekiyordu.

Sayısız kamaranın önünden koşarak geçtikten sonra iki kat merdiveni hızla çıkarak köprüye açılan koridorun başına geldi. Lazer görüşünü aktif hale getirdi ve kapıya doğru yavaşça yaklaştı. Köprü girişinden birkaç kapı önceki bir kamaradan kısık birtakım sesler duyunca durakladı.

"Kaptan?" diye hafifçe seslendi.

Sesler sustu ve birisi kapıyı aralayarak kafasını uzattı. Kendisine bakan tek bir göz, kıyafetini ve elindeki silahı görünce büyüdü.

"Merak etme," dedi Juan yavaşça. "Onu durdurmak için buradayım. Kaptanınızla konuşabilir miyim?"

Kapı sonuna kadar açıldı. Kadının üzerinde bir üniforma vardı ve omzundaki şeritlere bakılırsa *Golden Sky*'ın birinci subayıydı. Çenesine kadar gelen siyah saçları ve bal rengi gözlerini iyice ortaya çıkaran mükemmel bir bronz teni vardı. "O kasap, kaptanımızı ve üçüncü kamarotu öldürdü. Ben birinci subay Leah Voorhees."

"İçeride konuşalım," diyerek odayı işaret etti Juan.

Birlikte içeri girdiler. Yatağın üzerinde üzerleri tamamen örtülmüş, insan büyüklüğünde iki kabarıklık vardı. Birinin göğüs, diğerinin kafa hizasında koyu kan lekeleri vardı.

Leah Voorhees Juan'ı diğer subaylarla tanıştırmak istedi ama Juan engel oldu. "Sonra. Bana köprüde olanlar hakkında tüm bildiklerinizi anlatın."

"İki kişiler," dedi kadın önce. "Birinin adı Kovac, diğerinden emim değilim. Bir üçüncüsü makine dairesini korunak yapmış durumda."

"Aşağıda sadece bir kişi olduğundan emin misin?" Kadın başıyla onaylayınca, Juan telsizle Eddie'ye haber verdi. "Devam edin."

"İstanbul'dan hareketimizden kısa bir süre sonra helikopterle geldiler. Merkezimizden Kovac'ın bizden istediği her şeyi yerine getirme emri aldık. Güya bir yolcuyu öldüren iki kaçak yolcuyu aramaya gelmişler."

"O kaçaklar benim ekibimin üyeleri ve kimseyi öldürmediler," diyerek kadına güvence verdi Juan. "Nerede olduklarını biliyor musun?"

Durumu göz önüne alarak Juan'ın dediklerini kabul etti. "Kısa bir süre önce onları buldular ve köprünün tam arkasındaki kaptanın ofisine kapattılar."

"Peki, başka?"

"Köprüye el koyduğunda iki gemici ve iki subay görevdeydi. Rehine olarak da kadın yolcular var ellerinde. Peki, siz kimsiniz? Nereden geliyorsunuz?"

"Bu bir Birleşmiş Milletler operasyonu. Bu terörist hücreyi uzun süredir izliyorduk. Kovac bizi atlatarak bu gemiyi ele geçirdi, o yüzden hızlı hareket etmek zorunda kaldık. Size haber veremediğimiz için ve böyle bir tehlikeyle karşı karşıya bıraktığımız için özür dileriz. Niyetimiz Kovac'ı daha önceden ele geçirmekti, ama işte, Birleşmiş Milletler'in de kendine göre bir bürokrasisi var."

Juan'ın ekibinin kalanı da aniden ortaya çıkarak odayı lazer benekleriyle doldurdular.

"Burası tamam çocuklar," dedi Juan ve silahlar hemen indi. Öğrendiği şeyleri diğerlerine de aktardı ve Leah'tan köşkün bir krokisini çizmesini istedi. Sonra Max'i aradı. "Bana durum raporu ver."

"Mike kadını sudan çıkardı. Biraz histerik hali dışında iyi sayılır. Kovac hâlâ dümende ve etrafında üç rehine var. İkinci bir tetikçiyi belirledik ancak henüz görüş alanımızda değil. Diğer üç kadın hâlâ cama dayanmış vaziyetteler."

"*Sky*'ı geç ve tam önüne gel, böylece olup biten her şeyi görebilirsin. Mark ve Linda köprünün hemen arkasındaki bir ofiste tutuluyorlar. Bak bakalım, yerlerini saptayabilecek misin?"

"Hayhay."

Eddie aradı ve yerlerini aldıklarını söyledi. Makine dairesine girmek için kapıyı havaya uçurmalarının gerektiğini bildirdi. Juan beklemelerini ve eşzamanlı olarak harekete geçeceklerini söyledi.

Max yine telsizdeydi. "Köprünün arka duvarında bir kapı görüyorum, şu anda kapalı, bahse varım bulundukları yer orası. Kovac üç insan kalkanını ana köprü pencerelerine kaydırdı. Birinci adamı aşağıda sancak tarafındaki bir koridorda, ana giriş olduğunu sandığım bir yerde duruyor."

Cabrillo Leah'ın çizdiği krokinin üzerine, köprüdeki herkesin yerini işaretledi. Böylece ekibi neyle karşılaşacağını bilecekti. Juan, bugüne kadar üstü kapalı olarak ikincil hasar denilen ve aslında sivil kayıplar anlamına gelen bir duruma yol açmamıştı. Bu tabloyla gurur duyuyordu ve bozmamaya da yemin etmişti.

11 Eylül'ü izleyen tarihlerde, sadece uçak kokpitlerinin kapıları sağlamlaştırılmamış, birçok yolcu gemisinin kaptan köşküne de takviyeli kapılar yerleştirilmişti. Juan kapıya plastik patlayıcıyı yerleştirdi ve kamaraya geri döndü. Eddie ve Max'i arayarak harekete geçmek için otuz saniye kaldığını bildirdi.

Gözleri saatine kilitlenmişti ve beş saniye kala elini kaldırarak parmaklarıyla saymaya başladı. Saatin her tıkında bir parmağını indirdi ve sonunda diğer elindeki uzaktan kumandanın düğmesine bastı.

Bütün duyularını rahatsız eden patlama, koridoru pis kokulu bir dumanla doldurdu. Cabrillo, şok dalgası kamaraya ulaştıktan bir saniye sonra yerinden fırladı. Lazer ışını, duman sarmalını yakut bir çizgiyle kesiyordu.

Arkasında adamları olduğu halde kapıdan artakalan kızıl közün ve bir zamanlar Laird Bergman olan kanlı yığının üzerinden atlayarak, köprüye daldı.

"Yere yatın! Herkes yere yatsın!" İçeri giren adamlar odayı silahların lazeriyle tararken bir ağızdan bağırıyorlardı.

Kovac, Juan'ın tahmin ettiğinden çok daha hızlı davranmıştı. Sırp'ın üzerine lazeri çevirdiği anda o da önündeki kadınlardan birini önüne çekip tabancasını kadının kulağına dayadı.

"Bir adım daha atarsan kadın ölür," diye bağırdı.

Juan, rehinenin bir yabancı olmadığını fark edince hayrete düştü. Kovac onun ekibin bir parçası olduğunu anlamış olmalıydı, çünkü Linda Ross'u kaptanın ofisinden almış ve kendine kalkan yapmıştı.

"Bitti artık Kovac. Bırak onu."

"Tek bir kasını oynatırsan onun için her şey bitecek." Ciddi olduğunu göstermek istercesine silahı kulağına daha da sert bastırdı. Linda canı çok yanmasına rağmen en ufak bir ses çıkaramadı. "Hemen silahlarınızı atın yoksa o ölür."

"Bunu yaparsan bir saniye sonra da sen gidersin."

"Ben artık ölü bir adam olduğumun farkındayım. Benim için ne fark eder ki? Ama sen bu genç hayatın gereksiz yere sona erdiğini görmekten nefret etmeyecek misin? Beş saniyen var."

"Vur onu," diye bağırdı Linda.

"Özür dilerim," dedi Juan ve silahını yere bıraktı. Linda'nın gözlerinde gördüğü inanamayan bakışlar içini eritmişti. "Herkes silahını yere bıraksın."

Adamların hepsi silahlarını bıraktılar.

Kovac silahı Linda'nın kafasından uzaklaştırıp, Cabrillo'yu hedef aldı. "Doğru hareket. Şimdi lütfen küpeşteden atlayıp geminize geri dönün. Bu gemiyi takibe devam ederseniz, gemideki tüm yolcuları teker teker denize atacağım. Yalnız bu kez ellerini bağlayacağım." Linda'yı Juan'ın kollarına itti.

Golden Sky'dan dokuz yüz metre uzakta, *Oregon*'un kıç korkuluklarında duran Franklin Lincoln, elindeki en sevdiği silahı 50 kalibrelik Barrett'in teleskopik gözünden kaptan köşkünde olan her şeyi açıkça izleyebiliyordu.

"Hoşça kal."

Kovac başkanla meşgulken, Juan'ın bir adamı cam kenarındaki rehinelere göze çarpmayacak hareketlerle çökmelerini işaret etmiş ve Linc'e net bir görüş açısı sağlamıştı.

Köprüde sadece merminin emniyetli camdan geçerken çıkardığı hafif bir çıt sesi duyuldu. Kovac'ın kürekkemikleri arasına isabet eden merminin sesi ise tamamen farklı, sanki bir tokmakla halıya vurulur gibi kalın, dolgun bir tondaydı. Vücudu, saplanan merminin kinetik enerjisiyle bir buçuk metre ileri fırlarken göğsünden de fıskiye gibi kan fışkırıyordu.

"Benden şüphelendin mi?" Juan Linda'ya gülümsedi.

"Linc'i görmeyince anlamalıydım," dedi arsız bir gülümsemeyle. Tamamen rahatlamıştı. "Oydu değil mi?"

"Milyon dolarlık bir atışa ihtiyacım varken başka kimseye güvenemem."

"Evet?" Max'ti bu.

"Tebrikler Linc. Anında öldü. Linda gayet iyi."

Juan kulaklığını çıkarıp herkesin duyabilmesi için hoparlör konumuna getirdi.

"Merhaba Max," dedi Linda.

"Nasılsın tatlım?"

"Bu sefil soğuk algınlığı dışında iyiyim."

Mark'ı içerideki ofisten kurtarıp, el ve ayak bileklerindeki plastik kelepçeleri çıkardılar.

"Düşünüyorum da," dedi Max. "Şu çamaşırhaneye bir bakarsanız, muhtemelen virüsü yaymak için kullanacakları cihazı orada bulacaksınız."

Mark'ın gülümsemesi donuklaştı ve giderek somurtmaya dönüştü.

Juan ne hissettiğini tam olarak anlamıştı. Mark bunu önceden çözmüştü ve hiç kuşku yok ki çekici Bayan Dahl'ı etkilemek için bu öngörüsünü kullanacaktı. Mark'a bu konudaki rakibinin gönüllü bir astronot olduğunu söylemeye yüreği elvermedi, çünkü onun kitabına göre bu, bir kızı etkilemenin en emin yoluydu.

SON SÖZ

Eos Adası'ndaki felaketi takip eden haftalarda, gerçek yaşı Lydell Cooper üzerinde etkisini göstermeye başlamıştı. Yıllarını ve milyonlarını süreci geri çevirmek için, estetik cerrahiye ve yasadışı organ nakillerine harcamıştı. Yine de onu yüzüstü bırakan vücudu değil zihniydi.

Yaşadığı mutlak yenilgiyi hazmedemiyordu ve bu yüzden tüm dengelerini yitirmişti.

Türkiye'ye doğru uçarlarken, kızı Heidi kontrolü ele almış ve pilota uçuş planlarının değiştiğini söyleyerek, Zürih'e inmesi talimatını vermişti. Orada responsivist harekete ait birçok banka hesabındaki bütün paraları çekmiş ve parayla, bankanın kendisi için ayarladığı paravan şirketler aracılığıyla hisse senetleri satın almıştı. Eos'un imha edilmesinden, organizasyonun bütün üst düzey yöneticilerinin tutuklanacağını anlamış ve özgür kalabilmesinin tek koşulunun kız kardeşiyle birlikte bulunamayacağı bir yere gitmek olduğuna karar vermişti.

Cooper da onlarla birlikte kalmak istemiş fakat Heidi, Amerika'da yarım kalan işleri olduğunu ve bunları halletmesi gerektiğini söyleyerek reddetmişti. Üstelik kendisinin Doktor Adam Jenner olarak bütün dünyanın tanıdığı bir responsivizm eleştirmeni olmasından dolayı bütün kuşkulardan uzak kalacağını söylemişti. Böylece Cooper esas olarak Los Angeles'taki FBI'ın bilmediği banka kasalarını boşaltmak amacıyla eve döndü. Beverly Hills'teki büyük malikânenin önünden taksiyle geçerken, suç yeri şeritleriyle çevrildiğini ve evin etrafını üniformalı polislerin çevirdiğini gördü.

Rüya kesin olarak ve gerçekten bitmişti.

Yunan makamları Korinthos'taki responsivist tesisi kapatmıştı ve dünya üzerindeki tüm uluslar responsivist klinikleri topraklarından kovmaya başlamışlardı. Her ne kadar medyada dünyanın yarısını kısırlaştırma planlarından bahsedilmiyorsa da haklarındaki yolsuzluk iddialarının oluşturduğu büyük tepki artarak yayılmıştı. Donna Sky gibi ünlü üyeler, grubu parasal olarak desteklemeleri için beyinlerinin yıkandığını iddia ederek, harekete arkasını dönmüştü.

İki hafta gibi kısa bir sürede Cooper'ın bütün hayatı boyunca elde ettiği her şey televizyon programlarındaki skeçlere malzeme olmuştu. Diğer psikiyatrlara, çabalarının sonucunu aldığını ve artık emekli olacağını söyleyerek, Jenner olarak ünlendiği çalışmalarına son vermişti. Artık içten içe ölmekte olduğunu biliyordu. Komisyoncuya ilk teklifi kabul etmesini söyleyerek evini satışa çıkardı.

Meşhur Doktor Lydell Cooper olarak şan ve şöhret içinde sürdüreceği bir hayat yerine, Adam Jenner olarak yaşayacağı gizli bir emekliliğe mahkûm edilmişti.

Evine dönerken, Amerika ile aralarında son derece gevşek bir suçluların iadesi anlaşması bulunan Brezilya'ya uçuşuna bir gün vardı. Ellerindeki ilerlemiş eklem romatizmasından dolayı, kapısındaki normal anahtarlı girişi tuşlu kilit sistemine çevirmişti. Şifreyi tuşlayıp, açılan kapıdan içeri girdi ve dirseğiyle kapıyı kapattı. Bir nakliye şirketi yanına almayı düşündüğü birkaç parça eşyayı paketlemişti. Kalan eşyalar evle birlikte satılacaktı. Giriş holünü geçip çalışma odasına doğru yöneldi. Bilgisayarını açarak son gelişmelere göz atacaktı. Odaya girdikten sonra arkasında kalan ağır ahşap kapının kapandığını duydu. Geriye döndüğünde tanımadığı bir adamla burun buruna geldi.

Normal ruh halinde olsa adama derhal evinden çıkmasını söylerdi, ama orada öylece durup evine izinsiz giren adama bakmakla yetindi.

"Doktor Jenner değil mi?"

"Evet. Kimsiniz? Benden ne istiyorsunuz?"

"Bir arkadaşıma yardım etmen için sana büyük bir ödeme yapmıştım. Üzerinden çok geçmedi henüz."

"Artık emekli oldum. Her şey bitti artık. Lütfen çıkın."

"Peki, şu anda kendinizi nasıl hissediyorsunuz?" diye sordu yabancı adam. "Responsivizm öldü. Siz kazandınız. Haklı çıkmanın gururu içinde olmalısınız."

Cooper kendini toplayıp cevap veremedi. Kimlikleri kafasında gidip geldi. Ne hissedip nasıl davranacağını kestiremiyordu artık.

"Aslında bana kalırsa," diye devam etti adam. "Sizin bu konuda çok da mutlu olduğunuzu düşünmüyorum. Hatta içten içe şokta olduğunuzu bile söyleyebilirim, çünkü öyle bir şey biliyorum ki bu birçok insanı çok şaşırtabilir."

Cooper bir şekilde, bu konuşmanın nereye gideceğini anlamış gibiydi. Kireç gibi bir yüzle kendisini kanepeye bıraktı.

"Eos Adası'nda Kovac'a çektiğin nutuk dinlenmemiş olsaydı bile sanırım yine de kestirebilirdim. Roma'da bize ihanet edebilecek tek kişi sendin çünkü. Kyle'ın vücudunda bir sinyal gönderici olduğunu düşünmüştük, ama artık biliyoruz ki yokmuş. Nereye götürüldüğüne dair en ufak bir bilgisi yoktu. Yani onun Kovac'ı uyararak kendisini kurtarmasını isteyecek durumu yoktu."

Gerçeğin ortaya çıktığını anlayan Cooper, kanepede biraz daha doğruldu.

"Doğru. Kovac'ı arayarak Roma'ya gelmesini isteyen bendim. Daha sonra da çocukla yalnız kalınca hangi otelde olduğumu da bildirdim. Eos Adası'na yapılan saldırının arkasında sen mi vardın?"

Yabancı adam başıyla onayladı. "Ve *Golden Sky*'la birlikte diğer kırk dokuz geminin çamaşırhanelerindeki virüsleri ortaya çıkardık. Elli kutu virüs şu anda Maryland'daki bio-güvenlik derecesi dört olan bir laboratuvarda tutuluyor.

"Dünyanın bir felakete doğru sürüklendiğini anlamıyor musun? Tüm insanlığı kurtarabilirdim."

Adam güldü. "Peki, sen son birkaç yüzyılda kaç tane çatlak dünyanın sonunun geldiğini söyledi, biliyor musun? Güya 1980'lerde dünyanın hiç yiyeceği kalmayacaktı. 1990'larda da petrolsüz kalacaktık. 2000 yılında dünya nüfusu on milyar olacaktı. Bu öngörülerin hepsi yanlış çıktı. 1900 yılında US Patent dairesini kapatacaklardı be. Güya artık yapılacak icat kalmamıştı. Sana küçük bir sır vereyim: Geleceği tahmin edemezsin."

"Yanılıyorsun. Yaklaşan şeyi biliyorum. Yarım akıllı biri bile görebilir bunu. Bundan elli yıl sonra ülkeler nüfuslarının ihtiyaçlarını karşılayamayınca, bir şiddet dalgası insanlığı silip süpürecek. İlahi düzeyde bir anarşi yaşanacak."

"Bunu söylemen ne kadar ilginç." Adam arkasından bir tabanca çıkardı. "Her zaman hoşuma gitmiştir ilahi adalet. Göze göz, dişe diş ve bunun gibi şeyler."

"Beni öldüremezsin. Tutukla, yargıla beni."

"Ve deli saçması düşüncelerini haykırman için sahneye çıkarayım öyle mi? Hiç sanmıyorum."

"Lütfen!"

Silahtan bir ses çıktı. Cooper darbeyi hissetti ve elini ensesine götürdüğünde etine saplanmış bir şeye dokundu ama elinde onu oradan çıkaracak maharet yoktu. Cabrillo sakinleştiricinin Cooper'ın vücuduna yayılması için biraz bekledi. Gözleri kapanıp da yere yığılınca, Juan telsize bir şeyler fısıldadı. Kısa bir süre sonra evin önüne büyük bir ambulans geldi. Arkasından çıkan iki sıhhiyeci bir sedyeyle birlikte eve girdiler.

"Bir sorun var mı?" diye sordu Eddie. Franklin Lincoln'le beraber sedyeyi taşıyordu.

"Hayır, fakat onunla konuştuktan sonra banyo yapma ihtiyacı hissettim. Bugüne kadar çok çılgınla konuştum ama bu hepsinden beter."

Linc, Cooper'ı dikkatle kanepeden kaldırıp sedyeye yatırdı. Cabrillo, mutfak çekmecelerinin birinde Cooper'ın pasaportunu ve Brezilya'ya uçak biletini bulduktan sonra hızla evden ayrıldılar. Bir komşusu evinden çıkarak olanları izlemeye başlamıştı.

"Kalp krizi geçiriyor," dedi Juan kadına ve ambulansın kapısını açıp Linc'in sedyeyi içeri sokmasını sağladı.

Kırk beş dakika sonra ambulans Los Angeles Havalimanı'ndaydı. On saat sonra şirketin *Gulf-Stream* jeti Norveç'in başkenti Oslo'nun elli kilometre doğusundaki Gardermoen Havaalanı'na inmişti.

Havaalanının bekleme salonunda Jannike Dahl'la kısa bir süre buluştular. Eric Stoney'in kendisini eve bırakmasını kabul etti. Eric, Jannike'nin şehri gezdirme teklifini, gemiye dönmesi gerektiğini söyleyerek reddedince Juan onu bir kenara çekerek, kızın yaşadığı şehri göstermekle ilgilenmediğini söyledi. Eric bunun üzerine isteğinin ne olduğunu sordu. Başkan, biraz daha ayrıntılı açıklama yapınca, Eric mahcubiyetten kızarmış ve aşırı hevesli bir durumda teklifi hemen kabul etti.

Ülkenin en kuzeyindeki Trömsö'ye gitmek için yeniden uçağa bindiler ve peşinden bir de helikopter yolculuğu yaptılar. Cooper bütün bu seyahat boyunca uyutuldu ve durumu Julia Huxley tarafından yakından izlendi.

Buzul, yaz öğleden sonrasının parlak güneşi altında değerli bir kristal gibi ışıldıyordu. Vadinin dışında sıcaklık on derece civarındaydı ama buzun yüzeyinde sıfıra yakındı.

George Adams, yolcularını Robinson'un yerine alınan MD-520N ile uçurmuştu. Bu araç, öncekinden büyük olduğundan, hangar asansörüne sığması için elden geçmesi gerekmişti. Öte yandan daha güçlü ve hızlıydı. Dahası, ana rotorun dönme momentini daha küçük ikinci bir rotor yerine, motor egzozunu kuyruk üzerinden atarak dengelediğinden, eskisine oranla çok daha sessizdi. *Oregon* hemen sahile yakın bir yere demirlemişti ve işleri bittiğinde Adams onları gemiye götürecekti.

Yere indiklerinde Cooper yarı baygın haldeydi, ama tam olarak nerede olduğunu anlaması için bir on beş dakika daha gerekmişti.

"Neredeyiz? Ne yaptınız siz?"

"Eminim nerede olduğumuzu anlaşmışsınızdır Doktor Cooper," dedi Juan masum bir şekilde. "Ama belki de anlamamış olabilirsiniz. Ne de olsa buraya son gelişinizin üzerinden altmış yıldan fazla zaman geçti."

Cooper'ın boş gözlerle baktığını görünce Cabrillo devam etti. "Bunca zaman kafamı kurcalayan bir şey var. Nasıl oluyor da Nazilerin bulup Japon müttefiklerine verdiği bir virüs, sizin elinize geçti. Bu keşfe ait ya da bunun Filipinlere nasıl nakledildiğine dair hiçbir kayıt olmadığı gibi burada ne bulunduğuna dair de bir bilgi yok.

Bana mantıklı gelen tek şey bunun sizin tarafınızdan bulunmuş olması. Norveç'teki Nazi işgaline dair oldukça ayrıntılı kayıtlar var ve ekibim oldukça ilginç bir şey buldu. 1943 yılının 29 Nisan gecesi, dört motorlu bir *Kondor* keşif uçağı, vurularak tam bu buzulun üzerine düşmüş. Tüm mürettebattan sadece Ernst Kessler adında bir topçu sağ kurtulmuş."

Cooper, ismin söylenmesiyle birlikte irkildi.

"En ilginç olanı ise Kessler kelimesinin Almancada Cooper'ın karşılığı olması. Ne rastlantı değil mi? Bir de kitabını bastırmak üzere kurduğun yayınevi var, neydi adı? Raptor(1) Yayınevi'ydi sanırım. Kondor'un(2) bir tür yırtıcı kuş anlamına gelmesi de bir rastlantı mı acaba? Hiç sanmıyorum."

Cabrillo helikopterin kapısını açtı ve Kessler/Cooper'ı aşağıya itti. O ana kadar Cooper'a karşı sakin, hatta hoş bir ses tonu kullanmıştı. Fakat öfkesi birdenbire kabardı ve taştı. "Uçak kazasından sonra Ernst Kessler'in Gestapo'ya kabul edildiğini de ortaya çıkardık. Hatta Auschwitz'de tıp eğitimi almasına izin verildi. Savaşın bitiminden önce son aldığı emir Tokyo'daki Alman Büyükelçiliği'ne tayini olmuştu. Sanıyorum bu senin üstü örtülü olarak Filipinlerde 731'inci Birim'de çalışman için ayarlanmış bir görevdi.

O gece geberseymişsin keşke hasta yaratık, böylece bütün dünyayı birçok acıdan kurtarmış olurdun. El Kaide'li katillerle ve Sovyet işkencecilerle ve bu iki ucun arasındaki her tür sapık pislikle uğraştım, ama sen karşıma çıkan en kötü insandan daha beter bir pisliksin. Dünyaya tüm zamanların en büyük keşfini, belki de kutsal kitaplardaki en çok inanılan hikâyenin esin kaynağını sunabilirdin. Oysa sen bu keşiften ölüm hasat etmeyi tercih ettin.

---

(1) Yırtıcı kuş.

(2) Akbaba.

Evet Kessler, ne ektiysen onu biçtin ve ben bu akşam yemeğinden sonra donarak ölüşünü düşündüğümde, gülümseyeceğim." Cabrillo helikopterin kapısını kapattı. "Gidelim."

"Şimdi ne olacak?" diye sordu Julia. Helikopter buzulun üzerinden geçmiş, denizin üzerinde uçuyordu.

"Ölecek."

"Gemiyi soruyorum."

"Ha o mu? NUMA'dan Kurt Austin'le konuştum bile. Buzulda detaylı bir araştırma yapmak için Norveç hükümetini ikna etmenin bir yolunu bulacağını söyledi. Bakır gövde kaplaması sayesinde tarihi enkazın yerini kolayca tespit edebileceklerini düşünüyor."

"Ne bulacaklarını çok merak ediyorum."

Juan hülyalı bir bakış attı. "Kim bilir belki de dünyadaki tüm yaratıklar çiftler halinde bindirilmiştir."

Max Hanley, Griffith Park Gözlemevi yakınlarında Los Angeles'a tepeden bakan bir bankta oturuyordu. Üzerinden bir gölge geçince kafasını kaldırdı ve oğlu Kyle'ın yanı başında durduğunu gördü. Max eliyle oturmasını işaret etti. Oğlundan dalga dalga yayılan öfkeyi hissedebiliyordu.

Kyle uzaklara bakıyordu, Max de onun profilini incelemeye başladı. Annesine benzeyen çok yanı vardı, yine de kendisini andıran birkaç özelliğini gördü. Bakmayı sürdürürken, Kyle'ın yanağından tek bir damla gözyaşı indiğini gördü ve oğlu birden ağlamaya başladı. Ruhu derin acılar içindeymiş gibi derin ve nefesini kesen hıçkırıklarla ağlıyordu. Babasına sıkıca tutundu ve Max de onu kollarına aldı.

"Çok özür diliyorum baba," dedi Kyle hıçkırıklar içinde.

"Ve ben de seni affediyorum."

Çünkü babalar böyle yapar.

SON